Gisa Pauly

Café Hoffnung

SYLT-SAGA

Band 2

WILHELM HEYNE VERLAG
MÜNCHEN

Sollte diese Publikation Links auf Webseiten Dritter enthalten, so übernehmen wir für deren Inhalte keine Haftung, da wir uns diese nicht zu eigen machen, sondern lediglich auf deren Stand zum Zeitpunkt der Erstveröffentlichung verweisen.

Dieses Buch enthält diskriminierende Sprache. Sie spiegelt zu keinem Zeitpunkt die Haltung der Autorin oder des Verlags wider, sondern stellt tatsächliche Missverhältnisse der damaligen Zeit dar. Sowohl Autorin als auch Verlag verurteilen Diskriminierung und Rassismus jeglicher Art auf das Schärfste.

MIX
Papier | Fördert gute Waldnutzung
FSC® C083411
FSC www.fsc.org

Penguin Random House Verlagsgruppe FSC® N001967

Originalausgabe 09/2022

Printed in Germany
Umschlaggestaltung: Zero Werbeagentur, München,
unter Verwendung von © Mauritius images/United Archives;
FinePic®, München
Satz: Leingärtner, Nabburg
Druck und Bindung: CPI books GmbH, Leck
ISBN 978-3-453-42578-1

www.heyne.de

HEYNE <

Teil I

Juni 1985, Sylt

DIE SEE SCHÄUMTE, die Brandung lief weit aus, ihre Zungen leckten über den Strand, manchmal bis zu den ersten Strandkörben, die weit an die Wasserkante gerückt worden waren. Kari zog ihre Schuhe aus, die feucht und sandverkrustet waren, machte ein paar Schritte in die Brandung hinein, zuckte dann aber vor dem kalten Wasser zurück und stolperte weiter. Schließlich blieb sie vor einem Strandkorb stehen, starrte eine Weile zum Horizont und ließ sich dann einfach hineinfallen. Es war früh, die Feriengäste saßen noch beim Frühstück, nur einige Strandwanderer schälten sich aus dem Dunst des Morgens. Sie war müde, mein Gott, war sie müde!

Sie schloss die Augen und versuchte, das Pochen in ihrem Kopf durch pure Willensanstrengung abzuschwächen. Aber natürlich gelang es ihr nicht. Der hämmernde Kopfschmerz schnitt rhythmisch in das Dumpfe, Unklare, Anteillose, das sie ausfüllte. Von Kopf bis Fuß. Auch hier am Strand wollte sich ihre Gefühlslage nicht klären. Sie hatte darauf gehofft, dass der Wind, die Kälte des Wassers, das Sprühen der Gischt ihr helfen würden, oder die Sonne, die langsam höher stieg und hinter den weißen Wolkenbergen gelegentlich zum Vorschein kam. Aber die Sonne war ebenso wenig in der Lage, etwas zu ändern oder zu verbessern wie das Meer.

Kari versuchte, ihre Gedanken zu sortieren. Gut, dass Mike heute früh aufgestanden war und sie an das erinnert hatte, was sie am Abend zuvor abgemacht hatten. Sie selbst hatte es längst vergessen. Verdammt, sie wusste nicht einmal mehr, wie lange sie nicht mehr zu Hause gewesen war. Zwei Tage? Oder drei? Wann war sie gegangen, und welcher Tag war heute? Sie durfte nicht mehr so viel konsumieren. Aber wenn Mike und Julian so großzügig die Drogen verteilten, war es schwer abzulehnen. Am Vorabend war sie etwas vorsichtiger gewesen. Vermutlich hatte das Gespräch mit Mike dafür gesorgt, dass sie nicht mit den anderen gekifft hatte. Sie war mit ihm zum Strand gegangen, und sie hatten lange geredet. An derselben Stelle, an der vor einigen Tagen die Party losgegangen war: am Strand, mit Lagerfeuer, Schampusflaschen in großen Eiskühlern, Gitarrenmusik und dann die Joints, die von Hand zu Hand gingen. Herrlich! Als sich die sechs *Half Brothers* dazu gesellt hatten, waren die Joints noch schneller gekreist. Ob die fünf kräftigen schwarzen Musiker wirklich Halbbrüder waren, wusste niemand. Ihre Sängerin, eine Weiße aus Hamburg, die als Einzige Deutsch sprach, beantwortete diese Frage nicht. Sie war auch nicht lange geblieben, hatte ein oder zwei Cocktails getrunken und war dann mit der Ermahnung an die fünf Halbbrüder, am nächsten Tag pünktlich zur Probe zu kommen, verschwunden. Sie traten fast jeden Abend irgendwo auf Sylt auf, spielten Jazz, Swing und am liebsten Bebop. Seit den Weltfestspielen des Jazz, die 1978 in Westerland ausgetragen worden waren, gehörte der Jazz auf die Insel. Sogar der damalige Bundespräsident Walter Scheel war zu Gast und bei den meisten Jazzkonzerten dabei gewesen.

Dass die *Half Brothers* keine schwarze Sängerin hatten, verwunderte manche, aber wer bei ihrem Gesang die Augen schloss, konnte sich durchaus einbilden, Ella Fitzgeralds Stimme zu hören. Sie waren jedenfalls sehr erfolgreich, traten fast immer vor ausverkauftem Haus auf. Wo Mike und Julian sie aufgetrieben hatten, war Kari ein Rätsel. Die beiden hassten Jazz und waren entsetzt gewesen, als sich herausstellte, dass die *Half Brothers* in einem Auto vorfuhren, indem sie Trompete, Kontrabass, Saxofon und Schlagzeug transportierten und leutselig fragten, ob ein Klavier im Haus sei. Sie hatten Mikes Einladung falsch verstanden. Nein, er wollte kein Hauskonzert, er wollte sie nur kennenlernen und bei der Strandparty als seine Gäste bewirten. Egal, welche Künstler auf Sylt gastierten, Mike schaffte es meistens, aus ihnen Freunde zu machen. An das Ende dieser ersten Partynacht konnte sich Kari nicht erinnern. Oder doch? Ja, eine Ahnung hatte sie, keine wirkliche Erinnerung, mehr ein Gefühl, das sich auf ihrer Haut festgesetzt hatte. Irgendwann waren sie ins Haus gegangen, es waren nur ein paar Schritte vom Strand zu Mikes Anwesen. Das große reetgedeckte Haus fügte sich hervorragend in die Dünenlandschaft ein. Bei Nacht war es so dunkel wie der Sand und der Strandhafer, die es umgaben, in der Dämmerung so grau wie der Himmel und im Sonnenlicht eine strahlend helle Villa, die trotz des behäbigen Reetdaches, des Friesenwalls und der dunklen Verklinkerung mit einer Ausstattung protzte, die nicht zu den Friesenhäusern passte, denen sie nachempfunden war. Als sie vor einigen Stunden alle zum Strand gegangen waren, hatte die Gartenbeleuchtung sie geführt, nun waren die Lampen erloschen, um niemanden darauf aufmerksam zu machen, dass am Strand gefeiert wurde. Auf dem Weg zur Villa hatte Kari die kleinen Feuer und Fackeln betrachtet, die in den Sand gesteckt worden waren und im Wind flackerten.

Kari presste die Augen zusammen und dachte nach, versuchte, die Bilder hervorzuholen, die sich noch immer unter dem Drogenrausch versteckten. Nein, Bilder brachte die Erinnerung nicht hervor, nur Gefühle. Kari spürte einen weichen Teppich unter ihrem Körper, die Hände eines Mannes, sein Flüstern an ihrem Ohr. Seinen guten Geruch, das dezente Herrenparfüm stieg ihr in die Nase – und dann fühlte sie seinen Körper über ihrem. Eine schöne Erinnerung, ein zärtlicher Mann. Aber an sein Gesicht konnte sie sich nicht erinnern. Himmel, sie durfte wirklich nicht mehr so viel kiffen. Diesmal musste auch LSD dabei gewesen sein. Vielleicht auch Pilze? Und hatte sie überhaupt daran gedacht, die Pille zu nehmen?

Sie öffnete die Augen, und es kam ihr so vor, als wäre das Meer ruhiger geworden, als liefen die Wellen nicht mehr so weit aus, als wäre aus der grauen Farbe des Wassers ein schönes Grün geworden. Sie hörte Kinderstimmen. War sie etwa eingeschlafen? Der Strand war nicht mehr leer, die ersten Familien erschienen, sie sah die Köpfe von zwei, drei Schwimmern, die zwischen den Wellen auf- und abtauchten.

»Das ist unser Strandkorb.«

Vor ihr erschien ein Mann von etwa vierzig Jahren, beladen mit Kinderspielzeug, Kühltasche und einer Luftmatratze. Hinter ihm standen seine Frau, an deren Schulter eine große Strandtasche baumelte, und zwei Kinder, jedes mit einer Sandschaufel in einer und einem Schwimmring in der anderen Hand.

»Das ist unser Strandkorb«, sagte nun auch die Frau.

Kari schwankte, als sie aufstand.

»Sind Sie etwa betrunken?«, fragte die Frau streng. »Haben Sie in unserem Strandkorb übernachtet?«

Kari antwortete nicht. Sollte diese blöde Kuh doch denken, was sie wollte! Als gehörten der Strandkorb und der Strand denen, die Kurtaxe bezahlten! Der Strand gehörte den Syltern, den Menschen, die hier geboren waren, die hier lebten! Sie ließ sich doch von solchen Leuten nicht ihren Strand, ihre Insel wegnehmen! »Leckt mich!«

Sie ging zur Kurpromenade hoch, ohne sich noch einmal umzudrehen. Es ging ihr jetzt besser. Wenn sie vor ein oder zwei Stunden noch gedacht hatte, dass nicht einmal der Blick aufs Meer ihr helfen konnte, so stellte sie jetzt fest, dass die Kopfschmerzen nur noch ein unangenehmes Vibrieren hinter der Stirn waren, dass sich ihre Gedanken klärten und ihre Empfindungen allmählich eindeutiger wurden. Der Filmriss war natürlich noch nicht gekittet, die Geschehnisse der letzten Stunden oder Tage verbargen sich nach wie vor hinter einem dichten Vorhang, der so schwer war, dass er sich nicht beiseiteschieben ließ. Doch das, was sie Mike am Vorabend versprochen hatte, war ihr jetzt wieder ganz klar.

»Das würdest du für mich tun?«, hatte er mit großen Augen gefragt.

»Natürlich. Wir sind doch Freunde.« Sie hatte geantwortet, als wäre es darum gegangen, ihm ein Kleidungsstück zu überlassen oder einen Füllfederhalter auszuleihen.

Ganz so leicht nahm sie ihr Versprechen jetzt nicht mehr, aber sie würde es nicht zurückziehen. Was war schon dabei? Und überhaupt … eine Hand wusch die andere. Die Entscheidung würde auch ihr Freiheiten ermöglichen. Mike war steinreich, einer der bekanntesten Modedesigner Deutschlands, wenn sie in sein Haus zog, würde es ihr gut gehen. Und sie wäre dann endlich den Ansprüchen ihrer Eltern davongelaufen, die sie täglich drängten, ihr Vorwürfe machten und immer wieder unter die Nase rieben, was sie von ihr erwarteten. Damit wäre dann Schluss. Kari würde nicht mehr auf sie angewiesen sein.

Sie stieg die Treppe von der Kurpromenade zum *Miramar* hoch. Der Portier, der neben dem Eingang stand, begrüßte sie freundlich. Kari Rensing war ja überall bekannt, ihre Eltern genossen einen untadeligen Ruf.

Der Portier wandte sich einem Gast zu, und Kari nutzte die Gelegenheit, sich in der Glasscheibe der Eingangstür zu spiegeln. Wie sah sie eigentlich aus? Hatte sie am Morgen geduscht, sich gekämmt und geschminkt? Sie hob den rechten Arm und steckte die Nase so unauffällig es ging in ihre Achsel. Sie roch gut, hatte also daran gedacht, ein Deo zu benutzen. Und dass sie geduscht hatte, fiel ihr jetzt auch wieder ein. Sie hatte auch ihre Haare gewaschen. Lockenwickler hatte sie nicht gefunden, aber immerhin einen Föhn. Damit hatte sie die Farrah-Fawcett-Frisur natürlich nicht hinbekommen, aber das Stirnband rettete ihr Styling. So sah sie aus wie eine blonde Nena, ohne die überdimensionalen Lockenwicklerlocken, dafür aber modern, als trüge sie eine Vokuhila-Frisur. Also trotzdem vorzeigbar. Besser, als sie sich fühlte. Ihre rote Lederhose saß perfekt, die knappe weiße Bluse mit dem winzigen Krägelchen gab ihr etwas Niedliches. Unten verrucht und oben unschuldig, sie mochte diese Kombination.

Und so ging es offenbar auch den beiden älteren Herren, die in dem Moment aus dem *Miramar* traten. Sie blieben stehen, als sie Kari sahen, als hofften sie, dass sie ihretwegen gekommen war. Kari schenkte ihnen ein Lächeln und ging weiter. Die Blicke in ihrem Rücken gaben ihr Kraft. Sie war jung, sie war hübsch und würde demnächst sogar nicht nur auf Sylt, sondern in ganz Deutschland bekannt sein. Anders, als ihre Eltern es sich wünschten, aber so, wie sie selbst sich die Zukunft vorstellte. Die beiden würden schon ihr Einverständnis geben, wenn auch zähneknirschend. Mike musste nur alles so machen, wie sie es ihm eingeschärft hatte …

Juni 1985, Sylt

Brit Rensing war Anfang vierzig, aber zurzeit fühlte sie sich mindestens zehn Jahre älter. Sie lehnte an der Anrichte, als brauchte sie Halt, und verschränkte die Arme vor der Brust, als wollte sie niemanden an sich herankommen lassen. Die Frühstücksgäste des *König Augustin* hätten natürlich ein strahlendes Lächeln von ihr bekommen, aber da sie sich dazu momentan außerstande sah, hatte sie sich in den kleinen Raum hinter der Theke zurückgezogen, wo die Teller angerichtet wurden und das schmutzige Geschirr landete. In der Fensterscheibe spiegelten sich ihre Züge, das sonst runde Gesicht war ganz schmal vor Sorge, ihre Augen waren rot, als hätte sie die Nacht durchgeweint.

Eine Kellnerin mit einem Stapel schmutziger Teller kam herein. Brit riss sich zusammen und winkte ab, als das junge Mädchen alles in die Spülmaschine räumen wollte. »Lass nur, ich mache das schon.«

Die Kellnerin zögerte, ehe sie den Raum verließ. »Alles okay, Chefin?«

Brit hatte ihr schon oft erklärt, dass sie nicht Chefin genannt werden wollte, aber diesmal reagierte sie nicht darauf. »Ja, alles in Ordnung.«

Sie räumte auf, dann straffte sie ihre Schultern, setzte ein Lächeln auf und ging in den Gastraum. Er war nur zur Hälfte gefüllt. Die meisten Sylturlauber nahmen ihr Frühstück in ihren Hotels ein. Das *König Augustin* war besonders für seinen guten Kuchen bekannt. Nachmittags war in dem Café immer jeder Tisch besetzt.

Alles war noch so wie am Tag der Einweihung. Olaf wollte nicht, dass irgendetwas geändert wurde, was sein Vater für gut befunden hatte. Sogar dessen bester Freund Robert König hatte kürzlich angeregt, den Teppichboden neu verlegen zu lassen und bei der Gelegenheit ein anderes Farbmuster zu wählen, das dem Raum eine andere modernere Note geben könnte. Aber Olaf wollte davon nichts hören. Zwar hatte er den Teppichboden erneuern lassen, allerdings im selben Rot wie zuvor, und die Stühle sahen trotz neuer Polsterungen genauso aus wie vorher. Ebenfalls rot. Knut Augustin hatte damals Wert darauf gelegt, das Café so einzurichten, dass sich sowohl die reichen Touristen, die schon seit Jahren nach Sylt kamen, dort wohlfühlten, als auch die Vertreter der Mittelklasse, die sich mittlerweile ebenfalls einen Sylturlaub leisten konnten. Die Atmosphäre war gepflegt, aber nicht protzig, gemütlich, ohne verstaubt zu sein. Dennoch hätte Brit gerne mal etwas geändert. Das Rot als tragendes Element in der Farbgebung erschien ihr nicht mehr zeitgemäß. Aber solange das *König Augustin* seinen guten Ruf genoss und anziehend auf die Gäste wirkte, hielt sie sich zurück. Olaf war immer sehr empfindlich, wenn es um seinen Vater und dessen Vorstellungen ging. Er eiferte ihm in jeder Hinsicht nach, und es war ihm sehr wichtig, sein Erbe so zu verwalten, wie Knut Augustin es gewollt hätte.

Brit nickte ein paar Stammgästen zu, dann ging sie ins Büro, das niemand betrat, der nicht zur Geschäftsführung gehörte. Hier konnte sie mit ihrem Mann Gespräche führen, die nicht für fremde Ohren bestimmt waren. Nur Robert König, der Mitbesitzer des *König Augustin*, hielt sich auch gern und häufig hier auf. Linda, seine Tochter, erschien zwar ebenfalls gelegentlich hier, als wollte sie etwas mit der Arbeit im Café zu tun haben. Aber jedes Mal ließ sie sich dort nur einen Espresso servieren, sah sich um, stellte fest, dass die Arbeit hinter den Kulissen nicht ihrem Geschmack entsprach, und verabschiedete sich wieder. Brit hatte den Verdacht, dass Linda König, wenn sie zu ihrem Lebensgefährten zurückkehrte, ihm erzählte, dass sie im Café nach dem Rechten gesehen und sich vergewissert habe, dass dort alles zu ihrer Zufriedenheit lief. Ihr Vater wäre froh gewesen, wenn sie sich wirklich für die Arbeit interessiert hätte, aber so was war nicht Lindas Ding.

Olaf betrat das Büro, kaum dass Brit sich am Schreibtisch niedergelassen hatte. Er trug einen hellgrauen Anzug, der Kragen seines weißen Hemdes stand offen. »Moin, mein Schatz!«

Brit betrachtete ihn liebevoll. Was für ein gut aussehender Mann! Einer, dessen Anziehungskraft nicht von der körperlichen Attraktivität herrührte, sondern durch das Zuverlässige, das er ausstrahlte, das Solide und Beständige. Olaf Rensing war ein Mann, dem jeder vertraute, für einen Geschäftsmann ein Vorteil, der nicht zu unterschätzen war. Wer mit ihm zu tun hatte, lobte seine Integrität und Unbestechlichkeit.

Er sah seine Frau an und wusste gleich, wie es um sie stand. »Kari ist noch nicht zurück?«

Brit konnte die Tränen nicht mehr zurückhalten. »Immer nur Partys«, schluchzte sie. »Vergnügen, Alkohol, Drogen …«

»Bist du denn sicher, dass sie nicht zu Hause ist?«

Brit zuckte mit den Schultern. »Sie meldet sich nicht.«

Kari hatte eine eigene Wohnung auf der Etage über dem Café. Damit wohnte sie zwar noch im Elternhaus, hatte aber die Möglichkeit, ein und aus zu gehen, ohne dass es jemandem auffiel. Wenn Brit an ihrer Tür klopfte und niemand öffnete, hieß das nicht, dass Kari nicht daheim war. Womöglich lag sie im Tiefschlaf, zu einer Zeit, in der ihre Eltern längst auf den Beinen und bei der Arbeit waren. Kari stand auf, wann es ihr gefiel, und kam und ging, wie es ihr passte.

»Was soll nur aus ihr werden?«, fragte Olaf seufzend.

Diese Frage hätte Brit noch vor ein paar Jahren eindeutig und fröhlich beantwortet: natürlich Olafs Nachfolgerin, diejenige, die die Tradition fortsetzte, die das Café und das Hotel auf Sylt weiterführte, die sich um die Knut-Augustin-Stiftung kümmerte und auch um die Hotels, die Olaf von seinem Vater geerbt hatte. Aber Kari dachte nur an Spaß und Annehmlichkeiten. Dass sie noch im Haus ihrer Eltern lebte – da machten sich Brit und Olaf keine Illusionen –, lag ausschließlich daran, dass Olaf seiner Tochter klipp und klar erklärt hatte, dass er ihr den Geldhahn zudrehen würde, wenn sie auszöge. Ein verzweifelter Versuch, Kari dort zu behalten, wo sie gebraucht wurde, sodass sie vielleicht irgendwann einsehen würde, dass dort ihr Platz im Leben war.

»Ist sie wieder bei diesem Modefritzen?«, fragte Olaf und setzte sich.

Brit wischte sich die Tränen ab. »Da gab es wohl wieder eine Party. Am Strand, in seiner Villa … Diese Partys dauern gleich mehrere Tage.«

Olaf seufzte tief auf. »Vielleicht wird sie ja irgendwann vernünftig. Sie kann doch nicht glauben, dass das ganze Leben ein einziges Fest ist.« Mit einer Anstrengung, die ihm anzusehen war, verscheuchte er die Wolken auf seiner Stirn und lächelte seine Frau zärtlich an. »Komm, heute machen wir uns mal einen schönen Abend. Wir gehen essen. Ins *Miramar*? Oder hast du einen anderen Vorschlag?

Brit strahlte ihn an. »Ja, ins *Miramar*! Das ist eine gute Idee.«

Olaf griff in die Innentasche seines Jacketts und holte zwei Eintrittskarten hervor. »Und am Wochenende gehen wir in den Kursaal. Da treten die *Half Brothers* auf, diese amerikanische Jazzband. Die müssen sehr gut sein.«

Brit nahm zögernd die Billetts entgegen, die von einer Fotografie der Band geziert wurden. Fünf riesige schwarze Männer mit ihren Instrumenten und eine blonde Frau, die sie in ihre Mitte genommen hatten.

»Von denen habe ich schon gehört.« Brit stand auf und drückte ihrem Mann einen Kuss auf den Mund. »Wie lieb von dir. Das wird uns bestimmt guttun.«

Olaf freute sich offensichtlich, dass seine Überraschung gelungen war. »Und nach dem Konzert trinken wir Kullerpfirsich. Den magst du doch so gern. Der Barmann vom *Miramar* kennt das Rezept.«

Die Sorgen um ihre Tochter waren für kurze Zeit vergessen. »Wenn ich mir diese Bandmitglieder ansehe, fällt mir ein«, begann Brit immer noch mit Blick auf das Foto der Band, »wie läuft es eigentlich mit dem neuen Geschäftsführer, diesem Hans-Josef Keller? Bist du zufrieden mit ihm?«

»Sehr sogar.« Olaf lächelte verlegen. Er wusste, warum Brit an den neuen Geschäftsführer des Hotels hatte denken müssen. »Obwohl ich zugeben muss, dass ich ihn beinahe nicht eingestellt hätte.«

Brit sah ihren Mann tadelnd an. »Weil er schwarz ist?«

Olaf versuchte sich zu rechtfertigen. »Ja. Zum Glück bin ich bei diesem deutschen Namen gar nicht auf die Idee gekommen, mir das Foto richtig anzusehen. Sonst wären mir meine eigenen Vorurteile zum Verhängnis geworden.«

»Er ist ja auch Deutscher. Seine Eltern haben ihn aus einem Waisenhaus in Äthiopien geholt und adoptiert.«

Olaf sah auf seine Fußspitzen. »Ich bin froh, dass ich ihn eingestellt habe. Und ich schäme mich dafür, dass ich es nicht getan hätte, wenn ich gewusst hätte, dass er schwarz ist.«

Brit stand auf und umarmte ihren Mann. »Niemand ist perfekt. Nicht einmal du.« Sie lachte leise. »Ich weiß doch am besten, wie unvoreingenommen du eigentlich bist.«

Olaf schüttelte in ihren Armen den Kopf. »Was ich gedacht habe, ist rassistisch.«

»Hör auf, Olaf. Du hast es ja nicht getan.«

»Reiner Zufall.«

»Jetzt hast du daraus gelernt und wirst nie wieder einen Menschen nach der Hautfarbe beurteilen.« Sie setzte sich wieder an den Schreibtisch. »Und ich hoffe, die Gäste vom *König Augustin* sehen das ebenso. Oder hat sich jemand negativ über Herrn Keller geäußert?«

»Bis jetzt noch nicht.« Olaf stand auf und ging zur Tür. »Und wehe! Ein Gast, der sich über die Hautfarbe meines Geschäftsführers mokiert, kann gleich wieder ausziehen.«

Brit glaubte ihm. Nachdem Olaf sich hatte eingestehen müssen, dass er beinahe einen Bewerber wegen seiner Hautfarbe aussortiert hätte, würde er nicht zulassen, dass Hans-Josef Keller unter Angriffen zu leiden hatte. Olaf wollte unbedingt wiedergutmachen, dass er selbst seinen Vorurteilen erlegen war.

Brit erhob sich ebenfalls, um ihrem Mann zu folgen. Aber er blieb in der Tür stehen und machte sogar zwei, drei Schritte zurück. »Da kommt Kari«, sagte er leise und öffnete die Tür weiter, als seine Tochter auf das Büro zusteuerte.

Brit ließ sich auf den Schreibtischstuhl zurücksinken. Sie bemühte sich, ihre Tochter mit einem Lächeln zu empfangen, aber es gelang ihr nicht. »Schön, dass du dich auch mal wieder blicken lässt.« Ihre Stimme klang hart und zynisch.

Olaf warf ihr einen warnenden Blick zu. Ja, sie wusste natürlich, dass es keinen Sinn hatte, Kari gleich mit Vorwürfen zu empfangen. Dann würden sie nie erfahren, wo sie gewesen war.

Aber Kari schien etwas auf dem Herzen zu haben und hatte wohl beschlossen, keine Vorhaltungen an sich herankommen zu lassen. Sie sah müde und angestrengt aus, fand Brit, ausgelaugt und irgendwie kraftlos. Die Sorge um ihr Kind legte sich wie eine Klammer um ihr Herz. Kari ging so sorglos mit ihrem Leben, ihrer Gesundheit, ihrer Zukunft um. Sie wollte einfach nicht einsehen, dass ihr Lebenswandel an ihren Kräften zehrte und dass sie später, wenn sie älter war, einmal schwer bereuen würde, in ihrer Jugend Raubbau mit ihrem Körper getrieben zu haben.

Kari grinste ihre Eltern an, aber ihre Unbekümmertheit war schlecht gespielt. »Wir bekommen morgen Besuch. Ich hoffe, ihr nehmt euch etwas Zeit?«

Olaf runzelte die Stirn. »Besuch? Von wem?«

»Mike Heiser. Er will mit euch reden.«

»Der berühmte Stardesigner?«,fragte Brit. »Will er unsere Kellner neu einkleiden?«

Aber Kari schüttelte den Kopf. »Nein, es geht um mich.«

Juni 1985, Sylt

Hans-Josef Keller stand am Fenster seines Büros und starrte hinaus. Noch immer! Bewegungslos! Dabei war Kari längst vorbeigelaufen und nebenan im Café *König Augustin* verschwunden. Schon gestern und vorgestern hatte er gewartet. Es musste ihr doch etwas an ihm liegen! Hätte sie ihn sonst eingeladen, sie zu der Party bei Mike Heiser zu begleiten?

»Komm einfach mit, wenn du Lust hast«, hatte Kari gesagt, als sie sich vor gut einer Woche zufällig vor dem Hotel begegnet waren. »Mike freut sich, wenn man Gäste mitbringt.« Sie hatte ihn grinsend gemustert. »Heißt du wirklich Hans-Josef?«

»Die meisten nennen mich Hajo.«

»Das gefällt mir schon besser.« Sie schenkte ihm einen neckischen Blick. »Also ist es abgemacht?«

»Aber ich kann doch nicht … einfach so …«

»Mike liebt ausgefallene Gäste.«

Ausgefallen hatte sie ihn genannt! Er? Hajo hatte sich gefragt, ob das ein Kompliment sein sollte oder ob sie sich über ihn lustig machte. Er verbot sich aber, darüber nachzudenken oder gar nachzufragen. Seit er Kari gesehen hatte, seit er mit ihr gesprochen und sie lachen gehört hatte, träumte er von ihr. Und gelegentlich hatte er daran gedacht, sie einzuladen, ins Kino, zum Essen oder zum Tanztee ins *Miramar*. Aber er hatte sich nie getraut. Sie war die Tochter seines Chefs. Und überdies hatte er gelernt, dass ein Schwarzer aufgrund seiner Hautfarbe leicht eine Abfuhr riskierte. Er war Olaf Rensing dankbar gewesen, dass er ihm diese

Chance, als Geschäftsführer seines Hotels zu arbeiten, gegeben hatte, nachdem er sich an unzähligen Orten beworben hatte und abgelehnt worden war, weil ein Hotelmanager mit dunkler Haut nicht akzeptiert wurde. Olaf Rensing war der Erste gewesen, der ihn zum Vorstellungsgespräch eingeladen hatte, also schien er tolerant zu sein und keine Vorurteile zu haben. Aber ob er auch noch so tolerant und vorurteilsfrei war, wenn es um seine Tochter ging? Hajo wollte nichts riskieren und seine Stelle unter gar keinen Umständen aufs Spiel setzen.

Abgesehen davon hatte er das Gefühl, dass er der schönen Kari wohl nicht das Wasser reichen konnte. Mit seiner großen, sehr schlanken Statur wirkte er fast hager, sein Gesicht war schmal und seine Stirn hoch. Die dichten, krausen Haare trug er sehr kurz. Er wusste, dass seine dunklen Augen freundlich blickten, er beim Lächeln ein makelloses Gebiss zeigte und seine Bewegungen auffallend geschmeidig waren. Wenn er in einem seiner perfekt sitzenden dunklen Anzüge durch die Lobby ging, folgte ihm so mancher Blick. Doch ob das genügte, um Kari zu beeindrucken?

Er hatte Zweifel gehabt, ob es wirklich so einfach war, bei Mike Heiser als uneingeladener Gast aufzutauchen, aber tatsächlich war es kein Problem gewesen. Er war von Mike Heiser mit offenen Armen empfangen worden. »Ein Freund von Kari? Herzlich willkommen!«

Als er an Karis Seite eintrat, hatte er den Arm um sie gelegt, und sie hatte ihn nicht abgeschüttelt. Bei dem Anblick, der sich dann bot, hatte er die Luft angehalten und erst mal schlucken müssen. Dieser Luxus! Mike Heisers Haus am Rande von Kampen wirkte, wenn man es von der Straße aus betrachtete, relativ bescheiden. Sobald man mit dem Wagen in den Weg einbog, der zum Haus führte, veränderte sich jedoch der Blick und damit auch der Eindruck. Aber bis zu diesem Punkt kamen nur wenige.

Direkt hinter der Einbiegung standen Sicherheitsleute, die niemanden durchließen, der keine Besuchserlaubnis hatte. Mike Heiser war mehrmals von Neugierigen, von liebestollen Frauen und Presseleuten belästigt worden und wollte nun sichergehen, dass niemand zu ihm vordrang, den er nicht darum gebeten hatte.

Es war schon dunkel gewesen, als Kari und Hajo ankamen. Der Eingang der Villa war hell erleuchtet, davor standen zwei Pagen, die die Gäste ins Haus führten und ihnen die Mäntel abnahmen. Die Eingangshalle war beeindruckend. Über einen hellen Marmorboden gingen die Gäste in den Wohnraum, der einige Stufen tiefer lag. Die Seite zum Meer war komplett verglast und bot einen einzigartigen Ausblick auf die Dünen, über den Strand bis zum Wasser. Mike Heiser war es zwar nicht gelungen, aus dem Strand vor seinem Grundstück einen Privatstrand zu machen, so was sahen die Inselstatuten nicht vor, aber seine Security-Leute sorgten rund um die Uhr dafür, dass niemand ausgerechnet dort baden und sich sonnen wollte, wo der berühmte Stardesigner Wert darauf legte, allein und unerkannt zu bleiben.

Die Einrichtung der Villa war schlicht, aber edel. Helle Teppiche auf beigen Fliesen, weiße Sofas, ein weißer Flügel, farbige Akzente gab es gar nicht. Sogar die Gäste, die schon anwesend waren, als Hajo und Kari eintrafen, trugen keine bunte Kleidung. Zufall? Oder wussten diejenigen, die eingeladen waren, dass Mike Heiser, zumindest zurzeit, ausschließlich *Ton-sur-Ton*-Kleidung auf den Markt brachte? Hajo war froh, dass er sich für eine beige Hose und ein weißes Hemd entschieden hatte und somit nicht weiter auffiel. Er hatte kürzlich in einer Zeitschrift gelesen, dass Mikes aktuelle Mode nicht besonders erfolgreich war. Der Zeitgeist verlangte nach Farbe, bunte Stulpen waren zurzeit modern, neongelbe Stirnbänder, Chucks in Knallrot, Basecaps in allen Farben. Womöglich hatte Mike Heiser diesen Farben ein wenig zu früh den Kampf angesagt, die Zeit schien noch nicht reif zu sein für Ton-in-Ton. Auch Kari, die Hajo schon oft in knallroten Leggings mit gelben und blauen Stulpen gesehen hatte, trug an diesem Abend einen hellen Hosenanzug, dazu ein weißes T-Shirt und weiße Ballerinas.

»Von mir entworfen«, verkündete Mike Heiser stolz und sah sich um, als wollte er feststellen, ob auch andere Damen seine Mode trugen. Selbstverständlich war das der Fall. Vermutlich gingen alle, die bei Mike Heiser eingeladen waren, zuerst in Kampen shoppen, wo in allen teuren Geschäften Mike-Heiser-Modelle angeboten wurden.

Dass Kari eine Reisetasche bei sich hatte, versetzte Hajo in Erstaunen. »Willst du übernachten?«

Sie hatte mit den Schultern gezuckt. »Mal sehen. Mikes Partys gehen oft über mehrere Tage. Ich will auf alles vorbereitet sein. Und wenn es hier gemütlich wird, ist mein Hosenanzug weiß Gott nicht mehr das richtige Kleidungsstück.«

Was Kari unter Gemütlichkeit verstand, begriff Hajo erst später. Als die Lagerfeuer brannten, als Getränke und Snacks zum Strand gebracht worden waren, als die ersten Kleidungsstücke fielen und ein Mann vergessen hatte, dass er einen Anzug trug, als er spontan beschloss, im Meer zu baden. Zu diesem Zeitpunkt hatte Hajo auch bemerkt, dass die Zigaretten, die kreisten, in Wirklichkeit Joints waren. Er lehnte jedes Mal ab, noch nie hatte er Drogen genommen und wollte es auch an diesem Tag nicht tun. Aber er beobachtete, dass Kari immer wieder einen tiefen Zug inhalierte. Augenscheinlich war sie daran gewöhnt. Hajo hätte sie am liebsten davon abgehalten, aber das ging natürlich nicht. Dieses Recht konnte er sich nicht herausnehmen.

Sie kümmerte sich kaum um ihn, schien ihn sogar vergessen zu haben. Hajo bekam mehr und mehr den Eindruck, dass es Zufall gewesen war, von ihr eingeladen worden zu sein. Er war ihr gerade über den Weg gelaufen, und Kari hatte, spontan, wie sie war, die Idee gehabt, ihn mitzunehmen. Es hätte auch jeder andere gewesen sein können. Ein ernüchternder Gedanke.

Als es kalt wurde, blieben nur noch wenige am Strand, die meisten gingen zurück zum Haus. Auch Kari. Hajo beobachtete sie genau, als die *Half Brothers* auftauchten, diese fünf Schwarzen mit der blonden Frau. Kari schien tatsächlich keine Vorurteile zu haben, es kam Hajo so vor, als übten die Männer große Anziehungskraft auf sie aus. Auch die meisten anderen Gäste scharten sich um die fünf – freundlich, offen, entgegenkommend, wie sie auch ihn, Hajo Keller, freundlich, offen und entgegenkommend begrüßt hatten. Wie es sein würde, wenn er ihnen später, auf der Kurpromenade von Westerland, begegnete, blieb dahingestellt. Und wie man die fünf schwarzen Männer später behandeln würde, wenn ihre Karriere mal zu Ende ging, war ebenfalls eine Frage, die Hajo sich gar nicht beantworten wollte. Bei Kari jedoch war er sich sicher, dass die Hautfarbe für sie keine Rolle spielte. Offenbar hatte ihr Vater durch sein gutes Vorbild dafür gesorgt, dass seine Tochter so tolerant war wie er selbst. Hajo würde nie vergessen, wie prompt seine Bewerbung beantwortet worden war, während er bisher stets lange hatte warten müssen, ehe er eine Absage erhielt – oder überhaupt keine Antwort bekam, nachdem ein potenzieller Arbeitgeber einen Blick auf sein Foto geworfen hatte.

Als eine Frau sich auszog und in Unterwäsche auf einem der Tische tanzte, war Hajo schockiert. Und als er feststellte, dass sich ein Paar in eine Zimmerecke zurückzog und dort alle Anwesenden vergaß, kam er aus dem Staunen nicht heraus. Aus der Party wurde mehr und mehr ein Zusammentreffen von Menschen, die für eine Nacht aus ihrer Haut herauswollten, die einmal anders sein, einmal alles vergessen wollten, die als Mitglieder der Schickeria gekommen waren und nun zeigen wollten, wie unabhängig sie von der Schickeria waren. So kam es Hajo jedenfalls vor.

Gegen drei Uhr nachts wollte er nur noch nach Hause. Um sieben würde er bereits wieder aufstehen müssen, scheinbar war er der Einzige, der am nächsten Tag einer Arbeit nachgehen musste. Außerdem schien er der Einzige zu sein, der nüchtern war und sich nicht in den Drogenrausch hatte ziehen lassen. Er war mit einem Mal ein Außenstehender und sogar ein Außenseiter geworden, als klar wurde, dass er nicht mitmachen wollte. Niemand beachtete ihn mehr, wenn er umherging und sich die Einrichtung des Hauses ansah, niemand wollte mit ihm an der Bar über den Agentenaustausch auf der Glienicker Brücke in Ost-Berlin diskutieren, wenn er nicht bereit war, sich auf verrückte Argumente einzulassen, die nur vernebelten Hirnen entsprungen sein konnten. »Fünfundzwanzig Westagenten gegen vier Ostagenten!« Es gab einige, denen ein umgekehrtes Verhältnis lieber gewesen wäre.

Auch die Frauen hatten das Interesse an Hajo schnell verloren, als er nicht bereit war, sich knutschend in eine Ecke zu verdrücken oder sich gar in einen Nebenraum ziehen zu lassen, wo schon ein anderes Paar zur Sache ging. Sex quasi in der Öffentlichkeit! Hajo Keller war bestürzt und schockiert.

Die Party lief aus dem Ruder, und das war augenscheinlich so gewollt und geschah wohl jedes Mal so. Hajo fühlte sich immer unwohler und machte sich auf die Suche nach Kari. Er wollte sie bitten, mit ihm heimzufahren. Er fand sie am Pool im Souterrain des Hauses, zusammen mit mehreren jungen Frauen und einigen Männern, die Spaß daran hatten, sich gegenseitig ins Wasser zu schubsen. Einige waren nackt, Kari trug zu Hajos Erleichterung einen knappen gelben Bikini. Warum er erleichtert war? Er musste über diese Frage erst nachdenken und sich zu einer Antwort zwingen, ehe ihm klar wurde, dass er Kari für sich haben wollte. Der Gedanke an ihre Nacktheit erregte ihn zwar, aber die Vorstellung, dass er sie mit anderen hätte teilen müssen, deprimierte ihn. Dies war der Augenblick gewesen, in dem er sich eingestand, dass er Kari nicht nur anregend und attraktiv fand, nicht nur hübsch und intelligent, dass er nicht nur in sie verknallt war, sondern … ja, dass er sie liebte.

Hajo Keller seufzte in der Erinnerung, trat vom Fenster zurück und setzte sich wieder an seinen Schreibtisch. Er hatte keine Hoffnung mehr, dass sie zu ihm ins Hotel kommen würde, um ihm zu erklären, warum sie ihn allein hatte zurückfahren lassen und wo sie die letzten Nächte verbracht hatte. Ob sich etwas geändert hatte zwischen ihnen. Ob sie auch etwas empfand für ihn oder ob Kari auch diesen Abend mit ihm, die eine Stunde mit ihm allein, auf die leichte Schulter nahm, wie sie das ganze Leben nicht ernst zu nehmen schien.

Juni 1985, Riekenbüren

»Wir sind alt«, sagte Frida Heflik. Sie sagte es mehrmals täglich, was ihren Mann mehrmals täglich gegen sie aufbrachte.

»Was heißt schon alt?«, fuhr er auf. »Nur, weil wir aufs Altenteil gezogen sind, heißt das nicht, dass wir zum Nichtstun verdammt sind.«

»Altenteil«, wiederholte seine Frau und betonte den ersten Teil des Wortes. »Wir sind über siebzig, Edward, die Zeit hat ihre Spuren hinterlassen, das ist nicht zu übersehen.«

»Na und?« Edward wollte ihre Einstellung einfach nicht teilen. Dass sein lahmes Bein ihn nicht mehr tragen wollte, dass er auf die Unterstützung eines Gehstocks angewiesen war, dass er einen ausgedehnten Mittagsschlaf brauchte und abends vor dem Fernseher einschlief, dass er seinen Sohn zu Hilfe holen musste, wenn es etwas zu tragen oder zu verrücken gab, wollte er ebenfalls nicht eingestehen. Oder er sagte zu seiner Frau: »Warum soll ich mich quälen, wenn Hasso mir helfen kann? Dafür sind Kinder schließlich da.«

Dass Hasso es nicht gern sah, wenn sein Vater in die Schreinerei kam, sich in seine Arbeit einmischte, kritisierte, wenn das Telefon häufig benutzt wurde oder wenn eine neue Maschine angeschafft worden war, obwohl die alte noch gebrauchsfähig war, wollte Edward ebenfalls nicht akzeptieren. Und dass Hasso für die Buchführung eine Aushilfskraft eingestellt hatte, obwohl seine Mutter früher diese Arbeit einmal pro Woche am Abend in der Küche erledigt hatte, wurde ebenfalls häufig von ihm bemängelt.

Aber mit einem Computer und einem Buchhaltungsprogramm hatte sich Frida Heflik auf keinen Fall befassen wollen, und Hasso wiederum hatte sich von der handschriftlichen Buchführung auf großen Kontenblättern endgültig verabschiedet. Die alte mechanische Schreibmaschine hatte er sogar, ohne vorher zu fragen, aus dem Haus geholt und zur Mülldeponie gebracht, damit seine Mutter nicht mehr auf die Idee kommen konnte, die Geschäftskorrespondenz damit zu erledigen. Das machte Halina, Hassos Frau, auf dem Computer. Sie hatte einen Kurs belegt, weil sie den Computer auch für die Verwaltung des Campingplatzes einsetzen wollte, der ihr Aufgabenbereich war.

Frida erhob sich schwerfällig vom Frühstückstisch und stellte das Radio an, ein Transistorgerät, das Sohn und Schwiegertochter ihr zum Geburtstag geschenkt hatten. Nur für die Küche, nur für sie! Bisher hatte es im Hause lediglich die Musiktruhe in der guten Stube gegeben, die kaum benutzt war worden, weil sie nur selten, ausschließlich zu Weihnachten und anderen Feiertagen oder für hohen Besuch, geöffnet wurde. Nun hatten sie gar keine gute Stube mehr, das kleine Wohnzimmer nebenan nutzten sie täglich, denn dort stand der Fernseher, vor dem Edward jeden Abend verbrachte. Wäre die Küche größer gewesen, hätte er vielleicht dort seinen Platz gefunden, aber Hasso und Halina hatten gemeint, dass die Zeit der guten Stuben vorbei sei. Sie hatten aus dem Wohnzimmer, das Frida und Edward früher nur gelegentlich geöffnet und sehr selten geheizt hatten, einen Raum gemacht, den sie täglich benutzten. Der Altenteil für Frida und Edward war dem großen Haus angebaut worden, in dem die Familie Heflik nicht nur wohnte, sondern auch arbeitete, denn die Schreinerei war dort ebenfalls untergebracht. Platz gab es genug auf dem Anwesen der Hefliks. Sie hatten nie Landwirtschaft betrieben, aber Edwards Vorfahren waren der Meinung gewesen, dass es gut war, möglichst viel Land zu besitzen. Dass sie damit recht gehabt hatten, wurde nun bewiesen. Viele Bauern verkauften jetzt sogar einen Teil ihrer Ländereien, weil die Dörfer, und auch Riekenbüren, wuchsen und durch Neubausiedlungen erweitert wurden, sodass die Agrarfläche zu Bauland wurde. Davon hatten die Hefliks zwar noch nicht profitiert, aber Edward hatte schon vor über zwanzig Jahren das Weideland hinter dem Haus einer neuen Verwendung zugeführt. Er hatte einen Campingplatz dort eröffnet. Dass die Deutschen im Wirtschaftswunder immer reiselustiger wurden, war nicht zu übersehen. Früher erschienen hauptsächlich junge Leute, die ihre Zelte aufbauten, dann kam die Zeit der Wohnanhänger. Und je anspruchsvoller die Camper wurden, desto mehr musste man ihnen bieten. Frida hatte das sofort verstanden. Edward Heflik hatte zwar gemurrt, aber dann doch eingesehen, dass er Sanitärhäuser bauen musste, nicht nur mit Toiletten, sondern auch mit großzügigen Duschanlagen. Die Camper waren längst keine Leute mehr, die sich keinen anderen Urlaub leisten konnten, es handelte sich vielfach um Menschen, die sich dem Campen verschrieben hatten, weil sie sich freier fühlten als in einem Hotel, allein schon, weil sie auf einem Campingplatz keiner Kleiderordnung oder sonstigen Zwängen unterlagen.

Der Platz war gut besucht, vor allem natürlich im Sommer, hatte mittlerweile viele Stammgäste und seit Neuestem auch Gäste, die ihren Wohnwagen das ganze Jahr über auf dem Platz stehen ließen. Sogar ohne Räder, auf einem festen Fundament, als wäre es ihr zweites Haus.

Frida freute sich darüber, dass sie jetzt einen Blick auf einen Teil des Campingplatzes hatte, wo es immer etwas zu sehen gab. Sie fühlte sich wohl in ihrem neuen Zuhause, während Edward oft beanstandete, dass sie abgeschoben worden seien. Kein direkter Zugang zur Werkstatt und auch nicht zu der Wohnung der jungen Familie. Frida vermisste allenfalls die Fenster nach vorn zur Straße hin. Sie hatte während der Küchenarbeit gern aufgeblickt, wenn jemand vorüberging, hatte beobachtet, wer im allerletzten Moment den Bus erwischte und wer zu spät gekommen war, wer eine Nachbarin begrüßte und eine Weile mit ihr schwatzte, und wer sich unter den Regenschirm duckte, um den Pfarrer nicht sehen und sich ermahnen lassen zu müssen, mal wieder den Gottesdienst zu besuchen. Für Frida war es am wichtigsten, dass sie den Garten behalten hatte, der hinter dem Haus lag. Halina legte keinen Wert darauf, Obst und Gemüse selbst zu ziehen, das überließ sie gern ihrer Schwiegermutter.

Frida wiegte den Oberkörper und summte mit, während sie den Frühstückstisch abräumte. »An der Nordseeküste …« Sie fand es herrlich, jederzeit Unterhaltung aus dem Radio zu haben, von allen Neuigkeiten sofort zu erfahren, quasi nie mehr in ihrer Küche allein zu sein. Mittlerweile erkannte sie die Radiomoderatoren an ihrer Stimme und hatte das Programm im Kopf.

Sie hatte zugenommen im Laufe der letzten Jahre. Ihr Körper war schwerer geworden, ihre Beine, die ihre Schwestern erbarmungslos Sauerkrautstampfer genannt hatten, waren noch dicker geworden und außerdem von Krampfadern durchzogen. Ihr dünnes Haar wirkte auch durch eine Dauerwelle nicht voller, ihre Gesichtshaut schien von Tag zu Tag fahler zu werden. Wenn sie sich morgens im Spiegel betrachtete, seufzte sie manchmal, aber wenn sie dann in der Küche das Radio anstellte und die neue Kaffeemaschine in Gang setzte, die Brit ihr geschenkt hatte, ging es ihr besser. Sie war nie hübsch gewesen, auch als junges Mädchen nicht, trotzdem hatte sie den flotten Edward zum Mann bekommen, den Erben eines soliden Unternehmens, der *Schreinerei Wunder*, und lebte seitdem in einem angenehmen Wohlstand. Dass der flotte Edward sie vor seiner Erkrankung keines Blickes gewürdigt hatte, spielte keine Rolle mehr. Bevor er Kinderlähmung bekommen hatte, war er der attraktivste Mann des Dorfes gewesen, der ein Mauerblümchen wie Frida überhaupt nicht beachtet hatte.

Aber als er mit dem lahmen Bein nicht mehr tanzen konnte und nicht einmal in den Krieg ziehen durfte, hatte sich vieles geändert. Frida und Edward waren sich mit einem Mal ebenbürtig gewesen, das unscheinbare Mädchen und der hinkende Schreiner.

Es klopfte an der Hintertür, sie wurde geöffnet, bevor Frida zum Eintreten auffordern konnte. Das musste Halina sein. Sie fand, dass das Klopfen eine Sache der Höflichkeit war, während Hasso der Ansicht war, dass man an der Tür der Eltern nicht zu klopfen brauchte.

»Guten Morgen!« Halina steckte den Kopf in die Küche, als hätte sie keine Zeit einzutreten. »Habt ihr Kaffee im Vorrat? Meiner ist aus.« Halina bot in diesem Sommer an dem Kiosk, der zum Campingplatz gehörte, auch Kaffee und belegte Brötchen an, für die Camper, die im Urlaub ihr Frühstück nicht gerne selber zubereiteten. »Nachher mache ich einen Großeinkauf.« Nun kam sie doch in die Küche und schloss die Tür hinter sich. »Dann bringe ich gleich mehrere Kilos mit.«

Halina war noch immer so schlank wie als junges Mädchen, trug gern Röhrenjeans, die ihren Schwiegereltern nicht gefielen, Blusen mit riesigen Schulterpolstern und einen Mecki-Haarschnitt, der vor allem ihrem Schwiegervater nicht gefiel. »Braucht ihr etwas, was ich mitbringen soll?«

Frida suchte ihr letztes Pfund Kaffee aus dem Vorrat und reichte es Halina. »Mineralwasser«, antwortete sie.

»Wasser aus dem Kran schmeckt genauso gut«, brummte Edward.

Frida legte Wert darauf, das Thema zu wechseln. »Habt ihr etwas von Dennis gehört?«

Ihr Enkel, der später einmal die Schreinerei übernehmen sollte, lernte zurzeit in einem holzverarbeitenden Betrieb in Bremen. Hasso war es wichtig gewesen, dass er nicht bei seinem Vater lernte, sondern erst in die *Schreinerei Wunder* eintrat, wenn er fertiger

Geselle war. Die Ausbildungsstelle in der Firma *Johannsen* war genau richtig. Eine Schreinerei, dreimal so groß wie die *Schreinerei Wunder*, mit einer technischen Ausstattung, von der Hasso nichts verstand und die Dennis vielleicht später mal in Riekenbüren einführen würde. Er wusste dann, worauf es ankam.

Halina zuckte mit den Schultern. »Er meldet sich nicht oft. Er sagt, er hat viel zu tun.«

»Wenn er das Abitur nicht gemacht hätte«, brummte Edward, »könnte er längst seinem Vater zur Hand gehen.«

Aber da war Halina anderer Ansicht. »Man weiß nie, was kommt. Mit dem Abitur in der Tasche stehen ihm alle Möglichkeiten offen.« Sie machte deutlich, dass sie zu keiner Diskussion bereit war, dass jedes Gespräch über diese Entscheidung überflüssig war. »Ich bin froh, dass er bei *Johannsen* arbeitet. Eine gute Firma. Und besonders erfreulich ist, dass man dort für die Lehrlinge Zimmer vermietet. Stellt euch vor, wir hätten für Dennis eine Wohnung in Bremen mieten müssen!« Eine Reaktion der Schwiegereltern wartete sie gar nicht ab. Mit dem Kaffee in der Hand verabschiedete sie sich wieder. »Bis später!«

»Ein Schreiner mit Abitur«, knurrte Edward. »Wo gibt's denn so was?«

»Ich bin froh, dass er nach Bremen gegangen ist«, sagte Frida. »Weit weg von der Spielhalle.«

Sie war das ganz große Ärgernis in Riekenbüren. Direkt neben der Kirche war sie eröffnet worden, ohne dass der Pfarrer es hatte verhindern können. Der *Konsum* war geschlossen worden, weil sich so ein kleiner Lebensmittelmarkt nicht mehr lohnte und die Riekenbürener ja sowieso im Großmarkt kurz vor Achim einkauften, wo es immer viele Sonderangebote gab. Lange hatte das Ladenlokal leer gestanden, bis die Spielhalle eingezogen war, die von den Älteren gern Spielhölle genannt wurde. Die Fenster waren verhängt worden, dahinter schien alles dunkel zu sein, aber wenn sich die Tür öffnete, sah man es in allen Farben blinken, und es zirpte, jaulte und piepte. Voller Sorge hatte die ganze Familie Heflik beobachtet, welche Anziehungskraft die Spielhalle auf Dennis ausübte, der stundenlang vor den Spielautomaten sitzen und Zahlen und irgendwelche Symbole anstarren konnte, um schließlich mit leeren Taschen nach Hause zu kommen. Die Spielhalle war einer der Gründe gewesen, warum Dennis seine Ausbildung nicht in Riekenbüren, sondern in Bremen machen sollte.

»Das Leben ändert sich«, sagte Frida. »Heutzutage haben auch Handwerker das Abitur.«

Sie stellte das Radio ein wenig lauter, denn Modern Talking hörte sie besonders gern, wenn Edward auch darüber schimpfte, dass im Radio ständig Englisch gesungen wurde.

»You're my heart, you're my soul …«

Juni 1985, Sylt

Mike Heiser stand auf der Terrasse seines Hauses und blickte aufs Meer, das an diesem Morgen so aussah, als stammte es aus Picassos blauer Periode. Weit hinten wie ein Blau kurz vor Mitternacht, davor mit grünem Einfluss und im Auslaufen so hell wie Eiswasser. Es würde ein sonniger Tag werden. Noch war der Himmel verhangen, die Wolkendecke grau, aber sie würde bald aufreißen, das war schon zu sehen und zu spüren. Die Sonne blinzelte bereits durch den Wolkenvorhang, streichelte mit spitzen, kurzen Strahlen, als wollte sie noch nichts von kugelrunder Wärme wissen. Mike zog den Pullover über den Kopf, den er sich, als er auf die Terrasse trat, über die Schultern gelegt hatte. Es würde noch ein, zwei Stunden dauern, bis sich die kalte, klare Luft erwärmte. Er warf den Kopf zurück und strich sich mit der Rechten übers Haar, blond und leicht gewellt, vom besten Haarkünstler der Insel in Form gebracht. Manchmal ließ er sogar einen Friseur aus Hamburg kommen, den angeblich besten Europas, der dann ein paar Tage im Gästetrakt von Mikes Haus Urlaub machen durfte. Aber Mike Heiser gab sich Mühe, seinem Äußeren nicht zu viel Aufmerksamkeit zu widmen, er wollte nicht unmännlich erscheinen. So was passierte schnell. Zwar ließ man einem Mann, der mit Mode sein Geld verdiente, einiges durchgehen, aber er wollte nicht, dass hinter seinem Rücken getuschelt wurde und die Leute sich vielsagende Blicke zuwarfen. Das war schlecht fürs Geschäft und die eigene Persönlichkeit.

Er hörte, dass die Terrassentür aufgeschoben wurde und dann

Julians leichte Schritte. Mike lächelte, schloss die Augen und legte den Kopf zurück. Er wusste, dass Julian ihn gleich von hinten umarmen würde und er seinen Kopf an dessen Brust legen konnte. Beide liebten es, den Tag so zu beginnen, mit einem Moment auf der Terrasse, schweigend, mit dem Blick aufs Meer.

Nach einer Weile löste sich Julian von Mike und trat an seine Seite. Er war ein großer, kräftiger Mann, zu dem der Hüftschwung nicht passte, mit dem er sich bewegte. Mike hatte oft versucht, ihn zum kräftigen Ausschreiten, zum breitbeinigen Gehen, zu maskulinen Bewegungen zu bringen. Er hatte Angst, dass Julian Haarbeck seine Homosexualität auf den ersten Blick anzusehen war, dass er bestätigte, was viele dachten: Männer, die sich mit Mode beschäftigen, sind schwul. Mike selbst brauchte das Interesse der Frauen, für die er Mode machte. Seine Bewunderinnen waren ihm wichtig, so lästig sie ihm andererseits auch oft waren. Aber sie bewiesen, dass er ein Mann war, so wie ein Mann in diesen Zeiten zu sein hatte. Er legte Wert darauf, seine Position mitten in der Gesellschaft zu behaupten, nicht am Rande, dort, wo Homosexuelle nach wie vor landeten.

Missbilligend betrachtete er Julians gezupfte Augenbrauen und seine getuschten Wimpern, verkniff sich aber eine Bemerkung. »Sind die Putzfrauen mit der Arbeit fertig?«

Julian nickte. »Das war wieder eine tolle Party. Dass die *Half Brothers* glaubten, sie wären zu einem Hauskonzert gebeten worden – zum Totlachen!« Wie er die erste Silbe betonte! Julian begriff einfach nicht, dass ihn solche Nuancen schon verrieten, da machte es kaum noch einen Unterschied, dass er auf die wegwerfende Handbewegung nah am Körper verzichtete, die in der Gesellschaft zum Symbol des stereotypen Schwulen geworden war. »Hoffentlich schicken sie keine Rechnung.«

»Und wenn, dann bezahlst du sie.«

»Okay.« Ein winziges Lächeln lag auf Julians Gesicht, während seine Blicke über die Dünen, den Strand, den Ufersaum wanderten, als suchte er etwas. Aber Mike kannte den Grund für Julians Staunen, das ihn Morgen für Morgen erneut überkam: Er war glücklich, hier leben zu dürfen. Mike war immer wieder gerührt, wenn er das bemerkte.

»Der Schneider wird morgen Vormittag kommen«, sagte Julian. »Gegen elf.«

»Versuch, den Termin auf den Nachmittag zu verlegen. Ich werde morgen nach dem Frühstücken zu Karis Eltern fahren.«

Julian schüttelte den Kopf, als könnte er es nicht fassen. »Ihr wollt das also wirklich durchziehen?«

»Kari hat es mir angeboten.«

»Erstaunlich.«

»Wir sind befreundet.«

»Trotzdem.«

Mike runzelte die Stirn. »Ich bin das Getuschel leid. Danach wird Schluss sein mit den hässlichen Mutmaßungen.«

»Es geht also um die Fernsehshow«, stellte Julian fest.

»Ja, natürlich ... das auch.« Mike Heiser, der immer gern behauptete, Berühmtheit und Publicity seien ihm nicht so wichtig, er wolle nur mit Stoffen und Schnittmustern arbeiten, dann sei er glücklich ... dieser Mike Heiser fand nun das Angebot, das ihm die ARD gemacht hatte, so attraktiv, dass er nicht widerstehen konnte. Die Sendung sollte eine Art Modenschau werden, aber die Zuschauer vor den Bildschirmen würden mit dabei sein dürfen, wenn Mike die erste Idee für ein Kleidungsstück hatte, wenn er sich Gedanken über den Stoff machte, wenn er zum Einkaufen fuhr, um das richtige Material zu finden, wenn er selber nähte, an wunderschönen Mannequins seine Modelle ausprobierte. Für eine solche Sendung ist kein anderer besser als der berühmteste Mode-Designer Deutschlands: Mike Heiser. Allerdings ... die Gerüchte, die sich um ihn rankten, gefielen dem Sender nicht.

Der Programmchef hatte es ihm klipp und klar gesagt: »Bei uns wird kein 175er beschäftigt, wir würden uns ja strafbar machen.«

»Dieser Idiot«, murmelte Julian. »Strafbar sind nur noch sexuelle Handlungen mit männlichen Jugendlichen unter achtzehn Jahren.«

»Darauf kommt es nicht an«, gab Mike zurück. »Die ARD weiß, dass der größte Teil seiner Zuschauer keine Homos auf dem Bildschirm sehen will. Das ist nun mal so. Und diejenigen, die mit ihren Gebühren dafür sorgen, dass die Sender ihre Programme produzieren können, haben das Sagen. Über die kann man sich nicht einfach hinwegsetzen. Ich verstehe das sogar.«

Julian Haarbeck seufzte tief auf. »Und deswegen …«

Mike ließ ihn nicht zu Ende sprechen. »Ja, deswegen! Ich bin sehr dankbar, dass sie mir dieses Angebot gemacht hat.«

»So wichtig ist dir diese Fernsehshow?«

Mike wollte nicht gern bejahen, aber er nickte dann doch. »Das ist eine Riesenchance. Alle Mike-Heiser-Modelle können wir in Zukunft glatt fünfzig Prozent teurer verkaufen.«

Mike löste sich von Julian, machte einen Schritt vor, bis zum Rand der Terrasse und schirmte die Augen mit der Hand ab, während er aufs Meer sah, als suchte er ein Schiff am Horizont, das ihm Seide aus China bringen würde. »Kari besteht darauf, dass alles formvollendet vonstattengeht. Ihre Eltern dürfen den wahren Grund nicht kennen. Sie sind zwar ganz nett, sagt sie, aber schreckliche Spießer.«

»Dann wird Kari bald hier einziehen?«

»Ich glaube, das ist für sie der Hauptgrund, mir diesen Gefallen zu tun. Sie will von zu Hause weg. Dort ist ständig die Rede davon, dass sie das Café weiterführen soll oder die Stiftung auf dem Festland oder die Hotels … Das ist nichts für Kari.«

»Sie wird dann auf deine Kosten leben.«

»Natürlich. Das ist ja ganz normal.«

Julian sah nicht so aus, als gefiele ihm dieser Gedanke. »Was ist mit dem Mann, der sie zur Party begleitet hat? Ist das ihr Freund?«

»Nein, nur irgendein Bekannter, ein belangloser Flirt.«

»Ich habe gesehen, dass sie mit ihm zusammen am Pool war. Und dann waren plötzlich beide verschwunden.«

Mike zuckte mit den Schultern. »Wir werden natürlich in aller Ausführlichkeit besprechen müssen, wie das in Zukunft aussehen wird.« Er drehte sich um und ging ins Haus zurück. »Vielleicht müssen wir sogar einen Vertrag abschließen. Ich könnte mal mit dem Anwalt darüber reden.«

Juni 1985, Achim

Romy Wimmer hätte sich, wenn sie gefragt worden wäre, eine schöne junge Frau genannt. Schön? Jung? Sie war nun über vierzig. Und was ihr an ihrem Äußeren gefiel, war mit viel Zeit und Aufwand am Morgen vor dem Badezimmerspiegel entstanden. Aber Romy hatte schon als sehr junges Mädchen dazu geneigt, sich selbst zu überschätzen.

Ihr Vorbild war Linda Evans aus dem Denver-Clan. Romy war blond wie sie, föhnte ebenfalls ihren Pony zu beiden Seiten auf, sorgte für eine hochtoupierte Pracht auf dem Oberkopf und eine sorgfältig gelegte Innenrolle in den knapp über den Schultern endenden Haaren. Was in Mode kam, wurde von Romy Wimmer umgehend aufgegriffen. In Achim und Riekenbüren hatte sich noch gar nicht herumgesprochen, dass Blusen neuerdings riesige Puffärmel haben mussten, da saß Romy schon wie ein Weihnachtsengel am Schreibtisch und war auch eine der Ersten, die eine Steghose trugen. Ihr Gesicht war hell geschminkt, der Kajalstrich, der ihre Augen betonen sollte, konnte ihr gar nicht dick genug sein. Als sie einmal mit einer Ballonhose zur Arbeit erschien, war zwei Wochen später ein Vertreter für Hotelseifen zu Brit und Olaf gekommen, der sich dezent erkundigt hatte, ob sie eigentlich wüssten, dass die Angestellte, die im Büro der Knut-Augustin-Stiftung saß, wie eine Haremsdame ihren Dienst versah. Olaf war der Meinung gewesen, man müsse ein Gespräch mit Romy führen, aber Brit hatte darauf bestanden, die Sache auf sich beruhen zu lassen. Romy hatte immer schon gemacht, was sie wollte, und wenn ihr jemand dreinredete, dann erst recht. Mit einem Mitarbeitergespräch würden sie genau das Gegenteil von dem erreichen, was sie vorhatten. Das hatte Olaf schließlich eingesehen.

An diesem Tag war Romys Kajalstrich noch dicker ausgefallen, der Mund knallrot geschminkt, die Wimpern zu Fliegenbeinen getuscht. Die Presse hatte sich angemeldet. Ein Bericht über die Knut-Augustin-Stiftung und über das Hotel mit dem ausgefallenen Namen »Haus für gefallene Mädchen« war geplant. Und das für das größte überregionale Blatt Norddeutschlands. Romy war total aus dem Häuschen.

Nicole Heflik betrachtete sie kopfschüttelnd. »Das ist doch keine Reportage über Romy Wimmer! Glaubst du etwa, die wollen dich fotografieren?«

»Man kann nie wissen! Jedenfalls sollte man auf alles vorbereitet sein.« Missbilligend betrachtete Romy das junge Mädchen, das so aussah wie immer, was in diesem Fall bedeutete: so unscheinbar wie immer. Nicole hatte leider von der Attraktivität ihres Vaters und ihres Großvaters nichts abbekommen, auch ihrer Mutter ähnelte sie nicht, sie kam ganz auf ihre Oma Frida Heflik. Deren fahle Gesichtshaut hatte sie geerbt, die kleinen farblosen Augen, das aschblonde Haar und dazu noch den breiten Unterkörper mit den dicken Beinen. Romy schwankte, wenn sie Nicole ansah, oft zwischen Mitgefühl und Ungeduld. Sie tat ihr einerseits leid, es brachte sie aber andererseits auf, dass sie sich so bereitwillig mit ihrer Plumpheit abfand. Eine modische Frisur, ein raffiniertes Make-up und Kleidung, die die Problemzonen versteckte, hätten nach Romys Meinung auch aus Nicole ein Mädchen machen können, das, wenn nicht hübsch, so doch einigermaßen ansehnlich gewesen wäre. Erst recht wäre sie vielleicht dem einen oder anderen Mann aufgefallen, wenn sie temperamentvoll und geistreich gewesen wäre, aber auch auf diesem Gebiet konnte sie nicht punkten. Nicole Heflik war still – Romy nannte es langweilig – und hielt sich grundsätzlich zurück, wenn andere mit Witz und Charme brillierten. Möglich natürlich, dass die Zeit auf der Sonderschule ihr Selbstbewusstsein untergraben hatte, das hielt sogar Romy für möglich. Nicole hatte nach wie vor Schwierigkeiten mit dem Lesen, sie setzte die Wörter zusammen wie ein Erstklässler, und die Rechtschreibung war für sie ein Buch mit sieben Siegeln. Ein Büroberuf war für sie eigentlich genau das Falsche, aber Nicole hatte es sich in den Kopf gesetzt, ihr Leben hinter einer Schreibmaschine und in der Nähe eines Telefons zu verbringen. Bürogehilfin! Das war ihr Traumberuf, der Beruf, den ihr jeder Berater im Arbeitsamt hatte ausreden wollen. Aber Nicole war hartnäckig gewesen, was sie sich leisten konnte, weil Olaf Rensing, der Mann ihrer Tante, bereit war, ihr eine Chance in der Stiftung zu geben, die er ins Leben gerufen hatte. Romy hatte die Hände über dem Kopf zusammengeschlagen, als sie Nicoles Bewerbungsunterlagen in die Hand bekam, und Brit gefragt, ob sie noch ganz bei Trost sei. Aber Brit hatte ihr klargemacht, dass sie es ihrem Bruder schuldig sei, sich um seine Tochter zu kümmern, und dass die Familie immer Vorrang habe. Also arbeitete Nicole Heflik nun in der Knut-Augustin-Stiftung, und Romy war mittlerweile zu der Überzeugung gekommen, dass viel mehr in dem Mädchen steckte, als das Zeugnis der Sonderschule vermuten ließ. Die Schwierigkeiten beim Lesen und Schreiben machte Nicole wett durch große Freundlichkeit, sprachliche Gewandtheit am Telefon und unermüdliche Arbeitsbereitschaft. Dazu konnte sie flott rechnen und hatte eine viel flinkere Auffassungsgabe, als ihre Familie glaubte. Dumm nur, dass sie nicht Schneiderin oder Verkäuferin werden wollte, wo sie sicherlich sehr erfolgreich gewesen wäre, sondern unbedingt in einem Büro arbeiten wollte. Für ihr Leben gern hätte sie die Handelsschule besucht wie ihre Oma, ihre Tante und auch Romy, aber dort war sie nicht angenommen worden. Die Aufnahmeprüfung war für jemanden, der weder richtig lesen noch schreiben konnte, nicht zu bewältigen.

Die Tür wurde aufgestoßen, zwei Männer rempelten sich gegenseitig ins Büro, einer mit Kameras behängt, der andere mit einem Stativ über der Schulter. Offenbar hatte keiner von ihnen geglaubt, dass sie nicht nebeneinander durch den Eingang passten. »Moin!«

Der junge Mann mit dem schmalen Diktiergerät in der Hand wurde von Romy erst zur Kenntnis genommen, als die beiden Fotografen festgestellt hatten, dass es in diesem Büro nichts gab, das sich lohnte zu fotografieren.

»Das Wetter ist gut. Ich denke, wir arbeiten draußen, vor dem Haus.« Der Reporter streckte Romy die Hand hin. »Gisbert Rosner.« Dass er Nicole nicht zur Kenntnis nahm, war zu erwarten gewesen. Er erschrak förmlich, als sie hinter ihrem Schreibtisch hervorkam, um die Pressevertreter in den Vorgarten zu führen.

Vor dem Haus bauten die Fotografen die Stative auf, kontrollierten die Entfernungen, sahen immer wieder in ihre Kameras und änderten dann erneut den Standort. Gisbert Rosner sah Romy erst von Kopf bis Fuß an und ihr dann wohlwollend ins Gesicht. So, wie es ihr gefiel. »Erzählen Sie mir bitte von diesem Haus und von dem Hotel nebenan. Die beiden Gebäude gehören zusammen, richtig?«

Romy bestätigte es. Und Gisbert Rosner war besonders interessiert, als sich herausstellte, dass Romy Wimmers Leben eng mit den beiden Häusern verknüpft war. Sie zeigte zu dem Hotel nebenan, das aber, weil die Grundstücke sehr groß waren, kaum zu sehen war. Dichte Hecken versperrten die Sicht auf die weite Rasenfläche, auf der sich die Hotelgäste sonnten. Der alte Baumbestand war so gut es ging erhalten geblieben, sodass das Hotel wie beschützt von dichten Baumkronen dastand. »Das ist das Entbindungsheim – so hieß es damals offiziell. Überall wurde aber nur von dem ›Haus für gefallene Mädchen‹ gesprochen. Und Olaf Rensing, der es damals gekauft hat, fand es witzig, den Namen zu erhalten.« Romy lachte leise. »Sie glauben gar nicht, wie verblüfft die Gäste reagieren, wenn sie hören, wie das Vier-Sterne-Hotel in der Nähe von Bremen heißt.«

Gisbert Rosner sah in seine Unterlagen. »Herr Rensing hat das Haus umgebaut?«

»Er hat nur den vorderen Teil stehen lassen. Dort war früher das Büro und ein kleiner Raum, in dem die schwangeren Mädchen Besuch empfangen durften. Daraus hat der Architekt die Rezeption gemacht, mit einer Bildergalerie, die an das frühere *Haus für gefallene Mädchen* erinnern soll. Der Rest ist abgerissen worden. Herr Rensing wollte, dass die Gäste in einem topmodernen Hotel wohnen.« Romy drehte sich um und betrachtete nun das Haus der Stiftung, vor dem sie standen, als sähe sie es zum ersten Mal. »Dann hat er die Knut-Augustin-Stiftung gegründet – benannt nach seinem verstorbenen Vater. Ein neues Entbindungsheim, aber ganz anders geführt. Das *Haus für gefallene Mädchen* hat sehr junge Mütter beherbergt, die dort ihre Kinder zur Welt brachten. Die Babys wurden dann sofort von Adoptiveltern abgeholt. Diese unmündigen Mütter waren praktisch von ihren Eltern dort abgegeben worden, damit die unpassenden Schwangerschaften nicht ans Licht kamen.« Romy wurde jetzt sehr ernst, sie dachte nicht mehr daran, mit Gisbert Rosner zu flirten, damit er ein vorteilhaftes Foto von ihr veröffentlichte. »Meine Schwester hat dort ihren Sohn zur Welt gebracht. Sie lebt jetzt in den USA. Was aus dem Kleinen geworden ist, weiß niemand. Hoffentlich geht es ihm gut.«

Gisbert Rosner schluckte. »Das war eine schreckliche Zeit.«

»In den letzten zwanzig Jahren hat sich zum Glück viel verändert. Fast niemand traut sich noch, öffentlich die Nase zu rümpfen, wenn eine unverheiratete Frau schwanger wird. Was nicht bedeutet, dass es in der Gesellschaft akzeptiert wird. Für junge Mädchen, die noch nicht mit der Schule fertig sind oder noch keine Berufsausbildung haben, ist es natürlich ein besonders großes Problem. Und da bietet die Knut-Augustin-Stiftung heute ihre Hilfe an. Es geht nicht mehr darum, Mütter und ihre Kinder zu trennen, sondern den Müttern zu helfen, ein Leben als Alleinerziehende zu bewältigen. Sie können ihre Kinder hier bekommen und so lange bleiben, bis sie ihre Ausbildung beendet und eine Stelle gefunden haben. Die Stiftung hilft auch dabei, eine kleine Wohnung für Mutter und Kind zu finden. Und sollte es mal Probleme geben, dürfen sie sich immer an uns wenden. Wir helfen ihnen gern.«

Gisbert Rosner war beeindruckt. »Ich wusste gar nicht, dass es früher solche Heime gab.«

Romy grinste. »Sie sind ja auch noch sehr jung.« Gisbert Rosner war bestenfalls Anfang dreißig. »Dass Mädchen in solche Heime geschickt wurden, kam häufiger vor, als man denkt. Meine Freundin Brit Rensing, die Frau von Olaf Rensing, war zur gleichen Zeit hier wie meine Schwester Maria. Sie hat fliehen müssen, um ihr Kind behalten zu können. Ihre Eltern hatten ebenfalls vorgesehen, das Baby zur Adoption freizugeben. Aber sie wollte es behalten.« Stolz fügte Romy an: »Und ich habe ihr dabei geholfen, aus dem Heim abzuhauen. Im allerletzten Augenblick. Sie hatte schon Wehen, als ich sie aus dem Haus holte.«

Juni 1985, Sylt

Robert Königs Tochter hatte schon bald nach dem Tod ihres Mannes ihren Mädchennamen wieder angenommen. Sie war ja nur ganz kurz die Frau von Arne Augustin gewesen. Bereits ein paar Wochen nach der standesamtlichen Heirat war Lindas Mann bei einem Schiffsunglück ums Leben gekommen, noch vor der kirchlichen Trauung, vor dem großen Hochzeitsfest. Ihr Brautkleid hatte sie, als sie aus der Wohnung über dem Café *König Augustin* ausgezogen war, in einen Secondhandshop gebracht. Unbenutztes Brautkleid zu verkaufen! Für eine junge Frau, die wenig Geld hatte, ein echtes Schnäppchen!

Linda hatte auch nicht lange gewartet, bis sie zu ihrem Liebhaber gezogen war, nicht lange genug, wie ihr Vater fand. Bei diesem Tempo konnte den Leuten ja der Verdacht kommen, dass Lindas Beziehung zu dem Maler schon länger bestanden hatte! Robert König hatten sich die Nackenhaare aufgestellt, wenn er sich das vorstellte. Und als ihm klar wurde, dass die Leute, wenn sie diesen Verdacht hegten, genau richtiglagen, war er wochenlang täglich zum Friedhof gegangen, um seinen verstorbenen Freund Knut Augustin zu bitten, es Linda nachzusehen, dass sie seinen Sohn schon vor der Ehe betrogen hatte. Das Einzige, was es Robert König leichter machte, war, dass er wusste, wie gering Knuts moralische Ansprüche waren, wenn es um eine Liebe ging, die eigentlich nicht sein durfte.

Robert hatte Linda gebeten, mit ihm einen Spaziergang am Meer zu machen. Er wollte ungestört sein, wollte in aller Ruhe mit ihr reden. Es wurde Zeit. Robert ging nun auf die achtzig zu, und Linda war Mitte vierzig, also alt genug, um endlich Verantwortung zu übernehmen. Dass sie noch einmal heiraten würde, darauf hoffte Robert nicht mehr. Und einen Maler als Schwiegersohn wollte er sowieso nicht. Robert war Geschäftsmann durch und durch, er brauchte einen Schwiegersohn, der nicht nur seine Tochter liebte, sondern auch seine Cafés, in Hamburg und Bremen und das *König Augustin* in Westerland, bei dem er Teilhaber war. Einen wie Arne Augustin, den Sohn seines besten Freundes. In den vielen Jahren, die nach dessen Tod vergangen waren, hatte Robert König vergessen, wie unglücklich Arne auf Sylt gewesen war und wie ungern er sich ums *König Augustin* gekümmert hatte.

Robert stand an der Wasserkante unterhalb des Strandübergangs Brandenburger Platz und hielt nach Linda Ausschau. Als sie auf der Kurpromenade erschien, ging ein Lächeln über sein Gesicht, ohne dass er es merkte. Seine wunderschöne Tochter! Wie er es geschafft hatte, ein derart bezauberndes Wesen in die Welt zu setzen, war ihm nach wie vor schleierhaft. Er war doch der kleine unscheinbare Mann, der am liebsten in uralten Anzügen herumlief und von niemandem einen zweiten Blick erhielt, erst recht nicht von Frauen. Lindas Mutter war zwar bildhübsch gewesen, jedoch auf ganz andere Weise als Linda. Zart und zerbrechlich, während Linda unverwüstlich schien. Sibylle war sanft und aufopfernd gewesen, während die Tochter egoistisch und immer auf ihr Wohl bedacht war. Da machte Robert sich nichts vor. Wenn er sein Kind auch von ganzem Herzen liebte, Lindas negative Charaktereigenschaften übersah er trotzdem nicht. Und schon oft hatte er gedacht, dass Linda vor allem deshalb psychisch so zäh und ausdauernd war, weil sie Trauer und Verlust nicht nah an sich heranließ. Aus Arnes Tod hatte sie sehr schnell einen Neuanfang gemacht, als wäre ihr geholfen worden, einen

Fehler auszumerzen. Und als Knut Augustin starb, den Linda sehr geliebt hatte, war sie doch vor allem froh gewesen, dass sich ein Nachfolger für die Geschäfte fand, der dafür sorgte, dass alles so weiterging wie bisher. Knut Augustins unehelicher Sohn Olaf Rensing!

Linda hatte ihren Vater nun entdeckt und stieg die hölzerne Treppe von der Kurpromenade herab. An ihrem Fuß blieb sie stehen und machte ein ärgerliches Gesicht. Sie schien die Strecke, die sie überwinden musste, kritisch zu betrachten. Robert konnte die Gedanken seiner Tochter förmlich sehen: Trockener tiefer Sand, und das bei ihren hochhackigen Sandaletten! Sie rief etwas, das wie eine Aufforderung klang, aber Robert verstand sie nicht und gab sich auch keine Mühe, sie zu verstehen. Vermutlich wollte sie, dass er zu ihr kam und sie sich einen anderen Ort für ein Gespräch suchten, zum Beispiel das *Miramar*. Aber Robert wandte sich ab, machte ein paar Schritte, schaute auf seine Füße und riskierte keinen Blickkontakt mit seiner Tochter mehr.

Erst als sie ihn fast erreicht hatte, sah er auf. Er lächelte. »Linda, mein Schatz! Lass uns ein paar Schritte gehen.«

Sie wurden von ein paar Strandwanderern neugierig betrachtet, der kleine alte Mann in dem unkleidsamen Cordanzug und die auffallend schöne Frau, die ihn ein gutes Stück überragte. Sie trug einen kunterbunten Rock, dazu ein sehr offenherziges T-Shirt und war mit unzähligen Ketten behängt, die bei jeder ihrer Bewegungen klirrten. Früher war Linda König eine elegante Erscheinung gewesen. Als Lebensgefährtin eines Kunstmalers hatte sie ihren Stil allerdings geändert. Sie legte nun Wert darauf, unkonventionell und andersartig zu erscheinen und der Welt zu zeigen, dass sie nicht bereit war, sich irgendwelchen Normen zu beugen. Wie ein Hippie, der nicht mitbekommen hatte, dass die Flower-Power-Zeit vorbei war.

»Was gibt's denn so Wichtiges?« Linda hielt nicht viel von

körperlicher Bewegung, nach einem Strandspaziergang musste sie sich stundenlang ausruhen und redete sogar von Sport, wenn sie länger als eine Stunde zu Fuß unterwegs gewesen war. Gleichzeitig stöhnte sie über die Anzeichen des Alters, über schlaffe Muskeln, hängende Brüste, einen vorgewölbten Bauch und Rückenschmerzen, ließ sich aber nicht sagen, dass sich vieles durch Sport korrigieren ließ. Als ihr Liebhaber Christian Reineit ihr einmal vorgehalten hatte, dass seine alte Mutter jünger und beweglicher sei als Linda, hatte Robert seine Tochter mehrere Tage bei sich beherbergen müssen, weil sie sich weigerte, zu einem Grobian wie Chris zurückzukehren. Aber ihr Vater hatte das Zusammenleben nicht lange ausgehalten. Nachdem er mehrere Abende bei Brit und Olaf verbracht hatte, weil er Lindas Gezeter nicht mehr ertragen konnte, und schließlich schon zum Frühstücken ins *König Augustin* gegangen war, um aus dem Haus zu sein, wenn Linda aufwachte, war er zu Chris Reineit gegangen, um von Mann zu Mann mit ihm zu sprechen. Er sei schon lange genug mit seiner Tochter zusammen und müsse sich nun entscheiden, ob er sich von ihr trennen oder die Versöhnung wolle.

Chris Reineit hatte ihm erklärt, dass er Linda zwar liebe, aber sich nicht von ihr tyrannisieren lassen wolle. Eine Antwort, die Robert König imponiert hatte. Vielleicht hätte er selbst auch schon vor Jahren diesen Vorsatz fassen sollen. Dann aber hatte der Maler Mitleid mit dem leidgeprüften Vater bekommen und versprochen, sich bei Linda zu melden. Allerdings war er nicht bereit, sich bei ihr zu entschuldigen. Sollte sie darauf bestehen, müsse er, der Vater, leider noch eine Weile mit seiner Tochter das Badezimmer teilen, vielleicht sogar für den Rest seines Lebens. Aber Roberts Sorgen hatten sich als unnötig erwiesen. Linda war glücklich, als Chris Reineit bei ihr erschien, war ihm um den Hals gefallen und hatte so getan, als habe er sich entschuldigt, damit sie ihm großmütig verzeihen konnte. Und Chris hatte sie ebenso glücklich angelächelt und das Spiel mitgespielt. Lindas Koffer war schnell gepackt, und Robert hatte vom Fenster aus zugesehen, wie die beiden in Christians Auto stiegen und davonbrausten. In diesem Augenblick hatte er beschlossen, nicht wieder in seine Hamburger Wohnung zu ziehen, sondern auf Sylt zu bleiben. In Hamburg wäre er allein, hier auf Sylt hatte er nicht nur Brit und Olaf, sondern es gab auch einen Mann, der seine Tochter liebte und ihrem Vater vielleicht eine Stütze sein konnte, wenn er sie brauchte.

Robert zog nun seine Schuhe aus und ging in der auslaufenden Brandung neben Linda her, ließ das Wasser eiskalt über seine Füße schwappen, während Linda bei jeder Annäherung einer Welle mit einem kleinen Kreischen zur Seite sprang.

»Kind, ich werde langsam alt«, begann Robert.

»Du doch nicht!« Eine solche Antwort hatte er erwartet. Linda sah Schwierigkeiten auf sich zukommen und versuchte, sie von sich fernzuhalten.

Aber Robert winkte nur ungeduldig ab. Diesmal wollte er seine Sorgen nicht bagatellisieren lassen. »Ich will mich aus dem Geschäft zurückziehen. Die Wohnung in Hamburg werde ich vermieten und hier auf Sylt bleiben. Aber ich brauche natürlich jemanden, der sich um die beiden Cafés in Hamburg und Bremen kümmert ...«

Linda unterbrach ihn. »Ich etwa?«

»Du bist mein einziges Kind. Meine Nachfolgerin.«

»Nein, Papa! Das ist nichts für mich, das weißt du doch.«

Robert hatte es sich gedacht. »Dann mache ich dir folgenden Vorschlag: Wir fragen Olaf, ob er bereit ist, an deine Stelle zu treten. Ich überschreibe ihm die Cafés und auch meinen Anteil am *König Augustin*, sowohl am Café als auch am Hotel. Und er wird dir eine Rente dafür zahlen, mit der du gut über die Runden kommst.«

»Prima!«, gab Linda ohne großes Interesse zurück. »Olaf ist ja ein Arbeitstier, der macht das bestimmt gern.«

Das glaubte Robert König auch. »Aber überleg dir erst, ob du wirklich alles aus der Hand geben willst. Es gehört dir dann nichts mehr. Die Cafés in Hamburg und Bremen nicht und auch nicht mehr die Hälfte des *König Augustin* in Westerland.«

Linda blieb gleichgültig. »Ich will das alles nicht. Nur so viel Geld, dass ich gut leben kann.« Vorsichtshalber fügte sie an: »Sehr gut.«

»Alles wäre leichter, wenn Arne nach seinem Vater gestorben wäre.« Bitter fügte Robert an: »Wie es eigentlich sein sollte. Es ist nicht richtig, wenn Kinder vor ihren Eltern sterben.«

»Das ist manchmal nicht zu ändern«, gab Linda zurück. »Arne ist tot, mausetot, ob uns das gefällt oder nicht.«

»Wäre Knut vor ihm gestorben, hätte Arne alles geerbt, und du wärst als seine Ehefrau natürlich wiederum seine Erbin gewesen. Dann würde dir heute alles gehören, was Knut jemals besessen hat. Der uneheliche Sohn hätte nichts bekommen. Vermutlich hätte Olaf heute keine Ahnung, dass er der Sohn von Knut Augustin ist, wenn Arne am Leben geblieben wäre.«

Darauf antwortete Linda nicht. Das brauchte sie auch nicht, Robert wusste ja, dass sie seine Gedanken kannte. Sie wusste, wie sehr er Olaf Rensing schätzte, wenn er es auch nach wie vor bedauerte, dass sein Schwiegersohn Arne nicht der Nachfolger seines besten Freundes geworden war. Aber Olaf war ein würdiger Nachfolger für seinen Vater. Arne hatte nie so viel Mumm wie Olaf besessen und nie so viel Freude an der Arbeit gehabt. Das war Linda genauso klar wie Robert selbst.

»Die Wohnung in Wenningstedt habe ich mittlerweile gekauft«, sagte Robert.

»Tatsächlich?« Linda war überrascht. »Davon habe ich nichts mitbekommen.«

Natürlich nicht, dachte Robert, sie hört mir ja nie zu. »Die wirst du natürlich erben, wenn ich mal …« Er sprach nicht gern über seinen eigenen Tod. »Und wenn du dich von deinem … diesem Maler trennen solltest, wirst du wenigstens immer ein Dach über dem Kopf haben.«

»Sehr beruhigend.« Linda kicherte, als könnten solche Aussagen nur ein Scherz sein. Sie hatte immer aus dem Vollen geschöpft, von der Hand in den Mund gelebt und sich nie Gedanken darüber gemacht, wie das Geld, das sie ausgab, ins Haus kam. »Ich will ein schönes Leben haben, Papa, und nicht so viel arbeiten wie du und Onkel Knut. Das ist nichts für mich.«

»Die Immobilienpreise auf Sylt steigen, die Wohnung ist in ein paar Jahren vielleicht das Doppelte wert.« Robert blieb stehen, betrachtete sein Töchterchen und seufzte dann. »Na schön. Ich werde mit Olaf reden.«

»Und die Rente, die er mir zahlen muss? Wie hoch wird die sein?«

»Wir müssen mit ihm verhandeln«, antwortete Robert ausweichend.

»Okay.« Linda machte auf dem Absatz kehrt, das Gespräch war für sie damit beendet.

Juni 1985, Hamburg

Das *Carar* in Hamburgs Innenstadt bot nicht viel Platz. Von einer belebten Straße trat man in einen düsteren, schmalen Raum, dessen linke Wand von der Theke eingenommen wurde. Wer sich davor auf einen Hocker setzte, durfte ihn nicht zu weit zurückschieben, sonst wären nachfolgende Gäste nicht in den hinteren Teil des Lokals gelangt. Das beherzigten nicht alle, sodass es im Eingangsbereich immer viel Gedränge gab und mancher meinte, das *Carar* sei bereits überfüllt und kein Platz mehr frei. Wer sich jedoch durchgedrängt hatte, durfte feststellen, dass sich der Raum später erweiterte, wenn die Theke zu Ende und der Zugang zur Küche passiert worden war. Dort gab es ein Dutzend kleiner runder Tische, oftmals zu klein, um vier Teller und vier Gläser unterzubringen, obwohl je vier Stühle an jedem Tisch standen. Trotz dieser Unzulänglichkeiten war das *Carar* sehr beliebt, vielleicht sogar gerade deswegen. Wo es schwierig war, einen Platz zu bekommen, wollte jeder einen haben. Dabei wussten die meisten nicht einmal von den hinteren Räumen, die geschlossenen Gesellschaften vorbehalten waren. Oder prominenten Zeitgenossen, die in Ruhe trinken und essen wollten, ohne beobachtet zu werden, ohne Autogrammwünsche zu erfüllen oder Fotografen von ihrem Tisch zu verscheuchen. Diese Räume hatten das *Carar* zu einem In-Treff gemacht. Wer schon mal in einem der Hinterzimmer gefeiert hatte, gehörte zur Prominenz und bezeichnete die Inhaber Florian Aldenhof und seinen Freund Carsten Tovar gern als gute Bekannte. Anfänglich hatten die beiden selbst an der

Theke beziehungsweise in der Küche gestanden, aber sie konnten sich längst gutes Personal leisten und beschränkten sich nun darauf, mit den Gästen zu plaudern und dafür zu sorgen, dass sie alles hatten, was sie brauchten. Wenn Florian Aldenhof gefragt wurde, wie lange sie schon befreundet seien und wo sie sich kennengelernt hatten, dann war von über zwanzig Jahren die Rede und von Sylt, wo sie beide im *Miramar* gearbeitet hatten. Viele hielten sie für schwul, das wusste Florian genauso gut wie Carsten, weil sie gemeinsam in einer Wohnung über dem Lokal lebten, aber diejenigen irrten sich. Die Wohngemeinschaft hatte lediglich praktische Gründe. Sie wollten beide in der Nähe des Lokals wohnen und hatten noch keine zweite Bleibe gefunden, in die einer von ihnen hätte umziehen mögen.

In einem der drei Hinterzimmer feierte an diesem Tag ein Kommunalpolitiker seinen Geburtstag, eine von mehreren Geburtstagsfeiern. Die erste Feier hatte er mit seiner Familie begangen, eine weitere mit seinen Geschäftspartnern – und eine weitere mit Parteifreunden. Diese Party fand nun unter Ausschluss jeglicher Öffentlichkeit statt. Der Politiker feierte mit seiner Geliebten, von der seine Familie nichts ahnte, und hatte gute alte Freunde eingeladen, die wiederum Damen mitgebracht hatten, von denen ihre Frauen nichts wussten. Im *Carar* war so etwa möglich. Der Politiker konnte sicher sein, dass die beiden Besitzer kein Sterbenswörtchen davon verlauten lassen würden. Sie sorgten auch dafür, dass das Geburtstagskind und seine Gäste ungesehen ins Hinterzimmer hinein- und wieder herauskamen. Die beiden anderen Gesellschaftszimmer waren an diesem Abend frei. In einem ließen sich die beiden Besitzer nieder und bestellten beim Koch ein leichtes Abendessen. Beide waren sie noch nicht dazu gekommen, etwas zu sich zu nehmen.

Carsten Tovar streckte sein linkes Bein von sich und rieb es.

Florian Aldenhof betrachtete ihn mitfühlend. »Schmerzen?«

Carsten zuckte mit den Schultern. »Das Übliche. Aber ich will mich nicht beklagen. Immerhin komme ich ohne Gehstock aus. Das schien direkt nach dem Schiffsunglück ausgeschlossen zu sein.«

Zusammen waren sie auf der Reise nach Amrum in Seenot geraten und hatten zu den wenigen gehört, die überlebten. Aber davon wusste niemand. Nur Carsten erklärte sein gelegentliches Humpeln damit, dass er vor etwa zwanzig Jahren nach dem Kentern eines Schiffs schwer verletzt an Land gespült worden war, Florian Aldenhof behauptete, wenn die Rede darauf kam, er wäre nicht dabei gewesen. Er war auch dagegen gewesen, dem Lokal den Namen *Carar* zu geben. Er fürchtete, das Schicksal herauszufordern, wenn zu den ersten drei Buchstaben von Tovars Vornamen die zwei hinzugefügt wurden, die verräterisch sein konnten. Aber Carsten hatte dieser Name gefallen, und so hatte Florian nachgegeben. Ein Fantasiename, das erklärte er allen, die nachfragten. Zufällig entsprachen die ersten drei Buchstaben denen seines Vornamens, die anderen beiden waren wegen des Wohlklangs angefügt worden. Florian erzählte häufig davon, dass sie sich während eines Urlaubs in Carrara entschlossen, für die Toilettenanlage ihres Restaurants Carrara-Marmor zu beziehen. So waren sie angeblich auf diesen Namen gekommen. Nicht besonders überzeugend, fand Florian Aldenhof. Aber zu seiner Überraschung zweifelte niemand an dieser seltsamen Geschichte.

Der Koch servierte einen Salat Niçoise und ließ sie schnell wieder allein. Während Carsten das Weißbrot auseinanderbrach, sagte er: »Du hättest die Einladung von Mike Heiser auch annehmen sollen. Die *Half Brothers* waren auch da. Die hörst du so gern.« Er nahm eine Gabel Salat, ehe er ergänzte: »Und sie – sie war auch da.«

»Brit?«

»Nein, Kari.«

Florian verging der Appetit, er schob seinen Teller zur Seite. »Ich weiß nicht, ob ich es ertragen könnte, einen Abend mit ihr zu verbringen.«

»Sie kennt dich nicht. Aber du weißt, wie sie aussieht. Du hättest ein Gespräch mit ihr beginnen können …«

»Und danach? Wie hätte ich damit fertigwerden sollen, dass ich weiß, wie sie redet, wie sie lacht, welche Meinungen sie vertritt, wie das Verhältnis zu ihren Eltern ist, vor allem zu ihrem Vater … Nein, Carsten. Besser nicht.«

»Aber du leidest darunter, dass du keinen Kontakt zu ihr haben kannst.«

»Wenn ich leide, dann habe ich es verdient. Kari Rensing kann nichts dafür, dass es so gekommen ist.«

»Du hast dir immer noch nicht verziehen, dass du weggelaufen bist?«

»Nicht nur einmal, Carsten. Ich bin vor Linda weggelaufen, vor ihrem Vater und meinem Vater, vor dem *König Augustin*, vor den ganzen Erwartungen. Aber dann bin ich auch vor Brit davongelaufen – und das werde ich mir nie verzeihen.«

»Tja, Arne Augustin, was passiert ist, ist passiert.«

Sein Freund sah sich um, als könnte sie jemand belauscht haben. »Lass das, Carsten. Nenn mich nicht so. Ich heiße Florian Aldenhof. Ich bin froh, dass ich mich endlich an diesen Namen gewöhnt habe. Ich will nicht mehr so heißen wie mein Vater, das weißt du doch. Er hat mir meine Liebe genommen …«

Juni 1985, Sylt

Olaf ging zum Schrank, öffnete das Barfach und holte eine Flasche Whisky heraus. »Ich brauche jetzt etwas zur Stärkung«, sagte er und goss sich ein. »Du auch?«

Brit schüttelte den Kopf. »Nicht so früh am Tag.«

Es war jetzt zwölf, Mike Heiser war pünktlich um elf erschienen, wie Kari es angekündigt hatte. Und er war nicht länger geblieben als unbedingt nötig.

Brit sah, dass sich Olaf an die Brust griff und das Gesicht verzog. »Ist was?«

»Nein! Aber …« Olaf nahm einen kräftigen Schluck. »Das muss man erst mal verdauen.«

»Sie wird es jetzt erfahren müssen«, flüsterte Brit. »Wir dürfen es nicht länger hinauszögern.«

Am Morgen hatte sie ratlos vor ihrem Kleiderschrank gestanden. »Was soll ich bloß anziehen?«

Olaf hatte ungehalten reagiert. »Willst du dich dafür entschuldigen, dass du kein Mike-Heiser-Modell im Schrank hast?« Er selbst sah einen Augenblick lang so aus, als wollte er aus Protest seine älteste Jeans und einen ausgeleierten Pullover anziehen. »Hätte uns Kari auf diesen Besuch vorbereitet, wäre ich natürlich mit dir nach Kampen gefahren. Dort soll es in jeder Boutique Heiser-Mode geben.«

Brit griff nach einem dunklen Kostüm. »Wenn ich bloß wüsste, was er von uns will.«

Olaf riss wütend irgendeinen Anzug aus dem Schrank. »Sie

sagt uns, es hat etwas mit ihr zu tun, und dann verschwindet sie wieder und lässt uns raten, was passieren wird. Will er sie einstellen? Als Mannequin? Oder als Nachwuchsdesignerin? Aber nein! Wir bleiben im Dunkeln stehen. Unser Fräulein Tochter schleicht sich fort, und niemand weiß, wohin.«

»Sie muss wohl ihren Rausch ausschlafen.« Brit hängte das dunkle Kostüm wieder zurück und entschied sich für einen karierten Rock und ein rotes Twinset. Zweifelnd stand sie vor dem Spiegel und betrachtete sich. Alt kam sie sich vor, viel älter, als sie war. Zwar war ihr rundes Gesicht noch faltenfrei, und ihre Figur war, wenn auch etwas fülliger geworden, so doch immer noch die einer jungen Frau. Aber dieser karierte Rock machte sie dick. Jedenfalls kam sie sich mit einem Mal in jeder Hinsicht unzulänglich vor. Nur weil Mike Heiser schon mal Barbara Streisand zu einer Anprobe empfangen hatte?

Arne hatte das Runde an ihr geliebt. Als ihr dieser Gedanke durch den Kopf schoss, zog sie den karierten Rock wieder aus. So was konnte sie auch in zwanzig Jahren noch tragen. Wenn sie im Café von Tisch zu Tisch ging, um die Stammgäste zu begrüßen, legte sie Wert darauf, einen soliden Eindruck zu machen und dezent gekleidet zu sein. Aber nun sollte sie einen Mode-Designer empfangen, von dem sie nicht wusste, was er von ihr wollte. Da konnte sie ruhig etwas weniger seriös aussehen.

Sie griff nach einem Blazer mit breiten Schulterpolstern, den sie noch nie getragen hatte, und krempelte die Ärmel hoch, wie es neuerdings Mode war. Eine schmale schwarze Hose passte dazu, nun fühlte sie sich wohl und würde Mike Heiser selbstbewusst gegenübertreten können. Als sie jedoch die Tür öffnete und kurz darauf mit einem Arm voller Rosen dastand, war es mit ihrem Selbstbewusstsein schon wieder vorbei. Rosen für Karis Mutter? Und ein kleines Schmuckkästchen für Kari selbst? Brit wollte nicht verstehen, was das bedeutete, obwohl es eigentlich nur eine einzige Erklärung dafür geben konnte.

»So viele?«, stammelte sie.

»Es können gar nicht genug sein«, antwortete Mike Heiser, »dafür, dass Sie dieses wunderbare Wesen in die Welt gesetzt haben.« Er griff nach Kari und zog sie an seine Seite. Und Kari, zur Feier des Tages in dezentes Beige gehüllt, lächelte engelsgleich. Wie eine Posse im Bauerntheater, so kam es Brit vor.

Sie wusste nicht, ob ihr Mike Heiser gefiel. Bisher hatte sie ihn nie persönlich kennengelernt, hatte nur Fotos von ihm in der Klatschpresse gesehen und über seine Erfolge gelesen. Mike-Heiser-Mode wurde von den großen Stars getragen, sogar von Mitgliedern des englischen Königshauses, auf seinen Modeschauen traf sich alles, was Rang und Namen hatte. Die Partys, die er in seiner Kampener Villa feierte, waren legendär, so hieß es. Wie Kari in den Genuss seiner Einladungen gekommen war, hatte Brit sich bisher nicht erklären können. Kari selbst behauptete, sie habe ihn am Strand kennengelernt, sei mit ihm ins Gespräch gekommen und wäre von seinem Charme sehr angetan gewesen. Seine Gastfreundschaft, seine Großzügigkeit, das alles hatte ihr imponiert und so gut gefallen, dass sie die Einladungen immer wieder angenommen hatte und immer länger weggeblieben war …

Natürlich waren Mike Heisers vollendete Manieren sehr einnehmend, das fand auch Brit, seine gepflegte Erscheinung, die Komplimente, die er für Mutter und Tochter parat hatte, die Anerkennung für Olaf, der das *König Augustin*, sowohl das Café als auch das Hotel, zu inselbekannten Häusern gemacht hatte, das alles war entgegenkommend, zielte aber natürlich ganz klar darauf ab zu gefallen. Wie der echte Mike Heiser war, ob er sich hinter der Fassade des Verehrers versteckte oder ob er wirklich der aufrichtige, höfliche und wohlerzogene Mann war, als den er sich jetzt zeigte, war Brit unklar. Und Olaf, der nur verstand, was er auf den ersten Blick glauben konnte, sowieso. Brit ahnte, dass ihr Mann längst wusste, ob er Mike Heiser mochte. Nein, er gefiel ihm vermutlich nicht, er war ihm nicht authentisch genug, nicht geradlinig, nicht offen und ehrlich genug.

Aber als er formvollendet um Karis Hand anhielt, überkam Olaf doch so etwas wie Rührung, ein durch und durch positives Gefühl. Und als Mike vor Kari einen Kniefall machte und ihr den Verlobungsring ansteckte, standen Olafs Augen voller Tränen, während Brit sich seltsam unbeteiligt vorkam. Ihr schien es, als wohnte sie einer Förmlichkeit bei, die sie eigentlich nichts anging, als wäre sie nur zufällig anwesend.

Mike Heiser machte Anstalten, sich zügig zu verabschieden, nachdem er erledigt hatte, was wohl seiner Meinung nach erledigt werden musste, nachdem er zweimal ein Ja zu hören bekommen hatte, und war nur mit Mühe davon zu überzeugen, dass ein solches Ereignis ein Glas Champagner erforderlich machte. Olaf ließ den Korken knallen, Brit holte die besten Gläser aus dem Schrank, sie stießen an, lachten, prosteten sich zu und versicherten sich gegenseitig, dass alles ganz wunderbar und diese herrliche Überraschung absolut gelungen sei. Doch als Brit eine angemessene Weile gerührt gewesen war, als sie ihren zukünftigen Schwiegersohn umarmt und lange genug Karis Verlobungsring bewundert hatte, war ihr noch immer nicht klar gewesen, ob sie Mike Heiser eigentlich mochte.

Jetzt sah sie Olaf, der sich erneut einen großzügigen Schluck Whisky einschenkte, flehentlich an. »Kari muss es jetzt erfahren«, wiederholte sie. »Es wird Zeit.«

Olaf wusste sofort, wovon sie sprach. »Das hätte ich gerne etwas gründlicher vorbereitet. Jetzt, von einem Tag auf den anderen, so plötzlich …« Er trank das Whiskyglas in einem Zuge leer und stellte es klirrend zurück. »Wieso haben wir nichts gemerkt?

Warum hat Kari nie etwas angedeutet? Was wissen wir eigentlich über sie? Wir machen uns Sorgen, dass sie sich von einem reichen Typen zu Drogen und freizügigen Partys verführen lässt, und in Wirklichkeit ist sie in ihn verliebt und denkt ans Heiraten. Und das kriegen wir nicht mit?«

Brit fand keine Antwort. Sie war ja genauso fassungslos wie ihr Mann. Sie blickte sich um, als wollte sie kontrollieren, ob ihre Welt noch heil war oder ob die Möbel wackelten, die Tapeten von den Wänden fielen und die Teppiche noch auf dem Boden lagen. »Sie redet ja schon lange nicht mehr mit uns«, sagte sie leise. »Sie lebt nur noch bei uns, weil ihr hier der Lebensunterhalt bezahlt wird und sie sich um nichts zu kümmern braucht.«

Olafs Stimme klang bitter. »Das wird ja jetzt ein anderer übernehmen.«

Juni 1985, Sylt

Hajo Keller hatte von der Lobby aus gesehen, dass Kari am Hotel vorbeiging. Eine andere Kari. Nicht die mit den kunterbunten Hosen, den Shirts in Neonfarben, Stirnbändern, Leggings und Stulpen, sondern eine, die angezogen war wie eine Geschäftsfrau, der es darauf ankam, distinguiert zu wirken. Sie war in Begleitung von Mike Heiser, der ebenfalls ganz anders aussah als während der Party vor ein paar Tagen. Er ging zwei, drei Schritte hinter ihr, war Hajo deshalb erst auf den zweiten Blick aufgefallen. Sofort hatte Hajo den Telefonhörer auf die Gabel zurückgeworfen, als sein Blick aus dem Fenster gefallen war, das Telefonat vergessen, das er gerade führen wollte, und war zur Tür gelaufen. Aber dort war er abrupt stehen geblieben. Kari blickte sich zu Mike Heiser um, ging langsamer und ließ dann zu, dass er an ihre Seite kam und einen Arm um ihre Schulter legte. So gingen sie weiter, und Hajo folgte ihnen mit brennendem Blick. Was hatte das zu bedeuten? Die beiden waren nicht aus dem Eingang des Cafés gekommen, sondern aus der Tür getreten, die in die Privatwohnung der Rensings führte, die in der ersten Etage, über dem Café, lag. Mike Heiser war bei Karis Eltern zu Gast gewesen? Nein, das konnte Hajo sich nicht vorstellen. Kari hatte ihm erzählt, wie wenig Brit und Olaf Rensing von Männern wie Mike Heiser hielten, wenn sie ihn auch nicht kannten. Aber sie hatten schon viel von ihm gehört, wie alle Sylter, und hielten ihn für zügellos, unsolide und größenwahnsinnig. Ein Mann, der viel Geld für ausschweifende Partys ausgab! So einer wurde von Olaf

Rensing in die Kategorie Playboy gesteckt, und Brit Rensing dachte da wohl nicht anders.

Was hatte das also zu bedeuten? Eine geschäftliche Kooperation? Sollten die Kellner demnächst Trachten tragen, die Mike Heiser entworfen hatte? Vorstellen konnte Hajo es sich nicht. So etwas wie Angst schnürte seinen Brustkorb zusammen. Was war geschehen, nachdem er die Villa in Kampen verlassen hatte? Dass Kari nicht bereit gewesen war, ihn nach Hause zu begleiten, quälte ihn immer noch. Er war sich so überflüssig vorgekommen, so bedeutungslos. Wie konnte sie ihn derart im Regen stehen lassen? Nach der Stunde, die er mit ihr allein gewesen war? Für Hajo hatte sich in dieser Stunde alles verändert, einfach alles! Für Kari war die Party offenbar weitergelaufen. So wie vorher. Für ihn schien sich ein neues Leben aufzutun, für Kari war es ein simpler Augenblick gewesen, an den sie womöglich gar keine Erinnerung mehr hatte. Nun gesellte sich zu seiner schweren Enttäuschung ein sehr schlechtes Gewissen. Er hatte gewusst, dass sie völlig zugedröhnt und gar nicht in der Lage gewesen war, eine klare Entscheidung zu treffen. Er hatte ihre Schwäche ausgenutzt. Ja, das hatte er getan. Und nun wollte er, dass Kari deswegen ihr Leben änderte? Was dachte er sich eigentlich?

Er drehte sich um und machte einen Schritt in die Lobby zurück. Die junge Frau an der Rezeption sah ihn fragend an. »Alles in Ordnung, Herr Keller?«

Er antwortete nicht, nickte nur flüchtig und ging in sein Büro zurück. Dort ließ er sich auf seinen Schreibtischstuhl fallen und legte sein Gesicht in beide Hände. »Kari! Ach, Kari!«

Er hatte ihr gestanden, dass er sie liebte, dass er vom ersten Augenblick an in sie verliebt gewesen war, er hatte geglaubt, dass nun alles anders sein würde, schöner und klarer. Und sie? Sie schien sich gar nicht zu erinnern. Ohne diesen Drogenkonsum wäre sie ihm womöglich auch nicht in den Garten gefolgt, in das kleine Saunahaus, dessen Räume an jenem Abend kalt geblieben waren … Und er? Er hatte gehofft, sie wären nun ein Paar.

Die *Half Brothers* hatten mit ihm zusammen die Party verlassen. Sie hatten sich ein Großraumtaxi bestellt und Hajo angeboten, ihn mitzunehmen. Ob sie bei einem der weißen Gäste von Mike Heiser auch so zuvorkommend gewesen wären? Hajo hatte das Gefühl, dass es zwischen den fünf Männern und ihm einen Zusammenhalt gab, der in der Hautfarbe lag. Der gleiche Nenner! Man half sich, weil einer die Probleme des anderen genau kannte und ebenso unter ihnen litt. Hajo hatte dabei gemischte Gefühle, er wollte nicht an den Unterschied zwischen Schwarz und Weiß erinnert werden, er wollte so behandelt werden wie alle anderen, im guten wie auch im schlechten Sinne. Natürlich litt er unter Ungerechtigkeiten, Demütigungen und Diskriminierung – aber er wollte auch keine bevorzugte Behandlung aus dem gleichen Grunde. Eins fühlte sich für ihn so ungerecht an wie das andere. Dennoch hatte er das Angebot der *Half Brothers* dann angenommen.

Und es hatte sich herausgestellt, dass einer von ihnen, der mit ihm auf der Rückbank saß, genau beobachtet hatte, was geschehen war. Er fragte, warum Hajo allein nach Hause gehen müsse, warum er seine Freundin allein auf der Party zurückließ.

»Sie will bleiben«, hatte er kurz und knapp geantwortet. »Aber ich muss morgen früh zur Arbeit.«

Der Musiker hatte kein Verständnis für ihn gehabt, aber er wusste ja auch nicht, dass Kari keineswegs seine Freundin war. Schon auf dem Weg nach Westerland war Hajo klar geworden, dass er sich etwas vormachte, wenn er glaubte, dass die Stunde im Saunahaus etwas verändert hatte. Aber er hatte diesen Gedanken verdrängt und weiter gehofft. Was war er doch für ein gottverdammter Idiot!

Juni 1985, Riekenbüren

DENNIS HEFLIK WUSSTE, dass seine Ähnlichkeit mit seinem Großvater unverkennbar war. Der war früher der flotte Edward gewesen, Dennis wurde von den Mädchen knorke oder dufte genannt. Er trug einen Trainingsanzug aus Ballonseide, lila mit grellen gelben und grünen Streifen abgesetzt, darunter ein Netzhemd, dazu ein neongelbes Schweißband am Handgelenk und ein Stirnband in der gleichen Farbe. Als er das Büro der Knut-Augustin-Stiftung betrat, summte er »Do you really want to hurt me« vor sich hin.

»Hallo, Schwesterherz!«

Über Nicoles Gesicht ging ein Lächeln. »Was willst du denn hier?«

»Wie nett, dass du mich besuchst, liebster Bruder«, korrigierte Dennis. »Ich war gerade in der Nähe.«

Nicole warf einen Blick zu Romys Schreibtisch. »Du hast Glück, dass Frau Wimmer nebenan ist.«

»Sie hätte etwas dagegen, dass dich dein Bruder besucht?« Dennis ließ sich auf einem der Besucherstühle nieder und sah Nicole herausfordernd an. »Das glaube ich nicht. Bekomme ich einen Kaffee?«

Nicole zog ein Blatt Papier aus der Schreibmaschine. »Wenn du dafür diesen Brief durchliest.« Sie reichte Dennis das Blatt über den Schreibtisch. »Habe ich viele Fehler gemacht?«

Sie ging, während Dennis zu lesen begann, zu dem kleinen Tisch in einer Ecke des Büros, auf dem eine Thermoskanne, mehrere Kaffeebecher und ein Zuckertopf standen. Mit einem dampfenden Becher kam sie zu Dennis zurück, der mittlerweile nach einem Stift gegriffen hatte, um die Fehler zu korrigieren, die Nicole gemacht hatte.

»Mannomann! Wie willst du jemals die Prüfung bestehen?«

In diesem Augenblick betrat Romy das Büro. Nicole setzte zu einer Erklärung an, wollte sich dafür entschuldigen, dass ihr Bruder sie von der Arbeit abhielt, aber Romy reagierte ohne jeden Vorwurf. »Hallo, Dennis! Willst du deine Schwester besuchen?« Sie wartete eine Antwort nicht ab. »Ich habe gerade mit Brit telefoniert. Kari hat sich verlobt.«

»Echt?« In Nicoles Augen wurde das Licht angezündet, das besonders aus dem Blick von Frauen strahlte, wenn sie etwas über eine Liebesgeschichte erfuhren.

Dennis dagegen tat so, als wäre sein Interesse an allem, was mit Liebe zu tun hatte, ziemlich gering. »Und wer ist der Unglückliche?« Er schob den Brief, den Nicole getippt hatte, unauffällig wieder über ihren Schreibtisch. Das Blatt war über und über mit Korrekturen versehen.

Nicole seufzte und spannte ein neues Blatt in die Schreibmaschine, den von Dennis korrigierten Bogen legte sie daneben.

»Mike Heiser«, antwortete Romy.

Nicole drehte sich um und ließ den Brief im Stich, Dennis pfiff durch die Zähne. »Donnerwetter! So ein Goldfisch?«

»Morgen werden wir es in der Zeitung lesen«, sagte Romy. »Die Yellow Press wird ausflippen. Damit hat Mike Heiser bewiesen, dass er doch nicht schwul ist.«

Nicole erschrak. »Ich habe nie gehört, dass Mike Heiser schwul ist.«

»Ist er ja auch nicht«, meinte Dennis. »Du hast doch gehört, dass Kari ihn heiraten will.«

»Männer, die sich mit Mode beschäftigen«, sagte Romy, »kommen schnell in den Ruf, schwul zu sein. Ein totales Klischee. Und wenn dann einer wie Mike Heiser von den Frauen belagert wird und trotzdem bei keiner anbeißt …«

»Finde ich auch nicht leicht«, unterbrach Dennis. »Je größer die Auswahl, desto schwerer die Entscheidung.« Er stand auf und griff nach der Handtasche seiner Schwester, die an der Rückenlehne ihres Stuhls baumelte. »Hast du mal eben zehn Mark für mich? Oder besser … zwanzig?«

»Du schuldest mir noch fünfzig.«

Dennis ließ sich nicht beirren, holte Nicoles Geldbörse aus ihrer Tasche und zog einen Zwanzigmarkschein heraus. »Dann also siebzig. Am nächsten Ersten bekommst du sie zurück.«

»Das hast du schon vor zwei Monaten behauptet.«

»Diesmal ganz bestimmt.«

Romy betrachtete die beiden kopfschüttelnd. »Warum bist du ständig klamm bei Kasse, Dennis?«

Nicole antwortete an seiner Stelle. »Weil er wieder stundenlang vor irgendwelchen Spielautomaten gestanden hat. Wetten?«

Dennis schob den Geldschein in seine Hosentasche. »Demnächst frage ich Kari.« Er grinste, als müsste er beweisen, dass er einen Scherz machte. »Die wird in Kohle nur so schwimmen.« Er gab seiner Schwester einen Kuss und verabschiedete sich von Romy mit einem äußerst lässigen Winken. »Ciao! Man sieht sich.«

Juni 1985, Sylt

Brit stand im Wohnzimmer am Fenster und blickte hinaus, während sie auf Olaf wartete. Er war erst spät aus dem Café gekommen, hatte aber versprochen, sich mit dem Umziehen zu beeilen. Das Konzert der *Half Brothers* sollte um acht beginnen. Natürlich mussten sie pünktlich sein, nach dem Beginn des Konzertes wurde niemand mehr in den Kursaal gelassen. Brit freute sich auf den Abend. Sie gönnten sich viel zu selten ein paar Stunden ganz für sich allein. Immer ging das Geschäft vor.

Sie drehte sich um, wandte dem Fenster den Rücken zu und betrachtete ihre Wohnzimmereinrichtung, als überlegte sie, was daran zu ändern war. Sie hatte lange nicht daran gedacht, dass Arne mal hier gelebt hatte. Nur kurz, aber tatsächlich hatte hier seine Zukunft beginnen sollen, seine Zukunft als Ehemann und Besitzer des *König Augustin*. Es war ihr schwergefallen, diese Wohnung mit Olaf zu beziehen, aber es schien selbstverständlich zu sein, dass der Besitzer des *König Augustin* hier wohnte, und so hatte sie nichts getan, um es zu verhindern.

Olaf kam herein, der Duft eines Eau de Toilette umwehte ihn. Sein Haaransatz war noch feucht von der Dusche, sein Gesicht gerötet. Er trug einen hellen Anzug und eine farbenfrohe Krawatte, was ihn sehr unternehmungslustig aussehen ließ.

Lächelnd kam er auf seine Frau zu. »Können wir?« Er betrachtete sie von Kopf bis Fuß, ihren dunkelblauen Hosenanzug, die knallrote Bluse, den Lippenstift, der genau die gleiche Farbe hatte. »Du siehst toll aus.«

Brit lachte und griff nach seinem Arm. »Also los!«

Während sie die Friedrichstraße hinabgingen, fragte Olaf: »Hast du an Karis Tür geklopft?«

Brit nickte bedrückt. »Sie ist nicht da.«

»Bei Mike Heiser?«

»Vermutlich.«

»Wir müssen endlich mit ihr reden. Sie muss es jetzt erfahren.«

»Sobald sie sich mal bei uns blicken lässt.« Brit wurde ärgerlich. »Das ist wieder typisch Kari. Kommt nach Hause mit einem Mann, den wir nicht kennen, erklärt, dass sie nun mit ihm verlobt ist, und verschwindet wieder.«

Olaf griff fest nach Brits Arm und drückte sie an sich. Sein Blick ging sorgenvoll in die Ferne. »Wie wird die Zukunft aussehen? Als Frau Heiser wird Kari nicht daran denken, das *König Augustin* zu übernehmen.«

»Das wollte sie ja sowieso nicht.«

»Ich habe immer darauf gehofft, dass sie irgendwann ihre Einstellung ändert. Aber jetzt …«

Brit schmiegte sich an ihren Mann, als wollte sie sich vor dem kalten Abendwind schützen. »Vielleicht Nicole?«

Sie spürte an Olafs Haltung, dass er damit nicht einverstanden war. Sein Körper wurde hart und abwehrend. »Sie schafft das nicht. Mein Gott, sie kommt aus der Sonderschule. Und Dennis wird in der Schreinerei gebraucht.«

»Aber ich möchte, dass das *König Augustin* in der Familie bleibt.«

»Ja, das möchte ich auch …«

Doch Olaf hatte keine Verwandten, und weitere Kinder waren ihnen leider nicht vergönnt gewesen. Olaf hatte auf einen Sohn gehofft, das wusste Brit, wenn er es auch nie ausgesprochen hatte. Aber sie war nicht wieder schwanger geworden.

Der Rathausplatz war hell erleuchtet, wie immer vor einer Veranstaltung. Scheinwerfer holten den rechten Teil des Rathauses, den Kursaal, aus der Dunkelheit. Vor dem überdachten Eingang knatterten die Fahnen im Wind, die breite Treppe, die sich vor dem ganzen Gebäude herzog, hatte flache Stufen, die sich zum langsamen Hinaufschreiten bestens eigneten, ohne dass man aus der Puste kam.

Olaf betrachtete das Gebäude zufrieden. Erst im Februar war es unter Denkmalschutz gestellt worden. Vorher war Olaf stets in Sorge gewesen, das Rathaus könnte abgerissen werden und einem funktionaleren Gebäude Platz machen müssen.

Sie betraten den Vorraum des Kursaals, tauchten in das Stimmengewirr ein, lächelten, als ihnen Gelächter entgegenprallte, begrüßten Bekannte, winkten dem Oberkellner des *Miramar* zu, der mit seiner Frau an der Garderobe stand, und wechselten ein paar Worte mit dem Besitzer eines Andenkenladens, der sein Geschäft erst kürzlich auf der Strandstraße eröffnet hatte. Gerade hatten sie ihre Mäntel an der Garderobe abgegeben, als Brit durch ein Lachen aufgeschreckt wurde, das sie gut kannte. Sie drehte sich um, während Olaf noch die Garderobenmarken in seiner Anzugjacke verstaute, und suchte den Raum ab. Da war sie! Ihre Tochter Kari! An ihrer Seite Mike Heiser, beide umgeben von strahlenden, lärmenden, gut gekleideten jungen Leuten. Glückwünsche flogen hin und her, die Verlobung hatte sich scheinbar herumgesprochen.

Kari schien Brits Blicke zu spüren, jedenfalls schaute sie mit einem Mal in ihre Richtung, sah ihre Eltern, löste sich von Mike Heiser und kam zu ihnen. »Ihr auch hier?«

Sie umarmte beide und zog sie zu ihren Freunden. »Das sind meine Eltern.«

Brit und Olaf wurden sehr nett begrüßt, auch sie bekamen Glückwünsche zu hören. Mike küsste Brit die Hand und murmelte in die Richtung seiner Bekannten, dass Karis Vater ein sehr erfolgreicher Unternehmer sei, den auf Sylt jeder kenne. Das traf bei einigen zweifellos zu, die Olaf mit seinem Namen ansprachen. Andere zogen anerkennende Gesichter, als die Worte *König Augustin* fielen. Im Nu waren Brit und Olaf Teil des Kreises, der Mike Heiser umgab. Dass er der Mittelpunkt war, ließ sich nicht übersehen, Kari war es nur, wenn sie an seiner Seite stand. Aber es schien sie nicht zu stören, sie strahlte und lachte, als wäre sie glücklich. Brit beobachtete sie eindringlich. Oder hatte sie nur wieder Drogen konsumiert, die sie in diese Hochstimmung versetzt hatten?

»Seit wann magst du Jazz?«, fragte Brit ihre Tochter. »Ich hätte nicht gedacht, dass dich die Musik der *Half Brothers* interessiert.«

Kari zwinkerte ihr zu. »Tut sie auch nicht. Aber sie waren auf Mikes letzter Party und haben uns eingeladen. Da konnten wir schlecht ablehnen.«

Olaf kam näher heran. »Wir müssen mit dir reden, Kari. Wann wirst du wieder nach Hause kommen?«

Karis Stirn umwölkte sich. »Habt ihr etwas gegen meine Verlobung?«

»Darum geht es nicht.«

»Sondern?«

»Das lässt sich unmöglich hier erklären.«

»Also gut. Morgen zum Frühstück!«

Kari und Mike saßen in der ersten Reihe, Brit und Olaf zwei Reihen dahinter. Brit konnte sich nur schwer auf den Auftritt der *Half Brothers* konzentrieren. Karis Hinterkopf, ihr Profil, ihr Lachen, wenn sie applaudierte und sich Mike Heiser zuwandte … Brit konnte den Blick nicht von ihrer Tochter nehmen. Diese schöne junge Frau, so unbekümmert, temperamentvoll und fröhlich! War Kari jetzt glücklich? Würde sie mit Mike Heiser ein Leben lang glücklich bleiben? Hatte sie die richtige Entscheidung getroffen?

Unweigerlich wurde Brit von der Erinnerung bedrängt. Sie sah sich neben ihrem Bruder im Auto sitzen auf dem Weg ins

Entbindungsheim, sah sich vor dem Weihnachtsbaum in der Halle stehen, voller Heimweh und Verzweiflung, sah sich unter der Treppe kauern, in einer Wehe gekrümmt, und sah dann das Tor, das zur Straße, in die Freiheit führte, wo Romy auf sie wartete. Wenn es nach dem Willen ihrer Eltern gegangen wäre, hätte Kari Adoptiveltern bekommen, und sie wüsste heute nichts von ihr. Brit hätte ihr altes Leben wieder aufgenommen, im Büro der elterlichen Schreinerei gearbeitet und sich auf ein Dasein an der Seite eines Riekenbürener Handwerkers vorbereitet. Ohne Kari! Die Liebe zu ihr kam über sie wie ein schwerer Schmerz, wie eine letzte Wehe, mit der sich ihr Kind aus ihrem Schoß befreite. Kari war nun erwachsen. Die Jahre bis zu Brits eigener Volljährigkeit waren hart gewesen, bis sie selbst endlich erwachsen genannt wurde, bis sie Olaf heiraten konnte. Aber die schweren Jahre hatten sich gelohnt. Wenn Kari jetzt ihr Glück gefunden hatte, waren all die schwierigen Entscheidungen, die Brit hatte treffen müssen, richtig gewesen. Wenn …

Juni 1985, Riekenbüren

HASSO HEFLIK KAM mit der Zeitung in der Hand aus der Schreinerei, überquerte den Hof und pochte an die Tür seiner Eltern. Sie war noch verschlossen. Wenn die beiden aufgestanden waren, wenn seine Mutter vor dem Frühstücken den Schlüssel herumgedreht hatte, blieb sie für den Rest des Tages offen. Aber nun schienen sie noch nicht so weit zu sein.

Hasso sah auf die Uhr. Kurz nach sieben. Er war zu früh. Zwar hing der Schlüssel für die Wohnung seiner Eltern in der Schreinerei, aber er sollte nur für den Notfall benutzt werden. Hasso machte kehrt und ging zurück. Er würde warten, bis seine Mutter in der Küche mit dem Kaffeekochen anfing.

In der Schreinerei faltete er die Zeitung noch einmal auseinander und starrte den Artikel an, der ihn am Morgen regelrecht angesprungen hatte. Es stimmte also, was Nicole am Abend erzählt hatte. Er selbst hatte es nicht glauben können, obwohl Nicole versichert hatte, dass sie es von Romy gehört hatte, die wiederum von Brit in Kenntnis gesetzt worden war. Warum war seine Schwester nicht auf die Idee gekommen, auch in Riekenbüren anzurufen?

Er war fassungslos, dass er es aus der Zeitung erfahren musste: Seine Nichte hatte sich mit Mike Heiser verlobt, da stand es schwarz auf weiß. »Ich glaub's nicht!«, murmelte Hasso.

Was wurde nun aus dem *König Augustin* und den Hotels, die Knut Augustin hinterlassen hatte? Er ließ sich schwer auf seinen Schreibtischstuhl fallen. Was hatte er selbst doch für ein Glück, dass es einen Nachfolger gab, der die *Schreinerei Wunder* weiterführte!

Er hörte Halinas Stimme, die zwei Gesellen begrüßte, ihr helles Lachen, ihre leichten Schritte. Noch einmal bedankte er sich heimlich für sein Glück, mit Halina verheiratet zu sein. Als sie in sein Büro kam, strahlte er ihr entgegen, sodass sie stutzte. »Ist was?«

»Ich freue mich, dich zu sehen.«

Sie runzelte die Stirn. »Du hast mich noch vor einer Stunde gesehen.«

»Darf ich mich nicht trotzdem freuen, dich zu sehen?«

Halina schüttelte den Kopf, konnte sich aber ein Grinsen nicht verkneifen. »Was meinst du? Wird es eine große Verlobungsfeier geben? Dann brauche ich ein neues Kleid.«

Hasso wehrte ab. »Das glaube ich nicht. Wenn die Verlobung noch groß gefeiert wird, dann mit irgendwelchen Promis. Ein Schreiner aus Riekenbüren wird garantiert nicht eingeladen.«

»Das glaube ich nicht«, sagte Halina. »Kari ist zwar ein verrückter Feger, aber die Familie bedeutet ihr viel.«

»So viel, dass wir aus der Zeitung von ihrer Verlobung erfahren müssen? Und überhaupt … war sie in den letzten Monaten mal hier? Hat sie ihre Großeltern besucht? Oder sich nach ihnen erkundigt?«

Halina winkte ab, als wollte sie nichts davon hören. Sie hockte sich auf die Ecke von Hassos Schreibtisch. »Wenn ich noch daran denke, wie du früher heimlich mit Brit telefoniert hast …! Als sie noch Angst haben musste, dass deine Eltern sie finden und ihr das Kind wegnehmen könnten!«

»Kari hat keine Ahnung, was ihre Mutter auf sich genommen hat, um sie behalten zu können.«

»Das ist ganz normal für eine Mutter.«

»Auch wenn sie noch so jung ist wie Brit damals? Und wenn sie nicht weiß, wie sie ihr Kind ernähren soll? Dass Brit Arbeit gefunden hat, obwohl sie minderjährig war, grenzte an ein Wunder.«

»Sie hatte Romy, die ihr geholfen hat. Und dann hat sie zum Glück Olaf gefunden. Brit ist der Beweis dafür, dass es immer weitergeht, wenn man nur will.«

Hasso dachte eine Weile über ihre Worte nach. »Meine Eltern bereuen heute noch sehr, dass sie Brit damals weggeschickt haben. Wenn das auch die Idee des anderen Großvaters war, sie haben sich gern darauf eingelassen, damit niemand erfuhr, dass Brit schwanger war. Dabei haben sowieso alle durchschaut, was Sache war.«

»Die Leute! Die Leute!« Halina spuckte diese Worte beinahe aus. »Das Gerede der Nachbarn war wichtiger als Brit.«

Hasso stand auf. »Das alles ist jetzt Vergangenheit! Meine Eltern würden nicht noch einmal so handeln. Und zum Glück hat Brit ihnen verziehen.«

Ein Geselle steckte den Kopf ins Büro. »Können Sie mal eben kommen, Chef?«

»Bin sofort da!« Hasso küsste seine Frau. »Sie entschuldigen mich, Madame?«

»Nur, wenn ich den Lieferwagen haben kann. Ich muss Getränke für den Campingplatz holen.«

»Genehmigt!«

Als sie vom Büro in die Werkstatt traten, kam Edward Heflik von draußen herein, Frida folgte ihm auf dem Fuße. Hasso grinste sie an. »Ihr seht so aus, als hättet ihr es bereits erfahren.«

Edward nickte. »Die Jonkers waren gerade da. Sie haben die Zeitung früher gelesen als wir.«

Fridas Stimme war ganz ehrfürchtig. »Sie hat sich mit einem sehr reichen Mann verlobt. Das ist einer, der manchmal sogar in der Zeitung steht.«

Juni 1985, Sylt

KARI ERWACHTE FRÜH, viel früher als sonst. Sie streckte sich, dann kuschelte sie sich wieder in ihre Bettdecke. Nicht schlecht, mal wie normale Leute noch vor Mitternacht zu Bett zu gehen, und das sogar, ohne vorher Drogen genommen oder jede Menge Alkohol getrunken zu haben. Sie fühlte sich so gut wie schon lange nicht mehr direkt nach dem Aufwachen. Es wurde Zeit, dass sie ihr Leben veränderte. Sie war jetzt mit einem bekannten Mann verlobt, würde bald Frau Heiser heißen, würde von der Presse beobachtet werden, da konnte sie nicht noch einmal in den Morgenstunden nach Haus getorkelt kommen oder am Strand einschlafen, ohne zu wissen, wann sie zu Hause weggegangen war.

Sie hörte Geräusche aus der elterlichen Wohnung, Stimmen vor dem Haus, einen Lieferwagen, der vorbeituckerte, Möwengeschrei und das Rauschen der Brandung. Allerlei Vertrautes, das zum ersten Mal seit Langem ihre ständige Sehnsucht zum Verstummen brachte. Ihr Zuhause! Jetzt, wo sie wusste, dass sie ihn bald verlassen würde, kam ihr der Raum größer vor, die Wände waren heller, der Kaffeeduft, der hereindrang, war nicht mehr penetrant, sondern anregend. Sie öffnete die Augen, richtete sich auf, schob sich ein Kissen in den Nacken und betrachtete ihr Zimmer, als sähe sie es zum ersten Mal. Ein schönes Zimmer, hübsch möbliert, mit einem großen Fenster, das die Sonne hereinließ. Der helle Schrank mit dem Spiegel auf der mittleren Tür, der pinkfarbene Teppich, die zartrosa Vorhänge und die Lampe, die aus kunterbuntem Glas bestand, das leise klirrte, sobald man sich im Zimmer bewegte – ein Jungmädchenzimmer! Sehr komfortabel natürlich, aber ohne den Luxus, den es bei Mike Heiser gab. Eigentlich hatte sie es immer gut gehabt in ihrem Zuhause. Als ihr alles zu beengt geworden war, hatten die Eltern Verständnis gehabt und ihr diese Wohnung eingerichtet, in der sie ganz für sich sein, in die sie sich zurückziehen konnte. Trotzdem war ihr im *König Augustin* alles zu nah gewesen, die Pflichten, die sie nicht erfüllen wollte, die Eltern, die sie liebten, aber mit einer Liebe, die sie bedrängte, die Tradition, der sie sich ergeben sollte. Sie wollte weg, so weit wie möglich. Nun, besonders weit würde es nicht sein, von Westerland bis Kampen war es nur eine kurze Strecke, aber innerlich würde sie sich weit von ihren Eltern und deren Ansprüchen entfernen können, sobald sie bei Mike wohnte. Zwei oder drei Jahre, so hatten sie vereinbart, danach würde man weitersehen …

Sie ging duschen und zog sich an. Während sie eine Bermudashorts und ein Shirt heraussuchte, sah sie ihre Kleidung durch. Was würde sie mitnehmen? Alles? Oder nur eine Auswahl? Als Mike Heisers Frau musste sie stets nach der neuesten Mode gekleidet sein. Ihre kunterbunten Klamotten sollte sie vielleicht besser hierlassen. Oder wollten ihre Eltern diese Wohnung vermieten? Einem Mitarbeiter zur Verfügung stellen? Kari spürte Eifersucht in sich aufsteigen. Nein, diese Wohnung gehörte ihr. Am Klingelschild neben der Wohnungstür sollte weiterhin »Kari Rensing« stehen, auch wenn sie hier nicht mehr wohnte. Während sie sich anzog und frisierte, fragte sie sich, ob sie diesen Anspruch überhaupt haben durfte. Entschlossen griff sie zu ihrem Lippenstift und malte ihre Lippen knallrot. Sie würde ihre Eltern bitten, die Wohnung noch eine Weile für sie zu halten. Sicherlich würden sie damit einverstanden sein, dass sie mit einem Fuß im Elternhaus blieb. Wer wusste schon, wie sich das Zusammenleben mit Mike gestalten würde. Vor allem war unklar, wie Julian damit zurechtkam. Zum Glück war die Villa in Kampen groß genug, es gab Platz im Überfluss, genug Platz, um sich aus dem Weg zu gehen.

Sie hörte die Stimme einer Kellnerin, die mit ihren Eltern sprach. Aha, sie hatten das Frühstück also in die Wohnung kommen lassen! In Kari entstand so etwas wie Spannung, eine Erregung, die gestern noch in der Nähe des Magens gesessen hatte und nun ihr Herz erreichte. Was mochte es sein, was ihre Eltern ihr zu sagen hatten? Es schien große Bedeutung zu haben.

Olaf kam auf Kari zu, als sie eintrat, und zog sie in seine Arme. »Mein Kind!«

Das war zu viel. Kari spürte genau, wie die überbordenden Emotionen ihres Vaters in der Umarmung mitschwangen. Was war los?

Brit deckte den Tisch. »Bin sofort fertig!« Bei ihr war es genau anders herum. Sie warf Kari nur einen kurzen Blick zu, als hätte sie jetzt schon Angst vor ihrer Reaktion.

Kari sah, dass die Zeitung, in der heute von ihrer Verlobung mit Mike Heiser berichtet wurde, auf einem kleinen Regal in der Nähe des Tisches lag. Sie zögerte, bevor sie Platz nahm. »Ich hoffe, ihr rückt bald mit der Sprache raus.« In diesem Augenblick sah sie das Familienstammbuch neben der Zeitung liegen. »Das habt ihr schon herausgesucht?«

Brit nickte, noch immer ohne sie anzusehen. »Das brauchst du, wenn ihr das Aufgebot bestellt.« Sie goss Kaffee ein und drückte Olaf auf seinen Stuhl zurück, der schon wieder aufspringen und irgendwas holen wollte. Er war sehr nervös, nippte nur kurz an seiner Kaffeetasse, dann, kaum hatte sich Brit zu Kari und Olaf gesetzt, fing er an, als wollte er es hinter sich bringen: »Du weißt ja, Kari, dass ich nicht Augustin, sondern Rensing heiße, weil ich ein unehelicher Sohn deines Großvaters bin. Es gab auch einen ehelichen Sohn, Arne Augustin …«

»… der bei einem Schiffsunglück ums Leben gekommen ist«, unterbrach Kari und schaffte es nur im letzten Augenblick, nicht die Augen zu verdrehen. »Das weiß ich doch längst.«

»Mein Vater hatte immer lockeren Kontakt zu meiner Mutter gehalten und meinen Werdegang genau verfolgt. Ich selbst habe lange Zeit seinen Namen nicht gekannt. Als er dann plötzlich ohne einen Sohn dasaß, der sein Erbe hätte antreten können, hat er sich an mich erinnert. Ich arbeitete zu diesem Zeitpunkt bereits als Konditor im *König Augustin*, ohne zu ahnen, dass mein Arbeitgeber mein Vater war.«

»Weiß ich doch alles.«

»Es gibt aber etwas, das du noch nicht weißt.« Olaf griff nach Brits Hand, als brauchte er ihre Nähe, als sollte etwas von ihrer Kraft auf ihn übergehen. »Ich habe deine Mutter erst kurz vor deiner Geburt kennengelernt. Ich bin nicht dein leiblicher Vater, Kari, sondern dein Adoptivvater. Ich habe dich an Kindes statt angenommen, als ich deine Mutter geheiratet habe.«

»Was?« Kari legte das Brötchen zurück, von dem sie gerade abbeißen wollte. In ihrem Kopf herrschte mit einem Mal Nebel, ihre Gedanken und Gefühle verschwammen, sie konnte nicht spüren, was die Worte ihres Vaters in ihr anrichteten. Nur Schemen waren da, alles undeutlich, nichts war mehr klar.

Schließlich flüsterte sie kraftlos: »Wer ist mein Vater?«

Es war Brit, die antwortete: »Ein Klassenkamerad. Du weißt doch, ich habe die Handelsschule besucht. Wir machten eine Klassenfahrt nach Sylt, haben auf Dikjen Deel gezeltet. Ich war zum ersten Mal weg von zu Hause, wir waren alle ziemlich ausgelassen … Ich weiß nur noch den Vornamen deines Vaters. Mit Olaf an meiner Seite habe ich diesen Jungen total vergessen. Er selbst hat nie erfahren, dass ich schwanger geworden bin.«

Olaf griff nach Karis Hand. »Aber du bist immer meine Tochter gewesen. Ich kenne dich seit dem ersten Tag deines Lebens.

Du bist ganz und gar mein Kind, Kari. Deswegen wollte ich nicht, dass du es schon früh erfährst und vielleicht verunsichert wirst.«

Kari warf ihr Brötchen so zornig zurück, dass es über den Tellerrand rutschte und auf die Tischdecke fiel. Mit einem Mal war der Nebel weg. Sie sah jetzt ganz klar. So klar, dass es wehtat. »Ihr habt mich also mein ganzes Leben lang belogen?« Ihre Stimme klang schrill, einerseits voller Empörung, andererseits angefüllt mit Angst und Enttäuschung.

Olaf wehrte erschrocken ab. »So darfst du das nicht sehen.«

Kari sprang auf. »Ständig kommt ihr mir mit Vorhaltungen. Nichts, was ich mache, ist richtig. Täglich reibt ihr mir unter die Nase, dass ich mein Leben ändern soll. Und ihr?« Sie griff nach dem Familienstammbuch und sah so aus, als wollte sie es an die Wand werfen. »Ihr belügt mich jahrelang!« Mit blitzenden Augen wandte sie sich an ihre Mutter. »Ausgerechnet du! Ständig schwingst du die Moralkeule, und du weißt nicht einmal, wie mein Vater heißt? Woher nimmst du dir eigentlich das Recht, mich zu verurteilen?«

Sie wirbelte herum und stürmte aus dem Zimmer, die Treppe hinunter, hinaus auf die Straße. Zum Meer! An der Wasserkante entlang nach Kampen! Weg vom *König Augustin*. Bloß weg!

Juni 1985, Sylt

Hajo Keller verabschiedete ein älteres Ehepaar, Stammgäste des Hotels *König Augustin*. Er hielt ihnen die Wagentüren auf, während der Taxifahrer das Gepäck im Kofferraum verstaute. »Angenehme Heimreise! Beehren Sie uns bald wieder.« Er wartete, bis sich die Autotüren geschlossen hatten, und deutete eine Verbeugung an, als das Taxi sich in Bewegung setzte.

In diesem Augenblick sah er Kari. Sie kam aus dem Seiteneingang des Cafés gelaufen und stürzte auf die Straße, ohne nach rechts und links zu sehen. Sie war tränenblind, das sah Hajo sofort.

»Kari!« Er trat ihr in den Weg. »Was ist passiert?«

Sie schluchzte auf, wischte sich mit dem Handrücken die Nase ab, schien sich zusammenreißen und behaupten zu wollen, dass alles in Ordnung sei … aber Hajo ließ sie gar nicht zu Wort kommen. Er hätte ihr sowieso nicht geglaubt. »Komm rein.« Er griff nach ihrem Arm und zog sie in die Lobby. Diese wurde gerade von einem Mitarbeiter durchquert, der auf die Tür von Hajos Büro zuhielt, in der Hand einen dicken Aktenordner. Der Personalchef, der mit ihm über eine Bewerbung reden wollte.

»Wir gehen in mein Zimmer, da sind wir ungestört.«

Er führte Kari zum Aufzug und schob sie hinein. Noch hatte er keine Wohnung auf Sylt gefunden, bis jetzt lebte er in einem Hotelzimmer im ersten Stock. Dort schloss er die Tür auf und merkte, dass Kari zögerte, dass sie sich nicht mehr bereitwillig schieben und drängen ließ. Prompt machte er einen Schritt zur

Seite und sorgte für ausreichenden Abstand. Das hatte er von klein auf gelernt. Ein Schwarzer musste sehr vorsichtig sein. Eine fürsorgliche Geste seinerseits wurde von manchen Menschen schnell missverstanden oder fehlinterpretiert, und die Reaktionen auf einen Mann mit dunkler Hautfarbe waren viel heftiger als bei einem Weißen.

»Wir können natürlich auch in mein Büro gehen. Ich dachte nur …«

Kari gab sich einen Ruck und betrat sein Zimmer. Er folgte ihr, schloss die Tür hinter sich und betrachtete sie, wie sie dastand und in sich aufnahm, was sie zu sehen bekam. Das frisch gemachte Bett, die Kleidung des Vortags, die er zum Glück ordentlich zusammengefaltet hatte, das gerahmte Foto seiner Eltern, das auf dem Nachttisch stand, das Buch, in dem er vor dem Einschlafen las, die Halspastillen, die Flasche Wasser, die Tüte mit den Gummibärchen, die er liebte. Er hatte das Gefühl, jedes Teil erklären, sich für alles entschuldigen zu müssen.

Aber Kari hatte das Interesse schon wieder verloren, es schien, als würde sie von einer neuen Welle des Schmerzes überwältigt. Geistesabwesend griff sie in die Tüte und nahm sich ein paar Gummibärchen heraus. Ihre Augen wurden wieder feucht, sie ließ sich in den kleinen Sessel am Fenster fallen. »Meine Eltern haben mich belogen. Mein Leben lang.«

Hajo sah sie ungläubig an. Olaf und Brit Rensing? Die korrektesten Menschen der Welt? Das konnte er sich nicht vorstellen. Andererseits … wenn er so in Karis Gesicht blickte, wurde ihm schnell klar, dass etwas Außergewöhnliches passiert sein musste. Derart aufgelöst hatte er sie noch nie erlebt.

»Also erzähl …«

Hajo hörte sich ihre Geschichte an, hockte sich auf seine Bettkante, wo er ihr am nächsten sein konnte, nahm ihre Hände in seine, als sie wieder zu weinen begann, und sagte schließlich sanft:

»Er hatte Angst, dich zu verlieren. Er wollte ganz und gar dein Vater sein, nicht nur dein Adoptivvater. Vielleicht hatte er auch Angst davor, mit der Erinnerung an deinen leiblichen Vater konkurrieren zu müssen.«

»Wie war das bei dir?« Sie wischte sich die Augen trocken und sah ihn nun sehr aufmerksam an.

»Ich wusste natürlich schon sehr früh, dass meine Adoptiveltern nicht meine leiblichen Eltern sein konnten.«

»Hast du ständig an deine richtigen Eltern denken müssen. Die in Äthiopien?«

Er dachte kurz nach. »Manchmal. Aber jetzt schon lange nicht mehr. Von meinem leiblichen Vater weiß ich nichts, und von meiner Mutter nur, dass sie nichts zu essen für mich hatte. Deswegen hat sie mich zu einer Missionsstation gebracht, wo man dafür gesorgt hat, dass ich adoptiert werden konnte. Ich bin meiner Mutter heute dankbar, dass sie mich weggegeben hat. Ich wäre unter erbärmlichen Umständen groß geworden.«

Kari nickte. »Das ist was ganz anderes. Das lässt sich nicht vergleichen.«

Hajo beugte sich so weit vor, dass er ihr tief in die Augen sehen konnte. »Es war nicht richtig von deinen Eltern, dich so lange im Unklaren zu lassen. Aber sie haben es getan, weil sie dich lieben. Dein Vater hatte Angst, dich zu verlieren. Das solltest du ihm verzeihen.«

Kari stand auf. Ihr Gesicht war voller Trotz, kindlich rund, die großen Augen, die Hajo so sehr liebte, weit aufgerissen, so als würden sie im nächsten Augenblick voller Tränen sein. Aber sie blieben trocken, nur die vor Aufregung geröteten Wangen zeigten, wie aufgewühlt sie nach wie vor war.

Hajo merkte, dass es in ihr arbeitete. Er erhob sich ebenfalls. Sie standen nun dicht voreinander, er brauchte nur die Hände nach ihr auszustrecken, um sie an sich zu ziehen. Sollte er …? Sie kam einen Schritt auf ihn zu, zeigte ihm, dass sie seine Nähe suchte, und dann war es unmöglich, ihr zu widerstehen. Sanft umfing er sie. »Ach, Kari.«

Sie schmiegte sich an ihn, aber nicht wie in Mike Heisers Haus, nicht begehrlich, sondern wie ein Kind an jemanden, der Trost schenkte. Lange standen sie so da, ihr Kopf auf seiner Brust, bewegungslos, aneinander gelehnt, haltend und gehalten werdend, sich gegenseitig einatmend.

Kari schnupperte mit einem Mal. »Du riechst gut.« Sie löste sich von ihm, um ihm ins Gesicht sehen zu können. »Hattest du dieses Eau de Toilette auch benutzt, als wir bei Mike Heiser waren?«

Seine Stimme war rau. »Ich habe nur das eine.«

»Ich kann mich gut an den Duft erinnern.«

Er starrte sie an, wartete, dass sie noch etwas sagte, sehnte es herbei, dass sie die richtigen Schlüsse zog, hielt den Atem an … aber dann sagte sie: »Ich bleibe jetzt erst mal bei Mike. Bald werde ich sowieso zu ihm ziehen.«

Hajo sah sie erschrocken an. »Zu ihm ziehen? Wie meinst du das?«

»Du hast heute noch keine Zeitung gelesen?«

Er schüttelte den Kopf, langsam und argwöhnisch. Er ahnte, dass etwas auf ihn zukam, was er unter keinen Umständen hören wollte.

»Ich habe mich mit Mike verlobt. Mit der Hochzeit werden wir wohl nicht lange warten.«

Juni 1985, Sylt

Romy kam mit dem Zug, der gegen zwölf in Westerland einlief. Während sie mit dem Strom der Feriengäste mitschwamm, der sie in die Friedrichstraße spülte und dort in den Seitenstraßen versickerte, fiel ihr auf, wie sehr sie die Insel vermisst hatte. Und sie fasste einen Entschluss, der schon länger in ihr geschlummert hatte: Sie würde Brit und Olaf bitten, sie wieder im *König Augustin* einzusetzen. Die Arbeit in der Stiftung war zwar interessant, und als Leiterin der Verwaltung zu fungieren machte sie stolz und tat ihrem Ego gut, aber sie hatte doch immer auf Sylt leben und arbeiten wollten. Seit der Klassenfahrt auf die Insel, seit der Woche auf dem Zeltplatz Dikjen Deel, seit diesen wenigen Tagen, in denen sich ihr Leben und das von Brit für immer geändert hatte. Vor allem für Brit war die Woche schicksalhaft gewesen. Sie hatte Arne, ihre große Liebe, kennengelernt und war schwanger geworden. Die Eltern hatten sie weggeschickt, und mit der Flucht aus dem Entbindungsheim hatte eine harte Zeit für Brit begonnen. Nur mit Mühe hatte sie sich durchschlagen können, als minderjährige, unverheiratete Mutter ein schweres Los. Wenn sie nicht Olaf kennengelernt, wenn er ihr nicht geholfen hätte, wäre es noch schwerer gewesen. Und Romy selbst natürlich! Wenn sie an die Zeit zurückdachte, in der sie Brit und Kari ihre Familie genannt hatte, zog nach wie vor die Wärme schöner Erinnerungen durch ihren Körper und machte ihn und ihre Seele weich und weit. Ja, Olaf hatte Brit gerettet. Aber er hatte auch alles kaputtgemacht. Wenn er nicht gekommen und Brit all das angeboten hätte, was ein Spießer eine Familie nannte, hätte ihr Zusammenleben vielleicht Bestand gehabt. Dann hätte Kari mit zwei Müttern gelebt, statt in traditioneller Familienform. Und Romy hätte eine Familie.

Sie blieb vor dem Pelzgeschäft *Matthiesen* stehen und betrachtete die Auslagen, ohne sie wirklich zu sehen. Eigentlich wollte sie nur noch einmal ihre alten Träume betrachten, die den Pelzmänteln in diesem Geschäft erschreckend ähnlich waren: viel zu teuer, viel zu extravagant, viel zu unbescheiden. Es gab eine Zeit, da hatte sie alles gewollt: das Teure, Extravagante, und an Bescheidenheit hatte sie nie gedacht.

Eine Frau betrat den Laden, die so aussah, als könnte sie sich den Nerz leisten, den Romy anstarrte. Augenscheinlich war sie in dem Geschäft bekannt, sie wurde begrüßt wie eine Freundin. So ähnlich hatte sich auch Romy die Zukunft vorgestellt. Manchmal! Oft hätte es ihr auch gereicht, wieder mit Brit und Kari zusammenzuleben, wie damals in Bremen, für die beiden wichtig zu sein, dafür zu sorgen, dass Brits Eltern oder das Jugendamt nicht unversehens vor der Tür erschienen und ihre Arbeitszeiten so einzuteilen, dass sie Kari versorgen konnte, wenn Brit Geld verdienen musste. Es war eine schöne Zeit gewesen, diese Jahre, bevor Olaf immer wichtiger geworden war. Sie hatte es ihm nie verziehen, dass er ihr Romy und Kari genommen hatte, dass er sogar zu Geld gekommen war, dass er auf Sylt immer mehr an Bedeutung gewann, wenn er auch Rensing und nicht Augustin hieß. Brit hatte nett sein wollen, als sie Olaf überredete, Romy die Leitung der Knut-Augustin-Stiftung zu übertragen, und Romy hatte sich geärgert, dass sie auf solche Nettigkeiten angewiesen war, wenn sie nicht irgendwo als Tippse enden wollte.

Sie ging weiter, als sie eigentlich links abbiegen musste, um zum *König Augustin* zu kommen. Nein, erst musste sie einen Blick aufs Meer werfen. So machte sie es immer, wenn sie nach Sylt kam. Wie man in einer Gesellschaft die älteste Dame zuerst begrüßte, bekam auch das Meer immer den ersten Gruß. Dunkelblau streckte es sich vor ihr aus, als sie an die Mauer oberhalb der Kurpromenade trat. Weiße Gischt krönte die Wellen. Ein fröhliches Meer, eins, das die Füße umspielte und nur gelegentlich die Brandung weit auslaufen ließ, um die Kinder an der Wasserkante zu erschrecken.

Romy warf einen Blick in die erste Etage des *Miramar*, als sie zurückging. Dort hatte sie Horst Lukassen dazu gebracht, sie im Sekretariat einzustellen. Natürlich war seine Zeit als Personalchef längst vorbei, er war schon vor Jahren in Rente gegangen. Ob er überhaupt noch lebte? Liebevoll versorgt von der Gattin? Oder von ihr benörgelt, weil sie zu spät gemerkt hatte, dass sie es nicht schaffte, seine Marotten zu belächeln, wenn sie den ganzen Tag mit ihnen konfrontiert war.

Kurz vor seinem Eintritt ins Rentenalter hatte er Romy zum Essen eingeladen, ein letztes Mal, hatte ihr einen teuren Ring geschenkt und ihr für die Jahre gedankt, in denen er sich wie ein Lebemann hatte fühlen dürfen. Einige Jahre später hatte sie ihn noch einmal gesehen, mit seiner Frau beim Kurkonzert. Er hatte sie nicht bemerkt, so konnte er auch nicht sehen, wie erschrocken sie über den alten Mann war, der dort hockte und irgendwelche Walzermelodien über sein Gehör hinwegschwappen ließ.

Sie machte kehrt und bog in den Weg hinter dem *Miramar* ein. Schon an der nächsten Straßenecke sah sie das senkrechte Schild, das sich über drei Etagen erstreckte. *König Augustin!* Dieses Eckhaus hatten Knut Augustin und Robert König erst später dazukaufen können. Vorher hatte der Name *König Augustin* nur zu dem Café gehört, das im benachbarten Gebäude untergebracht war. Danach war dann das Hotel dazugekommen.

Romy blieb eine Weile vor dem Eingang des Cafés stehen und betrachtete es, ehe sie hineinging. All die Erinnerungen! Brit war nicht im Gastraum, auch Olaf war nicht zu sehen. Sie erkundigte sich bei einer Kellnerin und hörte, dass der Chef außer Haus und die Chefin in ihren Privaträumen sei. Romy wusste, wie sie dorthin kam, verließ das Café wieder, ging ums Haus herum und benutzte den Seiteneingang. Dahinter führte eine steile Treppe in die Wohnung von Brit und Olaf, die sich über die ganze Etage erstreckte. Sie war für Arne Augustin und seine Frau Linda eingerichtet worden, aber die beiden hatten sie nicht lange bewohnt. Als Arne von seiner Schifffahrt nach Amrum nicht zurückkehrte, war Linda bald zu Chris Reineit gezogen, einem Maler, der mittlerweile auch über Sylt hinaus bekannt war. Ihre große Liebe! Dabei hatte es eine Weile so ausgesehen, als könnte Linda König gar nicht lieben. Romy gehörte zu den wenigen, die ihre Klugheit bewunderten. Linda hatte damals eingesehen, dass sie mit Chris nicht glücklich werden konnte, solange er als Hungerleider in einer Baracke im Klappholttal sein Dasein fristete. Sie taugte nicht fürs einfache Leben, das wusste sie, und Romy fand es beeindruckend, wie klar sie sich nach dieser Erkenntnis richtete. Romy hatte bisher nur Menschen kennengelernt, die für die Liebe ihres Lebens bereit waren, alles aufzugeben, und später unter ihrer Enttäuschung schwer litten, obwohl sie vorherzusehen gewesen war. Nicht so Linda König! Sie hatte Arne Augustin geheiratet, den sie von klein auf kannte, zu dem sie passte, mit dem sie sich ein Leben vorstellen konnte. Sie war keine Frau, die sich mit Skrupeln abgab, sie plante ihr Leben nach eigenen Vorstellungen. Und hatte sie nicht recht? Arne war zwar umgekommen, aber Chris Reineit war inzwischen erfolgreich geworden, und Linda genoss das Leben an der Seite eines Künstlers, der sogar gelegentlich in einer Zeitung erwähnt wurde. Sie hatte alles richtig gemacht, fand Romy und fragte sich, warum es ihr selbst nicht gelungen war, ihr Leben so zu gestalten. Aber vielleicht war es noch nicht zu spät?

Brit öffnete ihr, und Romy sah gleich, dass sie geweint hatte. Den Grund erfuhr sie, noch bevor sie den ersten Schluck Tee getrunken hatte. »Es gab ohnehin so viele Probleme mit Kari«, schluchzte Brit. »Nun auch noch das.«

»Lass ihr Zeit«, empfahl Romy. »Es wird nicht lange dauern, und sie begreift, dass ihr sie nicht belügen wolltet.«

»Es war ein Fehler, sie im Unklaren zu lassen.«

»Ja, das war es wohl.«

»Olaf wollte so lange wie möglich ihr Vater sein, und erst wenn es nicht anders geht, ihr Adoptivvater.«

»Das war dumm von ihm.« Romy warf einen Blick zu ihrem Koffer, den sie neben der Tür abgestellt hatte. »Ich hoffe, im *König Augustin* ist ein Zimmer für mich frei?«

»Du willst Urlaub auf Sylt machen?«

»Was heißt hier ›Urlaub‹? Ich war mal Karis zweite Mutter, und jetzt verlobt sie sich mit Mike Heiser. Diese Feier lasse ich mir nicht entgehen.« Sie sah in Brits indigniertes Gesicht. »Es gibt gar keine Feier?«

Brit begann erneut zu weinen. »Ich weiß es nicht. Kann sein, dass Mike Heiser mit all diesen wichtigen, reichen Leuten seine Verlobung feiert …«

»… aber nicht mit Karis Familie?« Romy funkelte Brit an, als wäre sie von ihr gekränkt worden. »Verdammt, Brit! Ich muss endlich einen Mann kennenlernen. Den richtigen Mann! Karis Verlobungsfeier wäre dafür bestens geeignet. Ich brauche möglichst viele reiche Männer auf einem Haufen, um mir den besten auszusuchen.«

Juni 1985, Riekenbüren

»Ein Anruf nach Sylt?« Edward Heflik sah seine Frau entgeistert an. »Weißt du, was so ein Ferngespräch kostet?«

Frida setzte ihr bockiges Gesicht auf, das sie sich zugelegt hatte, seit sie ihrem Mann gelegentlich widersprach. In den ersten Jahren ihrer Ehe war das undenkbar gewesen, da hatte sie noch alle eigenen Wünsche hintangestellt aus lauter Dankbarkeit, weil Edward sie zu seiner Frau gemacht hatte. Erst später, als Brit jahrelang verschwunden gewesen war und als ihr Sohn partout nicht die Frau heiraten wollte, die für ihn vorgesehen war, hatte sie zum ersten Mal aufbegehrt. Seitdem führte sie manchmal sogar Ferngespräche, ohne ihren Mann vorher zu fragen. Dieses Mal hatte sie allerdings den Fehler gemacht, ihn vorher darüber in Kenntnis zu setzen.

»Unsere Enkelin hat sich verlobt!«, sagte sie mit einem solchen Nachdruck, dass Edward sie erstaunt ansah. »Und ich will wissen, warum wir davon nichts erfahren. Brit hat nur Romy Wimmer verständigt. Wir mussten davon aus der Zeitung erfahren. Da wird man ja wohl fragen dürfen, was Brit sich dabei gedacht hat.«

Nun nickte Edward. Frida hatte es doch gewusst! Ihr Mann wollte es auch wissen. Und deswegen sagte er kein Wort mehr, als sie Brits Telefonnummer heraussuchte und sie mit der feierlichen Stimmung wählte, die sie immer überkam, wenn sie sich moderner Technik bediente.

»Brit?«, schrie sie in den Hörer, als am anderen Ende abgenommen wurde. Noch immer glaubte sie, dass ein Gespräch über so viele Kilometer unmöglich mit leiser Stimme geführt werden konnte.

Natürlich hielt sie das Telefonat kurz, wie ihr Mann es verlangte, der schon nervös wurde, als Frida nach dem Wetter auf Sylt fragte, weil er der Meinung war, dass sie, wenn sie schon ein Ferngespräch führen musste, sich wenigstens auf das Wesentliche beschränken sollte. Frida dagegen war der Meinung, dass man, wenn man jemandem mit Vorwürfen kommen wollte, zunächst für gute Stimmung sorgen musste, damit das Gespräch nicht im Streit endete.

Brit hatte nicht viel Zeit, wie das meist der Fall war. Wann immer ihre Mutter anrief, musste Brit unbedingt runter ins Café, hatte einen Termin mit einem Lieferanten von Rosinen oder Toilettenpapier oder wollte nebenan im Hotel nach dem Rechten sehen, wo ein Zimmermädchen schlampig gearbeitet hatte. Frida schwirrte jedes Mal der Kopf, wenn sie mit ihrer Tochter telefoniert hatte. Wann Brit eigentlich ihre Hausarbeit verrichtete, danach fragte sie schon lange nicht mehr.

Diesmal kam ihr Anruf ungelegen, weil Romy gerade zu Besuch gekommen war. »Wegen der Verlobung?«, fragte Frida.

»Ja, sie meint, es gibt ein großes Fest.«

»Es gibt keins?«, erkundigte sich Frida hoffnungsvoll, die sich schon gefragt hatte, wie sie den Nachbarn erklären sollte, warum ihre Enkelin die Großeltern nicht zur Verlobung einlud.

»Ich weiß es nicht«, antwortete Brit, und ihre Stimme war ganz dunkel vor Enttäuschung, das entging Frida nicht. »Wie sollte das auch auf die Schnelle organisiert werden? Niemand wusste von den Verlobungsplänen.«

Als Frida klar wurde, dass Brit von diesen Neuigkeiten genauso überrumpelt worden war wie sie selbst, schluckte sie die Vorwürfe hinunter, die sie eigentlich vorbringen wollte. Und als Ursula Berghoff ein paar Stunden später bei Frida erschien – die Nachbarin, die immer auftauchte, wenn sich in einer Riekenbürener Familie etwas ereignete, was nicht Naht auf Naht in die Sitten und Gebräuche des Dorfes passte –, hatte Frida ihre Fassung vollends wiedererlangt. Ursula Berghoff hatte es zu ihrer Aufgabe gemacht, solchen verrutschten familiären Ereignissen auf den Grund zu gehen. Sie war ja auch die Erste gewesen, die vor über zwanzig Jahren begriffen hatte, was mit Brit geschehen war.

Edward verzog sich in die Werkstatt, als er Ursula Berghoffs Stimme hörte, die behauptete, dringend hellrosa Nähseide zu benötigen, und angeblich hoffte, bei Frida ein Röllchen ausleihen zu können.

»Ach, übrigens …« Mit diesen Worten kam sie stets auf den eigentlichen Grund ihres Besuchs zu sprechen. »Ich habe heute Morgen in der Zeitung gelesen …«

Frida ließ sie nicht aussprechen. »Ist das nicht wunderbar? Eine Verlobung, von der in der Zeitung berichtet wird! Wann hat es in Riekenbüren je so etwas gegeben? Kari wird demnächst zur High … High So … also, zu den oberen Zehntausend gehören.«

Ursula Berghoff strich aufgeregt über ihre Dauerwelle. »Ihr wusstet davon?«

»Natürlich! Was dachtest du denn?«

»Du hast nichts davon erzählt.«

»Muss man alles gleich an die große Glocke hängen? Ich möchte nicht den Eindruck erwecken, dass ich mit meiner Enkelin prahlen will.«

Frida war hingerissen von ihren eigenen Worten. So clever hatte sie noch nie reagiert. Nun war sie sogar bereit, Ursula Berghoff einen Kaffee anzubieten, was sie sonst gern vermied, damit sich der Besuch der Nachbarin nicht länger hinzog als unbedingt nötig. Und – einmal so richtig in Schwung – schaffte Frida es sogar, Karis Zukunft auszumalen, als hätte sie Mike Heiser längst kennengelernt, als hätte sie seine Villa schon besichtigt und wüsste alles über seine ausgefallenen Gewohnheiten und natürlich über die wunderbaren Kleider, die er entwarf. Erst Halinas Erscheinen bremste sie und ihre Fantasie, von der sie bis zu diesem Tag gar nicht gewusst hatte, dass sie in ihr schlummerte.

Halina lachte verächtlich, als sie Ursula Berghoff am Küchentisch sitzen sah. »Ah, Karis Verlobung spricht sich herum!«

Ursula Berghoff fühlte sich durchschaut. Das war nie schwierig und kam häufig vor, aber selten wurde es ihr derart deutlich vor Augen geführt wie jetzt von Halina. Ursula Berghoffs Gesicht lief rot an, und ein gehässiger Zug umspielte ihre Lippen. »Ja, wir haben alle unser Päckchen zu tragen. Nicht zur Verlobung der Enkelin eingeladen zu sein ist ja direkt eine Kleinigkeit gegen deine Probleme, Halina. Die Tochter auf der Hilfsschule und der Sohn bester Kunde in den Spielhöllen. Meint ihr wirklich, dass Nicole die Prüfung zur Bürogehilfin schafft? Dass es in Bremen ebenfalls Spielautomaten gibt, vor denen Dennis seinen Feierabend verbringt, wisst ihr ja sicherlich.« Ursula Berghoff ging zur Tür, ohne sich noch einmal umzudrehen. »Ich möchte wissen, wo der Junge das Geld hernimmt.«

Juni 1985, Sylt

Hajo Keller glaubte, es sei eine gute Idee, sich ins Auto zu setzen und nach Kampen zu fahren. Es war am späten Nachmittag, die Sonne wurde schon orange, die Wärme wogte nicht mehr, sie wurde von einem frischen Wind aufgewirbelt, der bald Abendwind heißen würde.

Als Hajo in den Weg einbog, der zu Mike Heisers Villa führte, dachte er schon, ungesehen vors Haus fahren zu können. Aber er kam nicht weit. Ein großer, dunkel gekleideter Mann trat auf den Weg und zwang ihn zum Anhalten. Auf Hajos Erklärung hin, er sei Gast auf Mike Heisers letzter Party gewesen, zog er ein misstrauisches Gesicht. Erst als Hajo ergänzte, er sei in Kari Rensings Begleitung gewesen, wurde er freundlicher.

»Ich vermisse meine goldene Armbanduhr«, erklärte Hajo. »Ist sie nach der Party gefunden worden?«

Der Wächter zog sein Walkie-Talkie hervor und fragte eine unsichtbare Person am anderen Ende nach einer Armbanduhr. Er nickte Hajo zu. »Die Haushälterin wird nachsehen. Scheinbar ist einiges liegen geblieben.«

Hajo war unzufrieden. Er hatte gehofft, zum Haus vorfahren, dort aussteigen und eintreten zu dürfen, aber das kam anscheinend nicht infrage. Er wusste, wie die Antwort der Haushälterin ausfallen würde und dass er unverrichteter Dinge würde zurückfahren müssen. Eine dumme Idee, schalt er sich jetzt. Warum sollte ausgerechnet in einem solchen Moment Kari auftauchen und mit ihm sprechen wollen?

Der Wächter steckte das Walkie-Talkie wieder zurück. »Tut mir leid. Eine goldene Armbanduhr war nicht dabei.«

Hajo gab sich geschlagen. »Vielleicht hat Kari sie an sich genommen«, versuchte er es trotzdem noch einmal. »Ist Frau Rensing zu sprechen?«

»Soviel ich weiß, ist sie nach Westerland gefahren, um ihre Sachen zu holen.«

Hajo bedankte sich, setzte zurück, wendete und drückte aufs Gas. Kari war nebenan gewesen, als er losfuhr? Ihre Sachen holen! Das konnte nur bedeuten, dass sie ihre kleine Wohnung ausräumte. Er hätte nur ein Haus weiter gehen müssen, den Seiteneingang in die Wohnung kannte er ja. Andererseits ... was sollte er Karis Eltern sagen, wenn er sie traf? Dass er sich von ihrer Tochter verabschieden wollte? Dass er wissen wollte, was die Nacht in Mike Heisers Haus für sie bedeutet hatte? Dass er unbedingt erfahren wollte, ob er nur ein belangloser Flirt für sie gewesen war oder ob die Stunde, in der sie im Saunahaus allein gewesen waren, wenigstens eine schöne Erinnerung für sie war?

Hajo nahm den Fuß vom Gas, als er nach Westerland hineinfuhr. Was für unsinnige Fragen! Kari hatte sich mit Mike Heiser verlobt, sie würde ihn heiraten, also hatte er ihr nichts bedeutet. Kari war eben so, ein bisschen flatterhaft, eine Frau, die sich nicht um das scherte, was sich gehörte und von ihr erwartet wurde. Mike Heiser schien es nichts auszumachen. Hajo konnte sich nicht erinnern, dass er während der Party nach Kari gefragt hatte, dass er sie an seiner Seite haben wollte, dass er sie geküsst hatte oder mit ihr in den Dünen verschwunden war. Eigentlich hatte er bis dahin sogar geglaubt, Mike Heiser mache sich gar nichts aus Frauen. Das Gerücht, er sei schwul, hielt sich hartnäckig. Und sein Geschäftsführer Julian Haarbeck wohnte schon lange in der Heiser-Villa. Angeblich, weil er dort sein Büro hatte und Mike Heiser bei der Arbeit die kurzen Wege schätzte. Vielleicht war an den Gerüchten etwas dran? Bei Mike Heiser war das jedoch anders. Vielleicht waren die Gerüchte nur entstanden, weil aus seinem beruflichen Verhältnis mit Julian Haarbeck Freundschaft geworden war? Hajo seufzte tief auf, als er am *Miramar* vorbeifuhr und in die Käpt'n-Christiansen-Straße einbog. Mike Heiser war hetero, da durfte er sich nichts vormachen, sonst hätte Kari sich nicht mit ihm verlobt.

Die Dämmerung zog herauf, als er sein Auto abstellte. Im Café *König Augustin* war noch viel los, im Hotel herrschte die kultivierte Ruhe, die zu einem gut geführten Haus gehörte. Über dem Café, in der Wohnung der Rensings, war es dunkel, nur hinter einem Fenster ganz links, das zu Karis Apartment gehörte, brannte Licht. Waren ihre Eltern nicht zu Hause? Hatte Kari diesen Moment gewählt, weil sie allein sein wollte, wenn sie ihre Sachen packte?

Kurz entschlossen ging Hajo ins Café und sah sich um. Weder Olaf noch Brit Rensing waren zu sehen. Er hielt eine Serviererin auf, die an ihm vorbeieilen wollte, und fragte nach dem Chef und der Chefin. »Sind sie nicht da?«

»Herr König hat Geburtstag«, war die Antwort. »Er feiert in der *Alten Friesenstube.* Wie jedes Jahr.«

Hajo bedankte sich und verließ das Café wieder. Natürlich! Kari wusste, dass Robert König Geburtstag hatte und die Eltern mit ihm feierten. Diese Gelegenheit nutzte sie, nach dem Streit wollte sie den beiden nicht in die Arme laufen. Dies war wieder so eine Situation, die er empfand, als gehörte er zur Familie. Die Rensings waren ihm so vertraut, obwohl er sie noch nicht lange kannte, glaubte er zu wissen, was sie dachten und wie sie urteilten. Die Arbeit in einem Familienbetrieb konnte schwierig sein, aber Hajo fühlte sich wohl im *Hotel König Augustin*, in dieser Familie.

Er ging zum Seiteneingang, wo es zwei Klingeln neben der Tür gab: »Olaf und Brit Rensing« und »Kari Rensing«. Er zögerte, ließ seinen Daumen eine Weile über dem Klingelknopf zittern, dann drückte er zu. Es dauerte lange, bis der Türdrücker summte. Hajo hatte sich gerade abwenden wollen, weil er glaubte, dass Kari nicht gestört werden wollte. Nun schob er die Tür auf. Langsam, als hätte er Angst vor dem, was ihn erwartete, stieg er die Treppe hoch. Den Blick hob er erst, als er Karis Stimme hörte.

»Hajo? Du?«

Er antwortete, als er vor ihr stand. »Du ziehst aus?«

Sie wirkte wie ein Kind, dem gesagt worden war, dass es nun groß sei und endlich lernen müsse, seine Koffer selbst zu packen. Die Haare zerrauft, das Make-up verrutscht, die Bluse falsch zugeknöpft. »Eigentlich war das erst nach der Hochzeit geplant, aber nun geschieht es eben früher.« Sie trat einen Schritt zur Seite und ließ ihn herein. »Kannst du mir helfen, die Koffer und Kisten runterzutragen?« Sie ging voraus in ihr Schlafzimmer, wo die Schranktüren offen standen und die Kommodenschubladen herausgezogen waren. Zwei Koffer lagen offen auf ihrem Bett, daneben standen mehrere Kartons, einige schon halb gefüllt.

»Hilft Mike dir nicht beim Umzug?«, fragte Hajo.

Kari schüttelte den Kopf. »Er hat sich einmal überwunden, hier aufzukreuzen, das hat ihm gereicht.«

Sie wollte einen Stapel T-Shirts aus ihrer Kommode heben, aber Hajo hinderte sie. Er griff nach ihrem Arm und zwang sie, ihn anzusehen. »Kari … ich wollte dir nur sagen … ich finde …«

»… dass ich mich zu schnell für Mike entschieden habe? Das sagen alle. Aber ich will hier raus. Jetzt erst recht.« Sie machte sich von Hajo frei und mit dem Packen weiter. »Ständig bekomme ich Vorwürfe zu hören: Tu dies, tu das, arbeite endlich, das Leben besteht nicht nur aus Vergnügungen. Du musst lernen, das zu schätzen, was dir deine Vorfahren hinterlassen … blablabla. Immer die Moralkeule! Das tut man nicht, und jenes tut man nicht. Und dann kommen sie ganz locker damit um die Ecke, dass sie mich mein Leben lang belogen haben. Egal, was ich tu oder lasse, es ist immer ganz, ganz schlimm. Aber meine Eltern? Sie können sich erlauben, was sie wollen, und ich muss Verständnis dafür haben. Meine Mutter lässt sich von einem Typen flachlegen, an dessen Namen sie sich nicht einmal erinnern kann. Aber das ist nicht weiter schlimm, das muss ich akzeptieren.« Sie holte tief Luft und stieß hervor: »Nein, danke! Ich bin froh, dass ich hier rauskomme.«

Hajo hielt sie noch einmal zurück, sorgte ein weiteres Mal dafür, dass sie zu packen aufhörte. »Deswegen heiratest du Mike? Damit du hier rauskommst?«

»Es wird mir gut gehen bei ihm«, antwortete Kari trotzig. Aber in ihren Augen stand etwas, das nicht zu ihrer Kaltschnäuzigkeit passte: der Schmerz eines Kindes, das sich unverstanden fühlte.

»Kari ...« Er versuchte, sie an sich zu ziehen, ließ es aber sofort wieder, als sie sich mit einem winzigen Zurücklehnen widersetzte. »Das ist doch kein Grund zu heiraten.«

Sie drehte sich um, griff mit fahrigen Fingern nach einem Pulli, ließ ihn wieder fallen, nahm sich den nächsten vor. Er starrte auf ihren Rücken, während sie die Pullover durchsah, als wollte sie entscheiden, ob sie alle mitnehmen oder einige zurücklassen würde.

»Fürs Erste bin ich ja nur verlobt«, gab sie schließlich zurück. »Wenn ich jetzt schon zu Mike ziehe, können wir testen, ob das mit dem Zusammenleben klappt, bevor wir heiraten. Und wenn nicht ...« Sie brach ab, einen Plan B hatte sie offenbar nicht in petto.

»... dann ziehst du wieder zurück?« Hajo sah sie ungläubig an.

»Vielleicht bekomme ich eine Stelle in Mikes Firma«, wich Kari aus. »Dann bin ich endlich unabhängig von meinen Eltern. Von meiner Mutter und meinem *Adoptiv*vater.« Das letzte Wort betonte sie mit Bitterkeit in der Stimme.

»Du kannst auch unabhängig sein, wenn du die Nachfolge deiner Eltern antrittst. Wenn du es wirklich willst, werden sie dich schon machen lassen.«

Kari lachte bitter und warf einen Pullover so nachlässig aufs Bett, dass er auf der anderen Seite zu Boden fiel. »Sie würden mir den ganzen Tag auf die Finger schauen und an mir herummäkeln. Außerdem habe ich keine Ausbildung, weder im Hotelfach noch im Restaurantgewerbe.«

»Das lässt sich nachholen.«

Kari atmete tief ein und aus, dann richtete sie sich auf und starrte die offene Tür des Kleiderschranks an, als sähe sie dort etwas, das ihr helfen könnte. »Hast du was zu rauchen dabei? Ich glaube, ich brauche etwas.«

»Kari!« Hajo schrie es fast. »Du musst damit aufhören. Du treibst Raubbau mit deinen Kräften. Rauschgift ist doch keine Lösung.« Er zwang sich zur Ruhe und fügte mit leiser Stimme an: »Mit den Drogen gibst du dein Leben aus der Hand. Merkst du das nicht? Oder … oder weißt du noch, was während der Party alles vorgefallen ist?«

Sie sah ihn lange an, als dächte sie über die Antwort auf seine Frage nach. Dann schüttelte sie langsam, sehr langsam den Kopf.

Juli 1985, Hamburg

Arne blätterte in dem Buch mit den Vorbestellungen und stutzte. »Carsten?«, rief er leise.

Sein Partner stand hinter der Theke und zapfte ein Bier für einen frühen Gast. Die Thekenbesetzung würde später den Dienst antreten, wenn es voll wurde. Das war erst gegen acht der Fall, Hochbetrieb war dann ab zehn.

Carsten sah flüchtig auf. »Was gibt's, Florian?«

»Diese Verlobungsfeier heute.« Arne zeigte auf den Eintrag. »Was hat das zu bedeuten?«

»Das geht uns nichts an«, bekam er zur Antwort.

Arne verstand, was er sagen wollte. »Schon klar! Aber mit Presse und allem Drum und Dran?«

»Mike Heiser wird schon wissen, warum er das tut.« Carsten sprach jetzt sehr leise, damit der Gast, der an der Theke saß, ihn nicht verstehen konnte. »Es ist in letzter Zeit oft darüber geredet worden, dass Mike Heiser schwul sein könnte. Ihm wurde eine Fernsehshow angeboten. Hast du auch davon gehört?« Er wartete eine Antwort nicht ab, sondern fuhr gleich fort: »Dabei geht es natürlich um Mode. Eine Sendung für Frauen also. Aber welche Frau interessiert sich für einen Mann, der schwul ist? Keine! Der Fernsehsender könnte Mike unter Druck gesetzt haben. Vielleicht muss er beweisen, dass er hetero ist.«

»Du meinst …«

»Ja, genau das meine ich.«

»Weißt du, wer die Glückliche ist?«, fragte Arne.

»Irgendeine reiche Erbin von der Insel, habe ich gehört.«

»Reich? Das hat er doch gar nicht nötig.«

»Geld kommt zu Geld, das war schon immer so.«

Arne mochte Mike Heiser nicht besonders gern. Carsten sagte immer, ihm wären alle sympathisch, die Stammgäste im *Carar* waren und dafür sorgten, dass die Kasse klingelte. Aber dem konnte Arne nicht zustimmen. Natürlich behandelte er alle gleich, die Gäste, die er nicht mochte, bekamen es selbstverständlich nicht zu spüren, und Mike Heiser war sicherlich noch nicht auf die Idee gekommen, dass Florian Aldenhofs Freundlichkeit gespielt war. Arne hielt Heiser für egoistisch und berechnend. Vielleicht waren das alle, die zu Geld gekommen waren. Er kannte sich schließlich aus, wenn es auch schon lange her war, dass er mit den Reichen auf Du und Du gestanden hatte. Sein Vater war sicherlich auch nicht von allen gemocht worden, und selbst der stets liebenswürdige Robert König hatte Feinde gehabt, Konkurrenten, deren Cafés nicht gut liefen, während jedes *Linda,* das Robert König eröffnete, zu einer Goldgrube wurde.

Arne zupfte an seinem Bart, als wollte er sichergehen, dass er sich nicht von seinem Gesicht löste. Dabei war er natürlich echt, einen künstlichen Bart hatte er sich nur in den Tagen nach dem Schiffsunglück angeklebt. Danach hatte er sich für einen Vollbart entschieden und seine Haare wachsen lassen. Er war noch nie erkannt worden, aber ob die Verkleidung ausreichte, wenn er jemandem begegnete, der ihn sehr gut gekannt hatte, wusste er nicht. Noch immer schoss die Angst durch seinen Körper, wenn er jemanden sah, der ihm vor zwanzig, dreißig Jahren mal vertraut gewesen war. Immer wieder sagte er sich, dass sich nach den vielen Jahren kaum noch jemand an ihn erinnerte. Aber jedes Mal sagte er sich dann auch, dass es leichtsinnig gewesen war, in Norddeutschland zu bleiben. Sie hätten das *Carar* in München oder noch besser im Ausland eröffnen sollen. Doch bisher war alles gut gegangen. Vermutlich würde die Angst ihn nie verlassen. Und Arne sagte sich oft, dass sie wohl seine gerechte Strafe war.

Auch an diesem Abend würde er wieder von der Angst verfolgt werden. Wenn Mike Heiser im *Carar* feierte, konnte es sein, dass viele Sylter dabei waren. Oder war dies nur die Party für seine Geschäftsfreunde? Schon möglich. Warum sollte er mit seinen Sylter Freunden in Hamburg auf seine Verlobung anstoßen? Das würde sicherlich auch seine Braut nicht wollen, wenn sie Sylterin war.

Manchmal war Arnes Angst noch konkreter. Gelegentlich malte er sich aus, Brit könnte ins *Carar* kommen, als Gast einer Feier, die dort veranstaltet wurde. Oder, weil sie mit Olaf einen Einkaufsbummel in Hamburg machte und im *Carar* einkehren und sich stärken wollte. Obwohl das eher unwahrscheinlich war. Das *Carar* lag nicht in der Nähe der Einkaufszone, es führte die Hamburg-Touristen in die Vergnügungsviertel. Nach dem *Carar* wurden die Etablissements immer kleiner und dunkler.

Wie immer, wenn Sylter im *Carar* erwartet wurden, ließ Arne sich erst blicken, wenn der Abend fortgeschritten war, wenn die Gäste nicht mehr so aufmerksam waren, ihre Blicke verschwommener, ihre Wahrnehmungen nicht mehr so verlässlich. Carsten kümmerte sich um die Verlobungsfeier, sorgte dafür, dass die Pressevertreter ein ruhiges Eckchen für ein Interview bekamen und im Übrigen ihre Kameras so ausgerichtet waren, dass nicht nur das Brautpaar in spe, sondern auch das *Carar* gut zur Geltung kam.

Als Arne den großen Raum betrat, der voller Stimmengewirr, Gelächter und Rauchschwaden war, hatte ein Reporter gerade den bekannten Modedesigner ins rechte Licht gerückt. Er stand an einem runden Stehtisch, den rechten Arm aufgestützt, in der Linken ein Sektglas. So hatte der Fotograf es gewollt.

»Und nun die Braut!«, rief der Fotograf. »Bitte links von Herrn Heiser und dann … tief in die Augen sehen!«

Die junge Frau trat in den Lichtkegel des Scheinwerfers, lächelnd, leicht verlegen, in einem schmalen hellen Etuikleid, das natürlich von Mike Heiser entworfen worden war, auf hochhackigen Schuhen, sodass sie genauso groß war wie er. Ihre blonden Haare trug sie hochgesteckt, ein paar Locken kringelten sich über den Ohren, was ihr etwas Kindliches gab. Aber ihr grell geschminkter Mund passte nicht zu diesem Eindruck, und ihr Lachen, als die Umstehenden riefen »Küssen! Küssen!«, auch nicht.

Arne machte zwei, drei Schritte zurück, zog die Tür zu und lehnte sich kurz dagegen, die Augen fest zusammengepresst, als wollte er das Bild verdrängen, das er gesehen hatte. Mein Gott, Kari! War sie es wirklich? Am liebsten hätte er noch einmal nachgeschaut, aber er wusste natürlich, wen er gesehen hatte. Das Blut rauschte in seinen Ohren, sein Herz raste. Kari war die Braut von Mike Heiser? Eigentlich völlig unmöglich. Und doch …

Er ging auf zitternden Beinen in den Thekenraum, wo er sich einen Aquavit eingoss und ihn hinunterstürzte.

»Ist was?«, fragte der Barkeeper und betrachtete seinen Chef besorgt, während er eine Nikolaschka mixte, den angesagtesten Cocktail der Saison.

Aber als Arne nicht antwortete, zuckte der Barmann mit den Schultern und wandte sich dem nächsten Gast zu.

Juli 1985, Sylt

Romy Wimmer war betrunken. Nicht sehr, nicht so, dass sie nicht mehr wusste, was sie tat, aber doch so, dass sie sich keine schnellen Bewegungen erlauben durfte und Worte, die einen Zischlaut enthielten, besser mied oder besonders vorsichtig anging. Die Hocker in der Bar des Hotels *König Augustin* waren für sie auch eindeutig zu hoch. Sie hatte ihre liebe Mühe, einen zu erklimmen, und war, als sie es geschafft hatte, derart zufrieden, dass sie von ihrer ursprünglichen Absicht, an diesem Abend nur noch Mineralwasser zu trinken, abwich und nach einem Sekt rief. Der Geschäftsführer persönlich servierte ihn, denn der Barkeeper war eine halbe Stunde vorher über eine Getränkekiste gestolpert, der Länge nach hingeschlagen und mit einer aufgeplatzten Stirn in die Nordseeklinik gebracht worden. Das ließ Romy sich von Hajo Keller erzählen, gab ihrem Bedauern Ausdruck und ebenfalls ihrer Zufriedenheit, dass nun nicht der viel zu junge Barkeeper, der noch grün hinter den Ohren war, ihr den Sekt servierte, sondern der Geschäftsführer, der zwar ebenfalls zu jung für sie war, aber immerhin distinguiert genug, um als reife Persönlichkeit durchzugehen, was ihn optisch ein wenig älter machte.

Romy war der einzige Gast in der Bar. Eine halbe Stunde vorher hatte es noch einige Geschäftsreisende dort gegeben, die die Zeit mit Fachsimpelei verbracht hatten, und zwei wichtig aussehende Herren, die einen Geschäftsabschluss feierten. Offenbar mussten sie alle am nächsten Morgen früh aufstehen, so war es in der Bar bald still geworden, die dunklen Teppiche waren dunkler als sonst, die roten Wände bekamen einen braunen Schimmer. Die Bar des *König Augustin* brauchte Menschen, die redeten und lachten, die ihre Feuerzeuge aufflammen ließen, um sich Zigaretten anzustecken, und die ihre Gläser klingen ließen. Je weniger Gäste desto düsterer und öder wurde die Bar, dann musste das Licht heller gedreht werden, damit aus dem Gemütlichen nicht Trostlosigkeit wurde.

Romy starrte auf die Flaschen, die vor einer Spiegelwand aufgereiht waren, und versuchte, ihr Gesicht zwischen einer Martini- und zwei Campariflaschen zu erkennen. Kurz gelang es ihr, danach versuchte sie es nicht wieder. Man sah ihr an, dass sie an diesem Abend schon mehr getrunken hatte, als ihrem Aussehen bekam. Sie hätte auf direktem Wege in ihr Zimmer gehen sollen, nachdem sie in der Wohnung von Brit und Olaf Rensing bereits einige Gläser getrunken hatte, und dort schleunigst ins Bett. Das wäre das einzig Vernünftige gewesen. Olaf hatte die Kurve bekommen, nachdem er beinahe auf dem Sofa eingeschlafen war, Brit hatte es nicht fertiggebracht, Romy darauf aufmerksam zu machen, dass sie einen schweren Arbeitstag vor sich hatten und ihren Schlaf brauchten. Romy hatte gemerkt, dass Brit müde war und zu Bett gehen wollte, aber sie fand auch, dass sie als Brits Freundin ein Recht darauf hatte, sich ihren Ärger von der Seele zu reden. Wo sonst, wenn nicht bei Brit Rensing?

Romys Blick fiel auf Hajo Keller, der kontrollierte, ob die Kaffeemaschine gründlich genug gereinigt worden war. Sie musterte ihn von oben bis unten, fand Gefallen an seiner schlanken, drahtigen Rückseite und bemerkte nicht, dass Hajo sie im Spiegel beobachtete.

»Kennen Sie Kari Rensing?«, fragte sie, nachdem sie einen kräftigen Schluck Sekt genommen hatte.

Hajo drehte sich zu ihr um. »Natürlich. Sie ist die Tochter meines Chefs.«

»Die Adoptivtochter«, korrigierte Romy. »Das war bisher ein Geheimnis, aber jetzt … jetzt ist es ja heraus.« Sie krempelte die Ärmel ihres karierten Blazers mit den überdimensionalen Schulterpolstern auf. »Ich habe Brit immer gesagt, sie soll nicht zu lange damit warten, Kari die Wahrheit zu sagen. Hätte sie nur auf mich gehört! Dann wäre Kari nicht sauer gewesen, und wir wären heute Abend alle in Hamburg und feierten dort ihre Verlobung. Mit der Presse! Man stelle sich das vor.« Romy trank einen weiteren kräftigen Schluck. »Morgen hätte es vielleicht ein Bild von mir in der Zeitung gegeben.«

Nun drehte Hajo sich um und ließ sich auf das Gespräch ein. »Wieso von Ihnen?«

Romy sah ihn aufgebracht an. »Kari war mal so was wie … meine Tochter. Wir waren eine Familie, Brit, Kari und ich. Wenn Brit arbeiten musste, habe ich auf Kari aufgepasst und war wie eine Mutter für sie.« Sie sah Hajo eindringlich an und vergewisserte sich, dass er ihr aufmerksam zuhörte. »Ich war auch dabei, als Brit ihre große Liebe kennenlernte. Arne Augustin!«

Hajo goss sich ein Glas Wasser ein. »Wann war das?«

»Wissen Sie, wie alt Kari ist? Wann sie Geburtstag hat?«

Hajo nickte.

»Dann rechnen Sie es sich aus. Neun Monate vorher hat unsere Klasse eine Woche auf Dikjen Deel verbracht.«

Hajo war überrascht. »Da hat sie Arne Augustin kennengelernt? Er ist …«

»… Karis Vater, jawoll.« Romy musste eine Weile gegen einen unangenehmen Schluckauf ankämpfen. »Aber er war ein Schwein«, fuhr sie fort, als sie es geschafft hatte. »Erst war von Heirat die Rede, als Brit schwanger geworden war, und dann hat er nichts mehr von sich hören lassen. Brit landete im Haus für gefallene Mädchen, und ich …« Sie stieß sich mit dem rechten Zeigefinger vor die Brust. »… ich habe sie da rausgeholt. Und von da an waren wir eine Familie. Brit, Kari und ich. Olaf hätten wir gar nicht gebraucht. Wir hätten das auch ohne einen Mann hingekriegt. Aber Brit wollte ja unbedingt …« Sie stützte den Kopf auf, schloss die Augen und riss sie erst wieder auf, als sie das Gefühl hatte einzuschlafen. »Eigentlich wollte sie natürlich Arne, aber der war ja mittlerweile umgekommen.« Sie stürzte ihren Sekt hinunter. Nun drehte sich der Raum vor ihren Augen wie ein Karussell, und sie lallte nun doch. »Ich glaube, ich muss …«

»Ich bringe Sie auf Ihr Zimmer.«

»Ehrlich? Das ist aber … aber verdammt nett von Ihnen.« Sie hatte es geschafft, sich von ihrem Hocker zu hieven, bevor Hajo um die Theke herumkommen konnte, um ihr zu helfen. »Und wie finden Sie das? Finden Sie das richtig, dass Kari ihre Verlobung in Hamburg feiert, ohne ihre Eltern und ohne mich?«

»Nein, das ist nicht richtig«, antwortete Hajo folgsam, griff unter Romys Arm und sorgte dafür, dass sie ohne Unfall zum Aufzug kam. Er fuhr mit ihr zusammen in die zweite Etage, wo Romy ein Zimmer bezogen hatte, und lehnte höflich ab, als sie Anstalten machte, ihn in ihr Bett einzuladen. »Schlafen Sie gut, Frau Wimmer! Ich wünsche Ihnen eine angenehme Nachtruhe.«

Juli 1985, Hamburg

Es war schrecklich warm. Die Scheinwerfer der Fotografen sorgten dafür, dass jede Frau heimlich nach der Puderquaste griff, um sich den öligen Glanz aus dem Gesicht zu pudern. Als sich die Vertreter des regionalen Fernsehsenders verabschiedeten, war es kaum noch auszuhalten. Die Klimaanlage kam nicht mehr gegen die Hitze an.

Kari erhob sich und flüsterte Mike zu: »Ich gehe mal eben für kleine Mädchen …«

Er nickte lächelnd und vertiefte sich wieder in das Gespräch mit dem Angestellten eines Modehauses, das Mike-Heiser-Modelle exklusiv anbieten und mit Sonderangeboten locken wollte.

Kari huschte aus dem Raum, lächelte jedem zu, der ihr gratulierte, und deutete mit einem Nicken in Richtung Toilettentür, um zu zeigen, dass es für sie zurzeit etwas Dringenderes gab. Der Vorraum der Toiletten war leer, sie huschte in eine Kabine und lauschte auf die Geräusche ringsum. Nach einer Weile schien sie allein zu sein, verließ die Kabine, wusch sich die Hände und sah in den Spiegel. Kari Heiser! So würde sie demnächst heißen. Zum ersten Mal fragte sie sich, ob es richtig war, die Öffentlichkeit an der Nase herumzuführen. Konnte das wirklich gut gehen? Der größte Schwachpunkt war Julian, der mit Karis Rolle überhaupt nicht einverstanden war. Schon seit Jahren hoffte er, dass Mike sich endlich öffentlich zu ihm bekannte und sich outete. Manchmal kam es Kari so vor, als wollte er dieses Outing erzwingen, indem er sich absichtlich verriet. Aber noch war seine Angst, Mike dadurch zu verlieren, größer als sein Wunsch, dass dieser sich zu seiner wahren Liebe bekannte.

Als Kari die Toiletten verließ, spürte sie einen kühlen Luftzug von rechts. Links wartete die stickige Wärme auf sie, der sie gerade entkommen war, auf der anderen Seite schien es ein offenes Fenster zu geben oder eine Tür, die nach draußen führte. Sie machte zwei, drei Schritte in den Flur hinein und stellte fest, dass es tatsächlich eine Hintertür gab, die in einen kleinen Innenhof führte, der von einer hohen Mauer umgeben war. An der Hauswand stapelten sich Getränkekisten, Bierfässer und hölzerne Weinstiegen, dahinter große Mülltonnen in einem Verschlag, der sie vor Blicken schützen sollte. Im hinteren Teil des Hofs sah Kari eine dichte Hecke, die etwas zu umschließen schien, etwas abschirmen sollte, was nichts mit dem *Carar* zu tun hatte, etwas Privates. Sie ging darauf zu, obwohl sie nicht neugierig war, sondern sich nur für einen Augenblick so weit wie möglich von den Gästen ihrer Verlobungsfeier entfernen wollte. Als sie um die Hecke herumschaute, war es zu spät. Sie konnte nicht mehr umkehren, sie war bereits bemerkt worden. Die Hecke verbarg einen kleinen Sitzplatz, ein niedriges Tischchen, auf dem eine brennende Kerze und eine Flasche Rotwein standen, daneben zwei Rattansessel mit bunten Bezügen. Auf einem von ihnen saß ein Mann, der sie zunächst bestürzt anblickte, der dann aber lächelte, als er ihr Erschrecken bemerkte.

»Sie brauchen eine Auszeit?«

Kari war sehr verlegen. »Es war so warm da drinnen …«

Der Mann wies auf den zweiten Sessel. »Wenn Sie mögen, können Sie sich gerne dazusetzen.« Als Kari zögerte, fragte er: »Oder wartet Ihr Verlobter auf Sie?«

Kari zuckte mit den Schultern, dann setzte sie sich. Und sie nickte, als der Mann ihr ein Glas Rotwein anbot.

»Ich bin Florian Aldenhof«, sagte er. »Mir gehört der Laden.

Oder vielmehr … die Hälfte. Ich führe das *Carar* zusammen mit meinem Freund. Mir ging's wie Ihnen, ich brauchte auch eine kleine Auszeit.«

Kari trank einen Schluck Wein, dann fragte sie: »Haben Sie was zu rauchen hier? Ich meine … einen Joint?«

Florian Aldenhof lachte. »Natürlich nicht! Brauchen Sie so was, wenn Sie … wie soll ich sagen … wenn Sie emotional angegriffen sind?«

Kari winkte ab. »Schon gut. Ich wollte sowieso weg von dem Zeug.«

»Richtig so. Sie sind jetzt ja auf dem besten Weg zur Ehefrau. Vielleicht sogar zur Mutter. Ein Joint ist was für junge Mädchen, die noch nicht wissen, wo sie hinwollen.«

Kari seufzte. »Das hätte auch von meinem Vater kommen können.«

Aldenhof lachte, ein bisschen zu laut, fand Kari, ein wenig schrill. »Oje, mit väterlichen Sprüchen wollte ich mich nun wirklich nicht unbeliebt bei Ihnen machen.«

Kari fühlte sich von ihm beobachtet und sah in eine andere Richtung, als bemerkte sie es nicht. Dieser Florian Aldenhof war nett, ein sehr sympathischer Mann, aber irgendwie verhielt er sich auch merkwürdig. Er sah sie an, als würde er sie kennen. Aber so würde das wohl in Zukunft immer sein, viele Leute würden glauben, sie zu kennen, weil neuerdings ihr Foto in den Zeitschriften zu sehen sein würde.

»Ich kann mir nicht helfen«, sagte er nun, »aber es kommt mir so vor, als hätten Sie ein Problem.«

Kari sah ihn an, ohne zu antworten. Sie überlegte, ob er recht haben könnte.

»Ich kann mir vorstellen«, fuhr er fort, »dass dieser Rummel um die Verlobung Angst macht. Sollten Sie es sich anders überlegen, wird die Öffentlichkeit an der Auflösung der Verbindung genauso teilhaben wie an der Verlobung. Das macht so eine Entscheidung doppelt schwer.«

In diesem Moment quietschte eine Tür, Schritte kamen auf die Hecke zu. Kurz darauf erschien Carsten Tovar neben ihnen. »Oh, ich störe?«

Kari versicherte ihm, dass das nicht der Fall sei, und stand auf. »Ich wollte nur ein wenig frische Luft schnappen. Und Ihr Freund war so nett …« Sie griff nach dem Weinglas und trank es im Stehen aus. »Vielen Dank!«

Juli 1985, Hamburg

Arne und Carsten schwiegen so lange, bis sie hörten, wie die Tür ins Schloss fiel. Carsten setzte sich zu seinem Freund. »Wie hast du das hingekriegt?«

Arne lächelte. »Reines Glück. Vielleicht könnte man es auch den Ruf meines Herzens nennen, den sie gehört hat.«

»Verschone mich mit solchem Kitsch, Arne.«

»Pst! Ich heiße Florian.«

»Okay, okay …« Carsten beugte sich vor. »Hat sie was gemerkt?«

»Auf keinen Fall. Dass mich beinahe der Schlag getroffen hat, als mir klar wurde, wer Mike Heisers Verlobte ist, kann sie auch nicht mitbekommen haben.«

»Mir ging es nicht anders. Während der Party bei Mike Heiser ist mir kein einziges Mal aufgefallen, dass die beiden fest liiert sind.«

Arne wurde nun sehr ernst. »Da stimmt was nicht, Carsten.«

Sein Freund sah ihn erschrocken an. »Was meinst du?«

»Kari wird ausgenutzt. Sie hat keine Ahnung, dass Mike Heiser schwul ist. Und sie weiß nicht, dass sie ihm nur dabei helfen soll, die Fernsehshow zu bekommen.«

Carsten wiegte den Kopf und sah sehr nachdenklich aus. »Es gibt genügend Leute, die von der Liebe zwischen Mike Heiser und Julian Haarbeck wissen. Die sollen alle zum Schweigen verdonnert werden?«

»Natürlich! Jetzt erst recht. Wenn Mike Heiser durch die

Fernsehshow noch berühmter wird, sind alle erst recht darauf versessen, mit ihm gut Freund zu sein. Diese Leute werden den Mund halten.« Er grinste leicht. »Und Mike und Julian demnächst nur noch in unseren Séparées feiern.« Er wurde wieder ernst. »Vielleicht riskiert Heiser es auch nicht mehr, aber das kann uns egal sein.«

»Das können wir verschmerzen«, bestätigte Carsten.

»Mit Beweisen dürfte es ohnehin schwierig werden. Heiser passt sehr gut auf. Julian Haarbeck ist da schon leichtsinniger. Ihm wäre an einem Outing von Mike bestimmt gelegen.«

»Aber er wird sich hüten. Mike würde ihm nicht verzeihen, wenn er ihn verrät.« Carsten seufzte. »Wieso reden wir eigentlich darüber? Das geht uns nichts an.«

»Dass meine Tochter sich mit einem Mann verlobt, den sie gar nicht richtig kennt und der sie nicht liebt, geht uns sehr wohl etwas an. Oder vielmehr … mich.«

»Vielleicht handelt es sich um ein Arrangement. Er bezahlt Sie dafür, dass sie ihn heiratet.«

Arne tippte sich an die Stirn. »Das glaubst du doch selbst nicht. Das macht vielleicht ein Mädchen, das dringend Geld braucht. Aber nicht meine … nicht Kari Rensing. Nein, nein, sie tappt in eine Falle.«

»Du wirst daran nichts ändern können, deine Tochter ist erwachsen.«

»Nein, das werde ich nicht zulassen.« Arne sah jetzt sehr entschlossen aus.

Carsten sah ihn misstrauisch an. »Du wirst doch keine Dummheiten machen?«

»Ich muss dafür sorgen, dass Kari erfährt, auf wen sie sich einlässt.«

»Sei vorsichtig. Wenn sich herausstellt, dass wir die Eigenheiten unserer Gäste nach außen tragen, kann das böse für uns enden.

Bisher haben unsere Gäste sicher sein können, dass sie im *Carar* so sein können, wie sie wollen, ohne dass jemand etwas erfährt, was nicht verraten werden soll. Mach uns also bitte nicht das Geschäft kaputt.«

Arne nickte ertappt. »Natürlich nicht. Aber irgendwas … irgendwas muss ich doch tun.«

Juli 1985, Riekenbüren

Nicole Heflik saß vor ihrer Schreibmaschine, als könnte sie sich nicht davon lösen, als würde das bedeuten, ihren Halt zu verlieren. Seit sie gefragt worden war, was sie später mal werden wolle, hatte sie sich gewünscht, vor ihrer Schreibmaschine zu sitzen, aus dem Anschlag der Tasten ein rasendes Stakkato zu machen und am Ende das Blatt aus der Maschine zu ziehen und es einem wichtigen Menschen vorzulegen, der es unterschreiben würde, ohne zu kontrollieren, was sie getippt hatte. Nicole ließ ihre Schreibmaschine nie im Stich, auch während der Frühstückspause blieb sie in ihrer Nähe und deckte sie immer sorgfältig ab, ehe sie Feierabend machte.

Als die Polizisten hereingekommen waren, hatte sie ihnen gezeigt, wie sie den Schreibtisch der Geschäftsführerin am Morgen vorgefunden hatte, dann hatte sie sich an ihre Schreibmaschine zurückgezogen und beobachtete nun von dort die Arbeit der Beamten.

»Der Schreibtisch ist aufgebrochen worden«, sagte der ältere der beiden Beamten und winkte Nicole heran. »Fehlt was?«

Nicole ging zu ihm, zog alle Laden heraus, schaute sich ihren Inhalt an und schüttelte dann den Kopf. »Ich glaube nicht.«

»Wann kommt Frau Wimmer zurück?«

»Sie muss jeden Augenblick da sein. Aber … Geld oder Wertgegenstände bewahrt sie sicherlich nicht in ihrem Schreibtisch auf.«

»Wenn das so ist, dann hat der Täter es schnell gemerkt.« Der

Beamte nahm seine Uniformmütze ab und kratzte sich den Schädel. »Vielleicht ist er auch gestört worden und hat deswegen Ihren Schreibtisch und die Schränke nicht durchsucht. Aber nebenan …«

Sein jüngerer Kollege unterbrach ihn. »Ich kenne Sie aus der *Schreinerei Wunder*, richtig? Sind Sie nicht die Tochter von Hasso Heflik?«

Nicole lächelte und nickte.

»Und Frau Wimmer? Gehört die auch zur Familie?«

»Sie ist die Freundin von Brit Rensing, der Schwester meines Vaters. Dem Mann meiner Tante gehört die Knut-Augustin-Stiftung.«

»Familienklüngel! Dachte ich's mir doch.« Er sah Nicole abschätzend an. »Sie waren doch auf der Sonderschule, soviel ich weiß. Da bekommt man normalerweise keine Stelle in einem Büro.«

Nicole lief rot an, ihre Augen füllten sich mit Tränen. Aber ehe sie etwas hervorstottern konnte, wurde die Bürotür aufgerissen. Romy erschien auf der Schwelle. »Was ist hier los?«

Die beiden Polizisten nahmen Haltung an und zogen amtliche Gesichter. »Ein Einbruch.«

»Hier?«

»Die Eingangstür wurde aufgebrochen, Ihr Schreibtisch ebenfalls. Aber vermutlich ist der Dieb gestört worden. Es wurde nichts gestohlen, und hier wurde nichts durchsucht. Anders sieht es nebenan aus. Da ist der Dieb durchs Fenster gekommen.«

Romy sah ihn entgeistert an. »In der Entbindungsstation gibt es einen Schrank mit einer Kassette, da sind immer ein paar Hundert Mark drin.«

Die Polizisten nickten, das hatten sie bereits erfahren. »Die Kassette ist weg. Und alle Schränke sind durchsucht worden, da ist ein ganz schönes Durcheinander entstanden.«

Nicole sah zu, wie Romy ihre Schreibtischschublade aufzog und darin herumsuchte.

»Fehlt etwas?«, fragte der ältere Polizist.

Romy warf Nicole einen undefinierbaren Blick zu, dann schüttelte sie den Kopf. »Nein, alles noch da.« Mit einem Mal wurde Romy so wütend, als wäre sie doch bestohlen worden. »Verdammt! Was war das für ein Idiot?!«

»Ich hoffe, wir können es herausfinden«, sagte der jüngere Polizist. »Wenn wir Spuren sicherstellen …«

»Fingerabdrücke?«, fragte Romy verächtlich. »Solche Typen tragen Handschuhe, das weiß man doch.«

Der jüngere Polizist wollte etwas dazu sagen, was vermutlich eine Rechtfertigung geworden wäre, der ältere, der das erkannte, schob ihn aus dem Raum, ehe sein Kollege auch nur den Mund öffnen konnte.

»Bist du schlecht drauf?«, fragte Nicole unsicher, als sie mit Romy allein war.

»Natürlich bin ich schlecht drauf«, fauchte Romy. »Ich fahre nach Sylt, um was von Karis Verlobung mitzubekommen – und kriege sie nicht einmal zu Gesicht. Geschweige denn ihren Verlobten und dessen vornehme Bekannten. Und dann komme ich zurück und finde hier meinen Schreibtisch aufgebrochen vor. Soll ich da gut drauf sein?«

Nicole duckte sich, als wäre sie geschlagen worden. Erst dieser unverschämte Polizist und nun auch noch Romy Wimmer! Sie konnte doch nichts dafür. Warum wurde sie immer wie ein Sündenbock behandelt? Nicole zog sich an ihre Schreibmaschine zurück und legte die Fingerspitzen auf die Leertaste, als fände sie dort Sicherheit. Vor allem drehte sie Romy auf diese Weise den Rücken zu.

Aber sie wurde nicht verschont. »Du weißt doch genau, warum mein Schreibtisch aufgebrochen wurde. Von wegen, der Dieb wurde gestört. Der Dieb hat in meinem Schreibtisch den Schlüssel für den Schrank gesucht, in dem die Kassette mit dem Geld aufbewahrt wird. Hast du das der Polizei etwa nicht erzählt?«

Nicoles Stimme zitterte. »Natürlich nicht. Das ist doch gar nicht bewiesen.«

Romy kam um Nicoles Schreibtisch herum und sah ihr ins Gesicht. »Nicole, du hilfst Dennis nicht, wenn du die Hand über ihn hältst.«

»Und du?«, flüsterte Nicole.

Romy schlug mit der Faust auf Nicoles Schreibmaschine. »Ja, ich auch! Aber nur dieses eine Mal!«

»Warum hast du dann die Polizei gerufen?«, fragte Nicole verzagt.

»Weil ich es musste. Schwester Roswitha hat doch gesehen, was passiert war. Da musste ich die Polizei alarmieren. Aber sag Dennis, dass ich ihn kein zweites Mal decken werde. Dies ist seine Chance, sag ihm das ausdrücklich. Wenn er sich jetzt ändert, wird niemand erfahren, was wir beide wissen. Aber wehe, wenn nicht ...«

Juli 1985, Sylt

Es war ein kühler Morgen. Zwar wechselte das Wetter auf Sylt oft schnell, aus Regen wurde in wenigen Minuten Sonnenschein, und der Himmel riss häufig auf, wenn niemand mehr damit rechnete, aber an diesem Tag sah es nicht so aus, als könnte sich der Strand mit Urlaubern füllen und sich die besonders ausgelassenen ins kalte Wasser werfen. Kari konnte von der Terrasse einen guten Teil des Strandes überblicken. Er war menschenleer. Das lag natürlich auch daran, dass es noch früh war, so früh, wie sie sonst nie aufstand. Aber seit sie in Mike Heisers Haus lebte, schlief sie anders, stand anders auf und verbrachte den Tag ganz anders als gewohnt. Wenn sie zu Hause erwacht war, hatte sie die Stimmen der Eltern gehört, die immer früh auf den Beinen waren, und hatte sich wütend und trotzig auf die andere Seite gedreht, um weiterzuschlafen. Am Abend hatte sie sich davongemacht, sobald das Café geschlossen wurde und die Gefahr bestand, dass ihre Eltern in die Wohnung kamen und bei ihr anklopften. Der Verlauf des Tages war davon bestimmt gewesen, sich dort herumzudrücken, wo Kari keine Forderungen zu hören bekam, wo ihr keine Vorhaltungen gemacht wurden, wo niemand mit ihr über die Zukunft reden wollte.

Das hatte sich nun geändert. Es gab niemanden mehr, vor dem sie davonlaufen musste. Mike kümmerte sich nicht um sie, er ließ sie in Ruhe. Wie sie die Zeit in dem kleinen Gästeapartment verbrachte, interessierte ihn nicht. Seine einzige Forderung war, dass sie sich so verhielt, wie es von der Verlobten des berühmten

Stardesigners erwartet wurde. Dafür lebte sie in seinen komfortablen vier Wänden und erhielt monatlich einen Betrag auf ihr Konto überwiesen, den Julian mit näselnder Vornehmheit ihre Apanage nannte. Ein bequemes Leben! Ein wunderbares Leben! Nun hatte sie zwei oder drei Jahre Zeit, über die Zukunft nachzudenken. Wenn sie sich dann scheiden ließ, würde Mike ihr natürlich Unterhalt zahlen müssen, aber das Leben würde womöglich etwas weniger bequem sein. Bis dahin musste sie sich also überlegen, mit welcher Aufgabe sie ihr Dasein füllen wollte. Vielleicht doch mit der Arbeit im *König Augustin*? Man würde sehen …

Sie hatte ihren Eltern einen Brief hinterlassen, als sie heimlich ausgezogen war, und sie gebeten, sie nicht zu besuchen. Sie würde ihnen eine Nachricht zukommen lassen, wenn der Hochzeitstermin feststand, vorher wollte sie in Ruhe gelassen werden, von ihrer Mutter und erst recht von Olaf. Sie merkte, wie gut es ihr tat, wütend und traurig zu sein. Bisher waren es immer die Eltern gewesen, die wütend und traurig über ihre missratene Tochter gewesen waren. Nun endlich hatte Kari einen Grund, wütend und traurig zu sein. Einen sehr guten Grund!

Sie drehte sich um und kehrte in ihr Apartment zurück. Es war richtig gewesen, schon vor der Hochzeit zu Mike zu ziehen. Sie wollte keine Erklärungen mehr hören, keine Entschuldigungen, keine Rechtfertigungen. Gut, dass Hajo ihr beim Packen geholfen hatte. Vermutlich hätte sie es nicht geschafft, alles ins Auto zu schaffen, bevor ihre Eltern zurückkamen.

Hajo! Hans-Josef. Kari lächelte. Was für ein Name! Er passte überhaupt nicht zu ihm. Hajo sollte Humphrey heißen oder Leonardo, der Name eines Filmstars würde zu ihm passen. Er hatte ja selber etwas von einem Star. Aber seine Eltern hatten Wert darauf gelegt, ihm einen urdeutschen Namen zu geben, den Namen des Großvaters, damit von vornherein für jeden klar war, dass er Deutscher war und kein Nordafrikaner, der hier nur geduldet wurde. Hajo war ein schöner Mann. Seine Ernsthaftigkeit, die Ruhe, die er ausstrahlte, die leise Freundlichkeit, das alles hatte ihr vom ersten Augenblick an gefallen. Deswegen hatte sie ihn auch gebeten, sie zu Mikes Party zu begleiten.

Sie ließ sich auf das breite Bett fallen, auf die Tagesdecke, die aus reinem Kaschmir bestand, und betrachtete die Seidentapeten, die hellen Möbel, die erlesenen Accessoires, mit denen der Innenarchitekt alle Gästeapartments ausgestattet hatte. Wenn sie an Hajo dachte, überkam sie jedes Mal ein Gefühl, das unangemessen war. Eine verschwommene Erinnerung, die sie sich nicht erklären konnte. Hatten sie zusammen getanzt? Sie wusste es nicht. Aber sein Eau de Toilette war ihr in Erinnerung geblieben, sein Duft hatte ihr gefallen. Sie musste ihm also nahe gekommen sein. In dem Versuch, ihre Erinnerungen hervorzulocken, schloss sie die Augen, schüttelte dann aber den Kopf. Nein, es gelang nicht. Sie musste aufhören mit den harten Drogen. Nicht zu wissen, was sie getan hatte, sich nicht zu erinnern, wie die Zeit vergangen war, gefiel ihr nicht. Was hatte Hajo gesagt? »Mit den Drogen gibst du dein Leben aus der Hand.« Das wollte sie nicht, auf keinen Fall. Nie wieder wollte sie am frühen Morgen den Strand entlangstolpern, ohne zu wissen, wie sie die Nacht verbracht hatte. Ein Filmriss war kein Spaß. Hajo hatte recht, damit gab sie ihr Leben aus der Hand. Und dafür war sie noch zu jung. Noch schlimmer war, dass man sie demnächst womöglich fotografierte, wenn sie nicht wusste, was sie tat, und die Fotos dann auf den Titelseiten irgendwelcher Zeitschriften auftauchten. Nein, es war wichtig, dass sie sich zukünftig unauffällig verhielt. Das hatte sie Mike versprochen, er wollte es sogar vertraglich festlegen lassen.

Sie stand auf und trat erneut auf die Terrasse. Tief atmete sie die wunderbare Luft ein, holte den Wind in ihre Lunge und spürte, wie ihr Körper leichter wurde, wie in ihr der Wunsch entstand, an diesem Tag etwas zu tun, das Sinn hatte. Vielleicht konnte sie Mike fragen, wie sie ihn bei seiner Arbeit unterstützen könnte? Bisher war er ihr immer ausgewichen, wenn sie darauf zu sprechen gekommen war, aber vielleicht musste sie nur hartnäckiger werden.

Kari wollte sich gerade umdrehen und erneut ins Haus zurückkehren, als sie die Bewegung wahrnahm. Unten, vor den dichten Büschen, die Mikes Grundstück vom Strand trennten, in der Nähe des schmalen Weges, der zum Wasser führte, den eigentlich niemand kannte und der vom Strand aus nicht zu sehen war. Kari machte einen Schritt vor und starrte auf den Punkt, wo die Büsche sich bewegt hatten. Nicht vom Wind zum Wogen gebracht, nicht von einer Bö geschüttelt, sondern zur Seite gestreift, losgelassen und zurückgeschnellt. Und dann sah sie einen Arm, eine Kamera … und kurz darauf das Blitzlicht. Einmal, zweimal.

Kari sprang wieder ins Zimmer und zog die Vorhänge zu. Paparazzi! Als Mike Heisers Verlobte gehörte sie nun tatsächlich zu denen, über die in der Regenbogenpresse berichtet wurde. »Puh!« Hoffentlich war das bald vorbei. Die Hochzeit würde sicherlich noch mal für Aufruhr sorgen, aber dann würde sich das Interesse hoffentlich wieder ausschließlich auf Mike richten und nicht auf seine Frau.

Kari verließ ihr Apartment und machte sich auf die Suche nach Mike. Er musste unbedingt dafür sorgen, dass sein Grundstück noch besser gesichert war. Es durfte nicht sein, dass irgendein Fotograf von irgendeiner Zeitschrift Fotos von ihr machte!

September 1985, Sylt

AN DIESEM TAG hatte Brit länger geschlafen als sonst. Ihr Wecker hatte geklingelt wie immer, sie war aufgeschreckt, hatte dann aber daran gedacht, dass die Saison vorbei und der große Ansturm im Café nicht mehr zu erwarten war, und war wieder eingeschlafen. Dass Olaf dennoch aufstand, hatte sie gar nicht mitbekommen.

Lächelnd erwartete er sie später am Frühstückstisch, den er augenscheinlich selbst gedeckt hatte. Meist nahmen sie nur einen schnellen Imbiss im Café ein, aber an diesem Tag schien auch Olaf der Meinung zu sein, dass sie es mal langsam angehen lassen konnten.

Brit blieb einen Moment in der Tür stehen und betrachtete das Bild, das sich ihr bot. Der große, gemütliche Wohnraum mit dem ausladenden blauen Sofa und den bunten Samtkissen darauf, die Perserteppiche davor, die Schrankwände, die gefüllt waren nicht nur mit Büchern, sondern auch mit gerahmten Fotos, Erinnerungsstücken, Kerzenleuchtern, Urlaubsandenken. In einer gläsernen Vitrine hatte Olaf seine geliebte Musikanlage untergebracht, darauf stand der Fernseher. Die Wände waren mit einer Fototapete beklebt, der neueste Schrei, in diesem Fall ein Waldmotiv, zu dem es sogar ein passendes Raumspray gab, Fichtennadel- oder Zirbelkieferduft. Davor stand ein Regal, auf dem eine technische Neuerung stand: das Faxgerät. Daneben lag der Zauberwürfel, an dem Olaf sich jeden Abend vor dem Einschlafen versuchte, bisher allerdings vergeblich.

Olaf schenkte Brit Kaffee ein und legte ihr ein Brötchen auf den Teller. »Die Auschwitz-Lüge wird jetzt unter Strafe gestellt.«

»Richtig so.«

»Und Gegenstände mit NS-Kennzeichen sind demnächst verboten.«

Brit nickte zufrieden. »Ich habe auch gehört, dass die Beleidigung und Verunglimpfung von Opfern des Nationalsozialismus verfolgt und bestraft wird.«

Beide verhielten sich zustimmend, beide bewiesen aber schnell, dass sie gedanklich nicht lange bei diesen tagesaktuellen Nachrichten blieben. Übergangslos sagte Olaf: »Meinst du, Kari wird nie wieder hier mit uns frühstücken?«

Brit merkte, dass ihre Augen feucht wurden. Der Abend, an dem Robert Königs Geburtstag begangen worden war, hatte schrecklich geendet. Als sie heimkamen, hatten sie gleich gespürt, dass etwas anders war als sonst. Das Haus war leer gewesen, man hatte es fühlen und hören können. Die Haustür war mit einem hohlen Echo ins Schloss gefallen, und als sie die Treppe heraufgekommen waren, hatte die Tür zu Karis Apartment offen gestanden. Es war leer gewesen. Kari hatte die Abwesenheit ihrer Eltern dafür genutzt, ihr Zuhause zu verlassen. Nur einen Brief hatte sie zurückgelassen, mit einer unmissverständlichen Bitte, die man auch Anweisung nennen konnte. Sie sollten sich nicht mit ihr in Verbindung setzen, sie brauche Zeit, sie wollte keine weiteren Erklärungen hören, die womöglich doch wieder neue Lügen wären. Sie würde wieder im *König Augustin* erscheinen, wenn die Zeit gekommen sei, auf jeden Fall aber noch vor ihrer Hochzeit.

»Wir haben ihr noch immer nicht die ganze Wahrheit gesagt«, gab Brit zu bedenken. »Sie ist noch einmal belogen worden. Wäre es nicht besser gewesen …?«

»Nein«, gab Olaf zurück, ehe Brit zu Ende sprechen konnte.

»Sie muss nicht wissen, wer ihr leiblicher Vater ist. Die Sache mit dem Klassenkameraden war genau richtig. Dass du dich nur noch an seinen Vornamen erinnern kannst, hat sie geglaubt.«

Brit strich Butter auf ihr Brötchen und griff nach dem Marmeladeschälchen. »Du hast ja recht. Niemand sonst weiß davon, das ist das Problem. Wir könnten Kari nicht die Wahrheit sagen und sie gleichzeitig verpflichten, darüber zu schweigen.«

»Eben! Sie würde garantiert mit Robert König darüber reden wollen, der kannte Arne schließlich sehr gut.«

»Aber Robert ist ja nicht über alles informiert. Er weiß nicht, dass ich das Mädchen war, das von Arne ein Kind bekommen hat. Er weiß nicht, dass es meine Eltern waren, zu denen Knut Augustin gefahren ist, um sie zu überreden, mich ins Entbindungsheim zu schicken. Er hat keine Ahnung, dass Kari Arnes Tochter ist. Und wie würde Linda damit umgehen, dass ihr Mann eine Tochter hinterlassen hat? Sollen wir das jetzt alles wieder aufwühlen?«

»Robert und Linda werden übrigens heute Nachmittag kommen«, erinnerte Olaf. »Denkst du daran?«

Brit nickte, natürlich hatte sie diesen Termin nicht vergessen. Olaf würde Roberts Cafés übernehmen und auch seinen Anteil am *König Augustin*, dem Café und dem Hotel. Der Anwalt hatte einen Vertrag ausgearbeitet, der für alle akzeptabel gewesen war. Linda würde bis an ihr Lebensende ihr gutes Auskommen haben, aber mit der Geschäftsführung nicht weiter behelligt werden. Das war genau das, was sie wollte. Sie konnte weiterhin in den Tag hineinleben, das tun, was ihr gefiel, und mit ihrem Maler glücklich sein. Auch Chris Reineit war mit der Regelung sehr einverstanden gewesen. Er wollte, dass Linda wirtschaftlich unabhängig von ihm war, dass er sich niemals Sorgen machen musste, ob genug Geld für ihre Extravaganzen im Haus war. Ein Kunstmaler wusste schließlich nie, wie sich seine Karriere entwickelte, ob seine Bilder in zehn Jahren noch immer so gut verkauft wurden wie zurzeit. Er wusste, dass es mit ihrer Liebe vorbei sein würde, wenn man Linda das gute Leben nahm, da machte er sich keine Illusionen.

»Wie wird Karis Hochzeit ablaufen?«, fragte Olaf unvermittelt. »Ohne uns?«

Brit wusste nicht, was sie antworten sollte. Einerseits wollte sie dabei sein, wenn Kari heiratete, wollte sie als Braut sehen und an ihrem Glück teilhaben, andererseits war sie noch immer die Angst nicht losgeworden, dass ihre Tochter einen Fehler machte. Aber es gab noch mehr Gefühle, die in ihrem Innern miteinander stritten. Einerseits die Hoffnung, dass Kari als Ehefrau endlich zu einem soliden Leben fand, dann wieder die traurige Gewissheit, dass Kari nicht Olafs Nachfolgerin werden würde, was sie insgeheim noch immer gehofft hatte. Aber als Ehefrau von Mike Heiser würde Kari erst recht nicht bereit sein. Wer sollte Olafs Arbeit weiterführen, wenn Kari sich nach wie vor weigerte, ihr Leben dem Erbe von Knut Augustin zu widmen? Solange sie sich von Olaf betrogen und belogen fühlte, war die Aussicht noch geringer.

»Schon jetzt wird in der Regenbogenpresse von der Hochzeit berichtet«, sagte Olaf bedrückt. »Das wird ein Riesenspektakel.«

Kein einziges Mal hatte er zur Sprache gebracht, dass es sein großer Wunsch gewesen war, Kari zum Altar zu führen. Dabei wusste Brit genau, dass er so empfand. Und nun? Nach dem schrecklichen Streit hatten sie Kari nicht wiedergesehen. »Glaubst du wirklich, sie wird uns das Hochzeitsdatum sagen, uns aber nicht dazu einladen?«

Olaf versuchte, sich Mut zu machen. »Das wird sie uns nicht antun.«

Brit konnte sich nicht vorstellen, dass Kari sie von ihrer Hochzeit ausschließen würde. »Das glaube ich auch nicht.« Sie versuchte, das Gespräch auf einen Nebenschauplatz zu lenken. »Ob ich Kari überreden kann, Romy zur Hochzeit einzuladen? Sie hatte sich schon von der Verlobung viel versprochen und war nicht dabei.«

Olaf runzelte die Stirn. »Romy nimmt sich viel heraus, nur weil sie mal mit Kari und dir zusammengelebt hat.«

»Sie hat uns damals ihre Familie genannt.«

»Kari hat kaum noch eine Erinnerung daran.« Olaf wollte weiterreden, verzog aber mit einem Mal das Gesicht, als litte er unter einem plötzlichen Schmerz. Seinen Griff an die linke Seite seines Oberkörpers kannte Brit schon.

»Du musst endlich zum Arzt, Olaf. Ich kann dir morgen einen Termin machen.«

»Nun mal langsam. Außerdem kann ich das selbst.«

»Natürlich kannst du das, aber du tust es nicht. Ich mache mir allmählich Sorgen.«

»Du übertreibst.«

»Nein! Tu' ich nicht! Die Schmerzattacken kommen immer häufiger.«

»Schon gut«, brummte Olaf. »Nach Karis Hochzeit.«

Oktober 1985, Riekenbüren

Frida liebte es, wenn die Familie am Sonntag zusammenkam. In den Sommermonaten gelang es nicht immer, weil der Campingplatz während der Saison natürlich ständig geöffnet war, am Wochenende erst recht, wenn neue Gäste kamen und andere abreisten. Manchmal sorgte Hasso dafür, dass sich der arbeitslose Sohn von Ursula Berghoff an den Empfang stellte, die Schranke öffnete und schloss, neuen Gästen einen Platz zuwies und ein Auge auf die Putzfrauen hatte, die natürlich auch samstags und sonntags das Sanitärhaus reinigen mussten. Ziemlich viel für einen so jungen Mann mit so wenig Erfahrung. Aber da er, sobald sich Probleme auftaten, jederzeit zu Hasso und Halina kommen und sich Rat holen konnte, riskierten sie es immer öfter. Christoph arbeitete sich allmählich ein, vielleicht würden sie ihn demnächst fest anstellen, damit Halina entlastet wurde. Hasso versuchte immer, Dennis am Wochenende an die Schranke des Campingplatzes zu stellen, aber der weigerte sich hartnäckig, in seiner Freizeit für seine Eltern zu arbeiten. Das kam für ihn nicht infrage. Und seit er immer seltener nach Hause kam, vermutlich, um sich den Forderungen seines Vaters zu entziehen, sorgte Halina dafür, dass ihr Mann damit aufhörte, seinen Sohn am Wochenende einzuspannen. Vielleicht hatte Dennis deswegen an diesem Sonntag mal wieder seinen Besuch angekündigt.

Seit Christoph Berghoff gelegentlich bei den Hefliks arbeitete, kam seine Mutter noch öfter vorbei als sonst. Immer wenn ihr Sohn am Empfang des Campingplatzes stand, erschien sie, beobachtete ihn bei der Arbeit, sorgte dafür, dass er seine rutschende Hose hochzog, sich die Nase nicht mit dem Ärmel seines Hemdes sondern mit einem Taschentuch putzte, und korrigierte die Anweisungen, die er Neuankömmlingen gab, weil sie ihrer Meinung nach viel zu ungenau gewesen waren. Den Ausbildungsvertrag, den der Metzger des Dorfes mit Christoph nach seiner Schulentlassung abgeschlossen hatte, war bald gekündigt worden, weil Ursula Berghoff ständig in der Wurstküche erschien, um ihrem Filius über die Schulter zu gucken und dafür zu sorgen, dass er alles richtig machte. Davon wollte sie allerdings später nichts hören, sondern setzte, nachdem ihr Sohn seine Lehrstelle verloren hatte, derart absurde Gerüchte über den Metzger in die Welt, dass kein anderer es wagte, Christoph einen Lehrvertrag anzubieten. Nur Halina und Hasso fanden, dass der Junge bei ihnen eine Chance bekommen sollte, weil auf einem Campingplatz eine Mutter, die sich einmischte, noch am ehesten zu ertragen war.

Ursula Berghoff wirkte sehr zufrieden, als sie an Fridas Küchentür klopfte. Christoph machte ihrer Meinung nach an der Schranke des Campingplatzes eine gute Figur, sie konnte ihn dort allein lassen und mit der Mutter des Besitzers plaudern, damit bei den Hefliks nicht vergessen wurde, wie dringend Christoph Berghoff einen Ausbildungsplatz brauchte.

»Hm, Sauerbraten!« Ursula Berghoff ließ sich am Küchentisch nieder und von Frida Heflik erklären, wie die rheinische Variante des Sauerbratens zuzubereiten sei. Das ging schnell, denn so genau wollte sie es gar nicht wissen. Frida stellte immer wieder fest, dass Rezepte für Ursula Berghoff nur ein willkommener Umweg zu dem waren, was in jedem Dorf Klatsch und Tratsch hieß. »Was ich noch fragen wollte …«

Frida wusste, was Ursula Berghoff umtrieb. Natürlich wollte sie wissen, wie Karis Hochzeit verlaufen war. »Das hat ja keiner geahnt. So schnell!«

Frida tat so, als wüsste sie genau Bescheid. »Das kommt dir nur so vor. Natürlich haben die beiden nicht von den Hochzeitsvorbereitungen geredet. Sonst hätte es viel zu früh in allen Zeitungen gestanden.«

Das leuchtete Ursula Berghoff ein. Aber nun wollte sie alles genau wissen, welche Berühmtheiten daran teilgenommen hatten, wie glücklich die Braut gewesen war und mit welcher Liebe der Bräutigam sie angesehen hatte, als er das Jawort sprach. Einfach alles! Was es in der Regenbogenpresse zu lesen gegeben hatte, war für Ursula Berghoff nicht genug. Sie hatte alle Blätter gekauft, aber, wie sie Frida sofort erzählt hatte, feststellen müssen, dass ein einziges genügt hätte. Die Fotos ähnelten sich und die Berichterstattungen auch. Nein, sie brauchte eine Schilderung aus erster Hand, aus der Sicht einer stolzen Großmutter, nicht aus der Perspektive irgendwelcher Schreiberlinge. Die übertrieben entweder, oder sie ließen aus, was wirklich wichtig war, das war in Ursula Berghoffs Augen ja allgemein bekannt.

»Schade, dass ihr auf keinem Foto drauf seid!«

Frida musste bekennen, dass sie mit Edward, Hasso, Halina und den Kindern Plätze ganz hinten in der Kirche zugewiesen bekommen hatte, dort, wo niemand saß, der das Interesse der Reporter erregte.

»Aber Brit und Olaf haben ganz vorn gesessen?«, erkundigte sich Ursula Berghoff.

Die Frage klang lauernd, so als wüsste sie bereits die Antwort, als wollte sie sich nur bestätigen lassen, dass Frida Heflik alles beschönigen würde, was nicht den Erwartungen entsprach.

Trotzdem ging Frida das Risiko ein. »Selbstverständlich.«

Wirklich gelogen war es ja auch nicht. Brit und Olaf hatten tatsächlich weiter vorn gesessen, wenn auch nicht dort, wo die Prominenz Platz genommen hatte. Alle anderen, die mit den großen Namen und den berühmten Gesichtern, hatten in den ersten

Reihen gesessen. Aber über diese enttäuschende Tatsache ging Frida schnell hinweg. Und natürlich unterschlug sie auch, dass Brit und Olaf kaum ein Wort mit ihrer Tochter gesprochen hatten, dass ihr Schwiegersohn freundlicher zu ihnen gewesen war als die Tochter. Das hätte sie Ursula Berghoff niemals auf die Nase gebunden. Schon deswegen nicht, weil sie sich den Grund für dieses Verhalten partout nicht erklären konnte. Nein, Frida ließ alles, was sie bedrückend gefunden hatte, unter den Tisch fallen. Sie hatte der atemberaubenden Feier beigewohnt, ein Essen zu sich genommen, das bei einer royalen Hochzeitsfeier nicht besser sein könnte, und in einem Hotel genächtigt, in dem ihnen jeder Wunsch von den Augen abgelesen worden war.

»Und Kari ist so richtig glücklich?«, vergewisserte sich Ursula Berghoff, als traute sie der Sache nicht. »Das ging ja so schnell! Man hatte ja nichts davon gehört, dass Kari und der Modefritze ...«

»In diesen Kreisen redet man nicht über solche Dinge«, erklärte Frida so hochnäsig, als stünde sie mit dem Geldadel auf Du und Du. »Das wird immer geheim gehalten, sonst steht es schon in der Zeitung, wenn der Heiratsantrag noch nicht gemacht wurde.«

Ursula Berghoff schien einzusehen, dass sie dazu nicht viel sagen konnte, weil sie sich in den Kreisen, zu denen Kari und dadurch auch Frida nun gehörte, nicht auskannte. »Mein Gott, eine Riekenbürenerin gehört nun zur Prominenz! So was hatten wir ja noch nie!«

»Kari ist keine Riekenbürenerin.«

»Aber ihre Mutter.« Ursula Berghoff machte deutlich, dass man das nicht so genau nehmen müsse. Und dann ließ sie sich sehr ausführlich berichten, dass Kari zu Tränen gerührt gewesen war, als ihr der Ring angesteckt wurde, dass Mike Heiser vor dem Essen eine sehr emotionale Rede auf seine Braut gehalten habe, dass sogar der Ministerpräsident eine Grußbotschaft entsandt habe, in der er dem Brautpaar viel Glück wünschte, dass ein Nachrichtensprecher unter den Gästen gewesen war, mehrere Schauspieler, die häufig im Fernsehen zu bewundern waren, viele Mannequins und sogar Politiker, die beeindruckende Reden gehalten hatten.

Ursula Berghoff war tief beeindruckt. »Und ich hatte glatt gedacht, aus Kari wird nichts. Keine Ausbildung, kein Beruf und nur Schickimicki im Kopf ...« Erschrocken ergänzte sie: »Also, das habe ich reden hören. Ich selbst weiß ja nicht, wie Kari bisher gelebt hat. Es wird ja so viel geschwatzt, was nicht stimmt. Jetzt jedenfalls ist sie bis ans Lebensende gut versorgt. Ohne selbst arbeiten zu müssen.«

Frida kümmerte sich wieder um den Sauerbraten, wendete ihn und goss noch etwas Wein an. Dann begann sie mit dem Kartoffelschälen.

»Brit hat es ja auch gut getroffen«, fuhr Ursula Berghoff fort. »Wie viele Cafés und Hotels besitzt ihr Mann nun eigentlich?«

Das konnte Frida nicht beantworten, wollte aber unbedingt als Insider glänzen und sich bestens informiert geben. »Mehr als ein Dutzend«, behauptete sie.

Immer wenn es um Brit ging, fühlte sich Ursula Berghoff bewogen, daran zu erinnern, dass sie ihren Eltern viele Sorgen bereitet hatte. Als Sechzehnjährige schon Mutter geworden, der Vater ihres Kindes unbekannt oder über alle Berge, das wusste Ursula Berghoff zu ihrem Bedauern nicht genau, und jahrelang, bis zu ihrer Volljährigkeit, verschwunden. Dass sie dann einen Mann geheiratet hatte, der zwar der Sohn einer unverehelichten Mutter war, aber dennoch der Erbe seines leiblichen Vaters wurde, war etwas, was nur unter Aufbietung aller emotionalen Kräfte ohne Neid zu ertragen war. Um nicht doch noch in den Sog der Missgunst zu geraten, bekräftigte Ursula Berghoff bei jeder Gelegenheit, besonders in Gegenwart des Pfarrers, dass es den Hefliks wirklich zu gönnen sei, nach all den Sorgen, die ihre Tochter ihnen gemacht habe. »Einfach wunderbar, dass aus einem gefallenen Mädchen doch noch was geworden ist!«

Es war das erste Mal, dass Frida Heflik zurückschlug, wenn auch etwas subtiler als die Berghoff. »Brit kennt sich aus mit Luxushotels. Sie fand gar nichts dabei, dass es dort vergoldete Wasserhähne gab, aber unsereins!« Frida schlug theatralisch die Hände über dem Kopf zusammen. »So ein Hotel wie das, in dem Karis Hochzeit stattfand, habe ich noch nie von innen gesehen.«

Ursula Berghoff erhob sich. »Jetzt muss nur noch aus Dennis was werden«, meinte sie leichthin, während sie sich zur Tür wandte, »und Nicole die Bürogehilfinnenprüfung bestehen. Dann könnte Edward es durchaus noch mal mit dem Bürgermeisteramt versuchen. Die Hefliks wären dann in Riekenbüren sozusagen die erste Familie.« Ursula Berghoff kicherte, als hätte sie einen guten Scherz gemacht. »Vielleicht kann der Schwiegerenkel seinen Einfluss geltend machen? Schade, dass es damals nicht geklappt hat. Ich habe noch versucht, die Riekenbürener davon zu überzeugen, dass Edward der beste Bürgermeister wäre. Aber ich konnte damals ja reden, wie ich wollte …«

Damals! Über zwanzig Jahre war das jetzt her, als Brit verschwunden war, aus dem Entbindungsheim geflohen, auf sich allein gestellt und nicht bereit, Hilfe bei ihren Eltern zu suchen. Damals war aus Edwards Bürgermeisterkandidatur nichts geworden. Frida wusste, dass dieser Stachel noch immer tief in Edwards Ego saß. Wenn er auch nie darüber sprach, er hatte nicht vergessen, wem er es zu verdanken hatte, dass er die Kandidatur zurückziehen musste.

Oktober 1985, Sylt

HAJO KELLER KONNTE sich nicht sattsehen. Es war schon die dritte Zeitschrift, die er zur Hand nahm, und in dieser war Kari am schönsten. Ihr strahlendes Lächeln, die blitzenden Augen, der Schalk, der aus ihnen heraussprühte, als wollte sie der Welt zeigen, dass das Leben nichts als ein großer Spaß war, und die Ehe sowieso! Kari! Wäre er an ihrer Seite gewesen, hätte er ihren Arm ergreifen dürfen wie Mike Heiser auf diesem Foto, hätte sie sich für ihn entschieden, wäre er über das Leichte, sogar über das Leichtlebige entzückt gewesen. So wie in jener Nacht im Saunahäuschen. Jetzt aber fragte er sich, was dahintersteckte, wenn Kari das Leben einfach nicht ernst nehmen wollte. Es war ja nicht so, dass sie über das Leben lachte oder diejenigen auslachte, die es ernst nahmen. Es war nur so, dass sie nichts an sich herankommen ließ, was sie bedrängen könnte, das große Glück ebenso wenig wie schweres Leid. Vielleicht hatte sie Mike Heiser geheiratet, weil sie ihn nicht so sehr liebte, dass er ihr jemals das Herz brechen könnte?

Hajo suchte nach einer Schere und fand sie in einer Schreibtischschublade, eine Nagelschere, eigentlich zu klein und zu krumm für das, was er vorhatte. Aber er ging vorsichtig zu Werke und schaffte es so, Karis lachendes Gesicht aus der Zeitung herauszuschneiden. Das Brautkleid, das natürlich Mike Heiser entworfen hatte, ließ er in der Zeitschrift, ein kopfloses Modell, das ohne Kari bedeutungslos geworden war.

An der Rezeption ging die Klingel, scheinbar war die Empfangsdame nicht an ihrem Platz. Hajo schob das Foto unter die Papiere auf seinem Schreibtisch und verließ das Büro.

Vor der Theke stand eine Frau in den Fünfzigern, die misstrauisch die Stirn runzelte, als sie ihn sah. »Zimmer? Zwei Personen?« Sie wies auf sich selbst und dann auf ihren Mann, der gerade die Lobby betrat. »Heute und morgen?«

»Sie möchten ein Doppelzimmer für zwei Nächte?«, fragte Hajo lächelnd. »Habe ich das richtig verstanden?«

Ihr Blick wurde noch misstrauischer. »Sie sprechen Deutsch?«

»Ich bin Deutscher, gnädige Frau.« In solchen und ähnlichen Situationen, die ihm zur Genüge bekannt waren, verhielt er sich immer besonders höflich. »Aber leider sind wir ausgebucht.«

»Die Saison ist vorbei. In anderen Hotels ist noch Platz.«

»Wir erwarten heute die Mitarbeiter einer großen Firma, die hier eine Tagung abhält. Dann sind alle Zimmer belegt.«

»Wir möchte aber im *König Augustin* wohnen. Das Hotel ist uns empfohlen worden.«

»Ich bedaure.«

Nun war der Ehemann an die Seite seiner Frau getreten. »Ich will Ihren Chef sprechen.«

Hajo erlaubte sich ein kleines Lächeln. »Ich bin der Chef.«

»Der Besitzer?«

»Der Geschäftsführer.«

»Dann will ich den Besitzer sprechen.«

»Der ist nicht im Haus.«

Dass Olaf Rensing ausgerechnet in diesem Auenblick ins Hotel kam, machte Hajo unruhig. Wie würde der Besitzer reagieren, wenn sich diese beiden potenziellen Gäste über den Geschäftsführer beschwerten?

Olaf merkte sofort, dass etwas im Argen lag. »Probleme?« Er blieb stehen, sah erst Hajo Keller fragend an und musterte dann das Ehepaar vor der Rezeptionstheke.

»Wir sind ausgebucht«, informierte ihn Hajo schnell. »Die Tagungsgäste, die wir erwarten …«

Olaf erinnerte sich sofort. »Wenn Sie möchten, fragt mein Geschäftsführer in einem der anderen Hotels nach, ob dort noch Platz ist.«

»Aha!« Der Ehemann baute sich vor Olaf auf. »Sie sind demnach der Besitzer des Hotels?«

»Richtig.« Hajo war erleichtert, in der Stimme seines Chefs nur noch die eiskalte Höflichkeit zu hören, die er für unangenehme Gäste bereithielt.

»Sie finden es angemessen, einen Schwarzen einzustellen? Nicht als Kofferträger, sondern als Geschäftsführer?«

»In der Tat«, antwortete Olaf mit schneidender Stimme. »Sehr angemessen! Herr Keller ist ein ausgezeichneter Mann.«

Die Frau gab ihrem Gatten einen Wink. »Ich glaube, ich will hier gar nicht mehr wohnen.« Sie griff nach dem Arm ihres Mannes, und gemeinsam schritten sie zum Ausgang. »Wir fragen im *Miramar.*«

»Das ist uns sehr recht.« Olaf nahm seinen scharfen Worten mit einer kleinen Verbeugung das Schroffe.

»Danke«, sagte Hajo leise, als das Ehepaar das Hotel verließ. Er war unendlich erleichtert, dass sein Chef sich so vor ihn gestellt hatte.

Olaf winkte nur ab und ging ins Büro. »Ich suche die Unterlagen für den Steuerberater …« Ehe er genau beschreiben konnte, was er brauchte, sah er sich auf Hajos Schreibtisch um. »Ich meine, ich hätte sie hier …« Er schob die Papiere nach rechts und nach links, stapelte einige übereinander, legte sie zur Seite, durchblätterte die verbliebenen ein weiteres Mal … Und ehe Hajo wirklich verstand, was Olaf Rensing da tat und was er gleich entdecken würde, lag plötzlich Karis lachendes Gesicht ganz oben auf dem Papierstapel.

Hajo bekam weiche Knie. »Ich dachte … ich sah es zufällig … und es gefiel mir so gut …«

Olaf unterband mit einer kurzen Geste seine Rechtfertigungen. »Reden Sie sich nicht um Kopf und Kragen, Hajo! Ich habe schon bemerkt, wie Sie meiner Tochter nachblicken. Und ich kann Ihnen versichern – ein Ehemann aus der Branche wäre mir erheblich lieber gewesen. Aber …« In diesem Augenblick fand er, was er gesucht hatte, und ließ den Satz unvollendet. Er machte Anstalten, das Büro wieder zu verlassen, blieb jedoch in der Tür noch einmal stehen. »Passiert Ihnen so was eigentlich öfter?« Mit einer Kopfbewegung in Richtung Rezeptionstheke machte er klar, was er meinte.

»Gelegentlich«, gab Hajo zu. »Aber nur selten. Die meisten Gäste sind beeindruckt von einem Hotelbesitzer, der kein Problem damit hat, einen farbigen Geschäftsführer einzustellen.« Leise ergänzte er: »Und ich bin Ihnen sehr dankbar.«

Olaf sagte nichts darauf. Er verließ das Hotel, seine festen Schritte waren zu hören, bis die Tür quietschte und die Lobby wieder menschenleer war. Ja, dachte Hajo, ich bin ihm wirklich sehr dankbar. Hajos Adoptivmutter hatte lange versucht, ihn davon abzubringen, sich fürs Hotelgewerbe zu entscheiden. »Da hast du ständig mit Menschen zu tun«, hatte sie gesagt, »auch mit Menschen, die intolerant sind und Vorurteile haben.« Aber er hatte nicht glauben wollen, dass es Schwierigkeiten geben könnte, nur weil er eine andere Hautfarbe hatte. Hajo Keller lächelte. Und er hatte recht gehabt. Auf solche Leute wie dieses Ehepaar kam es nicht an. Entscheidend waren Menschen wie Olaf Rensing, der ihn eingestellt hatte, ohne sich zu fragen, ob es Gäste gab, die nicht ins *König Augustin* einziehen wollten, weil ein Geschäftsführer mit dunkler Haut sie empfing.

Oktober 1985, Sylt

KARI GING AN DER Wasserkante entlang, trotz des leichten Regens, trotz des Windes, der immer stärker wurde. Sie trug das, was auf der Insel »Friesennerz« genannt wurde – einen quietschgelben Regenmantel mit großer Kapuze –, dazu Gummistiefel, in die sie ihre Jeans gesteckt hatte, einen dicken Schal um den Hals und eine Mütze unter der Kapuze. So war sie einigermaßen geschützt und ließ sich gerne vom Wind durchrütteln. Einige Strandwanderer kamen ihr entgegen, sie spazierten von Kampen Richtung Wenningstedt, und manche blickten zu den Security-Leuten, die sich am Dünensaum aufgestellt hatten und jedem die Lust nahmen, einen Blick auf Mike Heisers Grundstück zu werfen. Alle schienen zu wissen, wo er lebte, die meisten hatten vermutlich in der Yellow Press von der Hochzeit in Hamburg gelesen. Die Sylter waren enttäuscht gewesen, aber Mike Heiser hatte dort heiraten wollen, wo die meisten seiner Geschäftsfreunde lebten. Es wurde auch gemunkelt, dass er seine Gäste nicht allzu nah an sein Privatleben herankommen lassen wollte, das seinen Mittelpunkt in Kampen hatte. Alles, was betrachtet, begutachtet und beurteilt werden durfte, hatte in Hamburg stattgefunden, die Flitterwochen würde das frisch gebackene Ehepaar auf Sylt verleben. Nein, verreisen wollte Mike Heiser mit seiner jungen Frau nicht, das hatte er jedem Reporter geduldig erklärt. Ihm lag nichts an teuren Reisen, er fühlte sich auf Sylt am wohlsten, und seine Frau ebenfalls. Das wussten alle, die in Kampen Urlaub machten und hofften, einen Zipfel von Mike Heiser oder seiner jungen Frau zu Gesicht zu bekommen.

Kari blieb stehen und wandte sich dem Meer zu. Es wütete an den Strand, mal hell-, mal dunkelgrau, nur ganz hinten, in der Nähe des Horizonts, gab es einen silbernen Streifen. Ein intensives Gefühl durchzog Kari, das sie zunächst nicht zu identifizieren vermochte. So durchdringend, dass es wehtat, so heftig, dass es ihr den Atem nahm. Was war das? Sehnsucht? Ja, so fühlte sich Sehnsucht an. Aber wonach sehnte sie sich? Sie musste eine Weile überlegen, bis sie eine Erklärung fand. Nach Eindeutigkeit! Früher war ihr Leben eindeutig gewesen, ihr Zuhause, ihre Eltern, ihre Aufgaben, ihre Zukunft. Das war vorbei. Dem Zuhause hatte sie den Rücken gekehrt, ihr Vater war nicht mehr ihr Vater, für ihre Aufgaben im Café hatte sie sich nie richtig begeistern können. Nun war alles noch weniger eindeutig, und sie war genauso unzufrieden wie vorher. Ihre Beziehung zu Mike hatte die Leichtigkeit verloren. Mit ihm Geschäfte zu machen war etwas ganz anderes, als seine Bekannte zu sein, seine Gastfreundschaft anzunehmen, seinen Champagner zu trinken und seine Joints zu rauchen. Was sie heute noch verband, war nun mal ein Geschäft. Kari kam sich verloren vor, wenn sie ohne Mike unterwegs war, weil sie nie ganz allein war, sondern immer mit Mikes Popularität Schritt halten musste, ständig im Kampf mit diesem unsichtbaren Begleiter. An seiner Seite war es noch schlimmer. Mike griff dann nach ihrem Arm, so hart und bestimmt, dass sie es nicht wagte, ihn abzuschütteln. Er schien immer noch unter der Sorge zu leiden, dass sie ihre Abmachung nicht einhalten könnte oder keine Lust mehr hatte, auf das zu achten, was ihm wichtig war. Jetzt, an der Wasserkante, mit dem Rücken zum Strand und dem Blick aufs Meer, ging es besser. Nur die Blicke der Security-Leute stachen in ihren Rücken, sonst achtete niemand auf sie.

Wieder zog die Sehnsucht nach dieser Eindeutigkeit durch ihren Körper, die scheinbar wichtig war, wichtiger, als sie gedacht hatte. Es war gleichgültig, ob sie heimging oder nicht, ob Mike zu

Hause war oder nicht, ob sie in ihr Apartment ging oder sich im Wohnzimmer niederließ, ob sie im Pool planschte oder die Sauna anheizte. Und ob sie Mike heute oder an irgendeinem anderen Tag eröffnete, was sie soeben erfahren hatte, spielte auch keine Rolle. Wie würde er darauf reagieren? Und was, wenn die Presse davon Wind bekam? Ihre Eltern? Die Verwandten in Riekenbüren? Von da an würde sie glücklich sein müssen. Wusste sie überhaupt, wie das ging? Klar, sie hatte immer so getan, als machte es sie glücklich, in den Tag hineinzuleben und nur das zu unternehmen, was ihr Spaß machte. Aber war das Glück? Nein! Richtiges Glück war anders. Damals in der Schule, unter der Bank, hatte sie heimlich Groschenromane gelesen, zusammen mit einem Mädchen, dessen Namen sie längst vergessen hatte. Da war es immer um das ganz große Glück gegangen! Und jedes Mal war es erst nach einem langen, schweren Weg, nach viel Unglück erreicht worden. Aber das war nicht das echte Leben. Es hielt nun mal nicht für jeden ein Happy End bereit.

Eine Welle lief direkt vor ihren Füßen aus, zog sich erst zwei oder drei Zentimeter vor ihren Schuhspitzen wieder zurück. Hätte sie elegante Schuhe aus feinstem Leder an, hätte sie jetzt glücklich darüber sein können, dass sie nicht ruiniert worden waren. Vielleicht musste sie sich erst mal darüber klar werden, was Glück überhaupt war, wie es aussehen konnte und was es bewirkte.

Einer dieser aufdringlichen Reporter hatte nach ihrer Hochzeit gefragt, wann mit Nachwuchs zu rechnen sei. Es schien auf der Hand zu liegen, dass eine glückliche Braut sich nichts anderes wünschte, als bald auch eine glückliche Mutter zu werden. Seit sie sich mit Mike verlobt hatte, ging es ständig ums ganz große Glück. Und bald, wenn die Welt der Regenbogenpresse erst gemerkt hatte, was mit ihr los war, noch mehr.

Sie drehte sich um und ging langsam auf die Dünen zu. Der

Securitymann, der dort Wache stand, merkte auf, stellte sich besonders breitbeinig und breitbrüstig hin und griff zu seinem Gürtel, als wollte er eine Waffe ziehen. Dann aber erkannte er Kari, und ein Lächeln ging über sein Gesicht. »Hallo, Madame!«

Er trat zur Seite und ließ sie passieren, sie nickte ihm flüchtig zu. Ein schmaler hölzerner Steg führte in den Garten. Er bestand aus einer hügeligen Rasenlandschaft, mit vielen lauschigen Ecken, mehreren kleinen Sitzgruppen und niedrigen Steinbänken. Einer der Gärtner, der sich ums Unkrautjäten kümmerte, winkte ihr grüßend zu, die Haushälterin, die jeden Tag ins Haus kam, putzte die Fenster und lächelte herüber. Julian trat aus dem Büro, warf ein paar Worte über die Schulter zurück ins Haus und ging dann auf die hintere Tür der Garage zu, ohne Kari zu sehen. Mike war also im Haus. Und wie es aussah, war er allein. Das war eine gute Gelegenheit! Sie würde es ihm jetzt, auf der Stelle, sagen. Es war sinnlos, es hinauszuzögern. Warum auch? Zwar wusste sie nicht, wie Mike auf die Neuigkeit reagieren würde, aber eigentlich konnte sie sich durchaus vorstellen, dass sie ihm gefiel. Er war ein großzügiger Mann, über die unerwarteten Mehrkosten würde er lächelnd hinwegsehen …

Oktober 1985, Bremen

Die *Konditorei Möllmann* war noch immer das beste Café Bremens. Es hatte sich in den vergangenen zwanzig Jahren kaum verändert. Natürlich war die Einrichtung erneuert worden, aber die Tochter des Gründers hatte für die Gäste erhalten, was zum Café zu gehören schien, was ihnen ein Gefühl von Heimat verlieh. Die Farben Gelb, Orange und Braun dominierten noch immer, aber verschnörkelte Tische waren durch zierliche Nierentische und schwere Sessel durch die modernen Cocktailsessel ersetzt worden. So war dem *Café Möllmann* trotz dieser Erneuerungen die Gemütlichkeit erhalten geblieben, die zu einem guten Café gehörte. Viele Pflanzen, die die Sitzgruppen voneinander trennten, sorgten dafür, Bilder und Nippes in ausreichender, aber nicht zu großer Menge, tief hängende Lampen und dicke Stumpenkerzen. Das Wichtigste aber war: Der Kuchen schmeckte noch genauso gut wie vor zwanzig Jahren, die Rezepte waren allesamt an die nächste Generation weitergereicht worden.

Nicole sah sich um, als sie sich gesetzt hatte. »Hier haben Tante Brit und Onkel Olaf mal gearbeitet.«

»Ehrlich?« Dennis hatte offenbar Mühe, sich zu erinnern, was früher über diese beiden getuschelt worden war. Nicole hingegen wusste nur allzu gut darüber Bescheid, was immer noch häufig ein Thema war, zurzeit erst recht, seit Kari geheiratet hatte. Hochzeiten öffneten ja immer eine Lücke für den Blick in die Vergangenheit.

»Du hast gesagt, André würde auch kommen.«

Dennis grinste breit. »Ja, ja, gedulde dich. Er hat erst später Feierabend.«

Nicole fühlte sich ertappt und lief rot an. »Ich meinte ja nur …«

Dennis winkte ab, und Nicole wurde klar, dass ihr Bruder längst wusste, dass sie in seinen Freund verliebt war. »Ich war am Wochenende auf Sylt! Habe ich dir das schon erzählt?«

»Nein! Hast du Tante Brit und Onkel Olaf besucht?«

Dennis schüttelte den Kopf. »Ich dachte, ich könnte mal bei Kari nachfragen, ob sie mir aushelfen kann.«

Nicole schnappte nach Luft. »Bist du verrückt? Du hast sie angebettelt?«

»Hätte ich gerne. Die hat doch genug Kohle, warum soll die nicht einen Tausender für mich lockermachen?«

Nicole tippte sich an die Stirn. »Sag mir lieber, warum sie es tun sollte. Weil du dein Geld in die Spielautomaten steckst? Da müsste sie ja ganz schön dumm sein.«

»Ich hätte ihr natürlich einen anderen Grund genannt …«

»Hätte?«

Dennis nickte zornig. »Mir scheint, es ist leichter, bei Queen Elizabeth eine Audienz zu bekommen als bei Kari Heiser. Die Security-Leute haben mich nicht durchgelassen. Madame war nicht da. Am Abend war sie auch nicht da, am nächsten Morgen war sie ebenfalls nicht da … Sie lässt sich verleugnen, schon klar. Dabei bin ich ihr Cousin.«

Nicole betrachtete ihren Bruder kopfschüttelnd. »Vermutlich konnte sie sich denken, was du wolltest. Oder hast du vorher schon mal den Versuch gemacht, sie zu besuchen? Als sie noch keine reiche Verwandte war?«

Die Serviererin erschien und nahm ihre Bestellung auf. Nicole bat um eine heiße Schokolade und ein Stück Pflaumentorte, Dennis bestellte einen doppelten Espresso und ein Stück Frankfurter Kranz. »Du bezahlst doch, oder?«

Nicole nickte ergeben. »Aber ich werde dich nicht mehr decken, wenn du Mist baust, Dennis. Romy Wimmer hat dich auch durchschaut. Du kannst von Glück sagen, dass sie der Polizei nichts verraten hat.«

»Wieso hat sie überhaupt die Bullen gerufen?«

»So was kann man doch nicht einfach unter den Tisch fallen lassen«, entgegnete Nicole empört. »Der Diebstahl ist auch im Entbindungsheim bemerkt worden. Aber noch einmal wird sie nicht schweigen.« Mit fester Stimme setzte sie hinzu: »Und ich auch nicht.«

»Du würdest mich verpfeifen?«, fragte Dennis ungläubig.

»Ja«, antwortete Nicole und wusste, dass sie es niemals übers Herz bringen würde. »Hör endlich auf, dein Geld in die Spielautomaten zu stecken und ...«

Weiter kam sie nicht. André erschien neben ihrem Tisch und warf sich auf den nächsten Stuhl. »Hallo!« Er beugte sich zu Nicole und hauchte ihr einen Kuss auf die Schläfe. »Du gibst einen aus?« Ehe Nicole antworten konnte, winkte er nach der Kellnerin und bestellte Schwarzwälder Kirschtorte und Kaffee.

André war Anfang zwanzig, ein Mann von gedrungener Statur und geduckter Haltung, als wollte er jederzeit zum Sprung ansetzen. Er trug die dunklen, lockigen Haare schulterlang, an diesem Tag hatte er sie mit einem Gummi im Nacken zusammengefasst. Seine Jeans war nach der neuesten Mode geschnitten, seine Lederjacke genau so speckig, dass sie äußerst lässig wirkte.

Nicoles Herz schlug schneller, und sie lächelte ihn an, als wäre ihr Adonis persönlich erschienen, aber ihr Lächeln fiel zusammen, als André sagte: »Komische Verwandte habt ihr!«

Nicole sah ihn verblüfft an. »Du warst dabei, als Dennis bei Kari geklingelt hat?«

»Geklingelt?« André lachte spöttisch. »So weit sind wir ja gar nicht gekommen. Die Kraftmeier, die da vor der Tür standen, haben uns nicht mal in die Nähe der Klingel gelassen.« Er sah Nicole an, als wäre sie schuld an der Erfolglosigkeit ihrer Unternehmung. »Ich könnte einen Job gebrauchen. Fahrer, Gärtner, so was in der Art. Aber Mike Heiser braucht angeblich niemanden, alle Stellen sind besetzt. Und da man uns zu der gnädigen Frau nicht vorgelassen hat …« Er führte den Satz nicht zu Ende, sondern zog seine Handkante über die Kehle, als wollte er Kari zur Strafe umbringen. »Geld verdirbt eben den Charakter.« Er griff nach Nicoles Hand und beugte sich so nah zu ihr, dass ihre Nasenspitzen sich beinahe berührten. »Kannst du uns nicht helfen? Dennis braucht Kohle und ich einen Job. In der Stiftung, in der du arbeitest, muss es doch etwas geben, was gut bezahlt wird.«

Nicole fiel es schwer, sich aus seinen Augen zu lösen. »Dennis hat einen Job«, sagte sie leise.

»Mit einem Hungerlohn«, warf Dennis ein.

»Und was ist mit mir?«, fragte André.

»Hast du denn eine Ausbildung?«, fragte Nicole zaghaft.

»Sehe ich so aus?« André griff zur Kuchengabel und machte sich über die Torte her, die inzwischen serviert worden war. »Du brauchst keine Ausbildung, wenn du Beziehungen hast. Dennis hat welche! Seine Cousine ist mit Mike Heiser verheiratet!« Wieder sah er ihr mit einem tiefen Blick in die Augen, und Nicoles Herz wurde weich. »Seine Schwester arbeitet in der Stiftung. Seiner Tante gehört die Stiftung …«

»Ihrem Mann«, korrigierte Nicole.

»Egal! Das müsste als Vitamin B doch reichen! Ich habe keine einzige Beziehung. In meiner Verwandtschaft gibt's nur Loser.«

Sie spürte, dass Dennis ihr einen düsteren Blick zuwarf. »Nicole will uns nicht helfen, das siehst du doch.«

»Doch!«, rief sie verzweifelt. »Aber ich weiß nicht, wie!«

Ein älterer Mann trat an ihren Tisch. Mindestens Mitte siebzig war er, trug einen schwarzen Anzug, als wäre er für die Honneurs zuständig, darüber aber eine weiße Schürze, als käme er gerade aus der Backstube. Er lächelte Nicole und Dennis wohlwollend an. »Die Verwandten von Brit Rensing? Schön, dass Sie mal wieder da sind.« Dann bezog er auch André mit ein. »Was höre ich da? Sie suchen Arbeit? Verwandte von Brit und Olaf Rensing bekommen bei mir immer eine Chance.« Rudi Möllmann ließ sich an ihrem Tisch nieder, ohne um Erlaubnis zu bitten. »Olaf war mein bester Konditor. Ich habe von Anfang an gewusst, dass er es mal zu etwas bringen wird.«

»Kunststück, bei dem Vater!«, brummte André.

»Olaf wäre auf jeden Fall erfolgreich gewesen. Auch ohne Knut Augustin als Vater. Und Brit!« Seine Augen wanderten in die Ferne, sein Lächeln wurde wehmütig. »Sie hatte immer Angst, dass ihre Eltern sie finden und ihr Kari wegnehmen. Zeiten waren das!« Sein Blick kehrte in die Realität zurück, sein Lächeln wurde wieder fröhlich. »Kari war ein so süßes Ding! Und jetzt ist sie mit dem berühmtesten Designer des Landes verheiratet.« Er stand auf. »Aber das wissen Sie ja alles selbst.« Er wandte sich noch einmal an André. »Also, wenn Sie Interesse haben … In meiner Backstube ist eine Lehrstelle frei.«

André tippte sich an die Stirn, als er gegangen war, und Nicole spürte eine haarfeine Enttäuschung durch ihren Körper ziehen. »Morgens um drei aufstehen und dann kleine Brötchen backen? Der spinnt wohl.«

Oktober 1985, Sylt

MIKE HEISER SAH sie entgeistert an. »Wie bitte? Das ist nicht dein Ernst.«

Er saß hinter dem Schreibtisch, schob nun seinen Stuhl nach hinten, indem er sich von der Schreibtischkante abstieß, und legte den rechten Fuß auf den linken Oberschenkel. Die Hände kreuzte er in seinem Nacken.

»Ich hätte es schon früher merken können, aber …«

Mike unterbrach sie mit einem Lachen. »Das hätte nichts geändert.« Nun sah er zur Decke und kicherte leise vor sich hin. »Mike Heiser wird Vater! Wer hätte das gedacht?« Er nahm wieder die Sitzhaltung ein, in der er zu arbeiten pflegte. Allmählich schien er sich an den Gedanken zu gewöhnen. »Das macht alles noch glaubhafter! Das ist eigentlich … toll.«

Kari fiel ein Stein vom Herzen, trotzdem wagte sie einen Einwand. »Das Kind wird ehelich geboren, du wirst also auf dem Papier der Vater sein. Mit allen Pflichten, die sich aus einer Vaterschaft ergeben …«

Er dachte nicht lange darüber nach. »Sollte es mir irgendwann finanziell schlecht gehen, was Gott verhüten möge, kann ich die Vaterschaft immer noch anfechten.« Er betrachtete Kari eingehend. »Man sieht noch nichts. Wie weit bist du?«

»Es muss bei deiner letzten Party passiert sein. Im Juni.«

Mike zählte an seinen Fingern ab. »Im vierten Monat also. Dann wird die Presse bald dahinterkommen.« Er verdrehte die Augen. »Das wird wieder ein Hype! Noch schlimmer als die Hochzeit.

Aber für meine Fernsehshow ist das allerbestes Timing. Die Verträge sind leider immer noch nicht unterschrieben, die ersten Probeaufnahmen sollen trotzdem bald stattfinden. Hier auf Sylt.« Sein Gesicht wurde nachdenklich. »Ich könnte es mit einer Baby-Kollektion versuchen, das käme bestimmt gut an. Meine Ton-in-Ton-Kollektion war ein Minusgeschäft. Ich brauche unbedingt etwas, was den finanziellen Verlust wettmacht.« Er lachte, als er Karis ängstliches Gesicht sah. »Keine Sorge, für dein Kind … für unser Kind wird immer genug Geld da sein. Eine gute Schulbildung, Studium …« Er runzelte die Stirn. »Ich hoffe, du hast dir einen Vater ausgesucht, der gute Gene hat.«

Kari zuckte mit den Achseln und antwortete nicht.

Mike verstand sofort. »Du weißt nicht, wer der Vater ist?« Er schnappte nach Luft. »Kommen mehrere infrage?«

Wieder zuckte Kari nur mit den Schultern und antwortete auch diesmal nicht.

»Herrje!« Mike warf die Arme in die Luft. Dann beruhigte er sich, dachte nach und meinte schließlich: »Meine Gäste haben alle gutes Genmaterial, sie sind gesund und erfolgreich. Es darf nur keiner von denen auf die Idee verfallen, das Kind könnte von ihm sein. Oder darüber reden, dass die Frau von Mike Heiser schon vor der Ehe fremdgegangen ist.« Sein Gesichtsausdruck veränderte sich, Kari blickte nun in eine Miene, die sie erst seit Kurzem kannte. Mittlerweile hatte sie verstanden, warum Mike Heiser so erfolgreich war. Nicht nur, weil er ein kreativer Modemacher war, sondern auch weil er gnadenlos seine Vorteile suchte und verfolgte. Sein Charme, seine Liebenswürdigkeit, seine Großzügigkeit waren verflogen, sobald sein Erfolgsrezept attackiert wurde. »Dir ist es hoffentlich nicht wichtig herauszufinden, wer der Vater des Kindes ist?«

Kari schüttelte den Kopf.

»Bist du sicher, dass es auf der Party geschehen ist?«

Sie hob unsicher die Schultern. »Da war ich ziemlich high. Ich hatte einen totalen Filmriss. Davor und danach ist mir so was nicht passiert. Wenn ich mit einem Mann geschlafen hätte, wüsste ich es also. Habe ich aber nicht.«

Mikes Augen blieben kalt. »Dann vergiss bitte nicht den Vertrag, den wir beide unterzeichnet haben. Kein Wort zu irgendwem! Die Konventionalstrafe kannst du dir nicht leisten.« Er griff zum Telefon und begann, eine Nummer zu wählen. »Alles klar? Ich muss ein wichtiges Gespräch führen.«

Kari verließ wortlos das Büro und ging in ihr Apartment. Dort ließ sie sich auf ihr Bett fallen, starrte zur Decke und dachte nach. Sie schloss die Augen, um noch einmal dem Gefühl auf die Spur zu kommen, an das sie sich erinnerte. Ein Körper auf ihrem, nicht schwer, keine Last, ein dynamischer, muskulöser Körper, der über ihrem schwebte, sich nur gelegentlich auf ihren hinabgesenkt hatte, bevor er schließlich neben sie gefallen war. Das sanfte Stöhnen hatte sie noch im Ohr, geflüsterte Worte, an deren Sinn sie sich nicht erinnerte, und den angenehmen Geruch …

Die Einsamkeit griff so unerwartet nach ihr, dass sie regelrecht erschrak. Sie legte eine Hand auf ihren Bauch, als wollte sie sich vergewissern, dass sie keineswegs allein war, dass sie nie wieder allein sein würde, weil in ihr ein Mensch heranwuchs, der zu ihr gehören würde. Für immer. Dennoch – das Alleinsein war längst nicht so angenehm, wie sie gedacht hatte. Dass sie unangefochten tun und lassen konnte, was sie wollte, war auch bei Weitem nicht so wohltuend wie vermutet. Dieser Luxus war ja durch nichts als Desinteresse entstanden. Mike war es egal, was sie tat. Er war an ihr nicht wirklich interessiert, nur an dem, was er durch sie erreichte. Und ihr war ebenfalls nur an dem gelegen, was sie nun hatte. Ein ungestörtes Dasein, keine Verpflichtungen, kein Druck, keine Aufgaben, die ihr nicht gefielen. Der Himmel auf Erden!

Sie drehte sich auf die Seite und blickte hinaus. Das reinste

Paradies bot sich ihr, der gepflegte Rasen, der Blick über die Dünen aufs Meer, der Himmel, über den die Wolken jagten. Wie langweilig so ein Paradies war! Sie würde Mike wirklich noch einmal bitten müssen, ihr Arbeit zu geben. Dass sie auch im *König Augustin* hätte arbeiten können, verdrängte sie, ließ sie links liegen. Nein, sie wollte keine Arbeit, die von ihren Eltern beäugt und kritisiert wurde. Aber Mike war auch nicht begeistert gewesen, als sie ihm den Wunsch unterbreitet hatte, für Heiser-Moden zu arbeiten. Vor allem Julian schien etwas dagegen zu haben. Er ließ Kari gern spüren, dass sie unerwünscht war. Wenn sie sich abends zu den beiden gesellen wollte, wurde sie angesehen wie ein ungebetener Gast. Wenn sie in der Küche erschien, kam sie sich wie ein Eindringling vor, selbst im Wellnessbereich zeigten Mike und Julian ihr, wie unangenehm sie es fanden, die Sauna oder den Pool mit ihr zu teilen. Vorwurfsvoll sahen die beiden sie dann an, weil sie schuld war, dass sie sich gezwungen sahen, eine Badehose anzuziehen oder sich in ein Handtuch zu wickeln. Wenn sie dann kapitulierte, sich ins Auto setzte und das Grundstück verließ, musste sie damit rechnen, dass sich Reporter an ihre Fersen hefteten. Und wenn sie in Westerland die Friedrichstraße herunterbummelte, wagte sie nicht, ein Geschäft zu betreten, weil sie das Gekicher und Getuschel hinter ihrem Rücken leid war. Meist fuhr sie schon eine Stunde später wieder zurück und musste dann feststellen, dass niemand ihre Abwesenheit bemerkt hatte, dass es völlig gleichgültig war, ob und wann sie zurückkehrte. Sie hatte es einmal ausprobiert und war drei Tage am Stück in ihrem Zimmer geblieben, hatte sich das Essen bringen lassen und sich nicht im Haus oder im Garten blicken lassen. Danach hatte sie es nicht mehr ausgehalten, war ins Esszimmer gegangen, wo Mike und Julian am Tisch saßen, und hatte feststellen müssen, dass keiner der beiden sie vermisst hatte. Ihnen war nicht einmal aufgefallen, dass sie sich tagelang zurückgezogen hatte.

Teil II

Januar 1986, Achim

DIE *KNUT-AUGUSTIN-STIFTUNG* WAR in Achim zu einem wichtigen Arbeitgeber geworden. Aus dem Ort kamen viele mit Fahrrädern, Autos oder auf Mopeds angefahren, die im Entbindungsheim oder im Hotel *Haus für gefallene Mädchen* arbeiteten, Köche, Zimmermädchen und Reinigungskräfte, Sozialarbeiter, Krankenschwestern, Kinderpflegerinnen, Erzieherinnen und Hebammen. Wer fragte, warum das Hotel einen so merkwürdigen Namen erhalten hatte, erfuhr dann von der düsteren Vergangenheit des Hauses. Gerade sie hatte das Hotel bekannt gemacht. Im Speisesaal, auf den Liegewiesen, im Wellnessbereich wurde gern davon gesprochen, wie man in diesem Haus mit jungen Müttern umgegangen war, und dass Olaf Rensing im Nachbarhaus die Stiftung gegründet hatte, um minderjährigen Müttern zu helfen. Ihm ging es um wirkliche Hilfe, während damals, vor gut zwanzig Jahren, zwar von Hilfe geredet worden war, man in Wahrheit aber nur versucht hatte, eine unerwünschte Schwangerschaft schnell in Vergessenheit geraten zu lassen. Nun konnten sehr junge Mütter hier ihre Babys zur Welt bringen und bleiben, bis sie ihre Schul- oder Berufsausbildung abgeschlossen und eine Anstellung gefunden hatten. Dann erst wurden sie in ein selbstständiges Leben als alleinerziehende Mütter entlassen, auf das sie dann gut vorbereitet waren. Der Gebäudekomplex, in dem die Hotelzimmer untergebracht waren, der Speisesaal und die Küche, der Wellnessbereich und eine Reihe von Tagungsräumen, waren neu errichtet worden. Ein schlichtes, schmuckloses Gebäude, das sich auf frappante

Weise vom Eingangsbereich unterschied. Wer im *Haus für gefallene Mädchen* wohnen wollte, durchschritt zunächst ein Stück Vergangenheit und landete dann in der modernen Zeit, wo es keine gefallenen Mädchen mehr gab, die von der Gesellschaft verstoßen wurden. Der Hotelgarten war von einer dichten Hecke umgeben und so vor Blicken geschützt. Das andere Gebäude neben dem Hotel enthielt die Entbindungsstation, die vielen kleinen Apartments, in denen die Mütter mit ihren Babys wohnten, eine Kinderkrippe, Gemeinschaftsräume und natürlich den Verwaltungstrakt, in dem Romy und Nicole arbeiteten.

Indra Wiemann war erst fünfzehn Jahre alt. Klein und zart, wie sie war, wirkte sie sogar noch jünger, obwohl sie ihr Bestes tat, durch Kleidung und Frisur so auszusehen wie eine junge Frau und nicht mehr wie ein Kind. Die Haare trug sie in einem Bob, zu ihren weiten Trägerröcken am liebsten schlichte weiße Blusen. Aber ihr Ziel verfehlte sie dennoch, sie sah trotzdem aus wie ein Kind, das viel zu früh schwanger geworden war. Ihre Eltern waren entsetzt gewesen, als sich herausstellte, was geschehen war, und hatten Indra bedrängt, das Kind abzutreiben. Allerdings vergeblich. Als sie einsehen mussten, dass es zu spät war, hatten sie ihre Tochter zwingen wollen, den Namen des Vaters zu verraten, was Indra jedoch ebenso verweigerte. Niemand hatte eine Ahnung, wer es war, dabei wollte Indras Vater unbedingt dafür sorgen, dass dieser gewissenlose Kerl, der ein Kind geschwängert hatte, zur Rechenschaft gezogen wurde. Aber je öfter er prophezeite, dass es ihm gelingen würde, diesen Mann, den Indra offenbar nach wie vor liebte, vor einen Richter zu bringen, desto weniger war Indra bereit, seinen Namen zu nennen.

Romy hatte ihr einmal erklärt, dass ihre Liebe zu dem Vater ihres Kindes und dessen Liebe zu ihr nicht strafrechtlich verfolgt werden könne, da ein Mädchen bereits mit vierzehn Jahren sexualmündig sei, aber Indra blieb dennoch dabei: Niemand sollte den Namen des Vaters erfahren. »Ich habe meine Gründe.«

Romy vermutete, dass der Mann verheiratet war und Indra nicht wollte, dass seine Familie zerstört wurde. Sie bewunderte Indra für ihre Großherzigkeit.

Die Beziehung zu ihren Eltern war schon nach wenigen Wochen zerrüttet, Indra wollte weg von zu Hause, sie hielt die vielen Vorwürfe ihres Vaters und die ständigen Fragen ihrer Mutter nicht mehr aus. Ihre Gynäkologin war schließlich mit dem Vorschlag gekommen, Indra solle in das Entbindungsheim der Knut-Augustin-Stiftung gehen, dort ihr Kind bekommen und so lange bleiben, bis sie sich in der Lage sah, allein für sich und ihr Kind zu sorgen. Vor allem sollte sie dort die Gelegenheit bekommen, nach der Geburt wieder zur Schule zu gehen und ihr Abitur zu machen.

Ihre Eltern hatten zähneknirschend zugestimmt, seitdem aber jeden Kontakt zu Indra aufgegeben. Sie hatten ihre Tochter nicht einmal nach Achim gefahren, das hatte ein Onkel erledigt, der auch der Einzige war, der Indra regelmäßig besuchte. Unter größter Geheimhaltung, das hatte er sich ausbedungen, und Romy hatte großes Verständnis dafür …

Sie ging ins Büro, wo Nicole an ihrer Schreibmaschine saß und gerade ein Blatt herausdrehte, das sie mit gekrauster Stirn kontrollierte.

Romy trat hinter sie und las kopfschüttelnd, was Nicole geschrieben hatte. Dann nahm sie einen Stift und korrigierte alle Rechtschreibfehler. Kommentarlos reichte sie ihr das Blatt zurück, und Nicole spannte eine neue Seite ein, um den Brief noch einmal zu schreiben.

»Samy Angermann ist da«, erzählte Romy, während sie an ihrem Schreibtisch Platz nahm.

»Der Onkel von Indra Wiemann?«, fragte Nicole. »Echt süß, dass er seine Nichte so oft besucht.«

»Als Einziger«, betonte Romy. »Indras Eltern haben sich noch nie hier blicken lassen.«

»Wenn das Baby da ist, werden sie kommen«, glaubte Nicole. »Hoffentlich ist Indra dann bereit, sich mit ihren Eltern auszusöhnen.«

Romy bewegte sich nachdenklich auf ihrem Drehstuhl hin und her. »Ist das wirklich nötig, dass Samy Angermann hier inkognito erscheint?«

Nicole ließ ihre geliebte Schreibmaschine im Stich und drehte sich zu Romy um. »Na klar! Samy Angermann ist prominent! Wenn die Zeitschriften herausbekommen, dass er regelmäßig bei seiner Nichte auftaucht, lungern hier ständig Reporter herum. Und Indra muss sich verstecken, wenn sie nicht permanent fotografiert werden will.«

»Das will sie nicht«, warf Romy ein.

»Ja, denn dann müsste man Angermann erklären«, fuhr Nicole fort, »was es mit seiner Nichte auf sich hat. Da würde es nur weiteren Zoff mit Indras Vater geben.«

»Und wir hätten hier jede Menge Ärger«, meinte Romy. »Im Nu würde dann auch jemand Kari entdecken …«

*

Kari stand am Fenster ihres Apartments und blickte hinaus. Ein friedliches Bild bot sich ihr, ganz anders als auf Sylt. Dort konnte sie zwar auch mit der Natur allein sein. Aber dort war es eine überbordende Natur, wilde Wasser, riesige Wellen, schwere Wolkenberge. Hier war alles ruhig und still, das Auge bekam nicht viel zu bieten. Aber gerade dieser Blick auf die weiten Wiesen, auf denen der Raureif glitzerte, tat ihr gut.

Sie hatte es in Mike Heisers Villa nicht mehr ausgehalten. Einerseits war sie in ihrer Heimat, fühlte sich aber so heimatlos und verloren wie noch nie. Ihre Eltern waren in der Nähe, aber sie schaffte es immer noch nicht, ihnen wieder so nah zu sein wie früher. Mike und Julian kümmerten sich nicht um Kari, Mike war höflich und rücksichtsvoll ihr gegenüber, während Julian Kari übersah, so gut es ging. Sie war nur ein Gast, das ließen die beiden sie spüren. Ein Gast in ihrem eigenen Zuhause – denn das sollte die Villa in Kampen jetzt für sie sein. Aber sie war nie zu Karis Zuhause geworden. Auch deshalb nicht, weil immer wieder Reporter am Strand unterhalb des Hauses auftauchten, um ein Foto von der jungen schwangeren Frau Mike Heisers zu schießen.

Aber diese Belästigungen hatten ihr schließlich in die Hände gespielt. Sie hatte Mike erklärt, dass es gefährlich war – gefährlich vor allem für ihn –, wenn ihre Anwesenheit immer wieder Reporter anlockte. »Man weiß nie, wie weit sie sich vorwagen. Am Ende sehen sie irgendwas, was dich verrät.«

Das hatte Mike nachdenklich gemacht, und so hatte er zugestimmt, als Kari den Wunsch vorbrachte, sich bis zur Geburt woanders aufzuhalten. »Aber wo?«, hatte Mike gefragt.

Zu diesem Zeitpunkt hatte Kari schon eine Antwort gefunden. Und ein Anruf bei Romy Wimmer hatte gereicht. »Ich kann im Entbindungsheim in Achim unterkommen. Da ist ein Apartment frei. Und dort wird mich niemand suchen.«

Nun war sie hier, ausgeflogen aus dem goldenen Käfig, gelandet in etwas Kleinem, Schlichtem, in dem sie sich wohler fühlte als in dem Luxus, den Mikes Haus bot. Hier war sie allein, allein mit ihrem Kind, ihren Gefühlen und den Erinnerungen. Wenn sie zu einer Zukunftsperspektive finden konnte, dann hier! Sie suchte keine Kontakte, nur mit Indra hatte sie sich angefreundet. Von allen anderen jungen Müttern hielt sie sich fern, damit nicht am Ende doch durchsickerte, dass auch Kari Heiser in diesem Haus auf die Entbindung wartete. Zum Glück kam niemand auf die

Idee. Wer sie von Weitem sah, stellte höchstens fest, dass sie einer Prominenten ähnlich sah. Niemand glaubte daran, dass sie es wirklich sein konnte. Außerdem hatten die jungen Mütter, die hier für eine Weile lebten, genug mit ihren eigenen Problemen zu tun. Kari blieb völlig unangefochten.

Sie wandte sich vom Fenster ab und betrachtete ihr kleines Reich, zu dem auch schon das Babybett gehörte, das sie bald brauchen würde. Sie strich sich lächelnd über den Bauch. Ach, sie freute sich auf ihr Kind. So sehr!

Januar 1986, Sylt

Arnes Knie zitterten, als er den Zug verließ. Er ging langsam, sehr langsam den Bahnsteig herunter, durchquerte die Bahnhofshalle und trat auf den Bahnhofsvorplatz. Dort blieb er stehen und schloss kurz die Augen. Die klare Luft, der wirbelnde Wind, der Schrei einer Möwe, das war zu viel, um es zusätzlich zu dem Bild zu ertragen, das ihm noch so vertraut war. Erinnerungsfetzen jagten durch seinen Kopf. Sommerfrische mit seinem Vater auf Sylt, die Ausbildung im *Miramar*, um das Hotelfach von der Pike auf zu erlernen, die Tage mit Brit, ihre Stimme am Telefon, als sie sagte: »Wir bekommen ein Baby.« Dann die Zeit als Nachfolger seines Vaters, die Ehe mit Linda und schließlich das kenternde Schiff und seine Chance, sich aus seinem Leben zu verdrücken. Nie wieder hatte er nach Sylt kommen wollen. Ein letztes Mal war er auf der Insel gewesen, als er seinem Vater auf dem Sterbebett die Hand gereicht und ihm gesagt hatte, dass er noch lebte, damit er getröstet für immer die Augen schließen konnte. Aber jetzt hatte er es doch gewagt. Carsten hatte er nichts davon verraten, er mochte sich ja kaum selbst eingestehen, was er vorhatte. Zwanzig Jahre waren vergangen. Monate waren inzwischen seit Karis Hochzeit vergangen, aber erst jetzt wagte er es, in seine Vergangenheit zurückzukehren. Carsten war es nicht recht gewesen, er hatte ihn immer wieder gewarnt, als er spürte, dass Arne sich ständig mit dem Schicksal seiner Tochter beschäftigte. Aber irgendwann hatte er nicht mehr darauf hören wollen …

Arne wollte nicht recht glaube, was er in der Zwischenzeit über

Sylt gehört hatte. Die unzähligen Zweitwohnungen, die entstanden waren, die Massen an Feriengästen, die Ferraris auf der Whiskystraße von Kampen. Die »Dicke Wilhelmine«, eine runde, vergnügt dreinblickende Brunnenfigur in Westerland, die sich im Brunnenwasser wusch, gefiel ihm dagegen sehr gut. Den Werbespruch Sylts »In Deutschland ganz oben« mochte er auch – immerhin war der Sylter Ellenbogen nicht nur der nördlichste Punkt der Insel, sondern auch ganz Deutschlands. Und die Friedrichstraße war endlich Fußgängerzone geworden! Als er Brit mit Olaf Rensing und einem kleinen Mädchen vor dem Kaufhaus Jensen gesehen hatte, musste er noch über Autodächer spähen und konnte sich hinter einem Mercedes verstecken, damit sie ihn nicht sah. Die Schwäche, die Übelkeit, die Verzweiflung spürte er noch immer in sich, als wäre sie damals eingepflanzt worden und wucherte seitdem in ihm. Als er feststellen musste, dass Brit auf Sylt war, dass sie ein Kind hatte, dass sie mit Olaf Rensing verlobt war, hatte ihn die Sinnlosigkeit seines Lebens geradezu überfallen und auf ihn eingeprügelt. Ein Leben ohne Brit war nur zu ertragen, wenn er nicht in ihrer Nähe war, wenn er weit weg war, wenn er gar nicht mehr existierte …

Er blieb eine Weile vor der Dicken Wilhelmine stehen, dann überquerte er die Maybachstraße und ging die Friedrichstraße entlang. Für die Geschäfte rechts und links hatte er keinen Blick, er sah nur den Menschen ins Gesicht, die ihm begegneten. Kannte er jemanden? Kam ihm jemand entgegen, dem er vertraut war, der ihn erkennen könnte? Nein, beruhigte er sich immer wieder, es war zu viel Zeit vergangen. Niemand würde ihn erkennen, alle gingen davon aus, dass er bei einem Schiffsunglück ums Leben gekommen war. Selbst wenn jemand stutzte und sich kurz wunderte, würde er sich sagen, dass er einer Ähnlichkeit aufgesessen war. Arne Augustin war tot.

Als das *Miramar* in Sicht kam, wurde er langsamer. Kaum war es ihm jedoch bewusst geworden, schritt er wieder möglichst zügig aus, bog vor dem *Miramar* links ab und zögerte auch nicht, als er das Schild *König Augustin* sah. Ohne nach rechts und links zu blicken, ging er am Hotel vorbei und dann auf den Eingang des Cafés zu. Beinahe hätte er hochgeblickt, zu den Fenstern, die früher zu seiner Wohnung gehörten. Wer mochte jetzt dort leben? Der Besitzer des *König Augustin*, Olaf Rensing mit seiner Frau Brit? Sein Halbbruder mit der Frau, die Arne nach wie vor liebte?

Als er eintrat, atmete er schwer, ganz so, als hätte er einen Lauf hinter sich, der ihn an seine Grenzen gebracht hatte. Eine Garderobiere gab es nicht mehr, vermutlich war sie zu kostspielig geworden. Aber der Durchgang vom Vorraum zum Café wurde immer noch von Fotos geziert. Sein Vater Knut Augustin und dessen Freund Robert König! Beide im Gespräch mit prominenten Persönlichkeiten, Werner Höfer, Peter Bönisch, Hans-Joachim Friedrichs. Früher hatte hier auch sein eigenes Bild gehangen, lange Zeit mit Trauerflor. Er dachte daran, dass er nach dem letzten Besuch bei seinem Vater ebenfalls ins Café gekommen und Linda begegnet war. Sie hatte ausdruckslos über ihn hinweggesehen, über seinen Bart, den er sich vorsichtshalber hatte stehen lassen, über seine untypische Kleidung. Brit jedoch hatte ihn sofort erkannt. Sie hatte ihn am Strand gesehen und wusste auf der Stelle Bescheid. Linda war sehr betroffen gewesen, als er ihr später vorhielt, dass sie ihn, ihren Ehemann, nicht erkannt hatte, obwohl sie nur wenige Meter von ihm entfernt gesessen hatte. Linda! Ob sie noch gelegentlich ins Café *König Augustin* kam? Ob sie noch mit dem Maler zusammenlebte? Und was mochte mit ihrem Vater sein, der für Arne immer Onkel Robert gewesen war? Ob er noch gesund war, ob er Olaf Rensing in der Geschäftsführung unterstützte? Er musste weit über siebzig sein, eigentlich zu alt zum Arbeiten. Aber wem sollte er seine Cafés und einen Anteil am *König Augustin* anvertrauen? Linda? Sie würde abwinken, da war sich Arne sicher. Linda war niemand, der sich mit geregelten Arbeitszeiten und strengen Pflichten abfand. Nein, Linda war keine würdige Nachfolgerin für ihren Vater. Arne konnte sich nur seinen Halbbruder vorstellen. Olaf Rensing war offenbar für dieses Geschäft gemacht.

Er betrat das Café und sah sich nur kurz um. Ein Tisch in einer Ecke war frei, er steuerte ihn an, ohne lange zu überlegen. Erst als er saß, betrachtete er die Umgebung. Das Café hatte sich kaum verändert. Natürlich waren die Möbel erneuert worden und sämtliche Accessoires sowieso, aber die Farben waren geblieben, der Stil noch der gleiche wie am Anfang. Arne war enttäuscht. Eigentlich hatte er erwartet, dass Knut Augustins Nachfolger dem Café seinen eigenen Stempel aufdrücken würde. Arne hatte ein modernes Interieur erwartet, etwas Sachliches, Kühles, wie es heutzutage zeitgemäß war. Aber Olaf hatte das Alte erhalten, und vielleicht tat er recht daran. Feriengäste fanden gerne alles wieder so vor, wie sie es am Ende des letzten Urlaubs verlassen hatten.

Er bestellte ein Stück Friesentorte und war gespannt, ob sie noch genauso schmeckte wie früher. Damals hatte er unbedingt eine bessere, nein, eine andere Friesentorte anbieten wollen als das *Wiener Café*. Zu übertrumpfen war sie nicht, aber die Variante, die der Konditor des *König Augustin* erarbeitet hatte, war ein Verkaufsschlager geworden. War das schon Olaf Rensing gewesen? Oder noch sein Vorgänger? Arne wusste es nicht mehr.

Als ihm die Friesentorte serviert wurde, wagte er nicht, sie anzurühren. Der Griff zur Kuchengabel schien ihm mit einem Mal ein zu großer Kraftakt. In dem Moment wurde ihm klar, dass er ein Wagnis eingegangen war, das er nicht kalkuliert hatte. Seit Karis Verlobungsfeier trug er sich mit dem Gedanken, Brit zu kontaktieren, um mit ihr über die gemeinsame Tochter zu sprechen. Aber Carsten, der ihm diesen Gedanken an der Stirn abgelesen hatte, war empört gewesen. Das dürfe er nicht tun, dazu habe er kein Recht. Weder dürfe er sich in Brits noch in Karis Leben einmischen. Wenn Brit keine Ahnung hatte, dass Mike Heiser schwul war, dann war es nicht Arnes Aufgabe, sie aufzuklären. Erst recht nicht Kari, die es selbst merken musste, wenn sie von Mike Heiser betrogen oder ausgenutzt wurde. Vielleicht stimmte das ja auch gar nicht, womöglich ging es Mike Heiser gar nicht darum, als heterosexuell zu gelten, vielleicht war er bisexuell und wollte sein Leben wirklich mit Kari verbringen? Auch denkbar. Dann bestand durchaus die Möglichkeit, dass Kari es wusste und sich dennoch für ihn entschieden hatte, weil sie ihn liebte.

»Arne, das geht dich nichts an!« Carstens Stimme dröhnte in seinem Kopf.

Nun griff er doch zur Kuchengabel und probierte die Friesentorte. Köstlich! Ja, das war noch das Rezept mit dem Pflaumenschnaps. Er schob mit dem Fuß die kleine Reisetasche zur Seite, die er neben seinen Stuhl gestellt hatte, als könnte er damit den vagen Entschluss wegschieben, die Nacht auf Sylt zu verbringen, statt mit dem letzten Zug wieder nach Hamburg zu fahren. Er wusste ja gar nicht, ob Brit im Hause war. Zudem war völlig unklar, ob sie ihn erkennen würde. Den Mut, sie auf sich aufmerksam zu machen, würde er unter keinen Umständen aufbringen. Und was war mit Olaf Rensing? Wusste er mittlerweile, dass Arne Augustin, Karis Vater, noch lebte? Wenn ja, würde er nicht erfreut sein, dass Arne hier auftauchte. Wenn nicht, würde er sich über den fremden Besuch wundern und Brit am Ende gezwungen sein, die Wahrheit zu sagen. Beides war nicht gut. Arne seufzte tief auf. Carsten hatte recht gehabt. Es war eine dumme Idee gewesen, nach Sylt zu fahren. Er konnte nicht nach über zwanzig Jahren so tun, als hätte er das Recht eines Vaters, mit der Mutter über das gemeinsame Kind zu reden, um das er sich sorgte. Er musste sich eingestehen, dass ihm dieser Grund sogar gelegen gekommen war, um mit Brit Kontakt aufzunehmen. Dabei konnte er nicht damit rechnen, willkommen zu sein. Vielleicht war Brit verärgert, weil er in ihr Leben einbrach. Wie kam er dazu, sich ihr wieder zu nähern, nachdem er so oft vor ihr davongelaufen war? Oder sollte er den Versuch machen, ihr zu erklären, dass er eigentlich nur vor sich selbst geflüchtet war?

Er bückte sich und zog die Tasche wieder zu sich heran. Verrückt, dass er erst nach Sylt kommen und im Café *König Augustin* einkehren musste, um zu erkennen, wie dumm es war, diesen Ausflug in die Vergangenheit zu unternehmen. Nein, nicht nur dumm, auch anmaßend, arrogant und respektlos. Was nahm er sich heraus? Damals hatte er sich aus seinem Leben geschlichen, und nun verlangte er, dass er in einen kleinen Teil dieses Lebens wieder eingelassen wurde?

Er schlang die Friesentorte hinunter und trank die Kaffeetasse in einem Zuge leer. Dann rief er nach der Kellnerin, um zu bezahlen. Sie winkte ihm kurz zu, gab zu verstehen, dass sie seinen Wunsch zur Kenntnis genommen hatte, aber erst die Gäste dran waren, die an dem großen Tisch in der Nähe der Theke saßen. Arne nickte. Ja, er würde warten.

In diesem Augenblick öffnete sich die Tür, die in das kleine Büro führte, und heraus trat Brit. Seine Brit! Noch immer so, wie sie damals gewesen war, älter natürlich, aber das spielte keine Rolle. Rund und weich war sie noch immer. Das hatte er damals schon so an ihr geliebt. Ihr rundes Gesicht, die runden Wangen, die runde Figur, die sie hatte, ohne dick oder auch nur mollig zu sein. Eine schlanke Frau und dennoch rund. Vielleicht sah auch nur er das Runde, das gar nichts mit ihrem Äußeren zu tun hatte, sondern nur damit, dass sich in Brit alles zu einem Kreis schloss. In ihr vereinigte sich Anfang und Ende, sie fing nichts an, was sie nicht zu Ende führen wollte, sie ließ nichts liegen, weil es ihr nicht mehr gefiel, sie kümmerte sich um die, für die sie Verantwortung übernommen hatte, ließ niemanden im Stich, der auf sie zählte, und übernahm eine Aufgabe nur, wenn sie sie zu Ende führen konnte.

Sie trug ein dunkelblaues Kleid mit einem Lackgürtel, dazu auffälligen Modeschmuck, eine rote Kette und passende Ohrclips. Ihre Schuhe waren von dem gleichen Rot. Sie hatte die Haare im Nacken zusammengebunden und sah adrett aus, genau so, wie man sich die Chefin eines Cafés vorstellte. Wäre sie damals statt Linda an seiner Seite gewesen, hätte er gerne die Nachfolge seines Vaters angetreten. Oder bildete er sich das ein? Das Schicksal lief oft auf seltsamen Wegen. Brit war von Knut Augustin abgelehnt worden, sie war für ihn ein Mädchen gewesen, das sich einen Jungen aus reichem Hause angeln und ihn mit einem Baby erpressen wollte. Und jetzt? Ausgerechnet sie war es, die das Café übernommen hatte, zusammen mit Knuts unehelichem Sohn Olaf, gerade sie war es, die mit ihrem Mann die Rolle angenommen hatte, die Knut Augustin für seinen ehelichen Sohn und rechtmäßigen Erben bestimmt hatte. Verrückt! Und merkwürdigerweise für Arne etwas, das es entschuldigte, dass er hergekommen war.

Brits Augen flogen durch den Raum, nicht auf der Suche nach bestimmten Personen, allenfalls wollte sie auf Stammgäste aufmerksam werden, die eine Sonderbehandlung verdienten, nein, sie sah auf das Gesamte, die lebhafte Unruhe, hörte das Summen der Gespräche, das Lachen, einen hellen Ruf. Alles war richtig, das war ihr anzusehen, ihr professionelles Lächeln, das niemandem galt, zeigte es. Sie sah über ihn hinweg, dann aber zuckten ihre Augen zurück, sie runzelte die Stirn, fuhr herum, drehte sich wieder zurück und schaute Arne nun ungläubig an. Kein Zweifel, sie hatte ihn erkannt. Es war sinnlos, sich zu bücken, an den Schuhbändern zu nesteln oder nachzusehen, ob die Tasche noch an ihrem Platz stand. Zu spät.

Sie kam auf ihn zu, blieb vor seinem Stuhl stehen und sah zu, wie er sich langsam und schwerfällig erhob, als schaffte er es nicht, ihr in die Augen zu sehen.

»Was willst du?« Ihre Stimme klang scharf.

Arne wies auf einen Stuhl an seinem Tisch, aber sie schüttelte den Kopf. »Nicht hier.«

»Nebenan? In der Bar? Wenn das Café geschlossen hat?«

Sie überlegte kurz. Arne sah ihr an, dass sie das Risiko, das sie eingehen würde, abwog. »Also gut.« Damit wandte sie sich ab und ging ins Büro zurück.

Und Arne bezahlte, nahm seine Tasche auf und ging ins Nachbarhaus, ins Hotel *König Augustin,* um dort einzuchecken.

Januar 1986, Riekenbüren

RIEKENBÜREN BEFAND SICH im Ausnahmezustand. Piet, der älteste Geselle, hatte mitbekommen, wie sein Chef einen Anruf erhielt, der ihn aufwühlte, und gehört, wie er zu seiner Frau sagte: »Stell dir vor, Kari kommt.«

Piet erzählte es seiner Frau, die sich gerade zum Friseur aufmachte und es dort natürlich zum Besten gab. Eine besonders zuverlässige Art, aus einer Neuigkeit ein Lauffeuer zu machen. Die Friseurin verriet es daraufhin jeder Kundin, alle gaben es in der folgenden Stunde überall dort weiter, wo mehrere Menschen aufeinandertrafen, und schon am Ende des Tages bekamen die Letzten, die noch an eine Sensation glaubten, zu hören: »Weiß ich schon.«

Kari Heiser, die Frau des berühmten Modedesigners, deren Verlobung und Hochzeit durch den Blätterwald gerauscht war und deren Hochzeit es sogar auf die Titelseiten der Regenbogenpresse geschafft hatte! Kari Heiser, die nun zum Jetset gehörte, machte einen Besuch in Riekenbüren! Dabei war sie schon seit Ewigkeiten nicht mehr da gewesen. Ursula Berghoff hatte bereits die allerschlimmsten Befürchtungen nicht nur gehegt, sondern hinter vorgehaltener Hand auch geäußert, da man ja schließlich wusste, wie es damals mit Brit gewesen war, als sie so lange von der Bildfläche verschwunden war. Jahrelang sogar! Nun aber machten ganz andere Vermutungen die Runde. Für eine Frau wie Kari war es doch in Riekenbüren viel zu langweilig und uninteressant. Sie war extravagante Orte gewöhnt, Luxus und Überfluss.

Sie verkehrte nun dort, wo man ihr jeden Wunsch von den Augen ablas. Wie war es möglich, dass sie sich entschloss, sich im Heimatdorf ihrer Mutter blicken zu lassen? Alle wollten sich mit einem Mal daran erinnern, wie sie ausgesehen hatte, als sie zum ersten Mal nach Riekenbüren kam. Drei oder vier Jahre alt war sie gewesen, da gab es unterschiedliche Ansichten, und ein süßes, blond gelocktes kleines Mädchen. Brit war frisch verheiratet gewesen, und keiner der Frauen von Riekenbüren war klar, ob dieser Mann eigentlich Karis Vater war. Zwei oder drei Frauen, die die Mutter von Romy Wimmer kannten, wollten dort mal nachfragen, ob die etwas wusste. Vergessen hatte natürlich auch niemand, dass Brit und Olaf Rensing mit einem Automodell vorgefahren waren, das in Riekenbüren bisher nur gesehen worden war, wenn der Fabrikbesitzer aus dem Nachbarort in der *Schreinerei Wunder* eine Bestellung aufgab. Staunend hatte man damals zur Kenntnis genommen, dass Brit nun die Frau eines Café- und Hotelbesitzers war. Angeblich! Dieses Wort war lange beigefügt worden, bis sich endlich ein Riekenbürener entschloss, Urlaub auf Sylt zu machen. Richard Diekamp, der Gewerbelehrer, hatte geerbt und befunden, dass er sich mal etwas gönnen könne. Er bekam natürlich den Auftrag, sich das *König Augustin* gründlich anzusehen und zu kontrollieren, ob das Haus wirklich so erstklassig war, wie Brit hatte durchblicken lassen.

Ursula Berghoff hatte den heimkehrenden Sylturlauber schon ins Kreuzverhör genommen, da war er gerade erst aus dem Auto gestiegen und hatte sich noch nicht mal den Rücken gedehnt. Als Richard bestätigte, dass das *König Augustin* genau so war, wie Brit berichtet hatte, war nicht ganz klar gewesen, ob Ursula Berghoff sich darüber freute oder nicht. Dass ausgerechnet Brit, die heimlich ein gefallenes Mädchen genannt worden war und ihren Eltern viele Sorgen gemacht hatte, nun in besonders guten Verhältnissen lebte, fanden einige nicht ganz gerecht. Ursula Berghoff erst recht nicht. Der Pfarrer war der Einzige, der sich unverhohlen freute, dass ein verlorenes Schaf mit besonders viel Wolle zur Herde zurückkam, wie er es nannte.

Frida und Edward wurden von Hassos Nachricht überrascht, während Frida Kartoffelsuppe kochte und Edward sich schimpfend eine Fernsehsendung ansah, die ihm nicht gefiel.

Frida begannen die Knie zu zittern. »Sie kommt allein?«

Hasso ließ sich am Küchentisch nieder und bat um einen Kaffee. »Klar.«

»Den weiten Weg von Sylt nach Riekenbüren?«

»Sie ist nicht auf Sylt, sondern ganz in der Nähe. In Achim.«

Edward begriff sofort, was das bedeutete. »Sie ist in das Entbindungsheim gezogen?«

Hasso nickte. »Nicole hat erzählt, dass Kari auf Sylt ständig von Reportern belagert wird. Sie will ihre Ruhe. Offenbar ist bisher niemand darauf gekommen, dass sie sich im Entbindungsheim versteckt hat.«

Januar 1986, Sylt

Brit stand vor dem Spiegel und betrachtete sich. Dann stöhnte sie auf, zog das Kleid wieder aus und suchte den Hosenanzug aus dem Schrank, den sie erst einmal getragen hatte. Aber der hielt ihrem kritischen Blick ebenfalls nicht stand. Viel zu förmlich und steif! Am Ende entschloss sie sich für eine Kombination, die sie noch nie getragen hatte, weil sie nicht zu der Rolle der gestandenen Geschäftsfrau passte, die ihr von morgens bis abends anhaftete: Ein langärmeliges Shirt, rosa, mit knallroten Sternen bedruckt, dazu einen kurzen schwarzen Rock.

Endlich war sie zufrieden, ging ins Wohnzimmer, griff nach dem Telefon und wählte die Nummer der Herzklinik in Ulm. Es war ein schwerer Weg gewesen, Olaf davon zu überzeugen, sich in die Hände von Spezialisten zu begeben, aber irgendwann hatte er es eingesehen. Brit hatte für ihn einen Termin beim Hausarzt gemacht, worüber er sich mächtig geärgert hatte, und ihn sogar mit dem Auto hingefahren, weil sie Angst hatte, dass er im letzten Augenblick umkehren könnte. Den ganzen Weg hatte Olaf geschimpft und seine Frau zimperlich und überängstlich genannt. Aber als sie ihn wieder abholte, war er verändert gewesen. Das hatte sie sofort erkannt. Der Hausarzt hatte ihm sehr eindringlich klargemacht, dass er sich sofort in die Hände von Kardiologen begeben musste, wenn er wieder gesund werden wollte.

Olaf war sofort am Apparat. »Du rufst heute aber früh an. Ist was im Café? Oder im Hotel?«

»Mir war danach. Im Café geht es auch mal eine halbe Stunde

ohne mich, und im Hotel kümmert sich ja Herr Keller um alles. Nein, ich habe Sehnsucht nach dir.«

Olafs Stimme wurde weich und zärtlich. »Ich auch nach dir. Nur noch eine Woche, dann werde ich entlassen. Die Ärzte sind sehr zufrieden mit mir.«

»Und dann?«

Olaf seufzte, der Unterton in Brits Stimme war bei ihm angekommen. »Natürlich muss ich dann regelmäßig Medikamente einnehmen und … Sport treiben. Viel Bewegung, spazieren gehen, schwimmen, Rad fahren, rudern.«

Brit sank der Mut. Olaf und Sport? Sobald er wieder in der Tretmühle angekommen war, würde ihn nichts anderes als das Geschäft interessieren. Das Beste würde sein, wenn sie selbst ebenfalls mit Sport begann, um Olaf zu motivieren und bei der Stange zu halten.

Sie erzählte ihm von einem Anruf des Steuerberaters, von der Kündigung einer Kellnerin und einer erheblichen Preissteigerung bei einem Lieferanten. »Es wird Zeit, dass du heimkommst und dich darum kümmerst.«

Am Ende des Gesprächs fragte Olaf nach Kari. »Hast du was von ihr gehört?«

»Sie hat einmal angerufen, es geht ihr gut.«

»Glaubst du das? Sie kann sich in diesem Entbindungsheim doch nicht wohlfühlen.«

»Warum nicht? Es hat nichts mehr mit dem Heim zu tun, wie ich es erlebt habe.«

»Trotzdem! Auf Sylt hat sie den Himmel auf Erden, das komfortable Haus, den prächtigen Garten, den ganzen Luxus, den Mike Heiser ihr bietet.«

»Aber die Reporter suchen ständig nach neuen Schlupflöchern, um in den Garten zu kommen und Kari zu fotografieren. Seit bekannt wurde, dass sie ein Kind erwartet, ist alles noch schlimmer geworden.«

»Oder stimmt etwas in der Ehe nicht?«

Dieser Gedanke war Brit auch gekommen, als Kari ihr mitgeteilt hatte, dass sie ihr Kind nicht auf Sylt, sondern im Entbindungsheim bekommen wolle. »Nein, das glaube ich nicht«, antwortete sie dennoch. »Kari ist diese Aufmerksamkeit nicht gewöhnt. Bei Mike ist das anders.« Sie hörte, dass sich in Olafs Zimmer die Tür öffnete und ihn jemand ansprach. »Besuch?«, fragte sie.

»Nein, das Abendessen«, entgegnete er. »Ich muss runter in den Speisesaal. Schrecklich, diese frühen Essenszeiten!« Er lachte leise. »Gute Nacht, Oma.«

»Schlaf gut, Opa.«

Sie lächelte noch, als sie ins Badezimmer ging, um sich zu schminken und ihre Frisur zu richten. Gut, dass sie Olaf nicht hatte belügen müssen. Es war ein Unterschied, ob man seinem Ehemann etwas verschwieg, oder ob man ihn belog. Oder? Sie wurde unsicher. Nein, wenn sie ehrlich war, musste sie sich eingestehen, dass der Unterschied so gering war, dass er nicht ins Gewicht fiel. Sie würde sich an diesem Abend mit Arne treffen, mit dem Mann, den sie immer noch tief in ihrem Herzen ihre große Liebe nannte, Karis Vater, von dem Olaf glaubte, dass er vor vielen Jahren ums Leben gekommen war. Dass er noch lebte, hatte sie ihm verschwiegen, und nun unterschlug sie erneut etwas, was für Olaf große Bedeutung hätte, wenn er davon wüsste. Warum hatte sie ihm damals nicht die ganze Wahrheit gesagt? Die Antwort auf diese Frage konnte sie ohne Zögern geben. Sie hatte sich darum gesorgt, dass Olaf nicht damit fertiggeworden wäre, dass Karis Vater noch lebte. Oder hatte sie diese Erklärung für sich selbst gefunden, um jedem Konflikt aus dem Weg zu gehen? Wäre sie von Olaf gefragt worden, hätte sie geantwortet: »Für mich ist Arne gestorben, nur deshalb habe ich nichts davon gesagt, dass er noch lebt.«

Diesen Satz hatte sie sich schon vor Jahren zurechtgelegt. Ein Beweis dafür, dass die Wahrheit nicht auszusprechen war? Aber wie sah sie denn aus, diese Wahrheit? Das fragte sie sich, während sie das Haus verließ und auf den Eingang des Hotels zusteuerte. Die Antwort fand sie erst, als sie Arne in der Bar an der Theke sitzen sah. Nein, sie fand sie nicht, sie wurde von ihr gefunden. Die Antwort griff nach ihr, zerrte sie heran, ließ ihr keine Wahl. Sie lautete: »Er ist nach wie vor die Liebe meines Lebens.« Und Olaf? Liebte sie ihn etwa nicht? »Doch, ich liebe ihn auch«, flüsterte sie vor sich hin. »Aber anders …«

Sie machte es wieder so wie früher, als sie ein Kind, ein junges Mädchen gewesen war. Ihre Beine übernahmen den Namen des Menschen, der ihr am wichtigsten war, oder das Problem, das sie am meisten bedrängte. »Ar – ne, Ar – ne!« Links, rechts, beide Schritte gleich kräftig. Bei »O – laf« war es anders, dann hatte sie immer links kräftiger ausgeschritten als rechts. Aber am Ende, als sie Arne das letzte Mal gesehen hatte, waren aus den beiden Schritten »Ar – ne« zwei unbedeutende geworden, zwei leichte Schlenderschritte, die auf kein Ziel zuführten. Nur zwei Schritte, die etwas hinter sich ließen. Sie war dankbar, dass sie sich wieder daran erinnerte. Nun wusste sie wieder, dass die Schritte, die zu Arne führten, sie nicht vorwärts brachten.

Er stand auf, als er sie bemerkte, und sah ihr entgegen. Erinnerungsbilder schossen durch ihren Kopf. Arne, wie er mit ihrem Kleid dastand, das er ihr am Strand gestohlen hatte, Arne, der mit ihr an der Wasserkante entlanglief, Arne, der das schöne Plätzchen in den Dünen gefunden hatte, und schließlich Arne, der sie mitnahm in das Haus seiner Tante, in seine Kammer, die er dort bewohnte, mit dem unbequemen schmalen Bett. Hatte dieser Arne noch etwas mit dem gemein, der jetzt vor ihr stand?

Er zog sie kurz in seine Arme, mit Händen, die noch so sanft wie damals waren, hauchte ihr einen Kuss auf beide Schläfen, wie man Bekannte begrüßte, die keine langjährigen Freunde waren.

Er rückte ihr den Barhocker zurecht und fragte sie, was sie trinken wolle. »Ein Cocktail?«

Brit musste nicht lange überlegen. »Kullerpfirsich«, entschied sie.

Hinter ihnen waren mehrere der kleinen Tische besetzt, das war in der verspiegelten Rückwand der Bar zu erkennen. Geschäftspartner, die sich nach einer kräftezehrenden Verhandlung entspannen wollten, Paare, die den Tag hier ausklingen ließen oder sich in der Bar des *König Augustin* verabredet hatten, um später das Nachtleben von Westerland zu genießen.

Nun erst stellte Brit fest, dass es Hajo Keller war, der hinter der Theke stand. »Nanu?«, wunderte sie sich. »Der Geschäftsführer persönlich mixt uns die Drinks?«

Hajo lächelte verlegen. »Ernest fühlte sich nicht gut, da habe ich ihn nach Hause geschickt. An der Rezeption ist zurzeit nichts los, da kann ich ohne Weiteres hier den Abend verbringen.«

»Ihren Feierabend sollten Sie eigentlich in privater Atmosphäre genießen«, sagte Brit.

Aber Hajo wehrte ab. »Das Hotel ist mein Leben. Noch habe ich keine Wohnung gefunden, ich bleibe also sowieso im Hotel, bis morgen meine nächste Schicht beginnt. Da kann ich genauso gut an der Bar stehen, als in meinem Hotelzimmer in den Fernseher zu starren.«

Brit beglückwünschte sich heimlich zu diesem Geschäftsführer. Und sie dachte daran, wie Olaf ihr gestanden hatte, dass er Hans-Josef Keller nicht zu einem Vorstellungsgespräch eingeladen hätte, wenn ihm vorher aufgefallen wäre, dass er von dunkler Hautfarbe war.

Sie rückte so weit wie möglich von Arne ab. Bis Hajo Keller ihr das Glas mit dem Kullerpfirsich hingestellt und Arne ein zweites

Pils serviert hatte, redeten sie über das Wetter, dass die ersten Herbststürme zu erwarten seien, aber dennoch viele Touristen auf der Insel waren. Erst als Hajo sehr beschäftigt war, als er in schneller Folge weitere Drinks mixen und an den Tischen servieren musste, fragte Brit: »Warum bist du nach Sylt gekommen?« Und mit einem bitteren Unterton ergänzte sie: »Als wir uns das letzte Mal hier gesehen haben, bist du vor mir davongelaufen. Warum also bist du heute zurückgekommen?«

»Ich mache mir Sorgen um Kari.«

Bisher hatte Brit ihm nicht ins Gesicht gesehen, hatte nur in sein Spiegelbild gesprochen, das sie hinter unzähligen Flaschen und Gläsern erkennen konnte. Jetzt rückte sie noch weiter von ihm ab, damit sie ihn anblicken konnte. »Was weißt du von Kari?«

Januar 1986, Sylt

Hajo Keller spülte ein Glas schon zum dritten Mal. Unter allen Umständen wollte er in der Nähe bleiben und war heilfroh, dass zurzeit kein Drink bei ihm bestellt wurde, den er an einem der Tische servieren musste. Dieser Mann, der neben seiner Chefin saß, redete so, als sei er Karis Vater. Nein, das war doch unmöglich. Romy Wimmer hatte ihm verraten, dass Karis Vater Arne Augustin war, der frühere Juniorchef, der bei einer Schiffskatastrophe ums Leben gekommen war. Von diesem tragischen Unglück wusste im *König Augustin* jeder. Es gab sogar einige, die damals schon im *König Augustin* gearbeitet und die Tragödie miterlebt hatten. Schrecklich musste es gewesen sein. Knut Augustin, bis dahin ein kraftstrotzender, willensstarker Mann, war nach dem Tod seines Sohnes zusammengebrochen und hatte nicht mehr lange gelebt. So war es Hajo einmal von dem Nachtportier erzählt worden, der schon seit der Eröffnung im Hotel arbeitete.

Hajo musste sich Mühe geben, den Mann, mit dem Brit Rensing sprach, nicht anzustarren. Das lernte jeder Barmann in der ersten Lektion, das wusste auch der Geschäftsführer eines Hotels: immer ein offenes Ohr für die Gäste haben, ihnen zuhören, wenn sie jemanden brauchten, bei dem sie ihr Herz ausschütten konnten, aber niemals selbst einen Gast vertraulich ansprechen oder sich anmerken lassen, dass man die Gäste beobachtete. Nicken, zustimmen, das musste reichen, mehr wollte so ein Gast nicht. Und er wollte unbedingt, dass alles im Nu vergessen war, was er an der Theke loswurde. Während er redete, musste der Barmann Interesse zeigen, davor und danach so tun, als hätte er nichts gehört. Um Himmels willen keine Neugier!

Er hatte gesehen, dass der Mann aus dem Aufzug gekommen war, also aus einem der Hotelzimmer. Ein Gast des Hauses! Bei der nächsten Gelegenheit würde Hajo nachschauen, wer an diesem Tag eingecheckt hatte.

»Ich habe Kari immer im Auge behalten«, sagte der Mann gerade. »Aus der Ferne. Ich habe immer gewusst, was sie macht.«

»Und jetzt weißt du, dass sie geheiratet hat und ein Kind erwartet?« Die Stimme von Brit Rensing klang sarkastisch.

Hajo rutschte das Glas aus der Hand, das er gerade unter den Zapfhahn halten wollte. Es fiel ins Spülwasser. Kari war schwanger? Mein Gott, das hatte er nicht gewusst.

»Ich war dabei, als sie ihre Verlobung feierte«, sagte Brit Rensings Gesprächspartner gerade.

Nun konnte Hajo doch nicht anders, als aufzusehen und dem Mann einen langen Blick zuzuwerfen. Kari hatte die Verlobung im *Carar* gefeiert, davon hatte Hajo gehört, ein In-Lokal in Hamburg, in dem Mike Heiser bekannt war. War dieser Mann ein Gast gewesen? Jemand, der von Mike Heiser eingeladen worden war? Eigentlich war es ihm egal. In seinem Kopf kreiste nur ein Gedanke: Kari war schwanger. Er musste unbedingt herausfinden, wann sie das Baby erwartete.

Von einem Tisch in der Nähe der Theke kam eine Bestellung. »Zwei Pils, bitte!«

Hajo machte sich ans Zapfen, die Augen auf die Gläser, die Ohren auf die Stimmen der beiden Menschen an der Theke gerichtet. Was sagte der Mann gerade? Er fürchtete, dass Kari von Mike Heiser ausgebeutet wurde! Ob Brit denn noch nicht gehört hätte, dass der Modedesigner schwul sei?

Aber Brit Rensing winkte ab. »Gerüchte! Wenn Männer sich

mit Mode beschäftigen, kommt immer gleich der Verdacht auf, dass sie homosexuell sind.«

Hajo hätte beinahe genickt. Ja, er hatte auch schon gehört, dass Mike Heiser angeblich homosexuell sei. Zu dieser Ansicht trug wohl auch der Umstand bei, dass er einen schwulen Mitarbeiter hatte, Julian Haarbeck, der als sein Lebenspartner galt, es aber vielleicht gar nicht war. Hajo dachte an den Abend zurück, den er in Mike Heisers Haus verbracht hatte, zusammen mit Kari. Er hatte nichts beobachtet, was den Verdacht, Mike Heiser sei schwul, bestätigte.

»Er wird diese Fernsehshow nicht bekommen«, sagte der Mann, »wenn sich herausstellen sollte, dass er schwul ist. Die Programmchefs sind da sehr empfindlich. In der Bevölkerung wird Homosexualität immer noch wie eine schlechte Eigenschaft behandelt. Oder wie eine Krankheit. Denk an den Paragrafen 175! Danach sind sexuelle Handlungen zwischen Männern verboten. Kein Programmchef kann sich erlauben, jemanden zu beschäftigen, der etwas tut, was unter Strafe steht. Da könnte der Paragraf morgen gestrichen werden, der Fernsehsender würde Mike Heiser trotzdem abservieren, wenn er schwul ist. Die Mehrheit der Bevölkerung betrachtet Homosexuelle immer noch wie Aussätzige.«

Hajo wusste, dass der Paragraf, von dem der Mann sprach, mittlerweile reformiert worden war, aber natürlich hielt er den Mund. Der Mann hatte ja recht. Kein Fernsehsender würde es wagen, einen Homosexuellen zum Star zu machen und damit seine Zuschauer zu empören.

»Mike Heiser braucht sich keine Sorgen zu machen«, gab Brit zurück. »Dass er nicht schwul ist, hat sich ja nun herausgestellt. Er ist ein verheirateter Mann, der bald Vater wird.« Sie legte ganz kurz eine Hand auf den Arm des Mannes, zog sie jedoch schnell wieder zurück. »Unsere Tochter ist nicht dumm, die lässt sich nicht verschaukeln.«

Hajo starrte sie verwirrt an und senkte den Blick, als er merkte, dass er sich dringend dezenter verhalten musste. *Unsere* Tochter? Da hatte Romy Wimmer ihm doch etwas ganz anderes erzählt!

»Völlig undenkbar«, fuhr Brit Rensing fort, »dass sie nicht merkt, wie es um ihren Mann wirklich steht. Wenn sie ihn heiratet, dann deshalb, weil sie ihn liebt. Und wenn sie ein Kind bekommt, ist das ein weiterer Beweis dafür.« Sie betrachtete ihn kopfschüttelnd. »Du kennst Kari eben nicht. Sie ist keine Frau, die sich ausnutzen lässt, auch keine Frau, der man etwas vormachen kann.«

»Gestern habe ich noch in einer Zeitschrift gelesen, dass sie nicht mehr in der Heiser-Villa wohnt. Sie ist seit Wochen nicht auf Sylt gesehen worden.«

Brit Rensing lächelte wie jemand, der einen Informationsvorsprung hat und sich daran freut. »Sie hat sich aufs Festland zurückgezogen, damit sie ihre Ruhe hat.«

Der Mann sah jetzt sehr überrascht aus. »Sie will ihr Kind nicht auf Sylt bekommen?«

Wann?, fragte Hajo und hätte es am liebsten laut herausgefragt. Wann wird sie ihr Kind bekommen? Er ließ die Arme hängen und zählte mit den Fingerspitzen an den Seitennähten seiner Hose bis neun, vom Juni neun Monate weiter. Wenn Kari ihr Kind im März erwartete, dann …

»Die Zeitschriften werden erst erfahren, wo Kari ist, wenn das Baby auf der Welt ist.« Brit Rensing sah jetzt so aus, als käme ihr die Erinnerung an etwas, was lange zurücklag. Aber dann gab sie sich einen Ruck. »Du musst dich in Mike Heiser irren.«

Er sah nun zerknirscht aus. »Reden wir also nicht mehr darüber …«

Hajo Keller ging ins Büro, blieb sekundenlang mit geschlossenen Augen mitten im Raum stehen und atmete tief ein und aus. Dann riss er sich zusammen und sah in seinen Unterlagen nach. Wer hatte an diesem Tag eingecheckt? Nur einer, Florian

Aldenhof, das hatte er schnell herausgefunden. Entweder war Romy Wimmer nicht richtig informiert, oder er selbst hatte irgendetwas völlig falsch verstanden. Er musste tief durchatmen. Jetzt nicht die Ruhe verlieren! Kari war schwanger! Aber was das bedeutete, darüber wollte er jetzt nicht nachdenken. Kari war verheiratet, der Vater ihres Kindes war Mike Heiser. Und was Karis Vater anging … Romy Wimmer war an jenem Abend völlig betrunken gewesen. Arne Augustin konnte es nicht sein, der war tot. Dieser Mann, der sich gerade als Karis Vater bezeichnet hatte, hieß Florian Aldenhof.

Hajo ging zurück hinter die Theke, reagierte mechanisch auf einen Wink von einem Tisch und machte sich daran, zwei Cocktails zu mixen. Er hätte beinahe gegrinst. Offenbar war er als Barmann genau der Richtige! Wenn sich Menschen, die an einer Bar saßen, über intime Probleme unterhielten, ohne auf die Idee zu kommen, dass der Mann, der die Cocktails mixte, etwas davon mitbekam, dann hatte er alles richtig gemacht. Ein Barmann sollte ständig da sein, wenn eine Bestellung aufgegeben wurde, aber vergessen werden, sobald er nicht gebraucht wurde.

Brit Rensing und der fremde Mann neben ihr sprachen nun von irgendwelchen Ereignissen in der Vergangenheit, Karis Name kam nicht mehr vor. Sie schienen sich schon lange zu kennen, ihr letztes Zusammentreffen lag offenbar viele Jahre zurück. Er machte ihr Komplimente, weil sie angeblich noch genauso gut und jung aussah wie damals, sie lächelte erfreut, obwohl sie wissen musste, dass jeder Mann so etwas sagte, wenn er einer Frau schmeicheln wollte. Von einem Film war dann die Rede, »Die Halbstarken« mit Horst Buchholz, und nun lachten sie beide auf eine Art, die sie verband, als gäbe es ein Geheimnis zwischen ihnen. Aber als das Gespräch auf einen Autounfall kam, wurden beide sehr ernst, und der Name Knut Augustin fiel, und Brit Rensings Gesten wurden so schwer, als verbände sie mit ihm eine sehr hässliche Erinnerung. Dann wurde von Geld geredet, von viel Geld, von Lügen und Missverständnissen und von mangelndem Vertrauen …

Hajo wollte seine Gedanken aus ihren Gesprächen lösen, wollte lieber an Kari und ihr ungeborenes Kind denken, aber er schaffte es nicht. Er blieb bei Brit Rensing und diesem Mann. Sie waren zusammen zur Schule gegangen oder hatten sich auf einer Ferienfreizeit auf der Insel kennengelernt, denn vom Zeltplatz Dikjen Deel war auch kurz die Rede. Hajo vergaß, was er gehört hatte, es war nicht wichtig. Außerdem sollte er endlich aufhören, überall auf Karis Namen zu lauschen, nach ihr Ausschau zu halten und etwas über sie zu erfahren. Das alles ging ihn nichts mehr an. Die Juninacht lag weit zurück. Aber dass er nun wusste, wo Kari war, erfüllte ihn dennoch mit Dankbarkeit. Er war schon mehr als einmal an der Heiser-Villa vorbeigefahren, immer in der Hoffnung, dass Karis Auto auf die Straße bog und er sie vielleicht anhalten und auf einen Kaffee einladen konnte. Jetzt wusste er, warum er vergeblich gewartet hatte. Kari war gar nicht mehr auf Sylt.

Als Brit Rensing den Mann fragte, wo er lebte und womit er sein Geld verdiente, horchte er noch einmal auf. Aber die ausweichende Antwort hörte er nicht, weil er von dem Erscheinen einer Frau abgelenkt wurde. Hinter dem Zapfhahn konnte er durch die Lobby bis zum Hoteleingang blicken, das hatte der Innenarchitekt extra so eingerichtet, der wusste, dass zu später Stunde der Rezeptionist oft gleichzeitig als Barmann arbeitete. Auf diese Weise sah er sie eintreten, eine auffällig gekleidete Frau mit sehr selbstbewusster Haltung. Sie blickte sich um, als wäre sie mit jemandem verabredet, machte ein paar Schritte in die Lobby hinein, sah dann zur Bar, und ihre Miene hellte sich auf. Ihr Blick richtete sich auf Brit Rensings Rücken, als sie herankam, scheinbar war sie gekommen, um sie zu treffen.

Hajo Keller kannte die Frau, konnte sie aber auf die Schnelle nicht einordnen. Er hatte sie schon einmal im *König Augustin* gesehen, da war er sicher, entweder im Hotel oder im Café.

Nun stutzte sie und blieb mit einem Mal wie vom Donner gerührt stehen. Aus weit aufgerissenen Augen blickte sie Brit Rensing an. Oder den Mann, der neben ihr saß? Beide Gesichter konnte sie in der Verspiegelung sehen.

Sie fuhr herum, als wollte sie ihr erschrockenes Gesicht nicht zeigen, und wandte der Bar für eine Weile den Rücken zu. Dann drehte sie sich zurück, sehr langsam, warf den beiden noch einen langen Blick zu und verließ nachdenklich das Hotel wieder.

Hajo ließ das Glas sinken, das er gerade unter den Zapfhahn halten wollte. Was war das? Eine Ehefrau, die ihren Mann auf Abwegen erwischt hatte? Eine andere Erklärung fiel ihm nicht ein. Doch in diesem Augenblick, in dem er beschloss, sich darum keine Gedanken zu machen, erinnerte er sich an den Namen der Frau. Linda König, die Tochter von Robert König, dem Mitbesitzer des *König Augustin*.

Januar 1986, Riekenbüren

Es war viel los im Zentrum von Riekenbüren. Das fiel Kari auf, obwohl sie lange nicht bei der Familie ihrer Mutter gewesen war. In ihrer Erinnerung war es um das Haus herum stets menschenleer gewesen, immer war die Schreinerei von der Sonne beschienen worden, gelegentlich von Glockengeläut garniert. Still war es nie gewesen, denn auf dem Platz vor der Schreinerei war immer das Hämmern und Sägen zu hören, das aus der Werkstatt drang. Aber das hätte niemand Lärm genannt, diese Arbeitsgeräusche gehörten zum ruhigen Leben in Riekenbüren dazu. Und selbstverständlich brachen sie Tag für Tag pünktlich ab, wenn die Arbeiter Feierabend machten, und waren am Wochenende, vornehmlich am Sonntag, niemals zu hören. In Riekenbüren, fand Kari, war die Welt in Ordnung. Am Morgen hatte sie noch gezweifelt, ob es eine gute Idee gewesen war, sich bei den Großeltern anzumelden, doch jetzt, als sie in den Ort hineinfuhr, freute sie sich, dass sie sich dazu entschlossen hatte. Dass es nicht so ruhig und menschenleer wie in ihrer Erinnerung war, spielte keine Rolle.

Ursula Berghoff hatte ihren Mann angewiesen, das neue Jahr mit einer guten Tat zu beginnen und das Schild der Bushaltestelle, die der Schreinerei von Edward Heflik gegenüberlag, von den Farbresten zu befreien, die irgendwelche Schmierfinken dort hinterlassen hatten.

»Man muss sich engagieren«, erzählte sie jedem, der vorbeikam und sich wunderte.

Ihr Mann wunderte sich nicht. Erst recht nicht darüber, dass seine Frau ihn nicht alleine ließ, während er sich für die Gemeinde engagierte, er kannte seine Ursula ja schon lange. Sie brauchte ihm auch nicht zu sagen, dass er sich trotz der Kälte Zeit lassen solle, denn ihm war klar, dass Ursulas Idee sinnlos verpufft wäre, wenn er mit seinem Engagement für Riekenbüren fertig gewesen wäre, bevor Kari Heiser vorfuhr, um ihre Großeltern zu besuchen. Diese Kunde hatte sich wie ein Lauffeuer im Dorf verbreitet.

Auch der Presbyterin war etwas eingefallen, ebenfalls trotz der Kälte. Sie kam auf die Idee, die Stufen, die zur Kirchentür hochführten, endlich einmal gründlich zu reinigen und von Moos und Flechten zu befreien. Das dauerte lange. Denn sie wurde häufig unterbrochen und sah sich immer wieder genötigt, ihren Mitbürgern zu erklären, dass man jetzt schon daran denken müsse, wie schnell der Frühling hereinbräche. Und dann sei ja bekanntlich keine Zeit mehr für solche Reinigungsarbeiten, dann war so viel anderes zu tun. Dass die Nachbarn, die ihr für diese Weitsicht Bewunderung zollten, lange stehen blieben und mit weißer Atemluft vor dem Mund sehr ausführlich über alles Mögliche plaudern wollten, immer mit Blick auf die Schreinerei, verwunderte natürlich niemanden. Es staunte auch kein Mensch darüber, dass der Postbote, dessen Postfahrrad schon seit Langem quietschte, auf die Idee kam, es ausgerechnet an diesem Tag und direkt vor der Schreinerei näher in Augenschein zu nehmen und mit anderen zu beratschlagen, was gegen das hässliche Geräusch zu unternehmen sei.

Kari bemerkte nicht, dass Ursula Berghoffs Mann aufhörte, an dem Schild der Bushaltestelle herumzureiben, dass seine Frau sich auf die Haustür der Hefliks zubewegte, dass die Presbyterin nicht mit dem Säubern der Treppe weitermachte und der Postbote die Helfer, die sich um sein Rad kümmern wollten, abwehrte. Sie stellte ihr Auto vor dem Haus ab, den knallroten

Aston Martin, der in Riekenbüren wie eine Bombe einschlug, und seufzte.

»Ein Rennwagen«, staunte Ursula Berghoff und hörte nicht auf ihren Mann, der ihr erklären wollte, dass sie sich irrte. »Ich glaube, ich muss mal nachsehen, ob Christoph Hilfe braucht. Nicht dass er neben der Schranke einschläft und sich dann ein Camper bei Halina beschwert«, verkündete Ursula Berghoff bestimmt.

Seit Wintercamping in Mode gekommen war, blieb der Campingplatz das ganze Jahr über geöffnet, sogar an den Weihnachtstagen, da es immer mehr Camper gab, die es vorzogen, ihr Weihnachtsfest fernab von Familienfeiern, Fressgelagen und Geschenkorgien zu verbringen.

Ihr Sohn war noch nie neben der Schranke eingeschlafen, nicht einmal während dieser Januartage, an denen die Weihnachtscamper abgereist waren und kaum neue in Riekenbüren erschienen. Aber Ursula Berghoffs Mann seufzte nur, weil er wusste, dass es sinnlos war, seine Frau zurückzuhalten. Sie würde einen Weg finden, sich den Hefliks und ihrem attraktiven Besuch so weit wie möglich zu nähern.

*

Kari schnallte sich ab, blieb aber noch im Auto sitzen und starrte das Haus an, in dem ihre Mutter aufgewachsen war. In den letzten Jahren hatte sie kein einziges Mal das Bedürfnis verspürt, hier einen Besuch zu machen, aber nachdem sie sich in dem Entbindungsheim eingerichtet hatte, dachte sie öfter an Riekenbüren und ihre Verwandten und war schließlich zu dem Entschluss gekommen, sich zu einem Besuch anzumelden. Seit sie in Mike Heisers Haus lebte, kam sie sich entwurzelt vor. Sie hatte angenommen, dort eine neue Heimat zu finden, bei Mike ein Zuhause zu bekommen, aber es war nicht geglückt. Die Villa in Kampen war ein Ort geblieben, in dem sie zu Gast war, mehr nicht. Mike kümmerte sich nicht um sie, Julian zeigte ihr seine Geringschätzung Tag für Tag, und seit er wusste, dass sie schwanger war, noch mehr. Ziemlich schnell war ihr klar geworden, dass sie sich in eine Sicherheit geflüchtet hatte, die keine Obhut bot. Auf wirtschaftliche Sicherheit konnte sie sich verlassen, auf gesellschaftliche Sicherheit auch, aber es gab kein Gottvertrauen mehr, das ein Mensch in sich selbst fand oder eben in seiner Familie.

Familie! Das war das Wort, das sie nach Riekenbüren gelockt hatte, nun war es ihr klar. Ein Wort, das auf Sylt, im *König Augustin*, wenn es in den Mund genommen wurde, immer wieder einen anderen Klang erhielt, mal zynisch, mal bitter und nachdenklich, dann wieder mit einer Stimme voller Glück. Die Familie, die aus Brit, Olaf und Kari Rensing bestand, war für Kari immer über jeden Zweifel erhaben gewesen. Ihre Mutter betonte bei jeder Gelegenheit, wie stolz sie auf ihre kleine Familie sei, und ihr Vater hatte ihr dann jedes Mal zugestimmt. Ihr Vater? Familie? Was waren sie denn für eine Familie gewesen? Alles Lüge! Und die Familie in Riekenbüren? Kari wusste, dass ihre Mutter verstoßen worden war, als sich ihre Schwangerschaft herausstellte. Sie war in das Haus für gefallene Mädchen geschickt worden, in dem sie schlecht behandelt worden war, in dem sie arbeiten und Buße tun musste, beides bis zur Erschöpfung. Trotzdem sollte sie dort ihr Kind bekommen und es direkt nach der Geburt zur Adoption freigeben. So war es von ihr verlangt worden. Von ihrer Familie! Kari fror jedes Mal, wenn sie sich fragte, wo sie gelandet wäre, wie ihre Zukunft ausgesehen hätte, wenn der Plan ihrer Großeltern aufgegangen wäre. Familie? Schöne Familie! Ein letztes Mal fragte sie sich, warum sie diese Menschen eigentlich besuchen wollte.

Auf der Seite ihres Vaters, ihres Adoptivvaters, sah es nicht viel besser aus. Seine Familie hatte lange nur aus seiner Mutter bestanden, die mittlerweile verstorben war, komplett war sie erst geworden, als sein leiblicher Vater Knut Augustin seinen Erben verloren hatte und seinen unehelichen Sohn an dessen Stelle setzte. Kari konnte nicht verstehen, dass Olaf sich damit abgefunden hatte, von der Ersatzbank geholt zu werden, und seinem Vater sogar dankbar dafür war. Er hatte ihn geliebt, in der kurzen Zeit, die den beiden geblieben war, hatte er gelernt, ihn trotz allem zu lieben. Noch heute ging er häufig zum Friedhof und besuchte sein Grab. Ein Sohn, der mit Almosen glücklich gemacht werden konnte! Seit Kari diese Geschichte kannte, war die Liebe zu ihrem Vater löchrig geworden, Seichtigkeit hatte wie Motten daran gefressen. Wie konnte man glücklich darüber sein, etwas hingeworfen zu bekommen, was eigentlich einem anderen hatte zustehen sollen? Steckte dahinter auch der Begriff Familie? Wenn das so war, dann wollte Kari nichts mit Familie zu tun haben. Dennoch war sie jetzt hier, in Riekenbüren, bei Menschen, mit denen sie das Wort Familie verband. Und es war ganz anders, als gute Bekannte oder gar Freunde zu besuchen. Zur Familie zu kommen bedeutete, gar nicht weggegangen, immer da gewesen zu sein, auch wenn man sich jahrelang woanders aufgehalten hatte. Dieser Gedanke gefiel ihr, und sie verwarf den Vorsatz wieder, die Großeltern oder Onkel und Tante nach ihrem leiblichen Vater zu fragen. Mit diesem Vorsatz war sie in Achim losgefahren, aber je näher sie ihrer Familie gekommen war, desto weiter war er von ihr abgerückt. Diese Frage zu stellen würde bedeuten, mit Vorwürfen hier aufzutauchen. Niemand würde ihr glauben, dass es darum nicht ging, dass sie nur wissen wollte, wer dieser Klassenkamerad war, um die Möglichkeit zu bekommen, ihren leiblichen Vater zu suchen und kennenzulernen. Dass sie es wirklich tun würde, glaubte sie zu diesem Zeitpunkt nicht, aber es schien wichtig zu sein, gelegentlich diese Möglichkeit im Auge zu haben. Doch sie wusste, dass es falsch sein würde, bei diesem ersten Besuch seit langer Zeit mit Fragen zu kommen, die ihr vermutlich den Zugang zum Kern ihrer Familie verwehren würden. Vielleicht später mal …

Kari öffnete nun endlich die Fahrertür, stieg aus und holte ihren dicken Wintermantel vom Rücksitz. Mit einer abwesenden Geste strich sie sich über den gewölbten Bauch, nachdem sie ihn übergezogen hatte. In welche Familie wurde ihr Kind hineingeboren? Sie bestand aus einer Mutter, einem Vater, der es nur auf dem Papier war, und einem Erzeuger, der unbekannt war. Ihre Mutter wusste wenigstens, dass Karis Vater ein Klassenkamerad war, dessen Namen sie vergessen hatte. Sie selbst konnte sich nicht einmal erinnern, dass etwas geschehen war, was zur Zeugung ihres Kindes geführt hatte.

Zwei bis drei Jahre noch! So lange musste sie durchhalten. Vielleicht würde es ja leichter, wenn sie nicht mehr allein in Mikes Villa lebten, sondern zusammen mit ihrem Kind. Mit der Einsamkeit, die sie dort gequält hatte, würde es dann ein Ende haben.

Nicht einmal am Heiligen Abend hatte Mike sie eingeladen, sich mit ihm und Julian unter den riesigen Weihnachtsbaum zu setzen, den er im Wohnraum hatte aufstellen lassen. »Du feierst ja sicherlich bei deinen Eltern.«

Kari hatte nicht geantwortet, und er hatte keine Antwort erwartet. Nein, Kari war nicht zu Brit und Olaf gegangen, die beiden rechneten damit, dass das junge Ehepaar das Fest in trauter Zweisamkeit verbringen wolle, und hatten beteuert, dass sie Verständnis dafür hätten und sich auf keinen Fall aufdrängen wollten.

»Vermutlich möchtet ihr auch nicht zum Weihnachtsessen am ersten Feiertag zu uns kommen?«

Brit hatte Karis Antwort gar nicht abgewartet. Nein, nein, sie könne ihre Tochter verstehen, Weihnachten feierte man, wenn man frisch verheiratet sei, am liebsten in den eigenen vier Wänden. Vielleicht würde im nächsten Jahr alles anders sein, wenn ein kleines Kind unter dem Weihnachtsbaum herumkrabbelte …

Mike hatte gar nicht gemerkt, dass Kari am Heiligen Abend im Haus geblieben war, ganz allein in ihrem Apartment, und am ersten Feiertag auch. Am Abend des zweiten Feiertags war sie tatsächlich versucht gewesen, zu ihren Eltern zu fahren, sich dort ein wenig Familienleben, Wärme und Zuwendung zu holen. Bisher hatte sie Weihnachten immer mit ihren Eltern verlebt, auch in den letzten Jahren, als sie ihnen zu allen anderen Feiertagen einen Korb gegeben hatte. Zur Weihnachtsparty in Mikes Haus war sie nie gegangen. Aber in diesem Jahr war alles anders. Der Vater, der bisher immer den Baum in einen Ständer gestellt und die Beleuchtung angebracht hatte, war nicht mehr ihr Vater, nur ein Mann, der sie an Kindes statt angenommen hatte. Ein Vater, der sie liebte, daran hatte sie nach wie vor keinen Zweifel, aber dennoch ein Mann, der sie jahrelang belogen hatte. Genau wie ihre Mutter. Nein, die beiden hatten es verdient, an den Weihnachtstagen Kari in der Heiser-Villa glücklich zu wissen. Vielleicht hatten sie sogar heimlich darauf gehofft, eine Einladung zum spießbürgerlichen Weihnachts-Kaffeetrinken zu erhalten. Aber darauf konnten sie lange warten. Und vermutlich warteten sie nicht einmal darauf – das Café *König Augustin* war während der Feiertage natürlich geöffnet, die beiden würden, statt zu Hause ihre Tochter zu vermissen, die Feiertage im Café sein, dort waren sie ja sowieso am liebsten.

Kari klingelte an der Haustür, aber es rührte sich nichts. Wie gut, dass Ursula Berghoff zur Stelle war, die Kari darüber informierte, dass ihre Großeltern mittlerweile auf dem Altenteil lebten. »Hier wohnen jetzt die jungen Hefliks.«

Kari war peinlich berührt. Das wusste sie doch, wenn sie es auch im Moment vergessen hatte. »Klar, aber natürlich möchte ich nicht am Eingang meines Onkels vorbeigehen, ohne zu klingeln.«

»Vergebene Liebesmüh«, bekam sie zu hören. »Hasso ist natürlich in der Schreinerei und Halina auf dem Campingplatz, da werden die Sanitärhäuser renoviert. Kommen Sie, ich bringe Sie zu ihr. Ich wollte sowieso nach meinem Sohn sehen, der arbeitet nämlich für die Hefliks auf dem Campingplatz …«

»Aber ich …«

»Frida wartet bestimmt schon auf Sie. Sie beginnt mit dem Warten ja immer schon eine Stunde vorher. Früher konnte sie vom Küchenfenster aus sehen, wer kam, aber jetzt gehen ihre Fenster ja nach hinten raus.« Ursula Berghoff ging Kari mit energischen Schritten voran. »Nicole und Dennis sind auch da, vermutlich auf dem Campingplatz. Da ist es lustiger als in der Küche ihrer Oma.«

Kari folgte der Frau wie hypnotisiert. Bisher war sie immer durch die Schreinerei gegangen, in der es auch im Winter warm gewesen war. Ihrer Mutter nach, die jedes Mal vorangegangen war. Sie war dann wieder zum Kind in ihrer Familie geworden, bis zu dem Moment, in dem sie ihre Eltern begrüßt hatte. Anschließend wurde sie steif und förmlich, dann schien sie dieser Familie nicht mehr angehören, sondern nur noch Besuch sein zu wollen. Aber Kari hatte natürlich jedes Mal gemerkt, dass es nicht gelang. Ihre Mutter war wieder glücklich über irgendwelche Erinnerungen, die Kari unbedeutend erschienen, und dann kreuzunglücklich, wenn eine Erinnerung in die Zeit fiel, in der sie sechzehn gewesen war und unbedingt etwas hatte erleben wollen. Mittlerweile wusste Kari, warum das so war. Alles, was an die Klassenfahrt nach Sylt erinnerte, veränderte die Stimme ihrer Mutter, die dann kalt und herrisch wurde, die Gestalten der Großeltern schrumpften vor Karis Augen zusammen, und Hasso und Halina wollten auf der Stelle besonders fröhlich sein. Das waren immer die Augenblicke gewesen, in denen Kari sich vornahm, Riekenbüren zu meiden, sobald sie über ihr Leben und ihre Zeit selbst bestimmen konnte. Diesen Vorsatz hatte sie in die Tat umgesetzt, aber nun war sie doch wieder hergekommen. Aus Pflichtgefühl, wie sie sich einredete, weil die Großeltern schon alt waren und man ihnen den Fehler, den sie gemacht hatten, verzeihen musste. Aber nun, während sie hinter Ursula Berghoff herging, gestand sie sich ein, dass sie nicht nur deshalb gekommen war, sondern weil hier ihre Familie lebte, weil hier ihre Mutter aufgewachsen war, weil sich hier deren Zukunft entschieden hatte und Karis auch. Und weil sie hier vielleicht den Namen ihres Vaters erfahren konnte. Aber diesen Gedanken schob sie erneut zurück. Nicht heute!

Ursula Berghoff führte sie ums Haus herum auf den Hof der Schreinerei, zu dem kleinen Garten, den Frida mit großer Freude hegte und pflegte und der sowohl von dem Wohnhaus, in dem jetzt Hasso mit seiner Familie lebte, als auch vom angebauten Altenteil zu betreten war. In der Haustür standen Frida und Edward Heflik, feierlich aufgestellt, als sollten sie zu einer kirchlichen Zeremonie abgeholt werden.

Eine Stunde später war die ganze Familie versammelt. Hasso hatte die Werkstatt seinen Gesellen anvertraut, Halina die Aufsicht über den Campingplatz Christoph Berghoff, Nicole hatte eher Feierabend machen dürfen, und Dennis erschien als Letzter am Kaffeetisch, als seine Oma den Kaffee schon eingoss und den Apfelkuchen verteilte. Aber Vorwürfe bekam er nicht zu hören, denn ihm war es gelungen, Ursula Berghoff daran zu hindern, sich ebenfalls an die Kaffeetafel zu mogeln. Eine Meisterleistung! Kari wollte sich nicht wohlfühlen, nahm sich vor, alles kleinlich und unangenehm penibel zu finden – weil ihre Oma so schrecklich spießig war und unter die Kaffeetassen ein Spitzendeckchen legte, weil ihr Opa gegen alles wetterte, was modern erschien oder einen englischen Namen hatte, weil ihr Onkel gegen alles anlachte, von dem er glaubte, dass es Kari missfallen könnte, seine Frau grundsätzlich Karis Meinung war und für alles Verständnis haben wollte, was in Karis Leben anders war als in ihrem, weil Nicole ihre Cousine anglotzte, als wäre sie von einem anderen Stern gekommen, und Dennis sich darum drängte, ihr Sahne auf den Kuchen zu tun und ihr Zucker und Milch hinzuschieben, obwohl sie sich schon an beidem bedient hatte. Das alles wollte Kari unter gar keinen Umständen gefallen. Aber sie kam nicht dagegen an, es dennoch schön, anheimelnd, lustig, urgemütlich und sogar vertraut zu finden. Und tatsächlich blieb es dann auch nicht so. Die Riekenbürener hatten an diesem Tag viel zu staunen …

Dann nämlich erschien Romy Wimmer, uneingeladen, total überraschend, ohne dass es jemand geahnt hatte. Und mit ihr Mike Heiser und ein Tross an Fotografen, die in Riekenbüren einfielen wie König Attila mit seinen Hunnen, der diejenigen, die sich ihm unterwerfen mussten, sicherlich ebenso überrascht hatte. Kari sah den Ereignissen zu, fassungslos, sprachlos. Mittlerweile bemühte sich auf dem Dorfplatz zwischen Schreinerei und Kirche niemand mehr darum, so zu tun, als hielte er sich zufällig dort auf, keiner machte aus seiner Neugier einen Hehl. Die Presse in Riekenbüren, mein Gott! Und dann noch ein Wagen, aus dem Fernsehkameras gehoben wurden! Lieber Himmel! Ursula Berghoff wollte es übernehmen, Mike Heiser den Weg zu seiner Frau zu zeigen, aber dummerweise hatte einer der Schreinergesellen schon früh Wind von der Invasion bekommen und seinen Chef von der Kaffeetafel aufgeschreckt. Hasso trat vor die Tür und fragte mit donnernder Stimme, wer Einlass begehrte und warum. Kari dagegen hielt sich im Hintergrund.

Hassos Hausherrenbass wurde leiser, als er Mike Heiser erkannte, seine Fäuste, die er in die Seiten gestemmt hatte, fielen herab. Kari beobachtete, wie Romy es übernahm, Hasso zu erklären, dass sie Mike Heiser hergeführt habe, der eigentlich nach Achim gekommen war, weil er glaubte, seine Frau dort vorzufinden. Es sollte eine kurze Episode gedreht und fotografiert werden, erklärte Romy, die zeigte, wie rührend sich der Stardesigner um seine schwangere Frau bemühte und wie sehr sich die beiden auf ihr erstes Kind freuten. Auch diese Idee war offenbar spontan entstanden. Kari war bereits nach Riekenbüren aufgebrochen, als Romy telefonisch die Invasion angekündigt worden war. Als Mike zu hören bekommen hatte, dass Kari bei ihrer Familie in Riekenbüren war, hatte er sich höchst erfreut gezeigt. Ein Besuch bei den Großeltern eignete sich bestens für seine Zwecke.

Jetzt endlich machte Kari einen Schritt vor und begrüßte ihren Mann, wie eine junge Frau ihren Ehemann zu begrüßen hatte. »Das ist ja eine Überraschung.«

Die Erklärungen, die Mike ihr präsentierte, ließ sie an sich vorüberrauschen, sie hatte ja schon gehört, was Romy Hasso erläutert hatte.

»Sie haben mich unter Druck gesetzt«, flüsterte Mike, als sie im Haus waren und nicht mehr belauscht werden konnten. »Natürlich hätte ich ihnen nicht verraten, wo du bist, aber ich habe mich am Ende bereit erklärt, ein paar Fotos mit den Bremer Stadtmusikanten zu machen. Als Gegenleistung habe ich verlangt und zugesichert bekommen, dass man nicht nach dir suchen wird.« Er seufzte tief auf, dann erlaubte er sich ein zufriedenes Lächeln. »So muss man heutzutage mit der Presse umgehen. Ob man in Ruhe gelassen wird oder nicht, das ist alles ein Geschäft.«

Kari beschwerte sich nur kurz, dann sah sie ein, dass an dieser Sache nichts mehr zu ändern war. Sie war überrumpelt worden, aber wenn sie sich nun sträubte, würde alles noch schlimmer. Also zog sie sich in Nicoles Kinderzimmer zurück, um sich dort für die Fernsehaufnahmen zu schminken, Mike folgte ihr und schloss die Tür fest hinter sich.

»Wie geht's dir?«

»Alles bestens, danke.«

»Die Öffentlichkeit hat geschluckt, dass du dich irgendwohin zurückgezogen hast, um deine Ruhe zu haben.«

»Prima. Habe ich doch gleich gesagt.« Kari suchte sich aus Nicoles Schminkutensilien Wimperntusche, Lippenstift und

Concealer heraus. »Und warum diese plötzlichen Fernsehaufnahmen? Wir sind allein, jetzt kannst du mir alles sagen.«

Mike ließ sich auf die Kante von Nicoles Bett sinken. »Beim Fernsehproduzenten scheint es immer noch Zweifel zu geben. Ich habe Julian gesagt, dass ich auf der Stelle mit ihm Schluss mache, wenn ich rausbekomme, dass er an irgendeiner Stelle irgendwelche Andeutungen gemacht hat.«

Kari drehte sich zu ihm um. »Du bist hier, um eindeutig zu beweisen, dass du heterosexuell bist?«

Mike nickte. »Dass du schwanger bist, ist wirklich eine großartige Sache. Aber niemand sollte herausbekommen, dass du in diesem Entbindungsheim bist.« Er runzelte die Stirn. »Muss das wirklich sein? Warum kommst du nicht zurück nach Sylt?«

»Du weißt doch, diese Presseheinis schrecken nicht davor zurück, bis auf deine Terrasse zu kommen.«

»Ich habe weitere Sicherheitsleute eingestellt.«

»Besser ist es, wenn allgemein bekannt ist, dass ich nicht auf Sylt bin. Dann versucht keiner, auf dein Grundstück zu gelangen. Dann bekommt auch keiner etwas zu sehen, was dich verraten könnte.« Kari begann mit dem Wimperntuschen. »So ist es am sichersten. Und glaubhaft ist es auch.«

»Und wenn das Kind da ist?«

»Dann machen wir eine Foto-Session, und das war's. Danach wird sich die Presse wieder beruhigt haben.«

Mike stand auf und ging zur Tür. »Also gut. Nehmen wir deine Familie auch mit aufs Bild?«

»Wenn sie wollen. Glaube ich aber nicht …«

Romy wollte unbedingt und erwähnte immer wieder, dass sie durchaus zur Familie gehöre, wenn sie auch nicht blutsverwandt mit Kari sei. Frida und Edward machten Anstalten, sich im Badezimmer einzuschließen, als die Bitte an sie herangetragen wurde, sich mit Kari ablichten zu lassen. Hasso und Halina allerdings waren bereit und Nicole ebenfalls. Nur Dennis war urplötzlich verschwunden, angeblich wollte er mit diesen Frauenzeitschriften nichts zu tun haben. »Da muss man sich ja schämen, wenn man in so einem Käseblatt zu sehen ist.«

So durften Hasso und Halina sich am Ende darüber freuen, dass sie kostenlose Reklame für ihren Campingplatz bekommen hatten. Kari wurde gefilmt, als sie eigenhändig die Schranke zum Campingplatz öffnete, Ursula Berghoff stupste ihren Sohn an, damit er sich nicht komplett verdrängen ließ, und sie selbst mogelte sich flugs neben die Schranke, als Christoph auch nach langem Zureden nicht bereit war, sich dort von einer Fernsehkamera aufnehmen zu lassen.

Am Ende schien die Öffentlichkeit, die schon glaubte, Kari Heiser sei vom Erdboden verschluckt worden, zu wissen, wo sie sich aufhielt. Bei ihren Großeltern, um täglich mit ihnen Kaffee und Kuchen zu essen, und bei Onkel und Tante, um ihnen auf dem Campingplatz zu helfen, wenn sie jemanden brauchten. Dass ihr Mann sie häufig bei den Großeltern besuchte, wurde nicht explizit erwähnt, das mussten sich die Leser denken. Was sie dann auch taten. Als die Fotos in der Regenbogenpresse erschienen und der kurze Film in einer Vorabendberichterstattung zu sehen war, verzeichnete Riekenbüren einen großen Zulauf an Fremden, die sich im Ort umsahen. Der Campingplatz hatte zum Frühlingsanfang keinen einzigen freien Platz für ein Zelt oder einen Wohnwagen mehr. Ursula Berghoff vermietete sogar ihr Schlafzimmer und zog mit ihrem Mann für ein paar Tage in den Keller, wo sie auf ausrangierten Matratzen nächtigten. Der Wirt des Dorfkrugs dachte schon darüber nach, über der Gaststube ein paar Fremdenzimmer einzurichten, da der ausgebuchte Campingplatz ja bewies, wie gut der Tourismus in Riekenbüren zu integrieren war. Aber dort wohnte dummerweise eine Familie, die partout nicht bereit war, dem Fremdenverkehr in Riekenbüren zu weichen.

Januar 1986, Sylt

Linda war bei ihrem Vater zu Besuch. Er lebte in einer großen Wohnung in Wenningstedt, in die vor vielen Jahren auch Linda eingezogen war, als sie nach Sylt übersiedelte, um Arne Augustin zu heiraten. Später war sie dann, noch vor der Hochzeit, mit Arne in die Wohnung über dem Café gezogen, in der jetzt Brit und Olaf Rensing lebten. Für Robert König hatte die Wohnung in Wenningstedt eigentlich nur eine Übergangslösung sein sollen. Er hatte auf Sylt bleiben wollen, bis das *König Augustin* lief, bis Arne es allein führen konnte, danach wollte er wieder in seine Hamburger Wohnung ziehen. Genau wie Knut Augustin. Aber auch der war nicht wieder nach Hamburg zurückgegangen, war auf Sylt geblieben und schließlich auf der Insel gestorben. Das wollte Robert König auch. Wenn es so weit war, wollte er in der Nähe seines Freundes begraben werden.

Linda fragte ihn manchmal, warum ihr Vater nicht wieder nach Hamburg zurückgegangen war. Lachend beantwortete sie die Frage dann schon selbst: »Klar, du willst ein Auge auf mich haben. Aber gibt es noch einen Grund? Das *König Augustin* kann es doch nicht sein.« Das war nun an Olaf Rensing übergeben worden und damit in besten Händen.

»Die Insel ist schön«, knurrte Robert.

»Und es kann nicht schaden«, ergänzte Linda und lachte noch lauter, »hin und wieder einen Blick auf das *König Augustin* zu haben. Es liegt dir mehr am Herzen als die Cafés in Bremen und Hamburg.«

Robert musste es zugeben. »Im *König Augustin* steckt so viel Herzblut. Wenn ich nur daran denke, wie lange Knut und ich geplant haben. Und dann schien sich alles so wunderbar zu fügen. Du und Arne …« Seine Stimme kippte, er konnte nicht weitersprechen.

Linda lachte. »Du wirst immer rührseliger, Papa! Ist das das Alter?«

Während Robert ihr klarzumachen versuchte, dass sie keine Ahnung habe, was es bedeute, über siebzig zu sein und jeden Tag unter neuen Gebrechen zu leiden, griff Linda nach der Zeitschrift, die auf dem kleinen Tisch vor dem Sofa lag. Sie mochte diese Gespräche nicht. Sie selbst stellte ja auch gelegentlich fest, dass ihr Körper nicht mehr so aussah wie vor zehn Jahren, dass die Falten um die Augen mit keiner noch so guten Creme wegzubekommen waren, und dass ihr das Nachtleben bei Weitem nicht mehr so viel Spaß machte wie früher. Ganz abgesehen davon, dass es ihr nicht mehr bekam. Manchmal ging sie sogar früh zu Bett oder verbrachte den Abend lieber auf der Couch in Chris' Atelier, sah ihm beim Malen zu, döste vor sich hin oder las in einer Illustrierten.

»Seit wann interessierst du dich für die Regenbogenpresse?«, unterbrach sie das Lamento ihres Vaters und begann zu blättern. Bevor er antworten konnte, sah sie schon, warum er ausgerechnet dieses Blatt gekauft hatte. »Kari Heiser, ein Familienmensch!« Sie lachte ungläubig.

Dass die junge Frau von Mike Heiser ein Kind erwartete, hatte sich längst herumgesprochen, war schon mehrmals Titelzeile gewesen, zunächst mit Frage-, dann mit Ausrufezeichen. Nun zeigte sie angeblich, wie wichtig ihr die Familie war, von der ihr Kind demnächst ein Teil sein würde.

Triefend vor Verständnis ließ man sich in der Reportage darüber aus, dass Kari Heiser es vorgezogen hatte, sich an einen unbekannten Ort zurückzuziehen, wo sie nicht bedrängt und fotografiert wurde, wo sie ihre Schwangerschaft in aller Ruhe genießen konnte. Sie wollte auf keinen Partys mehr herumstehen, hieß es, keine Einladungen annehmen, keine Veranstaltungen besuchen. »Nur meine Familie ist in dieser Zeit wichtig. Mike natürlich, der bei mir ist, wann immer er es einrichten kann, meine Eltern, die mich häufig besuchen, und die Familie meiner Mutter, zu der ich einen engen Kontakt habe.«

Linda stieß ein hässliches Lachen aus. »Mein Gott, diese Schreiberlinge lügen, dass sich die Balken biegen. Oder hat Kari das wirklich behauptet?«

Robert sah sie verständnislos an. »Was meinst du?«

»Mike ist so oft wie möglich bei ihr? In den letzten Wochen habe ich ihn fast täglich hier auf Sylt gesehen. Brit und Olaf besuchen sie häufig? Soviel ich weiß, liegt ihre Beziehung auf Eis. Das hat mir jemand aus dem Service des *König Augustin* verraten, die hat ein Gespräch mitbekommen …« Den Rest des Satzes ließ sie ungesagt durch den Raum schweben.

Robert gab auf. »Ich weiß, dass es zwischen Kari und ihren Eltern zurzeit nicht gut läuft. Kari hat überhaupt kein Interesse am Geschäft. Jetzt, wo sie mit Mike Heiser verheiratet ist, sind die Aussichten, dass sie mal das *König Augustin* weiterführt, noch geringer geworden.«

Linda hielt die Zeitschrift so, dass sie beide die Fotos betrachten konnten. »Kari hat Ähnlichkeit mit Onkel Knut, findest du nicht auch?«

»Unsinn! Wie sollte sie? Sie ist doch nicht mit ihm verwandt.«

»Hm … aber sie lacht so wie er und hat die gleiche Haarfarbe.«

Robert nahm seiner Tochter das Blatt aus der Hand. »Wer kennt denn schon die natürliche Haarfarbe einer Frau?«

Januar 1986, Riekenbüren

HALINA KAM MIT der Zeitschrift zu ihren Schwiegereltern. Frida fiel sofort auf, dass sie diesmal darauf verzichtet hatte zu klopfen, wie sie es sonst tat. Frida ließ sofort die Arbeit sinken. Offenbar gab es etwas Wichtiges oder besonders Aufregendes.

Da kam es auch schon. »Habt ihr es schon gelesen?« Halina blätterte die Reportage vor Fridas Augen auf, die am Tisch saß und Kartoffeln schälte, und winkte Edward, der gerade die Küche betrat, heran. »Schaut euch das an!« Sie hielt die Zeitschrift hoch und las mit ausdrucksstarker Stimme: »Die Familie meiner Mutter, zu der ich engen Kontakt habe!« Halina lachte. »Komisch nur, dass wir das bisher gar nicht gemerkt haben, oder?«

Die Tür klappte, Hasso kam dazu. »Ich habe mit Brit telefoniert. Sie hat mir erzählt, dass Kari inzwischen die Wahrheit erfahren hat. Brit und Olaf mussten es ihr sagen, weil sie für die Hochzeit das Familienstammbuch brauchte. Da steht drin, dass Olaf nicht ihr leiblicher Vater ist.«

Frida nickte bedrückt und ließ den Blick nicht von den Fotos, die ihre hübsche Enkelin zeigten. »Ich habe es mitbekommen. Ich hatte große Angst, dass sie auf ihren leiblichen Vater zu sprechen kam, als sie uns besuchte.«

Hasso sah verlegen aus, als er sagte: »Brit fand es besser, ihr nicht die ganze Wahrheit zu sagen. Sie hat was von einem Mitschüler erzählt, von dem sie nicht einmal mehr den Nachnamen kennt.«

»Gut so!«, warf Edward ein. »Ich hätte nicht gern zugegeben, dass wir damals auf Knut Augustin reingefallen sind.«

Halinas Stimme wurde scharf. »Willst du sagen, nur Knut Augustin wollte, dass Brit ins Haus für gefallene Mädchen zieht? Nur ihm war daran gelegen, dass euer Enkelkind adoptiert wird, damit niemand erfährt, was passiert war?«

Frida sah ihren Mann an, gespannt darauf, was er antworten würde, aber er schwieg. Er blickte auf seine Hände und sagte kein einziges Wort. Und Frida machte es genauso.

*

Hajo hatte Kari im Fernsehen gesehen. Er hatte mit der Frühschicht begonnen und schon am späten Nachmittag Feierabend machen können, war in sein Hotelzimmer gegangen und hatte von einem Sender zum anderen geschaltet. Aus purer Langeweile. Er musste endlich eine Wohnung finden. Die Freizeit in diesem Hotelzimmer war unerträglich. Mitten in diesem Gedanken traf ihn Karis Bild, ihr lachendes Gesicht, ihre Stimme. »Nur meine Familie ist in dieser Zeit wichtig …«

Sie sprach von ihrem Mann, der sie häufig besuchte, von ihren Eltern und der Familie ihrer Mutter in Riekenbüren.

Hajo saß auf seiner Bettkante und starrte auf die Mattscheibe. Der Bericht war nur kurz, Mike Heiser selbst kam noch zu Wort, dann wurden ein paar Bilder gezeigt, von dem Campingplatz, den Karis Tante verwaltete, von der Schreinerei, die ihr Onkel übernommen hatte.

Hajo stand auf, machte zwei, drei schwerfällige Schritte zum Fenster und wieder zurück, dann ging er zur Minibar und goss sich einen Brandy ein. Er musste unbedingt herausfinden, wann das Baby auf die Welt kommen sollte. Aber was dann? Was sollte geschehen, wenn er es wusste? Und was vor allem sollte geschehen, wenn das Kind geboren worden war? Nichts! Der Ortsname, der in der kurzen Fernsehreportage genannt worden war, ging ihm durch den Kopf. Riekenbüren! Er verließ sein Zimmer und machte sich auf den Weg zu der kleinen Hotelbibliothek, in der es auch Reiseliteratur und Straßenkarten gab …

*

Romy war mit der Zeitschrift zu Kari gegangen und blätterte sie nun vor ihr auf. »Was sagst du dazu?«

»Habe ich schon gesehen«, antwortete Kari und fuhr fort, sich die Fingernägel zu lackieren. »Nun weiß endlich jeder, dass ich nicht mehr auf Sylt bin, weil ich dort ständig von Paparazzi belästigt werde.«

Das sagte sie so spöttisch, dass Romy sie fragend anblickte. »Ist das etwa nicht der Grund?«

»Doch, doch, natürlich. Aber was geht das die Leute an?«

»So ist das eben, wenn man zu den Promis gehört.«

»Sobald das Kind auf der Welt ist, hört das hoffentlich auf.«

Romy wies dezent auf ein Foto, auf dem auch sie zu sehen war. »Ich hätte vielleicht doch das rote Kleid anziehen sollen?«

Kari warf nur einen flüchtigen Blick auf das Bild. Dass Romy es geschafft hatte, auf ein Foto zu kommen, hatte sie auch schon gesehen, aber dass ein rotes Kleid besser gewesen wäre als die dunkle Hose mit dem gelben Shirt, wollte sie nicht bestätigen.

Romy sah ein, dass außer ihr niemand in Begeisterung zu versetzen war, weil sie auf einem Foto in der Yellow Press zu sehen war. »Du bist hier übrigens nicht die einzige Prominente.« Sie stand auf, ging zum Fenster und blickte hinaus. Nebel hing über dem weiten Rasen, der sich hinter dem Entbindungsheim erstreckte, sämtliche Bäume waren entlaubt, die Gärtner kehrten die letzten Blätter zusammen und häuften sie in einen Schubkarren.

Nebenan weinte ein Kind, kurz darauf drang der beruhigende

Singsang einer jungen Mutter durch die Wand. Das Baby wurde prompt ruhiger, das Geschrei wurde zu einem Nörgeln, das bald im Schlaf untergehen würde. Romy drehte sich um und betrachtete Kari, die sich noch immer mit ihren Fingernägeln beschäftigte. Dann verriet sie, um welchen Prominenten es sich handelte: »Samy Angermann«.

Endlich sah Kari auf. »Der Schlagerstar?«

Romy nickte. »Er ist der Onkel von Indra. Der Einzige ihrer Familie, der sich um sie kümmert.« Sie sah sich in dem kleinen Apartment um, als wollte sie kontrollieren, ob es gut geputzt war. Zwei Zimmer besaß jede Wohnung, ein Wohnzimmer und ein Schlafzimmer für Mutter und Kind. Die Räume waren hell möbliert, mit einem blaugrauen Teppichboden und dunkelblauen Polstermöbeln ausgestattet worden. Hier konnte man sich wohlfühlen. Und die jungen Mütter, die hier lebten, waren allesamt froh, später aus diesem Haus ins Leben einer alleinerziehenden Mutter zu starten.

»Dass es dir hier gefällt!« Romy schüttelte den Kopf. »In Mikes Villa ist es tausendmal schöner.«

»Ansichtssache«, gab Kari zurück, lackierte ihren letzten Nagel und flatterte dann mit den Händen herum, damit der Lack schnell trocknete.

»Ist die Villa ein goldener Käfig für dich geworden?«, fragte Romy, die stolz auf diese psychologische Erklärung war.

Kari zuckte mit den Schultern, sie schien aber mit dieser Begründung zurechtzukommen.

»Du hättest auch zu deinen Eltern zurückkehren können.«

Kari lachte. »Dann hätte in allen Zeitschriften gestanden, dass meine Ehe gescheitert ist. Nein, so ist alles gut. Ich habe mich an einen unbekannten Ort zurückgezogen, um der kranken Aufmerksamkeit von Fotografen und Reportern zu entgehen, das ist glaubhaft. Und Mike hat seine Story«, sie zeigte auf die

Zeitschrift, die Romy ihr hingelegt hatte, »mit den Fotos seiner schwangeren Frau, die ihre Großeltern in irgendeinem Kaff besucht. So passt alles wunderbar zusammen.«

»Aber wenn das Kind da ist, ziehst du wieder nach Kampen?«, fragte Romy.

»Natürlich.«

Romy sah erleichtert aus. »Ich könnte es auch nicht länger verantworten, dass eine Frau wie du auf Kosten der Stiftung hier lebt. Dass du bis zur Geburt in diesem Apartment wohnst, ist schon schwierig genug. Ich musste einer anderen jungen Mutter absagen, die die Wohnung gern gehabt hätte.«

»Ich bleibe nicht länger als nötig, versprochen. Auch hier muss ich ja aufpassen, dass mich niemand sieht. Wenn die anderen merken, dass hier eine Frau ein Kind kriegt, für die sich die Presse interessiert, geht's mir am Ende in Achim genauso wie auf Sylt.«

Nicole trat ein. »Hier bist du! Im Büro wartet ein Ehepaar auf dich, das seine Tochter bei uns unterbringen will.« Ihr Blick ging von Romy zu Kari. »Alles okay?«

»Wir sprechen gerade darüber«, sagte Romy, »wie wichtig es ist, über Karis Anwesenheit hier zu schweigen.«

»Klar.« Nicole nickte. »Mir scheint aber, dass Indra Wiemann etwas mitbekommen hat.«

Romy war alarmiert. »Wie kommst du darauf?«

Aber Kari winkte ab, ehe Nicole antworten konnte. »Das ist meine Schuld. Ich habe sie mal im Garten getroffen. Da hat sie unter einem Baum gesessen und geweint. Ich konnte nicht einfach weitergehen und so tun, als hätte ich sie nicht gesehen. Aber sie wird dichthalten.«

»Woher willst du das wissen?«

»Wir haben festgestellt, dass wir beide ähnliche Probleme haben. Indra will nicht, dass jemand den Namen ihres Geliebten erfährt, ich will nicht, dass die Presse mitbekommt, wo ich bin.

So was verbindet. Und eine Hand wäscht die andere. Sie wird mich nicht verraten, und ich werde sie nicht verraten.«

Romy krauste die Stirn. »Das heißt ... du weißt, wer der Vater von Indras Kind ist?«

Kari war nun mit dem Zustand ihrer Fingernägel zufrieden und hörte auf, mit den Händen zu wedeln. »Irgendwann muss so was ja mal raus. Das Mädchen ist fünfzehn. Indra musste sich jemandem anvertrauen. Bei mir hatte sie das Gefühl, dass sie es mal rauslassen konnte.«

»Und?« Romy beugte sich neugierig vor.

Aber Kari lachte nur. »Keine Chance! Von mir erfährst du kein Wort.«

Romy hätte sicherlich noch länger insistiert, wenn Nicole nicht zu drängeln begonnen hätte. »Komm, Romy, die Leute warten schon eine Weile.«

»Darüber reden wir noch«, warf Romy zurück, ehe sie Karis Apartment verließ.

»Gib dir keine Mühe«, rief Kari ihr nach. »Du erfährst es sowieso nicht.«

*

Brit stand am Bahnhof und sah dem einfahrenden Zug entgegen. Über sich aschgrauer Himmel, zerrissene Wolken und Möwen, die wie Spielbälle des Windes über den Himmel gejagt wurden. Sie wartete, bis der Zug kreischend zum Stehen gekommen war und die ersten Türen sich öffneten. Dann ging sie langsam auf den Wagen der ersten Klasse zu. Dort half ein Bahnbeamter einem Passagier, der viel Gepäck dabeihatte. Olaf! Groß und stark, wieder strahlend, wieder tatkräftig. Er breitete seine Arme aus, als er Brit bemerkte, und drückte sie an sich, als sie hineingeflogen war. »Wieder zu Hause«, flüsterte er.

Gemeinsam schoben sie den Gepäckwagen durch die Bahnhofshalle, als Olaf plötzlich stehen blieb und in der Jackentasche nach seinem Portemonnaie suchte. »Warte einen Augenblick, ich will schnell eine Zeitschrift besorgen.«

Brit beobachtete ihn, wie er an die Kasse trat, die Zeitschrift bezahlte und ein paar Worte mit dem Verkäufer wechselte. Ihr Olaf! Was war sie froh, ihn wieder an ihrer Seite zu haben!

Als er zurückkam, hielt er ihr ein Exemplar der Yellow Press entgegen. »Die habe ich unterwegs bei einem Mitreisenden gesehen. Da steht ein Bericht über Kari drin.« Er schob den Gepäckwagen Richtung Ausgang, vor dem die Taxen warteten. »Als er zur Toilette gegangen ist, habe ich ihn kurz überflogen. Kari war in Riekenbüren, bei deinen Eltern.«

Brits Miene verdüsterte sich. »Du hättest die Zeitschrift nicht kaufen müssen. Ich habe sie auch schon besorgt.«

»Kann Kari in Riekenbüren den Namen ihres Vaters erfahren haben?«

Unter diesem Gedanken litt Brit, seit sie den Bericht gelesen hatte. »Meine Eltern reden auf keinen Fall freiwillig über Arne Augustin. Dann müssten sie auch zugeben, dass sie sich später Knut Augustin gefügt haben, weil er mit viel Geld winkte.«

»Und Hasso?«

»Ich habe ihn angerufen.«

»Er wird den Mund halten?«

Brit nickte. »Er findet es auch besser, wenn Kari nicht die ganze Wahrheit erfährt.«

Olaf sah Brit an, als könnte er ihr nicht glauben. »Lass uns noch mal überlegen, ob es nicht doch besser wäre …«

»Nein, Olaf!« Brit blieb neben dem Taxi stehen, bis der Fahrer das Gepäck verladen hatte. »Es ist besser so.«

Olaf seufzte, während er Brit beim Einsteigen half. »Gut, dass Karis Vater nicht mehr lebt«, murmelte er, »und von dort wenigstens keine Probleme kommen können.«

Brit sah geradeaus und tat so, als hätte sie diesen Satz nicht gehört. Nein, sie wollte nicht, dass Kari die ganze Wahrheit erfuhr. Sie wollte nicht erklären müssen, wie das gewesen war mit Arne und ihr, wie groß ihre Liebe zu ihm gewesen war und wie gewaltig ihre Enttäuschung. Es sollte vorbei sein. Das hatte sie auch Arne erklärt. Es musste vorbei sein! Wenn Kari den Namen ihres leiblichen Vaters kannte, würde er am Ende auch ihr Vater sein wollen. Sie hatte doch gespürt, wie sehr er sich mit dem Leben seiner Tochter beschäftigte. Und schon gar nicht durfte Olaf wissen, dass Arne noch am Leben war ... Es war vorbei!

»Vorbei«, flüsterte sie. Es musste vorbei sein! Arne Augustin und Kari Rensing hatten nichts miteinander zu tun. Dabei sollte es bleiben.

*

Das *Carar* öffnete seine Türen. Das Personal war auf Posten, die Küche auf alles vorbereitet, an der Theke wurden die Gläser poliert. Alles wie immer. Die Putzfrauen kontrollierten ein letztes Mal die Waschräume, ebenfalls wie immer. An diesem Tag war eine zusätzlich bestellt worden, weil zu erwarten war, dass Schneematsch und Feuchtigkeit in die Räume getragen wurden, die zwischendurch unbedingt entfernt werden mussten. Es wurden die Gäste eines hochrangigen Politikers und die muntere Partygesellschaft eines Jazzpianisten erwartet.

Carsten erschien an der Theke, wo Arne gerade den Getränkebestand kontrollierte. »Hast du den Artikel über Kari gelesen?«

Arne tat so, als wollte er sich nicht stören lassen. »Nein, aber ich habe den Fernsehbericht gesehen. Das reicht. Hier wie dort wird nur Schönfärberei betrieben.«

»Woher willst du das wissen?«

Arne antwortete nicht. Er spürte Carstens misstrauischen Blick auf sich ruhen und gab sich allergrößte Mühe, ihn zu ignorieren. Schließlich fuhr er Carsten an: »Was guckst du mich so an?«

Carsten sprach sehr leise. »Ich hatte dich gebeten, nicht zu Brit zu fahren.« Er unterband mit einer herrischen Geste die Rede, zu der Arne ansetzte. »Erzähl mir nichts. Du warst bei ihr. Neulich, als du unbedingt ein paar Tage Urlaub brauchtest.«

Arne merkte, dass jedes Leugnen zwecklos war. »Sie ist meine Tochter. Es ist normal, dass ich mich um sie sorge. Die Ehe mit Mike Heiser ist ein Fehler, ich bin mir sicher.«

»Kari ist erwachsen. Und sie scheint nicht zu denen zu gehören, die in ein Unglück rennen, weil sie weltfremd sind. Sie wird die Gerüchte über Mike Heiser kennen. Vermutlich weiß sie genau, dass es nichts als Gerüchte sind.«

»Und dass sie aus seiner Kampener Villa geflohen ist?«

Carsten lachte hämisch. »Väter! Sie ist nicht vor ihrem Mann, sondern vor unverschämten Paparazzi geflohen.«

»Das glaube ich nicht.«

»Warum nicht?«

»Weil …« Arne nahm eine Flasche Campari aus dem Regal, putzte sinnlos daran herum und stellte sie zurück.

»Weil du es nicht glauben willst?«

»Ach, lass mich in Ruhe, Carsten!« Arne ging in einen der Gesellschaftsräume und ließ seinen Freund stehen. Natürlich hatte Carsten recht, das wusste er selbst. Und dass Carsten ihn durchschaute, wusste er auch. Sein Freund sorgte sich um ihn, weil er wusste oder zumindest ahnte, dass er Brit immer noch liebte und dass er über seine Tochter den Weg in ihr Herz zurückfinden könnte.

Arne ging in den kleinen Hof, in dem er mit Kari gesessen und geredet hatte. Stimmte das? Wollte er zurück zu Brit? War das überhaupt möglich? Würde sie sich für ihn entscheiden und gegen Olaf, wenn es hart auf hart kam? Er merkte, dass er den Kopf schüttelte. Nein, warum sollte sie? Er hatte sie bisher nur enttäuscht, während Olaf für sie immer ein Fels in der Brandung gewesen war, verlässlich, charakterstark, pflichtbewusst. Der Sohn, den Knut Augustin hatte haben wollen, der Ehemann, der für Brit der Richtige war. Ganz fest nahm er sich vor, sie niemals wieder zu kontaktieren und Karis Leben nur noch aus der Ferne zu betrachten. Nie wieder würde er sich den beiden nähern. Nie wieder!

Februar 1986, Achim

Es schneite. Dicke Flocken taumelten zur Erde, kleine kreiselnde, schwebende ließen sich hochwirbeln und schienen nicht genug bekommen zu können vom Tanz mit dem Wind. Die Natur hatte in Frost und Eis den Atem angehalten und stieß ihn erst jetzt, in diesem Schneegestöber, wieder aus. Farben gab es nicht, die Welt war grau-weiß geworden. Nur Indras rote Mütze und Karis grüne Jacke kolorierten das Bild. Zwei bunte Punkte, die gelegentlich hinter dem Flockenschleier verschwanden und ihn dann wieder jäh zerteilten.

Sie bewegten sich langsam voran. Nicht nur, weil ihre Leibesfülle ihnen nichts anderes mehr möglich machte, sondern auch, weil die Langsamkeit zu diesem Lebensabschnitt zu gehören schien. Kari jedenfalls wusste, dass sie auch während eines leuchtenden Frühlings- oder eines farbenprächtigen Sommertages so langsam gegangen wäre. Dieses Zeitmaß passte zu dem Leben, wie sie es zurzeit führte. Die Erwartung eines großen Ereignisses hatte ihr Leben langsamer gemacht, und sie genoss es, sich diesem neuen Takt anzupassen. Ihr früheres Dasein war von ihr weggerückt, es hatte sich nicht zurückgezogen, sie hatte es nicht weggeschoben, es war ihr noch nah, lag aber hinter einem transparenten Vorhang, zum Greifen nah, aber zum Glück geschützt. Es gehörte noch zu ihr, würde aber Erinnerung werden, schon bald, das stand bereits jetzt fest, es würde nicht überdauern.

»Warum hast du dich in Drogen geflüchtet?«, fragte Indra.

Eine einfache Frage, zu einfach, um darauf eine einfache Antwort zu finden. »Ich … hatte alles so satt.«

»Was?«

Kari begann zu stottern. »Ständig wollten meine Eltern was von mir, was ich nicht wollte.«

Indra schien sich über diese Antwort zu wundern. »Rauschgift ist doch keine Lösung.«

»Das weiß ich inzwischen auch«, antwortete Kari gereizt. Manchmal ärgerte es sie, dass dieses große Kind neben ihr mit seinen schlichten Lösungen lebenserfahrener zu sein schien als sie selbst. »Du scheinst ja immer genau zu wissen, was du willst.«

»Ich will mein Kind. Und ich will den Mann, den ich liebe.«

»Dein Kind wirst du bekommen. Aber den Mann …?«

»Den auch. Ich muss nur warten.«

Kari blieb stehen, um Indra ansehen zu können. Sofort drang die Kälte in ihre Füße, ihre Hände, ihren ganzen Körper. Trotzdem wollte sie jetzt Indras Gesicht sehen. »Bis du achtzehn bist?«

»Sechzehn. Das reicht.«

»Ich habe mich schlau gemacht …«

Indra unterbrach sie mit einer Handbewegung und ging weiter. »Das hat Frau Wimmer auch. Sie hat mir bereits erklärt, dass ein Mädchen schon mit vierzehn sexualmündig ist.«

Kari war bald wieder an ihrer Seite. »Na also!«

»Es geht nicht nur darum. Ich weiß, dass man uns juristisch nichts anhaben kann. Aber es würde einen Skandal geben. Meine Eltern würden dafür sorgen.«

Kari schwieg nun. Auch Indra setzte das Gespräch nicht fort. In schweigender Übereinkunft machten sie bei der nächsten Gelegenheit kehrt und bewegten sich wieder auf das Entbindungsheim zu, das sich allmählich aus dem Schneegestöber schälte und

Gestalt annahm. »Es wird bereits getuschelt«, sagte Indra. »Ich bin schon öfter gefragt worden, ob die Frau, mit der ich gelegentlich spazieren gehe, etwa Kari Heiser ist.«

Kari erschrak. »Es wird mir doch keine von denen die Presse auf den Hals hetzen?«

»Ich habe behauptet, du heißt Tanja Böttcher.« Erklärend fügte sie hinzu: »So hieß eine Kindergartenfreundin, zu der ich den Kontakt verloren habe.«

Kari bedankte sich. »Zum Glück dauert es ja nicht mehr lange, bis ich zurückziehen werde.«

Indra nickte. »So richtig verstehe ich immer noch nicht, dass du lieber hier entbinden willst, statt auf Sylt.« Hastig ergänzte sie: »Klar, die Paparazzi! Aber … vielleicht hängt es auch mit dem Vater deines Kindes zusammen? Ich meine … mit dem wirklichen Vater?« Indra hatte unter dem Siegel der Verschwiegenheit erfahren, dass Mike Heiser nur auf dem Papier der Vater sein würde. »Lebt er auf Sylt? Wolltest du weg von ihm?«

Kari zuckte mit den Achseln. »Keine Ahnung, wo der wohnt. Ich weiß ja nicht mal, wer er ist. Aber egal. Das Kind wird mir gehören, nur mir.« Sie schüttelte nachdrücklich den Kopf. »Nein, seinetwegen bin ich nicht hier.«

Über Indras Gesicht ging ein Lächeln. »Du freust dich auf das Baby?«

»Ja.« So deutlich und schlicht hatte Kari es noch nie herausgebracht. »Ja.«

Indra griff nach Karis Hand, die durch die dicken Fäustlinge gar nicht zu spüren war. »Ich freue mich auch auf mein Kind.«

»Du bist verdammt jung.«

»Trotzdem.«

»Ich bin gespannt, wer von uns als Erste ans Ziel kommt. Wie wär's mit einer Wette?«

Plötzlich lachten sie beide laut auf. So hatten sie auch gelacht, als sie feststellten, dass die Ärztin ihnen denselben Geburtstermin ausgerechnet hatte.

»Die wenigsten Babys richten sich nach dem vorausgesagten Termin.«

Als sie dem Entbindungsheim näher kamen, sahen sie, dass eine große dunkle Limousine aufs Haus zufuhr und vor dem Eingang hielt. Samy Angermann stieg aus, sah nur kurz nach rechts und links und stieg dann die Treppe zum Eingang hinauf. Er schien sich im Schutz des Schneegestöbers sicher zu fühlen. Keine Fans, die ihn erkennen konnten, keine Autogrammsammler, keine Fotografen. Kari verstand nicht, wie jemand für diese Schlagermusik und damit für den Sänger Samy Angermann schwärmen konnte, aber Tatsache war, dass er eine große Fangemeinde hatte, dass ihm die Frauen zu Füßen lagen, dass ihm Groupies folgten, dass es schwer für ihn war, sich unerkannt irgendwo aufzuhalten. Bisher war es ihm gut gelungen, in Achim nicht entdeckt zu werden. Romy Wimmer half ihm zum Glück dabei. Sie und auch Nicole Heflik waren jedes Mal gerührt, wenn Samy Angermann auftauchte und Indra damit bewies, dass sie von ihrer Familie nicht ganz und gar im Stich gelassen worden war. Kari hatte sogar das Gefühl, dass Romy ein Auge auf Samy Angermann geworfen hatte. Aber scheinbar hatte sie bisher keinen Erfolg bei ihm gehabt.

Februar 1986, Bremen

Nicole Heflik war glücklich. Endlich durfte auch sie an diesem Gefühl naschen, von dem ihr schon oft erzählt worden war. Bisher kannte sie nur die Sehnsucht danach, aber nicht ihre Erfüllung. Nun jedoch wusste auch sie, was es bedeutete, wenn es in der Bauchgegend kribbelte, wenn eine wohlige Wärme durch den ganzen Körper zog, wenn aus den vielen Zweifeln fröhliche kleine Gewissheiten wurden. Sie dachte nicht mehr daran, dass ihr Hintern zu dick war, ihre Beine unproportioniert, die Haare zu dünn, um daraus eine der modernen Föhnfrisuren zu machen, und ihre Augen zu ausdruckslos. An diesem Tag hatte sie ihre Wimpern zum ersten Mal getuscht. Den blauen Lidschatten, eine Neuerwerbung, hatte sie jedoch gleich wieder von den Augen gewischt. Das war dann doch zu viel! André musste nicht gleich auf den ersten Blick erkennen, dass dieser Tag ein besonderer für sie war. Nicole hatte schon mitbekommen, dass ein Mann nicht merken durfte, wie verliebt ein Mädchen war. Diejenigen, die immer lässig blieben und so taten, als verschenkten sie ihre Gunst nur zögernd, waren viel begehrter. Romy verteilte ständig solche Weisheiten. Sie nannte sich eine Expertin in Sachen Liebe und gab ihrer jungen Kollegin gern Tipps, wie sie sich verhalten sollte, wenn ein Mann auftauchte, und wie sie ihren Modestil verändern konnte, damit sie attraktiver wurde. Lange hatte Nicole an ihren Lippen gehangen, aber irgendwann war ihr aufgegangen, dass Romys Bemühungen, wenn es um ihre eigene Person ging, allesamt nicht von Erfolg gekrönt wurden. Vielleicht wusste sie doch nicht so gut Bescheid, wie sie vorgab? Auch Romy wollte von einem Mann begehrt und geliebt werden, aber sie nahm stets die Falschen aufs Korn, das hatte Nicole erkannt. Samy Angermann zum Beispiel! Er hatte bisher nur mit freundlicher Höflichkeit auf Romys Avancen reagiert. Nein, Nicole hörte nicht mehr auf Romy Wimmer, sondern hatte beschlossen, nur noch ihren eigenen Instinkten zu vertrauen. Romys großer Schatz an Erfahrungen steckte vielleicht doch nur in einer viel zu großen Truhe, in der ein paar Theorien herumkullerten und an eine Reihe von Erinnerungen anstießen, die die Kiste jedoch bei Weitem nicht ausfüllten.

Sie machte pünktlich Feierabend und erwähnte Romy gegenüber nichts davon, dass sie mit einem Mann verabredet war. Sie wollte nichts hören von Romys guten Ratschlägen, die sie nur verunsichert hätten. Nein, Nicole schaffte es, ohne erkennbare Regung zu ihrem kleinen Fiat zu gehen und loszufahren, als wäre ihr Ziel Riekenbüren, wo sie ihrer Mutter auf dem Campingplatz oder ihrer Oma in der Küche helfen würde, weil sie sonst unter Langeweile gelitten hätte. Ein Gefühl des Triumphes überkam sie, als sie Richtung Bremen fuhr und lächelte, weil sie sich allen überlegen fühlte, die keine Ahnung hatten, was sie plante. Nicole Heflik hatte ein Rendezvous! Tja, wer hätte das gedacht?

Sie hatten sich im *Café Möllmann* verabredet, und Nicole war entschlossen, diesmal nicht die Rechnung zu übernehmen. Dennis war ja nicht dabei, der seine Schwester immer gern anpumpte. André hatte ihr am Telefon erzählt, dass Dennis mit Henk unterwegs war, einem neuen Freund von Dennis, den Nicole bisher nur ein einziges Mal gesehen hatte. Sie mochte ihn nicht und war froh, dass Dennis und Henk nicht auch im *Café Möllmann* zu erwarten waren.

Alles verlief so, wie sie es sich gewünscht hatte. Sie war zwar pünktlich – zu pünktlich, wie sie sich erschrocken sagte, als sie auf den Eingang des Cafés zuging – aber André wartete bereits auf sie. Da hatte sich also ein Tipp von Romy bewahrheitet. Ein Mann, der mit einer Frau verabredet war, hatte früher da zu sein, mindestens eine Viertelstunde. Und die Frau hatte sich zu verspäten. Nun, das war Nicole nicht gelungen, die dazu neigte, immer zu früh zu sein, besonders wenn es um etwas Wichtiges ging. Und die erste Verabredung mit einem Mann war schließlich etwas Wichtiges!

André sah ihr bei der Begrüßung sehr tief in die Augen und hielt ihre Hand länger als nötig. Kaum hatte sie sich niedergelassen, fragte er, was er für sie bestellen dürfe, und ergänzte ihren Wunsch nach Kakao und Pflaumenkuchen ganz selbstständig um ein Glas Sekt. Wahnsinn! Nicole war entzückt.

Herr Möllmann trat auch diesmal an ihren Tisch. »Fräulein Heflik! Schön, Sie wiederzusehen! Wie geht's zu Hause? Haben Sie in letzter Zeit mal was von Brit und Olaf gehört? Und wie geht's Kari? Mein Gott, wenn ich noch an das süße kleine Mädchen denke! Und nun ist sie die Frau eines berühmten Mannes! Wer hätte das damals gedacht?«

Nicole gab einen kurzen Bericht und war dankbar, als Herr Möllmann sich zurückzog. Als die Kellnerin zwei Gläser Sekt servierte, verstand auch der Cafébesitzer, dass hier zwei Menschen saßen, die ungestört sein wollten.

André griff nach Nicoles Hand. »Schön, dass wir mal allein sind.«

Nicole merkte, dass ihr der Schweiß ausbrauch, dass sie puterrot anlief und ihre Lippen zitterten. Aber André schien es nicht zur Kenntnis zu nehmen. Er war vollkommen verändert, nicht mehr so lümmelhaft wie in Dennis' Gegenwart, und bei Weitem nicht mehr so prahlerisch. Jetzt war er nur ein junger Mann, der versuchte, sich einer Frau von der besten Seite zu zeigen. Er sprach von beruflichen Plänen, von einem Freund, der eine Kfz-Werkstatt eröffnen und ihm einen Ausbildungsplatz anbieten wollte, wenn es so weit war. Und er erkundigte sich nach Nicoles Arbeit, die er angeblich sehr interessant fand. »Büroarbeit!« André verdrehte die Augen. »Ich brächte keinen Satz ohne Rechtschreibfehler zu Papier.«

Nicole gestand ihm, dass es ihr nicht besser ging, dass sie einfach unfähig war, einen Text zügig zu lesen, und dass es ihr beim Schreiben immer wieder passierte, dass sie Buchstaben und Silben ausließ oder vertauschte. Nun konnte sie sogar sagen, was sie sonst wenn eben möglich umging: dass sie auf eine Sonderschule geschickt worden war, nachdem sie in der Hauptschule zum zweiten Mal die Versetzung in die nächste Klasse nicht geschafft hatte. »In allen anderen Fächern war ich ganz gut. Nur im Lesen und Schreiben …«

»Und trotzdem willst du Bürogehilfin werden?«

Nicole wurde verlegen. »Ich habe mir immer gewünscht, in einem Büro zu arbeiten. Aber diese Ausbildungsstelle habe ich natürlich nur bekommen, weil der Mann meiner Tante mich eingestellt hat. Vorher hatte ich nur Absagen erhalten.«

»Aber wie willst du die Abschlussprüfung bestehen?«

Diese Frage wurde Nicole auch in ihrer Familie oft gestellt, von ihrem Großvater verständnislos, von der Oma voller Sorge, von Dennis kopfschüttelnd und von ihren Eltern mit einem tiefen Seufzen. Sie rechneten nicht damit, dass Nicole jemals eine Bürogehilfin mit abgeschlossener Ausbildung werden würde, sie hofften nur darauf, dass ihre Tochter weiter in der Knut-Augustin-Stiftung ihre Arbeit haben und ihr Geld verdienen würde.

Über Andrés Gesicht zog ein Lächeln, das Nicole glücklich machte. Bisher war es meistens ein verächtliches Grinsen gewesen, mit überheblicher Miene, und seine Gesten hatten immer etwas Herablassendes gehabt. Trotzdem hatte sie sich in ihn verliebt. Und dass sie jetzt einen ganz anderen André kennenlernte, schien ihr der Beweis zu sein, dass sie sich nicht in ihm getäuscht hatte. Offenbar zeigte er ihr nun, was sie längst geahnt hatte: dass er eigentlich ein richtig netter Kerl war.

»Wenn ich Teilhaber in der Kfz-Werkstatt von meinem Kumpel geworden bin, kannst du da ja die Büroarbeit machen.«

Nicole fühlte sich, als hätte er ihr einen Heiratsantrag gemacht. Bedeutete dieser Satz nicht, dass er noch in drei Jahren mit ihr zusammen sein wollte? Dass er darüber hinaus an eine gemeinsame Zukunft dachte?

»In so einer Werkstatt kommt es nicht auf Rechtschreibung an«, sagte André nun.

Und dann beugte er sich vor und küsste sie. Ganz zart, mit heißen, trockenen Lippen. Als sie dasaß wie erstarrt, legte er einen Zeigefinger unter ihr Kinn, hob ihren Kopf und küsste sie intensiver. Gerade so, dass man in einem Café noch nicht unangenehm auffiel.

Als Nicole ihre Augen öffnete, fiel ihr Blick auf Herrn Möllmann, dem sie offenbar doch unangenehm aufgefallen waren. Er beobachtete sie stirnrunzelnd. Verlegen murmelte sie: »Doch nicht hier.«

Nun setzte André wieder das Grinsen auf, das sie kannte. »Wo dann? In deinem Auto?«

Sie nickte nicht und schüttelte auch nicht den Kopf. André hob sein Sektglas, prostete ihr zu und trank es in einem Zug aus. Dann beugte er sich zu ihr und flüsterte: »Lass uns aufbrechen. Ich will unbedingt mit dir allein sein.«

März 1986, Achim

Kari erfuhr es schon, während sie sich ihr Frühstück machte: Bei Indra hatten in den ersten Morgenstunden die Wehen eingesetzt. Romy erschien bei ihr, ließ sich zu einem Kaffee einladen, setzte sich eine Weile zu Kari und berichtete, was sie wusste.

»Ich habe gleich Samy Angermann angerufen, darum hatte er mich gebeten.« Sie wedelte kokettierend mit einem Zettel vor Karis Nase herum. »Ich habe seine Privatnummer, die sonst keiner bekommt! Irre, oder?« Als die erhoffte Reaktion von Kari ausblieb, fuhr sie in gemäßigtem Ton fort: »Er ist in München, aber er wird so bald wie möglich kommen, damit Indra nach der Geburt nicht allein ist.«

»Vielleicht besinnen sich ihre Eltern jetzt«, meinte Kari, »und erscheinen hier.«

Aber da hatte Romy keine Hoffnungen. »Die sind ja so verbohrt! Genau wie deine Großeltern damals.«

Kari stand auf und holte die Zuckerdose, die sie vergessen hatte. Seit sie in Achim lebte, war sie der Vergangenheit ihrer Mutter näher gerückt, die nur wenige Kilometer entfernt aufgewachsen war. Damit war sie auch den Verwandten ihrer Mutter nicht nur räumlich nahegekommen, sondern auch emotional. Zwar hatte sie ihrem ersten Besuch in Riekenbüren keinen zweiten folgen lassen, aber sie dachte seitdem häufig an Opa und Oma, die früher nur an der Peripherie ihrer Gedanken aufgetaucht waren. Dass sie jetzt immer öfter auch an das dachte, was im Zusammenhang mit ihrer Geburt geschehen war, lag aber wohl vor allem daran, dass sie nun selbst ein Kind erwartete. Sie ging gelegentlich nach nebenan, ins *Haus für gefallene Mädchen,* betrachtete die Fotos, die dort im Eingangsbereich an den Wänden hingen, und sah sich die kleine Sammlung an Schriften und Erinnerungsstücken an, die in Glaskästen und -vitrinen auslagen. Bei allem, was sie sah und las, musste sie sich fragen, ob das, was dort gezeigt und geschildert wurde, auch auf ihre Mutter zugetroffen hatte. Diese Fotos von grau gekleideten jungen Mädchen, mager, mit dicken Bäuchen, wie sie schuldbewusst in die Kamera blickten! Zu denen hatte auch Brit Rensing gehört, die heute neben ihrem Mann im *König Augustin* repräsentierte? Unvorstellbar! Dann die jungen werdenden Mütter vor den riesigen Wäschemangeln, mit feuchten Haarsträhnen im Gesicht, das Bild von der strengen Leiterin des Heims, Schwester Hermine, die geschaltet und gewaltet hatte wie eine Gefängnisaufseherin. Der schmucklose Speisesaal mit dem großen Kreuz an der Wand, die Schlafsäle mit den schmalen Pritschen, bei deren Anblick einen fror. Und schließlich die Zeitungsausschnitte, in denen darüber berichtet wurde, wie Olaf Rensing dafür sorgen wollte, dass es nie wieder ein Heim wie dieses gab. Jedes Mal war Kari stolz, wenn sie das Foto betrachtete, das Olaf auf den Stufen des Entbindungsheims zeigte, wo er offenbar vor vielen Jahren eine flammende Rede gehalten hatte. Dann musste sie sich immer wieder daran erinnern, dass er ein Mann war, der sie belogen hatte, ihr Leben lang.

Sie blickte Romy nicht an, sondern starrte aus dem Fenster, während sie fragte: »Kannst du dich an meinen leiblichen Vater erinnern? Du warst doch dabei damals.«

Romy erhob sich. »Du lieber Himmel! Rechne dir mal aus, wie lange das her ist.«

»Du kannst dich auch nicht an seinen Nachnamen erinnern?«

»Nicht mal an seinen Vornamen. Markus vielleicht, so hieß damals die Hälfte der Klasse. Oder Andreas. Ja, ich glaube, Andreas war es.« Sie ging zur Tür. »Ich muss wieder los. Nicole schreibt einen Brief, der gleich rausgehen soll. Den muss ich erst korrigieren.« Sie hielt Kari ihre beiden gedrückten Daumen hin. »Hoffen wir, dass alles gut geht mit Indra und ihrem Baby.«

Es ging alles gut. Schon zwei Stunden später kam die Nachricht, dass ein kleiner Junge gesund zur Welt gekommen war. Indra sah Kari strahlend entgegen, als diese vorsichtig in ihr Zimmer blickte. Zurzeit kamen nicht viele Kinder im Entbindungsheim zur Welt, Indra hatte ein Einzelzimmer bekommen, in dem sie eine Woche bleiben sollte, ehe sie wieder in ihr Apartment zurückzog. Mit ihrem Baby. Sie fürchtete sich davor, schon jetzt allein mit ihrem Kind zu sein, und da sie noch so jung war, hatten alle Verständnis für sie.

»Komm rein!« Voller Stolz zeigte sie auf das Babybett, das neben ihrem stand. »Ist er nicht süß?«

Kari nahm erst Indra in die Arme, dann beugte sie sich über das Neugeborene. »Wie goldig!«, entfuhr es ihr. Dieses knallrote Gesichtchen, noch von den Anstrengungen der Geburt gezeichnet, weicher, dunkler Flaum auf dem Kopf, winzige Fäuste, die sich an die Wangen drückten! Kari war hingerissen. Sanft strich sie über das Köpfchen. »War es schlimm?«

Indra wusste, was sie meinte. »Es ist auszuhalten«, sagte sie, ein wenig zu lapidar, um Kari wirklich überzeugen zu können. »Ich bin mit dem Lachgas nicht klargekommen. Aber zum Glück ging es schnell. Für eine Erstgebärende war ich richtig flott, hat die Hebamme gesagt.« Offenbar wollte sie nun das Thema wechseln. »Ich werde ihn David nennen. Gefällt dir der Name?«

Kari lächelte. »Sehr gut sogar. Gestern Abend habe ich beschlossen, einem Jungen den Namen Philipp zu geben. Was hältst du davon?«

»Auch schön.«

Sie lächelten sich an. Zwei junge Frauen, eine eigentlich noch ein Kind, durch eine Erfahrung, eine Hoffnung, eine Zuversicht, eine große Liebe miteinander verbunden, die in diesem Moment allumfassend schien. Kari, die in den letzten Tagen und sogar Wochen gelegentlich von Angst und Sorge ergriffen worden war, wenn sie an die Geburt und die Zeit danach dachte, hatte sich noch nie so zuversichtlich gefühlt wie in diesem Moment. Und es kam ihr gar nicht merkwürdig vor, sondern schien irgendwie folgerichtig zu sein, dass sie mit einem Mal einen flachen Schmerz im unteren Rücken spürte.

»Du hast zwar gewonnen«, sagte sie lächelnd, »aber ich glaube, nur knapp.«

März 1986, Sylt

Mike Heiser gab seinem Mitarbeiter Julian Haarbeck einen Wink, als das Telefon zu klingeln begann. Er stand an seinem Schneidertisch, betrachtete die Skizzen, die Julian ihm vorgelegt hatte, und tastete mit den Fingerspitzen über die Stoffe und die Farbpalette, die daneben ausgebreitet war. So, als könne er erspüren, welche Stoffqualität und welche Farbe für ein Modell geeignet waren. Diese Intuition hatte bei ihm bisher immer zum Erfolg geführt.

Julian Haarbeck hielt den Telefonhörer vom Ohr weg. »Deine Frau.«

Mike sah ungehalten aus. »Was Wichtiges?«

»Scheint so. Das Baby kommt.«

»Schon?« Mike sah stirnrunzelnd auf den Wandkalender, als überlegte er, ob er eine verfrühte Lieferung überhaupt annehmen musste. Dann winkte er den Telefonhörer herbei und nahm ihn ans Ohr. »Kari? Was ist los?«

»Du wirst Vater«, kam es süffisant zurück. »Ich sollte dir doch rechtzeitig Bescheid geben, damit du dich darauf einstellen kannst.«

Mike fiel es wieder ein. »Danke«, sagte er formell. »Ich werde alles in die Wege leiten. Wann wirst du fit sein für Fotos und Reportagen?«

Er hörte Kari schwer atmen, und es fiel ihm ein, dass er mal was davon gehört, dass Gebärende ihre Wehenschmerzen wegatmen konnten. Also wartete er geduldig, bis Kari antwortete: »Vielleicht … übermorgen?«

»Okay, ich werde alles vorbereiten.«

»Also gut. Dann bis … übermorgen.«

»Du lässt mir Bescheid geben, wenn das Kind da ist?«

»Du könntest auch herkommen. Wird das von einem frischgebackenen Vater nicht erwartet?« Sie wusste, wie wichtig es ihm war, dass alles so normal wie möglich vonstattenging, und er war ihr dankbar, dass sie ihn erinnerte.

»Wir sind ein gutes Team«, sagte er nun lächelnd. »Okay, ich mache mich auf den Weg.«

März 1986, Achim

HAJO STAND AM FENSTER seines Hotelzimmers und sah hinaus. Er hatte um ein Zimmer im obersten Stockwerk gebeten, was ihm nur zögernd und sichtlich ungern gewährt worden war. Scheinbar waren die Zimmer hier oben besonders beliebt, weil es von dort einen schönen Blick in die parkähnliche Landschaft gab und es besonders ruhig war.

Der Rezeptionist hatte einen Versuch unternommen, Hajo das Zimmer im oberen Stockwerk auszureden. »Dort gibt es nur Komfortzimmer, die sind teurer.«

Hajos Antwort war so frostig ausgefallen, dass es sein Gegenüber sichtlich fror. »Wie kommen Sie darauf, dass mir ein Komfortzimmer zu teuer ist?«

Der prüfende Blick des jungen Hotelangestellten in sein Gesicht sagte alles. Hajo wartete darauf, dass ihm mitgeteilt wurde, für schwarze Gäste sei in diesem Haus kein Platz. Aber die Kompetenz für diese Entscheidung hatte der junge Kerl wohl nicht. Mit beleidigter Miene nahm er einen Schlüssel vom Brett und schob ihn über die Theke. Dazu legte er die Anmeldepapiere. »Ausfüllen und unterschreiben.«

»Ist Ihr Ton vorherrschend in diesem Hotel?«, fragte Hajo, als erkundigte er sich nach den Wetteraussichten. »Geht man auch im Zimmerservice, an der Bar und im Restaurant so unhöflich mit den Gästen um?«

In diesem Augenblick öffnete sich die Tür, an der das Schild »Direktion« prangte. Ein Mann trat heraus, von ungesunder Blässe, mit schütterem blondem Haar und einem Bauch, den er nicht in seinem Jackett unterbrachte. Offenbar der Hoteldirektor. Er schien gehört zu haben, was Hajo gesagt hatte, stutzte nun und blieb stehen. Hajo nahm ihn im Augenwinkel wahr, während er die Anmeldepapiere ausfüllte. Er merkte, dass der Rezeptionist seinem Chef einen vielsagenden Blick zuwarf und dann fast unmerklich die Schultern zuckte. War er wortlos vom Hoteldirektor gerügt worden, weil er einen Farbigen eingelassen hatte? Der dann noch eins der besten Zimmer bekam? Hatte er sich damit verteidigt, ebenso wortlos, dass er nicht gewusst habe, wie man den unliebsamen Gast loswerden sollte?

Hajo setzte seine Unterschrift unter das Anmeldeformular und legte den Kuli zurück. »Danke, ich bringe meinen Koffer selbst hoch. Sie haben ja einen Aufzug?«

Ob der junge Hotelangestellte begriff, dass er damit ein zweites Mal gerügt worden war, weil er versäumt hatte, dem Gast anzubieten, sein Gepäck aufs Zimmer bringen zu lassen, war unklar.

Der Hoteldirektor sprach Hajo an. »Darf ich fragen, wie lange Sie bleiben wollen?«

Hajo warf einen Blick auf das Namensschild, das am Revers des Mannes prangte. Klaas Schubert. »Zwei Wochen, wenn das Wetter mitspielt.«

»So lange? Hat mein Mitarbeiter Ihnen nicht gesagt, dass es hier in zwei Tagen eine Ärztetagung geben wird, für die jedes Zimmer gebraucht wird?«

Hajo zog erstaunt die Augenbrauen hoch und sah den Rezeptionisten fragend an. »Haben Sie?«

Dieser lief rot an, weil ihm klargemacht worden war, wie leicht er den ungebetenen Gast hätte loswerden können. Er stotterte etwas Unverständliches und zog sich zurück, als sein Chef ihm ein knappes Zeichen gab.

»Tja, wie gesagt …«

Hajo nahm seinen Koffer auf und griff nach dem Schlüssel. »Geben Sie sich keine Mühe. Natürlich gibt es keine Ärztetagung. Wenn Sie annehmen, dass ich das glaube, beleidigen Sie meine Intelligenz. Außerdem arbeite ich selbst im Hotelgewerbe und kenne alle faulen Ausreden.«

Klaas Schubert maß ihn mit unverschämtem Blick. »Nachtportier oder Barkeeper?«

Hajo hatte längst gelernt, auf solche Provokationen mit unerschütterlichem Gleichmut zu reagieren. »Geschäftsführer. Wie Sie.«

Klaas Schubert steckte die Hände in die Hosentaschen, wodurch sein Bauch noch weiter hervorstach. »Das glauben Sie doch selbst nicht.«

Hajo sagte nichts darauf, schenkte dem Hoteldirektor nur ein Lächeln, das ihn vermutlich zur Weißglut bringen würde, und ging ohne ein weiteres Wort zum Aufzug. Er warf keinen Blick zurück, als er ihn betrat.

Nun genoss er den Blick zum Nachbargebäude, das nur von einem Zimmer in der oberen Etage des Hotels zu erkennen war. Das Haus der Knut-Augustin-Stiftung, das aus einem kleinen Verwaltungstrakt, dem Entbindungsheim und einem flachen Gebäudeteil bestand, in dem die Apartments für die jungen Mütter mit ihren Babys untergebracht waren. Dort musste Kari leben.

Als Hajo erfahren hatte, dass ihre Großeltern in Riekenbüren wohnten, hatte er, als er zwei freie Tage hintereinander nehmen konnte, aufs Festland übergesetzt und war mit seinem Wagen dorthin gefahren, wo Brit Rensing aufgewachsen war. Er hatte sich gesagt, dass Kari in der Nähe leben musste, wenn sie einen Besuch bei ihren Großeltern machte. Und schon bald wir es ihm wie Schuppen von den Augen gefallen: Kari musste in die Knut-Augustin-Stiftung gezogen sein! Er hatte seinen Wagen in der Nähe des Hauses abgestellt, war eine Weile spazieren gegangen, hatte sich dem Haus erneut genähert, vorsichtig, immer auf ausreichend Abstand bedacht, und sich bemüht, um Himmels willen nicht aufzufallen. Ein Farbiger, der um das Heim für junge Mütter herumschlich, würde schnell sehr kritisch betrachtet werden und noch schneller Schwierigkeiten bekommen.

Zum Glück hatte er bald den Beweis erhalten: Karis rotes Auto war in die Einfahrt eingebogen. Ob sie am Steuer saß, hatte er auf die große Entfernung nicht erkennen können, aber er war sich sicher, dass es in diesem Haus sonst niemanden gab, der einen Aston Martin fuhr. Zufrieden war Hajo wieder nach Sylt gefahren und hatte Urlaub beantragt …

Nun konnte er in Karis Nähe sein. Vielleicht brauchte sie ihn … Er wusste natürlich, wie unsinnig dieser Gedanke war. Wenn er auch mittlerweile herausbekommen hatte, wann das Baby erwartet wurde, so konnte er dennoch nichts tun. Dennoch: Er wollte ihr unbedingt beistehen können, wenn sie Hilfe brauchte. Falls seine Ahnung ihn nicht trog, stand ganz klar vor seinen Augen, welche Probleme auf Kari zukommen würden. Aber er zwang sich, nicht daran zu denken und einen kühlen Kopf zu bewahren.

Um sich abzulenken, betrachtete er das Zimmer und schüttelte missbilligend den Kopf. Dieses Haus wurde nicht gut geführt. Das Blatt mit den Hotelinformationen, das auf dem Schreibtisch lag, hätte längst ausgetauscht werden müssen. Es war schmuddelig und besaß mehrere Eselsohren. In der Gardine hatte sich eine Naht gelöst, auf einem Sitzkissen prangte ein Fleck, der nicht neu aussah. Hajo kannte die Stellen, über die ein Hoteltester strich, die eine verantwortungsvolle Hausdame kontrollierte, auf die ein misstrauischer Gast einen Blick warf. Auf dem Schrank war lange nicht Staub gewischt, die Dusche war nur flüchtig gereinigt worden, sogar die Toilettenschüssel bot Grund zu Beanstandungen. Außerdem war zu erkennen, dass dieses Doppelzimmer schon mehrmals als Einzelzimmer vermietet worden war. Die Bezüge des linken Bettes passten nicht genau zu denen des rechten. Das Zimmermädchen hatte nur das Bett frisch bezogen, in dem jemand geschlafen hatte, und das andere lediglich glatt gestrichen. Hajo war empört! So etwas durfte nicht vorkommen, nicht in einem komfortablen Hotel wie dem *Haus für gefallene Mädchen*, immerhin ein Vier-Sterne-Hotel. Ob Olaf Rensing davon wusste? Hajo brauchte sich nicht zu fragen. Nein, sein Chef hatte garantiert keine Ahnung. Ob es niemals Beschwerden von unzufriedenen Gästen gegeben hatte? War die Auslastung des Hotels überhaupt zufriedenstellend? Hajo nahm sich vor, hier einen Blick hinter die Kulissen zu werfen, wann immer sich die Gelegenheit bot. Und dann würde er seinem Chef Bericht erstatten …

März 1986, Sylt

»Sie hat dich angerufen?« Romy schien sich ehrlich zu wundern.

»Was denkst du denn?« Brit gab sich große Mühe, sich ihre Überraschung, ihr Glück nicht anmerken zu lassen, sondern Romy glaubhaft zu machen, dass es zwischen Mutter und Kind etwas gab, was Romy nicht verstehen konnte. Die schaffte es ja immer noch nicht, sich damit abzufinden, dass Kari sich nicht mehr an die Zeit erinnern konnte, in der Romy ihre zweite Mutter gewesen war. Sie erwähnte es so häufig wie möglich und bei jeder Gelegenheit, aber Kari hatte zunächst nur staunend, dann überdrüssig und schließlich mit spitzen Bemerkungen reagiert.

Wenn Brit ehrlich war, hatte sie tatsächlich nicht damit gerechnet, dass Kari sie anrufen würde, wenn es so weit war. Ihre Tochter hatte sich kein einziges Mal bei ihr gemeldet, seit sie ins Entbindungsheim gezogen war. Und wenn Brit sie angerufen hatte, waren immer nur einsilbige Antworten gekommen. Einmal hatte Brit sogar Mike Heisers Telefonnummer gewählt, um mit ihm ihre Sorgen zu teilen, sich dann aber darüber ärgern müssen, wie schwer es war, zu ihm vorzudringen. Immerhin war er ihr Schwiegersohn! Wie konnte diese Telefonistin, die ihren Anruf angenommen hatte, sie wie eine lästige Bittstellerin behandeln? Als Mike dann endlich das Gespräch angenommen hatte, war ihr Groll sogar noch größer geworden. Es schien für einen Augenblick so, als könnte er gar nichts mit ihrem Namen anfangen und als müsste er sich erst erinnern, dass Brit Rensing die Mutter seiner Frau war. Über Karis Wohlergehen hatte er dann nur lapidare

Auskünfte erteilt. Es ginge ihr gut, sie sei froh, der Neugier der Presse entronnen zu sein, und die Schwangerschaft verliefe normal …

»Ich nehme gleich den Autozug«, verkündete Brit jetzt, »und fahre weiter nach Achim. Ich hoffe, wir beide haben heute Abend einen Grund zu feiern.«

Romy freute sich. »Hast du schon ein Zimmer im *Haus für gefallene Mädchen* bestellt? Sonst erledige ich das für dich.«

»Danke!« Mit einem Mal war es wieder da, das warme Gefühl des Zueinandergehörens, die Gewissheit, die eine lange Freundschaft bot, die Kostbarkeit von Erinnerungen.

Romy zögerte kurz. »Oder willst du lieber woanders wohnen?«

Nun musste Brit lachen. »Wegen der schrecklichen Erinnerungen? Nein! Das ist vorbei. Außerdem hat das Hotel ja kaum noch etwas mit dem Haus von damals zu tun.«

Sie lauschte auf die Stimme in ihrem Inneren. Machte sie sich etwas vor? Nein, sie war sich sicher. Die Zeit im Haus für gefallene Mädchen hatte sie überwunden. Überwinden können, weil Romy ihr im letzten Augenblick zur Flucht verholfen hatte. Das durfte sie niemals vergessen.

»Wird Olaf auch mitkommen?« Welche Antwort sich Romy wünschte, erkannte Brit sofort. Noch immer war Olaf der Eindringling, der die Familie kaputtgemacht hatte, die Romy sich ausgesucht hatte: Kari und ihre zwei Mütter.

Brit hatte sich gewünscht, mit Olaf gemeinsam nach Achim zu fahren. Gerade er sollte bei Kari sein, wenn sie ihr Baby bekommen hatte, wenn sie emotional weit geöffnet und vermutlich bereit war, Olaf zu verzeihen.

Aber er hatte den Kopf geschüttelt. »Es geht nicht, Brit. Hajo Keller hat Urlaub, er kann uns hier nicht vertreten. Ich kann unmöglich sowohl das Café als auch das Hotel sich selbst überlassen.«

»Wenigstens für einen Tag«, hatte Brit gebettelt.

Aber Olaf hatte in seinem Terminkalender geblättert und abermals den Kopf geschüttelt. Nein, es ging nicht. Zum ersten Mal in ihrer Ehe hatte Brit sich gefragt, ob Olaf die richtigen Prioritäten setzte. Er war längst wie sein Vater geworden, ohne es zu merken. Aber als sie ihn darauf aufmerksam machte, ging ein Lächeln über sein Gesicht. Ja, er wollte wie sein Vater sein. Ein Geschäftsmann durch und durch, dem sein Geschäft über alles ging! Ihm waren das *König Augustin* und die Hotels auf dem Festland sogar noch wichtiger als seinem Vater. Olaf hatte das alles nicht selbst aufgebaut wie Knut Augustin, er hatte es geerbt. Und dieses Erbe zu verwalten, es zu vergrößern, es neu zu gestalten, sodass sein Vater stolz auf ihn gewesen wäre, das war ihm wichtiger als alles andere. Sogar wichtiger als seine Familie? Bisher hatte Brit darauf vertraut, dass Olaf für seine Familie alles tat. Nun aber schien es ihr, als gäbe es eine Einschränkung. Offenbar gab es für Olaf Situationen, da stellte er das Geschäft über seine Familie.

»Ich komme nach, sobald ich kann«, hatte er versichert, aber Brits Enttäuschung war dadurch nicht mehr zu besänftigen gewesen. Und natürlich hatte Olaf nicht verstanden, dass es nicht nur um diesen einen Besuch ging, sondern um das große Ganze, um Kari, um seine Tochter, um das Kind, das er liebte, das Kind, das zurzeit an ihm zweifelte, das ihm etwas vorwarf, was er doch unbedingt widerlegen musste. Jede Gelegenheit hätte er nutzen sollen, diese Chance zu ergreifen. Dass er jetzt zögerte, konnte womöglich ausschlaggebend für die Zukunft sein. Und als hätte es noch eines weiteren Beweises bedurft, was für Olaf am wichtigsten war, fügte er noch hinzu: »Tu mir einen Gefallen, Brit: Benutze einen anderen Namen, wenn du ein Zimmer im *Haus für gefallene Mädchen* buchst.«

Brit hatte ihn verblüfft angesehen. »Warum?«

»Ich bin nicht zufrieden mit der Auslastung des Hauses. Und in letzter Zeit hat es häufig Klagen von Gästen gegeben. Bisher konnte Klaas Schubert sich immer rausreden, aber mir scheint, wir sollten ein Auge auf das Hotel haben. Schau genau hin, Brit, während du da bist, und äußere ein paar ausgefallene Wünsche. Ich bin gespannt, wie der Geschäftsführer darauf reagiert.« Olaf hatte tief aufgeseufzt. »Ich wollte, alle wären so wie Herr Keller. Mit dem haben wir einen guten Fang gemacht.«

Nun bemühte sich Brit, dass Romy ihre Enttäuschung nicht heraushörte. »Olaf wird nachkommen«, sagte sie so lapidar wie möglich. »Heute schafft er es nicht.« Und dann erklärte sie Romy noch schnell, warum sie unter ihrem Mädchennamen einchecken musste. »Olaf möchte, dass ich dem Geschäftsführer unauffällig auf die Finger schaue. Vielleicht ist dir auch schon mal was aufgefallen?«

Aber Romy verneinte. »Ich habe da keinen Einblick. Das Hotel sehe ich nur selten von innen.« Nun klang ihre Stimme ausgesprochen fröhlich. »Dann also bis heute Abend an der Hotelbar! Ich bin gespannt, ob wir auf ein Mädchen oder einen Jungen trinken dürfen.«

März 1986, Achim

Kari starrte zur Decke, dann ließ sie erschöpft die Augen zufallen. Es war geschafft! Das Schreien ihres Babys entfernte sich, die Stimme der Hebamme war nur noch leise zu hören, die laute Welt trat zurück, Kari schloss sich für einen Augenblick in sich selbst ein. Ein gesundes kleines Mädchen, das hatte sie die Hebamme noch sagen hören. Alisia! Für diesen Namen hatte sie sich erst am Tag vor der Geburt entschieden. Wenn es ein Mädchen wurde, sollte es Alisia heißen.

Sie hielt die Augen noch immer geschlossen, schwelgte in der Müdigkeit, die sie vom Rest der Welt zu trennen schien, wollte den Schritt in ihr Leben als Mutter langsam und bewusst tun und damit warten, bis man ihr das Kind in den Arm gelegt hatte …

Die Stimme der Hebamme veränderte sich, als sie sich ihr näherte, aus dem Schreien des Babys war ein klägliches Greinen geworden. Kari spürte, dass etwas anders geworden war. Die Zeit der Müdigkeit war vorbei, der große Schritt musste getan werden. Sie öffnete die Augen und sah das Gesicht der Hebamme vor sich, rot, rund, bisher unverdrossen fröhlich, jetzt jedoch mit einem verkniffenen Mund und vorwurfsvollen Augen. Sie hielt ein Bündel im Arm, Karis Baby, von dem kaum etwas zu sehen war. Nur ein zappelndes Händchen.

Kari erschrak und streckte die Hände nach ihrem Kind aus. »Geben Sie es mir!«

Die Hebamme folgte ihrer Bitte, als wäre sie froh, die Verantwortung für dieses Baby abzugeben, sie loszuwerden, als wolle sie rufen, dass sie ihre Hände in Unschuld wasche, dass man ihr keine Vorwürfe machen dürfe … »Wird Ihr Mann heute noch kommen?«

Was war das für eine Frage? Was ging es die Hebamme an, wann Mike erscheinen würde? Kari nahm das in Tücher und Decken gehüllte Kind entgegen, bettete es in ihren rechten Arm, richtete sich auf, öffnete mit der Linken die Decke, um ihr Kind besser sehen zu können … und erstarrte. Ihr Hilfe suchender Blick ging ins Leere, die Hebamme hatte sich verdrückt.

»Alisia«, murmelte Kari fassungslos. »Alisia!«

März 1986, Sylt

LINDA STRECKTE SICH und gähnte herzhaft. Sie lag halb auf einem flachen Sofa in Chris Reineits Atelier, den Oberkörper auf einem Kissenstapel, die Füße auf dem Boden. Sie hielt sich gern hier auf, wenn Chris malte, in diesem großen Raum mit den riesigen Fenstern, die den Blick in einen überwucherten, verwunschenen Garten freigaben. Die Einfachheit, die Chris auf der einen Seite des Ateliers fürs Malen brauchte, fügte sich wunderbar in das, was Linda brauchte und sich auf der anderen Seite eingerichtet hatte: zwei weiche Sofas, dicke Teppiche, neben dem Kamin kleine Tische mit Gläsern und einem Champagnerkübel. Es gefiel ihr, Chris zuzusehen, ihn zu betrachten, ohne dass er es bemerkte, weil er sich immer so sehr auf die Arbeit konzentrierte, dass er alles um sich herum vergaß. Der Geruch der Farbe gefiel ihr, der grelle Lichtkegel, in dem Chris stand, und der Schatten, in den sie sich zurückziehen konnte. Das Atelier hatte Chris, als er das erste große Gemälde ans *Miramar* verkaufte, gemietet. Inzwischen gehörte es ihm, ebenso wie das Haus, in dessen Garten es stand. Ein kleines Haus, nichts Komfortables, aber für Linda spielte das keine Rolle. Sie hatte ja immer noch die Wohnung, die ihr Vater ihr gekauft hatte, in die sie sich zurückziehen konnte, wenn ihr danach war. Gelegentlich musste sie sich und Chris zeigen, dass sie unabhängig war, und Chris genoss diese Phasen. So kamen die beiden bestens miteinander aus. Auch nach über zwanzig Jahren liebten sie einander immer noch.

Mit zwei Handbewegungen löste sie die Spangen aus ihrem

Haar, sodass es ihr ins Gesicht fiel. Sie gähnte erneut, diesmal nicht nur sichtbar, sondern auch hörbar.

»Geh schlafen, wenn du müde bist«, sagte Chris Reineit, ohne den Blick von dem Bild zu nehmen, an dem er malte.

»Mir wäre heute nach ein wenig Sex«, sagte Linda.

»Mir nicht«, kam es zurück. »Wenig Sex mag ich nicht. Wenn schon, dann …«

Aber Linda winkte ab. »Wir sollten mal wieder eine Einladung von Mike Heiser annehmen. Schon zweimal haben wir abgesagt, möglicherweise sind wir längst von der Gästeliste gefallen. Ich muss mal mit Kari reden. Sie soll dafür sorgen, dass wir wieder Einladungen bekommen.«

»Du denkst an die Partys, bei denen jeder mit jedem …?«

»Gruppensex, ja.«

Nun legte Chris den Pinsel weg. »Hast du keine Angst vor dem Tag, an dem niemand mehr mit dir schlafen will? An dem alle jemanden finden, mit dem sie sich zurückziehen, nur du bleibst am Kamin sitzen?«

Linda sah ihn entsetzt an. »Du meinst, weil ich zu alt bin?«

Chris grinste, legte den Pinsel zur Seite und kam zu ihr, um sie zu küssen. »Für mich bist du genau richtig. Zu jeder Zeit. Auch noch in zwanzig Jahren.«

Linda umarmte ihn. »Und danach?«

»Danach auch noch.« Chris löste sich von ihr und ging zur Staffelei zurück. »Außerdem bist du meine Muse. Wenn du bei mir bist, male ich besser.«

»Ehrlich?« Linda glaubte ihm jedes Wort. Mit großen verliebten Augen betrachtete sie ihn. Chris ging mittlerweile auf die sechzig zu, aber das Alter bekam ihm. Er war groß und nach wie vor schlank, seine grauen Haare waren noch voll, er sah jünger aus, als er war. Kurz flogen Lindas Gedanken zu Arne, den sie geheiratet hatte, um Chris nicht zu verlieren. Sie stockte … Doch, so war es gewesen. Damals war Chris noch erfolglos gewesen, sie brauchte einen Mann, der ihr den gewohnten Lebensstandard sicherte. Sonst hätte die Beziehung zu Chris keinen Bestand gehabt, da machte sie sich nichts vor.

»Ich habe heute übrigens einen Besuch bei Olaf und Brit gemacht. Oder vielmehr … bei Olaf. Brit ist bei Kari.«

Es war ein spontaner Entschluss gewesen. Sie hatte sich mit einer Freundin im *Miramar* zum Essen getroffen, und ihr war eingefallen, dass sie lange nicht mehr im *König Augustin* vorbeigeschaut hatte. Wenn ihr Vater es auch in Olafs Hände gegeben hatte, sobald es ihr gerade in den Kram passte, tat sie immer noch gerne so, als müsste sie dort gelegentlich nach dem Rechten sehen. Brit war nicht zu entdecken gewesen, aber Olaf kam gerade aus dem Büro, als sie eintrat, geleitete sie zu einem Tisch und setzte sich sogar zu ihr. Linda war erstaunt. Olaf nahm sich selten Zeit fürs Private. Normalerweise setzte er sich nur zu einem Gast, wenn es sich um einen Stammgast oder einen Geschäftsfreund handelte.

Linda merkte bald, dass Olaf Gesprächsbedarf hatte. Er wollte etwas erzählen, was er bei Linda besonders gut loswerden konnte, weil sie quasi zur Familie gehörte. Immerhin war sie die Tochter von Robert König, dem besten Freund seines Vaters, dem Mitgründer vom *König Augustin*, noch dazu war sie einmal mit Olafs Halbbruder verheiratet gewesen, mit Arne Augustin.

»Kari bekommt heute ihr Kind«, raunte er ihr aufgeregt zu, als wäre es ein Geheimnis, das nicht vor der Zeit verraten werden durfte. »Sie hat Brit angerufen, als die Wehen einsetzten. Die ist sofort nach Achim aufgebrochen.«

»Und du?«

Er sah sich mit einem Blick um, der alles verriet. Olaf hatte keine Zeit, einfach mal alles stehen und liegen zu lassen und der Familie den Vorrang zu geben.

»Sie ist also in der Knut-Augustin-Stiftung?«, fragte Linda, die sich längst zusammengereimt hatte, wohin Kari verschwunden war.

Olaf erklärte ihr umständlich, warum Kari sich entschlossen hatte, ihr Kind nicht auf Sylt, sondern in Achim zu bekommen, wo sie vor der Presse geschützt war.

»Ist Mike auch schon auf dem Weg nach Achim?«, fragte Linda.

»Selbstverständlich!« Olaf tat so, als wüsste er genauestens über den Terminkalender seines Schwiegersohns Bescheid.

Aber Linda glaubte ihm kein Wort. »Ist Kari eigentlich glücklich mit Mike?«

Nun fiel Olafs zur Schau getragene Sicherheit von ihm ab. »Schwer zu sagen. Wir sehen die beiden ja nie zusammen. Seit der Hochzeit sind wir Mike nicht mehr begegnet. Er hat ja so viel zu tun.« Olaf fuhr sich mit beiden Händen durchs Haar. »Es ist schon eine … komische Beziehung, scheint mir. Aber vielleicht ist das heutzutage so. Wir beiden sind ja noch in einem Alter …« Er stockte, weil ihm klar wurde, dass man mit einer Frau wie Linda nicht übers Alter reden durfte. »Brit und ich, das war von Anfang an die ganz große Liebe. Aber diese Art von Romantik ist heute wohl nicht mehr modern.«

Linda betrachtete ihn eine Weile, diesen großen Mann mit den breiten Schultern und der zarten Seele. »Schön«, sagte sie dann. »Aber bei mir und Arne war es damals auch anders. Wir kannten uns schon ewig, wir verstanden uns, wir passten zusammen, unsere Väter waren entzückt, als wir uns verlobten, und es schien alles so einfach zu sein. So leicht, dass es mir wie Liebe vorkam. Aber die wahre Liebe habe ich erst bei Chris gefunden.«

Olaf bemühte sich um Mitgefühl. »Schrecklich, diese Schiffskatastrophe damals. Ist einer der Unglücklichen, die nicht aus dem Schiff herausgekommen sind, eigentlich jemals an Land gespült worden?«

Linda hatte nie davon gehört. »Die bleiben bis zum Ende aller Zeiten auf dem Meeresgrund.« Sie gab sich Mühe, ihr schlechtes Gewissen nicht durchschimmern zu lassen. Bisher war es ihr nur ihrem Vater gegenüber schwergefallen, nichts zu verraten, aber nun stellte sie fest, dass es auch im Gespräch mit Olaf schwierig war. Sie wusste, dass Arne Augustin noch lebte!

Olaf hatte bedrückt genickt. »Dich hätte man sicherlich benachrichtigt, wenn Arnes Leiche aufgetaucht wäre.«

Linda sah Chris jetzt zu, wie er seine Malutensilien zusammenpackte und seine Pinsel auswusch. »Er weiß wirklich nicht, dass Arne überlebt hat, ich bin sicher.«

»Dann sind wir beide wohl die Einzigen. Außer Brit Rensing natürlich.«

»Und Carsten Tovar«, ergänzte Linda. »Er hat es mir damals im Krankenhaus verraten. Und er hat mich erpresst, weil ich diese Information für mich behalten habe. Hunderttausend musste ich ihm zahlen.«

»Dabei hast du Arne Augustin eigentlich einen Gefallen getan. Er wollte ja raus aus einem Leben und für immer verschwinden. Mit deiner Hilfe hat er es geschafft.«

Linda lehnte sich zufrieden zurück. Der Gedanke, dass sie etwas Gutes getan hatte, gefiel ihr. Darüber konnte sie glatt vergessen, dass sie Olaf anlügen musste. »Warum hätte ich ihn daran hindern sollen? Er war mit mir nicht mehr glücklich, und ich hatte mich ja innerlich längst für dich entschieden.«

Chris nickte zu einer Flasche, die in dem Champagnerkübel steckte. »Schenk uns schon mal ein Glas ein, ich bin gleich so weit.« Dann fragte er sinnend: »Wo Arne wohl sein mag?«

»In der Nähe«, kam es wie aus der Pistole geschossen zurück. »Ich habe ihn gesehen. Im Hotel *König Augustin*. Zusammen mit Brit …«

Chris hatte schon den Wasserhahn aufgedreht, um sich die Hände zu waschen, nun stockte er. »Die beiden haben wieder Kontakt?«

»Scheint so.«

»Und Olaf Rensing?«

»Der weiß natürlich nichts davon.«

Chris wandte sich nun dem kleinen Waschbecken zu, das er in einer Ecke des Ateliers hatte anbringen lassen. »Das ist doch gefährlich. Man könnte ihn erkennen.«

Linda lächelte. »Er hat sich sehr verändert. Wer ihn für tot hält, sieht über ihn hinweg. Wer ihn nicht so gut gekannt hat wie ich, der kommt auch nicht auf die Idee, Arne vor sich zu haben. Er trägt einen Bart, er ist gut zwanzig Jahre älter ...«

»Aber sein Name!«

»Den hat er natürlich geändert.« Nun erhob sich Linda und machte sich daran, die Champagnerflasche zu öffnen. »Er hat eine Nacht im *König Augustin* verbracht. Ich habe nachgesehen, unter welchem Namen er eingecheckt hat.« Der Korken knallte, der Champagner schäumte beinahe über. Aber Linda kannte sich aus und konnte es im letzten Augenblick verhindern. »Florian Aldenhof. Vermutlich hat er sich damals gefälschte Papiere besorgt.«

Chris kam zu ihr zurück, nahm ihr die Flasche aus der Hand und füllte die Gläser. »Man könnte sich mal erkundigen ...«

»Habe ich längst«, unterbrach Linda ihn. »Von den hunderttausend Mark, die Tovar mir abgepresst hat, haben die beiden eine Kneipe in Hamburg eröffnet. Das *Carar*. Soll ganz hübsch sein. Wir sollten da mal einkehren.«

Auf diesen Vorschlag antwortete Chris nicht. »Dass er sich mit diesen hunderttausend Mark zufriedengegeben hat ...«

»Die hunderttausend habe ich Carsten Tovar gegeben, nicht Arne.«

»Aber Arne war Nutznießer. Und die Erpressung hat er damals sicherlich befürwortet. Wenn es nicht sogar seine Idee war!«

»Ja, kann sein.«

»Wenn er seinen Vater beerbt hätte«, schloss Chris energisch, »wäre er heute jedenfalls ein reicher Mann.«

März 1986, Achim

Hajo führte inzwischen eine Liste, die immer länger wurde. Unhaltbare Zustände waren das im *Haus für gefallene Mädchen.* Klaas Schubert war nur selten zu sehen, seine Freizeit schien ihm wichtiger zu sein als seine beruflichen Aufgaben, seine Mitarbeiter machten, was sie wollten, niemand kontrollierte sie. Die Hausdame, die Hajo bald kennenlernte, schien Schuberts Geliebte zu sein. Sie verbrachte ihre Arbeitszeit besonders gern zusammen mit ihrem Chef in einem freien Hotelzimmer. Währenddessen arbeiteten die Zimmermädchen flüchtig und schlampig, und im Service drückte man sich, wo immer es möglich war.

Mehrmals täglich ging Hajo am Nachbarhaus vorbei, in der Hoffnung, Kari zu sehen oder herauszubekommen, wie es ihr ging. Das Baby musste bald zur Welt kommen. Wenn nicht, hatte er sich geirrt und war seinen geheimsten Wünschen auf den Leim gegangen. Natürlich musste er mit dieser Möglichkeit rechnen. Er hatte ja keine Ahnung, wie Kari gelebt hatte, bevor sie ihn zu dieser Party mitgenommen hatte. Und danach? Auch da wusste er wenig. Mike Heiser war zu Karis Eltern gekommen, hatte um ihre Hand angehalten, die Verlobung war gefeiert worden … Nein, eigentlich wusste er nicht genug von Kari, er hatte keine Ahnung, was sie vor dieser Party oder danach gemacht hatte. Er wusste nur, was dort geschehen war. Ja, das wusste er genau. Also würde er warten müssen. Zum ersten Mal in seinem Leben empfand er es als Vorteil, eine dunkle Hautfarbe zu haben …

Als Romy Wimmer ins Hotel kam, wäre er ihr beinahe in die

Arme gelaufen. Er war gerade aus dem Aufzug gestiegen, als sie die Lobby betrat und auf die Rezeption zuging. Hinter ihrem Rücken war er zum Ausgang gegangen und hatte mitbekommen, dass sie für eine Freundin ein Hotelzimmer bestellte. »Für Frau Heflik.«

Am späten Nachmittag machte er einen Spaziergang, am Haus der Knut-Augustin-Stiftung vorbei, hinter dem Haus her, um das Haus herum. In den Apartments, in denen die jungen Mütter lebten, war es ruhig. Das Wetter war nicht gut, niemand ließ sich auf den kleinen Terrassen im Erdgeschoss oder den Balkons in der ersten Etage sehen. Hajo kam der Gedanke, dass er sich geirrt haben könnte. Der rote Aston Martin hatte vielleicht doch nicht Kari gehört?

Aber dann, als er ins Hotel zurückkehrte, fuhr im selben Moment ein Wagen auf den Hotelparkplatz. Und am Steuer saß Brit Rensing! Kam sie, um ihre Tochter zu besuchen? Kam sie vielleicht sogar, um ihr neugeborenes Enkelkind zu begrüßen?

Hajo machte sich an seinem eigenen Auto zu schaffen, das in der Nähe geparkt war, damit er sie unauffällig beobachten konnte. Brit Rensing holte einen kleinen Handkoffer aus dem Wagen, nahm ihren Mantel vom Rücksitz und zog ihn sich über. Dann ging sie auf den Hoteleingang zu. Hajo folgte ihr unauffällig, was leicht war, da gerade eine Reisegruppe in die Lobby einfiel, in der er sich unsichtbar machen konnte. Dass er von einigen mit gerümpfter Nase betrachtet wurde, focht ihn nicht an. An solche Reaktionen war er längst gewöhnt.

»Mein Name ist Heflik«, hörte er Brit Rensing sagen. »Meine Freundin hat ein Zimmer für mich bestellt.«

Sie checkte unter einem falschen Namen ein. Warum? Hajo musste nicht lange nachdenken. Scheinbar waren die Zustände im *Haus für gefallene Mädchen* bis nach Sylt gedrungen, und Brit Rensing war von ihrem Mann ausgesandt worden, um ihnen auf die

Spur zu kommen. Dann hatte ihr Erscheinen wohl doch nichts mit Kari zu tun?

Deprimiert ließ er sich, als Brit Rensing in dem Aufzug verschwunden war, in der Bar nieder. Sie war am frühen Abend noch leer, der Barmann war dabei, sich für den späteren Abend vorzubereiten, wenn die Gäste kamen, um einen Schlummertrunk zu nehmen. Hajo hatte sich angewöhnt, schon früh in die Bar zu gehen, um sich den Platz zu sichern, den er mittlerweile seinen eigenen nannte. Es war einer von zwei kleinen Cocktailsesseln an einem winzigen Tisch. Hajo hatte ihn gleich am ersten Abend hinter eine große künstliche Palme gerückt, hinter der er einerseits verborgen war, aber dennoch die Chance hatte, durch die Blätter zu beobachten, was sich an der Theke tat. Er konnte erkennen, wie der Barmann sich verhielt. Auf seiner Liste hatte Hajo längst vermerkt, dass der Barmann Schimmel von einer halben Zitrone kratzte, die scheinbar vom Vorabend übrig geblieben war, und dann eine Scheibe abschnitt, um sie auf einen Gläserrand zu stecken. Hajo war auch klar geworden, wie flüchtig die Gläser gespült wurden, sobald viel zu tun war. Er trank seitdem nur Ginger Ale, das in der Flasche serviert wurde. Das Glas, das der Barmann daneben stellte, hatte Hajo schon einmal reklamiert, es hatte noch Spuren von Lippenstift am oberen Rand aufgewiesen. Das war schon schlimm, aber noch schlimmer war, dass der Barkeeper ungehalten reagierte, statt sich zu entschuldigen, und Hajo ein frisches Glas hingeknallt hatte, als wäre er derjenige, der etwas falsch gemacht hatte.

Hajo hatte sogar gehört, wie er zu einer Serviererin, die hinter die Theke kam, sagte: »Kommt aus dem Busch und will uns hier zeigen, wie man Getränke serviert.«

Die Serviererin hatte gekichert und Hajo einen unverschämten Blick zugeworfen. Nur gut, dass er sich ihren Namen, der auf dem Schild an ihrer Bluse stand, notiert hatte. Und auch der Name des Barmanns stand längst auf seiner Liste. Die beiden würden sich noch wundern!

Als Romy Wimmer in die Bar kam, drückte er sich an die Wand. Zum Glück hatte die Putzfrau es nicht für nötig gehalten, seinen Sessel zu verschieben, um darunter zu saugen. Er stand immer noch so, wie Hajo ihn sich am ersten Abend zurückgerückt hatte. Auch ein Punkt, der auf seiner Liste stand. Aber in diesem Augenblick war er froh, dass er nicht durch auffälliges Verrücken des Sessels auf sich aufmerksam machen musste. Er saß nun sehr geschützt und hatte einen guten Blick auf die Theke und auf Romy Wimmer. Die Worte, die sie mit dem Barkeeper wechselte, konnte er sogar verstehen.

Sie bestellte sich ein Glas Weißwein, blieb aber nicht lange allein. Schon wenige Minuten später betrat Brit Rensing die Bar. Romy sprang auf, ging mit ausgebreiteten Armen auf Brit zu und strahlte sie an. »Na? Was ist es? Junge oder Mädchen?«

Also doch! Das Kind war da! Brit Rensing war hier erschienen, weil sie Großmutter geworden war. Aber wo war ihr glückliches Strahlen? Sie wehrte ihre Freundin ab und setzte sich neben sie, als hätte sie Angst, dass jemand auf sie aufmerksam werden könnte.

Romys Augen standen voller Angst. »Ist was schiefgegangen? Geht's Kari schlecht? Oder dem Baby?«

Brits Antwort konnte Hajo nicht verstehen, aber er konnte sich denken, was Romy ins Ohr geflüstert wurde. Sie schlug erschrocken die Hand vor den Mund und starrte Brit entsetzt an. »Was?«

In diesem Augenblick entstand Aufregung in der Lobby. Hajo beugte sich vor, um zu sehen, was in der Nähe der Rezeption los war. Leider war es ihm nicht möglich, wenn er nicht das Risiko eingehen wollte, von Brit Rensing und ihrer Freundin gesehen zu werden. Aber die Reaktion der beiden sagte ihm alles.

»Um Gottes willen!«, zischte Brit leise, aber doch so durchdringend, dass Hajo es verstehen konnte. »Er ist also auch angereist. Ich möchte nicht, dass er uns sieht. Ist er allein?«

Romy blickte in den Spiegel an der Rückwand der Bar. »Scheint so.«

Es konnte nur die Rede von Mike Heiser sein. Auch der Barkeeper war auf den prominenten Gast aufmerksam geworden und vergaß darüber, Romys Bestellung auszuführen und Brit nach ihren Wünschen zu fragen. Die beiden hockten da wie arme Sünder, den Kopf gesenkt, den Blick auf einen Punkt vor sich gerichtet, damit sie nicht gesehen wurden und nichts sehen mussten. In der Lobby kicherte eine junge Frau, ein Mann rief etwas, Mike Heiser wurde offenbar bereits um Autogramme gebeten.

»Wie geht's Ihrer Frau?«, fragte jemand sehr laut. »Ist das Baby schon da?«

Hajo schüttelte heimlich den Kopf. Der Geschäftsführer des Hotels war offenbar mal wieder nicht auf Posten. Natürlich hätte es zu seinen Pflichten gehört, dafür zu sorgen, dass der prominente Gast in sein Zimmer kam, ohne belästigt zu werden. Er konnte sich nicht vorstellen, dass Mike Heiser es versäumt hatte, seine Ankunft anzuzeigen. Selbstverständlich hätte er damit rechnen dürfen, dass er dezent und ohne Aufsehen auf sein Zimmer gebracht und die Formalitäten erst später erledigt worden wären. So jedenfalls hätte Hajo es im Hotel *König Augustin* gemacht, wo nicht selten Prominente eincheckten.

Dann merkte er, dass er sich in diese Gedanken flüchtete, weil er sich dem wirklich Wichtigen nicht stellen mochte. Was würde nun passieren? Wenn Mike Heiser das Kind sah, dessen Vater er offiziell sein wollte?

Brit und Romy sahen erst auf, als Mike Heiser zum Aufzug gegangen war, um in sein Zimmer hochzufahren. »Was soll ich bloß tun?«, fragte Brit leise, aber für Hajo verständlich.

»Gar nichts«, gab Romy zurück. »Das ist nicht deine Sache.« Sie sorgte dafür, dass Brit ihr Glas zur Hand nahm und mit ihr anstieß. »Lass uns trotzdem auf die glückliche Geburt trinken. Habe ich dir übrigens schon erzählt, dass Samy Angermann, der Onkel von Indra Wiemann, sofort nach Achim gekommen ist, als Indras Baby sich ankündigte?«

März 1986, Riekenbüren

Nicole war bedrückt, als sie heimkam. Sie fürchtete sich vor den Fragen, die nun auf sie einstürmen würden, und wusste, dass es schwer sein würde, sie zu beantworten.

Und richtig! Ihre Familie stürzte sich geradezu auf sie, kaum dass sie die Schreinerei betreten hatte.

»Warum kommst du so spät?«

»Hättest du nicht Bescheid sagen können, dass es länger dauert?«

»Ist das Baby endlich da?«

»Ist alles gut gegangen?«

Sogar Dennis war aus Bremen gekommen, um dabei zu sein, wenn Nicole nach Hause kam und berichtete, was sie aus erster Quelle erfahren hatte.

»Brit hat es nicht für nötig gehalten, uns anzurufen«, schloss Frida weinerlich.

Nicole wurde, noch ehe sie etwas sagen konnte, von Halina durch die Schreinerei in die Wohnung geschoben, die früher Frida und Edward gehört hatte, und dort in die Wohnküche, die auch heute noch der Raum war, in dem nicht nur gekocht und gegessen, sondern auch geredet, beratschlagt und viel Zeit verbracht wurde. Halina und Hasso hatten zwar mit der Sitte der guten Stube aufgeräumt, aber das Wohnzimmer, wie dieser Raum jetzt genannt wurde, benutzten sie nach wie vor viel seltener als die gemütliche Küche. Stünde im Wohnzimmer nicht der Fernseher, würde vielleicht sogar die gesamte Freizeit in der Küche verbracht, nicht viel anders, als es Fridas und Edwards Gewohnheit gewesen war.

Halina machte sich an der Kaffeemaschine zu schaffen, obwohl Nicole abwehrte und niemand zu dieser späten Stunde Kaffee haben wollte, und entschloss sich dann, einen Tee zu kochen. »Erzähl schon, was ist los? Ist das Kind immer noch nicht da?«

Nicole nickte unglücklich. »Doch, ein kleines Mädchen. Aber ...«

»Aber?« Frida beugte sich über den Tisch, Edward blieb stocksteif sitzen, war aber sehr blass geworden, Dennis bewegte sich zur Tür, als dächte er über Flucht nach, Hasso sah aus, als wollte er Nicoles Schultern ergreifen und sie schütteln, während Halina mit dem Suchen nach dem geeigneten Tee ihre Nervosität bekämpfte.

»Ich weiß auch nicht«, antwortete Nicole unglücklich. »Kari lässt niemanden zu sich. Sie hat ausrichten lassen, dass sie zu müde ist, um Besuch zu empfangen. Romy ist auch nicht zu ihr gekommen. Und Tante Brit ...«

»Sie ist da?«, warf Dennis ein und machte sich nun wieder zum Teil der Familienrunde, indem er sich einen Hocker heranzog und sich setzte.

»Sie war aber nur kurz bei Kari. Und sie sah nicht besonders glücklich aus, als sie rauskam.«

»Aber gesagt hat sie nichts?«, fragte Hasso.

Nicole sah aus, als wollte sie in Tränen ausbrechen. »Sie ist gleich ins Hotel gegangen.«

»Und Mike Heiser?«, fragte Edward.

»Der soll inzwischen eingetroffen sein«, gab Nicole Auskunft. »Aber er war wohl noch nicht bei Kari.«

Stille senkte sich über die Menschen in der Küche. Der Teekessel summte, ohne dass Halina den Tee aufgoss, Fridas leises Schluchzen war kaum zu hören. Nicole sah, dass die Gedanken aller anderen genauso schwer waren wie ihre, dass sie tief in die

Stille einzusinken schienen. Aus der Schreinerei drang kein Geräusch mehr, auf der Straße fuhr ein Auto vorbei, danach war es wieder still.

Dennis stand auf. »Ich fahre dann mal wieder.«

Niemand antwortete. Seine Mutter brachte ihn nicht wie sonst zur Tür, nur Nicole rief ihm leise die Bitte nach: »Sag André, er soll sich bei mir melden.«

Doch Dennis hatte sie entweder nicht gehört oder wollte nichts anderes als weg aus diesem Schweigen. Er antwortete nicht, zog die Küchentür hinter sich zu und warf kurz darauf die Haustür ins Schloss.

»Ein kleines Mädchen«, flüsterte Hasso schließlich. »Warum freut sich niemand?«

Edward war der Erste, der es wagte, den Verdacht auszusprechen, den alle hatten: »Es muss krank oder behindert sein.«

Nun schluchzte Frida laut auf. »Brit braucht uns in so einer schweren Stunde.«

Aber Hasso winkte nur ab. »Wenn sie uns braucht, wird sie sich bei uns melden.« Er sah seine Eltern an, erst seinen Vater, dann seine Mutter. »Ihr glaubt immer noch, dass die Zeit, die Brit im Entbindungsheim verbringen musste, vergessen und vergeben ist?«

Fridas Gesicht war voller Trotz, als sie aufblickte. »Ich will, dass wir morgen nach Achim fahren.« Sie sah ihren Mann fest an. »Wir sind Karis Großeltern, die Urgroßeltern des kleinen Mädchens, das heute geboren wurde. Ich will mir später nicht nachsagen lassen, dass wir das Kind abgelehnt haben, weil es krank oder behindert ist.«

März 1986, Achim

»Ich wollte, du wärst hier«, weinte Brit.

Sie saß auf der Bettkante, das Telefon stand auf dem Nachttisch. Eine kleine Lampe brannte, verbreitete diffuses Licht, aber heller wollte Brit es nicht haben. Nicht heller als nötig.

»Warum rufst du jetzt erst an?«, fragte Olaf.

»Ich war noch mit Romy an der Bar.«

»Das war dir wichtiger, als zuerst mich zu verständigen?«

Nun wurde Brits Stimme genauso heftig wie die ihres Mannes. »Du hättest mitkommen können, dann wüsstest du längst, was geschehen ist.«

»Du hast getrunken.«

»Natürlich habe ich das! So was ist ja nur mit viel Wein zu ertragen.«

Olafs Stimme veränderte sich, er bemühte sich jetzt, ruhig zu reden und Verständnis zu signalisieren. »Nun mal ganz von vorne …«

»Wie oft noch? Ich bin zu Kari ins Zimmer gekommen, neben ihrem Bett stand das Babykörbchen. Die Kleine schlief friedlich. Ich habe Kari gratuliert, die jedoch keinen richtig glücklichen Eindruck machte. Ich wollte schon fragen, habe mich aber zunächst über das Kind gebeugt …« Sie begann zu weinen und konnte nicht weitersprechen.

»Da hast du gesehen«, half Olaf ihr weiter, »dass es dunkelhäutig ist.«

»Schokoladenbraun«, schluchzte Brit. »Kari ist offenbar noch vor der Heirat fremdgegangen. Was wird Mike sagen, wenn er das Kind sieht? Vermutlich wird er sich gleich wieder scheiden lassen.«

Auf der anderen Seite der Telefonleitung blieb es eine Weile still. Erst als Brit zu schluchzen aufhörte und sich die Nase geputzt hatte, sagte Olaf: »Kannst du dich an das Konzert der *Half Brothers* erinnern?«

»Ja. Wieso?«

»Das war kurz nachdem Mike bei uns um Karis Hand angehalten hat. Kurz nach einer dieser verrückten Partys.«

»Worauf willst du hinaus?«

»Als wir Kari und Mike in der Lobby des Kurhauses getroffen haben, hat Kari erwähnt, dass die *Half Brothers* auf der Party zu Gast gewesen waren.«

Brit dachte eine Weile nach. »Stimmt. Und du meinst …?«

»Ja, das meine ich.« Olafs Stimme wurde jetzt so schneidend, als spräche er mit einem Geschäftspartner, der sich als unehrlich oder unfähig erwiesen hatte. »Für Mike ist das eine Katastrophe. Er wird die Fernsehshow nicht bekommen, wenn sich herausstellt, dass seine Frau ein Lotterleben führt und ihm Hörner aufgesetzt hat.«

Brit gab einen erstickten Laut von sich. »Lotterleben?«

»Diese Fernsehproduzenten sind ja so was von pedantisch. Die müssen genauso spießig denken wie ihre Zuschauer, sonst haben sie keinen Erfolg. Ein Sender, der einen Star präsentiert, der nicht moralisch integer ist, kann einpacken. Auch wenn es nur seine Frau ist, die sich etwas zuschulden kommen ließ. An Scheidung braucht er auch nicht zu denken. Weißt du noch, wie man damals mit diesem Mister Wunnebar umgegangen ist?«

Brit erinnerte sich. »Du meinst Lou von Burg?«

»Genau! Der war weg vom Fenster, als er sich von seiner Frau trennte.«

Brit wusste nicht, ob er recht hatte, ob diese beiden Angelegenheiten wirklich vergleichbar waren, aber sie wusste natürlich, dass Prominente, die sich scheiden ließen, häufig mit dem Verlust ihres Images zu kämpfen hatten.

»Was wird er tun?«, fragte Brit tonlos.

»Er wird sich die *Half Brothers* vornehmen. Aber wenn keiner zugibt, mit Kari geschlafen zu haben, wird er nichts machen können.«

»Und dann? Dann ist die Kleine ein Kind ohne Vater?«

Olaf zögerte. »Hm. Was das Beste für die Kleine und Kari ist, ist schwer zu sagen. Für Mike wäre es eigentlich genauso schlimm, wenn einer der *Half Brothers* es zugibt und dann seine Vaterrechte einfordert.«

Brit erschrak. »Ach, du lieber Himmel!«

»Also wird er wohl doch den Mund halten und die *Half Brothers* nicht aufscheuchen. Andererseits wird es sich ja nicht verheimlichen lassen, dass Mike nicht der Vater ist …« Olaf schienen die Verwicklungen mit einem Mal unlösbar zu sein. »Wart erst mal ab, wie Mike morgen reagiert, wenn er das Kind sieht.«

»Kari sagt, er hat schon die Presse verständigt.«

Olaf stöhnte auf. »Dann muss er diese Leute eben wieder abbestellen. Was weiß ich!« Seine Stimme wurde jetzt heftiger und lauter. »Wieso zerbrechen wir uns eigentlich den Kopf darüber? Kari ist erwachsen und wollte sich von uns unabhängig machen. Jetzt muss sie ihre Probleme auch selbst lösen.«

Brit fiel nichts dazu ein. Also schwieg sie, bis sie schließlich herausbrachte: »Ich glaube, ich gehe jetzt schlafen. Zu dumm, dass ich mein Baldrian nicht dabeihabe.«

»Ach, übrigens …« Olaf schien sich zu sorgen, dass seine Frau das Gespräch unverzüglich beenden könnte. »Was hast du für einen Eindruck vom *Haus für gefallene Mädchen*? Hast du den Geschäftsführer schon gesehen? Wie ist der Service, der Zustand der Zimmer …«

Brit ließ ihn nicht zu Ende sprechen. Schon wieder das Geschäft! Sogar in einer solchen Situation, in der es nur um die Familie gehen durfte, dachte Olaf an das Hotel. Brit holte schon tief Luft, um ihren Mann mit Vorwürfen zu überschütten, aber dann legte sie den Hörer einfach auf, ohne Olaf eine gute Nacht zu wünschen.

März 1986, Achim

DIE HEBAMME VERLIESS wortlos den Raum, eine Krankenschwester kam, um Karis Bett aufzuschütteln. Auch sie war schweigsam und redete nur das Allernötigste. Keine Frage, Kari war in Ungnade gefallen. War sie vorher noch die interessanteste aller Mütter gewesen, die Frau von Mike Heiser, die sich inkognito in der Knut-Augustin-Stiftung aufhielt, wurde sie jetzt angesehen wie eine Frau, deren schlechter Ruf dem Haus schaden konnte. Kari ertrug es wortlos, ohne eine Erklärung abzugeben, ohne sich zu beschweren und ohne zu klagen. Den größten Teil der Zeit verbrachte sie mit geschlossenen Augen, wurde nur aufmerksam und geradezu wachsam, wenn jemand kam, um Alisia zu holen, sie zu wickeln oder sie Kari in den Arm zu legen. Die Angst, man könne die Kleine schlecht behandeln, weil sie anders aussah als erwartet, war schon in dem Augenblick entstanden, in dem sie ihr kleines Mädchen zum ersten Mal sah. Wie eine Stichflamme war ihr Wunsch emporgeschossen, Alisia zu beschützen, und genauso hoch war die Flamme ihrer Angst gelodert, Alisia könnte ungerecht behandelt werden, unter ihrem Aussehen leiden müssen und kein glückliches Leben erwarten, weil sie nicht so aussah, wie Mike Heisers Tochter auszusehen hatte.

Als Indra sich in den Raum drückte, öffnete Kari die Augen und lächelte zum ersten Mal. »Schön, dass du mich besuchst.«

Indra wirkte verlegen, als wäre sie nicht sicher, wie Kari auf ihren Besuch reagieren könnte. »Wie geht's dir?«, fragte sie so leise, als hätte sie das Zimmer einer Schwerkranken betreten.

Kari setzte sich auf. »Du hast schon gehört, dass bei mir etwas anders gelaufen ist als erwartet?«

Indras Gesicht wurde ängstlich. »Es stimmt also? Die Kleine ist krank?«

Nun lachte Kari verächtlich. »Wenn eine dunkle Hautfarbe eine Krankheit ist – dann ja.«

Indra runzelte die Stirn, sie verstand nicht, was Kari sagen wollte. Mit einem großen Schritt ging sie zu dem Babykörbchen und sah hinein. »O Gott, wie süß!« Mit verzückter Miene streichelte sie Alisias kleine Händchen. Dann richtete sie sich auf und sah Kari an. »Du hast gesagt, du wüsstest nicht …«

Kari ließ sie nicht zu Ende reden. »Ich weiß es immer noch nicht.«

»Aber …« Indra dachte eine Weile nach, dann ergänzte sie: »Gibt es mehrere Männer, die infrage kommen?«

Kari nickte. »Ich habe dir ja erzählt, dass es auf der Party von Mike im Juni passiert sein muss. An diesem Abend habe ich ihm angeboten, mich zu heiraten, damit endlich die Gerüchte von seiner Homosexualität verstummen. Ein ganz normales Geschäft. Wir haben einen Vertrag gemacht, jeder von uns hat Rechte und Pflichten. Als sich herausstellte, dass ich schwanger war, wurde alles noch besser für Mike. Einen deutlicheren Beweis für seine Heterosexualität gab es ja nicht. Jedenfalls: Auf dieser Party muss es passiert sein.«

»Du bist ganz sicher?«

»Ja, ganz sicher. Ich hatte einen totalen Filmriss und kann mich nicht mehr erinnern.«

»Kann es dann nicht auch bei einer anderen Party passiert sein?«

»Einen solchen Filmriss hatte ich schon lange nicht mehr. In den zwei, drei Monaten vor der Party jedenfalls nicht. Und danach erst recht nicht mehr. Vorher und hinterher habe ich mit keinem

Mann geschlafen. Alisia kann nur auf dieser Party entstanden sein.«

»Wie viele Männer kommen denn infrage?«

Kari stieß ein bitteres Lachen aus. »Leider einige …« Als sie Indra erzählte, dass insgesamt sechs Männer mit dunkler Hautfarbe auf dieser Party gewesen waren, wurde sie sogar ein wenig verlegen. »Hast du schon mal von den *Half Brothers* gehört?«

»Die Jazzband?« Indra runzelte nachdenklich die Stirn. »Das sind fünf schwarze Männer mit einer blonden Frau.«

»Es war noch ein weiterer Mann da, der infrage käme. Ich habe ihn selbst mitgebracht.« Sie stand nun auf und stellte sich neben Indra vor das Babykörbchen, in dem Alisia schlief. »Mein Cappuccinchen! Könnte dieses Kind schöner sein, wenn es weiß wäre?«

»Nein, niemals!« Indra war voller Überzeugung.

Alisia schmatzte leicht, regte sich, versuchte, die Augen zu öffnen, was ihr aber nicht gelang. Ihre braunen Händchen griffen in ihr Gesicht, sie verzog den Mund und gab ein paar winzige Laute von sich. Dann entspannte sie sich wieder, die kleine Faust sank herab, der Schlaf hatte sie wieder.

Kari strich über ihren schwarzen Flaum, der sich schon jetzt leicht lockte. »Hans-Josef Keller stammt aus Äthiopien«, erzählte sie Indra leise. »Er gefällt mir sehr.«

Indra wiederholte den Namen erstaunt. »So heißt ein Mann, der aus Äthiopien stammt?«

»So heißt einer, der von deutschen Eltern adoptiert wurde. Sie wollten mit seinem Namen anzeigen, dass er durch und durch Deutscher ist, hier aufgewachsen, hier sozialisiert, hier zur Schule gegangen. Er ist mir gleich aufgefallen, als mein Vater ihn eingestellt hatte. Er nennt sich übrigens Hajo. Dieser Name passt wirklich besser zu ihm als Hans-Josef.«

»Und er könnte Alisias Vater sein?«

Kari flüsterte nun: »Ich wünschte, es wäre so. Wenn da nur nicht noch diese fünf *Half Brothers* wären ...«

»Was wird dein Mann sagen, wenn er Alisia sieht?«

Kari schluckte. »Hoffentlich kommt er nicht gleich mit der ganzen Pressemeute hier an. Ich muss unbedingt mit ihm allein reden.«

»Natürlich wird er erst ohne die Presse zu dir kommen wollen. Niemand würde etwas anderes erwarten.«

»Aber was soll dann geschehen? Wenn diese Leute schon im Hotel darauf warten, hier ihre Fotos schießen zu dürfen ...« Kari ließ sich wieder auf die Bettkante sinken. »Was soll Mike ihnen sagen, wenn daraus nichts wird? Das Kind ist krank? Die Mutter ist krank? Etwas anderes fällt mir nicht ein. Aber beides würde die Neugier der Schmierenpresse nur anstacheln.«

Indra lächelte mit einem Mal hintergründig. »Ich hätte da eine Idee ...«

März 1986, Achim

Mike Heiser erschien wie der Sieger über alle Philister, nach einem Kampf, den andere für ihn ausgefochten hatten, mit Lorbeeren bekränzt, die ihm nicht zustanden. Von seiner Entourage hatte er sich in der Hotellobby leutselig verabschiedet und ihnen versichert, sie herbeizurufen, sobald Mutter und Kind für die Fotos hergerichtet waren. Natürlich hatte er durchblicken lassen, dass er Frau und Tochter schon am Abend zuvor besucht habe, um festzustellen, dass es Kari sehr gut gehe und seine Kleine das entzückendste Baby sei, das ihm jemals untergekommen war. Das verständnisvolle Lächeln, das alle närrischen, übergeschnappten Väter erhielten, hatte er von den Journalisten wie Applaus entgegengenommen und war aus dem Hotel stolziert.

Die Stimmung auf der Entbindungsstation gefiel ihm nicht. Er hatte damit gerechnet, dass die Hebammen und Säuglingsschwestern schon auf ihn warteten und darin wetteifern würden, ihn zu seiner Frau zu führen. Tatsache aber war, dass nur der Portier ihn hereinließ und ihn dann zum Warten in eine Sitzecke schickte. »Ich schau mal, ob jemand da ist.«

Ärgerlich betrachtete er die Zeitschriften, von denen alle veraltet und voller Eselsohren waren, die schmuddeligen Titelseiten, die schon von vielen verschwitzten Händen aufgeblättert worden waren. Warteten hier etwa werdende Väter oder nervöse Großeltern? Abrupt stand er auf. Zu denen gehörte er nicht, zu denen wollte er nicht gehören. Warum ließ man ihn überhaupt warten? Er war der Ehemann von Kari Heiser, der Vater ihres Kindes, es gab keinen Grund, ihn nicht umgehend zu Frau und Tochter zu führen.

Als endlich eine Hebamme erschien, die – so vermutete er aufgrund ihres Alters – eine leitende Funktion hatte, war er gerade so weit, einen seiner Wutanfälle zu bekommen, die seine Models fürchteten. Mike Heiser war eigentlich ein freundlicher, umgänglicher Mann, immer höflich, meistens verständnisvoll. Aber die Grenze, hinter der seine Tobsucht lauerte, war wie der Sturz von einer sanften Wiese in einen brodelnden Gebirgsbach. Jeder, der ihn kannte, vermied es tunlichst, dort hineinzufallen. Solange man noch versuchte, den Kopf über Wasser zu halten, konnte man schon Worte wie »Idiot«, »unfähig« oder »Kündigung« zu hören bekommen.

Die Hebamme hatte es also gerade noch geschafft, diesen Sturz zu verhindern, wusste es allerdings nicht. Sonst wäre sie nicht das Risiko eingegangen, Mike Heiser kühl und ohne die geringste Bewunderung anzusprechen, so wie jedermann. Ein Unding! So was war Mike Heiser schon lange nicht mehr untergekommen.

Zehn Minuten später allerdings wurde ihm schlagartig klar, warum man ihn behandelte wie Apollon, der den Überbringer einer schlechten Nachricht zum Tode verurteilte. Schon Karis schuldbewusste Miene machte ihn stutzig, hatte er doch glückliches Strahlen erwartet, und als er sich über das Babybett beugte, traf ihn beinahe der Schlag. Er starrte das Kind an, das friedlich schlief, dann blickte er auf und suchte in Karis Gesicht nach einer Erklärung. Natürlich musste sie ihm keine geben, er wusste auch ohne jedes Wort von ihr, was geschehen war. Was das für seine Zukunft bedeutete, fiel ihm erst Stück für Stück ein. Und mit jedem Stück, das in sein Bewusstsein fiel, brach ein Stück von dem Gebäude ein, das er hatte errichten wollen. Ein Leben als Heterosexueller, ein Leben als erfolgreicher Mann, ein Leben als vollwertiges Mitglied der Gesellschaft. Kein Schwuler, der nicht wirklich dazugehörte!

Dann fiel ihm das Naheliegendste ein. »Wie sollen wir dieses Kind der Presse präsentieren?«

Natürlich nahm Kari ihm übel, dass er so reagierte, dass er kein nettes Wort für ihr Kind hatte, dass er nicht einmal der Form halber und mit gewohnter Höflichkeit herausbekam, wie süß die Kleine war.

»Wer war das?«, fragte er dann und vergaß, den Brillantring hervorzuziehen, den Kari später, beim Fototermin, der Presse präsentieren sollte. »Einer der *Half Brothers*? Oder der Kerl, den du mitgebracht hast?«

»Ich habe dir vorher schon gesagt, dass ich einen Filmriss hatte …«

»Du weißt es also nicht?«

Darauf antwortete Kari nicht. Aber sie präsentierte ihm zum Glück einen guten Weg, aus diesem Dilemma herauszukommen. Fürs Erste! »Wie wir später damit umgehen, müssen wir dann in aller Ruhe bereden.«

Damit war Mike einverstanden. Das letzte und entscheidende Treffen mit den Fernsehproduzenten war in Kürze geplant. Wenn er die Verträge unterschrieben hatte, würde Zeit genug sein, das weitere Vorgehen zu besprechen. Erst mal die Presse zufriedenstellen! Nur darauf kam es im Moment an!

März 1986, Bremen

DENNIS TRAF SICH MIT seinen Freunden André und Henk in der Nähe des Roland. Es fehlte ihnen das Geld, um irgendwo einzukehren, sie hockten sich auf die Stufen des Denkmals und lehnten sich an das Gitter, das ihn umgab. Henk holte drei Bierdosen aus seiner Tasche und reichte jedem eine.

»Meine Familie fährt morgen nach Achim«, sagte Dennis. »Es besteht der Verdacht, dass das Baby krank oder behindert ist.«

»Ändert das etwas an unseren Plänen?«, fragte Henk.

Dennis und André schüttelten den Kopf. »Nein. Warum auch?«

Dennis sah André scharf an. »Du musst dich dringend wieder bei Nicole melden. Die ist nicht doof. Sie darf nicht den Eindruck haben, dass du sie nur anrufst, wenn du was von ihr willst.«

André brummte etwas Zustimmendes. »Aber ich finde es nicht gut, sie derart zu missbrauchen.«

Dennis sah ihn ungläubig an. »Wie sollen wir sonst an den Schlüssel kommen?«

Henk stand auf und wischte sich die Kehrseite ab. »Verdammt kalt hier.« Er sah auf André hinab. »Zu spät, mein Junge. Die Sache ist verabredet. Du kannst da nicht mehr raus.«

»Ja, ja.« André stand nun auch auf.

Nur Dennis blieb sitzen. »Du hast eindeutig den angenehmsten Part, André. Vergiss das nicht.«

Wieder sagte André: »Ja, ja.«

»Die Party steigt?«

»Ist alles organisiert.«

»Dann lade Nicole endlich ein.«

»Habe ich schon. Vor einer Stunde.«

»Und sie hat zugesagt?«

»Ja.«

»Du holst sie von der Arbeit ab und sorgst dafür, dass sie vor der Party nicht nach Hause kommt?«

»Ja, verdammt!«

Nun erhob sich auch Dennis. »Dann ist ja alles klar.« Er streckte André und Henk die Hand hin, bis sie einschlugen. »Morgen Abend also!«

März 1986, Achim

HAJO HATTE DARUM GEBETEN, ihm das Frühstück aufs Zimmer zu servieren und ihm eine überregionale Tageszeitung zu besorgen. Doch diese Bitten waren nur mit einem ungläubigen Blick quittiert worden. »Frühstück aufs Zimmer? Das ist bei uns nicht üblich. Und zwei Tageszeitungen liegen im Frühstücksraum aus. Das hat bisher immer gereicht.«

Dass Hajo ein Blatt lesen wollte, das gestern einen Vertreter nach Achim entsandt hatte, um das Baby von Mike Heiser zu fotografieren, wollte er nicht so deutlich sagen. Also setzte er auf seine lange Mängelliste auch diesen Punkt und fuhr selbst, noch vor dem Frühstück, in den nächsten Laden, der eine große Zeitschriftenauswahl anbot. Nun saß er im Frühstücksraum. Es war noch sehr früh, nur zwei Geschäftsreisende bedienten sich am Büfett, beide eilig, beide ohne einen Blick für den großen schwarzen Mann.

Er schlug die Zeitschrift auf, blätterte bis zur Mitte und … erstarrte. Er merkte nicht, dass ihm der Honig vom Brötchen tropfte, während er in Karis Gesicht sah. Blass sah sie aus, erschöpft und mitgenommen, trotz des professionellen Make-ups. Das glückliche Strahlen, das man ihr sicherlich abverlangt hatte, war nicht besonders überzeugend ausgefallen. Nein, das war nicht seine Kari, die er so liebte, das war eine Kari, die eine Rolle spielte. Eine Rolle, die ihr nicht stand. Mike Heiser saß auf ihrer Bettkante, umarmte seine Frau, lachte in die Kamera und legte auf einem anderen kleinen Foto eine Hand auf den Kopf des Babys. Ein hellhäutiges Kind, das diesen Fototermin verschlief. Mikes

Kind! Was hatte er sich nur eingebildet? Der Wunsch, sich mit Kari durch ein gemeinsames Kind verbunden zu haben, hatte ihn in den letzten Wochen voll und ganz erfüllt. So sehr, dass er zum Schluss gar nicht mehr für möglich hielt, er könnte sich getäuscht haben.

Er musste sich zwingen, den dazugehörigen Artikel zu lesen. Der Ort, an dem Kari die letzte Zeit ihrer Schwangerschaft verbracht hatte, wurde nicht beim Namen genannt. Zum Glück! So musste man nicht erwarten, dass Neugierige in Achim auftauchten, die Bilder für ihr eigenes Fotoalbum schießen wollten. Nur dass sie sich an einen unbekannten Ort zurückgezogen habe, wurde erwähnt und eine Begründung nicht genannt.

Hajo starrte die gegenüberliegende Wand an, während er fieberhaft überlegte. Er dachte an Brit Rensing, die zu ihrer Freundin Romy an die Bar gekommen war und alles andere als glücklich ausgesehen hatte. Nicht wie eine frisch gebackene Großmutter, die hingerissen von ihrem Enkelkind war. Nein, sie hatte unglücklich ausgesehen, den Tränen nahe, und Romy Wimmer war sofort alarmiert gewesen. Was Brit ihr dann zugeflüstert hatte, war für Hajo nicht zu verstehen gewesen, aber er hatte auch nicht versucht, es zu hören. Ihm war klar gewesen, was Brit Rensing ihrer Freundin berichtete: Das Kind war auf der Welt, aber es konnte nicht von Karis Ehemann sein.

Nun aber musste er sich sagen, dass er falsch kombiniert hatte. Das Baby sah genauso aus, wie man sich ein Kind von Mike Heiser vorstellte. Es musste also einen anderen Grund geben, dass Brit Rensing sich nicht über die Geburt ihres Enkelkindes freuen konnte. Aber welchen?

Hajo überlegte, ob es das Beste war, so bald wie möglich wieder abzureisen. Er wollte weder von Brit Rensing noch von Romy Wimmer im *Haus für gefallene Mädchen* gesehen werden. Am besten wäre es, in seinem Zimmer zu frühstücken, aber das würde vermutlich wieder am schlechten Service des Hotels scheitern. Er sollte schnell frühstücken und so bald wie möglich wieder auf sein

Zimmer verschwinden, wo er nicht gesehen wurde. Womöglich erschien auch noch Olaf Rensing hier, dem er erklären musste, warum er ausgerechnet hier seine Urlaubstage verbrachte. Ob seinem Chef der Verdacht kommen würde, dass er in Karis Nähe sein wollte? Dass er damit gerechnet hatte, von Kari gebraucht zu werden, konnte Olaf Rensing nicht erahnen. Niemand konnte wissen, womit Hajo gerechnet hatte: Es würde sich herausstellen, dass Mike Heiser nicht der Vater des Kindes sein konnte, das Kari bekommen hatte, weil es eine dunkle Hautfarbe hatte. In seinen Träumen war Hajo ihr dann zur Seite gesprungen, hatte sich schützend neben Kari und das Baby gestellt und sich zu seiner Vaterschaft bekannt.

Er blickte auf die Uhr. Besser, er ging zurück auf sein Zimmer, ehe Brit Rensing hier auftauchte und er Erklärungen abgeben musste. Oder war es sogar ganz gut, wenn er sie hier traf? Würde er etwas in Erfahrung bringen können? Aber er schüttelte diese Frage gleich wieder ab. Nein, Brit Rensing würde ihm, einem Angestellten, nicht verraten, warum sie sich am Vorabend an der Bar so merkwürdig verhalten hatte.

Trotzdem fiel es ihm schwer, aus dem Hotel auszuchecken und damit die Nähe zu Kari wieder aufzugeben. Der Gedanke, dass er sie treffen könnte, dass sie ihm unerwartet begegnete, dass sie mit einem Mal vor ihm stand, war ihm durch jeden Tag gefolgt, den er hier verbracht hatte. Und nach wie vor, auch wenn er einsehen musste, dass sie nicht sein Kind, sondern das ihres Ehemannes zur Welt gebracht hatte, sehnte er sich danach, mit ihr zu sprechen. Er wollte wissen, was geschehen war, warum die Großmutter nicht freudestrahlend gewesen war und warum Kari auf den Fotos so krampfhaft glücklich ausgesehen hatte. Ja, er musste unbedingt wissen, was passiert war. Vielleicht konnte er ihr helfen? Aber schon schalt er sich einen Idioten. Warum sollte er, ausgerechnet er, Kari helfen können? Er wusste ja nicht einmal, was geschehen war. Er wusste nichts von ihr, gar nichts. Von Mike

Heiser noch weniger. Und wie es um die Ehe der beiden bestellt war, wusste er erst recht nicht. Nur eines wusste er ganz sicher: Er liebte Kari. Vom ersten Augenblick an hatte er sie geliebt. Und immerhin durfte er sicher sein, dass sie ihn mochte, dass sie ihn gernhatte. Das war für ihn eine Erkenntnis von ganz anderer Bedeutung, als sie für einen Weißen gewesen wäre. Wer weiß war, brauchte nur nett, freundlich und sympathisch zu sein, das reichte. Jemand mit dunkler Haut wie Hajo Keller musste viel mehr sein. Und wenn er dann gemocht wurde, stand davor immer noch ein Trotzdem. Wenn er Glück hatte, wurde er gemocht, *obwohl* er schwarz war. Und wenn er noch mehr Glück hatte, wurde er sogar geliebt, *obwohl* er dunkle Haut hatte. Von seinen Adoptiveltern war er bedingungslos geliebt worden, sie hatten bis zu ihrem Tod alles für ihn getan. Aber das war etwas anderes gewesen. Sie hatten sich für ihn entschieden, waren nach Äthiopien gekommen, hatten sich in dem Waisenhaus umgesehen, in dem Hajo lebte, und hatten schließlich ihn gewählt, um ihn mitzunehmen in ein Leben ohne Angst und Hunger. Er würde ihnen ewig dankbar dafür sein, vor allem für ihre Liebe und dafür, dass sie sich immer vor ihn gestellt hatten, wenn er wegen seiner Hautfarbe angegriffen wurde.

»Du bist Hans-Josef Keller«, hatten sie ihm immer wieder eingeschärft. »Du hast einen deutschen Namen, du bist Deutscher!«

Das war ihnen wichtig gewesen, sehr wichtig. Dass ein deutscher Name ihn nicht automatisch in Deutschland beheimatete, hatten sie nicht glauben wollen und hatte er selbst erst sehr spät bemerkt. Selten hatte er sich angenommen gefühlt, ohne Wenn und Aber, ohne Voreingenommenheit. Wie von Olaf Rensing zum Beispiel. Er hatte Hajo zum Vorstellungsgespräch eingeladen, nachdem er unzählige Absagen erhalten hatte, die allesamt auf seine Hautfarbe zurückzuführen waren. In einem Brief eines Hoteldirektors hatte es sogar klar und deutlich gestanden: »Sie sollten sich besser um einen Beruf bemühen, in dem Sie nicht viel mit Menschen zu tun haben. Kein Chef wird Sie einstellen, der sich darum sorgen muss, dass seine Kunden ausbleiben, wenn sie von einem Schwarzen empfangen werden.«

Wütend hatte er dieses Schreiben zerknüllt. Und das Schlimmste war: Der Mann hatte recht, niemand stellte ihn ein. Auch seine Eltern hatten ihm abgeraten, als er ins Hotelgewerbe einsteigen wollte. Sie waren ebenso der Ansicht gewesen, dass es für ihn schwer sein würde, Fuß zu fassen. Aber er hatte darauf vertraut, dass es Menschen gab, die einem Schwarzen genauso objektiv gegenübertraten wie einem Weißen. So wie Olaf Rensing! In ihm hatte er einen Mann gefunden, der nicht nach Äußerlichkeiten, sondern nach anderen Werten suchte. Karis Vater! Und Kari selbst war genauso, da war er sich sicher. Jedenfalls, wenn es darum ging, ihn als Partybegleitung auszusuchen. Aber als Vater ihres Kindes? Mit einem Mal war er nicht mehr sicher. Und er hätte viel darum gegeben, wenn er wüsste, wie gut sie sich noch an die Party in dem Haus erinnerte, in dem sie ihr Kind aufziehen würde. Nach wie vor schien es ihm so, als wäre ihre Erinnerung an den Abend im Drogenrausch untergegangen.

Er erhob sich und verließ den Frühstücksraum. Es wurde Zeit, dass er sich zurückzog. In seinem Zimmer würde er darüber nachdenken, ob er sofort abreisen sollte oder ob er es wagen konnte, Kari einen Besuch abzustatten. Oder einfach warten, bis er sie zufällig traf? Aber wie lange würde sie hier noch bleiben? Sicherlich würde Mike Heiser darauf bestehen, sein Kind so bald wie möglich bei sich zu haben.

In diese Gedanken und Fragen war er derart tief versunken, dass er Brit Rensing beinahe übersehen hätte, die auf den Eingang des Frühstückraums zuhielt. Für eine Flucht war es zu spät. Sie hatte ihn bereits erkannt.

»Herr Keller!« Sie wunderte sich nicht schlecht. »Sie hier? Ich hatte ja keine Ahnung, dass Sie ausgerechnet hier Urlaub machen.«

Hajo gab sich ebenso erstaunt. Wie sollte er reagieren? Zugeben, dass er von Karis Anwesenheit wusste? Zugeben, dass er die Pressemeute und Mike Heiser zur Kenntnis genommen hatte? Sogar zugeben, dass er Brit und ihre Freundin am Vorabend in der Bar belauscht hatte? Nein! Letzteres auf keinen Fall.

»Ich dachte … Erst wollte ich ja auf Sylt … Aber dann …«

Brit ließ ihn nicht ausreden. Sie griff nach seinem Arm und zog ihn zur Seite. »Sie sind hier, um der Geschäftsleitung auf die Finger zu sehen? Hat mein Mann Sie geschickt?«

»Nein, nein, es war eher zufällig …«

»Das geht nicht, Herr Keller. Ich kann nicht zulassen, dass Sie Ihren Urlaub opfern, um hier den Service zu überwachen.«

»Sie wissen doch … ich bin alleinstehend, ich habe keine Familie, keine Freunde in der Nähe, da kann ich gut und gerne einen Urlaub mit beruflichen Interessen verbinden.« Nun fiel ihm eine Frage ein, die er für klug hielt: »Ich bin Ihnen zuvorgekommen? Sie sind auch hier, um sich heimlich umzusehen?«

Brit lächelte und erklärte ihm, dass sie aus anderem Grund hier war, aber von ihrem Mann den Auftrag erhalten hatte, zwei Fliegen mit einer Klappe zu schlagen. »Ich habe unter meinem Mädchennamen hier eingecheckt. Der Hoteldirektor soll nichts merken.« Sie sah sich um und flüsterte: »Haben Sie Klaas Schubert eigentlich schon zu Gesicht bekommen?«

»Einmal, als ich eincheckte. Ich glaube, der Rezeptionist hat einen ordentlichen Rüffel bekommen, weil er mich reingelassen hat. Schubert hat noch den Versuch unternommen, mir weiszumachen, dass alle Zimmer belegt sind. Aber ich hab mich nicht darauf eingelassen.« Er klopfte an die Brusttasche seines Jacketts. »Ich habe alles aufgelistet, was es zu beanstanden gibt. Es wird immer mehr.«

Brit Rensing lächelte ihn herzlich an. »Ich wollte, alle Geschäftsführer wären so wie Sie, Herr Keller.«

März 1986, Achim

Brit hatte keinen Appetit. Nach dem Frühstück würde sie zu Kari gehen müssen. Womöglich traf sie dort ihren Schwiegersohn an. Was sollte sie ihm sagen? Was sollte sie Kari sagen? Und was würde sie von ihr zu hören bekommen?

Direkt nach dem Erwachen hatte sie zum Telefon gegriffen und noch einmal mit Olaf gesprochen. Er war der Meinung gewesen, sie solle sich mit Beurteilungen und vor allem mit Verurteilungen zurückhalten, sich so wenig wie möglich einmischen und sich immer wieder sagen, dass dieses Problem vor allem ein Problem zwischen den Eheleuten sei. Olaf hatte gut reden! Noch immer war er nicht bereit, nach Achim zu kommen und das *König Augustin* allein zu lassen. Nun noch weniger als vorher. Brit glaubte durchschaut zu haben, dass er ganz froh war, sich außerhalb der Gefechtszone aufzuhalten und in Sicherheit vor haltlosen Anschuldigungen, unvorsichtigen Entgegnungen, fahrlässig formulierten Vorwürfen und Kränkungen jeglicher Art zu sein. Jetzt jedoch war sie zufrieden damit, dass Olaf nicht an ihrer Seite war. So sehr sie sich einerseits seinen Beistand wünschte, so war andererseits die Angst davor, dass Olaf mit einer unbedachten Äußerung die fragile Beziehung zu Kari vollends zerstören konnte, noch größer. Er war ein so geradliniger Mann, der nicht viel von Diplomatie hielt. Er würde Kari womöglich vorhalten, was sie ihrem Kind antat, das aufwachsen musste, ohne zu wissen, wer sein Vater war. Und dann würde unverzüglich Karis Antwort kommen, in der sie Brit und Olaf vorhielt, dass sie es selbst nicht anders gehalten hatten. Und sie hatte ja recht. Brit durfte ihrer Tochter nicht mit Vorhaltungen kommen. Es ging jetzt nur um die kleine Alisia, die die Liebe ihrer Eltern und Großeltern brauchte. Und natürlich um Karis Ehe, die aber vermutlich mit dem Augenblick der Geburt bereits zerrüttet war. Doch Brit wusste auch, wie wichtig Mike seine Karriere war, seine Fernsehshow und damit seine untadeligen familiären Verhältnisse. Aber wie sollte das alles zu bewerkstelligen sein, wenn die Presse Wind davon bekam, dass das Baby, das heute durch alle Gazetten ging, das Kind von Indra Wiemann war? Olaf war der Meinung gewesen, dass Kari dieser Betrug an der Öffentlichkeit nicht angelastet werden konnte. Die Öffentlichkeit war ja selbst schuld! Durch ihre Neugier, durch diese widerliche Schlüssellochguckerei, wie Olaf es nannte, provozierte sie solchen Schwindel ja geradezu. Was blieb Prominenten anderes übrig, als zu lügen, wenn sie ihr Privatleben schützen wollten?

Brit hörte auf, sich Gedanken zu machen, und versuchte auch nicht mehr, etwas zu essen, obwohl sie andererseits glaubte, dass sie an diesem Tag viel Kraft nötig haben würde. Sie schob den Teller beiseite und erhob sich … aber sank auf ihren Stuhl zurück, als sie die Stimmen hörte, die aus der Lobby kamen. Ein Mann, der nach Brit Rensing fragte! Und dann die Stimme des Rezeptionisten, der ihm beschied, dass eine Frau Rensing nicht in diesem Hotel zu Gast sei.

Die Stimme von Edward Heflik wurde lauter. »Sie muss hier wohnen.«

Brit sprang auf und lief in die Lobby. Ihr Vater hatte sich wohl entschlossen, so lange auf den Rezeptionisten einzureden, bis dieser zugab, dass Brit Rensing im *Haus für gefallene Mädchen* wohnte, während Brits Mutter mit leiser Stimme versuchte, ihn davon abzubringen. »Wenn er sagt, sie wohnt hier nicht, dann wird das wohl so sein …«

»Mama! Papa!« Brit lief auf die beiden zu, so schnell, als könnte sie noch irgendetwas verhindern, als könnte sie die Worte ihres Vaters ungesagt machen. Sie gab dem Mitarbeiter an der Rezeption ein Zeichen, murmelte ihm ein »Danke« zu und zog ihre Eltern mit sich.

»Wieso kennt dich hier niemand?«, fragte ihr Vater aufgebracht.

Brit warf einen Blick zurück und bemerkte, dass die Augen des Rezeptionisten sehr nachdenklich auf ihr ruhten. Als er sich der Tür zuwandte, die ins Büro des Hoteldirektors führte und dort anklopfte, seufzte sie tief auf. Sie würde hier niemandem mehr weismachen können, dass sie wirklich Brit Heflik hieß.

Sie dirigierte ihre Eltern nach draußen und erklärte ihnen kurz, warum sie inkognito hier abgestiegen war.

»Das konnten wir ja nicht wissen«, tönte ihr Vater, obwohl ihm kein Vorwurf gemacht worden war.

»Wir wollen doch nur Kari besuchen«, sagte ihre Mutter leise und rang die Hände, als wollte man sie von Enkel- und Urenkeltochter fernhalten.

Brit betrachtete ihre Eltern. Den vierschrötigen Vater, der das Lächeln nun wohl endgültig verlernt hatte, die zaghafte Mutter, die im häuslichen Bereich an Kraft und Bedeutung zugenommen hatte, jedoch hier, in der ungewohnten Atmosphäre eines Hotels, so mutlos wirkte wie in ihrer Jugend.

»Natürlich könnt ihr Kari besuchen«, sagte Brit begütigend. »Kommt, wir gehen gemeinsam zu ihr.«

Frida sah ihre Tochter ungläubig an. »Du hast so komisch geklungen am Telefon. Und eigentlich wolltest du nicht, dass wir herkommen. Da dachten wir … Es hörte sich so an … Also …«

»Ja, ich hätte es euch gern erspart.« Brit ging den beiden voraus auf die Straße und wandte sich nach links, wo es nach etwa hundert Metern in das Anwesen der Knut-Augustin-Stiftung ging.

Frida folgte ihr eilig. »Es stimmt also? Mit dem Baby ist was nicht in Ordnung?«

Edward fiel zurück. »Habt ihr vergessen, dass ich ein lahmes Bein habe?«

Brit blieb stehen und entschuldigte sich. Dann wandte sie sich an ihre Mutter. »Ob mit dem Baby alles in Ordnung ist, darfst du gleich selbst entscheiden …«

März 1986, Achim

NICOLE SASS VOR IHRER Schreibmaschine, Romy den Rücken zugewandt, und starrte auf die Tasten, als dächte sie über die Rechtschreibung eines Wortes nach. Sie trug an diesem Tag eine neue Hose, eine Karottenhose, auf die sie sehr stolz zu sein schien. Hellgrün war sie und betonte ihren breiten Unterkörper nicht gerade vorteilhaft. Zum Glück hatte sie darüber eine weite Bluse angezogen, neongelb, die ihre ausladendste Problemzone verdeckte und durch dicke Schulterpolster die Blicke auf einen Punkt richtete, an dem Nicole einigermaßen schmal gebaut war. Trotzdem überlegte Romy, ob sie ihrer jungen Kollegin den Tipp geben sollte, ihren Körper anders zu betonen, unterließ es dann aber. Nicole hatte ihr schon kurz nach dem Arbeitsantritt erzählt, dass sie am Abend zu einer Party eingeladen war. Von André, einem Freund ihres Bruders, in den sie schon seit Langem verliebt war. Endlich schien er angebissen zu haben. Er hatte sie bereits einmal in ein Café in Bremen eingeladen und ihr sogar Sekt spendiert. Und nun diese Einladung zur Party! Nicole war voller Vorfreude. Verunsicherung durch Kritik an ihrem Outfit, mochte sie auch noch so gut gemeint sein, konnte sie jetzt nicht gebrauchen.

Nun drehte sie sich um. »Ich würde so gern Karis Baby sehen.«

»Später.« Romy griff nach einer Akte und blätterte sie durch, als gäbe es viel zu tun. Brit hatte ihr am Abend vorher das Versprechen abgenommen, über Alisias Hautfarbe zunächst zu schweigen. Ehe es die Familie in Riekenbüren erfuhr, wollte sie erst wissen, wie Mike damit umging, ob mit sofortiger Scheidung zu rechnen war oder ob er womöglich bei der Schmierenkomödie blieb, die er der Presse vorgeführt hatte, indem er Kari ein weißes Baby in den Arm legte. Es war nicht auszuschließen, dass Mike die Wahrheit so lange vertuschen wollte, bis seine Fernsehshow angelaufen und ein Erfolg geworden war. Vielleicht spielte es dann keine Rolle mehr, dass seine Frau ein dunkelhäutiges Kind bekommen hatte.

Aber dieser Plan konnte natürlich nur gelingen, wenn so wenige Menschen wie möglich Alisia zu Gesicht bekamen. »Du hast die Kleine doch schon in der Zeitung gesehen.«

Ehe Nicole darauf antworten konnte, öffnete sich die Tür, und Samy Angermann kam herein. Ein blendend aussehender Mann, der nicht nur wegen seiner guten Stimme, sondern auch wegen seiner Attraktivität Karriere gemacht hatte.

Romy warf sich sofort in Positur. »Was können wir für Sie tun? Wie geht's Indra und dem Baby?« Ihr Strahlen fiel in sich zusammen. »Gibt's ein Problem?«

Ihre Frage war verständlich, denn Samy Angermann, sonst immer souverän, mit dem Lächeln auf den Lippen, das er auch trug, wenn er sich vor seinem Publikum verbeugte, wirkte jetzt nervös. Aber er gab sich Mühe, seine Unruhe zu verbergen. Er wirkte so, als wäre er nur in ihr Büro gekommen, um etwas zu besprechen. Trotzdem fiel Romy auf, dass er immer wieder aus dem Fenster blickte, als wäre er auf dem Sprung und als würde er die Flucht ergreifen, wenn draußen ein Auto vorfuhr.

»Ich wollte schon seit Längerem mal mit Ihnen sprechen«, behauptete er jetzt und strich sich fahrig über das volle dunkle Haar. Dabei sah er nicht Romy, sondern Nicole an. »Ich habe neulich mitbekommen, dass Sie Lese- und Rechtschreibschwierigkeiten haben.«

Nicole lief rot an wie immer, wenn sie auf ihr Defizit angesprochen wurde.

»Man hat Sie deshalb auf die Sonderschule geschickt?«

Romy wollte Nicole beistehen. »Dabei ist sie in allen anderen Fächern gut. Die rechnet Ihnen jeden Dreisatz im Kopf aus.«

»Das glaube ich.« Samy ging zum Fenster und sah hinaus. »Wissen Sie, womit ich mein Geld verdient habe, bevor ich ins Showgeschäft einstieg?« Er drehte sich wieder um.

Romy schüttelte den Kopf, Nicole starrte ihn nur an.

»Ich bin Psychologe. Als Schulpsychologe habe ich gearbeitet. Und dabei sind mir viele Fälle junger Menschen mit Lese- und Rechtschreibproblemen begegnet.« Wieder sah er Nicole eindringlich an. »Man hat Ihnen eingeredet, dass Sie für den Besuch einer Regelschule nicht geeignet sind?«

»Ich bin zu dumm«, flüsterte Nicole.

»Bist du nicht«, fuhr Romy sie an. »Das habe ich dir schon oft gesagt.«

»Frau Wimmer hat recht«, bestätigte Samy Angermann und sah mit langem Hals aus dem Fenster, als erwartete er jemanden. »Sie sind nicht dumm, Sie sind Legasthenikerin.«

Nicole starrte ihn mit offenem Mund an. »Was?«

»Das habe ich noch nie gehört«, meinte auch Romy.

»Dabei wird schon seit den Dreißigerjahren diesbezüglich geforscht«, erklärte Samy Angermann. »Legastheniker sind nicht dumm. Sie haben nur Probleme mit der Umsetzung von gesprochener Sprache in geschriebene Sprache.«

Nicoles Miene erhellte sich, fiel aber gleich wieder in einen Schatten. »Ich bin … krank?«

Samy Angermann kam nicht dazu, ihr zu antworten. Wieder warf er einen Blick aus dem Fenster, diesmal erschrak er. »Gibt's einen hinteren Ausgang?«

Er wartete eine Antwort nicht ab, sondern hatte schon selbst die Tür entdeckt, die dem Eingang gegenüberlag. »Indras Eltern sind gekommen. Besser, ich begegne ihnen nicht.«

Im Nu war er verschwunden. Romy und Nicole hörten seine Schritte auf dem Gang, dann eine weitere Tür klappen. Jetzt musste er im Garten angekommen sein.

Die beiden starrten sich noch immer verblüfft an, als sich die Eingangstür öffnete und ein Ehepaar eintrat. Die beiden mochten Mitte vierzig sein, waren gut und teuer gekleidet, hatten angenehme Manieren. Höflich grüßten sie und baten darum, eine Frage stellen zu dürfen. Der Mann rückte seine Brille zurecht, die Frau warf den Kopf zurück und ließ ihre blonden Haare fliegen. Beide lächelten verbindlich.

»Wiemann«, stellte der Mann sich vor. »Wir sind die Eltern von Indra.«

Romy erhob sich und reichte ihnen die Hand. »Wie schön! Herzlichen Glückwunsch zum Enkelkind.«

Nun wurde sein Lächeln verkniffen, seiner Frau traten sogar Tränen in die Augen. »Wir haben den Verdacht, dass Indra hier Herrenbesuch empfangen hat«, sagte Herr Wiemann vorwurfsvoll.

Romys anfängliche Sympathie für die beiden bröckelte. »Jede junge Mutter, die hier lebt, kann Besuch empfangen, wie sie möchte.«

Herr Wiemann zog ein paar lederne Handschuhe aus seiner Manteltasche und hielt sie Romy hin. »Das sind eindeutig Männerhandschuhe. Indra wollte uns weismachen, dass sie ihr gehören, aber natürlich sind sie ihr viel zu groß.«

»Das werden Handschuhe ihres Onkels sein«, sagte Nicole. Romy fing einen Blick von ihr auf und gab ihn zurück, indem sie ihr mit den Augen sagte: Ja, wir halten zu Indra und Samy Angermann.

Das Gesicht von Herrn Wiemann lief rot an. »Onkel?«

Romys Sympathien hatte er jetzt sämtlich verscherzt. »Der Einzige in Ihrer Familie, der sich bisher um Indra gekümmert hat«, sagte sie scharf. »Hätte er sie nicht regelmäßig besucht, wäre Indra während ihrer ganzen Schwangerschaft allein geblieben.«

»Onkel?«, wiederholte Herr Wiemann noch einmal. »Indra hat überhaupt keinen Onkel.«

Teil III

März 1986, Bremen

NICOLE WAR GLÜCKLICH, so glücklich wie noch nie. Endlich gehörte auch sie dazu. Nicht zu den Pfadfindern von Riekenbüren, der Jugendgruppe der Pfarrei oder dem Handarbeitskurs, der im Advent die Kirche schmücken durfte. Nein, sie ging mit André zu einer Party, die sicherlich ganz anders war als das, was in Riekenbüren gefeiert wurde. André hatte ihr geraten, ein paar Sachen einzupacken, damit sie dort übernachten konnten, denn natürlich würde keiner nüchtern genug sein, um Nicole in der Nacht von Bremen nach Riekenbüren zu fahren.

Ihre Mutter war voller Zweifel gewesen, aber Dennis, der einen kurzen Besuch im Elternhaus machte, hatte ihr erklärt, dass es völlig normal sei, nach einer solchen Party bis zum Morgen zu bleiben. Das seien alles dufte Typen, er könne für jeden die Hand ins Feuer legen. Und überhaupt würde er alle kennen, die dort eingeladen waren. »Die sind total in Ordnung.«

So waren Halina und Hasso schließlich beruhigt gewesen. Sie schienen zu glauben, auch Dennis würde auf diese Party gehen und ein Auge auf seine Schwester haben. Das hatte Dennis nicht ausdrücklich bestätigt, aber auch nicht bestritten. Nicole wusste, dass er diesen Abend woanders verbringen würde, vermutlich vor einem Automaten seiner zurzeit bevorzugten Spielhalle.

»Ah, du gehörst zu André!« So wurde sie von mehreren begrüßt, und jedes Mal nickte sie strahlend. Ja, sie gehörte zu André, jedenfalls an diesem Abend. Die Wohnung, in der gefeiert wurde, lag im Erdgeschoss eines heruntergekommenen Hauses in Osterholz, das bald abgerissen werden sollte, und Nicole war froh, dass ihre Eltern nicht sehen konnten, wie ungepflegt alles war. Eine WG lebte dort, die aus zwei Männern und einer jungen Frau bestand. Gefeiert wurde scheinbar an jedem Wochenende. Wer kam, brachte Alkohol, Gras oder andere Drogen mit, wer heiße Pizza oder Hotdogs im Gepäck hatte, wurde jubelnd begrüßt. Kurz vor Mitternacht befanden sich mindestens fünfzig Jugendliche in dieser Wohnung, angetrunken oder volltrunken und die meisten high.

Bald fühlte Nicole sich nicht mehr wohl. Sie wollte sich weder betrinken noch wollte sie koksen oder kiffen. Eigentlich hatte sie gedacht, sie würde mit André schicke Cocktails trinken und zu schmusiger Musik tanzen. Ganz im Geheimen hatte sie natürlich auch davon geträumt, anschließend die Nacht mit ihm zu verbringen, mit André in einem Bett zu schlafen und sich dort von ihm herrliche Liebesgeständnisse ins Ohr flüstern zu lassen. Aber die drei Betten, über die die Wohnung verfügte, waren schnell belegt. Eins von einem Paar, das ungeniert Sex hatte, obwohl ständig irgendwelche Leute rein- und rausgingen, die beiden anderen von zwei Jungen, die schnell betrunken geworden waren und sich nicht mehr auf den Beinen halten konnten.

Wo sollte sie hier übernachten? Nicole wurde immer unsicherer, je später der Abend wurde. Insgeheim überlegte sie sogar, ob sie nicht doch noch einen Bus nach Riekenbüren erwischen konnte, um zu Hause zu schlafen, wo es ruhig und sauber war.

André schien zu merken, dass sie sich nicht wohlfühlte. Er zog sie in eine schummrige Ecke des sogenannten Wohnzimmers, schlang seine Arme um ihre Hüften und tanzte dort mit ihr zu brüllender Musik. Raunend erklärte er ihr, dass das ganze Haus, auch die oberen Etagen, leer stünde. »Da oben wohnt keiner mehr, die Bude wird bald abgerissen. Sonst hätten wir ja schon die Nachbarn und die Polizei am Hals.«

»Und wir können einfach irgendwo schlafen?«, fragte Nicole skeptisch.

»Komm mit, ich zeig's dir.« André nahm ihre Hand und zog sie aus der Wohnung. Er dachte sogar daran, nicht nur ihre kleine Reisetasche, sondern auch ihre Handtasche mitzunehmen. »Die finden wir morgen sonst nicht wieder.«

Auf dem Speicher des Hauses hatte er eine kleine Ecke eingerichtet, in der sie schlafen konnten. Sauber war es auch dort nicht, und die Matratze, die auf dem nackten Boden lag, sah nicht besonders vertrauenerweckend aus, aber wenigstens war es ruhig hier oben, und sie waren allein.

Auch André hatte eine Tasche mitgenommen, die er hinter der Tür versteckt hatte. »Man muss aufpassen. Wer Decken oder Bettzeug dabeihat, ist es schnell los. Irgendwann wollen sich alle irgendwo verkriechen und pennen. Ob unter einer eigenen oder unter der Decke eines anderen, ist dann egal.«

André holte ein helles Laken hervor und breitete es auf der Matratze aus. »Extra frisch gewaschen«, sagte er lächelnd.

Er ließ sich auf der Matratze nieder und wollte Nicole zu sich herabziehen.

Aber sie zögerte noch immer. »Kann man die Tür abschließen?«

André schüttelte den Kopf. »Aber hier wird keiner hochkommen. In spätestens zwei, drei Stunden sind alle so breit, dass sie die Treppe gar nicht mehr schaffen.«

»Ich möchte mich waschen«, flüsterte Nicole. »Und Zähne putzen.«

André lachte. »Das wird schwierig. Aber immerhin ist am Ende des Gangs eine Toilette. Vielleicht funktioniert das Wasser dort noch.«

Zum Glück lief es tatsächlich, aber Nicole ekelte sich schrecklich vor der schmutzigen Toilette. Die Sache mit der gründlichen Intimwaschung und der duftenden Bodylotion konnte sie vergessen. Sie würde so, wie sie war, zu André unter die Decke kriechen müssen. Nicole zauderte lange. Bei dem Gedanken daran, dass die kommende Nacht wohl ihre erste Liebesnacht mit André werden würde, hatte sie gemischte Gefühle. Die äußeren Umstände waren nicht gerade so, wie sie es sich gewünscht hatte. Aber jetzt einen Rückzieher zu machen kam ihr auch falsch vor. Was würde er von ihr denken, wenn sie jetzt plötzlich kniff? Und: Wohin sollte sie auch sonst gehen, jetzt, mitten in der Nacht?

Nicole schlich den Gang zurück und öffnete die Tür zu der Dachkammer, in der André auf sie wartete, so leise wie möglich. Ein wenig hoffte sie tatsächlich darauf, dass André schon eingeschlafen war und sie sich unbemerkt neben ihn legen konnte. Aber sie hatte sich getäuscht. André war noch wach, hellwach sogar.

»Endlich«, flüsterte er. »Ich dachte schon, du kommst nicht mehr.« Etwas lauter sagte er: »Stell deine Tasche neben die Tür. Griffbereit! Das ist hier in Osterholz wichtig. Wenn die Polizei doch mal auftaucht, muss man sich sofort alles schnappen, was einen verraten kann.«

März 1986, Achim

Die Nacht hob ihren Schleier. Ein grauer Morgen kam dahinter zum Vorschein. Auf den Wiesen glitzerte der Tau, das einzig Leichtlebige, das dieser Morgen zu bieten hatte. Der Rest war farblos, schwer, niedergedrückt. Die Kälte stand hinter den Fenstern, sie war zu erkennen in den starren Spitzen der Büsche, in der Bewegungslosigkeit, der Apathie, die noch in der Natur herrschte. Der Frühling wollte sie noch nicht wecken.

Kari stand am Fenster ihres Zimmers und starrte hinaus, bewegungslos. Sah nur sie das Starre, Kalte da draußen, weil es in ihrem Herzen ähnlich aussah? Weil sie unfähig war, an Frühling, Wärme, frische Blüten und Knospen zu denken? Ihre Hand, die den Zettel hielt, war herabgesunken, jetzt hob sie ihn wieder vor die Augen. Was sollte sie tun? Wer konnte ihr helfen? Gab es überhaupt jemanden, von dem sie Hilfe erwarten konnte? Mike, ihr Mann? Ihre Mutter, ihr Vater, der nicht ihr Vater war? Alisias Vater, von dem sie nicht ahnte, wer es war und der nichts von seinem Kind wusste? Sie drehte sich um und ging zur Tür. Aber sie brauchte Hilfe. Allein würde sie es nicht schaffen.

Niemand sah sie, als sie den Flur hinunterging. Die Schwestern waren im Säuglingszimmer beschäftigt, andere in der Küche. Schwacher Kaffeeduft drang bereits auf den Gang. Ein Baby fing hinter einer Tür zu schreien an, die verschlafene Stimme der Mutter antwortete. Die Tür des Schwesternbüros war geöffnet, aber der Schreibtischstuhl leer. Kari verließ das Entbindungsheim, ohne gesehen worden zu sein. Die Luft, die sie empfing, war nicht so kalt, wie sie erwartet hatte. Der Frühling lag doch schon auf der Lauer. Noch ein wenig Geduld, dann würde er dem Winter die starren Baumspitzen abjagen und sie mit frischem Grün polstern.

Sie lief so schnell sie konnte, weil sie vergessen hatte, eine Jacke überzuziehen und sich durch zügiges Tempo warm halten wollte. So war sie bald am *Haus für gefallene Mädchen* angekommen. Vor dem Eingang stand ein Taxi, einige Koffer wurden aus dem Haus getragen, die ersten Hotelgäste brachen zur Rückreise auf.

Der junge Mann an der Rezeption schien sich zu fragen, woher er sie kannte. Stirnrunzelnd sah er ihr entgegen. »Sie wünschen?«

Die Lähmung war nun von ihr abgefallen, die Ruhe, die dahinter zum Vorschein gekommen war, schien dem Rezeptionisten unheimlich zu sein. Es war eine eiskalte Ruhe, nichts Friedliches, keine Beherrschtheit oder Gelassenheit, nur Erstarrung.

»Ich will zu Mike Heiser«, sagte sie und hörte, dass ihre Stimme klirrte. »Zu meinem Mann.«

»Es ist noch sehr früh.«

»Das weiß ich. Rufen Sie ihn bitte auf seinem Zimmer an und sagen Sie ihm, dass ich auf dem Weg bin.«

Sie wartete seine Antwort nicht ab, sondern ging zum Aufzug und stieg ein. Bevor die Türen sich schlossen, sah sie, dass der Rezeptionist zum Telefonhörer griff.

Sie musste mehrmals klopfen, bis sie Mikes Stimme hörte und er endlich öffnete. Er stöhnte auf, als er sie einließ. »So früh?«

Er trug geblümte Boxerhorts und ein weißes Shirt. Seine Haare waren zerdrückt, seine Augen verklebt, in seinen Mundwinkeln war Speichel getrocknet. Ihr Ehemann! Für ihre freundschaftlichen Gefühle musste sie wohl bekifft gewesen sein. Seit sie keine Drogen mehr angerührt hatte, konnte sie nicht verstehen, dass sie ihn mal sehr gerngehabt hatte.

»Ich muss mit dir reden.«

»Du hast dir überlegt, wie wir mit der Situation umgehen?« Er ging zur Badezimmertür. »Moment, bin gleich wieder da.«

Kari wartete geduldig, bis die Toilettenspülung und anschließend das Wasser rauschte. Sie ging zum Fenster und stellte fest, dass der gleiche Blick von hier oben ganz anders wirkte als aus dem Fenster im Erdgeschoss. Heller, aber noch kälter, schöner, als brächte die Distanz etwas hervor, was aus der Nähe nicht zu erkennen war.

Mike kam aus dem Bad. Kari war froh, dass er sich das Gesicht gewaschen und die Haare gebürstet hatte. Mit einem Mike zu reden, der ihr wie ein Ehemann gegenübertrat, wäre ihr schwergefallen. Sie wollte nicht mit ihm zusammen sein, wenn er gerade erst erwacht war, sie wollte die Distanz zu ihm wahren. Sie galt zwar als seine Ehefrau, aber sie war es nicht.

Offenbar hatte er im Bad auch seinen Denkapparat angeworfen. »Wir müssen dafür sorgen, dass die Öffentlichkeit kein Interesse mehr an dem Baby hat, dann …«

Kari unterbrach ihn, indem sie ihm den Zettel mit einer so herrischen Bewegung hinstreckte, als wäre er eine Waffe. »Lies!«

Mike nahm das Blatt entgegen, überflog es und ließ sich auf die Bettkante sinken. »O Gott!«

März 1986, Achim

»Du. Musst. Jetzt. Kommen.« Brit war zu erregt, um sich zu setzen, sie lief zwischen Bett und Tür, Fenster und Schreibtisch hin und her, das Telefonkabel hinter sich herziehend. »Du kannst dich nicht mehr drücken. Es geht um unsere Familie.«

Olaf machte den gewagten Versuch, seiner Stimme eine Prise Überdruss zu geben. »Mein Gott! Was ist denn jetzt schon wieder los? Will Mike sich scheiden lassen? Das ist doch keine Überraschung. Oder ist noch etwas mit dem Baby?«

Hätte Brit ihren Mann vor sich gehabt, sie hätte ihn wohl tätlich angegriffen. »Das Kind ist entführt worden!«, schrie sie in den Hörer. »Der Entführer verlangt zweihunderttausend Mark.«

Nun blieb es eine Weile still in der Leitung. Brit fragte sich, wie sie reagieren würde, wenn Olaf ihr jetzt lapidar Übertreibung vorwerfen würde. Aber im selben Augenblick entgegnete er so betroffen, wie er sein sollte: »Entführung? Um Himmels willen!«

»Kari ist sofort zu Mike ins Hotel gegangen. Der Entführer verlangt, dass die Polizei nicht eingeschaltet wird. Aber Mike sagt, er will nicht zahlen.«

»Spinnt der?«, schrie Olaf. »Er ist auf dem Papier der Vater des Kindes. Und wenn ihm seine Karriere lieb ist, würde ich ihm dringend raten zu zahlen. Ich hänge das an die große Glocke, das verspreche ich ihm.«

»Das hat Kari ihm auch schon angedroht.«

»Die *Half Brothers* sind gut im Geschäft«, überlegte Olaf.

Brit unterbrach ihn. »Vergiss es. Unter den Umständen wird doch jeder bestreiten, der Vater zu sein.«

»Für Mike sind zweihunderttausend doch ein Klacks«, behauptete Olaf. »Oder etwa nicht?«

»Natürlich ist er vermögend. Aber er hat sein Geld vermutlich angelegt.«

»Ja, so viel Bargeld wird er nicht rumliegen haben.«

»Du musst kommen«, wiederholte Brit. »Setz dich ins Auto, und komm her.«

»Morgen«, antwortete Olaf.

»Also gut. Gleich morgen früh?«

»Versprochen.«

Brit atmete auf. Aber ihre Erleichterung hielt nicht lange an. Was wurde aus Kari und ihrer Ehe? Dass Mike Heiser gekränkt war, weil Kari ihn schon vor der Hochzeit betrogen hatte, war verständlich. Vermutlich kam ihm jetzt zum ersten Mal der Gedanke, dass er beinahe ahnungslos ein Kuckuckskind großgezogen hätte, wenn es nicht durch seine Hautfarbe von vornherein als solches erkannt worden wäre. Womöglich hätte auch Kari gar nicht gewusst, dass sie ihrem Mann ein Baby unterschob, das sie von einem anderen empfangen hatte.

Brit ließ sich auf die Bettkante sinken. Mit einem Mal fühlte sie sich so kraftlos wie schon lange nicht mehr, und nachdem sie mit ihrem Mann gesprochen hatte, setzte eine ermattende Erleichterung ein, die wohltat. Sie konnte jetzt wieder denken, nicht nur fühlen. Und mit den Gedanken entstand wieder die Frage, auf die es ankam: Wie würde Mike Heiser reagieren? Was würde er tun? Würde Kari ihm wichtiger sein als seine Karriere? Würde er sie noch lieben und nach wie vor zu ihr stehen, obwohl sie ihn betrogen hatte? Oder nur um seine Karriere zu retten, seinen Namen, seine Fernsehshow? Die Antworten auf diese Fragen würden die Weichen für die Zukunft stellen.

März 1986, Achim

Mike Heiser nahm sich Zeit, um zu duschen und sich anzuziehen. Als er sein Rasierwasser benutzte, merkte er, dass seine Hände zitterten. Die Wut war noch immer da, sie brodelte noch in ihm, war bereit, etwas zu zerschlagen, alles, was sich ihm in den Weg stellte, notfalls sogar die Visionen, die er mit viel Einsatz und Mühe arrangiert hatte, um sie zu einer glanzvollen Zukunft zu formen. Nun war Kari aus seinem Zimmer gestürmt, war zu ihrer Mutter gelaufen. Und er bemühte sich um Selbstbeherrschung. Er war nicht Deutschlands berühmtester Modedesigner geworden, weil er stets seinen Gefühlen nachgab und wütete, wenn er wütend war. Nein, er hatte seine Gemütsbewegungen immer im Griff gehabt, hatte verhandelt, wenn Schwierigkeiten auftauchten, und Zugeständnisse gemacht, wenn etwas aussichtslos erschienen war. Auf diese Weise war er weitergekommen, nicht mit Wut und Rache. Und so würde er es auch künftig machen.

Zum Glück war es noch früh, erst wenige Gäste bewegten sich Richtung Frühstückszimmer. Mike hatte die Treppe genommen, um im Aufzug niemandem zu begegnen, der ihn um ein Autogramm bitten konnte. Als der Rezeptionist und ein Gast, der mit ihm im Gespräch war, auf ihn aufmerksam wurden, schaute Mike vor seine Füße, als wäre er in Gedanken, und sorgte dafür, dass kein Blickkontakt zustande kam. Das war sein Mittel, sich vor Fragen zu schützen, die er nicht beantworten wollte, und Kommentare zu überhören, ohne arrogant zu wirken. Er ließ die Entbindungsabteilung links liegen, Kari hatte es vorgezogen, direkt nach der Geburt wieder in ihr Apartment zu ziehen. Die Schwestern hatten ein bedenkliches Gesicht gezogen, aber sie hatte darauf bestanden. Sie wollte mit ihrem Kind allein sein. Ein Risiko war das nicht, da sie jederzeit eine Kinderschwester holen konnte, wenn sie Probleme bekam. Lange würde sie ohnehin nicht mehr bleiben. Es war verabredet, dass sie bald nach der Geburt ihr Apartment räumte, damit es einer jungen Mutter zur Verfügung stand, die es dringender brauchte als Kari Heiser.

Sie saß am Schreibtisch, als er eintrat, vor sich ein großes Blatt Papier, auf das sie sorgfältig sehr große Buchstaben setzte. Sie sah auf und legte den Stift zur Seite. »Hast du es dir anders überlegt?«

Mike wurde von der Hitze des Mitleids angefallen, als wäre er im Winter in Deutschland sorglos in ein Flugzeug gestiegen und ein paar Stunden später in der Karibik wieder heraus, ohne vorher daran zu denken, dass das Leben dort anders aussah und sich anders anfühlte. Kari war blass und hatte rot geränderte Augen. Die Kari, die er gut zu kennen glaubte, die in seinem Haus die Nacht zum Tag gemacht hatte, das Leben so genommen hatte, wie es kam, und von Verantwortung nichts hatte wissen wollen, diese Kari war jetzt voller Angst. Dass sie es nicht zeigen wollte, machte alles nur noch schlimmer. In dem Moment verschwand seine Wut endgültig, und Mitleid machte sich in ihm breit. Er zog einen Stuhl heran, setzte sich neben sie und warf einen Blick auf das Papier. »Kätzchen entlaufen! 200 Mark Belohnung. Hinweise unter …« Die Telefonnummer hatte sie noch nicht eingetragen. »Mit diesem Zettel sollst du dein Einverständnis signalisieren?«

»Nur wenn du zahlen willst.« Ängstlich sah sie ihn an. »Du willst nicht?«

»Unsinn.« Mike machte eine beschwichtigende Geste. »Ich war etwas … überrumpelt.« Er zeigte auf das Blatt. »Wie stellt der Entführer sich das vor?«, fragte er. »Wie sollst du so schnell an eine Telefonnummer kommen?«

Kari sah ihn angestrengt an. »Wir sollten deine Nummer nehmen. Der Entführer kann dich dann im Hotel anrufen.«

Aber Mike war anderer Meinung. »Der braucht die Nummer der Person, die das Lösegeld überbringen wird.«

Sie sah ihn an wie ein Kind. »Du würdest das nicht tun? Auch nicht, wenn der Entführer es verlangt?«

Mike wand sich. »Ich kann mir nicht vorstellen, dass der Entführer will, dass ein Prominenter diese Aufgabe übernimmt, das ist doch viel zu auffällig.«

»Wer könnte es dann tun?«, fragte Kari. »Der Entführer verlangt, dass ich dieses Blatt an der Bushaltestelle aufhänge. Dann weiß er, dass ich mit der Lösegeldforderung einverstanden bin. Und dann kennt er die Nummer, unter der er uns mitteilen kann, wie die Lösegeldübergabe laufen soll. Ich kann das Blatt also erst aufhängen, wenn ich die Telefonnummer kenne.« Ihre Stimme wurde nun unter die Tränen gedrückt, die ihr in die Kehle stiegen. »Es darf nicht lange dauern. Wer weiß, wie er mit Alisia umgeht.«

»Gut, dann nimm meine Nummer.«

Sie sah ihn lange an, als wollte sie sichergehen, dass er es ernst meinte. »Es muss dann immer jemand am Telefon sitzen.«

Mike nickte. »Wenn ich nicht da bin, musst du dich eben in meinem Zimmer aufhalten.«

Kari stand auf und stellte sich ans Fenster, als wollte sie den Abstand zu Mike vergrößern. Vielleicht war sie aber auch nur zu unruhig, um stillsitzen zu können. »Wie kann der Entführer hier reingekommen sein? Die Tür wurde nicht aufgebrochen.«

Mike sah sie ungläubig an. »Er hatte einen Schlüssel?«

Es klopfte, und im selben Augenblick stand die Stationsschwester im Zimmer. Sie wartete nie, bis sie zum Eintreten aufgefordert wurde. »Gut, dass Sie da sind, Herr Heiser. Wie soll es nun weitergehen?«

Mike sah Kari fragend an, diese nickte und bestätigte: »Die

Säuglingsschwestern mussten es alle erfahren. Wie hätte ich erklären sollen, dass Alisia nicht mehr da ist?«

»Puh!« Mike legte sekundenlang sein Gesicht in die Hände. »Die Entführung wird sich rumsprechen.«

Aber Schwester Roswitha war anderer Meinung. »Ich habe sie alle vergattert. Frau Wimmer war heute Morgen da und hat meinen Mädels erklärt, wie wichtig es ist, den Mund zu halten. Keiner will schuld daran sein, dass dem Kind was passiert. Andererseits …« Sie schüttelte den Kopf, als hätte sie bereits eine ablehnende Meinung zu hören bekommen. »Wäre es nicht doch besser, die Polizei zu verständigen?«

»Auf keinen Fall!«, sagte Kari. »Der Entführer droht damit, Alisia sofort umzubringen.«

Schwester Roswitha zuckte zusammen und ging zur Tür. »Also gut. Sagen Sie mir bitte Bescheid, wenn es was Neues gibt.«

Kari und Mike bestätigten es beide. Als die Stationsschwester gegangen war, fragte Mike: »Wer weiß noch von der Entführung?«

»Romy, meine Mutter natürlich und Olaf auch.«

Mike winkte ab. »Die werden schweigen wie ein Grab.«

»Meine Großeltern in Riekenbüren wissen nur, dass Alisia dunkelhäutig ist. Davon wird auch Nicole inzwischen erfahren haben, und sie hat es sicher Hasso und Halina erzählt. Vielleicht lässt es sich nicht vermeiden, auch sie einzuweihen. Ich werde mit Romy darüber sprechen. Nicole hat mich schon zweimal angerufen, weil sie die Kleine endlich sehen will.«

Mike kniff die Augen zusammen. »Und was ist mit Alisias Vater?«

»Du weißt doch, ich habe keine Ahnung …«

»Die Hautfarbe deiner Tochter grenzt die Zahl der potenziellen Väter stark ein.« Mike sah Kari an, als wäre er enttäuscht darüber, dass sie sich so unwissend gab und ihn für dumm verkaufen wollte. »Was ist denn mit dem Mann, der dich auf die Party begleitet hat? Wieso hast du ihn eigentlich mitgebracht? Weil du in ihn verliebt bist?«

»Eigentlich nur …« Kari fiel offenbar keine glaubhafte Antwort ein. »Es hatte sich so ergeben.«

»Du warst längere Zeit verschwunden. Und er auch.«

»Ich hatte zu viel konsumiert.«

»Vermutlich seid ihr zusammen irgendwo gewesen, wo ihr allein sein konntet. Im Saunahaus oder am Strand …« Er sah Kari an, dass sie sich nicht erinnerte. »Egal! Er darf nicht wissen, dass er der Vater deines Kindes ist oder es zumindest sein kann. Verstanden? Am Ende will er seine Rechte geltend machen. Wir haben das schöne Foto in der Zeitung mit dem weißen Baby. Wenn er den Artikel gelesen hat, wird er nicht auf die Idee kommen, sich Alisia genauer anzusehen. Sobald die Kleine wieder bei dir ist, müssen wir uns gut überlegen, wie wir sie unter Verschluss halten. Niemand darf den Verdacht bekommen, dass unser Kind eine dunkle Hautfarbe hat.«

Kari stand energisch auf. »Das sehen wir dann. Jetzt will ich erst mal mein Kind zurück. Und zwar so schnell wie möglich.«

Mike begriff sofort, dass für sie die Zukunft nur aus wenigen Tagen bestand. »Ja, ja, wir werden alles tun, um die Kleine so bald wie möglich auszulösen.«

»Du wirst also zahlen?«

»Wenn du die Bedingungen erfüllst. Kein Wort zu dem Erzeuger.«

»Natürlich.«

»Gut, dann muss ich sehen, wie ich das Geld lockermachen kann. Einfach ist das nicht …«

März 1986, Achim

Noch immer hatte Hajo nicht ausgecheckt. Dabei war es doch sinnlos, im *Haus für gefallene Mädchen* zu bleiben, sich mit Karis Nähe zu quälen und sich immer wieder zu sagen, dass Kari hier genauso weit von ihm entfernt war wie auf Sylt, wenn sie in Mike Heisers Villa lebte. Die Erkenntnis, dass ihr Baby nicht von ihm war, hatte dennoch nichts an seinen Wünschen geändert. Eigentlich verstand er sich selbst nicht. Er hatte so sehr gehofft, dass ihn seit jener Nacht in Mike Heisers Haus etwas mit Kari verband, was immer bleiben würde, dass es ihm nun unmöglich war, sich diese Hoffnung aus dem Herzen zu reißen. Die Enttäuschung, zu der sie geworden war, schaffte es auch nicht, seine Gefühle für Kari zu ändern. Sie war Mike Heisers Frau, sie hatte sein Kind bekommen, sie würde ein Leben führen, das er selbst ihr nie würde bieten können. Und nichts, gar nichts sprach dafür, dass er ihr etwas bedeutete. Dass sie ihn zu einer Party mitgenommen hatte, spielte keine Rolle. So war sie eben, spontan und vorurteilsfrei. Er hatte viel zu viel in ihren Freigeist hineininterpretiert. Sie fand ihn sympathisch, sie mochte ihn vielleicht sogar, und für sie spielte es keine Rolle, welche Hautfarbe er hatte. Was er selbst seit Langem ein Liebesdrama nannte, war für sie nur ein Gastspiel, eine Inszenierung, vielleicht sogar eine Komödie gewesen. Hatte er sie überhaupt gekannt? Und kannte er sie jetzt? Wie war sie ihm vertrauter? Benebelt von Alkohol und Drogen, unvernünftig und verrückt? Oder so wie jetzt, ernst, verantwortungsvoll, eine Mutter, die in die Knut-Augustin-Stiftung geflohen war, um sich voll und ganz ihrer Schwangerschaft und dem Baby zu widmen? Hajo brauchte nicht lange nachzudenken. Er liebte die leichtsinnige, gedanken- und haltlose Kari genauso wie die urteilsfähige, die vernünftige Kari. Es war nicht wichtig, wie sie gerade war, in welcher Phase sie sich befand, in welcher Rolle sie sich zurzeit wohlfühlte, er liebte sie so oder so. Ihr Lachen, ihre Stimme, ihre Zärtlichkeit, ihren weichen Körper, ihre Genussfähigkeit, die er in der Nacht der Nächte sogar Liebesfähigkeit genannt hatte.

Auch an diesem Vormittag verließ er das Hotel und bog links ab. Die Gäste, die wandern oder eine Radtour unternehmen wollten, verließen das Gelände nach hinten, wo sie gleich auf Wander- und Radwege kamen, die von Autos nicht befahren wurden. Hajo aber ging zur Straße, auf dem schmalen Fußweg neben der Fahrbahn, an der Bushaltestelle vorbei, und bog dann zwischen dem Hotel und der Knut-Augustin-Stiftung links ab. Der Weg, der die beiden Anwesen trennte, führte an einem Zaun entlang, der zwar mit Büschen bepflanzt war, aber dennoch Einblick in das Areal bot, das den jungen Müttern zur Verfügung stand. Ein schöner großer Garten, in den die Kinderwagen aus den Apartments geschoben wurden, die im Erdgeschoss lagen, in den aber auch die Mütter mit ihren Babys kamen, die in der ersten Etage wohnten. Wenn Hajo das Babygeschrei und das Lachen der jungen Mütter hörte, wurde ihm jedes Mal warm ums Herz. Olaf Rensing hatte mit dieser Stiftung seinem verstorbenen Vater wirklich ein Denkmal gesetzt.

Kari jedoch war nicht zu sehen. Er ging bis zum Ende des Zauns, dann machte er kehrt. An der Straße sah er nach rechts und links. Was nun? Sollte er sich auch ein Fahrrad mieten und durch die Wiesen hinter dem Hotel radeln? Eigentlich kein schlechter Gedanke. Oder im Hotel bleiben und versuchen, weiteren Missständen auf die Spur zu kommen?

Er war noch zu keinem Entschluss gekommen, als er sah, dass

sich eine Person von der Bushaltestelle löste. Dort stand sonst niemand, um auf den Bus zu warten, offenbar war gerade einer abgefahren. Nun würde es eine halbe Stunde dauern, bis sich neue Fahrgäste an der Haltestelle einfanden, um den nächsten Bus zu nehmen. Er erkannte Kari erst, als sie losgegangen war, zurück zur Knut-Augustin-Stiftung. Ihr Gang war ihm mittlerweile vertraut. Sie ging immer schnell, auch wenn sie es nicht eilig hatte, sogar jetzt, so kurz nach der Geburt waren ihre Schritte lang und dynamisch. Was hatte sie an der Bushaltestelle gemacht? Wollte sie sich den Fahrplan ansehen, weil sie eine Busfahrt plante? Das konnte Hajo sich nicht vorstellen. Sollte sie noch einmal nach Riekenbüren zu ihren Verwandten fahren wollen, würde sie sicherlich das Auto nehmen. Oder war sie aus dem Hotel gekommen? Plötzlich wurde Hajo unsicher. War sie bei ihrem Mann gewesen? Merkwürdigerweise war sie allein, sie schob keinen Kinderwagen und hielt die kleine Alisia auch nicht auf dem Arm.

Hajo blieb stehen und wartete auf sie. Als sie näher herangekommen war und sich zu wundern begann, warum der große schwarze Mann ihr den Weg versperrte, lächelte er. »Hallo, Kari! Du auch hier?«

Sie war total perplex. In ihre Blässe stieg eine zarte Röte, die Müdigkeit und Erschöpfung überdeckte. »Was machst du in Achim?«

»Urlaub.« Er wies zum *Haus für gefallene Mädchen*. »Das Hotel ist schön.«

Sie betrachtete ihn intensiv, und er merkte gleich, dass sie ihm nicht glaubte. »Wenn du in einem Hotel wohnst, das meinem Vater gehört, sieht mir das mehr nach Arbeit aus.«

Hajo schnappte sich dieses Argument und nutzte es für sich. »Stimmt, deine Mutter hat mich gebeten, dem Hoteldirektor auf die Finger zu sehen. Im *Haus für gefallene Mädchen* liegt einiges im Argen.«

»Das ist mir auch schon aufgefallen. Es herrscht kein angenehmer Ton an der Rezeption.«

»Und in den Zimmern ist auch nicht alles in Ordnung.«

»Aha.« Kari setzte ihren Weg zum Eingang des Entbindungsheims fort. Sie bewegte sich jetzt langsamer, als fiele es ihr schwer, einen Schritt vor den anderen zu setzen.

Hajo folgte ihr. »Wie geht's deiner Kleinen?«

»Gut, danke.« Sie lächelte nicht, während sie antwortete.

»Ich habe die Fotos in der Zeitschrift gesehen. Total süß.« Er blickte sich um, als könnte Alisia ihnen gefolgt sein. »Wo ist sie?«

Kari nickte zur Tür des Entbindungsheims. »Bei einer anderen Mutter. Ich wollte nur eben …«

»Zu deinem Mann?«

»Ja, genau.« Sie wickelte ihre Arme um den Oberkörper. »Ich friere. Besser, ich gehe wieder rein.«

»Ja, natürlich.« Hajo begleitete sie bis zur Tür. »Darf ich mir die Kleine mal ansehen?«

»Jetzt nicht. Sie schläft.«

»Babys schlafen doch immer. Alisia wird nicht wach, wenn ich sie mir ansehe.«

»Später mal.«

»Wann wirst du nach Sylt zurückkehren?«

»Ich weiß noch nicht.«

Er blieb vor der gläsernen Tür stehen und blickte ihr nach, bis sie nicht mehr zu sehen war. Nachdenklich machte er kehrt und ging mit gesenktem Kopf zurück. Wie eine glückliche Mutter hatte Kari nicht gewirkt. Irgendwas schien mit dem Baby wirklich nicht zu stimmen. Er vermutete es ja, seit er Brit Rensing und Romy Wimmer in der Bar gesehen hatte. Eine Krankheit? Eine Behinderung? Wollte sie ihm deswegen die Kleine nicht zeigen?

Als er das Hotel beinahe erreicht hatte, sah er Mike Heiser die Straße überqueren und auf den Eingang zugehen. Auch er hatte scheinbar einen Spaziergang gemacht und kehrte nun zurück. Hajo blieb an der Bushaltestelle stehen, um nicht aufzufallen. Kari hatte gesagt, sie habe ihren Mann besucht. Aber offenbar war er gar nicht in seinem Zimmer gewesen. Hajo blickte hinter Mike Heiser her, der das Hotel betrat, sah, wie sich einige Gäste gegenseitig auf ihn aufmerksam machten, und stellte fest, dass er so schnell wie möglich in der Lobby verschwand. Hajo ärgerte sich über sich selbst. Was ging es ihn an, wenn Kari ihren Mann im Hotel besuchen wollte, ihn aber nicht angetroffen hatte?

Dann jedoch sah er den großen Zettel, der an einem Pfosten des Wartehäuschens angebracht war. »Kätzchen entlaufen«, las er leise. »Zweihundert Mark Belohnung. Sachdienliche Hinweise unter …« Es folgte eine Telefonnummer, die ihm bekannt erschien. Die ersten vier Ziffern gehörten zum Hotel. Fügte man ihnen zwei Nullen an, landete man an der Rezeption, tippte man danach die Nummer des Hotelzimmers ein, wurde man mit dem entsprechenden Apparat verbunden.

Es fiel ihm nicht schwer, sich die Nummer zu merken. Zügig ging er in die Lobby und dort in die winzige Telefonzelle in der Nähe der Rezeption. Sie wurde von Gästen benutzt, denen die Telefonkosten, die das Hotel berechnete, zu hoch waren. Ohne zu zögern, wählte Hajo die Nummer. Und als Mike Heiser sich meldete, sagte er: »Sorry, falsch verbunden« und legte auf.

Kari und Mike hatten ein Kätzchen verloren? Hajo konnte es nicht glauben. Kari war sicherlich nicht mit einem Stubentiger ins Entbindungsheim gegangen, und dass Mike auf dem Rücksitz seines Autos eine Katze befördert hatte, konnte er sich auch nicht vorstellen. Er hatte Personal auf Sylt, er konnte Haustiere dort versorgen lassen.

Hajo ging an die Rezeption. »Ich habe gemerkt, dass in einem Zimmer eine Katze wohnt. Es befremdet mich, dass Sie Haustiere hier einziehen lassen.«

Der Rezeptionist sah ihn entgeistert an. »Eine Katze? In unserem Hotel? Das kann nicht sein.« Mit nervösen Fingern blätterte er im Dienstplan herum. »Ich muss die Zimmermädchen fragen. Das fällt doch auf, wenn eine Katze …«

Er sprach nicht zu Ende, und Hajo ließ es dabei bewenden. Er ging in sein Zimmer zurück, ärgerte sich, dass der Zimmerservice noch nicht da gewesen war, dass sein Bett noch nicht gemacht und das Badezimmer noch nicht geputzt worden war, und verließ es wieder. Er würde sich wohl doch ein Fahrrad leihen und eine Radtour machen.

März 1986, Bremen

»WIE KANN MAN SO dämlich sein?«, fauchte Dennis. »Was machen wir nun?«

Henk, der sonst nie um eine Antwort verlegen war und der immer gern versuchte, die Schuld einem anderen zuzuschieben, fiel diesmal nicht viel ein. »Apartment sechs, hast du gesagt.«

»Und du warst in Apartment neun, wetten?« Dennis hätte sich am liebsten auf seinen Freund gestürzt und ihn vermöbelt. »Dass Nicole so was passiert, ist zu erwarten. Die wirft Buchstaben und Zahlen immer durcheinander. Aber du?«

Sie saßen am Boden der Dachkammer, und Dennis vermied es, einen Blick zu der Matratze in der Ecke zu werfen. Er fühlte sich schlecht, sehr schlecht. Da half es nichts, sich zu sagen, dass Nicole auf dieser Matratze ein paar glückliche Stunden verlebt hatte. Das änderte nichts daran, dass ihr Vertrauen missbraucht worden war.

»Jedenfalls haben wir jetzt das falsche Balg am Hals. Für so einen Schokocrossie zahlt uns keiner zweihunderttausend.«

»Es war dunkel«, verteidigte sich Henk. »Ich habe nicht gesehen, dass das Kind schwarz ist. Hätte ich Licht anmachen sollen?«

»Dabei ist erst alles so super gelaufen«, klagte André. »Nicole hat nicht mal gemerkt, dass ihre Tasche für eine Weile verschwunden war.«

Er sah zu der Stelle neben der Tür, an der Nicoles Tasche gestanden hatte. Als sie sich leise geöffnet hatte, war es André leichtgefallen, dafür zu sorgen, dass Nicole nichts davon mitbekam.

»Als ich den Schlüssel am Morgen zurückgelegt habe«, ergänzte Dennis, »habt ihr beide fest geschlafen. Nicole hat keine Ahnung, dass ihr Generalschlüssel während der Nacht einen Ausflug gemacht hat.«

»Das darf sie auch nicht«, warnte André.

Dennis betrachtete ihn aus zusammengekniffenen Augen. »Sag mir lieber, was wir jetzt machen sollen.« Dass alles vergeblich gewesen sein sollte, machte ihn nach wie vor fassungslos. »Ich brauche die Kohle«, sagte er und sah Henk wütend an. »Bis zum Ersten muss ich meine Schulden abbezahlt haben. Sonst bin ich gezwungen, zu meinem Alten zu gehen.«

»Immerhin hast du einen Alten, zu dem du gehen kannst«, gab Henk zurück, der nicht einmal wusste, von wem er abstammte.

»Scheiß drauf!«, knurrte Dennis. »Was meinst du, was das für ein Affentheater gibt, wenn mein Vater erfährt, was los ist.«

Aus einer Zimmerecke kam ein Wimmern. André erhob sich und ging zu dem Wäschekorb, der dort stand, hob ein Kissen hoch und betrachtete das Baby, das nun zu schreien begann. »Kann es sein, dass sie schon wieder Hunger hat?«

Dennis ging zu ihm. »Keine Ahnung. Versuch's einfach.«

Während André Milchpulver in eine Flasche gab, warmes Wasser aufgoss und alles gut durchschüttelte, meinte Henk: »Vielleicht hat sie auch eine volle Windel.«

André runzelte die Stirn. »Du kannst dich auch mal um sie kümmern.«

Aber Dennis wehrte ab. »Besser, du machst das. Oder möchtest du dir von Henk die Windel wechseln lassen?«

Der Versuch, Angst und Schuldgefühle in einen Scherz zu packen und dort verschwinden zu lassen, misslang. Sie konnten sich nichts vormachen. Keiner von ihnen wusste, wie es nun weitergehen sollte.

»Ja, die hat von dem Onkel gesprochen, der mich regelmäßig besucht. Sie hat meinen Eltern sogar vorgeworfen, dass nur dieser Onkel sich um mich kümmert.«

»Hat sie seinen Namen genannt?«

»Diese Romy Wimmer ist echt ganz schön gewieft. Sie hat gleich gemerkt, dass etwas nicht stimmt. Meine Eltern haben ihr vorgehalten, dass ich gar keinen Onkel habe …«

»Oh, Schreck!«

»… aber sie hat daraufhin behauptet, sie kenne den Namen dieses sogenannten Onkels nicht.«

»Und Nicole?«

»Die hat auch nichts gesagt.«

»Also sind deine Eltern genauso schlau wie vorher.«

Indra nickte. »Aber ich muss damit rechnen, dass sie unangemeldet hier auftauchen, um zu sehen, wer dieser ominöse Onkel ist.« Sie beugte sich vor, strich zärtlich über Davids Wange und schwieg. Kari, in Gedanken bei Alisia, sagte auch nichts mehr. Beide saßen sie da und starrten das schlafende Kind an.

»Alles wird gut«, flüsterte Indra. »Ich bin ganz sicher.«

»Mike hat sich noch nicht gemeldet«, flüsterte Kari zurück. »Er will sofort Bescheid sagen, wenn der Entführer anruft.« Schluchzend drängte sie sich an Indras schmalen Körper. »Hoffentlich ist der Kerl gut zu meiner Kleinen.«

Indra legte den Arm um sie und weinte nun ebenfalls. Worte des Trostes fand sie in diesem Augenblick nicht.

Als es dunkel geworden war, wurde der kleine David unruhig, steckte seine Fäustchen in den Mund und schmatzte. Es dauerte nicht lange, und er begann leise zu weinen.

Indra hob ihn aus dem Bett, öffnete ihre Bluse und begann ihn zu stillen. Leise fragte sie: »Kann es sein, dass ich heute Alisias Vater gesehen habe?«

Kari zögerte. Alisias Vater! Das hörte sich gut an, sehr gut. Sie nickte. »Eigentlich weiß ich es ja nicht, aber …« Ja, sie wünschte sich, Hajo wäre der Vater. Sie wünschte es sich so, so sehr.

»Wegen der *Half Brothers*?«

»Sein Aftershave ist mir in Erinnerung geblieben, als ich es heute wieder gerochen habe, hat das etwas in mir ausgelöst …« Kari wollte nicht davon sprechen, welche Erinnerung sie an seinen Körper hatte, das war ihr zu intim. Aber wenn sie an die *Half Brothers* dachte, an die riesigen Männer mit ihren breiten, muskulösen, schweren Körpern, dann konnte sie sich nicht vorstellen, dass sie sich täuschte. Der männliche Körper, an den sie sich erinnerte, war nicht schwer gewesen, keine Last, nichts, was sie bedrängt oder ihr die Luft genommen hatte. Er war warm und geschmeidig gewesen, vollkommen im Einklang mit ihrem eigenen Körper. Er hatte gewollt, was sie selbst wollte, und sie war seinen Bewegungen gefolgt.

»Ich musste Mike versprechen, ihm nichts zu verraten. Er will auf keinen Fall eine Auseinandersetzung mit dem leiblichen Vater, es ist alles so schon kompliziert genug. Mike hat Angst vor Forderungen, möglicherweise Erpressung …« Kari sah nachdenklich auf Davids Köpfchen, das in Indras Armbeuge lag. »Er hat recht. Hajo würde sich nicht damit abfinden, dass seine Tochter den Namen Heiser trägt. Er ist so ein … aufrichtiger Mann. Meine Mutter hat es auch schon gesagt. Hajo Keller ist durch und durch integer.«

»Das sagst du, obwohl du ihn kaum kennst?«

Kari dachte nach. »Ja«, antwortete sie dann schlicht. »Ich bin sicher, dass ich recht habe.« Wieder sah sie einen Augenblick lang nachdenklich vor sich hin. »Er würde mir helfen, ihm könnte ich vertrauen, er würde alles tun, um Alisia so bald wie möglich aus den Händen des Entführers zu retten.«

»Und Mike?«

Kari zögerte. »Mike nicht. Er weiß noch immer nicht, wie er das viele Geld flüssigmachen kann.«

»Er ist doch reich.«

»Aber sein Geld ist gut angelegt. Er hat kein Konto, auf dem zweihunderttausend Mark liegen.«

»Aber …«

Kari unterbrach sie. »Natürlich kann er das Geld trotzdem auftreiben. Er scheint wohl erst mal klären zu wollen, wo ihm am wenigsten Verlust droht. So was würde ein Vater nicht tun. So was macht nur ein Mann, der den Vater spielt.«

David war satt, ihm fielen die Augen zu, als Indra ihn von der Brust nahm. »Wie stellst du dir die Zukunft vor?«

Kari seufzte. »Darüber werde ich erst nachdenken, wenn Alisia wieder bei mir ist und wenn Mike weiß, wie er mit der Kleinen umgehen will. Wenn ich sie vor der Welt verstecken muss, kann ich nicht mehr in seinem Haus leben.«

»Das werden seine Fans schnell spitzkriegen.«

»Dann kriegen sie auch schnell spitz, dass seine Tochter einen anderen Vater hat.«

»Eins so schlimm wie das andere.«

Kari nickte. »Womöglich wäre es Mike am liebsten, Alisia käme nicht zurück.« Sie erschrak über ihre eigenen Worte, die es bisher nur in ihrem Kopf gegeben, die sie noch nie ausgesprochen hatte. Dann bekräftigte sie: »Diese Lösung wäre für Mike auf jeden Fall die einfachste.«

Indra sah sie entgeistert an. »Du glaubst wirklich, dass er es darauf anlegt?«

Das wollte Kari nicht bejahen. Nein, Mike war kein schlechter Mensch. Er war großzügig und verlässlich, vorausgesetzt, beides verlangte keine Opfer von ihm. Er konnte aber auch berechnend sein, wenn es darum ging, ein bestimmtes Ziel zu erreichen. Zurzeit war sein Ziel die Fernsehshow. Er würde sie sich nicht so kurz vor dem Ziel wegnehmen lassen.

Sie schloss die Augen und atmete tief durch. Nun roch sie es wieder, den Duft des Mannes, der Alisias Vater war. Und wenn sie sich konzentrierte, spürte sie wieder seine Hände, seinen Körper, seine Nähe. Er war so sanft gewesen, zärtlich, nicht fordernd und dennoch ein Mann, der wusste, was er wollte. Sie hörte sein Flüstern an ihrem Ohr, ohne sich zu erinnern, was er ihr zugeraunt hatte. Sie war schön, diese Erinnerung. Nur … zu wem gehörte sie? Zu Hajo Keller? Sie wünschte es sich sehr und dachte doch im gleichen Augenblick, dass jeder Wunsch sinnlos war. Er ließ sich nicht erfüllen. Mike Heiser war Alisias Vater und musste es bleiben. Hajo Keller würde nie erfahren, dass er vielleicht Vater geworden war. Vielleicht …

März 1986, Sylt

ALS DER AUTOZUG in Niebüll anfuhr, hatte Hajo das Gefühl, nach sehr langer Fahrt zurückzukehren. Es war viel geschehen. In seinem Herzen hatte es Irrungen und Verwirrungen gegeben, die für ein ganzes Leben gereicht hätten. Er hatte die Frau endgültig verloren, die er liebte, und das Kind, auf das er gehofft hatte, nicht bekommen. Es würde noch dauern, bis er sich damit abfinden konnte, dass Kari tatsächlich die Frau von Mike Heiser bleiben würde, dass er gelegentlich von ihr in der Yellow Press lesen und ihr, wenn er Glück hatte, begegnen würde, wenn sie ihre Eltern besuchte. Mit einem weißen Kind an der Hand, das Mike Heiser ähnlich sah.

Der Zug stach ins Watt, der Himmel wurde größer und weiter, er spiegelte sich in der glitzernden Unermesslichkeit des Watts, eisgrau, dunstig, wolkenverhangen und doch hell durch einen Flecken am Himmel, hinter dem sich die Sonne verbarg. Nur kurz dachte Hajo darüber nach, zu Olaf Rensing zu gehen und ihm seine Kündigung auf den Schreibtisch zu legen. Damit würde er Kari vielleicht vergessen können, an irgendeinem anderen Ort dieser Welt. Aber er wusste, dass er es nicht schaffen würde. Mit Kari würde er niemals abschließen können. Sie würde in seinem Herzen bleiben, auch wenn er sie nie wiedersehen konnte. Das Leben würde einfacher sein, wenn er morgens hoffen durfte, ihr zu begegnen, und jeden Abend darauf warten konnte, dass sich die Hoffnung am nächsten Morgen erneut einstellte. Ein solches Leben hätte ihm eigentlich Angst machen sollen, das wusste

Hajo, aber es kam ihm wesentlich erträglicher vor, als eine neue Stelle in Süddeutschland oder im Ausland zu suchen, weit weg von Kari.

Als er in Westerland vom Autozug rollte, begann es zu regnen. Ein paar kräftige Böen peitschten ihm dicke Tropfen an die Windschutzscheibe, aber als er den Wagen abstellte, rissen die Wolken auf, und durch einen Spalt schoss ein Sonnenblitz zur Erde.

Sein Vertreter wunderte sich, als er die Lobby betrat. »Das war aber ein kurzer Urlaub!«

Hajo erzählte etwas von schlechtem Wetter und miesen Unterkünften und behauptete, er wolle den Rest seines Urlaubs für die Suche nach einer Wohnung aufwenden. Dann fragte er nach Olaf Rensing. »Ich muss den Chef sprechen.«

Sein Vertreter zuckte mit den Schultern. »Soviel ich weiß, ist er nebenan. Wie immer.«

Hajo brachte den Koffer in sein Zimmer, suchte die lange Liste heraus, die er in Achim, im *Haus für gefallene Mädchen,* geschrieben hatte, dann begab er sich ins Café, um seinem Chef Bericht zu erstatten. Von einer Kellnerin hörte er, dass Olaf Rensing im Büro sei. Er öffnete die Tür, die in den Verwaltungstrakt führte, und hörte im selben Moment Olaf Rensings Stimme. Er schien ein sehr emotionales Telefongespräch zu führen, vermutlich ein privates. Hajo versuchte, sich so geräuschlos wie möglich wieder zurückzuziehen, da hörte er etwas, was ihn auf den Fleck bannte. Unfähig, sich zu bewegen, blieb er stehen und lauschte.

»Mike muss das Lösegeld bezahlen. Er muss einfach! Er soll mir bloß nicht erzählen, er hätte keine zweihunderttausend Mark.«

Lösegeld? Hajo musste jetzt wissen, ob er richtig gehört hatte.

»Ja, Brit! Ich werde gleich nach Achim kommen. Wie versprochen.«

Alisia war entführt worden? Mit einem Mal konnte Hajo sich erklären, warum Kari so unglücklich ausgesehen hatte. Und dann der Zettel an der Bushaltestelle! Das musste etwas mit der Entführung zu tun haben.

»Schon klar, sie ist und bleibt unser Fleisch und Blut. Trotzdem muss es mir nicht gefallen, ein dunkelhäutiges Enkelkind zu haben.«

Dunkelhäutig? Hajo lehnte sich an die Wand, um nicht umzusinken. Aber … wie war das möglich? Er merkte, dass er tief durchatmen musste, um sich auf den Beinen halten zu können. Das Kind, das Kari im Arm hielt, als die Pressefotografen sie ablichteten, war doch eindeutig weiß gewesen!

»Wie soll es überhaupt weitergehen? Wie stellt Mike sich das vor? Will er zugeben, dass ihn seine Frau mit einem Neger betrogen hat?« Hajo schloss gequält die Augen. Neger! Dieses Wort von Olaf Rensing? »Dann hätte er sich gleich mit dem braunen Kind fotografieren lassen können.« Seine Frau schien ihn unterbrechen zu wollen, aber Olaf Rensing ließ es nicht zu. »Ja, ja, die Entführung muss geheim bleiben. Unbedingt! Nicht nur weil der Entführer es so will. Auch weil Mike Heiser es so will.«

Durch Hajos Kopf rasten die Gedanken. Das weiße Baby in Karis Armen. Der Zettel an der Bushaltestelle. Karis blasses, unglückliches Gesicht.

»Nein, ich habe nichts gegen Schwarze. Nur, wenn es sich um Familienangehörige handelt.«

Hajo hörte, dass Olaf Rensing unruhig wurde. Seine Füße scharrten, der Stuhl, auf dem er saß, stieß an die Wand.

»Du musst es mir nicht schon wieder vorhalten, Brit. Ich gebe ja zu, dass ich ihn nicht eingestellt hätte, wenn ich mir vorher sein Foto angesehen hätte. Aber du weißt auch, dass ich Hajo Keller jetzt sehr schätze. Und überhaupt … es ist ein großer Unterschied, einen schwarzen Geschäftsführer zu haben oder eine schwarze Enkeltochter.«

Hajo hatte Mühe, sich von der Wand zu lösen und wieder auf

seine eigenen Füße zu kommen. Er drehte sich um und machte zwei, drei schleppende Schritte auf die Tür zu, die ins Café führte. Schwarzer Geschäftsführer. Schwarze Enkeltochter. Es war also nur Zufall gewesen, dass Olaf Rensing ihn zum Vorstellungsgespräch geladen hatte. Von wegen vorurteilsfrei. Er hatte Hans-Josef Keller eingeladen, dessen Name so deutsch war, dass der Besitzer des *König Augustin* nicht auf die Idee gekommen war, dahinter könnte sich ein schwarzer Mann verbergen. Hajo schob kraftlos die Tür auf. Wie hatte er Olaf Rensing dafür bewundert, dass er so unvoreingenommen gewesen war, so pragmatisch, so tolerant! Und nun? Nun war er doch nur ein Mann, der einen Schwarzen Neger nannte und der kein Enkelkind mit dunkler Haut haben wollte. Alisia! Hajo schloss die Tür hinter sich und atmete tief durch. Alisia! Sie befand sich in den Händen eines Entführers. Seine Tochter! Er musste sofort zurück nach Achim. Noch vor Olaf Rensing wollte er dort sein. Kari brauchte ihn. Ja, ihn! Den Vater ihres Kindes.

Gerade wollte er sich von der Tür lösen und das Café Richtung Ausgang durchqueren, da hörte er ein gewaltiges Poltern hinter sich. Es musste aus dem Büro kommen. Etwas war zu Boden gefallen. Oder … war jemand zu Boden gestürzt? Olaf Rensing? Hajo fuhr herum und riss die Tür auf. Aus dem Büro drang ein Klagelaut, lang und ohrenzerreißend, dann herrschte Stille.

März 1986, Bremen

Dennis hatte gerade mit der Arbeit an der Hobelbank begonnen, als sein Chef zu ihm trat. »Ein Anruf für dich«, rief er gegen den Lärm an. »Du weißt, dass ich es nicht leiden kann, wenn während der Arbeitszeit telefoniert wird.«

Er wurde etwas zugänglicher, als er in Dennis' erschrockenes Gesicht sah. Die Sorge in dessen Augen war echt. »Meine Familie? Meine Cousine?«

»Keine Ahnung«, gab der Chef zurück. »Geh ran, dann weißt du es.« Er versetzte Dennis einen kleinen Stoß, nahm den Hobel auf und machte mit der Arbeit weiter, die Dennis begonnen hatte.

Am Ende der Werkstatt gab es einen kleinen Raum, das Büro, in dem tagsüber selten jemand saß. Das Telefon, das dort stand, war nur deshalb zu hören, weil der Schreinermeister dafür gesorgt hatte, dass das Klingeln über eine Glocke verstärkt wurde. Es läutete dann überall in der Werkstatt.

Der Hörer lag neben dem olivgrünen Apparat. Dennis atmete tief durch, ehe er ihn ergriff und ans Ohr drückte. »Ja?«

André war am anderen Ende. »Ich muss mit dir reden.«

»Bist du verrückt? Ich kriege Ärger mit dem Chef. Der ist sowieso schon sauer auf mich, weil ich in letzter Zeit so oft gefehlt habe.«

»Es ist wichtig«, zischte André. »Henk habe ich schon Bescheid gesagt. Der meint auch, du musst das wissen.«

»Was?«

»Der Zettel hängt an der Bushaltestelle.«

Es blieb eine Weile still in der Leitung. An Dennis' Ohr rauschte es, als stünde André in einem Meer von Verkehrslärm. »Das kann nicht sein«, gab er schließlich hilflos zurück. »Wir haben das falsche …« Das letzte Wort verschluckte er, weil er nicht sicher war, ob jemand mithören konnte.

»Henk und ich verstehen das ja auch nicht. Sollen wir die Nummer wählen?«

»Wartet!«, gab Dennis zurück. »Ich muss überlegen. Am besten, ich fahre nach Riekenbüren. Vielleicht kann ich dort was rauskriegen.«

»Also gut. Aber eigentlich kann es doch nicht sein, dass eine andere Mutter auf unsere Forderung eingeht. Die in der Stiftung leben, haben doch keine zweihunderttausend auf der hohen Kante.«

Das konnte Dennis sich auch nicht vorstellen. Aber eine Erklärung hatte er beileibe nicht. »Ich werde mir noch mal freinehmen. Todesfall in der Familie oder so …«

»Besser eine schwere Krankheit«, gab André zurück. »Sonst wirst du später nach der Beerdigung gefragt.«

Das sah Dennis ein. Als er zur Hobelbank zurückkehrte, war seine Miene derart verwirrt, dass sein Chef ihn zur Seite nahm. »Ist was passiert?«

»Mein Opa. Ich muss nach Riekenbüren …«

Er war froh, dass er nicht nach Einzelheiten gefragt wurde. Der Chef schob ihn kurzerhand zur Tür. »Fahr vorsichtig. Wenn man eine schlechte Nachricht bekommen hat, baut man leicht einen Unfall.«

Dennis lief in die Umkleide, warf sich seine Jacke über und trat aus der Werkstatt. Helle, klare Luft empfing ihn. Kalt war sie, und er musste an das Baby denken, das sie am vergangenen Abend auf die Stufen des Pfarrhauses gelegt hatten. Hoffentlich war es rechtzeitig gefunden worden.

März 1986, Riekenbüren

Frida schloss aufatmend die Haustür, blieb aber noch eine Weile stehen und blickte Ursula Berghoff durch das kleine Fenster in der Tür so lange nach, bis sie verschwunden war. Dann erst ging sie in die Küche zurück, wo Edward am Tisch saß und in seiner Teetasse rührte.

»Sie hat einen siebten Sinn«, sagte Frida. »Wenn in einem Haus etwas nicht in Ordnung ist, steht sie auf der Matte.«

Edward blickte nicht auf. »Es lässt sich doch sowieso nicht verschweigen. Nicht auf Dauer.«

Diese Idee war Frida auch schon gekommen. »Erst mal abwarten, wie Mike Heiser damit umgeht. Wir haben Brit versprochen, zunächst den Mund zu halten.«

Nun warf ihr Edward einen Blick zu, der Bände sprach. Als ob sie freiwillig darüber reden würden, dass ihre Enkelin, die mit einem berühmten Mann verheiratet war, ein Kind bekommen hatte, das eindeutig von einem anderen war!

»Auf dem Foto in der Zeitschrift«, fuhr Frida fort, »ist Kari mit einem weißen Baby zu sehen. Da kann er der Öffentlichkeit doch nicht ein paar Monate später ein dunkelhäutiges Kind präsentieren.«

Ein Hoffnungsschimmer stieg in Edwards Blick. »Du meinst, er wird das Kind unter Verschluss halten?«

Frida nickte zögernd. Ja, so ähnlich stellte sie sich das vor. Wenn sie auch nicht wusste, was das zu bedeuten hatte. Ein Kind ließ sich ja nicht einfach wegschließen. »Vielleicht wartet er so lange, bis seine Fernsehshow derart erfolgreich ist, dass ihm niemand mehr einen Strick daraus drehen kann, dass er von seiner Frau betrogen wurde.« Trotz aller Sorgen spürte sie nun auch einen kleinen Triumph. »Der Mann unserer Enkelin in einer Fernsehshow!« Es dauerte eine Weile, bis sie wieder in die Riekenbürener Realität zurückgekehrt war. »Die Sache mit Brit damals war schon schlimm genug.« Zufrieden ergänzte sie: »Aber heute ist Ursula Berghoff neidisch, dass es Brit so gut geht. Und als über Karis Hochzeit in allen Zeitschriften berichtet wurde, war sie grün vor Neid.«

»Bald wird sie wieder Gelegenheit haben«, knurrte Edward, »sich zu fragen, was in unserem Haus mit der Erziehung falsch gelaufen ist. Erst bekommt Brit ein uneheliches Kind und dann Kari eins, das nicht von ihrem Mann ist. Das wird ein gefundenes Fressen für alle Riekenbürener.«

Bevor Frida darauf etwas entgegnen konnte, ging die Haustür. »Hallo!«, rief Dennis' Stimme. Kurz darauf stand er in der Küche. »Gibt's noch einen Tee?«

Frida zog ihn in ihre Arme. »Dass du dich mal wieder bei uns blicken lässt!«

Edward brachte kein Lächeln zustande. »Was macht die Ausbildung?«

»Alles paletti, Opa!« Dennis ließ sich neben ihm nieder und den Blick schweifen. »Keine Kekse? Kein Streuselkuchen von gestern?«

Frida lachte und öffnete ihren Küchenschrank. Im Nu erschien eine Schale vor Dennis, gefüllt mit den Keksen, die er schon als kleiner Junge gern gegessen hatte. »Hast du heute frei?«

»Ich kann Überstunden abfeiern«, antwortete Dennis. »Und da ich sowieso was mit Papa bereden muss …«

Er sprach den Satz nicht zu Ende, was Frida sofort in Alarmbereitschaft versetzte. »Gibt's Probleme?«

Aber Dennis wehrte ab. »Nur was Organisatorisches. Aber erst mal will ich von euch hören, wie's so geht.« Er schob sich einen Keks zwischen die Zähne und fragte mit vollem Mund: »Was macht die Lütte von Kari? Alles okay?«

Das Teewasser summte, Frida wartete nicht, bis es kochte, sondern nahm es vom Herd und goss es über das Tee-Ei, das sie kurz vorher für Dennis gefüllt hatte. Edward schwieg und sah auf seine Hände, als dächte er über eine Maniküre nach.

Dennis krauste die Stirn. »Ist was nicht in Ordnung?«

Frida antwortete: »Wir waren da. Wir dachten, wenn unsere Enkelin ein Kind bekommt, dann ist es unser gutes Recht, uns das Baby anzusehen. Nach Sylt wären wir nicht gefahren, aber Achim ist ja nicht weit.«

»Und?«, fragte Dennis lauernd.

»Stell dir vor, wir haben nach Brit gefragt, und sie war in dem Hotel gar nicht bekannt. Die hatte sich glatt unter ihrem Mädchennamen dort angemeldet.«

»Warum das denn?«

Nun mischte sich Edward ein. »Weil sie dem Hoteldirektor auf die Finger sehen wollte. Das klappt ja besser, wenn er nicht weiß, dass er die Frau vom Chef vor sich hat.«

»Und was ist nun mit dem Baby?«, fragte Dennis.

»Wir sollten ja eigentlich gar nicht kommen …«, begann Frida erneut. »Aber Brit war so komisch am Telefon, dass wir fanden …«

»Was ist denn nun?« Dennis beugte sich vor, als wollte er seiner Oma die Informationen vom Mund ablesen. »Ist das Kind krank?«

»Nein, es ist gesund«, flüsterte Frida. »Aber es ist … schokoladenbraun.«

März 1986, Achim

Nicole kannte nur noch ein Thema: Karis Baby! Romy konnte ihre Fragen längst nicht mehr hören, vor allem die Frage nicht, warum Nicole noch immer nicht das Baby hatte sehen dürfen, obwohl sie doch nun das Geheimnis kannte. »Ich weiß jetzt, dass die Kleine dunkelhäutig ist, und ich werde nicht darüber reden. Warum darf ich Alisia nicht auf den Arm nehmen?«

Romy fielen keine Antworten mehr ein. Nicole war nicht einmal mehr damit abzulenken, dass Indra Wiemann einen Schlagerstar als ihren Onkel bezeichnet hatte, der angeblich nicht mal mit ihr verwandt war. Stundenlang hatten die beiden sich darüber gefreut, dass sie es geschafft hatten, den Namen nicht preiszugeben. Am Ende hatten Indras Eltern sich damit abfinden müssen, dass ihre Tochter Besuch von einem Mann bekommen hatte, der namentlich nicht bekannt war. Davids Vater? Der Verdacht stand im Raum, aber weder Romy noch Nicole hatten dazu etwas gesagt. Nun aber war dieser kleine Skandal, der das Büro der Knut-Augustin-Stiftung und vor allem Nicole Heflik erschüttert hatte, von einem weit größeren übertroffen worden. Kari war als untreue Ehefrau entlarvt worden, die mit einem weißen Mann verheiratet war, aber von einem schwarzen ein Kind bekommen hatte. Nicole war nach wie vor fassungslos.

Mittlerweile fand Romy, dass Nicole die ganze Wahrheit wissen sollte. Sie war verschwiegen, sie würde nicht darüber reden, dass Karis Baby entführt worden war. Aber Brit war bei ihrer Forderung geblieben: Niemand sollte etwas von der Entführung erfahren, der es nicht unbedingt wissen musste. Ihrer Meinung nach waren das sowieso schon zu viele. Wenn nur eine einzige Säuglingsschwester den Mund nicht halten konnte …

Romys Gedanken wurden durch heftiges Pochen unterbrochen. Die Tür sprang auf, ehe Romy oder Nicole reagieren konnten. Zwei Polizisten erschienen im Raum, laut und imperatorisch, aber gleichzeitig lachend und freundlich, sodass sich Romys heißer Schreck schnell abkühlte. Eine nadelfeine Angst blieb trotzdem. »Kommen Sie mit schlechten Nachrichten?«

War Alisia etwas zugestoßen? Hatte die Polizei das Kind gefunden? War sie etwa …?

»Nein, nein«, beruhigte der ältere der beiden Beamten sie. »Wir wollen uns nur erkundigen, ob bei Ihnen ein Baby fehlt.«

Romy starrte ihn sprachlos an. »Wie bitte?«

Die beiden Uniformierten wurden gesprächiger, als ihnen Kaffee angeboten worden war. »Vor der Achatius-Kirche ist ein Baby abgelegt worden. Ein Findelkind!«

»Von der Mutter?« Nicole machte große Augen.

»Höchstwahrscheinlich«, bestätigte der jüngere Beamte. »Wir suchen in einem solchen Fall immer nach der Mutter. Eigentlich hat sie sich strafbar gemacht, sie verletzt ihre Unterhalts- und Fürsorgepflicht. Aber solche Mütter werden selten strafrechtlich verfolgt. Es geht vielmehr darum, sie zu finden, damit man ihr helfen kann. Viele bereuen es später, ihr Kind weggegeben zu haben, dann, wenn es keinen Weg mehr zurück gibt.«

Romy betrachtete ihn kopfschüttelnd. »Aber wieso kommen Sie zu uns? Hier finden Mütter Hilfe, die sich allein nicht um ihre Kinder kümmern können. Keine unserer Mütter käme auf die Idee, aus ihrem Baby ein Findelkind zu machen.«

»Schon klar.« Die beiden Polizisten nickten. »Wir haben überhaupt keine Hinweise auf die Mutter. Die Kleidung des Kindes, seine Ausstattung, die Decke, in die es gewickelt war … es gibt keinerlei Indizien. Da dachten wir, es könnte vielleicht mal eine Schwangere zu ihnen gekommen sein, die Beratung brauchte. Womöglich hat sie sich dann trotzdem gegen ihr Kind entschieden.«

Romy zuckte mit den Schultern. »Woher soll ich das wissen? Ich erkenne ein Baby nicht wieder, das ich im Bauch der Mutter kennengelernt habe.« Sie lachte, weil sie fand, dass sie sich witzig ausgedrückt hatte.

Aber die Polizisten lachten nicht mit. »In diesem Fall vielleicht doch. Das Kind hat nämlich eine dunkle Hautfarbe. Ein Mischling. War mal eine schwarze Frau bei Ihnen, die eine Beratung brauchte? Sie könnte die Mutter sein.«

Romy wurde von blankem Entsetzen geschüttelt. Alisia! Was hatte das zu bedeuten? Warum hatte der Kidnapper sie ausgesetzt? War es nun ungefährlich, über die Entführung zu reden? Musste man nun noch der Forderung des Entführers nachkommen und schweigen? Aber das Kind war ja in Sicherheit …

Romy machte eine schnelle Geste in Nicoles Richtung, die gerade zu einer Entgegnung ansetzte. Sie warf ihr einen warnenden Blick zu, sodass Nicole den Mund wieder zumachte. Sie verstand Romy nicht, war aber zum Glück bereit zu schweigen.

»Die Kleine trug ein rosa Mützchen«, erläuterte der Polizist weiter, als könnte damit Romys Erinnerungsvermögen angeschoben werden. »Einen rosa Strampler mit weißen Punkten und weiße Söckchen.«

»Ich muss mal überlegen …« In Romys Kopf ging alles durcheinander. Wenn sie den Polizisten erzählte, dass aus ihrer Stiftung ein dunkelhäutiges Kind entführt worden war, würden sie die Personalien der Mutter und in diesem Fall auch des Vaters aufnehmen, ehe sie das Findelkind zurückbrachten. Wie würde Mike Heiser darauf reagieren? Und war das in Karis Sinn? Würde sie wollen, dass die Öffentlichkeit sich auf diese neue Sensation stürzte? Und wie würde ihre Zukunft aussehen, wenn Mike Heiser durch sie seine Fernsehshow verlor? Mal ganz abgesehen davon, dass Kari ja gar nicht sicher sagen konnte, wer der Vater war …

»Die Achatius-Kirche?«, vergewisserte sich Romy. »Ist das Baby dort geblieben?«

Die Polizisten bestätigten es. »Die Haushälterin des Pfarrers hat sich seiner angenommen. Wenn sich die Eltern nicht finden lassen, wird das Kind in den nächsten Tagen in ein Heim gebracht. Aber zunächst mal wird es dort gut versorgt. Wir haben zurzeit keinen freien Heimplatz.«

Nicole verließ das Büro ohne ein Wort und kehrte erst zurück, als die Polizisten bereits wieder gegangen waren. »Warum hast du mir das nicht gesagt?«, fuhr sie Romy an. »Hältst du mich für eine Tratschtante?« Ehe Romy darauf antworten konnte, sprach sie schon weiter. »Es geht um Alisia! Gib es zu.«

Romy gab alles zu. Und eine Stunde später wusste Nicole genauestens Bescheid. Da sie auch erfahren hatte, dass ihre Tante es gewesen war, die von Romy absolutes Stillschweigen verlangt hatte, war es mit ihrer Empörung und ihren Vorwürfen bald vorbei. Und am Ende war sie diejenige, die eine großartige Idee hatte …

März 1986, Sylt

Hajo sass neben Olaf an der Erde und hielt seine Hand. Eine entsetzliche Ruhe war eingekehrt, eine Stille, die Totenstille hieß. Hajo hatte sofort gewusst, wie es um Olaf stand, als er ins Büro zurückgestürzt war. Sein Chef lag neben dem Schreibtisch, die Fäuste an die Brust gedrückt, seine Beine zuckten zwei-, dreimal, dann trat Ruhe ein. Diese endgültige Ruhe, die die Angst von vornherein ausschloss. Um Olaf Rensing brauchte niemand mehr Angst zu haben, das sah Hajo mit einem Blick. Noch während er den Notarzt rief, starrte er auf Olafs Körper, auf seine Gliedmaßen, seinen Brustkorb, aber schon als er den Telefonhörer zurücklegte, wusste er, dass keine Bewegung, kein Vibrieren, kein Zucken, kein Heben und Senken mehr zu erwarten war. Er ließ sich an der Wand herunterrutschen, bis er neben Olaf saß, und nahm seine Hand. Die Zeit, bis vor der Tür eilige Schritte und laute Stimmen zu hören waren, dehnte sich und wäre für Angst viel zu lang gewesen. Für diese Unumstößlichkeit jedoch war sie nicht lang genug. Was Hajo von Olaf Rensing noch wissen wollte, konnte zu keinem Gedanken mehr werden, zu keiner Frage, erst recht zu keiner Antwort.

Der Notarzt und die beiden Sanitäter untersuchten Olaf Rensing nur kurz, dann schüttelten sie den Kopf. »Da ist nichts mehr zu machen.«

Hajo nickte, erhob sich, faltete die Hände und senkte den Kopf, als Olaf auf eine Bahre gelegt wurde. Er reagierte erst, als der Notarzt fragte: »Wo sollen wir ihn raustragen? Sicherlich möchten Sie nicht, dass wir die Cafégäste aufscheuchen?«

Hajo erschrak. »Um Gottes willen!« Er sorgte dafür, dass die Bahre mit Olafs Leiche aus dem Hintereingang gebracht wurde. Dort griff er noch einmal nach Olaf Rensings Hand. Sie war verborgen unter dem Tuch, das die Sanitäter über die Leiche gebreitet hatten, aber er fand sie sofort. »Schade«, flüsterte er. »Ich habe Sie so sehr dafür bewundert, dass Sie mir eine Chance gegeben haben. Schade, dass es nur Zufall war. Aber trotzdem … danke. Sie waren ein guter Chef, ein sehr guter. Und danke auch dafür, dass ich durch Sie erfahren habe, dass Kari ein dunkelhäutiges Kind zur Welt gebracht hat. Mein Kind! Ich verspreche Ihnen, dass ich ein Auge auf die beiden haben werde. Was in meiner Macht steht, werde ich tun, damit es Kari und Alisia immer gut geht. Und natürlich werde ich Ihrer Frau helfen, wenn sie Hilfe braucht. Sie können sich auf mich verlassen.«

Als Olaf Rensing weggetragen wurde, blieb Hajo mit einer gewaltigen Einsamkeit im Herzen zurück. Hier ging jemand, ohne den das *König Augustin* nicht denkbar war. Jemand, für den das Café und das Hotel Lebensinhalt gewesen waren. Ein Mann, der jede Aufgabe übernommen hatte, die ihm übertragen wurde. Ein Mann, dem jeder vertraute. Auch Robert König und seine Tochter Linda hatten ihm vertraut und ihm ihren Anteil an dem Unternehmen übertragen. Was würde nun werden? Wer wurde Olaf Rensings Nachfolger? Hatte Olaf Rensing schon darüber nachgedacht? Er war noch jung gewesen, noch keine fünfzig, womöglich hatte er noch gar nicht daran gedacht, ein Testament zu errichten und seine Nachfolge zu regeln.

Als er ins Café zurückkehrte, hatte sich herumgesprochen, was geschehen war. Zum Glück waren nur drei Tische besetzt, die Kellner hatten nicht viel zu tun. Verwirrt und mit verweinten Augen standen sie da und sahen Hajo an, der ihnen bestätigen sollte, was sie befürchteten.

Der älteste Kellner stöhnte heraus, was Hajo selbst auch gerade bedrängte: »Wer sagt es Frau Rensing? Und seiner Tochter?«

Hajo sah von einem zum anderen. Gab es jemanden vom Personal, der so vertraut mit der Familie Rensing war, dass er der Richtige war, eine solche Hiobsbotschaft zu übermitteln? Er sah von einem zum anderen, fand aber niemanden, der dazu geeignet gewesen wäre. Und im Hotel war es nicht anders. Ob er Robert König verständigte? Er kannte Olaf Rensing am besten und am längsten. Aber er war alt und gesundheitlich angeschlagen. Konnte man ihm eine so schwere Aufgabe zumuten? Hajo musste nicht lange überlegen. Nein, Robert König wollte er damit nicht belasten. Und seiner Tochter fehlte das Fingerspitzengefühl, die Empathie, das wusste er. Es blieb nur eine Möglichkeit. Er selbst musste diesen Weg gehen.

»Ich werde nach Achim fahren«, sagte er leise und sah in allen Gesichtern Zustimmung und Erleichterung. »Am Telefon möchte ich diese schreckliche Nachricht nicht überbringen.« Hajo blickte sich um. »Heute machen Sie erst mal so weiter wie bisher. Ich rufe am Abend an und gebe Anweisungen, ob das Café morgen geschlossen wird. Ich vermute, dass Frau Rensing es so haben will.«

Er ging nach nebenan ins Hotel und in sein Zimmer, ohne mit dem Rezeptionisten zu sprechen. Dort packte er erneut seinen Koffer und trug ihn zum Auto. Eine halbe Stunde später fuhr er schon auf den Autozug.

März 1986, Hamburg

DIE RÄUME DES *Carar* waren noch kühl und dämmrig. Wenn das Lokal sich füllte, würde es schnell sehr warm werden und die schwache Beleuchtung dann für die richtige Stimmung sorgen. Am späten Nachmittag jedoch, wenn es für die Stammgäste noch zu früh war, konnte sich mancher nicht erklären, warum das *Carar* so beliebt war. Getränke und Speisen waren natürlich auch dann sehr gut, aber die Atmosphäre, die es berühmt gemacht hatte, entstand erst später.

Carsten Tovar hatte mit seinem Partner oft überlegt, ob sie die Türen erst zwei Stunden später öffnen sollten, aber sie waren dann doch bei den bisherigen Öffnungszeiten geblieben. »Wir brauchen diese Anlaufzeit. Stimmung muss entstehen, sie kann nicht vom ersten Augenblick an da sein.«

Jetzt saßen ein paar Damen im *Carar*, mit Einkaufstaschen neben ihren Stühlen, deren Männer zu den Stammgästen gehörten, die erst spätabends erschienen, außerdem Frauen, die es vorzogen, ihren Einkaufsbummel nicht in der City, in der Nähe der vielen Geschäfte zu beschließen, sondern im *Carar*. Es lag eigentlich zu nahe an St. Pauli, aber offenbar war es gerade das, was das Lokal interessant machte. Das helle Lachen der Frauen, die nicht nach St. Pauli passten, flatterte durch die Räume, das Gemurmel von Geschäftsfreunden, die kurz vor Feierabend ihre Verhandlungen ins *Carar* verlegt hatten, ging darin unter.

Arne mochte diese Zeit, in der er, wie er es selbst nannte, den Ofen des Lokals anheizte, damit er später bollerte und alle Anwesenden wärmte. Er überprüfte gerade den Flaschenbestand im Vorratsraum, als Carsten hereinkam, aufgeregt, hektisch. Er sah sich um, als wollte er sichergehen, dass er mit Arne allein war. »Deine Frau sitzt im vorderen Raum«, stieß er hervor. »Oder vielmehr … deine Witwe.«

»Was?« Arne stellte eine Flasche Kaffeelikör zurück, als hätte er Angst, sie könnte ihm aus den Händen gleiten. »Linda?«

Carsten nickte. »Sie sieht sich so komisch um. So, als suchte sie jemanden.«

»Mich?«

»Schon möglich. Du lässt dich besser nicht blicken, solange sie hier ist.«

»Und du?«

»Mich hat sie zum Glück nicht gesehen.« Carsten rieb sich sein Bein, das ihn häufig quälte, vor allem, wenn er sich aufregte. »Mich darf sie genauso wenig erkennen. Sie würde sich denken können, dass wir zusammengeblieben sind, dass du dort bist, wo ich arbeite.«

Arne lehnte sich an ein Regal. »Wenn es kein Zufall ist, dass sie hier auftaucht, dann können wir uns auf Dauer vor ihr nicht verstecken.«

»Vielleicht …« Carsten suchte nach Argumenten, die ihm die Sorge nehmen konnten, fand aber keine. »Vielleicht ist es ja Zufall.« Wirklich glauben konnte er es offenbar nicht.

Arne verließ das Lager und trat auf den schmalen Gang, der zu den Gesellschaftsräumen und auch in den Thekenraum führte. »In der Nähe der Tür«, flüsterte Carsten, der Arne gefolgt war.

Arne blickte durch den Türspalt und sah Linda in einem der großen Spiegel mit den reich verzierten Rahmen, die den Raum schmückten. Sie hatte sich verändert, war nicht mehr die teuer gekleidete Dame der reichen Gesellschaft, sondern trug flippige, kunterbunte Mode, die so aussehen sollte, als wäre es ihr egal, ob die einzelnen Kleidungsstücke zusammenpassten oder nicht. Wer jedoch genau hinsah, bemerkte schnell, dass sie sich einem Style angepasst hatte. So wie Linda kleideten sich zurzeit viele Frauen in ihrem Alter, die einmal Hippies gewesen waren, die diese Lebenseinstellung aber nicht in die Zukunft hatten mitnehmen können, die jedoch nach wie vor gern zeigten, dass sie sich von Spießbürgerlichkeit nicht mehr prägen lassen wollten. Bei Linda, so vermutete Arne, war es wohl der Einfluss des Malers, mit dem sie zusammenlebte. Möglicherweise ging es ihr darum, selbst wie eine Künstlerin zu wirken, die nicht darauf angewiesen war, sich anzupassen. Sie war schön wie eh und je, wenn sie auch älter geworden war, zog noch immer die Blicke aller Männer auf sich und schien auch hier im *Carar* der Mittelpunkt des Interesses zu sein. Männer betrachteten sie unverhohlen, Frauen warfen ihr Blicke zu, die nicht freundlich waren.

Arne versuchte, seinen Gefühlen auf die Spur zu kommen, während er sie betrachtete. Aber was er fand, war nichts als Leere. Linda hatte keine Erinnerungen hinterlassen, nur einen Teil der Vergangenheit, der einsam und eintönig geblieben war, ein Stück des Weges, den er mit ihr gegangen war, ohne sich zu erinnern, was ihren Weg gesäumt hatte.

Carsten stand hinter ihm und sah ihn fragend an, als er sich umdrehte. »Was nun?«

Arne zuckte mit den Achseln. »Ich habe keine Straftat begangen, ich muss mich nicht fürchten. Was kann sie schon tun, wenn sie mich sieht?«

»Sie darf dich nicht sehen«, sagte Carsten schnell.

»Aber wenn es kein Zufall ist, dass sie hier hereinschneit, dann weiß sie womöglich längst Bescheid. Dann könnte sie mich verraten.«

»Würde sie das tun?«

Arne hatte Schwierigkeiten, diese Frage zu beantworten. »Wenn sie einen Vorteil davon hätte, ganz sicher.«

»Oder Rache?«, flüsterte Carsten. »Du hast sie verlassen. Eine Frau wie Linda zu verlassen ist immer ein Risiko.«

Schließlich gab Arne nach und blieb im Verborgenen. Linda blieb knapp zwei Stunden, trank Kaffee, aß eine Kleinigkeit, blätterte in einer Broschüre, die sie bei sich trug. Während dieser Zeit blickte Arne immer wieder durch den Türspalt in den großen Spiegel, um sie zu beobachten. Weder er noch Carsten ließen sich auf der Bühne ihres Lokals sehen, sie hielten sich ausschließlich hinter den Kulissen auf. Dann winkte Linda dem Kellner, um zu bezahlen, erhob sich anschließend sehr langsam und blickte sich ausgiebig um, ehe sie das *Carar* verließ.

März 1986, Achim

Ausgerechnet an diesem Tag brach die Abenddämmerung erst später herein, ausgerechnet an diesem Tag klopfte der Frühling an, ausgerechnet an diesem Tag zeigten die Krokusse zum ersten Mal ihre leuchtenden Blüten. Ausgerechnet an diesem Tag, an dem etwas Unfassbares geschehen war, an dem es regnen und stürmen und eigentlich die Welt untergehen musste. Aber die Welt war unbeeindruckt vom Leid einiger weniger Menschen. Sie zeigte schon jetzt, dass das Leben weitergehen, dass nichts den Lauf der Zeit hindern würde.

Klaas Schubert höchstpersönlich hatte an der Rezeption gestanden und so ausgesehen, als wollte er Hajo diesmal ein Hotelzimmer verweigern. »Sie sind doch heute Morgen erst ausgezogen.«

»Nun bin ich eben wieder da. Ist Frau Rensing im Haus?«

Er hatte vergessen, dass sie unter ihrem Mädchennamen eingecheckt hatte, merkte aber sofort, dass Schubert wusste, von wem die Rede war. Und als dem Hotelmanager klar wurde, dass Hajo die Frau von Olaf Rensing kannte, bekam er sogar, ohne es ausdrücklich zu wünschen, erneut ein Komfortzimmer in der oberen Etage. »Direkt neben dem Zimmer von Frau Rensing.«

Bei ihr anzuklopfen war entsetzlich schwer, ihr freundliches Gesicht zu sehen, ihr ahnungsloses Lächeln und dann der Ernst, der in ihre Augen stieg, als sie spürte, dass er mit schlechten Nachrichten zu ihr gekommen war. Es war schrecklich mitanzusehen, wie sie ihre Tränen zurückhielt, weil sie in Gegenwart eines

Fremden nicht weinen wollte. Hajo hätte sie am liebsten an sich gezogen und ihr Trost gespendet. Aber das kam natürlich nicht infrage, das wäre viel zu übergriffig gewesen. So stand er nur hilflos vor ihr, sah ihrem Schmerz zu und ihrem Kampf, ihn nicht zu zeigen.

»Kann ich etwas für Sie tun?«, hatte er schließlich gefragt. »Möchten Sie allein sein?«

Sie hatte genickt, und er wusste nicht, ob sie sein Angebot zur Kenntnis genommen hatte, einfach bei ihm im Nachbarzimmer zu klopfen, wenn sie Hilfe brauchen sollte. Er hatte nicht damit gerechnet, dass sie zu ihm kommen würde, hatte sich ans Fenster gestellt und zur Knut-Augustin-Stiftung geblickt, wo Kari unter der Angst um ihr Kind litt und nun, noch ahnungslos, von einem weiteren Schicksalsschlag getroffen worden war. Wie gerne würde er ihr jetzt helfen! Aber natürlich durfte er sich nicht einmischen, es ging um ein familiäres Problem, nichts, was ihn etwas anging. Dennoch … er war derjenige gewesen, der Brit Rensing die Todesnachricht überbracht hatte, er fühlte sich bereits wie jemand, dem das Schicksal der Familie nahegekommen war. Brit Rensing hatte bisher keine Ahnung, dass er der Vater ihres Enkelkindes war, dass er damit zwar vielleicht nicht zur Familie gehörte, aber doch gewissermaßen einen Platz an der Peripherie, an dem Zaun beanspruchen durfte, der ihn von der Familie Rensing trennte.

Als er Brit verließ, als er schon die Tür geöffnet hatte, sagte sie plötzlich: »Könnten Sie mir einen Gefallen tun? Könnten Sie … meinem Schwiegersohn Bescheid sagen? Ich muss jetzt gleich zu Kari gehen.«

»Ja, natürlich.« Hajo wurde in dem Moment klar, dass er Mike Heiser völlig vergessen hatte, dass ihm gar nicht in den Sinn gekommen war, ihn als Teil der Familie Rensing zu sehen.

Er wohnte am Ende des Flurs, schon wenige Minuten später

hatte Hajo an Mike Heisers Tür geklopft. Und es hatte eine Weile gedauert, bis er eingelassen wurde, bis Mike Heiser verstand, warum Hajo zu ihm gekommen war.

Dann war er sehr bestürzt gewesen. »Du meine Güte! Das ist ja schrecklich.« Er bot Hajo einen Platz an und setzte sich selbst auf die Bettkante. »Ich müsste dann wohl zu Kari gehen«, überlegte er, nachdem er sich angehört hatte, wie Olaf Rensing gestorben war, und verspielte damit die Sympathie, die Hajo angesichts seiner Betroffenheit empfunden hatte. »Oder … geht meine Schwiegermutter zu ihr, um es ihr zu sagen?«

Hajo verstand ihn nicht. In so einem Fall ging es doch nicht um die Information an sich, es ging darum, dass Kari jemanden bei sich hatte, der ihr vertraut war, der sie trösten, an den sie sich anlehnen konnte. Natürlich würde auch ihre Mutter ihr Halt geben können, aber dass ihr Ehemann sich fragte, ob seine Anwesenheit erwünscht war, machte Hajo fassungslos.

Er hatte sich schnell wieder erhoben. »Frau Rensing will sich sogleich auf den Weg zu ihrer Tochter machen.«

Mike hatte ihn zur Tür begleitet. »Okay, dann werde ich erst mal hierbleiben. Ich gehe dann später zu Kari.«

Ob er mittlerweile bei seiner Frau war? Hajo stand noch immer am Fenster seines Hotelzimmers und sah hinaus. Was konnte er tun? Diese Untätigkeit, dieses Warten fielen ihm schwer. Er sah zur Uhr. Kurz vor sechs! Wie lange mochte im Büro der Stiftung gearbeitet werden? Hajo griff nach dem Hotelschlüssel und öffnete die Tür. Romy Wimmer würde vielleicht noch an ihrem Arbeitsplatz sein. Ein Gespräch mit ihr würde ihm guttun. Und natürlich musste auch sie erfahren, was geschehen war. Vermutlich hatte sie noch keine Ahnung. Hajo war froh, dass er einen Grund hatte, sein Zimmer zu verlassen.

Er blieb kurz an der Bushaltestelle stehen und betrachtete den Zettel, der dort noch immer hing. Kätzchen entlaufen! Mittlerweile war er verblasst und zerknittert, als hätte er unter einem Regenschauer gelitten. Noch immer konnte sich Hajo keinen Reim darauf machen, warum Kari diesen Zettel dort angebracht hatte. Aber noch immer war er davon überzeugt, dass er etwas mit der Entführung zu tun haben musste. Dann fiel ihm wieder die Telefonnummer ein. Es war die Nummer von dem Apparat, der in Mike Heisers Hotelzimmer stand. Hatte er deswegen nicht zu Kari gehen wollen? Musste er für den Entführer erreichbar sein? Hajo spürte Schuldgefühle in sich aufsteigen. Die Vorwürfe, die er Mike Heiser gemacht hatte, waren womöglich unberechtigt gewesen.

Romy Wimmer war ahnungslos, das merkte er sofort, als er eintrat. Sie begrüßte ihn erfreut, hatte ihn auf der Stelle erkannt und wurde mit einem Mal nachdenklich, während sie ihn betrachtete. »Hat Olaf Rensing Sie nach Achim geschickt? Sollen Sie im *Haus für gefallene Mädchen* nach dem Rechten sehen? Klaas Schubert scheint auf Olafs Abschussliste zu stehen.«

Nicole kam herein und sah ihn fragend an. Romy Wimmer stellte ihn vor, und auch Karis Cousine setzte einen nachdenklichen Blick auf. Hajo begann zu ahnen, warum …

Auch diesmal fiel es ihm schwer, die traurige Nachricht zu verkünden. Nicole schlug erschrocken die Hand vor den Mund, während Romy Wimmer in ganz anderem Maße betroffen war. Sie war Brit Rensings Freundin, kannte Olaf Rensing schon lange und machte sich Sorgen um ihre Freundin. »Olaf war immer ihr Fels in der Brandung.«

Sie sprachen eine Weile über ihn, und weder Romy noch Nicole machten Anstalten, ihre Sachen zusammenzupacken und in den Feierabend zu gehen. Die beiden warfen sich mit einem Mal einen Blick zu, den Hajo zunächst nicht verstand, der aber eindeutig etwas mit ihm zu tun hatte.

Er betrachtete die beiden mit gerunzelter Stirn. »Ist was?«

Romy gab sich einen Ruck. »Waren Sie damals auch auf Mike Heisers Party? Ungefähr vor … neun Monaten?«

Eine Schwäche breitete sich in seinem Inneren aus, die es ihm fast unmöglich machte, diese Frage zu beantworten. Er brachte nicht mehr als ein Nicken hervor.

»Wie gut kennen Sie Kari?«, fragte Romy, und Hajo war sofort klar, dass sie eigentlich fragen wollte, ob er damals mit ihr geschlafen hatte.

Nun schaffte er es, eine Antwort zu geben. »Ich liebe sie.« Er erschrak selbst mehr als Romy und Nicole. Wie konnte er so etwas sagen? Wie konnte er sich hier zu seiner Liebe bekennen, ehe er mit Kari darüber gesprochen hatte?

Romy schien sich jedoch nicht zu wundern. Sie setzte die Miene auf, die er schon gelegentlich an ihr gesehen hatte: wissend und aufgeklärt. Sie gehörte zu den Menschen, die der festen Überzeugung sind, dass sie Menschliches schneller durchschauen als andere. Ob sie damit recht hatte, blieb dahingestellt. In diesem Fall allerdings lag sie richtig.

»Aber sie ist mit Mike Heiser verheiratet«, ergänzte er nun.

Ein Einwand, den Romy mit einer Handbewegung wegwischte. »Haben Sie ein Auto?«

Hajo nickte, verblüfft über diese Frage. »Wieso …?«

»Ich hoffe, Sie haben heute Abend Zeit.«

März 1986, Achim

In ihr war alles düster und kalt. Nichts regte sich, keine Liebe, keine Freude, erst recht kein Glück. Aber sogar Verzweiflung, Schuldgefühle und Mutlosigkeit waren verstummt. Vielleicht gab es diese Regungen gar nicht mehr in ihr? Kein Glück, aber auch keine Verzweiflung, keine Liebe, aber auch kein Hass. Nichts! Nur Leere.

So hatte Kari oft empfunden, wenn ihre Eltern mit ihren Forderungen gekommen waren, wenn sie sich wertlos gefühlt hatte, wenn sie wusste, dass sie ihr Leben vergeudete, ihr Talent, ihren Mut. Auch dann hatte sie sich jedes Mal leer gefühlt und hatte so lange nach Bestätigung gesucht, bis ihr jemand eine Line Koks gelegt und behauptet hatte, das seien alles Spießer, die keine Ahnung vom wirklichen Leben hätten. Jedes Mal, wenn sie sich Speed durch die Nase gezogen hatte, war sie sich wertvoller, beachteter vorgekommen und sicher gewesen, dass die Forderungen ihrer Eltern völlig unberechtigt und total überzogen waren. Dass sie ein guter Mensch war, hatte sie sich dann selbst bewiesen, indem sie Mike Heiser einen Freundschaftsdienst erwies, auf den sie wirklich stolz sein konnte. Dass sie selbst damit ein Stück freier wurde, war nur ein zufälliger Nebeneffekt.

Dass sie nun so unfrei war wie nie zuvor, hatte sie nicht ahnen können. Am liebsten hätte Kari zu ihren alten Mitteln gegriffen, um diese Gefühle durchzustehen. Aber Kokain hatte sie nicht, Speed auch nicht, und sie wusste nicht, wo sie in Achim an irgendwelche Amphetamine herankommen sollte. Aber sie hatte

Beruhigungsmittel und Schlaftabletten. Die konnten ihr auch helfen. Hauptsache, weg aus dieser schrecklichen Realität, wo es ein leeres Kinderbettchen gab und einen verlorenen Vater.

Kari schluchzte auf. »Papa!« Was dachte sich das Schicksal dabei, ihr nicht einmal die Zeit zu einer Versöhnung zu geben? »Mama«, flüsterte sie dann, während sie ihre Beruhigungsmittel und Schlaftabletten zu einem Pulver verrieb, das sie durch die Nase ziehen konnte. Dabei war sie es doch selbst gewesen, die ihre Mutter gerade erst weggeschickt und noch versichert hatte, allein bestens zurechtzukommen.

Sorgfältig schob sie das Pulver zu einer weißen geraden Linie zusammen und betrachtete sie nachdenklich. Nein, sie kam nicht allein zurecht. Nicht solange Alisia nicht wieder bei ihr war, solange die Angst sie quälte, solange Mike nebenan im Hotel saß und auf den Anruf des Entführers wartete. Vielleicht sollte sie zu ihrem Mann gehen. Möglich, dass er sich auch gerade eine Line legte, vielleicht hatte er Kokain bei sich. Möglich aber auch, dass er ihr Vorwürfe machte, weil sie schon wieder auf Koks aus war, obwohl sie ihm versprochen hatte, damit aufzuhören. Aber sie würde zu ihm gehen, sobald sie das Beruhigungsmittel geschnupft hatte. Sie musste sicher sein, dass Mike sich richtig verhielt, dass er dem Entführer alle Zusagen machte, die nötig waren, dass er die zweihunderttausend Mark bezahlen würde, damit Alisia möglichst bald freikam. Ihr kleines Cappuccinchen, das den Opa nicht mehr kennenlernen würde!

Kari stockte und starrte vor sich hin. Dieser Augenblick war der erste, in dem sie den Wunsch verspürte, ihren leiblichen Vater kennenzulernen. Sie würde ihre Mutter bei nächster Gelegenheit ins Verhör nehmen und sie nach ihm fragen. Es konnte doch nicht sein, dass Brit wirklich seinen Namen vergessen hatte! Verdrängt hatte sie ihn vermutlich, wollte sich nicht an ihn erinnern, ihn so schnell wie möglich vergessen. Das konnte Kari sogar verstehen. Aber wenn sie Brit zwingen würde, gründlich darüber nachzudenken, Fotos hervorzuholen, ihr Poesiealbum zu durchforsten, dann musste es möglich sein, sich an den Namen ihres Vaters zu erinnern. Oder sie würde in Brits alter Schule anrufen und sich dort erkundigen. Riekenbüren war nicht groß, irgendjemand würde sich schon noch erinnern, wer mit Brit in einer Klasse gewesen war. Kari dachte nach. Vielleicht sollte sie sich an Romy wenden? Die war ja damals dabei gewesen. Romy würde vielleicht eher bereit sein, das Schweigen zu brechen.

Kari suchte nach einem Strohhalm, mit dem sie das Pulver in die Nase ziehen konnte, fand aber nur ein Stück Papier, das sie rollte, damit es den gleichen Zweck hatte. Als sie Schritte auf dem Gang hörte, erschrak sie, riss ihr Tuch vom Hals und breitete es vorsichtig über dem Beruhigungsmittel aus. Würden die Schritte vorübergehen? Nein, sie hielten vor ihrer Tür. Kurz darauf klopfte es …

März 1986, Sylt

BRIT MERKTE SCHON BALD, dass es ein Fehler gewesen war, sich so spontan hinters Steuer zu setzen. Sie konnte sich nicht auf den Straßenverkehr konzentrieren. Als sie in den Elbtunnel fuhr, tat ihr die Dunkelheit so gut, dass sie darüber erschrak, und als sie wieder ans Tageslicht kam, wurde ihr klar, dass sie eine Pause brauchte. Diese Pause, dieses Innehalten, dieses mühsame Begreifen hätte sie sich gönnen sollen, bevor sie sich ins Auto setzte und losfuhr. Dass Olaf tot war, sickerte erst ganz allmählich in ihr Bewusstsein. Nun aber war der Boden ihrer Gewissheit mit Trauer und Tränen bedeckt, ihr Unglück tropfte nicht mehr, es begann zu fluten …

Sie drehte sich um und blickte zurück. Hamburg lag hinter ihr. Auf dem Hinweg nach Achim hatte sie, als sie durch Hamburg fuhr, kein einziges Mal an Arne gedacht, obwohl sie wusste, dass er dort lebte. Nun aber war er ihr plötzlich sehr nah. So nah, dass sie versucht war, kehrtzumachen und zu ihm zu fahren. Sie wusste, wie sein Lokal hieß, und war sicher, es finden zu können. Dann aber schüttelte sie den Kopf und drehte sich wieder in Fahrtrichtung. Trost von Arne? Ausgerechnet von ihm? Nein, das wäre nicht richtig gewesen.

Sie schloss die Augen und versuchte, Ruhe zu finden, Kraft zum Weiterfahren. Der Verkehr rauschte, in ihrer Nähe schlugen Autotüren, Stimmen kamen nah heran und entfernten sich genauso schnell wieder. Um sie herum war Leben, was sie jetzt nach Sylt zurückzog, war der Tod. Olaf würde sie nicht empfangen, würde nicht aus seinem Büro kommen, um sie zu umarmen, würde sich nicht am Abend ein Rührei mit Krabben wünschen. Er würde … Sie riss die Augen auf. Wo mochte er jetzt sein? Zu Hause? Oder hatte man ihn weggebracht? Wohin? Sie wagte es nicht, die Augen wieder zu schließen, aus Angst, Olaf auf einer Bahre zu sehen, unter einem weißen Laken, an seinem Zeh ein Zettel mit seinem Namen.

Sie fragte sich, warum es sie zu Olaf zurückzog, zu dem toten Olaf, warum sie nicht bei Kari geblieben war, bei ihrer Tochter, die lebte und Unterstützung brauchte. Aber Brit hatte, als Hajo Keller die Todesnachricht überbrachte, nur den Wunsch gehabt, nach Sylt zurückzukehren, dorthin, wo sie mit Olaf gelebt hatte, wo sie hingehörte, wo ihr Zuhause war.

Wie würde das Leben weitergehen? Würde Kari zurückkommen? Was würde mit der kleinen Alisia geschehen? Unerwünscht von dem Mann, der auf dem Papier ihr Vater war, misstrauisch betrachtet von ihrer Riekenbürener Verwandtschaft, vom Getuschel verfolgt, sobald ruchbar geworden war, dass sie die Tochter von Mike Heiser war. Brit legte den Kopf aufs Lenkrad. Wie sollte sie das alles bewältigen, wenn Olaf nicht mehr an ihrer Seite war! Und wer sollte demnächst seinen Part übernehmen? Olaf brauchte einen Nachfolger, davon hatte er in den letzten Monaten ja oft genug gesprochen. Allerdings ohne zu ahnen, dass es schon so bald nötig sein würde, einen Nachfolger zu finden. Oder eine Nachfolgerin! Aber was aus Kari wurde, wusste ja niemand. Wenn die Entführung ein glückliches Ende fand, war immer noch nicht die Frage beantwortet, was aus Alisia wurde, wie und wo sie aufwachsen und was geschehen sollte, wenn Mike erklären musste, warum sein Kind eine dunkelbraune Haut hatte.

Brit richtete sich stöhnend auf. Es war zu viel! Das Kind, Karis gefährdete Ehe, die Entführung und nun noch Olafs Tod. Wie sollte das zu ertragen sein? Womöglich wäre Olaf jetzt auf dem

Weg nach Achim gewesen, gesund und vital wie immer, wenn es nicht diese Schicksalsschläge gegeben hätte! Sein angegriffenes Herz hatte den Verhängnissen nicht standgehalten.

Danach bemühte sie sich, nicht zu schnell zu fahren, aber schnell genug, um nicht müde und abgelenkt zu sein, und kam gut voran. In Niebüll hatte sie Glück, der nächste Autozug fuhr schon zehn Minuten später ab. Während der Überfahrt stellte sie die Rückenlehne herunter und schloss die Augen. Gegen ihre Gewohnheit gönnte sie diesmal dem Meer keinen Blick. Als der Zug in Westerland einlief, fühlte sie sich ein wenig stärker.

Sie fuhr so langsam und vorsichtig vom Autozug wie die Feriengäste, die ihn zum ersten Mal benutzten und Angst vor der schmalen Spur und den engen Wendungen hatten. Brit dagegen hatte Angst vor dem Heimkommen, vor den mitleidigen Blicken, vor gut gemeinten Beileidsbekundungen, vor der Zukunft.

Bevor sie ins Café ging, warf sie einen Blick zum Hotel *König Augustin*. Jäh durchfuhr sie der Wunsch, Hajo Keller gefragt zu haben, ob er den Urlaub abbrechen, mit ihr zurückkehren und ihr helfen könne, das Steuer des *König Augustin* zu übernehmen und es in ruhigere Gewässer zu lenken. Wenigstens, bis klar war, wie die Leitung demnächst geregelt werden sollte. Diesem Mann, den sie eigentlich gar nicht gut genug kannte, vertraute sie. Sie war sicher, dass er nicht nur mit der Geschäftsführung des Hotels, sondern auch mit der Aufsicht über das Café klarkommen würde. Vielleicht konnte sie ihn im *Haus für gefallene Mädchen* anrufen und ihn bitten, nach Sylt zurückzukommen? Bei dem Gedanken, von nun an für alle Entscheidungen zuständig zu sein, fühlte sie sich jetzt schon überfordert.

Im Café wurde sie von Robert König erwartet. Er saß an dem Tisch in der Nähe der Theke und der Bürotür, den sich niemals ein Gast aussuchte und der deswegen zu dem Ort geworden war, wo Kellner sich kurz ausruhten und sich einen Kaffee gönnten, wo eine knappe Unterredung geführt oder eine neue Anweisung gegeben wurde. Robert König schien auf Brit zu warten. Vielleicht wartete er aber auch darauf, Olafs Nähe zu spüren, wenn er sich dort aufhielt, wo dessen Lebensmittelpunkt gewesen war: im *König Augustin*.

Seine Augen füllten sich mit Tränen, als er Brit umarmte. Er wollte etwas sagen, brachte es aber nicht fertig. Seine Stimme brach, und Brit gab ihm mit einer Geste zu verstehen, dass sie wusste, was er ausdrücken wollte, ohne es sagen zu müssen. Sie setzte sich zu ihm, bat eine Kellnerin, ihren Koffer in die Wohnung zu tragen, und bestellte eine Tasse Kaffee. Eine Weile schwiegen sie zusammen, und Brit konnte Robert König betrachten, ohne dass er es bemerkte. Er war alt geworden, dieser kleine, hagere Mann, der noch immer mit Vorliebe uralte Cordanzüge und dazu sündhaft teure Hemden trug. Er schien auch abgenommen zu haben. Seine Wangen waren eingefallen, der Hemdkragen stand vom Hals ab. Er begann, über Olaf zu reden, von seinem ersten Zusammentreffen mit ihm, von der Zeit, in der sein Freund Knut ihm von seinem Sohn erzählt hatte, den er nicht kannte, den er nur aus der Ferne beobachtete.

Es fiel Brit schwer, ihm zuzuhören. So hatte Knut Augustin es auch mit Kari geplant. Seine Enkelin sollte von Menschen adoptiert werden, die Knut Augustin gut kannte, damit er ihr beim Aufwachsen zusehen konnte, um sie später, wenn sie ihm gefiel, zu einem Teil seiner Familie zu machen. Was für eine perfide Idee! Aber Brit hatte ihm einen Strich durch diese Rechnung gemacht, indem sie dafür sorgte, dass es nicht zu einer Adoption kam. Sie war rechtzeitig aus dem Entbindungsheim geflohen. Doch sie schwieg und schluckte ihre Meinung über Knut Augustin herunter. Sie wusste ja, wie innig die Freundschaft zwischen ihm und Robert König gewesen war.

Roberts scharfer Blick traf sie völlig unvorbereitet. »Wer ist eigentlich Karis Vater?«

Brit starrte ihn an. Diese Frage hatte er noch nie gestellt. Niemand hatte bisher gewagt, sie das zu fragen. Natürlich auch deshalb, weil die meisten davon ausgingen, Olaf sei es. Auf Sylt waren Brit und Olaf schließlich als Paar erschienen, mit einem Kind, das sie ihr gemeinsames nannten. Es war nie der Verdacht aufgekommen, dass Olaf nicht Karis Vater sein könnte. Robert König wusste es natürlich, weil er Olafs Lebensweg genauso gut kannte wie ihren. Warum stellte er ausgerechnet jetzt diese Frage?

Bevor sie reagieren konnte, murmelte Robert: »Dein Vater hat eine Schreinerei in Riekenbüren. Richtig?«

Brit nickte, sie brachte keinen Ton heraus.

»Als Arne damals mit der Neuigkeit kam, dass er ein Mädchen heiraten wolle, das von ihm schwanger war, ist Knut in einen kleinen Ort gefahren, nicht weit von Bremen entfernt. Dort hat er dem Vater des Mädchens ein finanzielles Angebot gemacht.« Seine Stimme wurde immer leiser, er war nun kaum noch zu verstehen. »Ich meine, mich zu erinnern, dass der Vater eine Schreinerei besaß.« Nun sah er auf, die Müdigkeit war aus seinen Augen verschwunden, sein Blick war klar und direkt. »Bist du dieses Mädchen gewesen, Brit?«

Sie erwiderte seinen Blick ebenso klar und direkt. »Ja.«

Ihm war anzusehen, dass er jede andere Antwort ohnehin nicht geglaubt hätte. Er nickte und sah sie dabei unverwandt an. »Dann steht dieses Mädchen seit Jahren dem *König Augustin* vor, als hätte Knut damals das Einverständnis zur Heirat gegeben?« Er schien auf ihre Zustimmung zu warten, aber Brit sah ihn nur schweigend an.

»Dann wird diesem Mädchen demnächst alles gehören, was eigentlich Arne erben sollte?« Nun lächelte er leicht. »Verrückt, welche Wege das Schicksal manchmal einschlägt!«

März 1986, Bremen

Es war dunkel, sehr dunkel und still. Im Zentrum Bremens sorgten Straßenlaternen noch für Licht, außerhalb blieb es dem Mond und den Sternen überlassen, für Helligkeit zu sorgen. Die Straßen, durch die sie gingen, waren menschenleer. Kein Wunder, es war ja schon nach Mitternacht.

Nicole warf Hajo einen dankbaren Blick zu. Als sie Romy die Idee vorgetragen hatte, war sie noch mutig gewesen, gemeinsam mit ihrer Chefin, die immer so tatkräftig und couragiert war, konnte sie sich jedes Abenteuer vorstellen. Aber als sie durchs Bürofenster gesehen hatte, wie es draußen immer finsterer wurde und die Geräusche nach und nach einschliefen, war die Angst in ihr hochgekrochen. Von da an war sie froh gewesen, dass Hajo Keller sich bereit erklärt hatte, sie zu unterstützen. Er hatte Nicoles Idee sogar gut gefunden und den Plan unterstützt, den Nicole und Romy gemeinsam ausgeheckt hatten.

»Warum nur hat der Entführer das gemacht?«, hatte er immer wieder gefragt.

Aber natürlich hatten Nicole und Romy darauf genauso wenig antworten können wie Hajo Keller selbst.

»Vielleicht aus Angst vor der eigenen Courage?«, meinte Romy.

Sie waren ins *Frikadellen-Paradies* gegangen, hatten sich dort etwas zu essen bestellt und ein wenig Mut angetrunken. »Wir müssen warten«, hatte Hajo Keller gesagt. »Es darf niemand mehr wach sein.«

Er hatte sich kurz vor Einbruch der Dunkelheit in sein Auto

gesetzt und war zu der Kirche gefahren, um die Örtlichkeit auszukundschaften. Sein Gesicht war sorgenvoll geworden, ehe er losfuhr. »Hoffentlich sieht mich niemand. Einem schwarzen Mann traut man immer nur das Schlechteste zu.«

Es hatte nicht lange gedauert, bis er zurückgekehrt war. Lächelnd und zuversichtlich. Er hatte die Haushälterin im Vorgarten des Pfarrhauses angetroffen, sie nach einem ausgedachten Weg gefragt und so lange mit ihr geplaudert, bis durchs geöffnete Fenster Babygeschrei gedrungen war. Eilig hatte sich die Frau von ihm verabschiedet und war ins Haus gelaufen. Hajo hatte ihr lächelnd nachgesehen. Es war genau so, wie Nicole es beschrieben hatte. Diese war vor einem guten Jahr von ihrem Vater gebeten worden, beim Transport einer Kommode zu helfen, die in der *Schreinerei Wunder* für die Haushälterin des Pfarrers angefertigt worden war. So hatte Nicole gewusst, wo deren Schlafzimmer lag, und Hajo gesehen, dass sie recht gehabt hatte.

Im *Frikadellen-Paradies*, während sie ihre Frikadellen mit Bratkartoffeln und Gurkensalat aßen, hatten sie über Kari gesprochen. Über ihr Leben auf Sylt, ihre Eltern, den Tod ihres Vaters, ihre Ehe mit Mike Heiser. Romy hatte von der kleinen Kari erzählt, an der sie Mutterstelle vertreten hatte, wenn Brit arbeiten musste, und von der Zeit auf Sylt, als Romy ihrer Freundin auf die Insel gefolgt war und zunächst im Hotel *Miramar* gearbeitet hatte. Ihre Angst vor dem, was sie vorhatten, war von der Sorge um Kari verdrängt worden. Was hatte sie zurzeit auszuhalten! Das Kind entführt, der Vater gestorben! Und ein Ehemann im Nachbarhaus, von dem sie nicht wusste, ob er wirklich alles tun würde, um ihr Kind zu retten.

»Einfach entsetzlich«, flüsterte Nicole immer wieder.

Sie war jedes Mal stolz gewesen, wenn Hajo sie anerkennend angeblickt hatte. »Es ist gut, dass Kari nicht weiß, was wir heute Abend vorhaben. Man weiß ja nie, wie die Sache abläuft. Wenn was schiefgeht …« Dieser Gedanke, den jeder von ihnen schon einmal gehabt hatte, war nie ausgesprochen worden. Aber alle drei waren sich einig, dass Kari es nicht aushalten würde, wenn sie im Entbindungsheim saß und sich fragen musste, ob der Plan gelingen würde. Das Schlimmste wäre, wenn eine riesengroße Hoffnung in dieser Nacht zunichtegemacht würde. Besser also, sie wusste gar nicht, was sie vorhatten.

Romy hatte Hajo einen vieldeutigen Blick zugeworfen. »Sie dürfen Kari das Kind dann wieder in die Arme legen. Und dann bringen Sie hoffentlich alles in Ordnung. Das zwischen Ihnen und Kari …«

»Ich weiß doch gar nicht, wie Kari zu mir steht«, hatte Hajo geflüstert. Laut konnte er einfach nicht über Kari sprechen.

»Dann sorgen Sie gefälligst dafür, dass sie zumindest erfährt, wie Sie zu ihr stehen!«, hatte Romy entgegnet, so pragmatisch wie immer.

Jetzt aber hatten sie nur ein Ziel: die Kirche, das Pfarrhaus, das Fenster, hinter dem Alisia schlief. Hajo war in der Kirche gewesen, bevor sie abgeschlossen wurde, und hatte dafür gesorgt, dass eins der Fenster offen blieb, das zur Sakristei gehörte. Dort würde er einsteigen können, da war er sicher. Und von dort, das hatte er ebenfalls herausgefunden, gab es eine Tür, die ins Pfarrhaus führte. Blieb nur zu hoffen, dass sie am späten Abend nicht abgeschlossen wurde. Wenn doch, gab es nur noch die Möglichkeit, mit Gewalt vorzugehen. »Dann müssen wir das Schlafzimmerfenster der Haushälterin einschlagen, sie überwältigen und das Kind rauben«, hatte Hajo gesagt und dabei sehr unglücklich ausgesehen. Es würde ihm schwerfallen, so vorzugehen, das war klar. »Wir müssen sie nur daran hindern zu schreien«, hatte er noch ergänzt und das Gesicht verzogen, weil ihm der Gedanke schrecklich war, einer verängstigten Frau den Mund zuzuhalten.

Auch Romy und Nicole sahen sehr unglücklich aus. Aber was

blieb ihnen anderes übrig? Alisias Sicherheit war wichtiger. Und dass Kari ihr Baby zurückbekommen musste, ebenfalls.

Jetzt versuchte jeder von ihnen, nicht daran zu denken, dass etwas schiefgehen könnte. Nicole hatte sich neben Romy an die Kirchenmauer gedrückt, nachdem Hajo durch das Fenster in die Sakristei eingedrungen war. Kurz darauf hörten sie eine Tür knarren. Sie war also nicht abgeschlossen worden, Hajo hatte freie Bahn. Nun schlich er sich ins Pfarrhaus, wo es kalt und still war. Sehr still. Der Pfarrer schlief, die Haushälterin auch, Alisia ebenfalls. Kein Laut drang aus dem Haus. Romy und Nicole stießen sich von der Mauer ab und versuchten, außerhalb des Hauses den gleichen Weg zu gehen wie Hajo innerhalb. Sicherlich würde er einen Flur entlangschleichen und an dessen Ende hoffentlich die richtige Tür finden, sie so leise öffnen, dass die Haushälterin nicht aufwachte. Und dann …

Mit einem Mal war ein Auto zu hören. Es kam langsam heran, sehr langsam. Seine Scheinwerfer stachen in die Dunkelheit, erfassten Nicole und Romy zum Glück aber nicht. Die beiden hatten sich fallen lassen, an die Hausmauer gedrängt und sich atemlos zusammengekauert, um nicht gesehen zu werden. Dann jedoch wurde es schlagartig finster, die Scheinwerfer waren erloschen. Der Motor des Wagens brummte jedoch noch, und er schien sich auch weiterhin zu bewegen. Die knirschenden Räder zeigten an, dass er voranrollte, immer näher.

»Wer ist das?«, flüsterte Romy.

Die Türen des Wagens wurden sehr leise geöffnet und nicht wieder geschlossen. Die Innenraumbeleuchtung sprang nicht an, dafür hatte der Fahrer scheinbar vorher gesorgt. Also kam jemand an, der nicht gehört und gesehen werden wollte. Nicole wurde schlecht vor Angst. Was geschah hier?

Sie sah die schwachen Umrisse eines Mannes, der ausstieg, eine zischende Stimme schien ihn zu warnen. Er blieb neben der geöffneten Fahrertür stehen, nur schemenhaft zu erkennen, und bewegte sich nicht mehr. Was würde geschehen, wenn Geräusche nach draußen drangen? Wenn Hajo mit Alisia auf dem Arm herauskam?

»Was wollen die hier?«, flüsterte Romy.

Aber Nicole konnte nicht antworten. Sie lauschte ins Innere des Hauses. War etwas zu hören? Rumoren, Schritte?

In diesem Augenblick wurde das Fenster aufgerissen. Der Mann, der gerade aus dem Auto gestiegen war, sprang hinzu, nahm einem anderen ein Bündel ab, das er aus dem Fenster hielt, und rannte damit zum Auto. Das Babygeschrei war nur dumpf und sehr entfernt zu hören, als die Autotür ins Schloss gefallen war. Ein junger Mann sprang auf die Fensterbank und von dort zu Boden. Im Nu saß auch er im Auto, der Wagen startete mit durchdrehenden Rädern. Seine Scheinwerfer wurden erst später eingeschaltet.

Nicole hockte wie gelähmt am Boden. Aus weit aufgerissenen Augen starrte sie in die Dunkelheit, als könnte sie von den Flüchtenden noch etwas erkennen. Auch Romy bewegte sich zunächst nicht. Nun war eine weibliche Stimme zu hören. »Wer ist da?« Ein Kreischen folgte. Romy stand auf und huschte zu dem nach wie vor offenen Fenster, während Nicole immer noch wie erstarrt am Boden saß.

»Hajo? Hajo!«

Nun hörten sie lautes Gepolter. Nicht hinter dem geöffneten Fenster, sondern weiter weg, vermutlich auf dem Flur, hinter der geschlossenen Tür. Eine Stimme, dunkel und dröhnend, dann Gerangel, das Klappern einer Klinke, eine aufspringende Tür, etwas fiel ins Zimmer, Fluchen, Schimpfen, Warnen, eine körperliche Auseinandersetzung. Dann ein Stöhnen, ein leiser Schrei von jemandem, der zu Boden fiel und aufgeben musste. Im selben Moment erschien Hajo auf dem Fenstersims, in der nächsten

Sekunde sprang er herab. Als er Nicole und Romy sah, gab er ihnen nur einen kurzen Wink, damit sie ihm folgten, dann rannte er so schnell er konnte die Straße hinab, Romy auf den Fersen.

Nicole war unfähig, den beiden zu folgen. Eigentlich war sie sportlicher, als ihr Körper vermuten ließ, aber die Lähmung hatte sie noch immer nicht verlassen. Nach wie vor stand ihr das Bild des Mannes vor Augen, der das Baby aus dem Fenster gereicht hatte. Sein Profil, seine Bewegung, die Art, wie er sich vorbeugte. Und als er dann aus dem Fenster sprang und zum Auto gelaufen war, hatte sie jeder Zweifel verlassen.

»Alisia«, weinte sie und schleppte sich ein paar Schritte voran.

Dann hörte sie in der Ferne ein Martinshorn, das schnell näher kam. Auch Nicole fing nun endlich an zu laufen und hoffte, dass Hajo und Romy an irgendeiner Straßenecke auf sie warteten.

März 1986, Archim

Indra hatte am Abend zuvor gar nicht unter das Tuch sehen müssen, sie wusste sofort, was sich darunter verbarg.

»Das ist keine Lösung«, hatte sie streng gesagt und die Line aus Betäubungsmittel, die Kari so sorgfältig gelegt hatte, einfach weggewischt. In das Tuch und dann aus dem Fenster. Kari hatte nicht gewusst, ob sie wütend sein sollte, weil sich schon wieder jemand in ihr Leben einmischte, alles angeblich besser wusste als sie selbst, oder erleichtert, weil sie von einer großen Dummheit abgehalten worden war. Am Ende hatte sie zu weinen begonnen. »Mein Cappuccinchen!«, hatte sie geschluchzt. »Mein Papa! Warum verliere ich alles, was mir wichtig ist?«

Indra hatte sie schweigend umarmt und so lange festgehalten, bis Karis Tränen versiegten. Ihre Stimme war sehr leise gewesen, als sie sagte: »Den Vater deines Kindes hast du noch nicht verloren.«

»Ich weiß doch gar nicht, wer Alisias Vater ist.« Kari hatte schon wieder zu weinen begonnen.

»Du musst mit ihm reden.«

»Mit Hajo? Warum?«

»Er hatte vermutlich keinen Filmriss. So wie du. Er weiß, was an dem Abend passiert ist.«

»Kapier doch, ich habe Mike versprechen müssen, nicht mit ihm über Alisia zu reden. Außerdem kann Hajo gar nicht wissen, dass ich ein Kind mit dunkler Haut bekommen habe. Er hat mir gesagt, dass er die Fotos in der Zeitschrift gesehen hat und dass er mein Baby süß findet.« Sie hatte Indra ein schiefes Lächeln geschenkt. »David ist ja auch wirklich süß.«

Sie ließen sich jetzt gemeinsam aufs Sofa sinken, nah beieinander. »Wie stehst du zu Hajo?«

Kari hatte Indra angestarrt, als hätte diese einen Gedanken geweckt, der ihr selbst bis zu diesem Augenblick noch nicht gekommen war.

»Was fühlst du, wenn du an ihn denkst?«, hatte Indra weiter insistiert.

Kari hatte tief Atem geschöpft. »Ich habe gemerkt, dass sich etwas verändert hat. Als ich ihn auf der Straße getroffen habe, stand da mit einem Mal nicht mehr Hans-Josef Keller, der Geschäftsführer des *König Augustin,* vor mir, sondern ein Mann, mit dem mich etwas verbindet. Ein Gefühl, eine Erinnerung, eine … ja, eine Sehnsucht. Ich habe ihn vom ersten Augenblick an gemocht, deswegen hatte ich ihn ja gebeten, mich zu Mikes Party zu begleiten. Aber dort …« Sie hatte das Gesicht zu einer Grimasse verzogen.

»… du hattest einen Filmriss, ja.« Indra hatte sich vorgebeugt, um Kari in die Augen sehen zu können. »Egal, was du Mike versprochen hast, du darfst Hajo nicht ganz vergessen. Wenn er der Vater von Alisia ist, dann ist er deine Zukunft, nicht Mike. Du musst nur herausfinden, welche Gefühle du für ihn hast.« Sie hatte Kari kopfschüttelnd betrachtet. »Himmel, du bist wirklich verrückt. Normalerweise ist man verknallt oder man ist es nicht. So was weiß man. Aber du mit deinen blöden Drogenpartys hast keine Ahnung, wie es um deine Gefühle steht. Merkst du jetzt, wie verrückt es ist, sich ausgerechnet jetzt noch mehr Zeug reinzuziehen? Du brauchst deine ganze Kraft, Alisia braucht sie und …« Indras Stimme war leiser geworden. »Hajo braucht sie vermutlich auch. Er tut mir leid. Er weiß nicht, ob er ein Kind hat, er weiß nicht, ob du ihn liebst, er läuft zwischen dem Hotel und der Knut-Augustin-Stiftung hin und her und weiß nicht, was er tun soll.«

Nun war Kari sehr erstaunt gewesen. »Er ist im *Haus für gefallene Mädchen,* weil er dort dem Geschäftsführer auf die Finger schauen soll.«

Indra hatte sie ungläubig angesehen. »Ich bin sicher, er ist hier, um dir nahe zu sein.«

Kari hatte sich mit dem rechten Zeigefinger vor die Brust gestoßen. »Mir?«

»Wem sonst? Ich bin oft mit David spazieren gegangen und habe gesehen, wie er am Zaun entlanggegangen ist, um in den Garten vom Entbindungsheim sehen zu können.«

Kari war nun sehr nachdenklich geworden. »Du meinst, er wollte wissen, ob ich ein dunkelhäutiges Kind bekommen habe?«

»Kann sein. Damit ist klar, dass ihr auf der Party Sex hattet.«

»Das habe ich gespürt«, hatte Kari geflüstert. »Einer von den *Half Brothers* konnte es nicht gewesen sein, meine Erinnerung passt nicht dazu. Sie passt zu Hajo, nur zu ihm.«

»Du musst mit ihm reden.« Sie hatte Karis Entgegnung, zu der sie ansetzen wollte, nicht gelten lassen. »Egal, was Mike sagt. Willst du Alisia das Gleiche antun, was deine Mutter dir antut? Die Kleine hat ein Recht darauf zu erfahren, wer ihr Vater ist. Genau wie du.« Indra war aufgestanden, weil sie erregt war und nicht mehr stillsitzen konnte. »Mike denkt nur ans Geld, nicht an das Kind. Bei Hajo wäre das anders. Wenn er wüsste, dass sein Kind in den Händen eines Entführers ist, würde er alles tun, um Alisia zu befreien.«

Nun hatte Kari lächelnd den Kopf geschüttelt. »Du redest von Hajo, als würdest du ihn gut kennen. Ich glaube, du hast zu viele Fernsehserien gesehen.« Sie war wieder ernst geworden. »Erzähl mir lieber, ob deine Eltern dich noch einmal besucht haben.«

Indra hatte genickt. »Ja! Und natürlich, ohne sich vorher anzukündigen. Sie wollen den ominösen Onkel antreffen.«

»Samy Angermann kommt nicht mehr?«

Nun hatte Indra den Kopf geschüttelt. »Wir können es nicht riskieren. Sie würden Samys Ruf kaputtmachen, wenn sie wüssten, dass er Davids Vater ist. Was meinst du, wie seine Fans reagieren, wenn herauskommt, dass er ein fünfzehnjähriges Mädchen liebt? Da kann ich noch so oft klarstellen, dass ich ihn auch liebe, dass ich wollte, was geschehen ist, dass wir heiraten werden ... die Leute würden sich das Maul zerreißen.« Sie schüttelte heftig den Kopf. »Das will ich nicht. Es wäre schrecklich, wenn unsere Liebe öffentlich in den Dreck gezogen würde.«

Kari hatte sie verstanden. »Aber wie lange willst du warten?«

»Mindestens, bis ich sechzehn bin. Oder bis meine Eltern bereit sind, unsere Liebe zu akzeptieren.«

Kari war ebenfalls aufgestanden und hatte Indra umarmt. »Werden wir irgendwann glückliche Mütter sein? Du mit deinem Samy an der Seite und ich ...« Mit einem Mal wagte sie nicht weiterzusprechen.

Das hatte Indra für sie getan. »Und du mit Hajo an deiner Seite.«

Bei dem Gedanken an diesen Satz musste Kari lächeln, ohne es recht zu merken. Hajo an ihrer Seite? Ein schönes Gefühl ...

März 1986, Bremen

»Es reicht jetzt«, sagte Henk. »Ich habe die Nase voll.«

Sie hatten sich auf den Boden der Dachkammer fallen lassen, erschöpft, am Ende ihrer Nerven und voller Angst.

Dennis sah Henk ängstlich an. »Wer wollte uns da in die Quere kommen?«

Darauf bekam er keine Antwort. Niemand hatte eine Erklärung für das, was geschehen war.

»Alles war gut gelaufen«, sagte André. »Meine Tante schlief, und ich weiß ja, dass sie einen sehr festen Schlaf hat.« Am Nachmittag hatte er sie besucht, nach langer Zeit mal wieder, worüber sie sich sehr gefreut hatte. Und bevor er ging, hatte er dafür sorgen können, dass die Tür, die von der Küche in den Garten führte, offen geblieben war. Geräuschlos hatte er das Haus betreten können und war ebenso geräuschlos ins Schlafzimmer seiner Tante gelangt. »Gerade hatte ich die Lütte aus dem Korb geholt, als ich hörte, dass jemand den Flur entlangkam. Erst dachte ich an den Pfarrer. Der wäre ja niemals in das Schlafzimmer meiner Tante gekommen. Aber dann wurde mir schnell klar, dass es jemand anders war. Und der Pfarrer hatte ihn auch gehört und natürlich gleich herumgeschrien …«

Dennis versuchte, seinen Freund zu beruhigen. »Ist ja noch mal alles gut gegangen. Klar, besser wäre es gewesen, wenn deine Tante nichts gehört hätte. Dann hätte sie am frühen Morgen die Polizei verständigt, aber keine Ahnung gehabt, wer sich das Kind geholt haben könnte.«

»Wenn sie mich erkannt hat«, sagte André, »steht morgen die

Polizei bei mir auf der Matte. Ich werde vorsichtshalber hier übernachten.«

»Das musst du sowieso«, sagte Dennis. »Wir können die Lütte ja nicht allein lassen. Wenn sie schreit, könnte sie gehört werden.«

Henk stand auf, als wäre ihm ein Gedanke gekommen. Dennis sah hoffnungsfroh zu ihm auf. Henks Ideen waren meist die besten, und er hatte immer welche, auch wenn er selbst schon verzweifelte und aufgeben wollte. »Wir müssen die Sache schleunigst durchziehen. Heute noch. Ich rufe jetzt die Nummer an. Hoffentlich hat der Kerl die Kohle flüssiggemacht.«

Dennis hatte Bedenken. »Das glaube ich nicht. So schnell geht das nicht.«

»Dann soll er sich gefälligst beeilen. Wir setzen ihm eine Frist. Sagen wir … drei Tage.«

»Versuchen kannst du's ja«, meinte André.

Nur Dennis war ohne jeden Optimismus. »Mike Heiser kann nicht der Vater sein, das ist ja nun klar. Ob der überhaupt zahlen will?«

Henk verzog das Gesicht. »Was ist mit deiner Tante? Der gehören doch alle möglichen Hotels.«

»Nicht ihr, sondern ihrem Mann.«

»Egal. Der könnte garantiert Kohle lockermachen.«

Henk ging zur Tür. »Ich gehe jetzt zur Telefonzelle und rufe die Nummer an. Dann höre ich ja, ob die Kohle da ist. Wenn nicht, drohe ich dem Kerl, dass das Kind abgemurkst wird.« Er war schon aus dem Zimmer, als er sich noch einmal zurückdrehte. »Es bleibt bei dem Ort der Geldübergabe?«

»Klar«, entgegnete Dennis. »Warum fragst du? Willst du die Sache heute Nacht noch durchziehen?«

»Warum nicht?«

Die Tür fiel ins Schloss, im gleichen Augenblick fing Alisia an zu schreien.

März 1986, Achim

Mike Heiser erschrak, als das Telefon klingelte. Gerade hatte er das Licht gelöscht, um einzuschlafen. Wer konnte das sein? Julian, der ihm eine gute Nacht wünschen wollte? Oder etwa … der Kidnapper?

Er knipste das Licht wieder an und starrte auf das Telefon, als könnte er es am Läuten hindern. Schließlich nahm er den Hörer ab. »Hallo?«

Er saß kerzengerade, als ihm klar wurde, dass er tatsächlich den Entführer am anderen Ende der Leitung hatte. Die Stimme klang verzerrt, der Kerl hatte scheinbar ein Taschentuch über die Muschel gelegt.

»Haben Sie die Kohle?«

Mike schwang die Beine über die Bettkante. »So schnell geht es nicht.«

»Wie lange soll das noch dauern?«

Mike stand auf und ging zum Fenster. »Ich stehe in Verhandlungen mit meiner Bank.«

»Was soll das heißen? Wie lange wollen Sie verhandeln?«

»Zweihunderttausend sind kein Pappenstiel.«

»Jemand wie Sie sollte die lockermachen können. Oder …«

Mike hielt die Luft an. Oder?

»Oder wollen Sie nicht zahlen? Wenn Sie denken, dann sind all Ihre Probleme gelöst, haben Sie sich aber geschnitten, mein Lieber! Ich weiß, warum Sie das Balg loswerden wollen. Aber diesen Wunsch werde ich Ihnen nicht erfüllen, indem ich auf das

Lösegeld verzichte. Darauf können Sie Gift nehmen. Wenn Sie nicht wollen, dass ich mit dem, was ich weiß, zur Presse gehe, dann zahlen Sie dreihunderttausend. Ich garantiere Ihnen, dass die Kurze dann nie wieder auftaucht. Und dass auch keiner was davon erfährt, wie gern Sie sie loswerden wollten.«

»Um Himmels willen! Wie kommen Sie denn darauf?«

»Sie wissen schon, warum ich darauf komme. Also: zahlen oder nicht zahlen?«

Mike suchte nach Worten, fand aber keine.

»Also gut, ich rufe morgen noch mal an. Bis dahin haben Sie es sich überlegt. Spätestens übermorgen geht die Sache über die Bühne! Dann müssen Sie die Kohle haben.«

Mike schwieg, in seinem Kopf drehte sich alles, es war ihm unmöglich zu antworten.

»Verstanden?«

Mike krächzte etwas Zustimmendes, dann wurde am anderen Ende aufgelegt. Er drehte sich langsam um und legte den Hörer so vorsichtig auf die Gabel zurück, als wäre er aus Porzellan. Was für eine Idee! Aber der Kerl hatte recht, für dreihunderttausend wäre er wirklich alle Sorgen los. Nicht nur das! Der Mitleidsfaktor wäre ihm sogar sicher. Ein Mann, dessen Kind entführt wird und nicht wieder auftaucht, kann sich ja im Fernsehen alles erlauben.

Er öffnete die Minibar, holte sich ein Whiskyfläschchen heraus und trank es in einem Zug leer. Dann legte er sich wieder aufs Bett, verzichtete aber darauf, sich zuzudecken. Seine Haut brannte wie Feuer, ihm war heiß. Äußerten sich moralische Bedenken auf diese Weise? Noch nie hatte er vor einer Entscheidung dieses Ausmaßes gestanden. Er hatte es in der Hand, seine Karriere in die richtige Richtung zu schieben. Endgültig! Doch was, wenn der Entführer geschnappt wurde und der Polizei verriet, wofür Mike Heiser dreihunderttausend Mark bezahlt hatte? Aber würde man so einem Verbrecher glauben? Außerdem ... er würde nicht warten können, bis alle Hoffnungen auf ein gutes Ende der Entführung vorbei waren. Kari würde irgendwann zur Polizei gehen wollen. Dann würde man den Entführer und das Kind suchen. Er musste also bald eine Entscheidung treffen, sehr bald.

Mike stand wieder auf und stellte sich erneut ans Fenster. Eigentlich müsste er Kari jetzt anrufen, so war es verabredet. Und natürlich tat sie ihm leid. Alles wäre wunderbar gewesen, wenn sie ein weißes Kind bekommen hätte. Mike Heiser, ein verheirateter Mann, ein Familienvater! Fantastisch! Aber dann so was! Aus dieser wunderbaren Möglichkeit, die Kari ihm geboten hatte, war ein riesiges Problem geworden. Was sollte er dem Entführer sagen, wenn er morgen wieder anrief? Mike wollte sich diese Frage nicht beantworten, noch nicht. Erst mal würde er die Bank anrufen, es wurde Zeit. Kari glaubte ja, er hätte den Geldtransfer längst organisiert, aber bis jetzt wusste sein Bankberater noch gar nichts von der Entführung. Mike hatte das Gefühl gehabt, es sei gut, sich Zeit zu lassen. So ein Entführer verlor vielleicht irgendwann die Nerven. Und dann? Nein, auf diese Frage wollte Mike nicht antworten. Er war doch kein Krimineller! Er war Mike Heiser, der bekannteste deutsche Modedesigner. Nicht einer, der das Leben eines kleinen Kindes aufs Spiel setzte, nur um sein eigenes Schäfchen ins Trockene zu bringen. Nein, so einer war er nicht. Andererseits … die Gelegenheit, die der Kerl ihm heute angeboten hatte, war verdammt günstig.

Er öffnete noch einmal die Minibar, diesmal holte er eine kleine Sherryflasche heraus, öffnete sie und hielt sie sich an den Mund, bis sie leer war. Man konnte sich irren, wenn es um gute Gelegenheiten ging. Hatte er nicht auch geglaubt, Karis Angebot, ihn zu heiraten, wäre eine gute Gelegenheit? Und hatte er nicht auch geglaubt, es sei eine sehr gute Gelegenheit, dass Kari schwanger war? Im Ergebnis war daraus aber eine Katastrophe erwachsen. Sein berufliches Ziel war nun so gefährdet wie noch nie. Wenn er doch nur endlich den Vertrag unterschreiben könnte! Es bestand ja immer noch die Möglichkeit, dass die Sendung sehr erfolgreich war. Dann würde ihm vielleicht niemand mit Vorwürfen kommen, weil seine Frau von einem Schwarzen ein Kind bekommen hatte. Vielleicht …

Aber ein Kind verstecken, für das sich die Öffentlichkeit interessierte? Das würde nicht klappen. Kari und Alisia aus seiner Villa ausziehen lassen, damit sie nicht mehr fotografiert werden konnten? Das würde die Neugier nur noch anheizen. Dafür sorgen, dass kein Reporter mehr in seinem Privatleben herumschnüffelte? Wie sollte das gelingen?

»Verdammt!«

März 1986, Hamburg

Arne hatte eine Weile im Vorratsraum zugebracht, um einen Rotwein zu suchen, nach dem ein Stammgast gefragt hatte. Nun musste er leider bekennen, dass er diesen Wein nicht auf Lager hatte. Er wand sich durch das vollbesetzte Lokal, schob hier einen Kellner beiseite und bat dort einen Gast, ihn durchzulassen. Das Stimmengewirr war gewaltig, das Gelächter manchmal so laut, dass es in den Ohren wehtat. Als er fast bei dem Stammgast angekommen war, um ihm einen anderen Rotwein zu empfehlen, traf ihn ein Name, der an einem kleinen Tisch fiel, an dem drei Männer saßen. Offenbar Geschäftsfreunde. »Olaf Rensing.«

Arne blieb wie angewurzelt stehen, griff nach einer Speisekarte, die auf einem Stehtisch lag, und gab vor, sie durchzublättern. Aber die drei steckten nun die Köpfe zusammen, es war nicht zu verstehen, was über Olaf Rensing gesprochen wurde.

Carsten kam vorbei, ein Tablett mit Sektgläsern in der Hand. »Hast du es mitbekommen?«, fragte er flüsternd.

Arne schüttelte den Kopf. »Nur den Namen.« Er betrachtete Carstens ernstes Gesicht. »Was ist mit Olaf?«

»In fünf Minuten hinter der Theke«, gab Carsten zur Antwort und trug sein Tablett zu einem Tisch im hinteren Bereich das *Carar.*

Sechs Minuten später wusste Arne Bescheid. Olaf Rensing war gestorben, plötzlich und unerwartet, von einem Augenblick auf den anderen.

Carsten sah ihn misstrauisch an. »Vielleicht war es ein Fehler, dass ich es dir gesagt habe?«

Arne wusste, was er meinte, bemühte sich aber, seine Aufregung herunterzuspielen. »Das hätte ich doch sowieso irgendwann erfahren.«

»Du meinst, aus der Zeitung? Weil es sich um den Schwiegervater von Mike Heiser handelt?«

»Zum Beispiel.«

»Du willst also nicht schon wieder Urlaub nehmen, um nach Sylt zu fahren?«

Arne drehte seinem Freund den Rücken zu, nahm eine Flasche Campari aus dem Regal und antwortete, bevor er sich wieder umdrehte: »Doch, das will ich.«

»Florian!«, sagte Carsten, weil der Barkeeper ihnen sehr nah war. »Sag mir, was das für einen Sinn haben soll?« Er zog Arne nun mit sich zu einer Tür, auf der »Privat« stand. Dahinter gab es einen Flur, der nach draußen führte, und eine Treppe ins erste Obergeschoss. »Geht es um dein Erbe? Was Olaf Rensing hinterlässt, gehört eigentlich dir.«

»Das will ich nicht. Ich heiße Florian Aldenhof und habe mit dem Erbe von Knut Augustin nichts mehr zu tun. Ich habe mich damals entschieden, darauf zu verzichten. Dabei bleibe ich.«

»Also geht es dir um Brit?«

Arne schaffte es, weder Ja noch Nein zu sagen. »Sie braucht mich.«

In Carstens Gesicht stieg dunkle Röte. Arne kannte ihn, sein Freund war jetzt so wütend, dass er damit rechnen musste, von ihm geschüttelt und angeschrien zu werden. Aber er hatte Glück. Carsten holte tief Luft und riss sich zusammen. »Sie braucht einen Mann, auf den sie sich verlassen kann. Genau so einen Mann hat sie soeben verloren. Sie hat jetzt das *König*

Augustin allein am Hals. Und die Cafés deines Vaters. Wie willst du ihr dabei helfen, Arne? Du hast hier deinen Lebensmittelpunkt, hier in Hamburg. Das *Carar* ist dein *König Augustin.* Vergiss das bitte nicht.«

Arne ließ den Kopf hängen. »Du hast ja recht.«

»Außerdem … du heißt Florian Aldenhof. Du könntest nicht wieder mit ihr zusammen sein. Nicht einmal als Florian Aldenhof. Weißt du, wie stümperhaft deine falschen Papiere sind? Bis jetzt ist immer alles gut gegangen. Aber was ist, wenn mal irgendein Beamter genauer hinsieht? Fordere das Schicksal nicht heraus!«

»Ich habe keine Straftat begangen, nichts getan, womit jemand geschädigt wurde. Ich wollte nur nicht mehr Arne Augustin sein, das ist alles.«

»Falsche Papiere sind eine Straftat.«

»Wetten, dass ich dafür nicht in den Knast muss?«

Das gab Carsten widerwillig zu. »Aber was ist mit Linda? Jetzt ist sie Witwe. Wenn du wieder auftauchst, ist sie nach wie vor mit dir verheiratet.«

»Nicht, wenn ich Florian Aldenhof bleibe.«

»Sie war im *Carar*, vergiss das nicht. Ich glaube nicht, dass sie zufällig hier war.«

Die Tür zum Thekenraum öffnete sich, ein Kellner blickte in den Flur. »Hier sind Sie! Ich habe Sie schon überall gesucht, Herr Aldenhof.«

»Was ist los?«, fragte Arne.

»Eine Dame möchte Sie sprechen. Sie sitzt an dem kleinen Tisch am Fenster.«

»Okay.« Arne folgte ihm. Der Kellner wies knapp zu dem Tisch, an dem eine Frau saß, die Arne ihr Profil zukehrte.

Arne prallte zurück, fuhr zu Carsten herum und versuchte, sich an ihm vorbeizudrängen, als wollte er flüchten.

Aber Carsten hielt ihn auf. »Die kommt mir bekannt vor. Wer ist das?«

Doch Arne schüttelte ihn ab. Nein, nie wieder weglaufen! Er antwortete nicht auf Carstens Frage, er ging auf die Frau zu …

März 1986, Bremen

Dennis war am Morgen wie gewohnt zur Arbeit gegangen. Auf die mitfühlende Frage seines Chefs nach dem Opa hatte er zum Glück nur kurz zu antworten brauchen. Es war viel zu tun an diesem Tag, sein Chef war zum Telefon gerufen worden und hatte später den Gesundheitszustand von Edward Heflik vergessen.

Dennis hatte den ganzen Tag versucht, nicht an Alisia zu denken. Es war ihm ziemlich gut gelungen. Aber als sich der Feierabend näherte, konnte er sich nur noch schwer auf die Arbeit konzentrieren. Was war in der vergangenen Nacht geschehen? Wer war der Mann, der ebenfalls ins Pfarrhaus eingestiegen war? Er hatte dunkle Haut gehabt – war er der Vater von Alisia? Woher hatte er gewusst, wo die Kleine zurzeit war?

Als Dennis zu seinen Freunden kam, die beide neben Alisia hockten und ihr beim Schlafen zusahen, hatte er noch keine Antwort gefunden. Genauso wenig wie André und Henk. Sie hatten sich viele Gedanken gemacht, zu einem Ergebnis waren sie aber nicht gekommen.

André hatte sich am Nachmittag zu einem weiteren Besuch bei seiner Tante entschlossen. »Hoffentlich ist sie nicht misstrauisch geworden«, meinte Henk. »Erst besuchst du sie monatelang gar nicht und dann täglich?«

Aber André hatte keine Bedenken. »Die ist froh, wenn sie jemanden zum Reden hat.« Als er bei ihr erschienen war, hatte sie ihm brühwarm von den Ereignissen der vergangenen Nacht erzählt. Dass sie mit einem Mal wach geworden sei, weil sie

Geräusche im Flur gehört hatte. Natürlich hatte sie an einen Einbrecher gedacht.

»Mich hatte sie nicht gehört, ich war ganz leise. Durch den Lärm auf dem Flur ist sie erst wach geworden.«

Sie war in die Höhe gefahren und hatte gesehen, dass ein Mann mit dem Baby auf dem Arm zum Fenster schlich, das Kind herausreichte und dann hinterhersprang.

»Zum Glück hat sie mich nicht erkannt.«

Während sie noch vor Schreck bewegungslos dalag, war ihre Schlafzimmertür aufgesprungen und ein weiterer Mann war hereingetaumelt, scheinbar vom Pfarrer gestoßen und gejagt. »Ein Schwarzer! Stell dir das vor! Rabenschwarz!«

Diese Tatsache war für Andrés Tante noch aufsehenerregender gewesen als der Anblick des Pfarrers, den sie bis dahin nie in Nachtkleidung zu Gesicht bekommen hatte. Obwohl sie natürlich für die Wäsche im Pfarrhaus zuständig war, hatte sie sich nicht vorstellen können, wie ihr Dienstherr in dem weißen, mittlerweile grau gewaschenen Schlafanzug aussah, und wurde nicht müde zu berichten, dass im Gerangel mit dem Fremden das Gummiband gerissen war, das für einen sicheren Sitz der Hose zu sorgen hatte. Die Haushälterin hielt es sogar für möglich, dass dem Mann nur dadurch die Flucht gelungen war, weil der Pfarrer lediglich die rechte Hand zur Verfügung hatte, um den Mann festzuhalten, weil er mit der linken dafür sorgen musste, dass ihm seine Schlafanzughose nicht auf die Füße fiel.

»Der Pfaffe hatte sofort die Polizei angerufen, als ihn Geräusche geweckt hatten«, endete André. »Dieser Angeber sollte mal bei mir einen Kurs im lautlosen Einbrechen und Anschleichen buchen. Aber die Bullen konnten sich keinen Reim darauf machen, warum gleich zwei Männer versucht haben, Alisia aus dem Pfarrhaus zu holen.«

»Der andere Einbrecher muss der Vater sein«, meinte Henk.

André nickte. »Darauf sind die Polizisten auch gekommen. Aber woher wusste er, dass die Kleine im Pfarrhaus gelandet ist?« Dann wurde er nachdenklich. »Da war wohl auch eine Frau, die Schmiere stand. Meine Tante sagt, sie hätte gehört, wie eine Frauenstimme nach dem Mann gerufen hat. Halo oder Hajo oder so ähnlich. Die Polizisten wollen sich nach einem Schwarzen umsehen, der so heißt. Und natürlich nach einem jungen Mann, der das Kind geklaut hat.«

Henk starrte finster vor sich hin. »Das stinkt mir mächtig, dass die Bullen da mitmischen. Wer weiß, was die rauskriegen! Wenn du nun irgendwas verloren hast …«

»Habe ich nicht«, sagte André schnell.

»Wenn der Mann wirklich eine Komplizin hatte … kann es sein, dass die dich gesehen hat?«, fragte Dennis.

André wurde unsicher. »Keine Ahnung. Mir ist niemand aufgefallen. Ich bin aus dem Fenster raus und weg. Ich habe mir nicht vorher die Gegend angesehen.

Henk schlug ein paarmal mit der Faust auf den Boden. »Ich rufe heute noch einmal bei Mike Heiser an. Die Sache muss jetzt über die Bühne gehen. Je mehr Zeit die Bullen haben, uns zu suchen, desto größer ist die Gefahr, dass sie uns finden.«

»Dann kommt noch die Lösegeldübergabe«, überlegte Dennis. »Kann es sein, dass meine Cousine doch die Polizei eingeschaltet hat? Dann würden wir in eine Falle laufen.«

Aber Henk war in dieser Sache sorglos. »Mike Heiser will die Sache ohne Aufheben über die Bühne bringen.«

»Er ist nicht der Vater«, gab Dennis zu bedenken. »Warum soll er zweihunderttausend zahlen für ein Kind, das nicht seins ist?«

»Um einen Skandal zu vermeiden«, sagte Henk. »Ist doch klar.«

Dennis nickte, als glaubte er ihm. In Wirklichkeit war er voller Zweifel. Was, wenn Mike Heiser nicht zahlen würde? Was, wenn er längst die Polizei alarmiert hatte, weil es ihm auf die Sicherheit dieses Kindes nicht ankam? Warum nur hatte Kari die Telefonnummer ihres Mannes auf den Zettel an der Bushaltestelle geschrieben? Vertraute sie ihm, obwohl er nicht der Vater des Kindes war? Aber was war mit dem Mann, der sich Alisia ebenfalls holen wollte? Woher wusste er, wo sie zu finden war? Und woher wusste er überhaupt von der Entführung? Was war das für ein Mann?

Dennis stand auf und blickte auf die schlafende Alisia hinab. Dann bemerkte er, dass Henk ihn scharf beobachtete, und er riss sich zusammen. »Ich sollte vielleicht mal wieder nach Riekenbüren fahren. Kann sein, dass ich dort was erfahre …«

März 1986, Achim

Der Tag war lang gewesen, schrecklich lang, er hatte kein Ende nehmen wollen. Nach dem Frühstück war der Morgen immer noch nicht vorbei, erst nach einem ausgedehnten Spaziergang dann endlich Vormittag, und das Mittagessen konnte gar nicht ausgiebig genug sein, damit der Tag endlich zum Nachmittag wurde. Hajo war zweimal zu Romy und Nicole ins Büro gegangen, hatte sich mit den beiden besprochen, aber eigentlich nur, um Zeit vergehen zu lassen. An ihren Ratschlägen war er nicht interessiert. Und auf die Frage, wie es Alisia gehen mochte, wer sie ein zweites Mal entführt hatte und ob sie wohl gut versorgt wurde, konnte ihm sowieso niemand eine Antwort geben. Er selbst am allerwenigsten.

Romy war der Meinung, Kari dürfe noch immer nichts wissen von den Geschehnissen der letzten Nacht. »Wir haben uns das Kind vor der Nase wegschnappen lassen! Das wird sie uns nie verzeihen.«

Und Nicole schloss sich ihrer Chefin an. »Ich finde auch, Kari sollte es nicht erfahren.«

»Was sie aber unbedingt erfahren sollte«, fügte Romy provozierend an, »ist Ihre Rolle in der ganzen Angelegenheit, Hajo.« Sie blickte ihn an, als erwartete sie eine Antwort von ihm, die er ihr aber vorenthielt. Er wusste ja selbst, dass er endlich mit der ganzen Wahrheit herausrücken musste. Kari hatte es verdient, dass man ihre Zweifel zerstreute. Sie musste endlich wissen, dass es nur einen Mann gab, der Alisias Vater sein konnte.

Auch hier nickte Nicole. Hajo betrachtete sie genauer. Wenn sie sich auch so verhielt, wie sie es immer getan hatte, vorsichtig, schüchtern und verschlossen, so schien sich doch etwas verändert zu haben. Sie hockte nicht mehr vor ihrer Schreibmaschine wie ein Kind vor einem Puzzle, das eigentlich für Erwachsene gedacht war, sie drehte das Blatt, das sie beschrieben hatte, auch nicht mehr heraus, als wollte sie es verstecken. Sie hielt es hoch, schien zufrieden mit dem Schriftbild zu sein und reichte es erst dann an Romy weiter, die ihre Fehler korrigierte, damit Nicole den Brief noch einmal abtippen konnte.

»Ich bin Legasthenikerin«, hatte sie zu Hajo gesagt. »Herr Angermann hat mir das erklärt. Legastheniker sind nicht dumm, sondern genauso intelligent wie andere. Nur mit dem Lesen und Schreiben haben sie Schwierigkeiten.«

War es diese Erkenntnis, die ihr Selbstbewusstsein gestärkt hatte? Oder gab es noch etwas anderes?

Hajo fragte Romy, als Nicole kurz hinausging. Aber Romy zuckte nur mit den Schultern. »Kann sein. Aber wenn dieser André sich nicht bald bei ihr meldet, wird sie wieder am Boden zerstört sein und sich klein und hässlich vorkommen. Ich fürchte, dieser Typ nutzt sie aus.«

Dazu wollte Hajo keine Einzelheiten erfahren. Zusätzlich zu seiner eigenen unglücklichen Liebesgeschichte wollte er sich nicht noch mit einer anderen befassen. Das ging über seine Kräfte.

Er stand auf, ging zur Tür und kehrte wieder zu seinem Stuhl zurück. »Was sollen wir tun? Mit Mike Heiser reden?«

Aber Romy wehrte ab. »Auf keinen Fall! Dann ist Kari am Ende die Einzige, die von den Ereignissen nichts weiß. Das geht nicht. Wenn sie das später erfährt …«

»Die Polizei anrufen?«

Romy zögerte. »Keine Ahnung, was die jetzt unternimmt. Ein Findelkind wird abgelegt und dann entführt. Von einem Mann, dem ein anderer auf den Fersen ist, der das Kind auch haben will. Was würden Sie unternehmen, wenn Sie Polizist wären?«

Darauf fiel Hajo nichts ein. Er sagte sehr leise: »Die Haushälterin hat mich gesehen. Die hat sicherlich auch erkannt, dass ich schwarz bin. Die Polizei wird eine Verbindung zwischen mir und Alisia herstellen.«

»Man wird Sie für den Vater halten?«

»Wahrscheinlich.«

»Das dürfte aber auch das einzige Ermittlungsergebnis sein, auf das die Polizei stolz sein kann. Den Rest der Geschichte wird sie genauso merkwürdig finden wie wir.«

»Sie darf nichts von der Entführung wissen. Alisia ist in Gefahr! Der Entführer hat gedroht, sie umzubringen, sobald die Polizei eingeschaltet wird.«

»Was ist das für ein Entführer, der ein Baby klaut, es vor einem Pfarrhaus aussetzt und es sich dann ein zweites Mal holt?«

»Vielleicht haben wir es mit unterschiedlichen Entführern zu tun.«

Romy griff sich an den Kopf. »Sie meinen, der Typ, den wir in der vergangenen Nacht gesehen haben, ist nicht der Entführer, der Alisia aus ihrem Bett im Entbindungsheim geholt hat?«

Hajo kam nicht zu einer Antwort. Er konnte das blaue Dach eines größeren Wagens sehen, der langsam auf der Straße vorbeifuhr. »Die Polizei?« Er sprang auf und konnte gerade noch erkennen, dass der Streifenwagen in den Parkplatz des Hotels einbog. Hektisch sah er sich um, als suchte er nach einem Fluchtweg.

»Ganz ruhig«, mahnte Romy, stand auf und kam zu ihm. »Sie haben nichts verbrochen, Sie können vollkommen gelassen sein.«

Nicole kam herein. »Vor dem Hotel ist ein Polizeiwagen vorgefahren.«

»Irgendjemand muss der Polizei erzählt haben«, überlegte Romy, »dass im *Haus für gefallene Mädchen* ein Schwarzer logiert.

Und jetzt wollen sie sich diesen Mann angucken. Ist ja logisch! Nichts, worüber man sich aufregen muss.«

»Stimmt!« Hajo straffte seinen Körper. »Ich gehe rüber.«

»Ich komme mit«, sagte Romy.

Die Polizisten standen an der Rezeption, Klaas Schubert buckelte vor ihnen herum. »Man sollte keinen Schwarzen einchecken lassen. Ich bin einfach zu gutmütig …«

Einer der beiden Polizisten unterbrach ihn. »Darum geht es nicht. Wie heißt der Mann mit Vornamen?«

Klaas Schubert lief in sein Büro und kam kurz darauf wieder heraus. »Hans-Josef.«

Die beiden Polizisten sahen sich an. »Das ist aber kein afrikanischer Name.«

»Er ist Deutscher«, erklärte Klaas Schubert. »Sonst hätte ich ihm niemals ein Zimmer überlassen.«

Hajo hatte nun genug gehört. »Wollen Sie zu mir?«, fragte er.

Klaas Schubert sah auf und erschrak. Die beiden Polizisten drehten sich zu ihm um. »Sie sind Hans-Josef Keller?«

»So ist es.« Hajo war nun sehr ruhig. »Sie wünschen?«

»Wir haben einen Einbruch aufzuklären«, bekam er zur Antwort. »In der vergangenen Nacht wurde im Pfarrhaus der Achatiuskirche in Bremen eingebrochen. Also nicht weit von hier. Ein Baby wurde entführt, ein Findelkind, das dort bei der Haushälterin untergebracht war.«

»Und was habe ich damit zu tun?«, fragte Hajo freundlich.

»Der Einbrecher ist gesehen worden, ehe er flüchten konnte. Er war … nun, er war von dunkler Hautfarbe.«

Hajo gelang ein erstauntes Lächeln. »Bin ich der einzige Schwarze in der Gegend?«

Darauf antwortete keiner der Polizisten. »Kann es sein, dass Sie Hajo genannt werden?«, fragte der Ältere.

»Warum fragen Sie das?«, erkundigte sich Hajo mit gespieltem

Erstaunen. Er spürte, dass etwas in seinem Inneren vibrierte, etwas, das seine Atmung beeinträchtigte. Jetzt nur ruhig bleiben! Sich nichts anmerken lassen!

»Der Mann, der heute Nacht im Pfarrhaus eingestiegen ist und das Findelkind mitgenommen hat, wurde Hajo gerufen.«

Nun mischte sich Romy ein. »Wenn Sie damit andeuten wollen, Herr Keller könnte dieser Mann gewesen sein, dann muss ich Ihnen erst mal sagen, dass Ihre Frage eine Unverschämtheit ist. Herr Keller ist Geschäftsführer des Hotels *König Augustin* in Westerland. Das Haus gehört genau wie das *Haus für gefallene Mädchen* Olaf Rensing, das wissen Sie vermutlich. Einen Mann wie Herrn Keller eines Einbruchs oder sogar einer Kindesentführung zu verdächtigen ist, gelinde gesagt, reichlich weit hergeholt.«

»Wir tun nur unsere Pflicht.« Der jüngere der beiden Beamten wurde nervös.

»Noch dazu«, fuhr Romy unbeirrt fort, »hat Herr Keller ein Alibi.« Jetzt lachte sie, als hätte sie sich einen Scherz erlaubt. »Ich glaube kaum, dass er eins braucht. Aber tatsächlich hat Herr Keller die letzte Nacht zusammen mit mir verbracht. Vom frühen Abend bis zum Morgen.« Sie hob die rechte Hand, als wäre sie zum Schwur aufgefordert worden. »Damit ist diese leidige Angelegenheit wohl erledigt?«

Das wurde ihr von den beiden Beamten bestätigt, die ihre Mützen aufsetzten und sich verabschiedeten. Klaas Schubert hatte sich schon in sein Büro verdrückt, als Hajo und Romy sich abwandten, um zu gehen.

März 1986, Achim

Kari trat einen Schritt zurück, als sie sah, dass die beiden Polizisten zum Ausgang kamen. Sie drehte ihnen den Rücken zu, während sie an ihr vorübergingen.

»Die ist doch mindestens zehn Jahre älter als er«, sagte der jüngere der Polizeibeamten.

»So einer kann froh sein, wenn sich überhaupt eine Frau mit ihm abgibt.«

Die beiden gingen schnurstracks zu ihrem Streifenwagen, stiegen ein und fuhren davon. Als Kari Schritte hörte, drehte sie sich wieder zurück. Hajo und die Freundin ihrer Mutter! Konnte das wahr sein? Aber wofür brauchte Hajo überhaupt ein Alibi? Was hatte die Polizei von ihm gewollt?

Hajo blieb wie angewurzelt stehen, als er Kari erkannte. Romy wäre beinahe an ihr vorbeigelaufen, so erfolgreich hatte Kari versucht, sich unsichtbar zu machen. Sie drückte sich in der Nähe der Fahrradständer herum wie ein verängstigtes Kind, das sich zu weit vorgewagt hatte und sich nun nicht traute, den Rückweg anzutreten. Ja, so fühlte sie sich.

»Kari!« Hajo machte einen Schritt auf sie zu, dann noch einen und schließlich einen weiteren, sodass er vor ihr stand. Kari starrte ihn wie hypnotisiert an. Was wollte er ihr jetzt sagen? Dass er das nicht gewollt hatte? Dass er nicht erklären konnte, warum er die Nacht mit Romy verbracht hatte?

Romy selbst war viel zu pragmatisch, um sich von der Situation beeinflussen zu lassen. Natürlich musste sie Karis Verunsicherung und erst recht Hajos Befangenheit bemerken, aber sie redete drauflos, als ginge es um eine Lappalie. »Hast du uns belauscht?«

Kari hätte beinahe genickt, dann aber schüttelte sie den Kopf. Nein, sie hatte nicht gelauscht. Sie war auf dem Weg zu Mike gewesen, hatte einen Schritt in die Lobby gesetzt und gehört, was dort gesprochen wurde. Von Lauschen konnte nicht die Rede sein. »Nein.«

»Was machst du dann hier?«, fragte Romy.

»Ich will zu Mike. Er meldet sich nicht bei mir. Eigentlich hätte der ...« Sie sah sich um und fuhr leise fort: »... der Entführer sich längst melden müssen.«

Hajo und Romy warfen sich einen Blick zu, den Kari sich nicht erklären konnte. Also entsprach es der Wahrheit, was sie gehört hatte?

»Habt ihr mir etwas zu sagen?«, fragte Kari scharf. »Ihr könnt behaupten, das geht mich nichts an, aber ...«

Hajo ließ sie nicht zu Ende sprechen. »Ich kann dir das erklären, Kari.«

»Es ist nicht so, wie es aussieht?«, ergänzte Kari anzüglich. »So heißt es doch immer in schlechten Komödien.«

Romy seufzte. »Okay, nun muss sie es eben doch erfahren.«

»Also stimmt es? Ihr habt was miteinander?«

»Nein!« Romy beugte sich vor und warf Kari dieses Wort mitten ins Gesicht. »Natürlich nicht! Was denkst du denn?«

Hajo griff nach Karis Arm. »Lass uns in dein Zimmer gehen. Es wird sowieso Zeit, dass wir in Ruhe miteinander reden.«

Kari sah Romy an, als brauchte sie deren Einverständnis, dann Hajo, als wollte sie sich vergewissern, dass er es ernst meinte. Was war geschehen? Ging es um Alisia? Gab es Neuigkeiten, die sie noch nicht kannte? Hatte Mike noch immer nicht das Lösegeld beisammen? Was wussten die beiden? Oder ging es um ihren Vater? Wusste Hajo etwas über Olafs Tod, was ihr bisher niemand gesagt hatte? Sie spürte, wie ihr die Tränen in die Augen stiegen. Wie gerne hätte sie jetzt ihre Eltern an ihrer Seite, die beiden, von denen sie sich so leichtherzig getrennt hatte, um in Mikes Villa zu ziehen. Jetzt würde sie gern ihr Kind auf den Arm nehmen, ins Café *König Augustin* gehen, den Kellnern zunicken und die Treppe in die Wohnung hochsteigen, wo ihre Eltern sie erwarteten. Alisia würde die Ärmchen nach ihnen ausstrecken, und Opa und Oma würden sie auf den Arm nehmen und Kari einen Tee kochen. Vielleicht wäre sie anschließend sogar bereit, einen Blick ins Büro zu werfen und sich von Olaf erklären zu lassen, warum er einen Lieferanten gewechselt und zwei neue Kellner eingestellt hatte. Vielleicht wäre sie sogar bereit, sich das Buchhaltungsprogramm erklären zu lassen.

Sie ging Hajo voraus, vorbei an der Bushaltestelle, an der immer noch der Zettel mit der Überschrift »Kätzchen entlaufen« hing, an der Straße entlang, wo sie nur hintereinandergehen konnten, weil der Fußweg sehr schmal war. Kari hörte Hajos Schritte hinter sich, fühlte seine Blicke in ihrem Rücken, hörte seinen Atem. Wenn er etwas sagte, antwortete sie nicht. »Vorsicht, ein Lkw!« oder »Es könnte Regen geben.« Jedes Mal hörte sie auf seine Stimme, stellte fest, wie gut sie ihr gefiel, wie dunkel und weich sie war, entgegnete aber nichts. Erst als sie vor der Knut-Augustin-Stiftung angekommen waren, vor dem Eingang, der zu den Apartments führte, blieb sie stehen und ließ ihn herankommen. »Wir könnten in den Aufenthaltsraum gehen. Da gibt es einen Kaffeeautomaten.«

Hajo sah sie lange an, ehe er entgegnete: »Ich wäre lieber mit dir allein.«

So ängstlich, wie er sie ansah, schien er zu befürchten, dass sie seinen Wunsch ablehnte. Aber sie nickte nur und ging ihm erneut voraus.

Als sie in ihrem Apartment angekommen waren und Kari die

Tür hinter ihnen schloss, wurde es mit einem Mal sehr still. Die Geräuschkulisse war noch die gleiche wie auf dem Flur. Nach wie vor war Kindergeschrei zu hören, die Stimmen der Mütter, Gelächter und Schimpfen, aber es hatte sich entfernt. Und es wich immer weiter zurück. So weit, dass es irgendwann mucksmäuschenstill war zwischen ihnen, weil alles andere keine Rolle mehr spielte. Es war nicht wirklich leiser, aber sämtliche Geräusche waren unbedeutend und daher unhörbar geworden.

Beide ließen sie die Arme hängen, während sie voreinander standen, Kari sah zu Boden, Hajo an ihr vorbei zum Fenster, als wollte er nach dem Wetter sehen. Schließlich sah Kari auf und zwang ihn, sie anzublicken. »Sag mir, was los ist«, flüsterte sie. »Geht es meinem Cappuccinchen schlecht?«

»Ich weiß es nicht«, flüsterte Hajo zurück.

Mit einem Mal war es ganz normal, dass er sie umfing. Genauso normal war es, dass sie sich an ihn schmiegte, die Augen schloss, ihr Gesicht an seine Brust legte und seinen Duft einatmete. Da war sie wieder, die Erinnerung. Dieser Duft war es, den sie nie vergessen hatte, und dieser Körper, leicht, aber kräftig, schlank, aber muskulös, und zupackende Hände, die festhielten, was sie wollten, aber keinen Druck ausübten. Das alles war ihr sofort vertraut.

»Unser Cappuccinchen«, raunte Hajo in Karis Haar und betonte das erste Wort. »Unser Kind!«

Nun löste sie sich von ihm. »Aber …«

»Kein Aber«, sagte er lächelnd. »Ich weiß, dass ich der Vater bin.«

»Aber …«

»Nein, die *Half Brothers* habe ich den ganzen Abend im Auge gehabt. Und ich bin zusammen mit ihnen nach Hause gefahren.«

Kari lauschte seinen Worten nach, die sich in ihrem Kopf wiederholten, immer leiser, mit immer mehr Hall. Kein Aber? Ihre

Fragen und Ängste, all ihre Unsicherheiten und Zweifel fielen in ein weiches Daunenbett voller federweicher Gefühle, räkelten sich, kuschelten sich ein. Kein Aber!

Sie begann zu weinen. Erleichterung durchflutete sie. Hajo! Es war tatsächlich Hajo gewesen, mit dem sie auf der Party geschlafen und ihr wunderschönes Kind gezeugt hatte! Und gleichzeitig packte sie der Kummer. Das leere Kinderbett vor dem Fenster … Angst und Verzweiflung überwältigten sie.

»Liebst du Mike?«, fragte Hajo und zog sie so fest an sich, dass sie ihm nicht in die Augen sehen konnte.

Kari weinte nun noch heftiger, drängte sich an Hajo, suchte Halt in seinem Trost und seinem Verständnis. Nur kurz taumelte die Frage durch ihren Kopf, ob es Liebe war, die sie für ihn empfand. Sie hatten nur eine Nacht miteinander verbracht. Aber waren sie sich vertraut, weil sie ein gemeinsames Kind hatten? Gab es eine Zukunft für sie beide, für sie drei, oder würde jeder von ihnen schon bald in ein Leben zurückkehren, zu dem der andere keinen Schlüssel besaß?

Ihre Körper lösten sich irgendwann voneinander, beide beugten sich zurück, um sich in die Augen sehen zu können. Was für wunderschöne Augen er hatte! Von einem tiefen Dunkelbraun, kaffeebraun, schokoladenbraun, so wie auch Alisias Augen vielleicht sein würden. Aber die Farbe war nicht das Schönste an ihnen. Was Kari zu Tränen rührte, war ihr Ausdruck. Die Aufrichtigkeit und Empathie, mit denen Hajo sie ansah, weckte in Kari den Wunsch, ihm mit ebensolcher Ehrlichkeit und Offenheit zu begegnen.

»Ich musste Mike versprechen, Alisias Vater nichts zu verraten. Nichts von seiner Vaterschaft und nichts von der Entführung.«

Hajo zog erstaunt die Augenbrauen hoch. »Er weiß, dass ich der Vater bin?«

Kari nickte. »Zumindest hatte er den Verdacht. Er sagt, wir

beide wären eine Weile zusammen weg gewesen.« Sie sah ihn verlegen an. »Das stimmt, oder?«

»Wir waren im Saunahaus.« Er lächelte, grinste immer breiter und lachte dann schließlich leise. »Verrückt! Das darf Alisia niemals erfahren. Dass sie gezeugt wurde, ohne dass ihre Mutter sich daran erinnern kann.«

Sie kuschelte sich wieder an ihn, damit er ihr schamrotes Gesicht nicht sehen konnte. »Ich lasse die Finger von den Drogen. Versprochen. Und es wird Zeit, dass du erfährst, wie meine Ehe mit Mike wirklich zustande gekommen ist.«

Sein Körper veränderte sich, verlor das Weiche, schmiegte sich nicht mehr an. Auch seine Hände veränderten sich, bewegten sich jetzt mechanisch auf ihrem Rücken, als müsste Hajo sich auf etwas anderes konzentrieren. Und da kam es auch schon. »Erst muss ich dir sagen, was es zu bedeuten hatte, dass die Polizei heute nach mir fragte …«

März 1986, Hamburg

DAS *CARAR* FÜLLTE SICH, die Luft wurde dichter, der Zigarettenqualm sorgte für Rauchschwaden, die unter den Hängelampen sichtbar wurden. Brit und Arne saßen dicht beieinander, ihre Köpfe warfen Schatten auf die hellen, blankgescheuerten Tischplatten.

»Sollen wir nicht nach oben gehen?«, fragte Arne noch einmal. »In meine Wohnung?«

Aber wieder schüttelte Brit den Kopf. »Das wäre ein Fehler. Vielleicht war es schon ein großer Fehler, dass ich zu dir gekommen bin.«

»Warum?«

Sie sah ihn an und schien zu glauben, dass ihr Blick bereits Antwort genug war. Als er nicht reagierte, sagte sie es trotzdem: »Beinahe wäre ich schon auf dem Rückweg von Achim zu dir gekommen. Aber kaum hatte ich den Gedanken gefasst, habe ich mich schrecklich geschämt. Mein Mann ist gerade gestorben, und ich suche Trost bei …«

Arne starrte sie an, wartete auf das Wort, das folgen musste, hielt den Atem an. Wie würde sie ihn nennen, was war er für sie? Aber sie sprach es nicht aus. Entweder, weil sie keinen Namen für ihn hatte oder weil sie es nicht wagte, ihn auszusprechen. »Aber heute Nachmittag war mir plötzlich klar, dass nur eins mir helfen kann: dir alles erzählen …«

»Alles?« Arne runzelte die Stirn, dann schien ihn eine Ahnung zu überkommen. »Wo ist überhaupt Kari?«

»Sie ist in Achim geblieben. Sie musste dort bleiben.«

»Ist was mit dem Baby?«

Brit sah ihn kein einziges Mal an, während sie erzählte. Und er unterbrach sie kein einziges Mal. Gäste traten ein, schüttelten den Regen von den Schirmen, andere verließen das *Carar*, blieben zögernd im Eingang stehen, bis sie sich, wie in einem jähen Entschluss, in das schlechte Wetter stürzten. Die Stimmen um sie herum boten Schutz, sie nahmen ihre Worte auf, verschluckten sie ungehört, jeder einzelne Satz war nur zwischen ihnen vernehmbar. Sie waren allein, gewissermaßen. Allein in ihren Worten, in ihrem Gespräch, wenn auch in Gesellschaft anderer.

Als Arne alles wusste, sahen sie sich das erste Mal wieder an. Und die Unterhaltungen sowie das Gelächter der Menschen um sie herum erreichten sie wieder.

Brit schwieg. Arne brauchte eine Weile, bis er das, was er zu hören bekommen hatte, in das, was er bisher zu wissen glaubte, eingefügt hatte. »Kannst du dir vorstellen, wer der Entführer ist?«

»Nein.«

»Wie ist er in Karis Apartment gekommen?«

»Augenscheinlich hatte er einen Schlüssel. Die Tür ist nicht aufgebrochen worden.«

»Wie hat Mike Heiser reagiert, als er das Kind sah?«

Brit zuckte nur mit den Schultern.

»Wer ist Alisias Vater?«

»Vermutlich einer der *Half Brothers*.«

Arne kannte die Jazzmusiker und stöhnte auf. »Wie ist das möglich, dass Kari einen solchen Filmriss hat, dass sie nicht mehr weiß, mit wem sie zusammen war?«

Brit wischte sich die Tränen aus den Augen. »Es war offenbar nicht das erste Mal, dass sie später nicht mehr wusste, was sie getan hatte. Auf Mikes Partys wurde immer Rauschgift konsumiert. Reichlich Alkohol sowieso.«

»Aber jetzt ist das vorbei?«

»Wenn ich Kari glauben darf, hat sie seit dieser verhängnisvollen Partynacht keine Drogen mehr angefasst. Sie trinkt auch nicht mehr.« Mit fester Stimme ergänzte sie: »Und ich glaube ihr.«

Der Kneipenlärm fiel wieder über sie her, schüttete Ausgelassenheit über sie aus und ließ sie von oben bis unten mit Frohsinn besudelt sitzen. Aber als Arne eine Weile nachgedacht hatte, waren sie wieder allein, die Menschen in ihrer Nähe spielten keine Rolle mehr.

»Auf dem Foto in der Zeitung waren Kari und Mike mit einem weißen Baby zu sehen. Mike will also vertuschen, dass Kari ein dunkelhäutiges Baby bekommen hat.«

Brit nickte unglücklich. »Ich frage mich, wie das in Zukunft gehen soll.«

Das fragte Arne sich auch. Die folgende Bemerkung brachte er nur sehr leise heraus: »Kann es sein, dass er hinter der Entführung steckt?«

Brit starrte ihn entgeistert an. »Um das Kind loszuwerden?«

Arne nickte.

»Du meinst«, versuchte es Brit, »er hat Alisia entführt, um sie … Wegen seiner Karriere? Wegen der Fernsehshow?«

»Und wegen seines Ansehens. Durch die Ehe mit Kari war der Verdacht, er könnte schwul sein, in Vergessenheit geraten.«

»Er kann nicht schwul sein«, antwortete Brit heftig. »Dann hätte Kari ihn nicht geheiratet.«

Arne überlegte, ob er ihr verraten sollte, dass Mike Heiser schon häufig im *Carar* gefeiert hatte, manchmal in großen Gesellschaften, oft aber auch im Kreis von ausschließlich Männern. Julian Haarbeck war dann stets an seiner Seite gewesen und hatte ihn gelegentlich ungeniert geküsst.

Vorsichtig berichtete er Brit davon, dass er mit Kari während ihrer Verlobungsfeier gesprochen hatte. Als Brit erschrocken aufsah, ergänzte er hastig: »Das war reiner Zufall. Ich habe den Kontakt zu ihr nicht gesucht, das musst du mir glauben. Und ich habe ihr natürlich nicht gesagt, wer ich bin.« Er war sich nicht sicher, ob sie ihm das abnahm, ihr Blick blieb fragend. »Sie war nicht glücklich am Abend ihrer Verlobung«, ergänzte er leise. »Sie fühlte sich nicht wohl.«

Brit hatte nur den letzten Satz an sich herangelassen. »Sie musste sich erst daran gewöhnen, plötzlich im Mittelpunkt zu stehen, zu den VIPs zu gehören, zu den Promis, zu Leuten, mit denen sie früher nie Kontakt gehabt hatte.«

Arne tat so, als teilte er ihre Meinung. »Es ist alles nicht leicht für sie«, sagte er dann. »Und jetzt noch die Entführung des Kindes, der Tod ihres Vaters. Beide Väter tot …«

»Nein«, schnitt Brit seinen Satz ab. »Nur Olaf ist tot. An Karis leiblichen Vater kann ich mich nicht erinnern. Ein Schulfreund, der ohne jede Bedeutung für mich war.«

März 1986, Bremen

NICOLE HATTE SICH noch nie krankgemeldet. Dies war das erste Mal. Noch dazu war sie gar nicht krank. Sie wollte an diesem Tag etwas tun, was niemand wissen sollte, etwas herausfinden, womit sie dann so umgehen würde, wie sie es für richtig befand. Ohne dass sie beeinflusst wurde. Um den Mut dafür aufzubringen, sagte sie sich vor, was sie von Samy Angermann gehört hatte. Sie war nicht dumm, sondern krank. Sie war Legasthenikerin. Eine wie sie war normal intelligent, hatte nur Probleme mit der Schrift. Und wer intelligent war wie sie, der würde das Richtige tun. Nicole hatte sich noch nie so viel zugetraut wie an diesem Tag.

Sie stieg in Riekenbüren in den Bus wie an jedem Arbeitstag der Woche, aber als er vor der Knut-Augustin-Stiftung hielt, blieb sie sitzen und machte sich so klein wie möglich, um nicht gesehen zu werden. Dann fuhr sie weiter nach Bremen. Am Hauptbahnhof stieg sie aus und ging zu einer Telefonzelle in der Bahnhofshalle. Sie wählte die Nummer der Schreinerei, in der ihr Bruder arbeitete.

Sein Chef brummte ärgerlich, war aber dennoch bereit, Dennis ans Telefon zu holen. »Geht's dem Opa schlechter?«, fragte er.

Nicole verstand nicht, was er meinte, ahnte aber, dass es in diesem Fall besser war, nicht nachzufragen, sondern ein Geräusch von sich zu geben, das sowohl Zustimmung als auch Ablehnung sein konnte. Ein mehrfach gesummtes M, das dem Schreinermeister reichte. »Ich hole Dennis.«

Ihr Bruder war wütend, als er ihre Stimme erkannte. »Was willst du?«

Nicole war stark an diesem Tag, sie ließ sich nicht schwach machen. »Sag du mir lieber, was mit Opa ist. Er ist krank? Das wüsste ich aber.«

Prompt änderte sich Dennis' Verhalten. »Erkläre ich dir später«, antwortete er, aber wesentlich freundlicher. »Also – warum rufst du an?«

»Ich will mit André reden. Wie kann ich ihn erreichen?«

»Gar nicht. In seiner Bude hat er kein Telefon, seine Zimmerwirtin mag es nicht, wenn er auf ihrem Apparat angerufen wird.«

»Siehst du ihn heute noch?«

»Vielleicht.«

»Dann sag ihm, er soll sich bei mir melden. Er hat versprochen, mich bald wieder anzurufen.«

»Nicole …« Dennis begann zu drucksen. »Ich glaube, es ist besser, wenn du dir André aus dem Kopf schlägst. Er ist nichts für dich. Es kommt mir so vor, als hätte er eine andere.«

Nicole schluckte. Früher wäre sie in Tränen ausgebrochen, aber an diesem Tag gelang es ihr, gefasst zu reagieren. »Das soll er mir selbst sagen.«

Erst als sie aufgelegt hatte und aus der Zelle in die Bahnhofshalle zurücktrat, begann ihre Unterlippe zu zittern. Aber die Tränen konnte sie zurückhalten, und darauf war sie so stolz, dass dieser Triumph ihre Enttäuschung überdeckte. Eigentlich hatte sie es sich ja denken können. André hatte nur mit ihr gespielt und sie ausgenutzt. An dem Abend, an dem sie gesehen hatte, wie er aus dem Fenster des Pfarrhauses sprang, war es ihr klar geworden. Und schon kurze Zeit später hatte sie eingesehen, dass sie es schon vorher gewusst hatte. Nur … wofür hatte er sie benutzt? Auf diese Frage formierte sich in ihrem Kopf bereits eine Antwort, aber noch war Nicole nicht so weit, sie ganz nah an sich herankommen zu lassen oder sie gar auszusprechen. Nicht einmal ganz leise.

Sie musste sich zu der richtigen Buslinie durchfragen, das dauerte. Aber sie hatte ja Zeit, es kam nicht darauf an, schnell bei dem Abrisshaus anzukommen, in dem sie eine Nacht mit André verbracht hatte. Sie musste nur ungesehen dort hineinkommen.

Am Ende saß sie mit drei Frauen im Bus, die aussahen, als kämen sie von einer Spätschicht zurück, die ihnen viel abverlangt hatte. Sie war die Einzige, die ausstieg, als sie glaubte, an der richtigen Station angekommen zu sein. Hinter ihr schlossen sich die Türen des Busses, und sie fragte sich prompt, ob sie zu früh ausgestiegen war. Ob es besser gewesen wäre, im Bus sitzen zu bleiben und erst wieder auszusteigen, wenn er erneut am Bahnhof angekommen war. Aber für diese Gedanken war es nun zu spät, und Nicole spürte, dass sie sogar froh darüber war. Sie wollte endlich mal Mut beweisen. Schon als sie mit André in dieses Abrisshaus gegangen war, hatte sie Mut gezeigt, jawohl! Aber da war sie an seiner Seite gegangen, da war es leicht gewesen, Mut aufzubringen. Jetzt jedoch war sie allein, nun brauchte sie noch viel mehr Mut als an dem Abend, als das Haus voll von jungen Leuten gewesen war.

An diesem späten Vormittag war es sehr still in diesem Stadtteil. Niemand war auf der Straße, den sie hätte fragen können. Wonach auch? Nach einem Haus, das in so schlechtem Zustand war, dass es bald abgerissen werden sollte? Davon gab es hier viele. Sie musste sich also selbstständig auf die Suche machen und nur darauf achten, sich den Weg zurück zur Bushaltestelle einzuprägen. Ein Haus glich dem nächsten in der Straße, in die sie einbog, und obwohl die Umgebung ganz anders aussah als im Dunkeln, einerseits noch schmutziger und heruntergekommener, andererseits aber auch klar und ehrlich, wusste sie, dass sie hier richtig war. Vor einem besonders baufälligen Haus blieb sie stehen. Im Schein der vielen Kerzen, die auf den Böden und Fensterbänken gestanden hatten, war so etwas wie Romantik aufgekommen, jetzt, bei Helligkeit, war klar, dass romantische Gefühle hier keinen Platz hatten. Dieses Haus war nichts als ein Rattenloch, das von Leuten bewohnt und genutzt wurde, denen es nicht gehörte. Und eigentlich war es respektlos und geringschätzig von André gewesen, sie in dieses Haus zu bringen und ausgerechnet dort die Nacht mit ihr zu verleben. Sie hätte sich niemals darauf einlassen dürfen. Und natürlich hätte auch Dennis nicht erlauben dürfen, dass sein Freund so mit seiner Schwester umging. Aber sie begriff nun, worum es den beiden gegangen war. Der Verdacht hatte in ihr geschwelt, nun brach das Feuer der Empörung in ihr aus. Sie war missbraucht worden. Nicht nur von André, auch von Henk und sogar von ihrem Bruder. Alle drei hatten sich ihrer nur bedient. Ein schrecklicher Verdacht, der nun Erkenntnis wurde. Sie fühlte sich wie dieses Abrisshaus, das in der Dunkelheit Charme besessen hatte, aber im Licht des Tages abgrundtief hässlich und abstoßend war. Das machte alles einfacher.

Ob jemand im Haus war, ließ sich nicht ausmachen. Ob überhaupt jemand dort wohnte, wusste Nicole ebenfalls nicht. Vielleicht wurde es nur zum Feiern benutzt? Und von Leuten, die gelegentlich einen Ort brauchten, um ihren Rausch auszuschlafen.

Erstaunlicherweise war die Haustür abgeschlossen. Einen Augenblick war Nicole ratlos, dann ging sie ums Haus herum, wo es noch eine Teppichstange gab und einen Holzkasten, der wohl mal mit Sand gefüllt gewesen war, als noch Kinder in diesem Haus wohnten, die dort gespielt hatten. Sogar ein zerbrochenes Förmchen sah Nicole im Unkraut liegen.

Eins der großen Fenster im Erdgeschoss war mit einer Decke zugehängt worden. Sie bewegte sich leicht, als wäre jemand im Raum daran vorbeigegangen. War sie gesehen worden? Nicole war drauf und dran, wieder auf die Straße und zur Bushaltestelle zurückzulaufen. Aber dann dachte sie daran, was sie sich zurechtgelegt hatte. Wenn sie gesehen und gefragt wurde, was sie hier wollte, würde sie an die Party erinnern und behaupten, sie hätte etwas verloren, was sie oben, in der Mansarde, suchen wolle. Sie konnte sich nicht vorstellen, dass jemand sie daran hindern würde, die Treppen hochzusteigen.

Sie sah einen Kellerabgang, von einem wackeligen Geländer geschützt und von Unkraut überwuchert, das aus jeder Ritze kroch. Aber Nicole konnte erkennen, dass diese Treppe in letzter Zeit benutzt worden war. Es hatte sich ein Pfad gebildet, auf dem das Unkraut hundertmal niedergetrampelt worden war und sich irgendwann nicht mehr aufgerichtet hatte.

Auf diesem Pfad stieg sie vorsichtig die Treppe hinab und schob die Tür auf, die in einen dunklen Kellergang und dort geradewegs auf eine steile Treppe zuführte. Links und rechts gab es viele schmale Türen, die in Verschläge führten, in denen sich Vergessenes auftürmte und Hinterlassenschaften zurückgeblieben waren, die Nicole sich auf keinen Fall näher ansehen wollte. Als es irgendwo raschelte und huschte, ging sie so schnell wie möglich zu der Treppe mit den ausgetretenen Stufen. Sie endete oben an einer Tür, hinter der es still war. Nicole schob sie auf, ohne sich zu fragen, ob das Knarzen jemanden auf den Plan holen würde. Als sie in den Hausflur getreten war, wartete sie auch nicht auf eine Reaktion, sondern stieg ohne zu zögern die Treppen hinauf. Eine Etage, dann noch eine. Vor der letzten Treppe, die in die Mansarde hochführte, blieb sie stehen, zögerte, legte die Hand aufs Geländer und sah hinauf, ehe sie einen Fuß auf die erste Stufe setzte. Schon auf der Hälfte der Treppe wusste sie, dass dort oben jemand war. Wenn sie auch keine Stimmen hörte, keine Schritte, keine Bewegungen vernahm, war sie doch sicher, dass sich jemand dort aufhielt.

Geräuschlos die Treppe hochzusteigen war nicht möglich. Die Stufen knarrten bei jedem Schritt, aber das alte Haus war ohnehin voller Geräusche, vielleicht hörte sie niemand. Nicole war jedenfalls entschlossen, nicht wieder kehrtzumachen, ehe ihr bestätigt worden war, was sie vermutete.

Sie war auf der oberen Stufe angekommen, als sie etwas hörte. Ein Drucksen, fein und zart, ein leises Wimmern, ein Schmatzen. Und dann die Geräusche von jemandem, der darauf reagierte. Das Verrutschen einer Matratze, das Rascheln von Bettzeug, Füße, die sich auf den Boden stellten, der beruhigende Ton einer Stimme. Andrés Stimme.

März 1986, Bremen

DENNIS WAREN AN diesem Tag viele Fehler unterlaufen. Sein Chef hatte ihn schließlich angefahren: »Was ist heute los mit dir?« Und dann ein wenig ruhiger und sogar besorgt: »Ist was mit deinem Opa? Sag schon. Wenn du nicht richtig bei der Sache bist, weil du dir Sorgen um ihn machst, dann solltest du besser dort Hand anlegen, wo du dich wenigstens nicht verletzen kannst.« Er zeigte auf einen Stapel Bretter, große und kleine, schmale und breite, die nicht mehr zu gebrauchen waren und auf den Hof getragen werden sollten. Dennis nickte, natürlich ohne Auskunft über seinen Opa zu geben, und fing an, den Ausschuss nach draußen zu bringen.

Endlich wurde die Mittagspause eingeläutet. Dennis murmelte etwas von einem Spaziergang, den er nötig hätte, und ging zur Straßenecke, wo es eine Telefonzelle gab. Als er die Nummer der Knut-Augustin-Stiftung gewählt hatte, meldete sich Romy.

»Kann ich mit Nicole reden?«, fragte Dennis.

Kurz darauf legte er wieder auf. Seine Schwester war krank? Sie hatte nichts davon gesagt, als sie ihn angerufen hatte. Ihre Stimme hatte auch nicht erkältet oder heiser gelungen.

Kurzentschlossen wählte er die Nummer seiner Großeltern. Natürlich hätte er auch seine Eltern anrufen können, aber die kamen ihm immer mit Fragen nach der Ausbildung, nach der Berufsschule, mit Oma oder Opa zu reden war immer einfacher. »Was ist mit Nicole?«, fragte er, als Frida sich meldete.

Frida reagierte erstaunt. »Was soll mit ihr sein?«

»Ist sie nicht krank?«

»Wie kommst du darauf? Sie ist zur Arbeit gefahren. Wie immer.«

Dennis zwang sich, noch eine Weile mit seiner Oma zu plaudern, damit sie seine Frage vergaß. Dann legte er auf und trat nachdenklich aus der Telefonzelle. Was hatte das zu bedeuten? Es musste etwas mit André zu tun haben. Ob sie ihn suchte? Ob sie seine Adresse kannte und nun bei seiner Zimmerwirtin klingelte? Dennis ging langsam zur Schreinerei zurück. Die Sache gefiel ihm nicht. Er steckte die Hände in die Taschen und fühlte in der rechten einige Münzen. Er nahm sie in die Hand, ließ sie klirren und wieder in die tiefe Tasche fallen. Sein Blick ging zum Eingang der Spielhalle. Verdammt, hätte er sich nur eine andere Telefonzelle ausgesucht! Er wusste doch, dass es gefährlich war, in diese Richtung zu gehen, statt in die entgegengesetzte, wo es auch eine Telefonzelle gab, wenn der Weg auch etwas weiter war. Wie viel Geld mochte es sein? Er wog die Münzen in der Hand, ohne sie hervorzuholen. Womöglich waren es nur Groschen, dann würde er nicht weit kommen. Aber vielleicht waren auch einige Markstücke dabei? Aus fünf, sechs Mark konnte er leicht zehn oder zwanzig machen. Andererseits … dieses Geld in seiner rechten Hosentasche musste bis Ultimo reichen. Er konnte sich nirgendwo etwas leihen, niemand gab ihm mehr auch nur zehn Pfennig, sondern erinnerte ihn an die Schulden, die er überall hatte. Wenn er dieses Geld verlor, würde er sich etwas zu essen stehlen müssen. Oder nach Riekenbüren fahren und sich von seinen Eltern oder Großeltern durchfüttern lassen, vorausgesetzt, er hatte noch Geld für einen Busfahrschein.

Er war froh, als er Henk auf sich zukommen sah. »Willst du zu mir?«

Henk steckte die Hände in die Hosentaschen und baute sich vor ihm auf. »Du hast doch Mittagspause, oder? Wir müssen bereden, wie wir das mit der Lösegeldübergabe machen.«

»Ist es so weit?« Dennis war überrascht. »Hast du mit Mike Heiser gesprochen?«

Henk nickte. »Es ist alles klar. Er muss nur noch Anweisungen bekommen. Schritt für Schritt! Ich habe ihm gesagt, er soll sich bereithalten. Wenn ich ihn das nächste Mal anrufe, muss er sofort aufbrechen.« Er betrachtete Dennis von oben herab, als verachtete er ihn dafür, dass er keine Erfahrungen im Bereich Kidnapping hatte. »Immer schön eins nach dem anderen. So macht man das.«

»Und wer soll es machen? Du?« Er fürchtete sich davor, dass er dazu ausersehen würde, das Lösegeld in Empfang zu nehmen.

»Klar! Ich!«, kam es da zu seiner Erleichterung zurück. »André und du, ihr habt ja nicht die Nerven für so was.«

Dennis überlegte, ob er ihm davon erzählen sollte, dass Nicole sich in der Stiftung krankgemeldet hatte, obwohl sie am Morgen angeblich zur Arbeit gefahren war. Aber dann ließ er es sein. Henk würde über ihn lachen. Er hatte keine Schwester, er wusste nicht, wie man mit Mädchen umging, und er konnte sich nicht vorstellen, dass es Menschen gab, die sich nur krankmeldeten, wenn es ihnen wirklich schlecht ging, und so gewissenhaft waren, dass es einen Grund geben musste, wenn sie etwas taten, was sich nicht gehörte. Henk wusste nicht einmal, was sich gehörte. Nein, Dennis schüttelte den Gedanken ab. Eigentlich wollte er nur noch eins: dass die Sache endlich über die Bühne ging, dass Alisia wieder zu ihrer Mutter konnte und er selbst viel Geld in den Händen hatte, um seine Schulden zu bezahlen.

März 1986, Riekenbüren

Seit Edward das Baby mit der dunklen Haut gesehen hatte, war er noch grantiger geworden als zuvor. Wenn er früher wenigstens noch gelegentlich gelächelt hatte, war es damit nun ganz vorbei. Er klagte über die Schlechtigkeit der Welt, über die Leichtlebigkeit der jungen Leute von heute, darüber, dass die Moral mit Füßen getreten wurde und niemand mehr wusste, was Anstand bedeutete.

»Angefangen hat alles mit Brits Klassenfahrt nach Sylt«, sagte er oft, und seit er Alisia gesehen hatte noch öfter. »Wenn sie dort diesem gewissenlosen Kerl nicht begegnet wäre …«

Spätestens an diesem Punkt seiner Tiraden unterbrach Frida ihn. »Es hat keinen Sinn, über etwas zu jammern, was sich nicht rückgängig machen lässt.«

»Das ist sein Erbgut«, klagte Edward diesmal trotzdem weiter. »Geld verdirbt den Charakter, das habe ich immer schon gesagt. Unsere Enkelin betrügt ihren Mann schon vor der Hochzeit! Das muss man sich mal vorstellen!«

Frida war in die Küche zurückgekehrt, nachdem sie das Telefonat mit Dennis geführt hatte. Das Telefon stand auf dem Flur, auf einem Tischchen direkt neben der Haustür. Edward hatte diesen Ort ausgewählt, weil es dort kalt und zugig war und niemand auf die Idee kommen würde, lange, teure Ferngespräche zu führen.

»Dennis behauptet, Nicole wäre krank«, erzählte Frida nun, um ihren Mann von dem Thema abzulenken, das immer im Streit endete.

Aber es gelang ihr nicht. »Dennis kann nicht mit Geld umgehen, und Nicole ist so dumm, dass sie zur Sonderschule gehen musste. Das kann nur von Halinas Seite kommen, in meiner Familie hat es so was nie gegeben.« Er blickte seine Frau fragend an. »In deiner etwa?«

Frida antwortete nicht darauf, weil es vollkommen sinnlos war, auf diese Klagen einzugehen. Auch sie war erschüttert über das, was ihr Mann Karis moralische Verkommenheit nannte, und hatte Mühe, einen schonungsvolleren Begriff für das Verhalten ihrer Enkelin zu finden. Auch sie fragte sich oft, warum Dennis Schwierigkeiten hatte, an einer Spielhalle vorbeizugehen und Nicole auf der Sonderschule gelandet war. Aber diese Fragen nagten nicht an der Liebe zu ihren Kindern und Enkelkindern. Zwar war sie davon überzeugt, dass auch Edward seine Nachkommen liebte, aber es machte sie doch immer wieder betroffen festzustellen, wie sehr seine Liebe an den Erfolg der Kinder gekoppelt war. Hasso war ein würdiger Nachfolger für seinen Betrieb, worüber Edward einerseits glücklich war, andererseits konnte er nicht vergessen, dass er für ihn eigentlich die Tochter des benachbarten Bauern vorgesehen und sein Sohn sich unterstanden hatte, eine andere zu heiraten, die aus ärmlichen Verhältnissen stammte. Seine Tochter hatte sich noch Schlimmeres zuschulden kommen lassen. Brit war mit sechzehn schwanger geworden, hatte sich überdies geweigert, diesen Umstand zu vertuschen, war dann aber immerhin mit dem richtigen Mann zu einer wohlhabenden Frau geworden, womit sie einiges abgebüßt hatte. Nun aber die Enkel! Dennis konnte nicht mit Geld umgehen, Nicole hatte nicht richtig lesen und schreiben gelernt, und Kari hatte diesen Problemen noch die Krone aufgesetzt: ein Kind von unklarer Herkunft, dazu ein Ehemann, der nicht der Vater sein konnte, und das nach dem allerersten großen Stolz, weil die Enkelin einen berühmten und sogar reichen Mann geheiratet hatte. Wenn Frida diese

Positionen heimlich auflistete, konnte sie sogar verstehen, dass Edward enttäuscht und unglücklich war. Sie selbst war es dann auch.

»Was wird nun aus Kari und Mike Heiser?«, wollte sie wissen, richtete diese Frage aber mehr an sich selbst als an Edward.

»Natürlich lässt er sich scheiden«, antwortete ihr Mann. »Was denn sonst? Es wundert einen ja, dass die Zeitschriften noch nicht darüber berichten.«

»Noch weiß es ja keiner.«

»So was lässt sich doch nicht lange vertuschen.«

»Stimmt.« Frida war genauso ratlos wie Edward. »Aber Brit hat gesagt, wir sollen nicht darüber reden.«

Edward schlug sich mit der Hand vor die Stirn. »Als wenn ich freiwillig darüber reden würde, dass ich ein Enkelkind habe, das so aussieht.«

März 1986, Achim

Mike fühlte sich schlecht. Die Erleichterung, sich endlich zu einer Lösung durchgerungen zu haben, tat ihm viel weniger gut, als er erwartet hatte. Vermutlich würde es ihm helfen, Kari zu besuchen und alles zu tun, damit sie Hoffnung schöpfte und ruhiger wurde. Wenigstens für kurze Zeit.

Als er das *Haus für gefallene Mädchen* verließ, vor der Tür stehen blieb und tief die klare Luft einatmete, glaubte er dennoch, dass es ihm jetzt besser gehen würde. Er hatte eine Entscheidung getroffen! Ob sie richtig war oder nicht, wusste er nach wie vor nicht genau, aber alles war besser, als sich mit der Frage herumzuquälen, wie es weitergehen sollte. Jetzt wusste er es! Und damit war eine schwere Last von ihm abgefallen. Es würde schon gut gehen. Was sollte man ihm beweisen, wenn es tatsächlich einmal dazu kommen würde, dass Beweise nötig wurden? Die Angelegenheit musste in die Länge gezogen werden, das war wichtig. Je mehr Zeit verstrich, desto schwieriger würde es sein, Beweise oder Gegenbeweise zu finden. So was konnte dauern. Wichtig war es, jetzt nett zu Kari zu sein, damit sie weiterhin an seiner Seite war. Vielleicht war es vernünftiger, ständig bei ihr zu sein, damit er wusste, was sie tat und mit wem sie redete? Aber das würde sie nicht wollen und er selbst natürlich auch nicht. Außerdem war es notwendig, dass ständig jemand in der Nähe des Telefons war. Wenn sie zusammen sein wollten, musste Kari zu ihm in sein Hotelzimmer ziehen. Um Gottes willen! Das fehlte noch!

Mike blickte auf die Uhr. Der Entführer hatte gesagt, er wolle gegen Abend wieder anrufen. Es war also kein Risiko, jetzt für eine Stunde oder zwei sein Zimmer zu verlassen. Meine Güte, er musste ja auch mal raus! An die frische Luft!

Nur gut, dass die Zeitungsreporter sich zufriedengegeben hatten. Ihnen war eine Homestory angeboten worden, sie durften kurz nach der Geburt schon Kari mit dem Baby fotografieren, ihr Bedarf war gestillt. Wenigstens fürs Erste! So machte man das als Promi. Wenn man seine Ruhe haben wollte, musste man dafür etwas bieten. Ein ganz normales Geschäft.

Natürlich tuschelten die Hotelgäste, die an der Rezeption standen oder in der kleinen Sitzgruppe auf etwas warteten, als er die Lobby durchquerte, aber niemand sprach ihn an oder hielt ihn auf. Er sah in lächelnde Gesichter und brachte es sogar über sich, ebenso lächelnd zurückzunicken. Er war ein junger Vater, der Frau und Kind besuchte! Ihm folgten ausschließlich freundliche Blicke. Wer sich etwas denken wollte, würde sich allenfalls fragen, warum Mike Heiser im Hotel wohnte und seine Frau nach wie vor im Entbindungsheim, warum die junge Familie noch nicht in ihr Zuhause nach Sylt gezogen war. Aber das wäre leicht damit zu erklären, dass Kari noch nicht reisefähig war. Irgendeine Wochenbettkomplikation.

*

»Ach, Hajo«, seufzte Kari und griff nach seiner Hand. »Wir haben viel nachzuholen.«

Der Vater ihres Kindes, der Mann, der zu ihr gehörte, zu ihr gehören sollte! Der Mensch, der mit ihr litt, sich mit ihr um Alisia sorgte! Was war das für ein Gefühl, das sie mit ihm verband? Was war es, das sie zu ihm hinzog? Die Sehnsucht nach Geborgenheit? Eigentlich war sie ja auch bei ihren Eltern geborgen gewesen, bei dem Mann, der sich ihr Vater genannt hatte, bei ihrer Mutter, die nach wie vor für sie da war. Kari merkte, dass ihr Herz weich und weit geworden war. Trotz der Angst um Alisia, trotz der großen Sorge. Was war es, was diese Änderung bewirkt hatte? Seit Hajo ihr klargemacht hatte, was sie ihm bedeutete, konnte sie Olaf verzeihen, seitdem hatte sie ihren Vater verloren, nicht einen Mann, der sich als Vater ausgegeben hatte. Sie konnte um ihn trauern und hoffen, dass Alisia bald zu ihr zurückkam. Das war nur in dieser Nähe möglich, nur in Hajos Gegenwart.

Er entzog sich ihr sanft. »Du bist und bleibst die Frau von Mike Heiser, daran ändert sich nichts.«

Sie saßen vor der offenen Terrassentür, konnten so einerseits die frische Luft genießen, wurden aber andererseits nicht gesehen.

»Ich habe nun mal diesen besonderen Wiedererkennungswert.« Hajo grinste leicht. »Wenn Mike erfährt, dass du mit einem schwarzen Mann gesehen wurdest …«

Kari unterband mit einer schnellen Handbewegung, was er sagen wollte. »Er darf nicht wissen, dass du bei mir bist. Ich habe ihm versprechen müssen …«

»Ich weiß.« Diesmal war es Hajo, der Kari unterbrach.

»Ich darf ihn nicht verärgern«, fuhr Kari trotzdem fort, »zumindest solange Alisia noch nicht befreit ist. Mike muss das Lösegeld zahlen.«

Sinnend sah Hajo nach draußen, auf die feuchten Wiesen, die sich hinter der Knut-Augustin-Stiftung erstreckten, das niedrige Buschwerk, die tiefen Wolken, die Regen verkündeten. »Er hat auf der Party also alles sehr genau beobachtet.«

»Mike macht nie mit, wenn Drogen genommen werden. Er spendiert sie, aber er nimmt selbst nichts. Ihm ist aufgefallen, dass wir beide eine Weile weg waren.«

Hajo beugte sich zu Kari und flüsterte: »Es tut mir weh, dass du dich an nichts erinnern kannst.« Er legte eine Hand auf das Gitter des leeren Kinderbettchens. »Was sieht der Vertrag vor, den du mit Mike Heiser geschlossen hast?«

Kari hatte es ihm erzählt, er war der Erste, der erfahren hatte, welches Angebot sie Mike aus Freundschaft auf der Party gemacht hatte, damit der Verdacht, er sei schwul, endlich ausgeräumt war. Und auch Indra wusste Bescheid.

»Zwei Jahre muss ich an seiner Seite durchhalten«, seufzte Kari. »Eine lange Zeit.«

Hajo griff nach ihrer Hand. »Ich werde auf dich warten.«

*

Der Mann, der auf dem Parkplatz des Hotels aus einem Auto stieg, kam Mike bekannt vor. Erst dachte er an einen Journalisten, dann an einen Vertreter des Fernsehsenders, der die Mike-Heiser-Show produzieren wollte, dann aber fiel ihm auf, dass ein Ehepaar auf den Mann aufmerksam wurde, das tuschelnd stehen blieb. Also ein Gesicht, das bekannt war. Der männliche Teil des Paares suchte bereits seine Jackentasche ab, als wollte er etwas zutage fördern, worauf ein Autogramm unterzubringen war.

Der Neuankömmling holte eine Reisetasche aus dem Kofferraum des grauen Audi, warf den Deckel zu und wandte sich zum Gehen. Als ihm das aufgeregte Ehepaar in den Blick kam, entschloss er sich jedoch, die Richtung zu ändern, und ging nicht zum Hoteleingang, wo er abgefangen werden sollte, sondern zur Ausfahrt, die auf die Straße führte. Offenbar nahm er lieber eine Unbequemlichkeit in Kauf, als sich ansprechen zu lassen und womöglich weitere Autogrammjäger auf den Plan zu rufen, wenn er sich auf diese beiden einließ.

Er erkannte Mike sofort, der stehen geblieben war, als ihm klar wurde, wer soeben im *Haus für gefallene Mädchen* angekommen war. Zwei Prominente, die sich auf Augenhöhe begegnen konnten! Mike Heiser und Samy Angermann waren sich schon einmal begegnet, auf einem Presseball oder auf einer Party von Peter Maffay, Mike wusste es nicht mehr genau.

»Sie wollen Ihre Frau besuchen?«, erkundigte sich Samy, während er Mike zum Entbindungsheim begleitete, nachdem er die Reisetasche in den Kofferraum zurückgestellt hatte. »Ich komme mit, einchecken kann ich auch später noch.«

»Sie wollen einen Besuch bei einer jungen Mutter machen?«, fragte Mike.

»Meine Nichte hat in der Knut-Augustin-Stiftung ihr Baby bekommen. Indra und Ihre Frau haben Kontakt miteinander.«

»Richtig!« Mike tat so, als wüsste er Bescheid. So musste man ja wohl reagieren, wenn man ein Ehemann war, der sich täglich bei seiner Frau aufhielt.

Nun wurde die Stimme von Sammy Angermann sehr leise, obwohl es weit und breit niemanden gab, der sie belauschen konnte. »Es war Indras Baby, das in den Zeitschriften im Arm Ihrer Frau zu bewundern war.«

Mike ging ein Licht auf. Mit einem Mal wusste er tatsächlich, um wen es sich bei dieser Indra handelte.

Samy zwinkerte Mike zu. »Ich weiß Bescheid.«

Mittlerweile waren sie vor dem Entbindungsheim angekommen, wollten sich gegenseitig den Vortritt lassen und wären dabei beinahe gegeneinander geprallt. Lachend betraten sie schließlich das Haus, beide mit wachsamen Blicken, die sie nach links und rechts warfen. Zwei Prominente, die sich mit Neugierigen und mit zudringlichen Fans auskannten.

Sie bogen gemeinsam in den ersten Gang ein, wo es zu den Apartments ging. »Indra liegt eigentlich noch in einem der Krankenzimmer«, erklärte Samy Angermann leise. »Aber wenn ich sie besuche, geht sie immer in ihr Apartment. Auf der Krankenstation gibt es zu viele neugierige Schwestern.«

Beide erschraken zu Tode, als sich am Ende des Gangs zwei

Personen aus einer Sitzecke lösten und auf sie zustürmten. Mike fuhr gleich noch ein zweites Mal zusammen, als Samy Angermann auf eine Zimmertür zusprang, sie aufriss und dahinter verschwand. Die Tür zu Karis Zimmer! Was hatte das zu bedeuten? Es konnte sich bei den beiden Personen nur um Klatschreporter handeln, denen es irgendwie gelungen war, hier einzudringen und ihnen aufzulauern. In Bruchteilen von Sekunden entschied Mike, dass seine Anwesenheit nur zu Zeitungsberichten führen würde, die weder ihm noch Kari recht sein konnten. Also machte er es ähnlich wie Samy Angermann, riss die nächste Tür auf, hinter der Indra Wiemann mit ihrem Baby wartete, und warf sie hinter sich ins Schloss.

Indra sah ihn entsetzt an. »Was wollen Sie von mir?«

Zu einer Antwort kam Mike nicht mehr. Die Tür wurde erneut aufgerissen, und ein Ehepaar erschien im Zimmer. Rachedurstig, aufgebracht, triumphierend! »Aha! Haben wir Sie also erwischt!«

*

Hajos Reaktion war imponierend, wenn auch zwecklos. Er sprang auf, kaum dass die Tür aufgerissen worden war, machte einen Satz auf die Terrasse und lief ein paar Meter in den Garten hinein, während Kari wie gelähmt sitzen blieb und den Mann anstarrte, der nun die Tür hinter sich abschloss.

»Was wollen Sie von mir?« Dass sie dieselbe Frage aussprach wie Indra im Zimmer nebenan, konnte sie nicht wissen.

»Keine Angst«, versicherte Samy Angermann, kam auf sie zu, merkte dann aber, dass Kari ängstlich zurückwich, und ging rückwärts zur Tür zurück. »Ich wollte nicht … Es ist nur so …«

Als er sah, dass Hajo kehrtmachte und auf die Terrasse zurückkam, drehte er sich um und ging zur Tür zurück. »Tut mir leid, ich wollte nicht stören.«

Kari hatte nun begriffen, was vor sich ging. »Indras Eltern?«, fragte sie.

Hajo trat ein und machte sich mit Samy Angermann bekannt. »Sorry, dass ich weggelaufen bin. War ein Reflex. Ich dachte …« Er sprach nicht aus, was er gedacht hatte, aber Kari wusste natürlich, dass er mit Mike Heisers Erscheinen gerechnet hatte. Dass auch in diesem Fall eine Flucht unsinnig gewesen wäre, sah er jetzt ein. Genauso wie Kari. Hajo war von Samy Angermann gesehen worden, und Mike hätte ihn auch in dem Moment erkannt, in dem er Karis Zimmer betreten hätte. Flucht war zwecklos.

Nun waren nebenan laute Stimmen zu hören. Wütende Vorwürfe, kreischende Beschuldigungen, Indras zornige Verteidigung und dann eine Stimme, die Kari kannte. »Mike? Was macht er bei Indra? Und warum …?« Sie sprach nicht weiter, weil sie mit einem Mal begriff, was geschehen war.

Samy nickte. »Sie hatten Indra etwas von einem Kurzurlaub in Meran erzählt. Wir waren sicher, dass ich Indra und David gefahrlos besuchen könnte. Aber das war wohl eine Falle.«

Kari lauschte auf das Getöse von nebenan. »Und nun?«

Samy Angermann schlich sich zur Terrassentür. »Ich mache mich vom Acker«, flüsterte er und nickte nach draußen. »Komme ich durch den Garten auf die Straße zurück?«

Er wartete eine Antwort nicht ab, sondern lief hinaus, hielt sich so weit rechts wie möglich, damit er von Indras Zimmer aus nicht gesehen werden konnte, und war im Nu verschwunden.

Kari griff nach Hajos Arm und drängte ihn ebenfalls hinaus. »Mike wird sicherlich gleich bei mir auftauchen. Pass auf, dass er dich nicht zu sehen bekommt.«

Hajo war im Nu verschwunden, und Kari ließ sich aufseufzend neben dem leeren Kinderbett nieder, während der Streit nebenan weiterging. Wie lange brauchte Indra, um ihren Eltern klarzumachen, dass sie ihre Tochter mit dem falschen Mann erwischt hatten?

März 1986, Achim

Romy blickte erstaunt auf, als Nicole eintrat. »Mit dir habe ich nicht mehr gerechnet. Geht's dir besser?« Sie sah auf ihre Armbanduhr. »Es ist bald Feierabend.«

Nicole ging nicht zu ihrem Arbeitsplatz, sondern setzte sich auf den Besucherstuhl, der vor Romys Schreibtisch stand. Romy spürte, dass etwas in ihrer jungen Kollegin vorging, was rausmusste. Sie legte die Akte beiseite, die sie gerade bearbeitete, und beugte sich vor. »Was ist los?«

Nicole war blass, ihr Gesicht, das immer einen Ausdruck naiver Freundlichkeit trug, wirkte ernst, sogar distanziert. Ihre Augen hatten einen Glanz, der Unheil verkündete. »Ich glaube, ich weiß, wo Alisia ist«, sagte sie leise, aber klar und so schlicht, dass Romy ihr sofort glaubte.

Nicole ließ sich nicht bitten zu berichten, sie tat es ohne Aufforderung. So, als hätte sie lange überlegt, wie sie mit ihrem Wissen umgehen sollte, nun aber, da sie sich entschlossen hatte, die Sache zügig hinter sich bringen wollte. »Ich hatte zufällig jemanden etwas sagen hören, wobei ich mir aber an dem Abend nichts gedacht habe. Einer hat einen anderen gefragt, was dieser Wäschekorb oben auf dem Speicher sollte. Der sähe ja aus wie ein Babybett. Ob Cindy etwa schwanger sei?« Nicole holte tief Luft, als strengte es sie an, von diesem Abend zu sprechen. »Natürlich habe ich mir nichts dabei gedacht. Aber jetzt … Klar, das wäre schon ein totaler Zufall, aber …«

Sie brauchte nicht zu Ende zu reden, Romy reagierte sofort.

»Ja, ein verrückter Zufall, aber wir müssen der Sache nachgehen, wir haben ja sonst keine Spur.« Romy griff nach dem Telefonhörer. »Wir müssen Hajo verständigen.«

Nicole nickte, diese Idee hatte sie auch längst gehabt. Ein Mann an ihrer Seite würde alles einfacher machen. Selbst, wenn es sich um einen Mann handelte, der später leicht wiedererkannt wurde, während Romy und Nicole vielleicht fliehen konnten, ohne identifiziert zu werden. Man wusste ja nie.

Hajo machte einen nervösen, unkonzentrierten Eindruck, als er ihr Büro betrat. Zwar hatte er nicht gezögert, schien sich aber nur schwer auf das konzentrieren zu können, was Nicole zu berichten hatte. Dann aber, als sie geendet hatte, veränderte sich der Blick seiner dunklen Augen, sie schienen heller zu werden, Romy kam es so vor, als wäre darin ein Licht angezündet worden, das wie ein Scheinwerfer nach der Wahrheit tastete.

»Nicole, das ist einfach großartig«, sagte er schlicht, aber so unbeschönigt, dass Nicole vor Freude rot anlief. »Natürlich ist nichts sicher, aber es könnte wirklich sein …«

Und dann plante er den vor ihnen liegenden Abend, ohne zu fragen, ob Romy und Nicole einverstanden waren, ohne sie überhaupt zu Wort kommen zu lassen. Er schien Gefühle außen vor lassen zu wollen, nur an das Ziel zu denken, nur an ein Happy End. Offenbar gehörte er zu den Menschen, die nicht nach rechts und links blickten und sich nicht ablenken ließen, wenn sie genau wussten, was sie wollten.

Schließlich erhob er sich. »So müsste es gehen.«

Auch Romy und Nicole standen auf. Ein feierlicher Moment senkte sich über sie, Romy war drauf und dran, ihre rechte Hand auszustrecken, damit die anderen beiden einschlugen und sie ihren Pakt besiegelten. Das Ziel: Alisias Befreiung! Aber dann erschien es ihr doch zu pathetisch, und sie ließ es bleiben.

Hajo blickte auf seine Armbanduhr, ehe er ging. »In drei Stunden hole ich euch ab. Wir nehmen meinen Wagen.« In der Tür drehte er sich noch einmal um und sah Nicole an. »Ganz große Klasse, Nicole! Wenn es gelingt, werden Kari und ich dir für immer zu großem Dank verpflichtet sein.«

»Ich auch«, bekräftigte Romy.

Und Nicole stand da, als wäre sie mit Glück übergossen worden. Während sie darauf warteten, dass die drei Stunden vorübergingen, dachte Romy darüber nach, wie oft Nicole in ihrem Leben gelobt worden war. Vermutlich viel zu selten.

März 1986, Sylt

An der Tür des Cafés *König Augustin* war am Morgen ein Schild aufgehängt worden: »Wegen Trauerfall geschlossen.«

Vom Fenster des Wohnzimmers konnte Brit sehen, wie Frühstücksgäste auf die Tür zugingen und später ratlos auf die Straße zurückkehrten. Einige blieben vor dem Café stehen, beratschlagten, was nun zu tun sei, oder sprachen darüber, was das für ein Trauerfall sein mochte, der die Inhaber zu diesem drastischen Schritt bewogen hatte. Es war den Gesichtern anzusehen, was geredet wurde, ohne dass Brit etwas verstand. Gelegentlich kam ein Sylter vorbei, der wusste, was geschehen war und die Gäste in Kenntnis setzte. Olafs Tod hatte sich schnell herumgesprochen. Manchmal war es auch einer der Mitarbeiter, der sich auf der Straße blicken ließ und ins Verhör genommen wurde. Brit hatte sie nicht nach Hause geschickt, sondern ihnen verschiedene Aufträge gegeben. Es war ja so viel zu tun. Und sie selbst fühlte sich an diesem Tag nicht fähig, aktiv zu werden. Am Abend zuvor hatte sie noch geglaubt, das Gespräch mit Arne hätte ihr Kraft gegeben, aber nachdem sie wieder auf Sylt angekommen war, mit dem letzten Autozug, den sie gerade so noch bekommen hatte, war die Leere über sie hergefallen wie ein Einbrecher, der hinter der Tür gelauert hatte. Und das Schuldgefühl hatte schon im Wohnzimmer auf sie gewartet. Aus allen Ecken hatte Olaf sie angesehen. Im Schlafzimmer hatte sie noch seinen Geruch wahrgenommen, ein paar Kleidungsstücke lagen herum, sein Bett war nur nachlässig gemacht worden. Im Badezimmer war ein feuchtes

Handtuch vom Haken gerutscht. Ins Büro, hinter der Theke des Cafés, hatte Brit nach ihrer Heimkehr nur einen kurzen Blick geworfen. Dieser Raum gehörte allzu sehr Olaf, ihn zu betreten brachte sie noch nicht fertig. Dass sie sich unbedingt so bald wie möglich mit der Organisation des *König Augustin* und der anderen Cafés und Hotels befassen musste, war ihr zwar klar, hatte sie aber noch von sich weggeschoben. Sie brauchte Hilfe, das wusste sie. Nur … wer konnte ihr helfen? Robert König? Sie würde es nicht über sich bringen, ihn zu bitten. Er war alt, er fühlte sich schwach, er hatte alles in Olafs Hände gelegt, weil er sich selbst längst überfordert fühlte. Und mit seiner Tochter Linda, Arnes Frau, war ohnehin nicht zu rechnen. Vielleicht würde sie einen Geschäftsführer einstellen müssen. Sofort fiel ihr Hans-Josef Keller ein. Eigentlich kannte sie ihn gar nicht gut genug, aber ihm vertraute sie. Ja, sie würde mit ihm reden, wenn er wieder auf Sylt war.

Als ihr die Tränen kamen, wandte sie sich vom Fenster ab. Kari! Eigentlich war es ihre Tochter, die sie jetzt an ihrer Seite brauchte. Aber es war genau anders herum. Kari war es, die Hilfe brauchte. Brit hatte gezaudert, als sie von Hamburg nach Niebüll zum Autozug gefahren war. Sollte sie wieder nach Achim fahren, um bei Kari zu sein? Aber ihre Tochter hatte ihr zugeraten, nach Sylt zurückzukehren. Wie sollte man erklären, dass Olafs Angehörige nicht auf Posten waren? Am Ende hätte es noch diverse Mutmaßungen gegeben, die zu Gerüchten geführt hätten, die wieder die Presse auf den Plan gerufen hätten. Nur das nicht! Brit dachte an ihre Familie in Riekenbüren. Aber auch dort gab es niemanden, der ihr helfen konnte. Ihre Eltern wären total überfordert, und Hasso und Halina hatten mit ihren eigenen Geschäften genug zu tun. Tatsächlich kam nur Hans-Josef Keller infrage. Oder … Arne? Er hatte einmal gelernt, wie das *König Augustin* zu führen war. So lange das auch her war und so ungern er sich um das Geschäft seines Vaters gekümmert hatte – wenn er an ihrer Seite wäre, würde alles leichter für sie.

Brit schüttelte heftig den Kopf. Was hatte sie da nur für dumme Gedanken? Arne hatte sein eigenes Lokal, für das er da sein musste. Außerdem war er nicht mehr Arne Augustin, sondern Florian Aldenhof. Mit dem *König Augustin* hatte er nichts mehr zu tun. Nein, sie musste weiterhin ohne ihn zurechtkommen. Schon wegen Olaf. Es vertrug sich nicht mit der Erinnerung an ihn, demnächst Arnes Hilfe anzunehmen.

Als das Telefon zu klingeln begann, betrachtete sie den Apparat eine Weile, als könnte sie den Anrufer dazu bringen, auf der anderen Seite den Hörer aufzulegen. Schließlich entschied sie sich doch, das Gespräch anzunehmen.

Er meldete sich nicht, aber sie erkannte seine Stimme sofort. »Arne!«

Er machte einen aufgeregten Eindruck. »Ich habe nachgedacht, Brit.«

»Worüber?«

»Wo Mike Heiser die Kleine versteckt haben könnte.«

»Vorausgesetzt, er ist wirklich für die Entführung verantwortlich.« Brit bemühte sich um einen sachlichen Tonfall.

»Je länger ich darüber nachdenke, desto mehr bin ich davon überzeugt. Es gibt nur diese Möglichkeit, wenn er vertuschen will, dass seine Frau ein Kind von einem anderen bekommen hat.«

»Vielleicht gibt er ja den Wunsch auf, eine eigene Fernsehshow zu bekommen.«

»Das glaube ich nicht.«

»Wenn dein Verdacht richtig ist, dann wird Mike die Kleine nicht verstecken, sondern … sondern versuchen, sie irgendwie loszuwerden. Sonst ergibt das Ganze doch keinen Sinn. Das traust du ihm zu?«

»Nein!« Arnes Stimme klang empört. »Mike Heiser ist doch kein Mörder.«

»Das glaube ich auch.« Brit merkte, dass sie nervös wurde. Arne kam ihr in diesem Augenblick vor wie ein großer Junge, der eine Idee gehabt hatte und nicht einsehen wollte, dass es einen Haken gab.

»Natürlich wird er Alisia nicht umbringen, um Himmels willen! Aber er wird dafür sorgen, dass sie verschwindet. Illegale Adoptionen gibt es genug, das habe ich kürzlich noch gelesen. Kinder werden entführt und an skrupellose Adoptiveltern verkauft. Mit gefälschten Papieren.«

Brit spürte, wie ihr ein Schauer über den Rücken rieselte. »Dann könnte es sein, dass Alisia schon bei irgendwelchen wildfremden Leuten ist?«

»So schnell geht das nicht«, meinte Arne. »Er muss erst für Papiere sorgen. Wer weiß, ob er die entsprechenden Kontakte hat. Möglich, dass Julian Haarbeck sich darum kümmert. Er hat eine Gefängniskarriere hinter sich. Wusstest du das?«

Nein, das wusste Brit nicht. Sie schüttelte den Kopf, vergaß für einen Moment, dass Arne es nicht sehen konnte.

»Wenn ich recht habe«, fuhr Arne fort, »ist die Kleine in der Villa in Kampen. Das Haus ist groß. Ich kenne es, wir waren früher öfter dort eingeladen. Wenn Haarbeck die Kleine im Wellnessbereich im Keller unterbringt, wird niemand hören, wenn sie schreit. Nicht einmal die Putzfrau, wenn sie im Erdgeschoss sauber macht.«

Brit war noch nicht überzeugt. »Ich kann mir das nicht vorstellen. Mike ist doch kein Krimineller.«

»Ich werde mich jedenfalls überzeugen.«

Brit erschrak. »Wie denn?«

»Indem ich in die Villa einbreche und sie durchsuche. Wenn ich recht habe, erscheine ich anschließend mit dem Baby auf dem Arm bei dir.«

»Du bist verrückt, Arne! Die Villa wird bewacht. Mike Heiser hat Sicherheitsleute eingestellt.«

»Ich finde schon einen Weg.«

»Und was, wenn sie dich erwischen?«

»Wer? Die Security-Leute?«

»Ja! Sie werden dich bei der Polizei abliefern.«

Immerhin schien Arne nun von einer leichten Unsicherheit befallen zu werden. »Das wäre blöd …« Dann aber schüttelte er den Zweifel ab. Er schien von der Idee besessen zu sein, sein Enkelkind zu retten, Brit ihr Enkelkind zurückzugeben, seiner Tochter die schreckliche Angst zu nehmen. »Ich komme morgen nach Sylt.«

Brit versuchte, seine Pläne zu verhindern, redete ihm gut zu, malte schreckliche Szenarien in den Raum, warnte ihn, ermahnte ihn, appellierte an seine Vernunft … und gab schließlich auf.

Dann blieb sie eine Weile neben dem Telefon stehen, als könnte sie sich nicht bewegen, während sie nachdachte. Minutenlang stand sie so da, dann nahm sie den Telefonhörer wieder auf und wählte Karis Nummer.

»Mama!« Das klang erstaunt. Klar, sie hatte nicht mit Brits Anruf gerechnet. Aber noch erstaunter wurde ihre Stimme, als Brit ihr Arnes Idee weitergab. Natürlich, ohne ein Wort von Arne zu verlieren, sondern so, als wäre ihr selbst der Gedanke gekommen, dass alles sich so verhalten könnte. »Ich weiß, es ist ein schwerer Verdacht, Kari. Eigentlich mag ich ihn kaum aussprechen. Aber denk bitte mal darüber nach, ob Mike vielleicht hinter der Entführung stecken könnte.«

»Mama!«

»Ich weiß, es ist ungeheuerlich, was ich sage. Aber … denk bitte trotzdem darüber nach.«

März 1986, Achim

Romy ging von einem Fenster zum anderen und wieder zurück. Sie hatte auf der Entbindungsstation Bescheid gesagt, dass das Büro der Knut-Augustin-Stiftung an diesem Tag nicht besetzt sein würde. Nicole sei nach wie vor krank, und sie selbst wohl von ihr angesteckt worden. Schwester Roswitha solle sich darum kümmern, dass Dringliches verschoben und besonders Eiliges von einem anderen erledigt wurde.

Romy hatte sich an diesem Morgen nicht einmal die Mühe gemacht, sich zu frisieren und zu schminken. Derart ließ sie sich sonst nur gehen, wenn sie vierzig Grad Fieber hatte oder schwersten Liebeskummer. Beides war schon lange nicht mehr vorgekommen. Dennoch trug sie heute einen Jogginganzug, den sie sonst nur anzog, wenn sie garantiert allein und kein Besuch zu erwarten war und sie plante, den Abend auf dem Sofa zu lümmeln und sich sämtliche Sissi-Folgen hintereinander anzusehen. Wenn sie sich auch krankgemeldet hatte, an diesem Tag würde sie trotzdem nicht allein bleiben, aber Romy hatte einfach nicht die Kraft aufgebracht, sich ihrem Spiegelbild zu stellen. Schlaftrunken war sie aus dem Bett gestiegen, hatte sich nur die Zähne geputzt, aufs Duschen verzichtet und sich einen starken Kaffee gekocht. An Frühstück war nicht zu denken. Nicht einmal dazu hatte sie genug Kraft.

Die Gedanken an die vergangene Nacht vermischten sich mit den Erinnerungen an die Klassenfahrt nach Sylt. Sechzehn war sie gewesen, so wie Brit, die auf der Insel ihre große Liebe gefunden hatte. Dann vermischten sich die Erinnerungen an ihre Schwester mit dem, was Romy letzte Nacht erlebt hatte, Maria im Entbindungsheim, Brit, die sie dort wiedergesehen, der sie zur Flucht verholfen hatte …

Romy hatte schweigend neben Hajo gesessen, Nicole auf dem Rücksitz, die gelegentlich Hinweise gab, welchen Weg Hajo nehmen sollte.

Je näher sie der Straße kamen, in der das Abrisshaus stand, desto langsamer fuhr Hajo. »Hier kann ich das Auto ja nirgendwo parken«, meinte er schließlich. »Das wird mir sofort geklaut.«

»Wir müssen das Risiko eingehen«, sagte Romy. »Wir können nicht mit dem Kind einen weiten Weg zurücklegen. Es ist kalt in der Nacht, wer weiß, was die Kerle der Kleinen angezogen haben. Die kennen sich vermutlich nicht aus mit Babypflege.«

Hajo brummte etwas Zustimmendes, fuhr einmal an dem Haus vorbei, wendete am Ende der Straße und kehrte zurück. Die Häuser ringsum waren allesamt unbewohnt, Schilder wiesen darauf hin, dass an dieser Stelle demnächst neue Wohnungen entstehen würden. Dennoch war hinter einigen Fenstern Licht zu entdecken, meist das flackernde Licht von einer Kerze. Der elektrische Strom war vermutlich längst abgestellt worden. Wer hier wohnte, zahlte keine Miete, hatte keine Ansprüche.

Auch in dem Haus, in dem sie Alisia vermuteten, brannte im Erdgeschoss hinter zwei Fenstern ein schwaches Licht. Ob sich auch in der Mansarde jemand aufhielt, ließ sich nicht feststellen, die Dachfenster konnte man von der Straße aus nicht erkennen.

»Lasst uns durch den Keller gehen«, schlug Nicole vor. »Die Haustür war heute Nachmittag abgeschlossen.«

Sie ging voran, Hajo folgte ihr, Romy bildete das Schlusslicht. Vorsichtig tasteten sie sich den Kellerabgang hinab und dann durch den finsteren Flur bis zu der Treppe, die ins Erdgeschoss hinaufführte. Nicole schlich ihnen voraus und schob, oben angekommen, die Tür auf. Sie knarrte vernehmlich, aber eine Reaktion auf dieses Geräusch blieb zum Glück aus. Nun standen sie an der Haustür, drei Stufen führten zu der Erdgeschosswohnung, sie hatten einen Terrazzobelag, ihre Gummisohlen machten kein Geräusch. Anders war es, als sie in die oberen Etagen hochstiegen. Hier handelte es sich um Holztreppen, deren Stufen bei jedem Schritt ächzten und stöhnten. Obwohl sie versuchten, sehr leise zu sein, war es nicht möglich, geräuschlos nach oben zu gehen. Doch sie schienen nicht bemerkt zu werden. Als sie oben angekommen waren, hatte niemand versucht, sie aufzuhalten. Nun gab es nur noch eine sehr schmale Stiege, die in die Mansardenzimmer hochführte. Sie verständigten sich mit einem Blick, reden wollten sie nur, wenn es unbedingt sein musste.

Wieder sollte Nicole vorangehen, sie war die Einzige, die sich auskannte. Als sie auf dem niedrigen Gang angekommen waren, von dem die Türen zu den Mansardenzimmern abgingen, deutete Nicole auf die Tür, hinter der Alisia schlief, und zu dem Toilettenraum am Ende des Flurs. Nun ging es darum, denjenigen aus dem Zimmer zu locken, der bei Alisia wachte. Dass man sie allein gelassen hatte, darauf durften sie wohl nicht hoffen.

Hajo und Romy drängten sich in den Toilettenraum, zogen die Tür zu sich heran, schlossen sie aber nicht ganz, damit sie genau mitbekamen, was geschah. Romy rümpfte die Nase. Was für ein Gestank! Hier war scheinbar schon seit langer Zeit nicht mehr sauber gemacht und noch nie gelüftet worden. Sie hatte ihre liebe Müh', sich keine Gedanken über Hajos Nähe zu machen. Er roch gut, sein dezentes Aftershave gefiel ihr.

Nun hörten sie Nicole klopfen und ihre leise Stimme: »Hallo? Ist da jemand?«

*

Nicole klopfte noch einmal, aber es blieb still, nichts rührte sich. »Hallo? Kann ich reinkommen?«

Jetzt gab es endlich eine Reaktion. Rumoren im Zimmer und Schritte. Nicole drückte schnell die Klinke herunter. Wer immer jetzt öffnete, würde vielleicht etwas sagen, was Hajo und Romy hören konnten. Das durfte nicht sein.

Nicole trat ein und zog die Tür hinter sich umgehend wieder zu. André stand vor ihr. Gott sei Dank, André! Sie hatte Angst gehabt, auf Henk zu treffen, den sie nicht mochte.

Eine kleine Hoffnung hatte es in ihrem Herzen gegeben, dass er sich freuen könnte, sie zu sehen. Aber sie hatte sich getäuscht. Er sah sie verblüfft, aber alles andere als erfreut an. »Was willst du denn hier?«

Nicole kämpfte prompt mit den Tränen, schaffte es aber, wenn auch zaghaft, zu fragen, was Hajo ihr eingeschärft hatte: »Ich habe was verloren. In der Nacht, in der wir hier geschlafen haben. Einen Schlüssel. Ich habe ihn schon überall gesucht.«

»Das glaubst du doch selbst nicht«, kam es zurück. »Rennst du mir hinterher? So toll war die Nacht mit dir nun auch wieder nicht, dass ich das noch mal haben muss.« Er schob sie zurück Richtung Tür. »Red' leise, du weckst hier ja alle auf.«

»Wieso? Ist jemand bei dir?«

»Nein. Bist du jetzt etwa auch noch eifersüchtig? Wie kommst du überhaupt darauf, dass ich hier bin?«

»Ich dachte, es könnte sein. Jedenfalls wollte ich nicht einfach hereinplatzen, um meinen Schlüssel zu suchen.«

»Hier ist kein Schlüssel.« Nun stand Nicole auf dem Flur, und André griff nach ihrer Schulter und drängte sie vorwärts. »Wir gehen runter. Ich frage Bobby mal, ob er was gefunden hat.«

Nicole ergab sich und ließ sich von ihm schieben. André hatte so reagiert, wie es zu erwarten gewesen war. Er hatte dafür gesorgt, dass Nicole sich nicht länger in dem Mansardenzimmer aufhielt und am Ende noch das Baby entdeckte. Trotzdem war sie erleichtert. Romy und Hajo hatten nichts gehört, was ihnen verraten könnte, dass sie den Mann kannte, der sich in dem Raum aufhielt. André hatte es zwar nicht verdient, dass sie ihn schonte, aber Nicole brauchte sich nicht lange zu fragen, ob ihr Bruder mit ihm unter einer Decke steckte. Vielleicht war Dennis sogar die treibende Kraft gewesen und hatte André zu dieser Entführung überredet. Der Wäschekorb am anderen Ende des Raums war jedenfalls Beweis genug gewesen. Nicole hatte die richtigen Schlüsse gezogen. Als sie André beim Sprung aus dem Fenster des Pfarrhauses erkannt hatte, war ihr sofort klar geworden, dass er Alisia in dieses Haus bringen würde. Ein todsicheres Versteck.

*

Romy schob die Toilettentür auf, froh, dem widerlichen Raum entkommen zu können, und huschte zu der Tür, die Nicole ihnen gezeigt hatte. Sie öffnete sich knarrend, und Romy und Hajo brauchten eine Weile, bis sie sich orientiert hatten. Am Ende dieses Raums, in einer Zimmerecke, lag eine Taschenlampe, die einzige Lichtquelle. Ihr Strahl zeigte an die Wand, ein kreisrunder heller Fleck. In der Zimmerecke gegenüber stand ein alter Wäschekorb. Ein bauschiges Kissen war zu sehen, aber keine Bewegung. Doch als sie näher herantraten, sahen sie das Baby. Alisia, Karis Cappuccinchen, mit runden Wangen, in tiefem Schlaf, die Fäustchen an die Wangen gedrückt, Gott sei Dank sauber, zufrieden und offenbar gut ernährt.

»Schnell!«, sagte Hajo.

Romy riss das Federbett von dem Kind, die Kleine bemerkte es nicht. Vorsichtig nahm sie das Baby auf den Arm, dann liefen sie hinaus, Hajo voraus. Den Gang hinunter, die Treppe hinab in die erste Etage. So hatten sie es verabredet. Dort wollten sie warten, bis André wieder in die Mansarde hochstieg und hoffentlich erst möglichst spät bemerkte, dass das Kind nicht mehr da war. Bis es so weit war, wollten Hajo und Romy längst beim Auto sein, wo Nicole auf sie warten würde. Wenn alles gut ging! Hoffentlich konnten sie durch die Haustür entkommen und mussten nicht noch einmal durch den Keller! Dadurch konnten sie genau die Zeit verlieren, die ihnen am Ende fehlte, wenn André sehr schnell merkte, was geschehen war.

Sie hörten Stimmen von unten, die erregte eines Mannes, sie musste dem Mann gehören, den Nicole geweckt hatte, dann ihre leise Stimme und eine andere, die sich sehr gelangweilt anhörte. Vermutlich dieser Bobby, den es nicht interessierte, dass Nicole nach einer Party hier etwas verloren hatte.

Romy und Hajo huschten die Stiege hinunter, in die erste Etage und dort in einen Flur, in dem sich Kartons und Berge von Zeitschriften stapelten, dazu Türme von leeren Joghurtbechern, die bis an die Decke reichten. Der Rest des Gerümpels war nicht zu identifizieren. Hajo öffnete die erste Tür auf der rechten Seite und ließ Romy mit dem Baby eintreten. Sie wurden von undurchdringlicher Finsternis empfangen. Ein lichtloser Raum, der so roch, als wäre er bewohnt. Menschliche Ausdünstungen, Knoblauch und schwacher Kaffeegeruch. Romy zögerte und drückte das Kind fest an sich. Sie spürte genau, dass sie hier nicht allein waren, dass sie in einen Raum geraten waren, in dem sich jemand aufhielt. Auch Hajo schien es zu bemerken. Er zögerte mit einem Mal, hatte seine Sicherheit verloren, die Romy bis zu diesem Augenblick geholfen hatte, und schob die Tür wieder auf, die er eigentlich gerade schließen wollte. So drang ein wenig Licht in diese Schwärze, aber Romy hatte dennoch nur einen Wunsch: raus! Doch nun hörten sie Stimmen am Fuß der Treppe, jemand schloss die Haustür auf, und Romy schickte ein Stoßgebet zum Himmel, dass er sie nicht wieder verriegelte. Von Nicole war nichts mehr zu hören, die beiden Männer hatten sie offenbar hinauskomplimentiert.

Der Entführer würde gleich die Treppe hochkommen, und sobald er oben auf dem Gang der Mansarde angekommen war, würden sie nach unten laufen und abhauen. Sollten sie gesehen werden, würden sie sich nicht aufhalten lassen. Nur weg!

Aber da war wieder das Gefühl gewesen, dass sich jemand zusammen mit ihnen in diesem Raum aufhielt. Romy hatte eine Bewegung gespürt, ohne sie zu hören, hatte sich mit aller Kraft dazu zwingen müssen, nicht kopflos davonzulaufen, sondern zu warten. Hajo hatte ihren Arm genommen, als wollte er eine unvorsichtige Flucht verhindern, auch er hatte also gemerkt, dass hier etwas nicht stimmte. Und gerade als André den Fuß auf die Treppe setzte, hatte Romy eine Stimme gehört. So leise, dass sie kaum zu verstehen gewesen war. Nur ein Hauch, ein Atemstoß, ein Schnauben. »Jesus sieht dich!«

Mittlerweile war Romy an dem Fenster ihres Apartments stehen geblieben, das zur Straße hinausging, sie wanderte nicht mehr von einem zum anderen, sondern ließ sich von dem Gedanken fesseln, von dem Schauer, der noch einmal durch ihren Körper fuhr. Dieser Schreck! Aber dann lächelte sie, ohne es recht zu merken. Der Kerl, der in diesem Zimmer Obdach gefunden hatte, war ein verwahrloster alter Mann gewesen, der sich dort eingeschlichen und Angst hatte, verjagt zu werden. Seine Gestalt war zu erkennen gewesen, als Hajo alle Vorsicht fahren gelassen und die Tür so weit aufgeschoben hatte, dass die zerlumpte Gestalt zu identifizieren gewesen war. Es schien, als wollte er sie auf die Schnelle zur Jesusverehrung überreden, hielt aber aus purem Eigennutz dann doch bald den Mund, als er Andrés Schritte hörte. Erst als sie in der Mansarde verklangen, hatte er wieder zu flüstern angefangen und ihnen ein herrliches Leben neben Gottvater und seinem Sohn verkündet, wenn sie wie er an Jesus glaubten. Dass Romy und Hajo ihm nicht zuhören wollten, sondern so schnell wie möglich die Treppe hinabgelaufen waren, hatte ihn womöglich verstimmt.

Romy ging in ihr Schlafzimmer, wo das Kinderbettchen stand, das sie tags zuvor aus dem Entbindungsheim geholt hatte. Auch Babynahrung und sämtliches Zubehör zur Babypflege hatte sie dort entliehen, ohne dass es aufgefallen war. Alisia schlief jetzt wieder, nachdem sie während der Nacht mehrmals aufgewacht war und sich schließlich erst beruhigt hatte, als Romy sie in ihr Bett geholt hatte. Während sie auf die Atemzüge des Babys lauschte, hatte sie sich gefragt, was in den vergangenen Nächten geschehen war, wenn Alisia aufgewacht war und geschrien hatte. Die Flucht aus dem Haus hatte sie verschlafen, aber im Auto war sie wach geworden und hatte zu schreien begonnen. Als sie in Romys Wohnung angekommen waren, hatten sie ihr eine Flasche gemacht, und Hajo hatte seine Tochter gefüttert. Mit einem Gesichtsausdruck, der Romy zu Tränen gerührt hatte. Tiefes Glück hatte sie auf dem Gesicht von Vätern schon oft gesehen, aber noch nie diese Mischung aus Glück und Angst. Sie war ihr zu Herzen gegangen. Gleich würde er kommen, auch Nicole musste jeden Moment bei Romy erscheinen. Und Hajo würde Kari mitbringen. Romy zitterte, wenn sie daran dachte, wie Kari das größte und schönste Geschenk gemacht wurde, das es für eine Mutter gab. Sie würde ihr Kind wieder im Arm halten. Und dann mussten sie gemeinsam beratschlagen, wie sie weiter vorgehen wollten. Hajo war nicht davon abzubringen, Mike eine Falle zu stellen.

März 1986, Sylt

Arne hatte lange überlegt, wann er seinen Plan in die Tat umsetzen sollte. Auf keinen Fall nachts! Wenn er dann erwischt wurde, würde es schwer sein, sich rauszureden. Tagsüber war es vielleicht möglich, sich als Neugieriger auszugeben, der wissen wollte, wie Mike Heiser lebte, oder als jemand, der sich um Grenzen und Zäune genauso wenig scherte wie um das Verbot, die Dünen zu betreten und die Verpflichtung, die hölzernen Stege zu benutzen, die zum Wasser führten. Von diesen Leuten gab es genug, das wusste Arne. Über sie ärgerte man sich, aber niemand lieferte sie der Polizei aus.

Am Abend, nachdem er mit Carsten zusammen die letzten Gäste des *Carar* verabschiedet hatte, sagte er: »Ich fahre morgen nach Sylt.«

Carsten wusste, was geschehen war. Wie Arne erwartet hatte, reagierte er ungehalten. »Lass Brit in Ruhe!«

»Es geht nicht um Brit, sondern um Kari. Und um meine Enkeltochter.«

Die Idee, dass Mike Heiser etwas im Schilde führte, um sich des Kindes zu entledigen, dessen Aussehen ihn die Karriere kosten könnte, vertrat auch Carsten. Der Gedanke jedoch, das Baby aus dem Haus zu holen, und das, ohne zu wissen, ob es überhaupt in der Kampener Villa war, erschien ihm unsinnig. »Du kannst nicht richtig denken, wenn es um Brit geht.«

Wieder wollte Arne behaupten, dass es nicht um Brit, sondern um Kari und Alisia ging, aber er unterließ es. »Ich muss etwas tun,

Carsten, sonst werde ich verrückt. Auf keinen Fall möchte ich mir später vorwerfen müssen, dass ich die Kleine hätte retten können, es aber nicht versucht habe.«

Carsten seufzte. »Also gut.«

Und nun war Arne in Westerland angekommen. Brit wusste nicht, was er vorhatte. Auf keinen Fall wollte er ihr zumuten mitzuentscheiden, sich Gedanken zu machen, ob es richtig war, was er plante, und erst recht sollte sie sich keine Sorgen machen. Sein Traum war, in wenigen Stunden bei ihr zu erscheinen, mit Alisia im Arm. Und dann wollte er dabei sein, wenn sie Kari anrief, um ihr zu sagen, dass Alisia in Sicherheit war. Und er wollte auch dabei sein, wenn Brit begriff, dass Mike Heiser nicht der Mann war, für den Kari ihn gehalten hatte. Und wenn er schon mal da war, würde er vielleicht bleiben dürfen, um Brit bei den vielen Entscheidungen zu unterstützen, die nun zu treffen waren. Ihr helfen, Olafs Beisetzung zu planen. Sie in den Arm nehmen, wenn niemand sie sah. Ihr Kraft geben, wenn sie selbst nicht genug davon hatte, ihr zeigen, dass das Leben schön war, auch wenn es viel Kummer und Sorgen bereithielt. Und ihr die Zuversicht geben, dass bald die Sonne wieder scheinen würde. Vielleicht sogar die Hoffnung auf die Zukunft in ihr wecken? Dort anknüpfen, wo sie sich verloren hatten? Dorthin zurückkehren, wo er falsch gehandelt hatte? Würde sie ihm die Chance geben, das Schicksal umzudrehen? War das möglich? Arne wagte nicht, all diese Fragen zu beantworten.

Diesmal war er sicherer, als er die Friedrichstraße entlangging, sah sich nicht ängstlich um, hielt den Kopf nicht gesenkt, sondern sah den Entgegenkommenden in die Gesichter. Es hatte geregnet, als der Autozug in Niebüll abgefahren war, jetzt jedoch schien die Sonne, die Insel glänzte, die feuchten Dächer schimmerten, hier und da funkelte das Sonnenlicht in den Vertiefungen, in denen sich Regenwasser gesammelt hatte. Die Luft war noch voll feuchter Schwüle. Auf jeden Schritt folgten ihm Erinnerungen. Die Sommerurlaube, die er mit seinem Vater auf Sylt verbracht hatte, der erste Tag auf Sylt als Lehrling im *Miramar*, als er das Hotelfach von der Pike auf erlernen sollte, dann der Abend, an dem er Brit kennenlernte, als er ihr auf Dikjen Deel ihr Kleid gestohlen hatte, während sie mit ihren Freundinnen nackt gebadet hatte, schließlich die Nacht, die sie in seinem Bett verbracht hatte. Und dann ihre Stimme am Telefon: »Wir bekommen ein Baby, Arne.«

Die Erinnerungen, die nicht so weit zurücklagen, waren schmerzhafter. Sie hatten alle etwas mit dem Tod seines Vaters, mit seiner unglücklichen Ehe mit Linda zu tun und mit der Erkenntnis, dass Brit mit einem anderen verheiratet war. Mit seinem Halbbruder Olaf, mit dem sie glücklich war, und der das Kind großzog, das Arnes Kind war.

Er verzichtete darauf, zum *König Augustin* zu gehen, um sich nicht verunsichern zu lassen, sondern bog am *Miramar* rechts ab und ging auf der Uferpromenade gen Norden. Später wechselte er an die Wasserkante und lief, bis er den Strand von Kampen erreicht hatte. Er hatte fast zwei Stunden gebraucht, auf dem Rückweg würde er ein Taxi nehmen.

Er blieb stehen, als er auf der Höhe von Mike Heisers Anwesen angekommen war, und blickte lange aufs Meer. Er hatte einen Security-Mitarbeiter gesehen, der ihn mit großer Wahrscheinlichkeit ins Visier genommen hatte. Der sollte sich an seinen Anblick gewöhnen, sollte annehmen, dass er zu denen gehörte, die den Blick aufs Meer genossen. Lange, sehr lange.

Er zog die Schuhe aus und spielte mit den Füßen eine Weile im flachen Wasser herum, dann ging er zu den Dünen und ließ sich dort nieder. Scheinbar um seine Füße von der Sonne trocknen zu lassen, ehe er die Schuhe wieder anzog. Den Securitymann hatte er kein einziges Mal angesehen, nur im Augenwinkel beobachtet, wie er reagierte. Der Mann sollte denken, dass er ihn gar nicht wahrgenommen hatte, gar nicht wusste, vor wessen Haus er sich aufhielt. Und tatsächlich war er dann irgendwann verschwunden. Offenbar hatte er Arne als harmlos und ungefährlich eingestuft.

Arne stand auf und näherte sich der Grundstücksgrenze. Niemand war zu sehen. Der Zaun, mit dem der Garten eingefasst war, hatte höchstens eine abschreckende Wirkung. Er war leicht zu überwinden, vermutlich sahen die Ortsstatuten keine höhere Umzäunung vor. Daran musste sich auch jemand wie Mike Heiser halten. Arne wagte es nicht, auf die Rasenfläche zu treten, er drückte sich in das Buschwerk, mit dem der Rasen eingefasst war. Zwischen dem Zaun und den dichten Büschen bewegte er sich voran, in der Hoffnung, zu einer Stelle zu kommen, wo er sich aus der Deckung lösen konnte, ohne sofort gesehen zu werden. Irgendwann sah er das kleine Saunahaus. Dort würde er sich verstecken können. Tatsächlich gelangte er ungesehen dorthin, konnte sich dahinter verbergen und sich erst mal in Ruhe umsehen, um zu überlegen, wie er weiter vorgehen wollte. Nach wie vor stand die Stille über dem Anwesen. Niemand war zu sehen, Julian Haarbeck nicht und auch keiner vom Personal. Vielleicht patrouillierten die Sicherheitsleute, hielten sich nun vor dem Haus auf und kamen in regelmäßigen Abständen wieder nach hinten, um dort nach dem Rechten zu sehen? Dann würde es gut sein zu warten, bis er ihren Rhythmus durchschaut hatte. Anschließend musste er nur eine offene Tür finden, um ins Haus zu gelangen.

Eine Weile saß er auf einer ausrangierten Bank, die hinter dem Saunahaus abgestellt worden war, dann bemerkte er eine Bewegung in der Nähe des Hauses. Eine junge Frau in einem Kittel, vielleicht die Putzhilfe, war auf die Terrasse getreten, reckte und dehnte sich und ließ sich auf einen Terrassenstuhl sinken. Sie streckte die Beine weit von sich, schloss die Augen und hielt ihr Gesicht der Sonne hin. Aber nicht lange! Aus dem Haus tönte eine männliche Stimme, die junge Frau fuhr zusammen, sprang auf und lief ins Haus zurück.

Die Terrassentür war offen geblieben, die Stimme des Mannes, der die junge Frau aufgescheucht hatte, entfernte sich. Arne machte einen langen Hals und sah, dass sich im Wohnzimmer niemand mehr aufhielt. Er kannte Mike Heisers Haus, war hier mehrfach zu Gast gewesen, er wusste, dass er nur den Wohnraum zu durchqueren hatte, um dann von der Diele durch die Tür zu huschen, die in den Wellnessbereich führte. Dort würde ein Baby am leichtesten zu verstecken sein, dort würde er zuerst suchen.

Er zögerte. War es doch falsch gewesen, am helllichten Tag in Mike Heisers Villa einzubrechen? Wenn er jetzt ins Haus eindrang und dort ertappt wurde, würde man ihm nicht abnehmen, einen harmlosen Grund dafür zu haben. Man würde ihn für einen Einbrecher, einen Dieb oder einen Paparazzo halten, alles gleich schlimm. Andererseits würden am Abend vielleicht die Türen geschlossen, und es würde schwierig werden, ins Haus einzudringen. Dann würde er womöglich gezwungen sein, ein Fenster einzuwerfen oder eine Tür aufzubrechen. Das konnte jemanden auf den Plan rufen, vielleicht sogar die Alarmanlage in Gang setzen. Oder sollte er sich darauf verlassen, dass die Tür zum Wellnessbereich vom Garten aus zu öffnen war? Nein, wenn Alisia dort versteckt wurde, war sie garantiert fest verschlossen.

Mit einem Mal war es mit Arnes Selbstsicherheit vorbei. Es war eine dumme Idee gewesen, hier einzusteigen. Carsten hatte recht gehabt, er konnte nicht mehr richtig denken, wenn es um Brit ging. Wenn er auch nach wie vor glaubte, dass Mike Heiser nicht zu trauen war, wenn es um das Kind ging, das seine Karriere gefährdete, so gab es tatsächlich keinen einzigen Anhaltspunkt, dass Alisia in diesem Haus zu finden war. Wenn Mike hinter der Entführung steckte, war die Kleine vielleicht wirklich schon in den Händen irgendwelcher Adoptiveltern und womöglich bereits außer Landes gebracht worden. Und war es nicht wahrscheinlicher, dass Mike das Baby gar nicht nach Sylt bringen würde, weil es hier viel zu riskant wäre, dass es doch gesehen würde? Da wäre es doch sicherer, die Kleine von Achim aus zum Beispiel nach Bremen oder Hamburg zu bringen und in diesen anonymeren Großstädten nach möglichen Adoptiveltern zu suchen. Arne spürte einen kalten Schauer auf seinem Rücken. Seine Enkelin, sein Fleisch und Blut, würde womöglich irgendwo, in einem fremden Land, unter einem anderen Namen aufwachsen und keine Ahnung haben, dass sie Alisia Heiser hieß und nach Sylt gehörte.

Er stand auf und sah sich vorsichtig um. Am besten, er nahm denselben Weg zurück und überlegte sich noch einmal ganz genau, ob es klug war, aufgrund von vagen Vermutungen und Verdächtigungen in ein fremdes Haus einzubrechen.

Doch noch bevor er sich umdrehen und den Rückzug antreten konnte, merkte er, dass er nicht mehr allein war. Bewegungen hinter seinem Rücken, ein scharrender Schritt, ein tiefes Einatmen … Arne wollte sich umdrehen, kam aber nicht mehr dazu. Irgendetwas explodierte in seinem Kopf, er sah Sterne, dann wurde es dunkel.

März 1986, Bremen

André und Dennis hatten einen Platz gefunden, von dem aus sie die Tür des Abrisshauses gut sehen konnten. Sie hockten hinter einem Müllcontainer, der unter einem Erdgeschossfenster auf der anderen Straßenseite stand. Es roch nach faulen Kartoffelschalen und Urin, vieles von dem, was in den Container gehörte, war danebengegangen. Es war dreckig, und der Dreck war feucht und eklig.

Dennis war zu André gekommen, um nach Alisia zu sehen und um mit ihm zusammen auf eine Nachricht von Henk zu warten. »Hoffentlich hat Heiser endlich die zweihunderttausend Mark flüssiggemacht«, flüsterte André. »Ich habe keinen Bock mehr, in dieser Bude zu hocken.«

Er war an diesem Morgen aufgewacht und hatte sich verwundert die Augen gerieben. Das Tageslicht stand hell vor dem Fenster, er fühlte sich ausgeschlafen, war während der Nacht kein einziges Mal von Alisia geweckt worden. Hatte das Balg endlich kapiert, dass während der Nacht Ruhe zu herrschen hatte?

Er hatte sich schwerfällig erhoben, sich gereckt, bis seine Glieder, die auf der unbequemen Matratze immer steif wurden, wieder anstandslos funktionierten. Dann war er an den Wäschekorb getreten … und erstarrt. Wo war Alisia?

Diese Frage hatte er wieder und wieder flüsternd gestellt und sie immer lauter wiederholt. Konnte es sein, dass jemand während der Nacht in die Mansarde eingedrungen war, um das Baby zu holen? Nein, unmöglich! Das hätte er gehört.

Prompt fiel ihm wieder Nicoles Besuch ein. Eifersüchtig hatte er sie genannt, aber war sie in Wirklichkeit nur raffiniert gewesen? Während er sich am Abend schnell ausgezogen und auf die Matratze geworfen hatte, war er wütend gewesen. Zum Kotzen, wenn einem ein Mädchen nachlief, von dem man nichts wollte. Was bildete die sich ein? Er sollte in ein Mauerblümchen wie Nicole verliebt sein? André überlegte, ob er, ehe er sich schlafen gelegt hatte, nach Alisia geschaut hatte, konnte sich aber nicht erinnern. Schon möglich, dass er keinen Blick in den Wäschekorb geworfen hatte, nur froh gewesen war, dass es dort ruhig blieb.

Nicole! Sie hatte ihn reingelegt! Aber woher konnte sie wissen, dass er etwas mit der Entführung zu tun hatte? War Dennis etwa eine Bemerkung herausgerutscht?

»Dieser Idiot!«

Aber Dennis, der kurz darauf erschienen war, hatte jeden Verdacht zurückgewiesen. Nein, er war ganz sicher, dass er Nicole gegenüber nichts gesagt, auch keine unbedachte Äußerung fallen gelassen hatte. »Wenn sie mit der Lütten zur Polizei gegangen ist, wundert es mich doch sehr, dass die Bullen hier noch nicht aufgetaucht sind.«

»Was nicht ist, kann noch werden.« In fliegender Hast hatte André alles eingepackt, was verräterisch war, und mit Dennis das Haus verlassen. Nun waren sie auf Posten, um zu sehen, ob und wann die Polizei auftauchte, und damit sie Henk warnen konnten, wenn er kam.

»Der wird mich einen Kopf kürzer machen«, murmelte André und sah ängstlich zum Dach des Hauses hoch, hinter dem er die letzten Tage und Nächte verbracht hatte.

»Du kannst nichts dafür«, versuchte Dennis, ihn zu beruhigen. »Nicole hat dich reingelegt.«

André sah auf die Uhr. »Kannst du nicht mal bei ihr im Büro anrufen? Vielleicht bekommst du was aus ihr raus.«

»Heute ist Sonntag.«

»Dann eben in Riekenbüren.«

Dennis sah sich um und entdeckte eine Telefonzelle, deren Tür schief in den Angeln hing. Es war zu erkennen, dass der Hörer nicht aufgelegt worden war, sondern herunterbaumelte. »Das Telefon funktioniert garantiert nicht mehr.«

Sie verfielen wieder in dumpfes Brüten, schreckten kurz hoch, als sich die Haustür gegenüber öffnete, zogen sich dann aber wieder hinter den Müllcontainer zurück, als sie sahen, dass Bobby einen Nachttisch nach draußen beförderte und ihn auf dem Gepäckträger seines Fahrrads festschnallte.

»Der hat scheinbar eine Bleibe gefunden«, meinte Dennis. »Er zieht aus.«

Dennis ließ sich noch einmal erzählen, wie Nicoles Besuch abgelaufen war. André blieb halbwegs bei der Wahrheit, erwähnte natürlich nicht, dass er Nicole rüde zurückgewiesen hatte. Dennis war, wenn es um seine Schwester ging, empfindlich. »Ich habe ihr gesagt, dass ich zurzeit voll damit zu tun habe, mir einen Job zu suchen. Und dass ich hier schlafe, weil ich mein Zimmer nicht mehr bezahlen konnte. Dass sie während der Party einen Schlüssel verloren hat, glaube ich jedenfalls nicht. Das war nur ein Vorwand, bei mir aufzutauchen.«

»Du hast sie dann also runtergebracht?«, fasste Dennis nach.

»Klar. Erstens, weil ich Angst hatte, dass Alisia wach wird und anfängt zu plärren. Und natürlich auch, weil ich nicht wollte, dass sie in die Nähe des Wäschekorbs kommt und das Baby sieht. Ich habe dann so getan, als wollte ich Bobby nach dem Schlüssel fragen.« Er sah Dennis Beifall heischend an, weil er fand, dass er sich sehr umsichtig und schlau verhalten hatte. »Nicole sollte glauben, dass ich ihr diese Schlüsselgeschichte abnehme. Aber Bobby wusste natürlich gar nicht, wovon die Rede war, der war schon total zugedröhnt.«

»Und dann?«

»Dann habe ich Nicole noch nett zur Tür begleitet, und sie ist gegangen.«

»Während du unten bei Bobby warst, ist also jemand hochgelaufen und hat sich Alisia geschnappt.«

So weit war André mit seinen Überlegungen auch schon gekommen. »Wer kann das gewesen sein?«

Dennis überlegte. »Eine beste Freundin, die sie einspannen kann, hat Nicole nicht. Vielleicht Kari selbst?« Er schüttelte den Kopf, als könnte er es nicht glauben. Aber dann ging eine Erkenntnis über seine Gesichtszüge. »Romy! Der traue ich das zu.«

»Und warum ruft sie nicht die Polizei?«

»Wozu?«, fragte Dennis zurück. »Die Polizei weiß von nichts, da muss sie von dem Rest auch nichts erfahren.«

»Quatsch!« André war voller Zweifel. »Die wollen, dass der Kidnapper geschnappt wird. Wetten?«

Dennis dachte eine Weile nach, dann war er wieder sicher: »Nicole weiß jetzt, dass du hinter der Entführung steckst. Dann kann sie sich auch denken, dass ich etwas damit zu tun habe. Die schwärzt ihren Bruder nicht an. Hundert pro!«

André hatte Mühe, ihm zu glauben. Diese Art von Familienzusammenhalt war ihm fremd. »Ich möchte wissen, wo Henk bleibt«, knurrte er. »Der muss sich doch mal wieder blicken lassen. Er wollte gestern Abend bei Mike Heiser anrufen und die Lösegeldübergabe organisieren.«

Dennis schien von einer bösen Ahnung gequält zu werden. »Heute ist Sonntag. Dich kann Henk telefonisch sowieso nicht erreichen, mich heute auch nicht. Was, wenn ihm eine Falle gestellt wird? Henk weiß nicht, dass Alisia weg ist. Meine Cousine hat nun alle Trümpfe in der Hand. Alisia ist nicht mehr in Gefahr, Kari kann jedes Risiko eingehen. Ihrer Tochter wird nichts mehr zustoßen. Henks Drohungen kann sie in den Wind schießen.«

André brauchte eine Weile, bis er diesen Aspekt verstanden hatte. Dann stieß er hervor: »Verdammt! Verdammt!«

Sie fuhren mit dem Bus zum Bahnhof, wo es genügend Telefonzellen gab, und Dennis rief in Riekenbüren an. Aber seine Schwester war nicht zu Hause. Seine Mutter teilte ihm mit, dass Nicole das Wochenende bei einer Freundin in Bremen verbringen wolle.

Als Dennis mit dieser Neuigkeit aus der Telefonzelle trat, fing André erneut an zu fluchen: »Verdammt!« Und immer wieder: »Verdammt! Verdammt!«

März 1986, Sylt

Arne sass in einem schäbigen Büro auf einem unbequemen Holzstuhl vor einem alten, abgeschabten Schreibtisch und hielt sich den Kopf. Der Schlag war heftig gewesen. Nicht ganz so heftig, wie er vorgab, aber er hielt es für klug, auf starke Kopfschmerzen und einen schweren Schock hinzuweisen, wenn konkrete Angaben von ihm verlangt wurden.

Er war erst zu sich gekommen, als ihm zwei Polizeibeamte Handschellen anlegten. »Können Sie aufstehen?«

Wortlos hatte er sich aufgerappelt und sich umgesehen. Ein hässlich grinsender Securitymann stand vor ihm und schaute ihn triumphierend an. Arne wurde gleich klar, dass der es gewesen sein musste, der ihn entdeckt und niedergeschlagen hatte. Er schloss die Augen und ließ den Kopf hängen. Was war eigentlich geschehen? Er hatte Mühe, seine Erinnerungen in die Gegenwart zu holen. Er war doch allein gewesen, hatte niemanden gesehen. Dann fiel es ihm wieder ein: Er wollte sein Enkelkind retten. Alisia, die vielleicht in diesem Haus war. Während er den Polizisten zu dem Streifenwagen folgte, der auf der Einfahrt geparkt worden war, fielen ihm auch wieder alle Zweifel ein, die ihm gekommen waren, während er in dem Gebüsch auf eine Gelegenheit gewartet hatte, ungesehen ins Haus zu kommen. Und nun saß er hier im Polizeirevier an der Kjeirstraße und wartete darauf, vernommen zu werden. Ein älterer Polizist hatte ihn auf diesen Stuhl gedrückt und ihn zu seiner Person und seiner Motivation befragt. »Wer sind Sie? Was wollten Sie bei Mike Heiser?«

Er hatte seinen Namen genannt, seine Papiere vorgelegt und voller Entschiedenheit den Verdacht zurückgewiesen, er habe in die Villa einbrechen und nach Geld und Wertgegenständen suchen wollen. »Ich war nur neugierig«, hatte er behauptet. »Ich wollte mal sehen, wie so ein berühmter Mann wohnt.«

Aber dann hatte er durch die geschlossene Tür gehört, wie ein Polizist mit Julian Haarbeck telefoniert hatte. Wenn der erfuhr, wer im Garten der Heiser-Villa verhaftet worden war, wussten die Beamten mittlerweile, dass er sich recht gut dort auskannte. Wie sollte er erklären, dass er im Gebüsch gesessen und das Haus beobachtet hatte?

Die Tür öffnete sich, der ältere Beamte, der sich als Hauptwachtmeister Werries vorgestellt hatte, erschien und ließ sich an dem Schreibtisch nieder. Auf die leere Tischplatte legte er Arnes Personalausweis mit feierlicher Geste, genau in die Mitte der Schreibunterlage. Er korrigierte die Ecken seines Ausweises sogar, bis er sicher war, dass alle vier rechten Winkel korrekt verliefen.

»Wie heißen Sie?«, fragte er.

Arne war noch zu benommen, um die Frage merkwürdig zu finden. »Florian Aldenhof«, antwortete er folgsam.

»Ihren richtigen Namen will ich wissen«, sagte Werries und sah ihn unter heraufgezogenen Augenbrauen an.

Nun wurde Arne hellhörig. Richtiger Name? Was ging hier vor? »Florian Aldenhof«, wiederholte er leise und vorsichtig.

Werries nahm seinen Ausweis hoch, wedelte damit durch die Luft, als wollte er lästige Fliegen verscheuchen und positionierte ihn dann wieder so sorgfältig wie vorher auf der Tischplatte. »Das ist eine ziemlich plumpe Fälschung«, sagte er. »Wer sind Sie wirklich?«

Arne dachte an Carsten und seine Warnungen und leistete im Stillen Abbitte. Nun war es genau so gekommen, wie sein Freund befürchtet hatte. Worauf würde das hinauslaufen? Zurzeit war er unfähig, sich auszumalen, was auf ihn zukommen würde, wenn er seine wahre Identität preisgeben musste. Brits Gesicht erschien vor ihm, aber auch Lindas hochmütige Miene und das Lächeln ihres Vaters. Was hatte er Robert König angetan, als der damals glaubte, sein Schwiegersohn sei tödlich verunglückt? Diese Frage schoss ihm seit Jahren zum ersten Mal wieder durch den Kopf. Onkel Robert hatte ihn geliebt, als er sein Schwiegervater geworden war, noch ein bisschen mehr. Aber Verständnis dafür, dass er in seiner Situation als Erbe von Knut Augustin kreuzunglücklich war, hatte er auch nicht gehabt.

»Raus mit der Sprache«, forderte Polizeihauptwachtmeister Werries. »Wie ist Ihr Name? Und warum tragen Sie gefälschte Papiere bei sich?«

»Ich heiße Arne Augustin«, antwortete Arne so leise, dass Werries sein linkes Ohr vorschob, um besser zu verstehen. »Und gefälschte Papiere habe ich, weil ich tot bin.«

März 1986, Bremen

Henk überlegte, welchen Zug er nehmen sollte. Schließlich entschied er sich für einen, der gegen Mittag ging. Er würde noch nicht sehr voll sein, die Touristen kamen ja erst am Spätnachmittag auf Sylt an.

Er war nervös. Und wenn er an André und Dennis dachte, wurde es sogar noch schlimmer. Henk hatte nicht gedacht, dass er jemals Skrupel bekommen würde, aber tatsächlich machte es ihm zu schaffen, dass er seine beiden Freunde betrügen, sie hängen lassen und in Schwierigkeiten bringen würde. Andererseits – jeder war sich selbst der Nächste. Die beiden hätten vermutlich auch mit keiner Wimper gezuckt, wenn sie die Chance bekommen hätten, viel mehr Kohle aus dem Deal herauszuholen, als zu erwarten gewesen war.

Tatsächlich hatte Henk zunächst nur die Idee gehabt, hunderttausend Mark mehr zu kassieren als die anderen beiden. Aber dann hatte er sich überlegt, dass es viel besser war, die ganzen dreihunderttausend Mark in die Tasche zu stecken und zu verschwinden. Von Sylt rüber nach Dänemark. Sobald er im Ausland war, würde die Polizei ihn nicht so schnell bekommen. Vermutlich nie! Denn sie würden mit großer Wahrscheinlichkeit gar nicht nach ihm suchen. Oder wenn, dann viel zu spät, um ihm noch auf die Spur zu kommen. Der Deal mit Mike Heiser war einfach perfekt. Wenn der merkte, dass Alisia doch noch am Leben war, würde Henk längst über alle Berge sein. Er griff sich an den Kopf, während er zum Bahnhof ging. Er war doch keiner, der ein Baby umbrachte! Was glaubte dieser Kerl eigentlich? Was André und Dennis danach mit Alisia machten, war nicht sein Problem.

Als er sich einmal entschlossen hatte, war alles ganz leicht gewesen. Er hatte sich eine Telefonzelle ausgesucht, die bestens geeignet war. Henk kannte sich in Bremen aus und wusste, in welchen Gegenden es nur wenige Wohnungen mit Fernsprechanschluss gab. In der Nähe solcher Häuser waren die Telefonzellen stark frequentiert. In einer Einfamilienhausbebauung hatte er dagegen eine Telefonzelle gefunden, die selten benutzt wurde. Außerdem lag sie am Ende einer Sackgasse, die man aber nicht unbedingt benutzen musste, um zu der Telefonzelle zu kommen. Dahinter gab es ein verwahrlostes Grundstück, das Henk überqueren konnte, um ungesehen in die Zelle zu kommen. Die Beleuchtung hatte er in der letzten Nacht mit einem Stein zerstört, bisher schien das niemandem aufgefallen zu sein. Vorsichtshalber hatte er die Zelle dennoch erst betreten, als in den Häusern ringsum die Lichter ausgegangen waren.

Mike Heiser hatte sich erst gemeldet, als der Ruf schon so oft rausgegangen war, dass Henk unruhig geworden war. Aber dann hatte er am Klang seiner Stimme erkannt, dass Heiser bereits geschlafen hatte.

Henk hatte sich vorgenommen, auch dieses Telefonat kurz und knapp zu halten. Vor ein paar Jahren hatte er mal eine »Stahlnetz«-Folge gesehen, in der die Polizei eine Fangschaltung legte, um einen anonymen Anrufer zu überführen. Dem Angerufenen war eingeschärft worden, das Gespräch in die Länge zu ziehen, weil die Polizei mindestens dreißig Sekunden benötigte, um die Fangschaltung zu installieren. Zwar konnte Henk sich nicht vorstellen, dass Mike Heiser die Polizei informiert hatte, aber sicher war sicher.

»Es ist so weit«, hatte er gesagt. »Morgen will ich die Kohle haben. Ist alles bereit?«

Mike Heiser hatte zu stottern begonnen. »Ja, ja … mein Partner bekommt das Geld morgen früh von der Bank. Er kommt dann sofort nach Achim.«

»Nicht nötig. Ich fahre nach Sylt.«

»Aber … Sie hatten doch gesagt …«

»Ich habe meine Meinung geändert.« Auch das hatte Henk sich vorgenommen: Erst im letzten Moment Anweisungen geben und möglichst die letzten Angaben widerrufen oder ändern. Sollte Mike Heiser ein falsches Spiel spielen, sollte die Polizei sich darauf einrichten, die Geldübergabe zu vereiteln, dann durften dafür getroffene Vorbereitungen nicht mehr einzuhalten sein. »Nicht mehr Achim, sondern Sylt. Ich melde mich rechtzeitig bei Ihnen.«

Er hatte aufgelegt, ehe Mike Heiser etwas sagen konnte. Dann war er aus der Telefonzelle getreten und die Sackgasse entlanggegangen bis zu ihrem Anfang. Überall war es dunkel gewesen, sämtliche Bewohner lagen schon in ihren Betten, niemand hatte ihn gesehen.

März 1986, Archim

Kari hatte tief und fest geschlafen. Die Pillen, die sie am Vorabend geschluckt hatte, waren sehr wirkungsvoll gewesen. Sogar Indra hatte ihr geraten, es mit einem Schlafmittel zu probieren, damit sie endlich zur Ruhe kam und nicht mehrmals in der Nacht von wirren, angstvollen Träumen hochgeschreckt wurde. Schwester Roswitha war ebenfalls einverstanden gewesen. Sie war die Herrin über den »Giftschrank«, wie er auf der Entbindungsstation genannt wurde, und besaß als Einzige den Schlüssel dafür.

»Sie müssen wirklich mal durchschlafen«, hatte auch sie gefunden und dafür gesorgt, dass Kari am Morgen körperlich ausgeruht erwachte. Ein oder zwei Sekunden lang war sie glücklich gewesen, weil sie sich stark und gesund fühlte, dann aber war der Gedanke an ihr Kind über sie hergefallen, und sie war wieder so schwach und krank gewesen wie am Vortag. Doch sie hatte zwölf Stunden an einem Stück geschlafen, und so hatte sich dennoch etwas geändert. Ihrer Schwäche hatte sich ein wenig Optimismus zugesellt. Zum ersten Mal, seit Alisia entführt worden war, konnte sie daran glauben, dass sie ihre Tochter wiedersehen würde. Und ihr Gedanke galt von da an vor allem auch Hajo, der ihr helfen würde. Der feste Schlaf und Hans-Josef Keller! Zwei Wundermittel!

Kari erhob sich und ging ins Bad, um zu duschen und sich die Haare zu waschen. Der Föhn übertönte die Geräusche aus ihrem Zimmer, erst lautes Pochen an der Badezimmertür nahm sie zur Kenntnis. Sie streckte den Kopf ins Zimmer und wollte Schwester Roswitha sagen, dass sie ihr Frühstück auf der Terrasse einnehmen wolle … aber es war nicht die Schwester, die zu ihr gekommen war. »Hajo?« Sie trat aus dem Bad und schmiegte sich in seine Arme. »So früh?«

Er schob sie ein wenig von sich weg und betrachtete sie liebevoll. »Ich hatte Mühe, an Schwester Roswitha vorbeizukommen, ohne dass sie mich sieht.«

Sie lachte. »Warum durfte sie dich nicht sehen? Du meinst, sie hätte moralische Bedenken, wenn ich so früh schon Herrenbesuch empfange?«

»Nein, aber sie hätte mich vielleicht gefragt, warum ich schon so früh komme. Und den Grund wollte ich ihr nicht verraten.«

Kari betrachtete sein schmales Gesicht, die dunkelbraunen Augen, die wie Seide schimmerten, das Lächeln, das darin stand, und die Zärtlichkeit, die sie in ihnen las. »Was kann das für ein Grund sein?«

»Eine Überraschung.«

Sie spürte Angst in sich hochsteigen. »Eine gute?«

Er griff nach ihren beiden Händen und hielt sie fest. »Du musst heute auf dein Frühstück verzichten. Aber ich bin sicher, das lohnt sich.«

Ihre Haare waren noch feucht, als sie ihm folgte, an seine Hand geklammert, in seinem Schutz, unter seiner Obhut. Die kurze Angst war vorbei. Jetzt lächelte sie und lachte einmal sogar leise, als Hajo dafür sorgte, dass sie von einer Lernschwester, die zur Arbeit kam, nicht gesehen wurden.

Obwohl Hajo sie drängte, hatte Kari noch daran gedacht, Indra Bescheid zu geben. Kari musste ständig für Mike erreichbar sein, so war es verabredet. Indra sollte in Karis Apartment Stellung beziehen und ihr Bescheid geben, wenn Mike angerufen hatte.

Als sie Romys Wohnung betraten, wusste sie gleich, warum Hajo sie geholt hatte. Sie roch es, sie spürte es, sie ahnte es. »Alisia?« Da war dieser pudrige Geruch, der Duft der Babyhaut, den sie so gut kannte, ein winziges Drucksen, ein Schmatzen … »Alisia!«

Romy erschien in der Tür ihres Wohnzimmers und begrüßte sie lächelnd. »Komm, Kari! Sieh her!«

Sie wies auf das Kinderbett, das neben dem Fenster stand. Darin ihr Baby! Alisia! Ihre Tochter, ihr Cappuccinchen! Die Tränen stürzten aus ihren Augen, als sie vor dem Bettchen niederkniete, die Hände durch die Gitterstäbe steckte und Alisias Fäustchen umschloss. »Mein Cappuccinchen!«

Alisia regte sich, als spürte sie die Anwesenheit ihrer Mama, ihre Lider flatterten. Kari zog sich in die Höhe, beugte sich über das Kind und nahm es auf. Mit geschlossenen Augen hielt sie Alisias Gesicht an ihre Wange, roch an ihr, küsste die zarte Babyhaut und weinte, weinte, weinte …

Es dauerte lange, bis sie fragen konnte: »Ist sie gesund?«

Hajo trat von hinten an sie heran und umarmte beide, die vor Glück weinende Mutter und das Baby, das nun wach geworden war und die Augen öffnete.

Erst jetzt bemerkte Kari, dass auch Nicole im Zimmer war. Schweigend stand sie in der entgegengesetzten Ecke mit feuchten Augen, die Hände gefaltet, und wartete.

»Ja, sie ist gesund. Und wir haben es Nicole zu verdanken«, sagte Hajo leise, »dass Alisia wieder da ist.« Mit sanfter Stimme berichtete er, dass Nicole die richtigen Schlüsse gezogen hatte. »Während einer Party in diesem Abrisshaus hat sie zwei Typen etwas sagen hören, was ihr zunächst nicht komisch vorgekommen ist. Aber nach Alisias Entführung hat sie eins und eins zusammengezählt.«

Nun sagte auch Nicole etwas: »Der Typ, der mit dem Baby im Arm aus dem Fenster gesprungen ist, kam mir bekannt vor. Ich hatte den Eindruck, es könnte derjenige sein, der auf der Party von einem Baby geredet hat.«

Hajo lächelte sie anerkennend an und erzählte Kari, wie es weitergegangen war. Nicole war zu Romy gegangen, um von ihr Unterstützung zu bekommen. »Die beiden haben mir dann Bescheid gesagt«, endete er. »Nicoles Plan hat hervorragend funktioniert.«

Kari drückte Hajo das Baby in den Arm, ging zu ihrer Cousine und umarmte sie. Noch immer strömten ihr Tränen aus den Augen, nun noch heftiger, und Nicole weinte mit ihr. »Das vergesse ich dir nie«, schluchzte Kari.

Romy räusperte sich, ehe sie sich einmischte. »Ich habe ja immer schon gesagt, dass Nicole unterschätzt wird.« Sie zwinkerte Nicole zu, als diese sich endlich von Kari löste. »Samy Angermann hat es auf den Punkt gebracht. Endlich glaubt Nicole auch, dass sie nicht dumm ist. Sie ist …« Romy runzelte die Stirn. »Wie heißt das noch?«

»Ich bin Legasthenikerin«, erklärte Nicole so stolz, als hätte sie das Angebot bekommen, demnächst als Chefsekretärin des Ministerpräsidenten zu arbeiten. »Legastheniker sind nicht dumm, sie haben nur Schwierigkeiten mit Schrift und Sprache.«

»Sie hätte nie in die Sonderschule kommen dürfen«, ergänzte Romy.

Sie machte sich ans Kaffeekochen, während Hajo und Kari mit Alisia schmusten, sich gegenseitig versicherten, dass sie die glücklichsten Eltern der Welt waren, und sich immer wieder fragten, wie es nun weitergehen würde.

Nicole ging zu Romy in die Küche und suchte das Frühstücksgeschirr heraus. Kari hörte, wie sie zu Romy sagte: »Schön, so ein Frühstück bei dir zu Hause.«

Hajo erklärte grinsend: »Romy hat sich krankgemeldet, damit sie bei Alisia sein kann. Nicole hatte sich schon vorher krankgemeldet, bevor sie in das Abrisshaus ging.« Nun lachte er leise. »Die Knut-Augustin-Stiftung wird mal einen Tag ohne ihre beiden besten Mitarbeiterinnen auskommen müssen.«

März 1986, Sylt

HAUPTWACHTMEISTER WERRIES SASS mit offenem Mund da, als Arne geendet hatte. »Sie … Sie haben … Sie hatten ein Leben, um das Sie viele beneideten. Einen reichen Vater, eine bildschöne Frau, und trotzdem …?« Werries brach ab, völlig fassungslos.

»Trotzdem war ich nicht glücklich«, beendete Arne den Satz. »Aber die Gründe dafür möchte ich hier nicht darlegen.« Er hatte, während ihm nichts anderes übrig geblieben war, als mit der Wahrheit herauszurücken, an Sicherheit gewonnen. Wenn er zwischendurch Luft geschöpft und eine kurze Pause gemacht hatte, war ihm jedes Mal Brits Bild vor dem geistigen Auge erschienen und ihr Name durch seinen Kopf gehuscht. Brit! Aber auch Olafs Name und dessen Gesicht hatte er vor sich gesehen. Sein Halbbruder! »Es ist nicht strafbar, sein Leben ändern zu wollen.«

Werries überlegte, als wollte er Arnes Satz nicht bestätigen. »Aber sich Papiere fälschen zu lassen ist durchaus strafbar«, fiel ihm schließlich ein.

Arne zuckte mit den Achseln. »Eine Geldstrafe?«

Werries nickte zögernd. »Aber … das Geld Ihres Vaters hat ein anderer geerbt.«

»Die Geldstrafe werde ich mir trotzdem leisten können.«

»Und was ist mit dem unerlaubten Eindringen in ein fremdes Grundstück?«

Arne beugte sich vor und sah Werries eindringlich an. »Auch eine Geldstrafe?«

Werries überlegte. »Ist Arne Augustin vorbestraft?«

Arne schüttelte den Kopf. »Florian Aldenhof auch nicht.«

»Dann könnten Sie mit einer Bewährungsstrafe davonkommen.« Er sah Arne streng an. »Sie haben nichts gestohlen?«

»Nein.«

»Aber Sie wollten.«

»Auch nicht.«

»Was wollten Sie dann bei Mike Heiser?«

»Das … möchte ich Ihnen nicht erklären.«

Diese Antwort gefiel Hauptwachtmeister Werries nicht. Er überlegte lange und angestrengt, und Arne sah ihm an, dass er ihn gern in Untersuchungshaft nehmen würde. »Sie haben einen festen Wohnsitz?«

»In Hamburg.« Arne diktierte ihm seine Adresse.

»Sie sind verheiratet?« In Werries' Augen blitzte der Verdacht auf, Arne Augustin der Bigamie verdächtigen zu dürfen.

Aber Arne schüttelte den Kopf. »Nein. Ich nehme an, dass meine Ehe mit Linda König noch Gültigkeit hat.«

Werries nickte, als hätte er nun doch etwas gegen Florian Aldenhof in der Hand, was sofortige Verhaftung möglich machte. Aber dann fiel sein kleiner Triumph wieder in sich zusammen. »Soviel ich weiß, ist Frau König auch nicht verheiratet.« Er sah Arne streng an. »Das wäre ein Problem geworden.«

Arne nickte folgsam und gab sich zerknirscht, weil er merkte, dass er damit am weitesten kam. »Sie haben recht.«

Hauptwachtmeister Werries machte sich eine Notiz, die Arne gerne gelesen hätte. Aber er bekam nicht die Gelegenheit dazu. »Sie halten sich zu meiner Verfügung«, sagte Werries mit dröhnender Stimme, als hätte er einen Schwerkriminellen vor sich. »Zurück nach Hamburg kommen Sie nicht, bis das hier alles aufgeklärt ist. Sobald ich das Gefühl habe, dass Fluchtgefahr besteht …«

Arne ließ ihn nicht ausreden. »Sie können sich auf mich verlassen.«

»Wo werden Sie auf Sylt wohnen? Bei Ihrer Frau?«

»Nein, im Hotel *König Augustin*.«

Diese Antwort fand Hauptwachtmeister Werries bemerkenswert. »Das Hotel Ihres Vaters?«

Arne nickte und hielt seinem Blick stand.

»Sie wissen, dass Olaf Rensing, der Ihren Vater beerbt hat, soeben verstorben ist?«

Wieder nickte Arne, diesmal mit niedergeschlagenen Augen.

»Und Ihr Auftauchen hier hat nicht zufällig etwas damit zu tun?«

»Was wollen Sie damit sagen?« Mit Arnes zur Schau getragener Demut war es vorbei.

Werries' Antwort kam prompt: »Dass Sie womöglich doch noch an Ihr Erbe wollen.«

Arne beschloss, darauf nichts zu sagen. Während Werries auf eine Antwort wartete, wurde ihm wohl klar, dass dieser Aspekt ein privates und kein polizeiliches Problem war. »Also gut. Mal sehen, wie Mike Heiser reagiert. Mit einer Anzeige wegen Hausfriedensbruch müssen Sie rechnen.« Als Arne auch darauf nicht antwortete, stand Werries auf und gab ihm ein Zeichen, sich ebenfalls zu erheben. »Sie können gehen.«

März 1986, Riekenbüren

Frida hatte sich, seit sie auf dem Altenteil wohnten, angewöhnt, morgens direkt nach dem Aufstehen das Radio in der Küche anzudrehen. Und das, obwohl das Gerät, während Edward noch schlief und Frida im Bad war, seinen Strom sinnlos verbrauchte und die ersten Nachrichten des Tages in die leere Küche fielen. Ein Ärgernis, das Edward seiner Frau einfach nicht abgewöhnen konnte. Frida argumentierte damit, dass sie sich weniger allein fühle, wenn sie im Bad die Musik oder die Stimme des Moderators hörte. Ein Grund, der für Edward alles andere als stichhaltig war. Frida war doch nie allein. Er selbst war im Haus, nebenan lebten Hasso und Halina, die Arbeiter trafen ein, wenn Frida aufstand, Stimmen und Geräusche gab es überall.

»Aber keine Musik«, beharrte Frida und drehte weiterhin jeden Morgen nach dem Aufstehen das Radio an und erst wieder ab, wenn sie das Haus verließ oder Edward abends den Fernseher einschaltete. Oft blieb das Radio also den ganzen Tag an, jedenfalls in den Wintermonaten, wenn Frida keine Arbeit im Garten hatte oder wenn schlechtes Wetter sie ans Haus fesselte. Edward machte immer wieder den Versuch, das Radio auszustellen, sobald Frida außer Hörweite war, im Keller oder bei Halina auf dem Campingplatz, aber spätestens wenn sie in der Küche das Mittagessen vorbereitete, stellte sie es wieder an.

Sie summte »Ein Bett im Kornfeld« mit, als er die Küche betrat und holte wortlos die Kaffeekanne aus der Maschine, als sie hörte, dass Edward aus dem Bad kam. »Heute werde ich mal mit Brit telefonieren«, sagte sie, während sie für Edward die gute Butter aus dem Kühlschrank holte, auf die sie selbst verzichtete, weil sie glaubte, etwas für ihre Figur zu tun, wenn sie statt Butter Margarine unter die Marmelade strich. »Der Termin für Olafs Beerdigung muss doch allmählich feststehen.«

Edward beschwerte sich, dass sie jeden Tag die Butter zu spät aus dem Kühlschrank nahm, weil sie erst streichfähig wurde, wenn sie mindestens eine halbe Stunde in der warmen Küche auf dem Tisch gestanden hatte. Dann sagte er: »Er soll eingeäschert werden, das weißt du doch. Da kommt es auf ein paar Tage nicht an.«

»Trotzdem«, beharrte Frida. »Man muss sich doch auf so eine Reise nach Sylt einstellen. Hasso muss in der Schreinerei vertreten werden, Halina muss wissen, ob Christoph einspringen kann, wenn sie nicht da ist, und wir …« Warum sie Vorlauf brauchte, um Zeit für eine Beisetzung zu organisieren, fiel ihr allerdings nicht ein.

Eine Tonfolge, die die Nachrichten einleitete, drang aus dem Radio. Edward unterbrach seine Frau mit einem Handzeichen. »Lass mal hören, ob es was Neues von dem Weinskandal in Italien gibt.« Seit Edward davon wusste, war er in großer Sorge, dass der Wein, den er kurz vorher gekauft hatte, nicht zu gebrauchen sein würde.

Doch in diesem Punkt waren die Nachrichten eher flüchtig.

»Der bekannteste deutsche Designer Mike Heiser, der lange in dem Verdacht stand, homosexuell zu sein, muss sich nun mit einem weiteren Verdacht auseinandersetzen. Dem Modeschöpfer, der im vorigen Jahr heiratete und der vor Kurzem Vater einer Tochter wurde, wird vorgeworfen, Vater eines weiteren Kindes zu sein, das ein erst fünfzehnjähriges Mädchen im März zur Welt brachte.«

Frida fiel der frisch gefüllte Zuckerlöffel aus der Hand, und Edward dachte nicht daran, sich darüber aufzuregen, dass der ganze Tisch voller Zuckerkrümel war, die sogar auf den Boden gerieselt waren und nun unter den Schuhen knirschen würden, bis Frida die Küche gründlich gewischt hatte.

»Der Teenager hatte sich bisher geweigert, den Namen des Kindsvaters zu verraten, aber den Eltern gelang es, ihn herauszufinden. Mike Heiser wurde im Zimmer der Fünfzehnjährigen gestellt. Der Vater der Minderjährigen will ihn anzeigen. Zwar gilt Sex mit vierzehn- bis sechzehnjährigen Jugendlichen nicht immer als strafbar, aber wenn der Täter älter als 21 Jahre alt ist, sieht das anders aus, vor allem wenn dem Opfer die Fähigkeit zur sexuellen Selbstbestimmung fehlt.«

Edward merkte nicht, dass ihm Marmelade von der Unterlippe tropfte, weil ihm der Mund offen stand, Frida spürte, wie ihr Atem schneller ging, so schnell, dass sie sich an die Brust griff, um ihr Herz am Rasen zu hindern.

»Mike Heiser sollte in Kürze eine eigene Fernsehshow bekommen, aber wie das ZDF auf Anfrage unserer Redaktion berichtet, soll davon fürs Erste Abstand genommen werden.«

Frida stand auf, sehr langsam, als hätte sie Probleme, auf ihren zitternden Knien ein paar Schritte zu machen. Tatsächlich dauerte es lange, bis sie am Radio angekommen war, um es abzustellen.

»Nun zum Fußball. Die Auswahlmannschaft der DDR hat in Athen gegen die Nationalelf Griechenlands …«

Frida starrte ihren Mann an. Fassungslos und schweigend. Und Edward starrte ebenso wortlos zurück. Kurz darauf hörten sie Schritte, und dann das Klappern der Tür, die vom Hof ins Altenteil führte. Halina kam herein. Und Frida sah durchs Fenster Ursula Berghoff auf ihre Haustür zukommen. Offenbar hatte diese schon die Nachrichten gehört, die eine Stunde früher gesendet wurden …

April 1986, Achim

Als es an der Tür klingelte, schraken alle zusammen. Romy schaute vorsichtig durch den Türspion, sah Indra und öffnete. Sie hatte sich den kleinen David vor den Bauch gebunden, der selig schlummerte, und war außer sich vor Freude, als sie Alisia sah. Natürlich wollte sie ganz genau erfahren, was sich zugetragen hatte, und saß am Ende mit Tränen in den Augen da, ohne den Blick von Alisia zu lassen, die schlief und nichts davon ahnte, wie das Schicksal am Beginn ihres Lebens mit ihr umgegangen war.

Indra fragte Kari: »Ist sie gut gepflegt worden?«

Kari nickte. Sie war sehr erleichtert gewesen, als sie Alisia ausgezogen hatte, um sie zu wickeln. Das Kind war sauber, nicht wund, hatte augenscheinlich alles bekommen, was es brauchte.

Indra schenkte Nicole einen anerkennenden Blick. »Echt riesig, dass du die Sache so schnell durchschaut hast.« Dann berichtete sie davon, dass sie am Morgen, nachdem sie den Platz neben Karis Telefon eingenommen hatte, von einer Radiomeldung aufgerüttelt worden war, die Mike Heiser betraf. »Kurz darauf rief er auch schon an. Ich habe ihm gesagt, du machst einen Spaziergang und wirst gleich zurück sein.« Indra sah jetzt sehr schuldbewusst aus. »Tut mir echt leid, Kari! Mein Vater ist unmöglich. Ich habe ihm gesagt, dass er sich irrt, dass Mike nicht Davids Vater ist. Ich dachte, er hätte es kapiert. Aber nein …« Sie zuckte hilflos mit den Schultern. »Natürlich werde ich das richtigstellen, doch ob Mike diesen Verdacht je wieder loswird …« Sie brach ab und ergänzte mutlos: »Man weiß ja, wie so was läuft.« Sie blickte Kari an, als hätte sie Angst, dass von ihr Vorwürfe kommen würden.

Aber Kari ließ sie nicht zu Ende sprechen. »Über den Zustand meiner Ehe musst du dir keine Gedanken machen, das weißt du ja.« Sie stand auf und ging mit Indra zur Tür. »Mal sehen, was Mike dazu zu sagen hat. Die Fernsehleute haben sich vielleicht schon bei ihm gemeldet. Dann war alles umsonst.« Sie blickte sich in der Tür um und sah Hajo lange an. »Du kümmerst dich derweil um unser Kind?« Das Lächeln, mit dem sie sich von ihm verabschiedete, war so zärtlich, dass Nicole sich umwandte, damit niemand ihre Tränen sah.

April 1986, Achim

MIKE FIEL AN diesem Morgen auf, dass er sich seit Tagen nach dem Aufstehen nur noch nachlässig anzog, irgendwas überstreifte, ohne darauf zu achten, ob Hemd und Hose zueinanderpassten, am liebsten einfach nach dem griff, was noch vom Vortag auf einem Stuhl lag. Er ließ sich gehen! Für einen Modeschöpfer ein unhaltbarer Zustand. Wenn Julian ihn so sähe! Er wäre entsetzt. In seinem ganzen Leben war es Mike noch nie gleichgültig gewesen, wie er aussah. Aber in diesen Tagen spielte es keine Rolle für ihn. Er war ja stets allein, musste sich niemandem präsentieren, konnte nur selten das Zimmer verlassen, musste ständig bereit sein, falls der Entführer anrief. Und wie er aussah, wenn er Kari traf, war ihm egal. Seine Frau! Er stieß einen Laut aus, der sich anhörte, als wiche Luft aus einem Fahrradreifen. Eine Freundin hatte er sie genannt, eine gute Freundin, die ihm einen großen Gefallen getan hatte. Aber jetzt hasste er sie. Und natürlich diesen schwarzen Kerl, den sie zu der Party mitgebracht hatte. Die beiden waren es, die sein Leben, seine Karriere, seine Zukunft zerstörten. Hätte Kari nicht dieses Baby bekommen, wäre Mike jetzt fein raus. So aber war er gezwungen gewesen, etwas Kriminelles zu tun. Unmöglich! Und als er kurz nach dem Aufwachen das Radio eingestellt hatte, war ihm klar geworden, dass nicht einmal das ihn retten konnte. Die eigene Fernsehshow konnte er sich abschminken. Womöglich würden demnächst viele Frauen die Mode von Mike Heiser sogar ablehnen und mit spitzen Mündern sagen: Von dem ziehe ich nichts an. Ein Kerl, der eine Fünfzehnjährige geschwängert und dann eine andere geheiratet hat! So einer war gesellschaftlich schnell unten durch. Erst recht, wenn beide Frauen im selben Entbindungsheim ihre Babys bekamen und alles so aussah, als wollte der Vater für praktische Umstände sorgen und so nicht nur seine Frau, sondern auch gleichzeitig seine Geliebte im jeweiligen Wochenbett besuchen.

Als das Telefon klingelte, rechnete er mit Kari, aber es war Julians empörte Stimme, die auf der anderen Seite der Leitung ertönte. Damit hatte Mike nicht gerechnet. Julian hörte nie Radio, aber vermutlich hatte sich schnell jemand gefunden, der ihm von der sensationellen Nachricht erzählte, die am Morgen vermutlich einige aufgerüttelt hatte.

»Was ist da passiert?«

Mike kannte Julian genau. Er kannte seine Stimme, wusste, dass sie hoch war, wenn er aufgebracht war, und noch höher, wenn er Angst hatte. Nun hörte sich seine Stimme an wie das Kreischen einer Frau.

»Das ist ein Irrtum, Julian! Es war reiner Zufall, dass ich in dem Zimmer von Indra Wiemann war.«

»Zufall?« Julians Stimme kippte über. »Seit du mit Kari verheiratet bist, habe ich das Gefühl, dass du wieder an Frauen interessiert bist.«

»Julian …«

»Du warst früher bisexuell, das hast du mir selbst erzählt.«

»Da war ich jung, da wusste ich noch nichts mit meinen Gefühlen anzufangen. Ich verstand meinen eigenen Körper nicht.«

Julian schien sich zu bemühen, seine Empörung in den Griff zu bekommen. Nun klang seine Stimme wieder tiefer. »Was ist mit deiner Karriere? Die kannst du vergessen. Jedenfalls die Fernsehshow.«

Mike fand die Gelegenheit zu einem Gegenschlag: »Kommt es dir in Wirklichkeit nur darauf an? Hast du Angst, dass es bald mit dem Luxusleben vorbei ist?«

Er hörte Julian nach Luft schnappen. »Also, das ist ja …«

»Ist es vorbei mit der Liebe, wenn es vorbei ist mit dem guten Leben?« Mike verstand sich selbst nicht. Eigentlich wusste er, dass er von Julian geliebt wurde. Aber dass Julian es für möglich hielt, an der Falschmeldung im Radio könnte etwas Wahres dran sein, machte ihn derart fassungslos, dass es ihm in diesem Augenblick egal war, wie sehr er Julian verletzte. Im Gegenteil! Er wollte ihn sogar verletzen. Julian sollte spüren, wie es war, wenn einem der Mensch, den man liebte, misstraute. »Vermutlich kann ich mich jetzt auch nicht mehr auf dich verlassen? Die Lösegeldübergabe soll heute stattfinden.«

Nun kreischte Julian wieder. »Ohne mich!«

»Aha, dachte ich es mir doch.«

»Ich soll mich mit einem Kriminellen treffen? Um ein Kind zu retten, das mir egal ist? Jetzt nicht mehr!«

Mike legte ohne ein weiteres Wort den Hörer auf und ließ sich auf sein Bett sinken. Was nun? Nur gut, dass er Julian nicht in alles eingeweiht hatte.

April 1986, Sylt

Arne machte sich auf den Weg. Ein langer Weg war es, der vor ihm lag, womöglich einer, der ihm viel Kraft abverlangte, so viel, dass er erschöpft am Ziel ankommen und dort zu schwach sein würde, um zu tun, was getan werden musste. Er hatte nicht damit gerechnet, dass er ihn jemals würde gehen müssen. Gehen können! Gehen wollen! Erst recht hatte er nicht damit gerechnet, dass am Ziel jemand auf ihn warten könnte. Brit! Wenn er daran dachte, wie er damals vor ihr geflohen war, zu feige für offene Worte und für eine Entscheidung. Wie er sich immer wieder als Zaungast an ihr Leben herangeschlichen hatte, ohne sich zu erkennen zu geben. Und nun? Wie konnte er annehmen, dass sich etwas geändert hatte? Weil Olaf tot war, weil Brit zu ihm nach Hamburg gekommen war, weil Kari den falschen Mann geheiratet hatte, weil seine Enkelin entführt worden war, weil … Es gab ganz viele Gründe, aber keiner war stichhaltig. Und eigentlich gab es auch nur einen einzigen guten Grund. Ob der stichhaltig war, konnte er nicht sagen. Aber die Liebe war doch immer ein Grund, ein guter Grund. Und dass er Brit nach wie vor liebte, wusste er genau. Aber sie? Sie hatte Olaf geliebt, da machte er sich nichts vor. Was er aber glaubte, war, dass sie Olaf anders geliebt hatte als ihn, Arne. Gab es das überhaupt, unterschiedliche Arten von Liebe? Leidenschaftliche, tiefe, innige, brennende, heißblütige, zügellose oder zärtliche Liebe, eine so kostbar wie die andere? Oder kam es nur auf die leidenschaftliche Liebe an? Vielleicht aber auch auf Treue und Geborgenheit. Vielleicht war es das, was ein Leben lang hielt und ein Leben lang glücklich machte.

Er ging langsam, ohne aber zu schlendern oder zu zögern. Nein, seine Schritte waren groß, doch der Rhythmus, in dem er sich fortbewegte, war gemächlich, besonnen, achtsam. Aber dennoch zielstrebig. Nein, diesmal würde er nicht im letzten Augenblick umkehren oder fliehen, er würde sein Ziel im Auge behalten. So war er genauso schnell vor dem *König Augustin* angekommen wie einer, der eilig gelaufen war, aber sich oft hatte aufhalten oder ablenken lassen. Nun blieb er stehen und sah erst an dem Hotel, dann an dem Haus empor, das einmal seine Heimat gewesen war. Hinter den Fenstern in der ersten Etage hatte er mit Linda gewohnt, später war Brit mit Olaf dort eingezogen. Merkwürdig, dass ihm dieser Gedanke nie wehgetan hatte! Wie war Brit eigentlich damit umgegangen, dass sie mit Olaf in den Räumen gelebt hatte, in die er mit Linda eingezogen war? Er musste sie das unbedingt fragen.

Das Café war nach wie vor nicht geöffnet, noch immer hing das Schild »Wegen Trauerfall geschlossen« in der Eingangstür. Arne ging links am Haus vorbei, in den Hof, wo der Eingang lag, der in die Wohnung führte. Er klingelte und wartete lange, bis endlich der Summer ertönte. Heftig, weil er sich plötzlich daran erinnerte, dass sie früher oft geklemmt hatte, warf er sich gegen die Haustür – und stellte fest, dass Olaf längst Abhilfe geschaffen hatte. Die Tür öffnete sich so leicht, dass er beinahe ins Haus gefallen wäre.

*

Brit erschrak und gleichzeitig wunderte sie sich doch nicht. Als Arne die Treppe hochstieg und schließlich vor ihr stand, wortlos, mit einem schiefen Lächeln, da wusste sie, warum er auf Sylt war. Sie zog ihn in die Wohnung, schloss die Tür und warf sich in seine

Arme. Einfach so. Ohne nachzudenken. Ohne Gewissensbisse. Sogar mit der Gewissheit, dass Olaf ihr verzeihen würde. Sie blieben eine Weile so stehen, eng aneinander geschmiegt, mit geschlossenen Augen, dann lockerte sich Arnes Griff, Brit wich ein wenig von seinem Körper zurück. Schließlich räusperte sie sich, und Arne lockerte seinen Hemdkragen. Brit ging ihm voraus ins Wohnzimmer, bot ihm einen Platz an und fragte, ob er etwas trinken wollte.

Er bat um ein Glas Wasser, und als sie mit der Mineralwasserflasche aus der Küche kam, fragte sie: »Warst du in Mike Heisers Haus?«

Er sah auf seine Füße, während er nickte. »Ja.«

Brit wartete, bis er wieder aufblickte. »Alisia war nicht dort?«

Er zuckte mit den Schultern. »Wahrscheinlich nicht.«

»Du weißt es nicht genau?«

Er schüttelte den Kopf. »Ich bin vorher erwischt worden.«

Sie schlug die Hände vor den Mund. »O nein!«

Dann erfuhr sie, dass aus Florian Aldenhof wieder Arne Augustin geworden war. Er war gerade mit seiner Schilderung zum Ende gekommen, als es erneut an der Tür klingelte.

Brit zögerte. »Ich muss aufmachen. Man kann von draußen sehen, dass Licht brennt.« Entschlossen stand sie auf, fragte aber, bevor sie zur Tür ging. »Wie soll ich dich vorstellen?«

Darauf hatte Arne keine Antwort. »Ist es besser, wenn ich verschwinde?«

»Nein.« Brit ging öffnen, hoch aufgerichtet, mit durchgedrücktem Kreuz.

*

Robert König hatte seine Tochter schon mehrmals ermahnt. Natürlich wusste er, wie wenig ihr Kondolenzbesuche gefielen, aber genauso gut wusste er, dass es Verpflichtungen gab, denen man nicht entfliehen konnte. Das hatte er Linda schon oft gesagt und an diesem Abend wieder. »Es ist unmöglich, dass du Brit noch keinen Besuch abgestattet hast.«

»Was soll ich ihr denn sagen?«, hatte Linda gemault. »Dass es mir leidtut?«

»Das wäre schon ein guter Anfang.«

Sogar Chris hatte ihr zugeredet. »Ich finde, dein Vater hat recht. So was gehört sich einfach.«

»Dann begleite du mich«, hatte sie Chris aufgefordert. »Allein schaffe ich das nicht.«

Aber Chris hatte den Kopf geschüttelt. »Ich kenne sie doch kaum. Wenn man so einen schweren Verlust erlitten hat, will man keine Fremden um sich haben.«

»Ich kenne sie ja auch kaum.« Linda hatte erst nachgegeben, als Robert ihr angeboten hatte, sie zu begleiten. Er war natürlich längst bei Brit gewesen, hatte ihr Hilfe angeboten und mit ihr über Olaf gesprochen, den er so sehr geschätzt hatte. Dass Brit dieser Beistand gutgetan hatte, wollte Linda nicht einsehen, aber Robert wusste es. Während Brit anfänglich geweint hatte, war sie im Laufe des Gespräches immer ruhiger geworden und hatte schließlich sogar über kleine Erinnerungen lachen können.

Nun stand er neben Linda vor der Tür und schob seine Tochter sanft Brit entgegen. »Linda wollte dir auch noch sagen, wie leid es ihr tut.«

Brit bedankte sich und ließ sie eintreten. Sie reagierte wie eine Aufziehpuppe, das sah Linda sofort. Warum? Brit war nicht so, wie Linda sich eine trauernde Witwe vorstellte. Sie war zwar sichtlich mitgenommen, aber doch anders, als Linda erwartet hatte. Ihr fehlte das Passive, das zur Trauer gehörte. Brit war so unruhig, so nervös, als wartete sie auf etwas und hätte vergessen, dass es längst eingetreten war.

Als sie das Wohnzimmer betraten, glaubte Linda zu erkennen,

was los war. Dort saß Florian Aldenhof, der Besitzer des *Carar*, den Linda schon mal gesehen hatte. Sie fuhr ja häufig nach Hamburg und kannte sich in den In-Lokalen aus. Dort saß aber auch Arne Augustin, ihr früherer Ehemann, der tote Sohn von Knut Augustin, der Halbbruder von Olaf Rensing, der ehemalige Schwiegersohn von Robert König.

Linda konnte sich nicht genug wundern, dass Brit sie ins Wohnzimmer führte, wo Arne saß. Scheinbar hatte sie sich nicht gefragt, ob Linda und Robert ihn erkennen würden oder ob zu viel Zeit vergangen war oder ob die Todesnachricht, die damals nach dem Schiffsunglück gekommen war, jedes Wiedererkennen automatisch ausschloss. Wer tot war, war tot, wer einem Toten ähnlich sah, sorgte nur durch eine Fügung des Schicksals dafür, dass man sich an den Toten erinnerte. Konnte das sein? Linda sah ihren Vater prüfend an. Sie wusste ja, dass Arne überlebt hatte. Aber ihr Vater? Wie würde er damit fertigwerden? Linda machte sich Sorgen und beobachtete ihren Vater aufmerksam.

Arne erhob sich langsam, als Robert König auf ihn zutrat, so langsam, wie sich jemand bewegt, der nicht weiß, was auf ihn zukommen wird. Er streckte Robert die Hand hin, der sie nur zögernd ergriff. Er nannte seinen Namen nicht, obwohl er doch so tun musste, als wäre er ein Fremder für ihn. Oder nicht? Hatte er längst beschlossen, nun wieder für jeden Arne Augustin zu sein?

Linda beschloss, den Knoten durchzuhacken. Sie steckte die Hände in die Taschen ihrer weiten Hose, als wollte sie Arne nicht zur Begrüßung die Hand reichen, und sah ihn feindselig an. »Du hast ja wirklich keinen unnützen Augenblick verstreichen lassen, Arne. Olaf ist noch nicht unter der Erde, und du sitzt schon auf seinem Platz.«

März 1986, Achim

Mike blickte Kari und Indra wütend entgegen. Er ging vor der Tür des Entbindungsheims auf und ab, seinen Bewegungen, den steifbeinigen Schritten, den Händen, die er auf dem Rücken zu Fäusten geballt hatte, und dem gesenkten Kopf war anzusehen, wie zornig er war. Er sah aus wie ein Stier, der auf den Torero wartete und sich gute Chancen ausrechnete, ihn auf die Hörner zu nehmen.

Als er die beiden Frauen bemerkte, blieb er stehen, ließ die Arme hängen und sah ihnen entgegen. »Endlich!«

Eine Gruppe junger Leute ging vorbei, anscheinend auf dem Weg zur Bushaltestelle. Sie stießen sich gegenseitig an, Kari konnte Mikes Namen hören. Er befürchtete wohl, dass man ihn auf die Radionachrichten ansprechen könnte, wandte sich brüsk um und ging ins Foyer des Entbindungsheims, wohin lästige Fans ihm nicht folgen würden. Als auch Kari und Indra eingetreten waren, ging er ihnen voraus in Karis Apartment. Indra gab Kari mit einer kleinen Geste und einem Mut machenden Lächeln zu verstehen, dass sie sich nicht unterkriegen lassen sollte.

»Wo warst du so lange?«, herrschte Mike sie an, als Kari die Tür hinter sich geschlossen hatte.

»Ich war spazieren und habe mich verlaufen. Indra hat mich gesucht. Sie machte sich Sorgen.«

»Ich auch!«, blaffte Mike. »Hast du die Nachrichten gehört?«

Kari überlegte blitzschnell, dann antwortete sie: »Indra hat sie gehört. Sie hat mir davon erzählt.«

»Indra!« Mike spuckte diesen Namen aus wie ein Insekt, das ihm versehentlich in den Mund geflogen war. »Der habe ich zu verdanken, dass mein Ruf jetzt ruiniert ist.«

»Indra wird das richtigstellen, damit du so schnell wie möglich rehabilitiert bist.«

Mike lachte verächtlich. »So was bleibt immer an einem kleben.« Er drehte Kari den Rücken zu, als wollte er sie nicht sehen lassen, wie verzweifelt er war. »Der Produzent hat mich schon angerufen. Angeblich will man warten, bis Gras über die Sache gewachsen ist, aber …«

»Dann kann aus deiner Fernsehshow noch was werden?«

Mike schüttelte den Kopf. »Daran glaube ich nicht mehr.« Er drehte sich um und sah Kari an, als wollte er in Tränen ausbrechen. »Dabei hatten wir so eine gute Idee. Oder vielmehr … du hattest sie. Unsere Heirat, deine Schwangerschaft … alles schien gut zu werden. Aber jetzt …« Nun schwankte seine Stimme tatsächlich.

Im selben Moment fiel der Zorn von Kari ab. Gerade wollte sie ihn fragen, was er sich eigentlich dabei dachte, sie so anzufahren, da riss sie sich zusammen. Kein Streit mit Mike! Wenn ihre Mutter mit ihrem Verdacht richtiglag, steckte er hinter der Entführung. Da hatte es keinen Sinn, sich mit ihm zu zerstreiten. Erfahren würde sie sicherlich nichts, wenn sie ihn jetzt anging und ihm Vorwürfe machte. Und es war ja auch immer noch möglich, dass ihre Mutter sich irrte. Dann wurde Mike Unrecht getan. Er erfuhr nicht einmal, dass Alisia wieder bei ihren Eltern war. Wenn er unschuldig war, würde er ihr das später vorhalten, zu Recht.

»Ist dir die Fernsehshow denn so wichtig?«

Mike schluchzte auf. »Es ist ja nicht nur das. Julian …« Er konnte nicht weitersprechen. »Julian …«, versuchte er es noch einmal, brach aber wieder ab.

Kari ging ein Licht auf. »Julian hat auch die Nachrichten gehört?«

Mike nickte.

»Und er glaubt den Wiemanns? Nicht dir?«

Wieder nickte Mike. »Er sagt, seit du und ich verheiratet sind, hätte er das Gefühl, dass ich mich wieder für Frauen interessiere. Oder zumindest … auch. Er will aber nicht mit einem Bisexuellen zusammen sein. Er möchte …« Kopfschüttelnd betrachtete er die grüne Landschaft vor dem Fenster, als könnte er nicht glauben, dass der Frühling sich dort entfaltete, obwohl in seinem Inneren Eiszeit herrschte. »Er hat mich verlassen«, sagte er so leise, dass Kari es nur mit Mühe verstehen konnte. »Und das Geld hat er mitgenommen. Er nennt es Schmerzensgeld.«

»Das Lösegeld?«

»Damit will er sich was Neues aufbauen.«

»Aber … das kann er doch nicht machen.«

»Wenn ich es zurückhole, will er der ganzen Welt verraten, dass unsere Ehe eine Scheinehe ist. Er hat eine Ausfertigung des Vertrages im Tresor gefunden und sie an sich genommen. Wenn er die einer Zeitungsredaktion zuspielt …«

Kari fiel ein, dass jetzt eine Reaktion von ihr kommen musste. »Aber wie sollen wir das Lösegeld bezahlen? Was willst du dem Entführer sagen, wenn er sich wieder meldet?«

»Er hat sich schon gemeldet.« Mikes Stimme klang dumpf. »Er will, dass die Lösegeldübergabe auf Sylt stattfindet. Heute Abend noch. Eigentlich wollte Julian ja nach Achim kommen, aber jetzt …«

»Du hast ihm nicht gesagt, dass Julian nicht mehr zur Verfügung steht?«

»Doch, aber er sagte, das interessiere ihn nicht. Soll eben jemand anders das Lösegeld deponieren.«

»Wo?«

»Das erfahre ich noch. Im allerletzten Moment, hat er gesagt.«

»Klar.« Kari sah nachdenklich vor sich hin. »Damit du keine Möglichkeit hast, die Polizei zu verständigen, um den Entführer festnehmen zu lassen.«

»Das würde ich doch nie tun!«

»Woher soll der Kerl das wissen?« Kari hatte im Nu ihren Entschluss gefasst. »Ich fahre nach Sylt und überbringe das Geld. Vielleicht kann meine Mutter mir die zweihunderttausend Mark geben.« Sie unterband, was Mike sagen wollte. »Du musst hierbleiben. Der Entführer kennt nur deine Telefonnummer. Du musst weiterhin seine Anrufe entgegennehmen. Mich wirst du dann bei meiner Mutter erreichen.«

April 1986, Sylt

Robert König ließ sich schwer in einen Sessel fallen, während seine Tochter stehen blieb und sich vor Arne aufbaute, als stellte sie sich in Positur.

Brit, die sich zunächst in einem Sessel in Roberts Nähe niedergelassen hatte, stand wieder auf, weil sie nicht zu Linda hochblicken wollte. So kam sie nicht dazu, Robert Königs Hand zu ergreifen, der Trost offenbar bitter nötig hatte.

»Ihr habt mich von Anfang an belogen«, stieß er hervor. Und seiner Tochter schleuderte er entgegen: »Du auch! Du hast gewusst, dass Arne lebt! Chris etwa auch?«

Nun verlor Linda etwas von ihrer Herablassung. »Er war dabei, als Carsten Tovar zu mir kam. Du wolltest damals unbedingt, dass ich ihn im Krankenhaus besuche. Von ihm habe ich erfahren, dass Arne das Unglück überlebt hat. Aber ...«

»Aber?«, schrie Robert. »Warum hat es sonst niemand erfahren?«

Lindas Antwort war nun ebenso heftig. »Arne wollte aus seinem Leben verschwinden. Warum sollte ich ihn zwingen zu bleiben?«

Robert König schloss die Augen, Linda zog sich einen Stuhl heran, als wollte sie noch immer auf die anderen herabsehen, die tiefer, in weichen Polstern saßen. Brit hatte gezögert, am liebsten hätte sie sich neben Arne aufs Sofa gesetzt, zog dann aber doch den Sessel vor, in dem sie Robert König am nächsten war. Und nun nahm sie seine Hand, die er ihr aber schnell wieder entzog.

»Knut hat so gelitten«, stöhnte er.

Endlich meldete sich auch Arne zu Wort, der bis dahin wie erstarrt dagesessen hatte und sich zu fragen schien, was er angerichtet hatte. »Ich bin kurz vor seinem Tod noch zu ihm gegangen. Ich hatte gehört, dass er im Sterben liegt. Ich wollte ihm vorher sagen, dass ich lebe.«

Robert König blickte auf. »Warum? Warum das alles? Du hattest doch ein schönes Leben.«

»So kam es dir vor«, antwortete Arne schnell. »Dir und meinem Vater.« Er warf Linda einen Blick zu. »Und dir vermutlich auch? Du warst mit einem Mann verheiratet, der dir bieten konnte, was du brauchtest, und hattest deinen Liebhaber, der …«

Brit und Arne verständigten sich mit einem Blick, dass nun die ganze Wahrheit gesagt werden musste. Und sie erzählten Linda und Robert König, dass Brit das Mädchen gewesen war, das von Arne schwanger wurde, das von Knut Augustin abgelehnt wurde, dessen Kind von seinen Freunden adoptiert werden sollte, damit er es im Auge behalten konnte, und dass Kari dieses Kind war, dass sie nicht Olafs Tochter war. »Kari selbst hat es erst vor ein paar Monaten erfahren. Als sie heiratete …«

Mit einem weiteren Blick verständigte Brit sich mit Arne darüber, dass von Alisias Entführung weiterhin kein Wort gesagt werden durfte. Die Warnung des Kidnappers stand noch im Raum. »Keine Polizei!« Also so wenig Mitwisser wie möglich.

»Willst du dich scheiden lassen?«, fragte Linda in diesem Moment, sah Arne eindringlich an und warf dann Brit einen vielsagenden Blick zu. »Mir ist es egal, Chris und ich wollen nicht heiraten. Aber ihr vielleicht?«

Nun brachte Robert König ein so qualvolles Stöhnen hervor, dass er die ganze Aufmerksamkeit der anderen erhielt und niemand daran dachte, Lindas Frage zu beantworten. Er schlug die Hände vors Gesicht, aber nur kurz, dann stand er auf, obwohl er dazu kaum in der Lage zu sein schien. Mühsam rappelte er sich hoch, schwankte, griff um sich, ins Leere, und wurde schließlich von seiner Tochter aufgefangen, die als Erste reagierte und aufsprang. »Papa! Setz dich wieder!«

Aber Robert König wehrte alles ab, seine Tochter, ihre Hände, die Hilfe von Brit und Arne, die nun ebenfalls versuchten, Robert König zu stützen, und alle guten Worte. »Ich will hier raus«, stöhnte er. »Wenn Knut das wüsste! Dass er derart betrogen worden ist … Wir haben es immer gut gemeint mit euch. Aber ihr … Und der arme Olaf! So ein guter Mann. Er hatte es wirklich verdient, geliebt zu werden. Aber was tut seine Witwe?«

Brit war froh, dass er nicht auf einer Antwort bestand. Sie selbst machte nicht einmal den Versuch, darauf etwas zu sagen. Sie wusste, wie es auf Robert König wirken musste, dass Arne bei ihr war, und sie hätte keine Erklärung geben können, wenn Robert König sie von ihr gefordert hätte. Alles hätte wie billige Rechtfertigung geklungen.

Linda dagegen schien Verständnis zu haben. Vermutlich verstand auch sie alles falsch, aber sie gehörte zu den Menschen, die andere leben ließen, wie sie wollten, die moralische Grundsätze immer ihren eigenen Bedürfnissen anpassten und die es normal fanden, wenn auch andere es so hielten. Sie führte ihren Vater zur Tür des Wohnzimmers. »Du brauchst Ruhe, Papa. Morgen sieht alles schon ganz anders aus. Und Onkel Knut … als gutes Beispiel hat der nun wirklich nicht getaugt.«

April 1986, Sylt

Nicole brach in Tränen aus, als sie sich von Kari verabschiedete. »Hoffentlich wird alles gut.«

Kari nahm sie fest in die Arme. »Ich danke dir nochmals, Nicole. Ohne dich … ich mag mir gar nicht vorstellen, was ohne dich aus Alisia geworden wäre.«

Nicole begann zu schluchzen. »Ich bin ja selbst so froh, dass ich euch helfen konnte.«

Dass sie weinte, hielten natürlich alle für Rührung. Auch Romy hatte ja feuchte Augen, Kari sowieso, und Hajo musste auch mit den Tränen kämpfen. Die Gedanken, die Nicole durch den Kopf gingen, waren noch andere, aber das wusste niemand. Wer konnte auch ahnen, welche Fragen, welche Vorwürfe sie beschäftigten? Hatte sie richtig gehandelt? Das fragte sie sich immer wieder. Ja, sie hatte dafür gesorgt, dass Alisia gerettet wurde. Aber war es richtig gewesen, Dennis und André davonkommen zu lassen? Romy hatte ihr oft genug gesagt, dass sie ihrem Bruder mehr helfen würde, wenn sie ihn nicht mehr unterstützte, ihm kein Geld mehr gab und sich nicht vor ihn stellte, wenn er mal wieder geklaut hatte oder andere übers Ohr hauen wollte, um Geld für die Spielhalle in die Finger zu bekommen. Nicole sah ein, dass Dennis andere Hilfe brauchte, professionelle Hilfe, die Hilfe einer Suchtberatung. Nun war er sogar so weit gegangen, ein hilfloses Baby zu kidnappen und dessen Eltern das schlimmste Leid zuzufügen, was Eltern ertragen konnten. Trotzdem hatte sie es nicht geschafft, Dennis zu verraten. Und André? Hätte es eine kleine

Hoffnung gegeben, dass ihm etwas an ihr lag, hätte sie auch über ihn schützend die Hand gehalten. Aber nun, nachdem er ihr so schreckliche Dinge an den Kopf geworfen hatte, nachdem er gesagt hatte, die Nacht mit ihr wäre nun wirklich nicht so toll gewesen, dass er sie wiederholen wollte, hätte sie auf ihn keine Rücksicht mehr genommen. Sie hatte ihm das Wertvollste gegeben, was ein junges Mädchen zu verschenken hatte, und ihn hatte es offenbar eher gelangweilt als glücklich gemacht. Nein, André hatte ihre Solidarität nicht verdient, dieser Henk, den sie sowieso nicht mochte, genauso wenig. Aber ihren geliebten Bruder konnte sie einfach nicht verraten, sie hatte es nicht übers Herz gebracht. Und wenn sie die Namen von André und Henk genannt hätte, wäre auch irgendwann Dennis' Name ins Spiel gekommen. Und darüber, wie die Lösegeldübergabe auf Sylt vonstattengehen sollte, wollte sie nicht nachdenken. Vermutlich würde Henk derjenige sein, der sich das zutraute. Und wenn Dennis es war? Nicole seufzte tief auf. Mehr hatte sie nicht für ihren Bruder tun können. Mehr ging einfach nicht …

*

Kari und Hajo hatten im Eilverfahren ihre Sachen gepackt. Alisia verbrachte noch eine letzte Nacht ohne ihre Eltern in Romys Wohnung, am Morgen war sie von Hajo abgeholt und in eine Tragetasche gelegt worden, die auf dem Rücksitz seines Autos untergebracht wurde. Sie waren fest entschlossen, den ersten Autozug von Niebüll nach Sylt zu erwischen.

Eine kleine Familie fuhr in den grauenden Morgen hinein, der schnell aufklarte, der ein paar Sonnenstrahlen schickte und schließlich leuchtete, wie nur ein Frühlingstag leuchten kann. Sie gehörten zu den Ersten, die in Niebüll ankamen. Alisia erwachte und bekam eine Flasche, die Kari vorsorglich mitgenommen hatte, in viele Decken eingewickelt, sodass sie noch warm war. Der Milchfluss war bei Kari nicht wieder in Gang gekommen, nachdem die Hebamme dafür hatte sorgen müssen, dass sie abstillte, weil Alisia nicht bei ihr war. Hajo saß noch am Steuer, legte den Arm um Kari, blickte auf Alisia hinab, beugte sich über sie, küsste ihre Stirn und legte dann seinen Kopf an Karis Schulter. »Ich bin glücklich«, flüsterte er.

»Ich auch«, flüsterte Kari zurück.

»Jetzt müssen wir es nur noch schaffen, dass Mike dich aus dem Vertrag entlässt.«

Kari merkte, dass sich sein Körper versteifte, wie immer, wenn sie darauf zu sprechen kamen. »Er ist ja kein schlechter Mensch«, sagte sie. »Vielleicht ist er jetzt dazu bereit. Die Fernsehshow hat er scheinbar sowieso verloren.«

Hajo war da nicht so sicher. »Wie ich ihn einschätze, wird er kämpfen bis zum Letzten.«

Das hielt Kari allerdings auch für möglich. »Ob meine Mutter recht hat?«

Sie hatte Hajo erzählt, was Brit vermutete, und er war sehr nachdenklich geworden und hatte schließlich sogar genickt. Ja, auch er konnte sich vorstellen, dass Mike hinter der Entführung steckte. Wenn er dafür sorgte, dass Alisia für immer verschwand, wären all seine Probleme gelöst. »Wir werden es herausbekommen«, sagte er. »Deswegen darf er nichts davon wissen, dass Alisia wieder bei uns ist. Er muss weiterhin denken, dass wir das Lösegeld zahlen wollen.«

Kari nickte. »Obwohl ich mir nicht vorstellen kann, dass Mike gemeinsame Sache mit Leuten macht, wie Nicole sie beschrieben hat. Irgendwelche Typen ohne Arbeit, die in einem Abrisshaus leben ...« Sie schüttelte sich. »Wie sollte Mike ihre Bekanntschaft gemacht haben?«

Das konnte Hajo sich auch nicht vorstellen, wollte aber trotzdem, dass sie kein Risiko eingingen. »Wenn deine Mutter sich geirrt hat – umso besser. Aber wir lassen ihn trotzdem vorsichtshalber im Unklaren.«

Kari nickte noch einmal, sehr kräftig und nachdrücklich. »Jetzt müssen wir erst mal dafür sorgen, dass dieser widerliche Kidnapper geschnappt wird.«

Hajo wollte etwas darauf antworten, wurde aber von einer Kinderstimme unterbrochen. »Da ist ein braunes Baby, Mama. Das sieht so aus wie meine Negerpuppe.«

Die Stimme der Mutter klang geringschätzig, nachdem sie Kari einen Blick zugeworfen hatte. »Dann wird der Vater des Babys wohl ein Neger sein.«

Eine Männerstimme mischte sich ein. »So eine Frau darf sich nicht wundern, wenn sie mit dieser neuen Krankheit angesteckt wird.«

»Du meinst AIDS?«

»Na, klar. Das ist in Afrika schon weit verbreitet. Wenn dann so ein Schwarzer aus Afrika kommt, und sich eine weiße Frau …«

Die Stimmen verloren sich, der Rest war nicht mehr zu verstehen. Auch, weil Hajo die Seitenscheibe heraufgedreht hatte. Kari spürte, wie es mit einem Mal eiskalt wurde im Auto. Sie starrte ihr Kind an, das sich vertrauensvoll an sie kuschelte, und wagte nicht, Hajo anzusehen.

»So wird es immer sein«, flüsterte er schließlich, »wenn du dich für mich entscheidest.«

Kari hätte am liebsten geweint, bemühte sich aber, tapfer zu sein. »Deine Hautfarbe ist mir egal«, sagte sie, merkte aber, dass ihre Stimme zitterte. »Ich liebe dich, Hajo, nur darauf kommt es an.«

Er richtete sich auf und starrte auf die Autos, die vor ihnen standen. »Ich liebe dich auch, Kari. Vom ersten Augenblick an habe ich dich geliebt.«

Nun war Karis Stimme ganz hell und stark. »Ich dich auch. Ich habe es zunächst nur nicht gemerkt.« Sie lachte ihn an und sah, dass sich seine Sorgen im selben Augenblick von ihm lösten. »Damals habe ich gar nichts gemerkt. Mir war alles egal. Ich verstehe mich heute selbst nicht mehr.«

Alisia hatte die Flasche geleert und war von dieser Anstrengung müde geworden. Ihre Lider wurden schwerer, sie schlief wieder ein.

»Wir müssen dafür sorgen, dass unsere Tochter stark genug ist, um mit Verächtlichkeit umgehen zu können«, sagte sie leise. »Ich selbst bin es.«

April 1986, Sylt

BRIT HATTE EINE schlaflose Nacht hinter sich. Nachdem Robert und Linda König gegangen waren, hatte auch Arne sich bald verabschiedet und war ins Hotel zurückgekehrt. Brit hatte allein sein wollen, und Arne konnte das akzeptieren. Brit war durch die Wohnung gegangen, durch jedes Zimmer, überall auf der Suche nach etwas, das ihr bei einer Entscheidung helfen konnte. Die Vergangenheit lugte mit einem Mal aus allen Ecken und wisperte ihr zu. Hier war Arne mit Linda eingezogen, hier war er unglücklich gewesen. Sein Halbbruder Olaf jedoch war hier glücklich geworden und sie selbst auch. Kari hat gejauchzt, als sie hier eingezogen waren. Brit blieb vor ihrem gerahmten Hochzeitsfoto stehen, vor Karis Kinderbildern, vor einem Foto, das an der Wand hing und sie alle drei zeigte, Olaf und Brit mit Kari in ihrer Mitte. Olaf hatte es zu ihrem zehnten Hochzeitstag in Auftrag gegeben. Im Schlafzimmer stand auf einer Kommode ein Foto von Olafs verstorbener Mutter, Brit selbst hatte auf solche Erinnerungen verzichtet. Aber es gab einen Ordner im Wohnzimmer, auf dessen Rücken das Gebäude der *Schreinerei Wunder* prangte. Er enthielt Fotos, die ihre Mutter ihr aufgedrängt hatte, nachdem sie mit Olaf hier eingezogen war. Ihre Mutter hatte sich gewünscht – nein, sie hatte es geradezu verlangt –, dass Brit etwas bei sich hatte, das sie an ihre Familie in Riekenbüren erinnerte. Sie strich mit dem Zeigefinger über den Rücken des Ordners. Häufig hatte sie ihn nicht aufgeschlagen, eigentlich immer nur, wenn Kari sie dazu aufgefordert hatte. Und das war schon lange nicht mehr vorgekommen. Wie oft hatte sie früher an Arne gedacht, wenn sie durch die Wohnung gegangen war? Brit gestand sich ein, dass die Erinnerung an ihn häufig an ihrer Seite gewesen war, dass sie sie anfangs verdrängt, sie irgendwann aber als Teil ihres Lebens akzeptiert hatte. Das schlechte Gewissen, das sie Olaf gegenüber oft verspürt hatte, wenn sie an Arne dachte, war mit der Zeit gewichen. Arne gehörte zu ihrem Leben, zu ihrer Vergangenheit dazu. Vermutlich hätte sie es Olaf sogar erklären können, wenn er bemerkt hätte, dass Arne nach wie vor in ihren Gedanken war. Aber er hatte ja nie erfahren, dass Arne noch lebte …

Sie sah auf die Uhr. Vermutlich würde Arne bald wieder zu ihr kommen. Ob das richtig war, konnte sie nicht sagen. Ihr Herz sagte Ja, ihr Verstand war dagegen. Sie durfte jetzt an nichts anderes denken als an Olaf und die Beisetzung, an ihre Tochter und ihr Enkelkind. Aber … gehörte dazu nicht auch Arne? Kari war seine Tochter und Alisia seine Enkelin. Wenn es auch niemand wusste …

Das Telefon klingelte, als Brit gerade daneben stand. Sie nahm schon nach dem ersten Klingeln ab und war sicher, Arnes Stimme zu hören, der sich erkundigen wollte, wie sie geschlafen hatte. Doch zu ihrem Erstaunen war ihr Schwiegersohn am anderen Ende. Sie konnte sich nicht erinnern, dass er sie jemals angerufen hatte, dass jemals zwischen ihnen so etwas wie Vertrautheit entstanden und zu spüren war, dass sie nach der Hochzeit zu einer Familie gehörten.

»Mike!« Brit spürte Angst durch ihren Körper rieseln. »Ist etwas passiert?«

Er antwortete mit einer Gegenfrage: »Ist Kari schon da?«

Brit war verwirrt. »Sie will nach Sylt kommen?«

»Sie ist unterwegs.«

»Hier ist sie noch nicht eingetroffen. Aber warum …?«

»Sag ihr bitte, sie soll sich sofort bei mir melden.«

»Ja, gut. Aber …«

»Danke. Auf Wiederhören.«

Mit diesen Worten legte Mike auf. Wie ein Geschäftsfreund. Nein, kein Freund. Eher wie jemand, der eine Beschwerde vorgebracht hatte. Kopfschüttelnd betrachtete Brit den Telefonapparat. Dass Kari sich für diesen Mann entschieden hatte, konnte sie noch immer nicht verstehen. Seit Arne ihr von Mike erzählt hatte, von dem, was er von ihm wusste, verstand sie ihre Tochter noch weniger. Arne kannte Mike zwar nicht besser, aber er hatte ihn in anderen Situationen erlebt als sie selbst. Er kannte nicht den smarten Geschäftsmann mit den guten Manieren, er kannte den Mike, der im *Carar* zügellos feierte und viele homosexuelle Männer zu seinen Freunden zählte. Und er kannte den Mike, dessen Partner homosexuell war und der keinen Hehl daraus machte, in Mike verliebt zu sein. Seit sich herausgestellt hatte, dass Kari ein Kind von einem der *Half Brothers* bekommen hatte, verstand Brit noch weniger, was in ihrer Tochter vorging. Kari war ihr fremd geworden, noch fremder als in der Zeit vor ihrer Hochzeit, in der Brit das Gefühl gehabt hatte, nicht mehr an Karis Leben teilhaben zu dürfen. Sie hatte zwar noch im Elternhaus gewohnt, war manchmal aber so weit weg gewesen, als lebte sie auf einem anderen Stern. Erst nach Alisias Geburt hatte sie wieder etwas von dem Altvertrauten gespürt, das es vorher ganz selbstverständlich gegeben hatte. Wann sie es verloren hatte, war Brit lange nicht klar gewesen. Erst als Arne davon gesprochen hatte, wie er unter den Ansprüchen seines Vaters gelitten hatte, war eine Ahnung an sie herangeschlichen. Hatte sie selbst auch zu viel von Kari verlangt? Waren Olaf und sie ohne Weiteres davon ausgegangen, dass Kari ihre Nachfolge antreten würde? Hatte Kari gegen diese selbstverständliche Forderung rebelliert, indem sie nichts mit dem *König Augustin* zu tun haben wollte? Sie hatten ihre Tochter nie gefragt, sich nie nach ihren eigenen Wünschen erkundigt, so lange nicht, bis Karis Vorstellungen vom Leben so verschwommen gewesen waren, dass sie selbst nicht mehr wusste, was sie wollte. Und dann, als Kari immer öfter bekifft nach Hause gekommen war, die Tage verschlafen und die Nächte durchgefeiert hatte, war es zu spät gewesen, irgendetwas zu verstehen. Brit musste vor sich selbst zugeben, dass sie es dann gar nicht mehr versucht hatte. Das Zusammenleben mit Kari war zu einem einzigen großen Vorwurf verkommen. Und Olafs Idee, sie zu zwingen, bei ihnen wohnen zu bleiben, indem er seine finanziellen Zuwendungen davon abhängig machte, war natürlich auch nicht richtig gewesen. Sie hatten als Eltern versagt. Wenn sie auch versucht hatten, alles richtig zu machen, wenn sie auch in bester Absicht gehandelt hatten. Brit kamen die Tränen. Sie seufzte auf, sehnte sich nach Olafs Nähe, nach seiner Stärke, aber genauso nach Arnes Liebe und begann, haltlos zu weinen. Hoffentlich bekam sie die Gelegenheit, an ihrer Enkelin gutzumachen, was sie an Kari versäumt hatte!

Als es klingelte, lief sie ins Badezimmer, um sich die Tränen abzutupfen und im Spiegel zu kontrollieren, ob man ihr ansah, dass sie geweint hatte. Im selben Augenblick hörte sie, dass sich der Schlüssel im Schloss drehte.

»Kari!« Das konnte nur Kari sein. Nur sie hatte einen Wohnungsschlüssel! Brit stürzte aus dem Bad – und stand ihrer Tochter gegenüber. »Kari!« Sie trug etwas auf dem Arm. Brit hörte ein feines Stimmchen. »Alisia?« Sie griff nach der Kante einer Kommode, weil sie das Gefühl hatte umzusinken, wenn sie keinen Halt fand. »Mein Gott! Ist es vorbei?«

»Ja, Mama«, antwortete Kari. »Alisia ist wieder bei uns.«

Und in diesem Augenblick trat hinter Brits Tochter ein Mann ein. Ein schwarzer Mann. Hans-Josef Keller! Brit wollte ihn fragen, was er hier machte, wieso er ihre Tochter begleitete, wie es möglich war, dass er … Doch in diesem Augenblick erkannte sie die Wahrheit.

»Sie …« Stöhnend brachte sie ihre Frage heraus, die sie unbedingt stellen wollte, obwohl sie die Antwort längst kannte. »Sie waren auch auf der Party?«

Hajo lachte, als hätte sie einen Scherz gemacht oder als könnte er nicht glauben, dass sie erst jetzt die Wahrheit begriff. »Alisia ist mein Kind.«

Nun war es heraus, nun war es in aller Deutlichkeit gesagt worden. Kari hielt Brit ihr Baby hin, und sie nahm es wie eine Kostbarkeit auf den Arm. Zunächst glaubte sie, zu schwach zu sein, um das Kind halten zu können, nun aber merkte sie, dass all ihre Kraft zurückkehrte. Genug Kraft, um gemeinsam mit diesem Kind in die Zukunft zu gehen.

April 1986, Bremen

André traute sich nicht mehr, im Abrisshaus zu übernachten, er war in der letzten Nacht heimlich in Dennis' Zimmer gezogen. In der *Schreinerei Johansen* gab es mehrere möblierte Zimmer, die den Lehrlingen zur Verfügung gestellt wurden, die außerhalb wohnten. Eigentlich vermietete der Schreinermeister nur an Wochenendfahrer, aber als Dennis immer seltener den Wunsch hatte, samstags und sonntags bei seiner Familie in Riekenbüren zu sein, hatte er ein Auge zugedrückt und sich nie beschwert.

Nun aber war das eingetreten, was Johansen schon öfter prophezeit hatte: »Schluss mit lustig!«

Er hatte sich am Abend zuvor in Riekenbüren nach dem Gesundheitszustand des alten Heflik erkundigt und erfahren, dass es Dennis' Opa gut ging, jedenfalls nicht schlechter als sonst. Sein lahmes Bein, hatte Edward geklagt, sei natürlich nicht kräftiger geworden, aber man müsse sich eben damit abfinden, dass das Alter niemanden verschone.

Wütend hatte Johansen den Hörer aufgelegt, als ihm klar geworden war, dass sein Lehrling ihn belogen hatte. Die unzähligen Telefongespräche während der Arbeitszeit, das häufige Zuspätkommen, die vielen Unzuverlässigkeiten, für die Johansen eine Weile Verständnis gehabt hatte – damit war nun Schluss. Und der Gipfel: Als er Dennis zur Rede stellen wollte, fand er heraus, dass nicht nur Dennis, sondern noch jemand in seinem Bett schlief. Jemand, der obdachlos geworden war.

»Raus! Alle beide«, schrie Johansen. »Für so ein Gesindel ist bei mir kein Platz!«

Davon, dass Dennis ständig in Spielhallen angetroffen worden war, hatte Johansen schon gehört, dieses Gerede jedoch bisher nicht ernst genommen. Nun aber wollte er mit einem Mal alles Schlechte glauben, was ihm über seinen Lehrling zugeflüstert worden war, und legte ihm nahe, sich schleunigst nach einer anderen Lehrstelle umzusehen. »Pack deine Sachen!«

*

Wieder fuhren André und Dennis zum Bahnhof, wo immer junge Leute herumlungerten, die in ähnlicher Situation waren wie sie. Obdachlos oder irgendwo zu Hause, wo sie sich nur aufhielten, wenn es draußen derart kalt war, dass sie für ein warmes Bett einen prügelnden Stiefvater oder Ähnliches hinnahmen. Das Rauschgift, das ihnen sofort angeboten wurde, als sie sich mit ihren Rucksäcken in einer Ecke einrichteten, hätte Dennis gerne angenommen, aber seine Taschen waren leer, kein einziger Schein knisterte darin, nur ein paar Pfennigstücke klimperten.

Er holte sie heraus und zählte sie. »Das reicht nicht mal mehr für ein Telefongespräch. Für eine Busfahrkarte erst recht nicht.«

André machte sich gar nicht die Mühe, in seinen Hosentaschen nachzusehen. Er wusste, dass er kein Geld hatte.

»Wie soll Henk uns nun erreichen?«, fragte Dennis.

»Ich bin ganz froh, wenn er uns nicht erreichen kann«, gab André zurück. »Wenn der weiß, dass Alisia weg ist …«

Aber Dennis ließ ihn nicht aussprechen. »Ich muss irgendwie nach Riekenbüren kommen. Am besten per Anhalter.«

»Und ich?«, fragte André.

Dennis betrachtete ihn eingehend. »Warst du nett zu Nicole, als sie dich im Abrisshaus besucht hat?«

André wusste gleich, worauf er hinauswollte. »Du meinst … sie könnte mir helfen? Mit ein bisschen Kohle oder einer Ecke im Entbindungsheim?«

Dennis bezweifelte, dass André von Nicole noch etwas erwarten konnte. »Du bist ein Idiot«, knurrte er. »Von meiner Schwester hättest du eine Menge bekommen können, wenn du es richtig angestellt hättest.« Er stand auf, entschlossen, etwas zu unternehmen. »Ich will jetzt jedenfalls nach Riekenbüren. Komm mit! Vielleicht gibt es auf dem Campingplatz einen Wohnwagen, der zurzeit leer steht.«

André rappelte sich auf. »Nee, danke.«

»Was willst du dann machen?«

»Weg.« André schulterte seinen Rucksack. »Solltest du auch. Riekenbüren ist ein gefährliches Pflaster. Entweder macht Henk dich dort fertig, oder die Bullen nehmen dich hops. Lass uns lieber was anderes unternehmen. Wie wär's mit Auto klauen und über die Grenze?«

April 1986, Sylt

Kari rief Mike an, nachdem ihre Mutter sie lange genug begrüßt und das Baby ausgiebig genug geherzt hatte. »Hat der Entführer sich gemeldet?« Sie schaffte es, ihre Stimme genauso sorgenvoll klingen zu lassen, wie Mike es erwartete.

»Ja.« Aufgeregt teilte Mike ihr mit, dass dieser bereits auf Sylt angekommen war und die ersten Anweisungen gegeben hatte. Er sprach jetzt sehr langsam, setzte Wort neben Wort, als läse er vom Blatt ab, was der Entführer ihm aufgetragen hatte. »Du sollst nach Kampen fahren, ins Zentrum, dort, wo es die teuren Geschäfte gibt. Du biegst dann in den Strönwai ein, dort sollst du den Wagen parken und aussteigen. Da gibt es eine Telefonzelle. Die sollst du benutzen.«

»Warum?«

»Du musst mich dann erneut anrufen. Er hat mir bis dahin die letzten Anweisungen gegeben.«

»Was soll diese Salamitaktik?«

»Ist doch klar. Er ist nach wie vor misstrauisch, dass wir doch die Polizei verständigt haben. Die soll dann wenigstens keine Zeit haben, sich auf die Geldübergabe vorzubereiten.«

»Also gut.«

»Mach es genau so, wie er es will. Er sagt, er wird auch da sein und dich beobachten.«

Hajo hatte mitbekommen, was Mike gesagt hatte, und Brit erschien mit Alisia auf dem Arm und ließ sich erzählen, wie alles ablaufen sollte. »Wenn es wirklich darum ginge, das Kind zurückzubekommen«, sagte sie seufzend, »würde ich verrückt vor Angst.«

Kari sah Hajo besorgt an. »Es ist gefährlich. Wenn der Kerl merkt, dass ich nicht allein bin …«

»Er wird es nicht merken«, unterbrach Hajo sie. »Ich werde sehr vorsichtig sein. Aber ich will wissen, was Mike mit dem Entführer verabredet hat. Ich traue ihm nicht.« Er zog Kari an sich. »Vor allem will ich nicht, dass du noch zwei Jahre Mikes Frau bleiben musst.«

Brit ging in die Küche, um Wasser für Tee aufzusetzen. Kari betrachtete sie nachdenklich, als sie ins Esszimmer zurückkehrte und Teetassen auf den Tisch stellte. Brit merkte es nicht, sie schien mit ihren Gedanken weit weg zu sein. Erst als es an der Tür klingelte, fand sie in die Gegenwart zurück. Wo war sie mit ihren Gedanken gewesen? Bei ihrem toten Mann?

Kari war verblüfft, als ihre Mutter den Gast hereinführte. »Herr Aldenhof! Sie sind auf Sylt?«

Sie musste an ihre Verlobung denken, an den Moment, in dem sie genug von ihren Gästen und dem Pressetrubel gehabt und einen Augenblick der Ruhe gesucht hatte. In dem Innenhof des *Carar* war sie auf Florian Aldenhof gestoßen und hatte ein kurzes, aber intensives Gespräch mit ihm geführt.

»Wir kennen uns von früher«, erklärte Brit.

Kari war überrascht. »Das wusste ich nicht.«

»Wir haben uns lange nicht gesehen«, fügte Florian Aldenhof an, »und sind uns vor ein paar Monaten zufällig wieder begegnet.«

Kari beobachtete verstohlen, wie er Brit nachblickte, als sie in die Küche ging, um den Tee zu holen, wie er sich ungezwungen in diesem Raum bewegte, wie er mit Hajo ein leichtes Gespräch über Olaf Rensings Verdienste führte. Ein gut aussehender, sehr sympathischer Mann. Aber irgendwas passte nicht in das Bild, das ein Mann abgeben sollte, der hier einen Besuch machte.

In diesem Moment ging das Telefon, Brit nahm den Hörer ab und meldete sich. »Moment«, sagte sie und reichte ihn Kari. »Mike ist dran.«

»Es geht los«, sagte er, als sie den Hörer ans Ohr nahm.

»Jetzt schon?«

»Du sollst zwischen fünf und halb sechs in Kampen sein, einmal vor den Geschäften rauf- und runterlaufen, damit er dich sehen und erkennen kann, dann in die Telefonzelle.«

»Da gibt's hoffentlich nur eine?«

»Ja. Du rufst mich an, ich gebe dir dann die Instruktionen weiter, die ich zwischenzeitlich von ihm bekommen habe.«

»Gut.« Kari legte auf und sah Hajo an. Er wusste auf der Stelle Bescheid, und Florian Aldenhof erhob sich zu Karis Überraschung und stellte sich neben ihn.

»Bitte, lassen Sie mich helfen«, sagte er zu Hajo. Und dann an Kari gewandt: »Ihre Mutter hat mich ins Vertrauen gezogen.« Und wieder zu Hajo: »Wie wollen Sie so einen Kerl allein überwältigen?«

*

Arne startete seinen Mercedes und folgte Hajos Opel Kadett langsam und mit großem Abstand. Es waren nicht viele Autos auf der Straße, umso wichtiger war es, den Entführer nicht auf sich aufmerksam zu machen. Kari war nur wenige Minuten vor ihnen losgefahren. Arne hoffte, dass sie es schaffte, sich nicht nach ihnen umzudrehen und ihnen vor der Ladenzeile keinen Blick zu schenken.

Er wartete, bis er gesehen hatte, dass Kari mit ihrem roten Aston Martin von der Hauptstraße in den Strönwai abbog und ihn dort abstellte. Er selbst entschied sich für die gegenüberliegende Straßenseite und parkte vor einem Kindermodeladen. Beinahe hätte er gegrinst, als er sich vorstellte, dass er ein Kleidchen für Alisia kaufen könnte, wenn es nötig werden sollte, wie ein unauffälliger Sylt-Tourist auszusehen, der im Urlaub am Konsum interessiert war. Hajo stellte seinen Wagen direkt vor dem Kaamp-Hüs ab und blieb vor einem Plakat stehen, das auf eine Ausstellung hinwies, die es zurzeit dort gab.

Arne wanderte von Geschäft zu Geschäft, betrachtete jede Auslage lange, nutzte vor allem jedes Schaufenster als Spiegel, um unauffällig die Passanten zu beobachten, die hinter ihm hergingen, und hörte auf die Gesprächsfetzen, die er mitbekam.

Als er sich von einem Schaufenster löste, um zum nächsten zu gehen, sah er, dass Kari auf die Telefonzelle zusteuerte, die der Entführer beschrieben hatte. Die einzige weit und breit. Er sah, dass sie den Hörer abnahm und eine Nummer wählte, Mikes Nummer. Ihr Mann würde ihr nun sagen, welche neuen Anweisungen der Entführer durchgegeben hatte. Arne begab sich vorsichtshalber schon mal in die Nähe seines Autos, damit er einerseits schnell reagieren konnte, wenn Kari aus der Telefonzelle trat, sich aber andererseits nicht beeilen musste, was womöglich auffällig gewesen wäre.

Vor einem Schaufenster fiel ihm ein junger Mann auf, der, genau wie Arne selbst kurz vorher, nicht die Auslagen betrachtete, sondern das Fenster als Spiegel benutzte. Es sah so aus, als beobachtete er Kari. Arne war zwar nicht sicher, behielt ihn aber vorsichtshalber im Auge. Der junge Mann war höchstens Mitte zwanzig und hatte sich Mühe mit seinem Äußeren gegeben, wohl um nicht aufzufallen. Er trug einen altmodischen Anzug, der nicht gut saß, den er vermutlich irgendwo ausgeliehen hatte, der aber in dieser Umgebung tatsächlich seinen Zweck erfüllte. Er fiel nicht weiter auf. So ähnlich hatte Arne sich den Entführer vorgestellt.

Er bemühte sich, seinen Bummelschritt beizubehalten und sich langsam in Richtung seines Wagens zu bewegen, als Kari die Telefonzelle verließ und zügig zu ihrem Aston Martin lief. Als sie eingestiegen war, schien ihr einzufallen, dass sie Arne und Hajo Zeit geben musste, ihr zu folgen, und wartete eine Weile. Sie wühlte in ihrer Handtasche herum, als suchte sie etwas, Arne glaubte aber, dass sie damit lediglich unauffällig die Zeit des Abfahrens hinauszögerte. Er hatte den Motor schon gestartet, als Kari losfuhr, und folgte ihr. Er sah, dass auch Hajos Kadett losfuhr und zum Glück noch zwei andere Wagen, sodass sie dem Entführer vermutlich nicht auffallen würden.

Kari fuhr langsam, Gott sei Dank. Und als die Vogelkoje in Sicht kam, noch langsamer. Ob dort die Geldübergabe stattfinden sollte? Arne pfiff leise durch die Zähne. Kein schlechter Ort. Der Parkplatz vor dem Naturschutzgebiet war unbefestigt, die Besucher und auch die Gäste des Restaurants stellten ihre Autos ohne jede Parkordnung dort ab. Der Platz war von Büschen gesäumt, in denen Hajo sich gut verstecken konnte.

Kari bog tatsächlich rechts auf den Parkplatz der Vogelkoje ab, wie Arne vermutet hatte. Sie zauderte, stoppte, fuhr wieder an und blieb dann neben einem großen Papierkorb stehen, am Anfang des Weges, der ins Reservat führte. Sie hätte die Tüte, die auf dem Beifahrersitz stand, aus der geöffneten Fahrertür in den Papierkorb befördern können, aber sie stieg aus, als wollte sie sich zeigen, sah sich um, blickte über Arnes Mercedes hinweg und versenkte die Tüte in dem Moment in den Papierkorb, als Hajos Opel Kadett auf den Parkplatz fuhr. Dann stieg sie wieder ein und fuhr davon.

Arne rutschte tief in seinen Sitz, sodass er von außen kaum zu sehen war, und beobachtete Hajo, der seinen Wagen abstellte und wie ein Restaurantbesucher auf den Eingang der Vogelkoje zuging. Hoffentlich würde der Entführer, wenn er ihn sah, nicht auf seine Hautfarbe aufmerksam und stutzig. Wo würde Hajo Posten beziehen? Er war jedenfalls nicht mehr zu sehen, und Arne vermutete, dass er sich rechts in die Büsche schlug und sich von hinten der Stelle näherte, wo der Papierkorb stand. Allzu lange würde der Entführer sicherlich nicht auf sich warten lassen aus Angst, dass jemand auf die Tüte aufmerksam werden würde.

Aus der Zeit des Wartens wurde eine Zeit der Erinnerung. Arne dachte an Brit als junges Mädchen, an Dikjen Deel, wo er gesehen hatte, wie sie nackt ins Meer gelaufen war, an die Nacht in dem kleinen Zimmer bei seiner Tante und an ihre Stimme am Telefon, wenn es ihm gelungen war, sie anzurufen. Dann die Stimme seines Vaters, die behauptete, das Mädchen habe es nur auf sein Geld abgesehen, die Lüge, dass sie zur Abtreibung bereit gewesen sei, als er genug Geld geboten hatte, die Tage nach seinem schweren Autounfall, als er zu hören bekam, dass er sich in Brit getäuscht hatte. Und dann das Bild, als er sie wiedersah, zusammen mit Olaf und einem kleinen Mädchen an der Hand …

Die Autos, die hinter ihm Richtung List fuhren, rauschten vorbei, gelegentlich fuhr ein Wagen auf den Parkplatz der Vogelkoje, wurde dort abgestellt, die Insassen, meist Paare, stiegen aus, dann wieder kamen Restaurantbesucher zurück, setzten sich in ihre Autos und fuhren davon. Aber schon bald kam ein Wagen auf den Parkplatz, dessen Fahrer sich anders verhielt, abwartend, nicht so zielstrebig. Er fuhr langsam, bremste, tastete sich einen Meter voran, wartete wieder. Arne sah auf die Uhr. Nicht einmal eine halbe Stunde war vergangen. Ein wenig reckte er den Hals, um etwas sehen zu können, traute sich aber nicht ganz aus seiner Deckung. Bloß kein Risiko eingehen! Der Wagen, ein alter Renault, rollte weiter und bremste dann mit einem Mal hart, als hätte der Fahrer urplötzlich einen Entschluss gefasst. Die Fahrertür öffnete sich, ein junger Mann sprang heraus, der nicht nach rechts und links sah, der nur auf den Papierkorb fokussiert war. Der Kerl mit dem altmodischen Anzug!

Arne schoss in die Höhe, riss die Tür auf, sprang aus dem Auto – oder vielmehr, er wollte es tun, blieb jedoch mit einem

Fuß am Holm der Karosserie hängen, verlor die Gewalt über seinen Körper, stürzte voran, prallte an einen neben ihm stehenden Wagen, beinahe mit der Stirn, konnte sich jedoch im letzten Augenblick mit beiden Händen abstützen. Wut und Enttäuschung schossen durch seinen Körper. Hatte er mit diesen winzigen Momenten die Chance vertan, den Entführer zu erwischen? Doch bevor er sich aufgerappelt hatte, hörte er schon einen erschrockenen Schrei, einen wütenden Ruf, eine heisere Stimme, einen Körper, der an eine Karosserie prallte. Arne übersah mit einem Blick das Handgemenge, sprang in sein Auto zurück, ließ es an, setzte zurück und platzierte seinen Wagen direkt hinter dem des Entführers, dem schnelle Flucht damit unmöglich gemacht worden war. Keine Minute zu früh. Als er erneut aus dem Wagen sprang, sah er, dass der junge Kerl gerade die Oberhand gewann …

April 1986, Sylt

DER TAG, AN DEM Olaf Rensing beigesetzt wurde, war so sonnig und bunt, als wollte die Natur sich über die Verzweiflung der Familie lustig machen. Ein viel zu schöner Tag für Trauer!

Kari war früh erwacht und zum Meer gegangen. Alisia schlief noch, sie in der Obhut ihrer Mutter zurückzulassen war Kari leichtgefallen. Sie war nicht wieder in die Villa Heiser gezogen, sondern zurück in ihr Mädchenzimmer im Haus ihrer Eltern. Und es machte sie glücklich, wieder dort zu leben. So bereitwillig sie vor ein paar Monaten ausgezogen war, so gern kehrte sie nun zurück. Seit Alisia wieder bei ihr war, zeigte das Leben ein anderes Gesicht. Es lächelte, während es früher immer neue Masken getragen hatte, Überdruss, Eintönigkeit, Leere, Ablehnung und Hilflosigkeit. Nun hatte sie dem Leben die Masken heruntergerissen und dieses lächelnde Gesicht gefunden. Und sie wusste: Das Leben hatte sie schon immer angelächelt, sie hatte nur nicht zurückgelächelt.

Kari stand an der Wasserkante und sah zum Horizont, dessen Linie klar zu erkennen war. Ein scharf abgegrenzter Raum lag vor ihr, hinter dem etwas begann, das sich in ihrem Inneren entfaltet hatte. »Papa!«

Die Erinnerung an Olaf, die Dankbarkeit für alles, was er ihr gegeben hatte, das Verzeihen des einzigen Fehlers, den er begangen hatte und der nun überhaupt keine Bedeutung mehr hatte. Trotz allem war er nach wie vor ihr Papa, den sie geliebt hatte und von dem sie über alles geliebt worden war. Ein langes Leben hätte ihm vergönnt sein sollen, aber das Schicksal hatte es anders gewollt. »Ach, Papa.«

Kari drehte dem Horizont den Rücken zu und kehrte zurück, mit großen, langsamen Schritten.

Der Portier stellte sich vor dem *Miramar* auf, die ersten Frühstücksgäste bewegten sich hinter den Fenstern, Westerland erwachte, die ersten Frühsportler liefen auch schon an der Wasserkante entlang. Als sich Kari dem Hotel *König Augustin* näherte, sah sie einen schwarz gekleideten Mann auf den Eingang zugehen, der ihr fremd war, einen kleinen Koffer in der Hand. Ein entfernter Verwandter von Olaf Rensing, der zur Beisetzung gekommen war? Oder ein Geschäftsfreund? Kari senkte den Blick, als sie an ihm vorbeiging, um nicht angesprochen zu werden. Noch immer war sie die Frau von Mike Heiser, deren Hochzeit durch alle Gazetten gegangen war und deren erstes Kind auf vielen Titelseiten zu sehen gewesen war. Dass es sich dabei um David Wiemann gehandelt hatte, wusste ja bis heute niemand. Wenn die ersten Fotos von Alisia in den Zeitschriften auftauchten, würde es vermutlich erneut einen Ansturm der Paparazzi geben.

Zurzeit war es Indra, die mit Belästigungen zu tun hatte. Da konnte sie noch so oft erklären, dass ihre Eltern den falschen Mann beschuldigt hatten, die Fotografen verfolgten Indra auf Schritt und Tritt. Samy Angermann traute sich seit Tagen nicht nach Achim, obwohl er mehrere Konzerte abgesagt hatte, um Indra regelmäßig besuchen zu können.

Als Kari nach Hause kam, hörte sie Alisias Stimmchen und den Singsang ihrer Mutter, die die Flasche zubereitete und ihre Enkelin ruhig hielt, bis die richtige Temperatur erreicht war. Der Gedanke, wie sehr Olaf diese Situation genossen hätte, versetzte Kari einen Stich. Um sich davon abzulenken, schob sie die Küchentür weit auf und bot ihrer Mutter an, das Füttern der Kleinen zu übernehmen.

Aber Brit lehnte ab. »Das mache ich.« Unerwartet schossen ihr die Tränen in die Augen. »Dass Olaf die Kleine gar nicht mehr zu Gesicht bekommen hat, ist einfach schrecklich«, schluchzte sie.

Kari hatte keine Worte für ihren Schmerz, umarmte sie nur von hinten und legte ihre rechte Wange auf ihr Haar. So blieb sie stehen, bis ihre Mutter nicht mehr weinte. Dann verließ sie die Küche schweigend, unfähig, ihre Mutter zu begütigen oder ihr irgendetwas zu sagen, was diesen Tag erträglicher gemacht hätte. Es gab ja nichts, was trösten konnte, nicht an diesem Tag. Kari ging in ihr Zimmer, wo sie die schwarze Kleidung zurechtgelegt hatte, die sie für Olafs Urnenbeisetzung herausgesucht hatte.

Ob Florian Aldenhof auch kommen würde? Sie hatte Brit nicht zu fragen gewagt. Überhaupt war ihr die Bekanntschaft ihrer Mutter mit dem Besitzer des *Carar* suspekt. Erst recht konnte sie nicht begreifen, warum er sich eingemischt hatte, als es um die Lösegeldübergabe ging. Brit hätte ihm nicht verraten dürfen, was geplant war, Kari hatte ihr heftige Vorwürfe gemacht. Erst Hajo konnte sie davon überzeugen, dass sie die Beziehung zu ihrer Mutter nicht erneut gefährden durfte. »Redet doch erst mal in Ruhe miteinander«, hatte er Kari ermahnt. »Sie hat es doch nur gut gemeint.«

Aber zu einem Gespräch war es bisher nicht gekommen. Nach der Rückkehr aus der Vogelkoje hatten die beiden lange über ihr Abenteuer reden müssen, hatten sich ständig gegenseitig auf irgendwelche Besonderheiten hingewiesen. Florian Aldenhof hatte Hajo für seine Schlagkraft bewundert, Hajo hatte immer wieder betont, wie geistesgegenwärtig Aldenhof reagiert hatte.

Sie hatten beide ziemlich zerrauft ausgesehen, als sie in Brits Wohnung erschienen, dazu enttäuscht und verlegen. Dass ihnen der Entführer letztlich entwischt war, trübte den Erfolg ihrer Unternehmung. Den Wagen hatte er zwar stehen lassen müssen, weil Arne ihn blockiert hatte, aber als er sich hatte losreißen können, war er im Nu in der Dunkelheit verschwunden gewesen. Die Tüte, in der er ein Vermögen vermutete, hatte er mitgenommen. Der Gedanke an sein Gesicht, wenn er feststellte, dass seine Beute aus Papierschnipseln bestand, sorgte dann wieder für Heiterkeit. Und alle waren sie davon überzeugt gewesen, dass die Polizei ihn erwischen würde, die natürlich längst alarmiert war und Jagd auf ihn machte.

Kari rief jetzt im Hotel an und fragte nach Hajo. Doch ehe sie zu hören bekam, dass er nicht im Büro sei, klingelte es an der Tür. Hajo stand vor Kari und zog sie in seine Arme. »Meine Liebste!« Kari drängte sich an ihn, schmiegte sich an seine Brust, schloss die Augen und sog den Duft seines Körpers ein, der noch immer so war, wie sie ihn nach Mikes Party in Erinnerung hatte. Dann umschlang sie seinen Körper fest, diesen schlanken, drahtigen, muskulösen Körper, und sah zu ihm auf. »Ich liebe dich, Hans-Josef Keller!«

»Ich liebe dich auch«, gab er lächelnd zurück. »Glaubst du, dass dein Vater einverstanden gewesen wäre mit uns?«

Brit trat mit Alisia auf dem Arm zu ihnen. »Er wäre glücklich gewesen, Hajo, ich bin ganz sicher.«

Kari sah Hajo fragend an. Er hatte ihr erzählt, was er zufällig mitbekommen hatte. Würde er verraten, was er wusste? Würde er Brit vorhalten, was Olaf zu ihr gesagt hatte? Dass er Hajo nicht zum Vorstellungsgespräch geladen hätte, wenn er rechtzeitig gesehen hätte, dass er schwarz war? Aber er schwieg. Und Kari ergänzte mit dem gleichen Nachdruck wie Brit: »Ich bin auch sicher, dass Papa froh gewesen wäre.«

»Wenn der heutige Tag vorbei ist«, sagte Brit, »muss ich unbedingt mit Ihnen sprechen, Hajo. Ich schaffe es nicht allein, das *König Augustin* zu leiten. Ich brauche Hilfe. Und ich könnte mir keinen besseren Geschäftsführer für alle Häuser vorstellen als Sie.«

Hajo sah sie an, als wagte er nicht, sein Glück an einem Tag zu zeigen, an dem Brits Mann beigesetzt wurde. Er schaffte es, nicht zu lächeln, aber ihr mit klarer und sehr feierlicher Stimme zu sagen, dass sie mit ihm rechnen könne. »Ich helfe Ihnen gern.« Und dann griff er nach Karis Hand. »Mit Ihrer Tochter. Zusammen sind wir unschlagbar.«

Alisia sorgte dafür, dass an diesem Tag, so traurig er war, dennoch gelächelt wurde und trotz aller Trauer der Optimismus gewann. Ein junges Leben, eine junge Liebe, die Gewissheit, dass es weitergehen würde, nahm diesem Tag das Dunkle, Schwere, schaffte es zwar nicht, ihn schillernd und leicht zu machen, sorgte aber dafür, dass das Unglück Teil des Glücks wurde, das in die Zukunft wies.

»Wird Mike zur Beisetzung kommen?«, fragte Brit.

Kari glaubte nicht daran. »Aber wir müssen damit rechnen, dass Journalisten auf dem Friedhof erscheinen, weil sie davon ausgehen, dass er dabei sein wird.«

Brit sah auf die Hände von Kari und Hajo, die ineinander verschlungen waren. »Wenn ihr so an Olafs Grab erscheint …« Sie sprach den Satz nicht zu Ende.

Hajo ließ Kari los, als hätte er sich an ihr verbrannt. »Das fehlte noch, dass die Regenbogenpresse uns verwurstet.«

»Wenn Mike nicht kommt«, überlegte Brit, »führt das bestimmt auch zu Spekulationen.«

Das Telefon klingelte, und Brit wartete Einwände von Hajo und Kari nicht ab, sondern nahm das Gespräch an. Ihr Gesicht wurde blass, ihr Mund stand offen, sie starrte Kari an. »O mein Gott«, flüsterte sie. Und dann, als sie den Hörer zurückgelegt hatte: »Meine Eltern werden nicht zur Beisetzung kommen können. Hasso und Halina auch nicht.«

»Was ist passiert?«, fragte Kari angstvoll.

Brits Stimme klang tonlos. »Dennis ist tödlich verunglückt. Anscheinend hat er ein Auto geklaut und ist, zusammen mit einem Freund, Richtung Süden gefahren. Viel zu schnell vermutlich. In der Nähe von Mannheim hat er die Gewalt über das Auto verloren …« Sie ließ sich auf einen Stuhl sinken. »Was ist nur aus Dennis geworden?«

Kari und Hajo sahen sich an. Jeder von ihnen sah, was der andere dachte. Eine schreckliche Ahnung stand mit einem Mal im Raum …

*

Der Friedhof war schwarz von Menschen. Olaf Rensing war ein Geschäftsmann von bestem Ruf gewesen, ein beliebter Chef, ein korrekter Geschäftspartner, ein hilfsbereiter Mensch. Und wer nicht gekommen war, um ihm die letzte Ehre zu erweisen, der hatte sich zum Teil der Trauergemeinde gemacht, um dabei zu sein, wenn die Sensationspresse nicht davor zurückscheute, Olafs Schwiegersohn Mike Heiser und dessen Frau Kari Heiser zu fotografieren und womöglich sogar anzusprechen. Sich später darüber empören zu können war eine pikante Motivation. Dass der bekannte Modedesigner gar nicht zur Beisetzung seines Schwiegervaters erschien, wurde von den meisten erst bemerkt, als Kari neben ihrer Mutter ans offene Grab trat, ohne den Ehemann an ihrer Seite. Das war Anlass für viel Tuschelei und für unzählige Unverfrorenheiten der Presseleute, die sich dafür schadlos halten wollten, dass sie Mike Heiser nicht aufs Bild bekommen konnten. Kari sah praktisch schon die Titelzeilen vor sich, in denen Behauptungen aufgestellt wurden, die vorsichtshalber ein Fragezeichen erhielten und damit dann keine Behauptungen mehr waren.

Im Café *König Augustin* wurden die Gäste anschließend bewirtet. Die Gespräche summten, aus Trauer und Betroffenheit war längst ein »Das Leben geht weiter« geworden, und gelegentlich brandete sogar Gelächter auf. »Olaf hätte es so gewollt.« Dieser Satz wurde an allen Tischen mindestens einmal ausgesprochen.

Kari ging zu ihrer Mutter. »Warum ist Florian Aldenhof nicht zur Beisetzung gekommen? Ich hatte das Gefühl …« Sie stockte und wusste nicht, wie sie den Satz vollenden sollte.

»Was für ein Gefühl?«, fragte Brit und sah ihre Tochter aufmerksam an. Als Kari nur nach Worten rang, aber zu keiner Antwort fand, ergänzte sie: »Er wird später kommen. Wir müssen dann mit dir reden.«

Brit drehte sich um, ging zu einem Tisch, an dem Nachbarn ihrer Eltern aus Riekenbüren saßen, die es sich nicht hatten nehmen lassen, zu Olafs Beisetzung auf die Insel zu kommen. Warum Brits Familie nicht ebenfalls anwesend war, hatten sie erst auf Sylt erfahren. Jetzt steckten sie die Köpfe zusammen und redeten darüber, dass sie schon immer gewusst hatten, mit Dennis würde es mal ein schlimmes Ende nehmen. Natürlich erhofften sie sich weitere Informationen von Brit, aber da fragten sie vergeblich. Brit war es nicht gelungen, mit Hasso oder Halina zu sprechen, sie waren noch in dem Krankenhaus, in dem Dennis seinen schweren Verletzungen erlegen war, und ihre Eltern waren derart kopflos, dass mit ihnen nicht zu reden war. Nur, dass Dennis zum Autodieb geworden war, hatte Frida hervorgestoßen, aber sicherlich sei er von seinem Freund, der den Unfall ebenfalls nicht überlebt hatte, dazu verführt worden.

»Was für ein schrecklicher Tag«, murmelte Brit jedes Mal, wenn Kari in ihrer Nähe erschien.

Kari sah sich nach Hajo um, aber er war ins Hotel gegangen, um dort nach dem Rechten zu sehen und auch, um den Leuten nicht zu zeigen, dass er bereits zur Familie Rensing gehörte. Das durfte sich noch nicht herumsprechen, dazu war es noch zu früh.

Auf die Fragen nach ihrem Ehemann hatte Kari jedes Mal geantwortet, dass Mike nicht schuld daran hatte sein wollen, dass Olafs Beisetzung durch Blitzlichtgewitter gestört wurde. Diese Auskunft wurde an jedem Tisch mit Wohlwollen und Anerkennung quittiert, aber auch mit einem kleinen Schuldbewusstsein, denn natürlich wusste jeder der Trauergäste, dass er in den nächsten Tagen mit Wohlbehagen alles gelesen hätte, was die Presse über Olaf Rensings Beerdigung und die Rolle von Mike Heiser berichtet hätte. Dass er eine Fünfzehnjährige geschwängert hatte, war ja noch längst nicht vergessen, wenn die junge Mutter auch behauptete, der Falsche sei in Verdacht geraten. Und dass die versprochene Fernsehshow auf Eis gelegt worden war, wusste auch jeder. Insofern konnte es also auch sein, dass Kari Heiser dafür gesorgt hatte, dass ihr Mann nicht zur Beisetzung ihres Vaters erschien, weil sie sich längst mit Trennungsabsichten trug. Dass Kari nicht in die Heiser-Villa, sondern zu ihrer Mutter gezogen war, sprach sich ebenfalls wie ein Lauffeuer herum.

Kari hatte auf einen Moment wie diesen gewartet. Alle waren in ihre Gespräche vertieft, ihre Mutter kam ihren Gastgeberinnenpflichten nach, auf Kari achtete niemand. Sie verließ den Raum, trat aus der hinteren Tür, ging von dort auf die Straße und nach ein paar Schritten ins Hotel *König Augustin*. Hajo musste sie vom Fenster seines Büros gesehen haben, denn er kam ihr in der Lobby entgegen und schob sie in sein Büro. Dort standen sie eine Weile umschlungen da, Hajo hielt Kari so fest er konnte, sie lehnte sich an ihn, als hätte sie alle Kraft verlassen.

»Wird viel Unsinn geredet?«, fragte Hajo schließlich leise.

Kari nickte und löste sich von ihm. »Ich fahre zu Mike. Die Gelegenheit ist günstig.«

Hajo zögerte. »Soll ich nicht doch mitkommen?«

Aber Kari schüttelte den Kopf. »Ich will mir nicht vorwerfen lassen, dass ich mein Versprechen nicht gehalten habe. Ich hatte ihm zugesagt, dir nichts zu verraten.«

Hajo entließ Kari trotzdem nur ungern. »Pass auf!«

Kari winkte ab. »Wenn ich in einer Stunde nicht zurück bin, kannst du kommen und mich suchen.«

April 1986, Sylt

Als sie in den Weg einbog, der zur Eingangstür von Mike Heisers Villa führte, fragte sie sich, ob er wohl den Zugangscode geändert hatte. Aber die Schranke öffnete sich, nachdem sie die vier Zahlen eingetippt hatte, und der Securitymann, der in der Nähe stand, tippte an den Rand seiner Mütze und lachte ihr zu. Sie war also immer noch Kari Heiser, die Ehefrau des Hausherrn.

Auch die Haushälterin begrüßte sie so freundlich wie immer. »Endlich sind Sie mal wieder da, Frau Heiser!« Sie betrachtete Kari eingehend. »Und die Kleine? Wir freuen uns schon auf Ihre Tochter.«

Sie schien wirklich ahnungslos zu sein. »Sie ist bei meiner Mutter«, gab Kari bereitwillig Auskunft. »Mama ist glücklich, endlich Oma zu sein.«

»Das kann ich verstehen«, gab die Haushälterin zurück. »Ihr Mann ist in seinem Büro.«

Sie klopfte, wartete aber nicht darauf, hereingebeten zu werden. Mike stand am Fenster und drehte sich verärgert um. Als er sie erkannte, entspannte sich seine Miene ein wenig. Er rang sich sogar ein kleines Lächeln ab. »Willst du hier wieder einziehen?«

»Nein.«

»Was dann?«

»Dir sagen, dass Alisia wieder da ist.« Sie beobachtete ihn genau und kam nicht umhin, ihn für sein Pokerface zu bewundern.

»War es schwierig für deine Mutter, dreihunderttausend flüssigzumachen?« Er schaffte es sogar, Mitgefühl zu heucheln.

»Zweihunderttausend«, korrigierte Kari, dann schlug sie sich mit der flachen Hand vor die Stirn. »Ach ja, dreihunderttausend!« Sie krauste die Stirn. »Warum eigentlich?«

Nun wurde Mike nervös. »Er hat den Betrag einfach erhöht, das hatte ich dir doch erzählt. Vermutlich hatte er den Eindruck gewonnen, dass es bei mir auf hunderttausend Mark mehr oder weniger nicht ankommt.« Er sah Kari eindringlich an. »Du hast doch dreihunderttausend Mark in die Tüte getan?«

Jetzt musste Kari ihren ganzen Mut zusammennehmen, als sie antwortete: »Sagen wir so … ich habe so viel zerschnittenes Papier in die Tüte getan, dass es dreihunderttausend Mark sein könnten.«

Mike blieb der Mund offen stehen. »Wie bitte? Du hast das Leben deines Kindes gefährdet?«

Kari trat dichter an ihn heran. »Das hätte ich niemals getan. Aber Alisia ist schon seit Tagen wieder bei mir.«

Mike machte zwei Schritte zurück, als hätte er soeben erfahren, dass Kari an einer ansteckenden Krankheit litt.

»Leider ist der Entführer entwischt«, erklärte Kari. Sie zögerte kurz, dann entschloss sie sich zu einem ganz großen Bluff. Hajo hätte ihr vermutlich abgeraten, deswegen hatte sie ihn nicht eingeweiht. Sie räusperte sich kurz. »Doch zum Glück hat der Kerl noch verraten, warum du bereit warst, dreihunderttausend statt zweihunderttausend zu zahlen.«

Mike wurde blass. »Wem ist er entwischt? Wem hat er so was verraten?«

Kari antwortete mit der Hälfte der Wahrheit, aber Mike war derart aufgeregt, dass er es nicht bemerkte. »Florian Aldenhof hat dabei geholfen. Komisch, oder?«

Mike starrte sie an, als hätte er sich verhört. »Was hat der damit zu tun? Irgendwas stimmt mit dem Kerl nicht. Vor ein paar Tagen ist er in meinem Garten verhaftet worden.«

»Was?« Nun wurde Kari blass. »Warum?«

»Angeblich war er neugierig und wollte sich mein Haus ansehen. Totaler Blödsinn! Er kennt mein Haus, er war oft genug hier zu Gast.«

Kari schüttelte diese Information ab, weil sie das Gefühl hatte, von ihr blockiert zu werden. Darüber würde sie später nachdenken. »Hör zu, Mike …« Sie sprach jetzt leise, gefährlich leise. »Du hast mit dem Entführer verabredet, dass Alisia nicht wieder zurückkommt, weil ein dunkelhäutiges Kind deine Karriere zerstört hätte. Er sollte Alisia umbringen.« Sie schrie ihm ins Gesicht: »Entsorgen sollte er sie. Mein Kind! Damit du demnächst nicht nur ein berühmter Designer, sondern auch ein berühmter Showmaster werden kannst.« Mit ausgestrecktem Zeigefinger ging sie auf ihn los, und Mike wich ängstlich zurück. »Unser Vertrag gilt nicht mehr, Mike. Das siehst du doch ein, oder? Ich bin bereit zu schweigen, wenn du dafür sorgst, dass unsere Ehe annulliert und der Vertrag zerrissen wird.«

*

Als sie nach Hause kam, sah alles so aus, als hätte man dort auf sie gewartet. Brit stand auf, als Kari eintrat, und eilte in die Küche, um für Tee zu sorgen, Florian Aldenhof erhob sich ebenfalls, blieb aber vor dem Sofa stehen.

Kari nahm ihm gegenüber Platz. »Es scheint, Sie haben mir einiges zu erklären.«

Er sank wieder aufs Sofa. »Mein Name ist nicht Florian Aldenhof. Ich heiße Arne Augustin.«

Alisia, die in ihrem Kinderwagen in einer Ecke des Wohnzimmers lag und bisher friedlich geschlafen hatte, begann zu schreien, als hätte der Satz sie aufgeschreckt. Kari hob sie aus dem Wagen, woraufhin die Kleine sofort zu weinen aufhörte, und setzte sich, mit dem Kind im Arm, wieder auf ihren Platz. Während dieses kurzen Augenblicks hatte sie nachgedacht. Arne Augustin! Mit dem Namen stimmte etwas nicht. Sie bekam das, was sie von diesem Namen wusste, nicht zusammen mit dem, was ihr hier präsentiert wurde. »Arne Augustin?« Nun betrachtete sie ihr Gegenüber wie eine Museumsbesucherin ein gefälschtes Gemälde. »Arne Augustin ist tot.«

Brit kam ins Zimmer zurück und verteilte die Teetassen auf dem Tisch. Sie sah nach wie vor schlecht aus, müde und mitgenommen, so als hätte sie in den letzten Nächten wenig Schlaf bekommen, als hätte der Tod ihres Mannes sie bis ins Mark erschüttert. Dennoch war in ihren Augen etwas aufgeglommen, das sah Kari genau, etwas, das nicht zu Olafs Tod passte. Brit setzte sich wieder aufs Sofa, dicht neben den Mann, der sich Arne Augustin nannte, und nahm sogar seine Hand, ohne sich über den erstaunten Blick ihrer Tochter zu wundern. »Arne Augustin lebt«, sagte sie schlicht. »Ich habe es die ganze Zeit gewusst. Außer mir noch Linda und ihr Freund und natürlich der Mitbesitzer des *Carar*. Robert König hat es vor ein paar Tagen erfahren. Für alle anderen war Arne Augustin gestorben.«

»Damals habe ich das Schiffsunglück genutzt«, fuhr Arne Augustin fort, »um aus meinem Leben zu flüchten, in dem ich todunglücklich war. Die Chance, die Liebe meines Lebens zurückzugewinnen, hatte ich soeben verpasst. Brit gehörte zu einem anderen.«

»Brit?« Kari sah ihre Mutter mit offenem Mund an. »Du hast ... du warst ...«

Brit unterbrach sie mit kräftiger, sehr ruhiger Stimme: »Er ist dein Vater, Kari.«

*

Sie gingen an der Wasserkante entlang, Kari und Hajo. Er hatte sich das Baby vor den Bauch gebunden und seine dünne, weite

Jacke darüber geschlossen. Es war kalt und windig, die Menschen, die ihnen entgegenkamen, versteckten sich in ihren Kapuzen, niemand erkannte Kari Heiser, die ihre Strickmütze tief in die Stirn gezogen hatte.

»Eins verstehe ich noch nicht«, sagte sie nachdenklich. »Warum ist Alisia zweimal entführt worden?«

Hajo hatte auch schon darüber nachgedacht. »Vielleicht haben sie zuerst gedacht, sie hätten das falsche Baby? Weil es dunkle Haut hatte? Dennis hat es sicherlich erst später erfahren. Und als er es dann erfuhr, hat er sich Alisia noch einmal geholt. Kann sein, dass sie es vor dem Pfarrhaus abgelegt hatten, weil Findelkinder ja früher häufig vor Pfarrhäusern abgelegt wurden. Und als ihnen dann klar wurde, dass sie doch das richtige Kind erwischt hatten, haben sie es zurückgeholt.«

»So könnte es gewesen sein.« Kari nickte und sah aufs Meer hinaus. »Was Mike getan hat, war schrecklich«, flüsterte sie. »Aber wenigstens komme ich jetzt aus dieser Ehe wieder raus. Jetzt schon und nicht erst in zwei Jahren.«

Hajo nickte dankbar. »Glaubt dein Vater mittlerweile, dass Mike nicht hinter der Entführung steckte?«

Kari lächelte. »Ja. Aber alles ist unwichtig, seit wir die Kleine zurückhaben. Ich kann Mike sogar verzeihen, dass er sie loswerden wollte.«

»Du solltest auch deiner Mutter verzeihen«, sagte Hajo. »Sie war sehr jung damals. Und später hat sie es nicht mehr geschafft, dir die Wahrheit zu sagen. Ich kann das nachvollziehen.« Er blieb stehen und wollte Kari an sich ziehen, ließ es dann aber, weil Alisia verhinderte, dass ihre Eltern sich aneinander schmiegen konnten. »Ja, dein Vater hätte dir schon früher sagen müssen, dass er dich adoptiert hat. Ja, deine Mutter hätte nicht von einem Klassenkameraden reden dürfen, sondern den Namen deines Vaters nennen müssen.« Sie gingen weiter, nun mit langsameren Schritten, mit dem Blick auf dem Horizont, über dem die Sonne schwebte, noch kreisrund, von waagerechten Schleiern umwölkt. »Deine Mutter hat dir auch einiges zu verzeihen«, fuhr Hajo fort. »Und sie tut es. Sie wirft dir nicht vor, dass du eine Scheinehe eingegangen bist, dass du ihr mit deinem Rauschgiftkonsum viele Sorgen gemacht hast.«

Er lächelte, und Kari entdeckte in seinen Augen etwas, das sie überzeugte und ihr Zuversicht gab. Ja, Hajo hatte recht. Jetzt hatte sie die Chance, für Alisia eine Familie zu schaffen, eine, in der es auf Wahrheit ankam, in der jeder wusste, was in den Jahren vor seiner Geburt geschehen war. Eine Familie, in der Olaf nach wie vor seinen Platz hatte, in die Arne zurückgekehrt war, in der Brit endlich das gefunden hatte, wonach sie so lange suchen musste.

Nun legte Kari beide Arme um Vater und Kind und schmiegte sich an Alisias Rücken. Ja, dies war ihre Chance. Und sie würde sie nutzen. An Hajos Seite.

Anmerkung der Autorin

Die Handlung dieses Romans spielt in den Achtzigerjahren, seine Figuren sind allesamt meiner Fantasie entsprungen. Heute würden sie sicherlich nicht mehr von »Farbigen« oder gar »Negern« sprechen, aber damals war es leider noch üblich. In wörtlicher Rede, wenn sich ein Weißer über einen Menschen mit schwarzer Hautfarbe negativ äußert, musste ich also leider diese Begriffe verwenden, um die damalige Zeit authentisch und den Text glaubwürdig zu halten. Selbstverständlich lehne ich jede Handlung sowie jegliche Begriffe ab, die rassistisch sind oder Menschen mit dunkler Hautfarbe diskriminieren.